그리운 미녀

느린 미녀

긴 겨울 끝,
내 인생의 열병 같은 봄을 만났다

백민아 지음

필름

차례

스프링 피버 7
작가의 말 706

1

 사흘 내내 쉬지 않고 내리던 눈이 그쳤다. 이어서 몰아닥친 한파로 쌓인 눈이 얼어붙어 운동장은 흡사 성에가 낀 냉동실 속 같았다.
 본관 건물 1층에 위치한 교무실 역시 마찬가지였다. 천장의 시스템 난방기가 고장이 나는 바람에 냉골이었다. 썰렁한 교무실 안에 누군가 전기스토브를 가져다 놓자, 모두 그 앞에 모여 군불을 쪼였다. 학교가 워낙 작아 학년이나 업무 구별도 없이 대다수가 한 교무실에 모여 있었다.
 "에이, 씨! 추워서 입 돌아가긋다!"
 "저건 와 또 고장이고?"
 투덜거리면서도 막상 가까이 모이니 시시콜콜한 이야기들이 쏟아졌다. 그중 가장 중심이 된 주제는 역시 방학이었다.
 내일은 방학식, 이제 긴 겨울 방학이 시작된다. 보충 수업이 없는 선생들은 방학 때 무엇을 하고 보낼 것인지를 공유했다.

"미국 간다며, 노 선생은."
"네, 거기에 친구가 있어서 놀러 가요. 샌프란시스코."
"아이구, 좋겠다!"
"이야, 대단하네! 미혼이라 가능하다!"

부러움에 한마디씩 보태던 선생들은 혼자 책상에 앉아 있는 봄이에게 눈을 돌렸다.

"어이, 봄 선생. 봄 선생은 방학 때 어디 가?"

턱을 괴고 멍하니 창밖의 마른 가지를 보던 윤봄은 감상에서 깨어났다. 봄이는 앉은 채로 고개만 조금 돌렸다. 겨울의 햇빛이 반사된 얼굴엔 화장기 하나 없었다.

"아, 저는……."

삼삼오오 모여 담소를 나누던 교무실의 선생들이 웃음기 남은 얼굴로 대답을 기다리고 있었다. 봄이는 잠시 침묵했다. 귀 기울여 대화를 듣고 있지 않았던 탓에 약간은 멍한 기분이었다.

"혹시 해외로 가나? 아님 제주도?"
"남자 친구랑 갈까가?"

쏟아지는 질문이 불편했다. 방학 때 무엇을 하든 이렇게 꼬치꼬치 캐물을 일인가? 게다가 여행이라니, 마지막 여행이 언제였지? 까마득했다. 그렇다고 지금 여행을 가고 싶으냐 묻는다면 그건 아니었다. 여행이라는 건 설레는 감정과 동행해야만 의미가 있을 터, 그러나 지금 봄이에겐 그럴 만한 마음의 여유 따윈 없었다.

"아, 저는 계획이 딱히……."

재미없는 대답을 마치기가 무섭게 실망스러운 표정과 함께 잔소리들이 날아왔다.

"아따, 젊은 사람이 귀한 겨울 방학을 그래 낭비하나!"

"뭐꼬, 그라믄 국내 여행이나 스키장 같은 거는?"
"그것도 별로 생각이……."
"말세다!"
잠자코 있던 부장 하나가 들고 있던 믹스커피를 마저 입에 털어 넣으며 혀를 찼다.
"봄 선생이 이 학교 막내잖아? 근데 가만 보면 제일 재미없게 사는 거 같으네. 애인 만나는 것도 한 번을 못 봤고."
"아유, 부장님도."
"본가가 서울인데 서울 가서 놀겠죠. 안 그래, 봄 선생?"
사람을 앞에 두고 무례한 말들이 오고 갔다. 봄이는 화를 낸다거나 불쾌한 기색을 내보이지는 않았다. 솔직히 아무런 감흥이 없었다. 어차피 1년만 더 보면 될 사람들이니까.
"네, 그럴까 봐요."
다시 턱을 괴고 창밖으로 시선을 돌렸다.
서울.
새파랗게 맑은 날의 한강, 빽빽이 들어찬 고층 건물들 그리고 매일 바쁜 도시의 사람들. 이 모든 것이 까마득한 옛날 같았다. 신수 고등학교가 있는 이 시골로 내려온 1년이라는 시간이 지질했다.
'이제 1년만 더 버티면 돼. 지긋지긋한 이곳도.'
최초 발령지는 서울이었지만, 지금은 신수읍에서 근무 중이다. '교원 시·도 간 교환'을 직접 신청했기 때문이다. 정해진 교환 기간은 2년, 이제 막 절반이 지났다.
사실은 원치 않았던 교환이었다. 상황이 이러하니 여기 사람들과 깊이 교류하고 싶은 마음 같은 건 들지 않았다.
지치지도 않는지 선생들은 다시 자기들끼리 잡담을 시작했다.

"아무튼지 간에 내일이 방학식이라니, 시간 참 빠르다."
"그러게요. 지금 수업은 되나? 애들 마음은 이미 방학 중 아닌가."
"그러니까 오늘 같은 날은 고마 애들 대청소 시키뿌고 일찍 보내 주시지."
"말 잘했다. 내 말이 그 말이다. 진도 다 나가서 할 것도 없다 안 카나."
긴 겨울 방학을 앞둔 오늘도 시간은 더디게 가고 있었다.
"봄 샘, 자꾸 창밖만 보네. 재밌는 거라도 있어요?"
창문 쪽으로 고개를 돌리고 생각에 잠겨 있던 것뿐인데 밖에 무슨 일이라도 난 줄 알았는지 노 선생이 다가왔.
"눈이 다시 오려나. 바깥이 어째……."
봄이를 따라 창밖을 내다보며 두리번거리던 노 선생이 별안간 비명을 질렀다.
"어머나! 저, 저, 저! 저!"
"뭔데 호들갑이고?"
모여 있던 선생들이 하나둘 창가로 다가왔다. 교감을 포함해 일곱 명이 한꺼번에 창가로 몰려드는 바람에 봄이의 시야가 막혔다.
"저 사람 한결이 삼촌 아이가?"
"글쎄, 등치 보니까는 딱 그 사람이 맞는디……."
다들 모여들어서 '한결이 삼촌이라는 사람이 맞다, 아니다'로 설왕설래했다. 그러다 저 멀리 교문에서 올라오던 인영이 점차 건물 가까이 다가오자, 목소리들이 한층 다급해졌다.
"맞네, 맞다! 한결이 삼촌이다!"
한결이 삼촌이 누구더라. 어디서 들어 본 것 같기는 한데 왜들 호들갑인지는 알 수 없었다.
"홍, 홍 선생! 홍 선생부터 얼른 피해!"

"문 막아! 문 잠그고 불 꺼요!"

"큰일 난다. 저번에 그랬다가 문 부서질 뻔했다!"

우왕좌왕하는 사람들이 내뱉는, 경악에 가까운 외침들이 들려왔다. 그 난리 속에서 봄이 혼자 딴 세상이었다. 창에서 시선을 떼고 책상 앞에 붙여 놓았던 3학년 1반의 사진 명렬표를 떼어 냈다. 졸업할 학생들의 자료를 다 치워 버릴 셈이었다.

그러는 동안 주변은 혼비백산하며 더더욱 바빠졌다.

"교감 선생님, 어떡할까요? 1분이면 올라올 텐데."

"하아, 내가 곰곰이 생각해 보니까 말이야. 교회에 발길을 끊고부터 한결이 삼촌이 찾아왔더라고."

다들 교감 석관수만 바라보며 대응책을 간절히 바라고 있었다. 그런데도 그는 체념한 듯 뜬금없는 소리만 늘어놓았다.

"그래서 말이야. 이번 방학부터는 다시 교회에 나가려고. 다 같이 가면 좋을 텐데 말이야. 민 부장은 종교가……."

쿵쾅거리는 발소리가 가까워지자, 누군가가 급하게 소리쳤다.

"온다! 다들 자리에 앉으세요! 얼른!"

그 순간 쾅! 굉음과 함께 문이 열렸다.

다들 부산하게 자리로 돌아가 황급히 업무를 보는 연기에 돌입했다. 봄이의 옆자리인 홍정표 선생은 기민하게 책상 밑으로 몸을 숨겼다. 책상 위를 정리 중이던 봄이가 홍 선생을 의아하게 바라봤다.

"뭐 하세요?"

"쉿!"

"……."

입술이 짓이겨지도록 손가락을 갖다 대는 홍 선생의 모습은 처절해 보였다. 봄이는 그의 뜻대로 입을 다문 채 고개를 들었다. 먹이를 찾는 맹수처럼 교무실을 어슬렁거리는 낯선 방문객이 봄이의 시야에 들어왔다.

저 사람이 바로 그 유명한…….

선한결 삼촌이구나. 방문객을 발견한 봄이는 믿을 수 없다는 듯이 커다란 눈을 깜박였다.

……안 추워?

오늘은 영하 12도였다. 모스크바보다 추운 한파라고 아침 출근길 기상 뉴스에서 들었다. 하지만 이런 날 방문객은 겉옷이 없었다. 거대한 몸을 가리고 있는 것은 오직……,

기능성 티셔츠.

검은색 반소매 티셔츠는 몸에 딱 달라붙는 재질이었다. 폴리에스테르 84%에 엘라스틴 16%가 혼합되어 있을 것만 같은 원단은 남자의 단단한 몸을 고스란히 드러냈다. 봄이는 남자의 몸매에 시선을 고정했다. 운동하는 사람인가? 하지만 체육인이 팔뚝에 이레즈미 문신 같은 걸 새겨 넣었을 리는 없었다. 설마 저 남자, 조직 폭력배는 아니겠지.

"이야, 안녕들 하십니까!"

방문객의 목소리엔 기운이 넘쳐 났다. 교무실의 끝과 끝이라 먼 거리였음에도 귀에다 대고 말하는 것처럼 고막이 쩌렁쩌렁 울렸다.

"바쁘신데 미안합니다."

얼마나 급하게 뛰어온 건지 벌겋게 달아올랐던 그의 얼굴이 차츰제 얼굴색을 되찾고 있었다. 의도된 건지는 몰라도 기선 제압에 성공한 그는 느긋하게 교무실을 눈으로 훑었다.

"홍 정자 표자 선생님 좀 만나러 왔는데요."

모두가 자리에 앉아서 일하는 척하자, 남자가 먼저 용건을 꺼냈다.

아까처럼 소리치고 있지 않은데도 묵직하게 느껴지는 목소리였다. 봄이는 성질을 억누르고 있는 것처럼 보이는 남자를 면밀히 관찰했다.
'특이해……'
백두산 호랑이처럼 커다란 몸은 군살이 없어서인지 날렵해 보였다. 덩치가 남달라 상당히 눈에 띄는 부류였는데, 신기한 것은 남자의 얼굴이었다. 짧게 다듬은 머리에 부드러워 보이는 피부. 언뜻 보면 선이 굵직해서 강한 느낌을 풍겼지만, 하나하나 뜯어보면 또 섬세한 얼굴이었다. 보기 드문 미남이었다. 하지만, 상스러운 태도 탓에 다가가기 쉽지 않은 아우라가 풍기고 있었다.
"한, 한, 한결이 삼촌이시죠?"
숨 막히는 압박감을 이기지 못한 강 부장이 용기를 내어 앞으로 나섰다. 어찌나 떨고 있는지, 봄이가 앉은 곳에서도 강 부장의 마른 두 다리가 후들거리는 것이 보였다. 왜 다들 이렇게까지 겁을 내는지 봄이는 알지 못했다. 그저, 자리를 지키고 앉아 이 상황을 묵묵히 관찰할 뿐이었다.
"근데 이걸 어쩌나요. 홍정표 선생님은 지금 수업 중이시라……"
"……그렇습니까."
느릿하게 답하며 남자는 슬쩍 웃었다.
"그럼 내 기다리겠습니다. 시간 남아돕니다."
"에, 그게, 다음에 오시는 게 좋지 않을까요! 한참 기다려야 하니깐."
"기다리는 데 도사라, 괜찮습니다."
강 부장이 설득했지만 남자는 꿈쩍도 안 했다.
듣던 그대로구나. 봄이는 그에 대한 정보의 조각을 더듬었다.
한결이 삼촌.
한결이는 봄이가 가르치는 학년이 아니었지만, 꽤 유명했기에 이름과 얼굴 정도는 알고 있었다. 어쨌거나 그 선한결은 지금 1학년으로, 책상 밑에 숨어 있는 홍 선생이 담임을 맡고 있는 반 학생이었다. 몇 번 저 남자가 찾아와서 행패를 부렸다는 얘기도 스치듯이 듣긴 했는데…….

'무슨 이유였더라?'

2

당시엔 관심이 전혀 없어 한 귀로 흘려들었던 것이 조금 아쉬워졌다. 그래도 기억나는 점은 몇 가지가 있었다.

읍내에서 12:1로 상대를 제압하더라, 조폭 두목이 와서 90도로 인사하더라……와 같이 교무실에서 저들끼리 떠들던 카더라식의 말들이었다.

이 말들엔 그리 신뢰가 가지 않았다. 대개의 소문이 그렇듯, "내 친구가 봤는데", "옆집 사람이 들었다는데"와 같이 한 다리 이상씩 건너온 말들이었다. 확인되지 않은 소문이라는 것이 얼마나 끔찍한지 모르는 걸까. 마을이 작아서 그런지 별 소문이 참 많았다.

서울과 비교하면 어떨까. 사실 거기라고 다른 것은 아니었다. 봄이가 시달렸던 소문은 저런 것과는 비교도 되지 않는 것이었으니까.

〈엄마가 정난희라며? 그 엄마에 그 딸이네.〉

〈남자한테 꼬리를 얼마나 흔드는지! 에휴, 남사스러워서.〉

다 지난 일이지만 수군대던 말들을 떠올리니 절로 몸이 떨려 왔다. 봄이는 크게 심호흡했다. 저 남자도 마찬가지일지 모른다. 그러니까 들었던 소문 따윈 신경 쓰지 않는 것이 좋겠지.

생각에 잠긴 동안, 강 부장은 겁먹은 표정으로 교감에게 눈치를 주고 있었다. 어서 와서 해결해 달라는 의미였다. 입 모양으로 '아, 교감 선생님! 빨리요!' 하고 도움을 요청하고 있는 것이 봄이에게도 보였다.

"하……. 이, 이게 누굽니까!"

결국 모니터를 응시하며 업무를 보는 척 버티던 교감이 어설프게 남자를 맞이했다. 풍채 좋은 몸으로 뒤뚱뒤뚱 나서서 환하게 웃었다.

"한결이 삼촌 아니십니까!"

"그렇습니다."

"에, 제가 긴급 공문을 처리하느라 인사가 늦었습니다."

교무실 한구석의 널따란 전용 책상에서 완전히 벗어난 교감은 남자의 앞에 섰다.

"기억나시지예. 교감 석관수입니다."

"보자. 또렷이 기억납니다."

"무슨 일로……."

"음, 우리 한결이가 친구들한테 효행상 후보로 추천을 받았답니다."

"아! 그거 참말로 축하드립니다."

교감은 어색한 표정으로 엄지손가락을 치켜세웠다. 앉아 있는 선생들이 온 신경을 집중해서 두 사람의 이야기를 듣고 있었다.

"홍정표 선생님께서 에미, 애비도 없는 게 무슨 효행상이냐고 했다던데요. 내 사람 대 사람으로 이야기 좀 해 볼라고 왔습니다."

듣고 있던 봄이는 눈살을 조금 찌푸렸다. 애들 앞에서 저런 말까지 했다고? 다른 선생들이 홍 선생 언사가 과격해서 민원의 소지가 있다고 하는 말을 들은 적이 있었다. 직접 사례를 접하니 바로 수긍이 되었다.

"아이, 그럴 리가 있겠어요. 한결이가 그냥 한 말 아닐까요."

"한결이는 낸테 그런 말 안 하지. 딴 데서 듣고 왔습니다."

"오해겠지요. 자, 진정하시고. 일단 커피! 그래요, 커피 한잔 드리겠습니다."

긴급히 내뱉은 교감의 말에 몇몇이 "히익" 소리를 냈다. 전기 포트와 종이컵 그리고 믹스커피를 구비해 둔 곳은 다름 아닌 홍정표 선생의 뒷자리였다. 남자가 그 앞의 내빈용 테이블에 앉는다면 홍정표 선생을 발견할 확률이 높았다.

봄이는 짧게 한숨을 내쉬었다. 딱히 홍 선생을 도와주고 싶은 건 아니지만 교무실이 시끄러워지는 것도 원치 않았다. 무릎을 덮고 있던 담요를 휙 옆으로 던졌다. 책상 밑에서 손이 쑥 나와 더듬거리며 봄이의 무릎 담요를 낚아챘다. 부스럭 소리가 나는 걸 보니 홍정표가 몸을 덮고 있는 모양이었다.

"……."

그사이 드르륵 소리를 내며 남자가 봄이의 뒤에 있는 내빈용 테이블에 앉았다.

"헉, 자리가 하필……. 크흠!"

뒤늦게 상황을 파악한 교감이 재빨리 반대편에 앉아 홍정표가 보이지 않게 가렸다. 상황이 묘했다. 홍 선생의 뒤편 내빈용 테이블에 남자와 교감이 나란히 앉아 커피를 마시게 된 것이다.

"저, 봄 선생. 여기 커피 두 잔 부탁합니다."

자리에서 일어날 수 없게 된 교감이 어쩔 수 없이 봄이에게 도움을 요청했다.

"여기는 여선생님한테 커피 심부름도 시킵니까."

남자의 목소리가 순간 못마땅해졌다. 봄이는 일이 커지기 전에 자리에서 일어났다. 긴급 사태인 걸 알고 있기에 더는 모르는 척할 수 없었다.

"저, 믹스커피밖에 없는데 괜찮으시겠어요?"

내빈용 테이블로 다가간 봄이는 남자의 앞에 섰다. 남자와 가까워진 덕에 그를 자세히 관찰할 수 있었다. 바로 앞에 서게 되니 이전에는 안 보이던 것들이 보였다.

"……"

확 튀었던 남자의 팔뚝으로 시선이 향했다. 왼팔의 화려한 문신이 궁금했는데 마침 잘됐다 싶었다. 찬찬히 살펴보던 봄이는 눈을 동그랗게 떴다.

'이거 설마 문신 토시……?'

운전할 때 낀다는 문신 토시를 말로만 들었지, 이렇게 진짜로 끼고 다니는 사람은 처음 봤다. 진짜 문신인 줄 알았는데 완전히 속았다. 생각보다 더 이상한 사람일지도 몰랐다. 휘둥그레진 눈으로 남자를 살피던 봄이의 눈이 남자와 정면으로 마주쳤다.

"……"

옅은 갈색의 피부에 한일자로 단정하고 짙은 눈썹, 그 사이로 쭉 뻗은 콧대가 시원스러웠다. 날카로운 눈매에 새카만 눈동자가 봄이를 빤히 응시하고 있었다.

남자를 훔쳐본 것을 들킨 것 같아 봄이의 목덜미가 뜨거워졌다. 작아진 목소리로 재차 물었다.

"믹스밖에……"

뚫어져라 바라보는 남자의 목울대가 위아래로 울렁였다. 남자는 천천히 입을 열었다.

"노란 겁니까, 하얀 겁니까……."

"……."

그 와중에 이상한 걸 따지고 앉았다. 봄이는 조금 어이가 없었지만 침착해지려고 노력했다.

"노란 거예요."

"학교에 돈 없습니까? 요즘 누가 노란 거 먹는다고."

남자는 짧게 혀를 찼다. 눈을 데굴데굴 굴리며 가만히 있던 교감이 재빨리 끼어들었다.

"그기 학교 꺼가 아니고, 우리 쌤들이 돈 모아서 사는 기라."

"그렇습니까. 보기 안타깝네. 내 원두 머신 하나 넣어 드리겠습니다."

"아유! 괜찮습니다. 하하, 원두는 무신! 뭐, 있으면 맛이야 있겠지만. 확실히 건강하다곤 하던데, 원두커피가. 구수하기도 하고. 쩝."

교감은 손사래를 치면서도 티가 나게 좋아했다. 저런 남자한테 섣불리 고가의 장비를 기증받았다가 무슨 탈이 날지도 모르는데 대체 무슨 생각인지. 봄이는 가만히 이 모습을 지켜보고 있다가 전기 포트에 물을 올렸다. 종이컵에 노란 믹스커피를 넣고 물이 끓기를 기다렸다. 기다리는 동안 교감은 그를 달래기에 나섰다.

"난방이 고장 나서 좀 추우시지요. 여기 전기스토브 좀 가까이 쬐시죠. 반팔을 입으셔가 보기만 해도 추워 보입니다."

"내 열이 많아서 괜찮습니다."

심드렁하게 대답하던 남자가 갑자기 고개를 옆으로 쭉 뺐다. 그러더니 눈이 가느다래졌다.

"저건 뭡니까. 책상 아래."

이 말에 업무를 보는 척 키보드를 하릴없이 두드리던 소리가 일제히 멈췄다. 봄이도 화들짝 놀라 뒤를 돌아봤다. 무릎 담요로 몸을 가린 홍정표 선생은 죽은 듯이 가만히 있었지만, 유심히 들여다보면 바들바들 떨고 있는 것이 눈에 보였다.

"아무것도 아닙니다!"

교감의 말에도 남자는 벌떡 일어나 홍 선생의 책상 아래로 다가갔다. 그러더니 몸을 천천히 수그려 앉았다. 그가 팔을 뻗어 담요에 손을 댄 순간, 교감은 서둘러 그의 두꺼운 팔뚝을 꽉 부여잡았다.

"아유! 왜, 왜 그러십니까."

이대로 담요를 휙 벗겨 버리면 오늘 교무실은 쑥대밭이 될 것이 분명했다. 봄이는 숨 쉬는 것조차 잊고 눈앞의 광경을 멍하니 지켜봤다.

"커피 말고! 어, 그렇지! 담배! 여기서 이러지 마시고 저기 경치 좋은 데서 말씀 나눕시다. 등나무로 가서 담배 한 대 어때요. 예?"

간신히 홍 선생에게서 남자를 떼어 낸 교감이 긴급하게 제안했다. 봄이는 속으로 혀를 찼다. 교감은 가끔 학교 안, 등나무에서 담배를 피웠다. 그게 뭐가 자랑이라고 내빈까지 모시고 가는지 모를 노릇이었다. 아무튼 마음에 들지 않았다.

"허, 학생들 공부하는 데서 뭔 짓거립니까."

"예?"

"학교 안에서 담배를 태우자고요. 지금 내한테 농담하나요? 예? 농담하십니까."

서울말에 가까운 지역 사투리의 억양으로 남자가 교감을 보기 좋게 한 방 먹였다. 교감은 어버버하면서 제대로 대답도 하지 못했다. 남자를 붙들었던 팔을 슬쩍 놓은 교감은 머쓱함에 민머리를 매만졌다. 다른 사람들은 다시 키보드를 열심히 두드리기 시작했다. 민망해할 교감을 위한 작은 배려였다.

삐익 소리를 내며 전기 포트가 물이 다 끓었음을 알렸지만 봄이는 전혀 신경 쓰지 않았다.

'짜릿하다……'

거침없는 남자의 말에 봄이는 자기도 모르게 자그마한 웃음을 흘렸다. 그 순간이었다. 남자와 다시 눈이 마주쳤다. 아까의 매서운 눈길과는 조금 달랐다. 호기심이 불붙은 표정이었다.

"……"

"……"

짙은 눈동자가 짓궂게 번들거렸다. 묘한 침묵이 흐르는 동안 남자는 봄이에게 한 발짝 더 다가섰다.

'왜, 다가오는 거지……'

그렇게 다가온 남자는 갑자기 낮고 굵은 목소리로 뜻 모를 말을 중얼거렸다.

"미인."

"……네?"

3

당황한 봄이는 자기도 모르게 되물었다가 황급히 입을 닫았다. 이 남자, 뭐지. 다른 사람은 못 들은 눈치라 천만다행이었다. 그가 또다시 무슨 말을 하려 매끈한 입술을 천천히 열었지만, 교감이 한 박자 빨랐다.

"농! 담!"

힘을 주어 말하며 교감이 잽싸게 교무실 문을 활짝 열어젖혔다.

"담배는 농담, 농담이지요! 공기도 탁하니깐 나가서 이야기 나누실까요. 곧 종 치면 학생들도 오고 그러니깐. 예?"

교감이 필사적으로 채근하며 남자의 등을 밖으로 떠밀었다. 남자는 "어, 어, 이거 왜 이러십니까"라고 외치면서도 순순히 교감을 따라 나섰다. 남자는 떠밀려 나가면서 봄이를 슥 쳐다보고 입술 끝을 올렸다. 어깨를 으쓱이는 동작엔 여유가 있었다. 적당히 경고만 하고 사라진 거구나. 봄이는 남자의 의도를 눈치챘다. 새 학년이 시작되기 전에 같은 일이 일어나지 않게 보여 주기식 퍼포먼스를 벌인 것이다.
  어쨌거나 정신이 하나도 없었다. 봄이는 믹스가루만 담긴 종이컵을 가만히 보다가 전기 포트의 물을 부었다. 옆에 놓인 티스푼으로 몇 번 휘저은 후, 자리로 돌아왔다. 홀짝 커피 한 모금에 몸이 뜨끈해졌다.
  "봄 선생, 봄 선생! 갔어?"
  속닥거리는 소리가 들렸다. 담요를 걷고 홍 선생이 책상 밖으로 삐죽 고개를 내밀었다.
  "아, 가셨어요. 나오셔도 될 것 같은데."
  "고마워요. 아오!"
  곧바로 일어난 홍 선생은 뻐근했는지 다리를 휘휘 휘두르고 팔을 붕붕 돌렸다. 그런 홍 선생 주위에 사람들이 몰려들었다.
  "홍 선생 고생했다. 아까 그쪽으로 갈 때 내가 다 진땀이 나더라니께!"
  "미친 거 아이가. 그까짓 효행상 때문에 먼 난리고?"
  홍 선생의 큰소리에 다들 고개를 절레절레 저으면서도 그의 등을 툭툭 두드렸다. 걸렸으면 뼈도 못 추렸을 거라는 멘트도 함께였다.
  "에이, 드러워서 진짜. 아니, 부모님이 없는데 효행상 후보가 말이 되냐고."
  "그래도 홍 선생이 심했다! 이쯤 된 게 다행 아니가?"
  "맞아요. 살아나신 것만으로도 기적이에요."
  모두가 우르르 몰려와 홍 선생을 위로했다. 봄이는 제자리에 그대로 앉아 이 상황을 물끄러미 바라보았다.
  '……신경 쓰지 말자.'
  다시 한 모금 커피를 마신 봄이는 시선을 창밖으로 옮겼다. 저 멀리서 눈송이를 맞으며 교문 밖으로 나가고 있는 장신의 실루엣이 보였다. 멀리서도 눈에 띄었다. 아까 창가에서 한결이 삼촌임을 단박에 알아본 선생들의 반응이 이해가 갔다.
'진짜 특이한 남자였어.'
강렬했지만 이젠 만날 일이 없는 인연이 눈 사이로 아득히 사라져 갔다.
"자, 자, 하나, 둘, 셋, 넷…… 열아홉! 다 오셨습니다."
교육전략회의실이라는 거창한 이름이 붙은 작은 회의실에 전 교사가 모였다. 그래 봤자 스무 명도 안 됐다. 고장 났던 히터를 방학 중에 고쳤는지 회의실 안은 땀이 날 정도로 더웠다.
막 회의가 시작되었지만, 오랜만에 모인 선생들은 각자의 근황 토크에 열중했다. 그렇게 한참을 떠들던 사람들은 코앞으로 다가온 개학에 대해 말하며 탄식했다.
"시간 차암 빨라, 그치?"
"아으, 방학 잘 보내라고 인사한 것이 엊그제 같은데 개학이라니. 징글징글하다!"
잡담이 이어지는 동안 교무부장이 잡은 마이크에서는 연이어 삐 소리가 났다. 사람들은 귀를 틀어막았다. 새 학년도의 업무 분장 발표가 시작됐지만, 대부분 작년과 비슷하게 배치되어 아무도 귀담아듣지 않고 있었다.
"기자재 담당은 윤봄 선생님, 그리고……."
따로 들은 바가 없어 귀를 기울이던 봄이는 안도했다. 기자재 담당이라면 학교 내에 있는 시설물과 관련된 사항을 정리하고 보고하는 일이었는데, 다행히 작년에 교육청에서 예산이 내려와 시설물을 전부 새것으로 교체했다. 딱히 손보거나 불용 처리할 것들이 없어 쉬운 업무였다. 조금 의아하긴 했다. 이런 좋은 업무가 자신에게 오리라곤 예상하지 못했기에.

"에……, 다음은 이어서……."

사실 가장 중요한 것은 따로 있었다. 바로 담임 발표.

결정자인 교무부장과 교감이 끝까지 비밀로 하는 바람에 다들 초긴장 상태였다. 마구잡이로 떠들던 사람들도 담임 발표가 시작되자 조용해졌다. 1학년 담임부터 발표됐다. 신입생이 늘어나면서 반이 다섯 개나 늘어났고, 결국 교무부장까지 담임을 겸하게 됐다. 다음 차례는 2학년이었다.

"……2학년 1반은 서혜숙 선생님, 2학년 2반은 윤봄 선생님, 이어서 2학년 3반은 정진혁 선생님, 그다음은 3학년입니다……."

무심히 듣고 있던 봄이가 고개를 갸웃거렸다. 분명 작년처럼 3학년을 맡을 줄 알았다. 다른 학년보다 일이 많고 부담감도 높아서 젊은 선생에게 떠맡기는 분위기였는데…….

"봄 선생."

뒤에 앉은 강 부장이 봄이의 어깨를 툭툭 쳤다. 봄이는 고개를 돌렸다가 다른 사람들도 자신을 보고 있음을 깨달았다.

"힘내. 파이팅."

"네?"

영문도 모른 채 교무실로 돌아왔다. 2학년 2반 명렬표를 받아 들고 나서야 봄이는 알 수 있었다. 자신에게 쏟아졌던 눈빛들의 이유를.

[2학년 2반 12번 선한결]

모두가 기피하는 학생이었다. 지난번 삼촌이라는 사람이 찾아온 뒤로 다들 겁을 잔뜩 집어먹고 있는 탓이었다.

"에? 봄 샘, 한결이 맡았어요? 아유, 반 배정이 왜 이렇게 됐대."

명렬표를 파티션에 붙이고 있을 때, 2학년 3반 담임이자 수학 담당인 정진혁 선생이 와서 말을 붙였다.

"괜찮아요."

"와, 괜찮긴요. 선한결만 있는 게 아니라 세진이도 샘네 반인데?"

봄이는 세진이가 누군지 명렬표를 다시 훑었다. 가나다순의 이름 배열을 훑던 시선이 가장 마지막 번호에 꽂혔다.

[2학년 2반 16번 최세진]

"뭐야. 세진이도 봄샘 반이라고?"

2학년 1반 담임이자 중국어 담당인 서혜숙 선생이 끼어들었다. 둘 다 난리인 걸 보니, 최세진도 맡기 어려운 학생인 듯했다. 서 선생이 호들갑스럽게 말했다.

"몰라? 여기 군수가 마흔 줄에 낳은 막둥이잖아. 집에서 얼마나 성적에 목을 매는지 몰라. 담임 입장에선 얼마나 부담인데!"

"맞아. 시내에 있는 외고 썼다가 떨어져서 온 앤데, 얘가 전교 1등이에요."

지금 대화 중인 교사 셋은 전부 2학년 담임이고, 이 세 개의 반이 2학년의 전부였다.

2학년 1반 중국어 '서혜숙'.

2학년 2반 윤리와 사상 '윤봄'.

2학년 3반 수학 '정진혁'.

우연인지 몰라도 골치 아픈 학생들은 윤봄의 반에 모두 몰려 있었다.

……상관없어.

어차피 조금만 있으면 서울로 올라갈 테니까. 이곳은 봄이에게 잠시 스쳐 지나갈 곳에 불과했다.

작년, 이곳에 내려온 첫해 맡았던 3학년 1반은 비교적 무난했다. 봄이는 서울에서 하던 대로 입시에 집중했고, 결과도 나쁘지 않았다. 다수의 학생이 본래의 성적보다 좋은 대학에 합격했다.

2학년은 상대적으로 입시에 대한 부담이 덜하겠지만 한 학년 일찍 대비시키는 것이니 오히려 나을 수도 있을 것이다. 올해도 비슷한 한 해가 될 것이라고, 봄이는 그렇게 생각했다.

***

3월. 새 학년이자 새 학기가 시작되었다. 학교의 1년 중 가장 설레는 달인지라, 여느 때처럼 어수선했으며 떠들썩했다.

개학 후 적응하기에도 바쁠 시기에 교감이 갑자기 폭탄을 던졌다. 이유 모를 고집으로 학부모 상담 주간이 무려 2주나 앞당겨진 것이다.

봄이는 머리가 다 지끈거렸다. 도대체 체계라고는 없는 곳이었다. 학생들의 성적을 다 파악하기도 전에 학부모님이 몰려들 걸 생각하니 마음이 바빠졌다. 맡은 일만큼은 제대로 처리하자는 것이 봄이의 지론이었다. 애정의 여부와는 상관없이 교사라는 업무 자체엔 빈틈을 보이고 싶지 않았다.

"봄 샘, 뭘 그렇게 뒤져 봐요?"

"아직 애들 파악도 제대로 안 됐는데 상담이 너무 이르게 잡혀서요."

2학년 3반 담임인 정진혁이 의자 바퀴를 끌어와 봄이의 어지러운 책상 위를 훑었다. 학생들의 내신과 모의고사 자료가 산더미처럼 쌓여 있었다.

"성적 분석할 시간도 너무 촉박하네요. 어쩌죠?"

"돈 워리. 2학년은 안심이에요. 봄 샘."

이건 또 무슨 이야기일까. 봄이는 자료를 분류하던 손을 멈췄다.

"네? 왜요?"

"2학년은 학부모님들 안 오세요."

"정 선생 말이 맞아. 2학년은 편해."

옆에서 듣고 있던 서혜숙이 껴들었다.

교무실의 자리도 바뀌어 이젠 2학년 담임끼리 나란히 앉았다. 왼편엔 서혜숙, 오른편엔 정진혁이 있었다. 반 순서대로의 배치였다.

"1학년은 갓 고등학교에 입학했으니 궁금해서 오고, 3학년은 대학을 보내야 하니까 찾아오지. 그런데 2학년은 애매해서 아무도 안 와."

"아, 정말요?"

"여긴 시골이니까 특히 그렇지. 그러니까 너무 기합 넣지 말고 차근차근히 해."

"몰랐어요, 감사합니다."

그렇다면 다행이었다. 2학년 담임 경력이 많아 노련한 두 선생의 조언을 받은 봄이는 가벼워진 마음으로 상담 신청지 뭉치를 품에 안고 교실로 들어갔다. 마침, 이번 윤리와 사상 시간은 봄이가 담임인 2학년 2반 수업이었다. 2학년 2반은 교무실 복도의 중앙 계단을 타고 2층으로 올라가면 바로 왼편에 있었다.

종이 친 교실은 고요했고 모두 제자리에 앉아 있었다. 학기 초라 기합이 잔뜩 든 모습을 본 봄이는 만족했다. 책상 위엔 아직 이름도 쓰지 않은 교과서들이 바르게 놓여 있었다.

"수업 시작하기 전에 공지 하나 할게. 상담을 원하시는 부모님들이 계시지?"

덕분에 차분하게 이야기할 수가 있었다. 봄이는 교탁 위에 교과서를 내려놓고 교실을 전체적으로 훑었다.

"……꼭 상담하실 게 있으시다고 하면 신청서를 작성해서 내일 가져와. 입시에 대한 건 미리미리 대비해 두는 게 좋으니까."

"네."

"자, 상담 신청지 돌릴게. 잊지 말고 부모님께 전달해 줘."

신청지가 모자라진 않은지 살펴보던 봄이는 누군가의 시선을 감지했다.

"……."

눈이 마주친 건 선한결이었다. 오늘 아침 자리를 바꿨는데 한결이가 맨 앞쪽에 앉게 되었다. 한결이는 나른하게 눈을 깜박이며 턱을 괴고 있었다. 그렇게 봄이를 쳐다보고 있다가 눈이 마주치니 부드럽게 웃어 보였다. 특유의 청량한 얼굴은 눈길을 끄는 데가 있었다. 외모로 보나, 분위기로 보나 인기가 많을 것은 당연했다.

'그러고 보니 좀 닮은 거 같은데…….'

거친 남성미가 느껴지는 삼촌과는 다르게 섬세하고 예민해 보이는 이미지였다. 하지만 키와 골격이 무척 크고, 이목구비가 반듯한 것이 제 삼촌과 비슷했다.

봄이는 문득 생각했다. 한결이 삼촌도 오려나……?

'에이, 설마 아니겠지.'

4

 한결이 삼촌이 찾아올 리가 없다고 생각한 지 하루 뒤, 유달리 날씨가 쾌청한 오전이었다.
 교무실이 시끌벅적했다. 전근 온 선생님을 응원하는 떡이 교무실로 들어왔기 때문이었다. 직전 학교의 동료들이 보낸 떡이었는데 '우리 김 샘 잘 부탁합니다~♡'라고 써진 예쁜 스티커가 붙어 있었다.
 "아이고, 김 샘! 잘 먹을게요."
 "호박설기랑 백설기랑 섞여 있으니까 취향껏 가져가 드세요! 따뜻할 때 드세요들."
 "봄 샘도 하나 가져가. 자, 여기."
 따끈한 백설기 하나를 받은 봄이는 조금 민망해졌다. 작년에 서울에서 내려왔을 때 봄이는 아무것도 해 오지 않았다. 물론, 2년짜리 교환교사라고는 하지만 서울에 있는 동료 중 당연하게도 저런 걸 챙겨 준 사람은 없었다. 아니, 챙겨 주긴커녕······.

〈어머나, 교환 파견이 겨우 2년밖에 안 돼?〉

〈전출로 내려가면 평생 눌러앉을 수 있는데 왜 교환으로 했대? 다시 와서 뭐 하게?〉

저런 말들을 수군거렸었다. 아무도 이별을 아쉬워하지 않았다. 전부 상처가 되는 말투성이였지만 괜찮았다.

그래도 마음이 쓸쓸해지는 건 어쩔 수가 없었다.

'일이나 해야지. 밖에서 통화하는 게 낫겠다.'

봄이는 교무실에서 휴대폰을 챙겨 복도로 나왔다. 조용한 복도에서 봄이는 종이 한 장과 휴대폰을 손에 꼭 쥐었다. 부스럭거리며 종이를 다시 펴 본 봄이가 미간을 살짝 좁혔다. 절로 한숨이 쏟아졌다.

"하아……."

[학부모 상담 신청서]
-학번: 20212
-학생명: 선한결
-보호자명: 선재규
-관계: 삼촌
-전화번호: 010-xxx-xxxx
-상담 희망일: 상시 가능^^

봄이네 반에서 상담 신청을 낸 학부모는 단 두 명, 우려는 현실로 드러났다.

선한결.

최세진.

〈선생님. 저희 집 그날 청와대 오찬 간대요. 대신 오빠가 와도 되나

요?〉

 세진이는 부모님 사정으로 친오빠가 대신 오기로 했고, 그쪽에서 따로 연락을 주기로 했다. 남은 것은 한결이의 삼촌과 상담 시간을 잡는 것이었다.

〈한결이 삼촌이랑 날짜 잡을 땐 최대한 이 핑계 저 핑계 대면서 그날은 다 안 된다고 하라고. 상담 주간 끝날 때까지 최대한 버텨!〉

 작년 담임인 홍 선생이 팁이랍시고 말해 준 것이었다. 학부모의 상담을 일부러 피하라니, 이상한 조언이라 생각하며 봄이는 고개를 저었다.

"아침인데 받으시려나……."

 휴대폰에 번호를 꾹꾹 눌러 찍었다. 담백한 신호음이 길게 이어졌다. 괜히 긴장한 탓에 자꾸만 손에 땀이 찼다.

─여보십니까.

 낮고 굵직한 남자의 음성이 울렸다. 봄이는 목을 가다듬었다.

"안녕하세요. 저어, 선한결 학생의 이번 담임교사입니다. 학부모 상담 신청 때문에 전화드렸는데요."

─어잇! 이야, 그렇습니까.

 목소리가 한 톤 높아졌다. 어쩐지 기분이 좋아 보였다. 그때의 말투와 목청 그대로였다. 참 변함이 없는 사람이구나.

"상담 약속을 잡으려고 전화드렸어요. 언제가 편하실까요?"

─지금 갈까요.

"네?"

─시동만 걸면 됩니다.

"아, 아뇨."

 봄이는 눈이 똥그래졌다. 화들짝 놀라 자기도 모르게 공중에 손을 휘휘 내저은 봄이는 다시 침착하게 말을 이었다.
"월, 월요일 괜찮으세요?"
―좋지요. 월요일.
"네, 그럼 그날……."
―기다려야 되네.
수화기 너머의 음성은 다시 한 톤 낮아졌다. 무언가 언짢은 듯했다. 월요일이 좋다고 했으면서 왜 저러는지 모를 일이었다. 이어서 웅얼거리는 소리가 들려왔다.
―지금은 왜 안 되는데. 하…….
"네? 뭐라고요?"
―아닙니다.
다 들었는데 발뺌이었다. 머리가 아파진 봄이는 재빨리 적당한 시간을 가늠해 봤다. 얼른 약속 시간을 잡고 끊는 게 상책이었다.
'그래, 월요일엔 단축 수업을 한댔지.'
그런 날엔 다들 일찍 퇴근하니 학교는 텅 비어 있을 것이다. 한결이 삼촌을 부르기엔 최적의 시간이 분명했다.
"음, 다음 주 월요일엔 3시 30분에 수업이 끝나서요. 단축 수업하는 날이거든요. 그 이후에 방문하시면 될 것 같은데, 4시쯤 괜찮으세요?"
―예, 월요일 4시 말씀이십니까. 달력에 적어 놓지요.
"네, 맞아요."
날이 좋아 활짝 열어 놓은 복도 창문으로 바람이 살랑 불어왔다. 따갑기만 하던 바람이 이젠 부드럽게 피부를 스치는 것이 느껴졌다. 봄이가 창가에 잠시 시선을 두는 사이에 수화기 너머 남자의 입에선 엉뚱한 말이 흘러나왔다.

―저기, 뭐 좋아하십니까.

"네?"

뜬금없는 물음에 봄이는 당황했다. 갑자기 뭘 좋아하냐니.

"저, 그건 왜 물으……."

―건강식품 같은 거 드십니까.

"아뇨, 갑자기 무슨 말씀이세요?"

―내 알아서 해 갑니다. 그럼?

한결이 삼촌은 그렇게 멋대로 전화를 끊어 버렸다.

……뭐 이런 사람이 다 있어?

봄이는 황당함에 말문이 막혔다. 당장 시동만 걸면 된다니, 이 사람 백수인가?

다음 주 월요일에 이 남자를 직접 대면해야 한다고 생각하니 덜컥 걱정이 앞섰다. 뭘 해 온다는 건지도 의문이라 머리가 아팠다. 저번 겨울에 찾아왔을 때 노란색 믹스커피를 지적했던 그는 정말로 학교에 원두커피 머신을 증정했다. 일단 내뱉은 말은 책임을 지는 사람이라는 것이다.

아무튼, 갑자기 생긴 원두커피 머신은 교감 석관수가 가장 애지중지하는 물건이 되었다. 교감은 매일 아침 머신을 닦고 따뜻한 커피를 내리며 알고 보면 좋은 분이라는 속 보이는 말을 자주 내뱉고 있었다. 봄이 생각은 달랐다. 아무리 시골 학교라도 저런 걸 또 가져온다면 곤란했다. 정말 신경 쓰이는 사람이다.

"머리 아파, 별일 없겠지……."

애써 그리 생각한 봄이는 복도 창밖으로 보이는 이름 모를 꽃나무를 바라봤다. 새하얀 꽃잎들이 동화 같은 풍경을 자아내고 있었다. 또다시 훅 불어온 바람은 부드럽게 곡선을 그리며 꽃잎들을 공중에 흩

뿌렸다.

봄이 시작되고 있었다.

***

월요일 아침, 봄이는 수건으로 머리를 톡톡 말리며 옷장을 열었다.
"아……."
입을 옷이 하나도 없었다. 봄이는 서랍장까지 뒤적이며 한참을 찾았지만, 결국 마음에 차는 옷은 나오지 않았다.
그러고 보니 새 옷을 산 지도 1년이 훌쩍 넘었다. 이곳에 내려온 이래로 옷을 산 적이 한 번도 없었다. 평소에는 상의 칸과 하의 칸에서 적당히 어울리는 색으로 조합해 입었다.
'그래도 오늘은…….'
조금 신경이 쓰였다. 아무래도 학부모가 방문하는 날이니까. 작년 학부모 상담 때는 무엇을 입었는지 잠시 떠올려 봤지만 기억조차 희미했다.
'이게 가장 예쁜 거 같은데.'
한참을 고민하고 나서야 연보라색 원피스로 결정이 났다. 머리를 하는 데에도 시간이 꽤 걸렸다. 평소엔 느슨하게 묶고 다니지만, 오늘은 풀어 보는 것도 괜찮을 거 같아서 이리저리 만지다 보니 시간이 꽤 늦었다.
오늘도 봄이는 여느 때처럼 버스를 탔다. 진한 주황색의 마을버스는 번호가 없었다. 버스 노선이 단 하나뿐이라서 번호를 따로 달지 않았다는 사실은 나중에야 알았다.
처음엔 도저히 적응할 수 없을 것 같았던 이곳에서의 생활도 이젠 제법 익숙해지고 있었다. 그래 봤자 오래 머물 곳은 아니지만……
 뒷자리의 열린 창틈에서 길가의 향나무 냄새가 스며들어 왔다. 오랜만에 컨디션이 좋았다. 봄이는 얼굴에 스치는 바람을 만끽하며 오늘 상담할 내용들을 머릿속에 정리했다.

***

 "한결아."
 종례가 끝나고 청소를 마친 교실은 말끔했다. 봄이는 홀로 남아 가방을 챙기고 있는 한결이를 불러 세웠다.
 "네, 선생님."
 한결이만 남은 이유는 이러했다. 종례가 끝나고 복도가 어수선했다. 무슨 일인지 나가 본 봄이는 깜짝 놀랐다. 복도에 1학년으로 보이는 학생이 편지와 쇼핑백을 들고 서 있었다. 한결이에게 고백하러 온 거였다. 흥분한 친구들이 휘파람을 불고 난리를 쳤다.
 봄이는 그 학생의 용기에 깜짝 놀랐다. 저렇게 공개적으로 고백하는 건 봄이도 처음 보았다. 한결이는 이런 것이 익숙한지 곤란해하는 기색 없이 에둘러 거절했다. 그러곤 거절에 눈물을 뚝뚝 흘리는 학생을 한참이나 달랜 후에야 교실로 돌아왔다.
 교실에 홀로 남아서 복도 쪽 창밖으로 이를 지켜봤던 봄이는 한결이가 편지를 쑥 가방에 집어넣는 것을 보면서 말을 걸었다. 곧 학부모 상담이 시작될 텐데 기다렸다가 삼촌이랑 같이 가는 것도 좋을 듯싶었다.
 "이따 삼촌 오신다는 거 들었지?"
 "삼촌 온대요?"

한결이는 재밌다는 표정으로 웃더니 가방의 지퍼를 닫고 곧장 옆으로 맸다.

"응, 말씀 안 하셨어?"

"아, 오늘이구나. 온다고 했으면 늦진 않으실 거예요."

"삼촌 상담 끝날 때까지 기다렸다가 같이 가는 건 어때?"

"아니에요. 전 약속이 있어서요. 그럼 가 보겠습니다. 선생님."

한결이는 무엇인가를 더 말하려고 입을 열었다가 다물곤 웃으며 교실을 나갔다.

'진짜 그냥 가버렸네.'

덩그러니 홀로 남은 봄이는 손가락 끝으로 책상을 두드렸다. 교실이 텅 비어 버리니 괜히 심란했다.

〈미인.〉

대체 뭐였을까. 대놓고 사람한테 그런 말을 할 리는 없고……. 아마 잘못 들은 거겠지.

한결이 삼촌을 만날 시간이 다가오고 있었다. 겨울에 교무실에서 일어났던 일을 생각할수록 긴장이 되어 봄이는 마음을 차분히 하려 애썼다.

3시 45분.

조용하던 복도에 묵직하고 날쌘 발소리가 울렸다. 봄이는 직감적으로 선한결의 삼촌이라는 걸 알아차렸다. 발소리는 짐작대로 문 앞에서 뚝 멈췄다. 몇 초 지나지 않아 교실 앞문이 벌컥 열렸다.

5

 마음의 준비를 단단히 했지만, 문이 열리는 소리에 가슴이 조금 뛰었다. 봄이는 문이 열림과 동시에 곧바로 일어나 허리를 숙였다.
 "안녕하세요."
 "……."
 차분한 말에도 돌아오는 인사는 없었다. 의아하게 남자를 올려다봤다. 훑어보던 봄이의 눈이 점점 커졌다.
 이렇게 정면에서 마주하고 보니 압도되는 느낌이 컸다. 그것은 남자의 체격 때문이었다. 190cm는 족히 되어 보이는 키에 딱 벌어진 어깨와 탄탄한 가슴팍이 눈에 띄었다. 옷 때문에 더욱 도드라져 보였다.
 '또 기능성 티셔츠…….'
 적나라하게 드러난 남자의 몸매에 봄이는 고개를 다른 쪽으로 돌렸다. 애써 다른 곳을 보려고 돌린 시선의 끝에 화분 하나가 닿았다.
 '저건 왜 들고 오셨을까.'

1m도 훌쩍 넘는 화분은 남자의 한쪽 팔에 대롱대롱 매달려 있었다. 팔뚝엔 어김없이 그때의 문신 토시를 착용한 채였다. 저번엔 위협용으로 끼고 왔나 했는데 이제 보니까 그냥 아무 생각 없이 끼고 다니는 것 같기도 했다. 이상한 남자였다.
　"……."
　그런데 어쩐지 말이 없었다. 봄이는 우두커니 서서 자신을 멀뚱히 보고 있는 한결의 삼촌에게 다시 한번 인사했다.
　"저기, 안녕하세요. 한결이 삼촌 맞으시죠?"
　"아, 네. 어, 맞습니다."
　남자는 눈썹을 잔뜩 찡그리고 말을 더듬었다. 두꺼운 목덜미가 한껏 붉어져 있었다. 봄이에게 고정한 시선은 그대로 둔 채였다.
　"저는 선한결 담임 윤봄이에요."
　"아, 이거 참……. 하, 나는 그러니까, 선재규입니다."
　왜 저래? 겨울에 대뜸 찾아와 큰소리치던 모습과는 사뭇 달랐다. 하긴, 그때는 화가 나서 달려온 거고 지금은 상황이 다르니 우려한 상황은 일어나지 않을 확률이 높았다.
　"자, 여기로요."
　"네."
　안심한 봄이는 자신의 자리 앞에 미리 준비해 놓은 의자로 안내했다. 재규는 화분을 그 옆에 척 내려놓고는 손을 티셔츠 배 쪽에 슥슥 문질러 닦은 뒤 악수 자세를 취했다.
　"반갑습니다, 이거, 진짜로……."
　원래 학부모님과 악수를 했던가. 아니었던 것 같은데 기억이 가물가물했다. 봄이는 어쩔 수 없이 재규의 손을 맞잡았다. 툭 튀어나온 굵은 손등뼈가 만져졌다. 겉으론 부드러워 보였지만 막상 이렇게 만져 보니 까칠했다. 손도 어찌나 큰지 손가락만 겨우 붙들었다. 열이 펄펄 끓고 있어 뜨겁기까지 했다.

"예, 반갑습니다."

재규의 손을 대충 두어 번 흔들어 준 봄이가 슬그머니 손을 뺐다.

"저, 여기 앉으시겠어요? 우리 반에서 가장 큰 의자인데요. 음, 조금 작을 거 같네요."

"초딩 의잡니까. 이거."

이리저리 편한 자세를 잡아 보던 그는 결국엔 포기하고 다리를 넓게 벌려 앉았다. 봄이는 무심코 시선을 내렸다가, 이내 화들짝 놀라 교무 수첩을 들었다.

'뭐야, 방금……'

거울이 없어도 얼굴이 벌겋게 달아올랐음은 알 수 있었다. 봄이는 다른 생각을 떠올리려 애썼다.

"윤가?"

갑자기 엉뚱한 물음이 귀에 박혔다. 봄이는 멍하게 되물었다.

"……네?"

"외자냐고요. 윤이 성이고 봄이 이름입니까?"

"맞아요."

"봄아."

머리 위로 나긋하고 다정한 목소리가 울렸다. 봄이는 한껏 내리깔았던 눈을 들어 재규의 얼굴을 응시했다. 재규의 입꼬리는 기분 좋게 휘어져 있었다.

뭐지, 남의 이름을 그렇게 멋대로…….

"저, 죄송한데요."

"그렇게 부르겠네요, 친구들은. 봄아. 그죠? 이쁘네!"

"이야." 감탄사를 덧붙인 재규는 "영어 이름은 스프링입니까" 하며 되지도 않는 소리를 떠들어 대고 있었다.

스프링은 무슨.

신난 재규의 말을 한 귀로 흘려들으며 봄이는 남자의 정체를 궁금해했다. 도대체 어떤 사람이길래 저렇게 거침없이 말하고 행동하는 걸까?

궁금한 게 많은 건 재규도 마찬가지인 듯했다. 호기심으로 물든 눈빛을 봄이에게 가까이 들이댔다.

"서울서 오셨다고 들었는데 맞습니까."

"네."

"나도 서울 혼혈입니다."

"······."

어이없는 표현이지만, 대충 알아들을 수 있었다. 부모님 중 한 분이 서울분이시구나.

서울말을 쓰면서도 억양엔 지역 사투리가 섞여 있는 이유가 있었다. 남자의 말에 따르면, 서울말과 사투리를 자유자재로 사용할 수 있다고 했다. 멀티, 바이링구얼······. 이상한 단어가 남자의 입에서 계속 흘러나왔다.

그러거나 말거나였다. 듣다 보니 서울말이든, 사투리든 그런 건 중요하지 않았다. 재규의 말투 자체가 문제였다. 예를 차리는 듯하면서도 장난이 섞여 있어서 어디까지가 농담인지 감도 안 잡혔다.

"저, 상담부터 할게요."

봄이는 일단은 무시하기로 작정했다. 학부모 상담을 왔으니 성적을 의논하는 게 우선이었다. 미리 출력해 둔 생활 기록부와 성적 분석표를 펼쳐 놓자 재규도 입을 다물었다. 종이를 두고 머리를 맞댄 채로 봄이는 차근차근 재규에게 설명했다.
"지난주에 한결이랑 상담해 보니 대학에 갈 생각이 없다고 하더라고요."
교직에 오래 있진 않았지만, 인문계 고등학생이 진학을 포기하겠다는 경우는 처음 보았다. 한결이는 제법 진지했지만, 봄이는 받아들일 수 없었다. 대학에 가지 않겠다는 고등학생이 전국에 한결이만 있는 건 아니지만, 보통은 특수한 고등학교에 다니는 학생들의 이야기였다.
아마 밑바닥인 내신 성적 때문에 내린 결정은 아닐까. 봄이는 이렇게 넘겨짚고 있던 차였다. 마침 보호자가 왔으니 입시 계획을 잘 짜 주면 한결이를 설득해 주지 않을까? 가족의 격려가 무엇보다 마음을 움직이는 데 크게 작용할 나이니까.
"한결이가 내신 성적이 많이 부족하긴 하지만……."
그리고 봄이가 이렇게 생각하는 데는 이유가 더 있었다. 비록 내신은 전교 꼴찌였지만 모의고사 점수를 보면 중위권이었다. 이는 곧, 내신을 일부러 망치고 있다는 이야기였다. 만난 지 얼마 안 됐지만, 한결이는 분명히 머리가 좋은 학생이었다. 의지만 있다면 얼마든지 해낼 수 있었고, 봄이는 그 가능성을 그냥 묻어두고 싶지 않았다.
이제 막 2학년 1학기가 시작된 만큼, 전략만 잘 세운다면 나쁘지 않은 대학에 갈 수 있으리라는 결론을 내린 봄이는 그 점을 남자에게 설명해 주었다.
"아직 2학년이라 지금은 이렇게 방향성만 잡아 봤어요. 한결이 진로도 3학년 돼서 또 바뀔 수도 있고요. 어쨌거나 대학은 꼭……."
무아지경에 빠져 이야기하던 봄이는 문득 재규가 잘 알아듣고 있는지 궁금해졌다. 형광펜을 죽죽 그어 가며 설명하던 종이에서 시선을 떼고 고개를 들자 한 뼘 거리에 재규가 봄이를 빤히 보고 있었다.
　동공이 반쯤 풀어진 눈에 불규칙한 호흡의 앙상블은 봄이를 불안하게 만들었다. 봄이는 긴장한 낯으로 재규의 얼굴을 살피며 물었다.
　"여기까지 혹시 이해 안 되시는 거 있으면 질문을……."
　"다 알아들었습니다……."
　"그럼, 대학 진학에 대해서 한결이를 조금 더 설득해 주시면……."
　재규가 느리게 입술을 열었다.
　"그런 건 지 알아서 할 거고."
　"네?"
　"대학은 관심 없다던데. 고등학교 졸업만 하면 되지."
　"그래도……."
　"학교에서 친구들이랑은 잘 지냅니까. 선생님들께는 깍듯하고요?"
　자기는 교무실에서 깽판 쳐 놓고. 봄이는 목구멍 앞까지 튀어나오는 말을 간신히 삼켰다.
　한결이의 교실 생활이 어땠더라. 잠시 생각해 본 봄이가 신중히 말했다.
　"그럼요. 한결이 인기 많고요. 성격이 온순하고 예의 바른 아이예요. 누굴 괴롭히거나 괴롭힘당하는 것도 없고요. 아직까진 그래요."
　"훌륭하네. 그거면 됐지, 뭐. 꼭 대학을 가야 인생 성공하는 건 아니니까."
　"네, 그건 그렇죠……."
　머쓱해진 봄이는 입시 설계 노트를 닫았다. 그러자 재규가 드르륵 의자를 끌어와 한층 더 가까이 몸을 붙였다. 체구가 큰 남자의 그림자가 봄이의 몸을 모두 덮어 버렸다.

"몇 살이에요."

너무 가까이에 있는 탓에 남자의 호흡이 귓가에 간지럽게 들려왔다. 낮고 거친 숨소리였다. 착각인지는 몰라도, 뜨끈한 숨결이 목덜미까지 닿는 것만 같아 몸이 절로 움츠러들었다.

대답이 돌아오지 않자 재규의 채근이 이어졌다.

"몇 살이냐고요."

봄이는 스물 여섯이라 답했다. 별로 알리고 싶진 않지만 계속 실랑이하는 거보단 빨리 알려 주고 마는 게 나았다.

"하, 역시."

"……?"

나이를 알게 된 남자의 눈이 가늘어지더니 낮은 중얼거림이 이어졌다.

"네 살 차이면 궁합은 안 봐도 되겠네."

"그게 무슨……?"

"아닙니다."

다 들었는데 아니긴 뭐가 아니야. 황당함에 입이 절로 벌어졌다.

재규는 멋대로 다음 질문을 던졌다.

"이거 끝나면 집 가죠?"

"휴우, 네……."

"태워 줄게. 내 차 타고 같이 갑시다."

툭. 쥐고 있던 형광펜이 종이에 떨어졌다.

'절대로 싫어.'

"아뇨, 괜찮은데요."

"후회할 건데."

재규는 가까이 붙였던 얼굴을 뗐다. 팔을 쭉 뻗어 아까 내려놓은 커다란 화분을 드르륵 끌어당겼다.
"그럼 이거 어떻게 들고 가려고."
"화분은 저희 학급에서 소중하게 키울게요. 감사합니다."
"뭐 이래 볕도 안 드는 데서 키우라고요. 이게 뭔지나 아십니까."
 귀한 건가. 봄이는 시선을 내리깔고 진지하게 화분을 구석구석 관찰했다. 흰색 테라조 화분 위에 크기도 무식하게 큰 이 나무의 이름은 알 길이 없었다.
 겉보기엔 어디서 본 듯한 식물인데 비싼 모양이었다. 애초에 식물에 관심도 없는 터라 괜히 골치만 지끈거렸다.
"식물은 제가 잘 몰라서요. 많이 귀한 건가요?"
"이게 바로 돈나무입니다."
"……."

6

더 들을 것도 없었다.

'쫓아내야지.'

봄이는 한결이의 성적 자료를 노란 서류 봉투에 넣어 재규의 손에 건넸다.

"시간이 벌써 이렇게 됐네요."

벌떡 일어나 꾸벅 인사하고 재규를 내보내려고 애썼다. 마음이 급하니 목소리도 빨라졌다.

"모쪼록 상담 내용이 도움이 되셨기를 바랄게요."

땀을 뻘뻘 흘리며 문밖으로 유도하는 봄이를 보며 재규가 복식 호흡으로 웃었다. 자리에서 천천히 일어난 재규가 호탕하게 말했다.

"앞으로 자주 볼 거 같으네요. 봄이 선생님. 나이 차이도 얼마 안 나는 거 친근히 지냅시다."

"예, 살펴 가세요."

얼마 안 나기는! 네 살 차이인데.

봄이는 소몰이하듯 재규를 앞문까지 몰아 교실에서 내보내는 데 성공했다. 재규는 저번에 교감에게 떠밀렸던 것처럼 "어, 어" 하면서 킥킥 웃으며 복도로 나갔다.

"갑니다."

"네."

"또 보십시다."

"……."

또 볼 일은 없었기에 대답도 하지 않았다. 팔을 흔들며 인사하는 재규의 얼굴에는 쾌활한 웃음이 걸려 있었다. 주머니에 손을 찔러 넣고 여유 있게 계단을 내려가는 뒷모습이 드디어 사라졌다. 그제야 안심이 된 봄이는 문을 꾹 닫았다.

"하아……."

정신없어. 전신을 감싸던 긴장이 서서히 풀렸다. 진짜 웃기는 사람이었다.

"이건 또 어떡하지."

봄이는 홀로 남은 돈나무를 이리저리 살피다가 결국 교실 한구석에 밀어 넣었다. 재규의 말대로 화분은 교실 바닥에선 볕을 제대로 받지 못했다. 그렇다고 창가에 올려놓기엔 너무나 컸다. 달리 둘 곳이 없었다.

"……신경 쓰여."

봄이는 남자가 앉았던 의자를 정리하며 심란해했다. 휴대폰이 울린 것은 이때였다.

"네, 여보세요?"

―안녕하십니까. 최세진 학생의 오빠인 최이준입니다.

"예, 안녕하세요."

―상담 건으로 뒤늦게 전화해 죄송합니다. 지금 통화 가능하십니까?

수화기 너머의 남자는 지극히 예의 바르고 상식적이었다. 예상 범위 내에서 이루어지는 전화 통화에 봄이는 곧바로 편안함을 느꼈다.

"그럼요. 말씀하세요."

―모레 시간이 날 것 같습니다. 그때 학교에 방문해도 괜찮으시겠습니까.

***

급격히 따뜻해진 날씨로 포근함이 감도는 교실에는 나긋한 봄이의 목소리만 울렸다. 급식을 먹은 오후에 햇볕까지 들이치자 몇몇 학생들은 몸을 느슨하게 푼 채로 꾸벅꾸벅 졸고 있었다.

봄이가 맡은 과목은 윤리와 사상이었다. 오늘 수업은 봄이가 가장 좋아하는 단원인 인간의 특성에 대한 내용으로, 소크라테스가 나왔다. 소피스트와 대립했던 그의 주장들을 오십 분 동안 정리한 봄이는 시계를 흘깃 쳐다봤다. 때마침 끝날 시간이었다.

"……오늘 수업은 여기까지 하자. 수행평가 안 잊고들 있지? 학자와의 가상 인터뷰. 다음 시간까지 제출해야 하니까 미리미리 해."

이야기를 마치자 바로 종이 울렸다. 봄이는 반장을 잠깐 불러 학기 초 필요한 몇 가지를 상의한 뒤 교실을 나섰다.

"윤봄 선생님. 맞으십니까."

교실을 나선 봄이는 복도에서 자신을 기다린 듯한 낯선 남자와 마주했다.

"예, 맞습니다만."

깔끔하게 포마드로 넘긴 머리, 고급 정장을 말끔히 차려입은 그의 모습은 이 동네 풍경과 어딘가 어울리지 않았다.

"저는……."

"오빠!"

상대가 대답하기도 전에, 세진이가 교실 문을 열고 뛰어나왔다.

남자의 옆에 세진이가 나란히 섰다. 봄이는 그제야 이 남자가 세진이의 친오빠인 최이준이라는 사실을 눈치챘다. 창백한 피부와 길게 뻗은 콧대가 판박이였다. 눈매나 입매는 살짝 다르지만, 전체적으로 많이 닮았다. 둘 다 차가운 느낌이었지만, 오빠 쪽이 더 서늘하고 냉담해 보였다.

"오빠, 우리 담임 샘이야. 내가 말했지?"

세진이는 들뜬 목소리였다. 반면, 최이준은 어째 표정이 탐탁지 않았다. 그는 인상을 찌푸리며, 날이 선 목소리로 말했다.

"집에서 보는 교복이랑 다르잖아. 이따위로 짧은 걸 입고 다녀?"

"속인 게 아니라……."

"이딴 거에 신경 쓸 시간에 문제 하나라도 더 풀고."

"그게 아니라 급식 흘려서 친구 걸……."

교실에선 누구에게도 굽히는 법이 없던 세진이 잔뜩 기죽어 있었다. 그런 모습이 왠지 남의 일 같지 않았다. 보통 때라면 모르는 척 회피했을 테지만 절로 몸이 움직였다. 둘 사이에 선 봄이는 눈치껏 세진이의 팔을 잡아당겼다.

"그래, 세진아. 치마에 많이 묻긴 했더라. 아까 많이 놀랐지."

"네? 아, 네……."

세진은 떨떠름하게 대답하면서도 고맙다는 눈빛을 보냈다.

"선생님은 오빠랑 이제 상담해야 하니까, 교실에 들어가 있을래?"
"네."
오빠의 눈치를 살핀 세진이는 다시 교실로 들어갔다. 봄이는 짧게 심호흡하고 세진의 오빠에게 정식으로 인사했다.
"저, 안녕하세요? 세진이 담임 윤봄입니다. 일찍 오셨네요."
"최이준입니다."
최이준과는 오늘 오후에 상담 예약을 잡아 놨는데 일찍 도착한 모양이었다. 방과 후에 도착을 했으면 빈 교실에서 상담하면 됐지만 지금은 마지막 수업이 남아 있었다.
"제가 장소를 안 알려 드려서 교실까지 오시게 했네요. 괜찮으시면 지금 밖에서 상담할까요?"
"그러죠."
봄이는 교무실에 들러 세진의 자료를 챙겨 와 운동장으로 나갔다. 운동장의 등나무 벤치 외엔 달리 선택지가 없었기 때문이다.
봄이는 최이준의 맞은편에 자리를 잡았다. 다리가 불편한 건지 길게 뻗은 채 등나무 벤치에 걸터앉은 모습이 제법 근사해 보였지만, 그 인상은 오래가지 않았다. 짧은 감상을 마친 봄이는 곧바로 가져온 자료를 등나무 테이블 위에 펼쳤다.
성적 자료부터 열어 설명하려던 봄이는 얼마 전, 재규가 왔을 때 학교생활을 더 궁금해했다는 사실이 떠올랐다.
"세진이가 학교생활은 아직까진 잘하고 있어요. 새로운 친구들과 관계도 좋고요."
그래서 우선 세진이의 이야기를 전달하려고 했다. 아까 집안 망신이라며 몰아세우던 모습이 여태 마음에 걸렸다. 여기에서 좋은 이야기를 꺼내 줄 생각이었다.

"그런 건 됐습니다."

"네……?"

"입시 상담 때문에 왔으니 입시 얘기를 듣고 싶습니다. 1등이라 해도 이런 덜떨어진 시골 학교에서 별 메리트도 없고."

맞는 말인데 왜 이렇게 듣기가 불편하지. 역시 하던 대로 할 걸 그랬나. 봄이는 복잡해진 마음을 가다듬고 서둘러 세진의 입시 설계 노트를 펼쳤다.

"말씀하셨다시피 저희 신수고 자체가 학업 성취도가 낮은 편이긴 한데요, 세진이의 경우엔……."

종이를 팔랑팔랑 넘기며 봄이가 세진이의 성적을 설명했다. 학생 수가 적은 학교라 동점자가 나오지 않게 주의해야 하는데 신수고는 그 점에서 엉망이었다. 동점자가 나오는 경우도 수두룩해서 세진이에게 불리한 점이 많았다. 그와 별개로 모의고사에선 성적이 조금 뒤처진 부분도 있었고.

최이준은 집중한 상태로 그런 봄이의 설명을 들었다. 머리를 맞대어 꽤 가까이에 있었지만, 숨소리 하나 들리지 않았다.

"생각보다 도움이 되었습니다. 서울 학군지에서 내려오셨다고 해서 반신반의했는데 다르긴 다르네요."

"도움이 되셨다니 다행이에요."

고3만 줄곧 맡았으니 당연한 일이었다. 특히 세진이의 경우엔 각별한 케어가 필요한 것 같아 학기 초부터 신경을 쓰고 있던 차였다.

"더 궁금한 거 있으세요? 세진이가 잠이 조금 부족한 모양이던데 괜찮을까요?"

"지금 같은 때에 충분히 자는 게 이상하지 않습니까. 그럼 가 보겠습니다."

딱 잘라 말한 최이준은 봄이가 건넨 세진의 자료를 받아 곧장 서류 가방에 넣었다.

"저, 세진이 보호자님."

막상 불러 놓고 최이준이 빤히 자신을 바라보자 봄이는 고개를 푹 숙인 채 손을 만지작댔다.

주제넘은 말 아닐까. 그래도…….

〈죽어라 공부해도 소용없어요. 다들 기대가 하늘을 뚫고 우주까지 가 있거든요. 잘했다는 말? 저요, 칭찬 같은 거 한 번도 못 들어봤어요.〉

상담할 때 세진이가 우울한 표정으로 털어놓은 말이 마음에 걸렸다.

"세진이 되게 열심히 하거든요. 티를 내지는 않지만 힘들 거예요."

"하고 싶은 말이 뭡니까?"

"칭찬을 많이 해 주시면……."

순간 머리 위로 비웃음 섞인 콧바람이 픽 날아왔다.

"무슨 소리 하나 했더니."

최이준의 빈틈없는 얼굴은 언제부터인지 몰라도 구겨져 있었다. 깊이를 알 수 없는 새카만 눈동자엔 명백한 경멸의 빛이 스쳤다.

"칭찬할 게 있나? 시내 외고도 떨어져서 어쩌다 이런 촌구석까지 떠밀린 것만으로 충분히 망신입니다."

봄이의 어깨가 움찔 떨렸다.

〈너 같은 건 집안 망신이야!〉

고함을 지르던 아버지의 서슬 퍼런 목소리가 귓가에 생생했다. 집안의 체면이 얼마나 중요하길래 사람을 이렇게 한없이 작아지게 만드는 걸까.

"세진이가 비록 외고에 떨어졌지만, 여기에서도 충분히……."

"최선을 다하는 것만으로 충분할까요? 긍정적인 사고지만 애들 미래에는 도움 안 됩니다."

최이준은 한심하다는 표정을 감추려고도 들지 않았다. 그래서인지 봄이의 목소리도 날카로워졌다.

"하지만 공부가 전부는 아니지 않나요? 세진이 아직 열여덟 살이잖아요."

"공판 시간이 다 되어 가서 이만 일어나 보겠습니다. 나중에 대화하죠. 최세진, 잘 부탁드립니다. 그럼 이만."

본인 할 말을 끝낸 최이준은 일어서 곧바로 자리를 떠나 버렸다.

'하, 어쩜 저래. 진짜 할 말을 잃게 만드네.'

봄이는 답답해진 가슴을 어찌지 못하고 한참이나 교정을 하염없이 걸었다.

"후우……."

7

 종례를 마친 봄이는 교실에 홀로 남았다. 아까 교정을 잠시 거닌 덕분인지, 마음이 한결 진정된 상태였다.
 '괜히 참견한 건가.'
 좀 전에 본인답지 않게 흥분한 것이 약간 후회도 되었다. 집안 망신이라는 말에 욱해서 그랬는지도 모른다. 세진이의 주눅 든 모습이 마치 자신 같아서……. 그래서 마음이 쓰였다. 노력하지 않아도 사랑받을 수 있는 아이였다. 하지만 죽을 만큼 노력하고 있는데도 저런 소리를 듣고 있는 걸 보니 속상했다.
 최이준의 싸늘한 대응 때문인지 마음이 심란해졌다. 아직은 봄이도 알 수가 없었다. 어떤 것이 옳고 어떤 것이 그른 것인지. 그 집도 나름의 교육 방침이 있을 터인데 괜한 논쟁이었을지도 모른다.
 '앞으로 잘 지켜보자.'
 사실, 당장에 골치 아픈 일은 다른 곳에 있었다. 봄이는 갑자기 심각한 얼굴이 되었다. 지금 가장 문제가 되는 것은 바로 돈나무, 며칠 전 재규가 가져온 문제의 화분이었다. 봄이는 화분 속 하얀 조약돌 사이에 꽂아 놓은 팻말에 쓰인 문구를 보고 고개를 가로저었다.

[대박 나세요♡]

뭘 대박 나라는 말이지. 이거, 개업하는 사람에게나 어울릴 문구 아닌가…….
"……."
가뜩이나 비좁은 교실에 들어선 화분은 환영받지 못하고 있었다. 햇볕도 제대로 받지 못하는데 학생들이 뛰어다닐 때마다 먼지만 뒤집어쓰고 있는 실정이었다.
교무실에 내려보낼까도 생각했지만 마땅치 않았다. 작년에 교무실 화분에서 벌레가 대량으로 튀어나온 이후 교감은 교무실에 화분 반입을 금지해 버렸다.
"결국 집에 가져가야 하네."
봄이는 시름이 담긴 한숨을 길게 흘렸다. 돈나무는 남의 속도 모르고 푸릇푸릇한 잎사귀들을 뽐내고 있었다. 쓸데없이 큼직하고 튼실한 게 꼭 이걸 가져온 사람을 빼다 박았다.
"……야."
지끈거리는 머리를 짚으며 우람한 돈나무를 노려봤다.
"너……."
이름이라도 붙여 제대로 타박하고 싶은데 그럴싸한 이름이 생각나지 않았다. 무심코 생각나는 이름을 불러 보았다.
"재규……."

이름을 되뇌는 순간, 피식 웃음이 새어 나왔다. 이름 하나로도 존재감이 분명했다.

봄이는 결심한 얼굴로 자리에서 일어났다.

"일단 집에 가자, 재규야."

생각보다 많은 힘이 필요한 이동이었다. 교실이 있는 2층에서 1층까진 엘리베이터의 힘을 빌렸다. 문제는 중앙 현관에서 나와 교문으로 가는 길이었다. 경사가 있는 내리막길이지만 그걸로는 충분하지 않아 봄이는 진땀을 흘렸다.

'이렇게 무거운 걸 어떻게 그 사람은 한 팔에 끼고 온 거지?'

화분에 바퀴가 있어 그나마 다행이긴 했지만 미는 것만으로도 힘에 부쳤다. 봄이는 잠시 화분에서 손을 떼고 뻐근해진 어깨를 두드렸다. 이걸 어떻게 버스에 실어야 할지 생각만 해도 막막해졌다. 저상버스가 아니라 탈 때도 저걸 들고 버스 계단을 올라가야 하고, 내릴 때도 마찬가지일 텐데 그 생각을 하니 눈앞이 캄캄했다.

"재규야, 너 왜 이렇게 무겁니……."

신경이 다른 곳에 가 있다 보니 자신을 은밀히 따라오고 있는 차를 눈치채지 못했다.

"짐 머 합니까."

"악!"

검은 세단의 차창이 열리고 나서야 봄이는 화들짝 놀라며 눈을 깜박였다.

'뭐지?'

서울에서나 봤던 포르쉐 파나메라가 왜 이 신수읍에서 돌아다니는지 알 길이 없었다. 그것도 학교 안에.

운전석의 선글라스를 낀 수상한 인물은 시원시원한 입매를 자랑

했다.

"거봐라. 내가 그때 데따준다니깐."

선글라스를 훅 벗은 남자를 본 봄이가 눈썹을 치켜떴다.

"아니. 학교엔 또 어쩐 일로……."

대꾸도 없이 차 문을 쾅 닫고 나온 재규는 바닥에 둔 화분을 쑥 뽑아 들었다. 봄이가 허둥지둥하며 재규를 말렸다.

"어어, 제, 제가 들고 갈 거예요."

"들고 가긴. 얄팍한 손목 다 뿌라지겠네."

무거운 화분을 가볍게 들어 올린 재규가 혀를 쯧 찼다. 차 뒷자리 문을 홱 열어서 시트에 돈나무를 앉힌 재규는 돈나무에 안전벨트를 단단히 채웠다. 잽싼 동작에 미처 대처하지도 못했다. 봄이는 멍하게 물었다.

"뭐 하세요?"

"탑시다."

"저, 그냥 화분 가져가세요. 교실에 두기에도 어렵고, 저도 필요가 없어서요."

"봄봄이 씨. 윤리 선생님이 그래도 됩니까. 사람 성의를 갖다가."

윤리 과목이랑 그거랑 무슨 관계가 있다는 건데?

봄이가 선뜻 움직이지 않자, 재규는 미간을 한껏 찌푸리며 조수석 문을 활짝 열었다.

"타십시오. 한결이 담임 선생님."

"……."

"타라니까."

계속된 재규의 채근에 봄이는 어쩔 도리 없이 결국 차에 탔다. 누군가에게 재규와 옥신각신하는 모습을 보여 주고 싶지 않은 마음도 있었다.

차 내부는 깔끔했다. 상큼한 레몬 냄새도 풍기고 있었다. 봄이가 탑승하자 재규의 표정이 만족스럽게 바뀌었다.

"자, 출발합니다이. 벨트 매십셔."

"네……."

봄이는 안전벨트를 매며 창밖을 두리번거렸다. 벌써 누가 본 건 아니겠지. 심장이 두근거렸다. 한결이의 삼촌은 워낙에 유명인이었기에 엮이면 골치만 아파질 것이다. 천만다행으로 주변엔 아무도 없는 듯했다.

"자, 그럼 가 보입시다……."

재규가 액셀을 꾹 밟자, 봄이는 반사적으로 안전벨트를 움켜쥐었다. 생각보다 운전은 부드러웠다. 검은 세단이 교문을 빠져나가자, 봄이는 조용히 안도의 숨을 내쉬었다.

봄이는 재규가 행선지를 묻지 않은 것이 생각났다. 엉뚱한 곳으로 가진 않을지 걱정이 앞섰다.

"저, 어디로 가는지 아세요?"

"모릅니다."

"……."

보통은 목적지를 묻고 출발하지 않나.

"청설읍 돌다리 아세요? 거기 즈음에 세워 주시면 되는데."

"알죠. 내 거기는 눈 감고도 갑니다."

다행이었다. 따로 길 안내를 하지 않아도 되겠구나. 봄이는 안심하며 등을 카 시트에 깊게 파묻었다.

"함 감아 볼까요."

"네? 안 돼요!"

봄이 펄쩍 뛰자 재규는 하하 웃으며 재미있어했다. 봄이는 기가 찼다. 왜 자꾸만 말려드는 거지?

"어째 저걸 혼자 들고 갈 생각을 했습니까."

재규는 거기까지 들고 내려온 것도 용하다며 엄지를 치켜들었다.

그게 다 누구 때문인데…….

봄이는 흘긋 옆을 훑었다. 재규는 흥얼거리며 다시 운전에 집중하고 있었다.

'어디 가는 길이었을까.'

기능성 쫄티 대신 오늘 재규는 멀끔한 흰 셔츠에 검은 슬랙스를 입었다. 단추 두 개를 풀어 놓은 셔츠는 주름 없이 깔끔했고 원단이 고급스러웠다. 옷 하나 바꿨을 뿐인데 분위기가 완전히 달라 보였다. 젊은 사업가 같은 느낌이랄까. 그렇다고 몸매가 드러나지 않는 것은 아니었다. 셔츠를 걷어붙인 팔뚝은 부피감이 상당했다. 오늘은 문신 토시를 하지 않아 맨살을 볼 수가 있었다. 봄이는 팔뚝의 힘줄을 보다가 특이한 것을 발견했다.

'팔에 저건 뭐지?'

햇볕을 받은 팔뚝엔 옅은 화상 자국이 보였다. 범위는 제법 넓었지만, 대놓고 눈에 띄는 정도는 아니었다. 그럼에도 불그스름한 흔적은 이상할 만큼 눈에 밟혔다. 흔한 화상과는 뭔가 결이 달랐다.

'역시 수상해.'

팔뚝에 있는 화상의 흔적을 보던 시선은 핸들을 쥔 재규의 손으로 향했다. 흥얼거리며 긴 손가락으로 핸들을 톡톡 두드리고 있어서 자연스럽게 눈길이 그리로 흘렀다. 갈색의 가죽 핸들 위에 얹힌 손은 어딘지 모르게 묘한 매력이 있었다. 손등에 뼈마디가 툭 튀어나와서 확실히 남자다운…….

"그래 좋습니까……."

느릿한 말투에 봄이는 고개를 들었다.

재규는 신호를 받아 서 있는 김에 얼굴을 서서히 봄이에게 들이댔다.

"좋냐고."

"네? 뭐가요."

"훔쳐봤잖아. 반했습니까."

봄이의 얼굴이 확 달아올랐다. 도대체 저 자신감은 어디에서 나오는 걸까……. 잠시 말을 잇지 못하고 재규의 얼굴을 멍하니 쳐다봤다. 전체적으로 남자다운 분위기가 넘쳐났다. 날카로운 턱선은 물론이고, 시원스레 뻗은 콧날 아래로 휘어진 입매까지.

'잘생기긴 했는데.'

생김새야 처음부터 미남이라고 생각했지만, 이렇게 제멋대로인 스타일은 진짜 취향이 아니었다.

반했냐고? 절대. 기막혀하던 봄이는 그의 입술이 서서히 위로 말려 올라가는 것을 보고 퍼뜩 정신을 차렸다.

"무슨! 아니, 선재규 씨."

봄이는 자꾸 상체를 들이대는 재규 때문에 몸을 뒤로 물렸다. 재규는 더 이상 따라붙지 않고 천천히 입술을 열었다.

"다시 해 보십시오."

"뭘요."

"내 이름 불렀잖아요."

"……선재규 씨?"

"왜요. 봄이 씨."

봄이의 입이 벌어졌다. 혼자서 신난 재규의 입가가 또 꿈틀거렸다.

"이제 우리 이름 튼 겁니다? 봄이 씨."

8

 봄이는 그대로 굳어 버렸다.
 이름을 텄다니……. 이런 식으로 얼렁뚱땅?
 "……."
 "한 번 더 불러 주십쇼."
 "하, 진짜 원래 이러세요?"
 "내 아무한테나 안 이러는데. 진짜로."
 재규는 호탕하게 웃다가 때마침 파란불로 바뀌자 다시 액셀을 부드럽게 밟았다.
 한마디 하려던 찰나, 가방 안에서 휴대폰이 진동했다. 봄이는 재규에게서 눈길을 떼고 휴대폰을 꺼냈다. '교무부장 서영주'라는 반갑지 않은 이름이 액정 위에 떠다니고 있었다. 무슨 일일까? 퇴근 후에 학교에서 오는 연락이란 대개는 업무를 떠안기거나 반에 어떤 사건이 터졌을 때였다. 둘 다 반갑지 않은 경우였다. 봄이는 받을까 말까 잠시 고민했다. 업무라면 받는 순간 후회할 테고, 사고라면 외면할 수 없는 일이었다.
'받아야겠다.'
결심은 했지만, 문제는 지금 재규의 차 안이라는 점이었다. 통화 중 그가 한마디 끼어들기라도 하면 괜한 오해를 살지도 몰랐다.
"받아도 됩니다."
"하지만……."
"내 조용히 입 다물 테니깐."
눈치가 빠르네…….
봄이는 슬쩍 그와 눈을 마주친 뒤 고개를 끄덕였다. 별일 아니면 좋겠다. 그런 생각을 하며 조심스레 엄지손가락으로 통화 버튼을 눌렀다.
"네, 부장님."
─봄 선생, 퇴근했나. 집이가?
"지금 집에 가고 있어요. 그런데 무슨 일이세요?"
긴장하며 물었더니 서영주 부장이 "아이고!" 하면서 이야기를 시작했다.
─교육청에서 환경 관련 동아리 오늘까지 제출하라캤는데 홍 부장이 그걸 깜박했다카네, 글쎄. 내가 아주 몬 산다!
서두가 길면 대개 좋은 얘기는 아니었다. 예상대로 봄이가 반응할 새도 없이 상황 설명이 쏟아졌다.
─일단 급하게 내가 그린 에너지 동아리 급조해가꼬 계획서 대충 만들어서 보냈다. 이름은 그린나래. 지도 교사로 봄 선생 올려도 되제?
봄이는 정신이 아득해졌다. 교육청에서 관리하는 에너지 동아리에 왜 자신의 이름을 넣는다는 걸까? 어차피 떠날 사람이라고 이렇게 함부로 대하는 건가? 조금은 불쾌하기도 했다.

"하지만 그쪽에 대해선 아는 게 없는데요. 저보단 과학 선생님이……."

―아, 그냥 이름만! 이름만 올리는 기다, 어차피.

이어진 교무부장의 말에 의하면 학기별로 한 번씩 그린 에너지 관련 활동 내역만 있으면 된단다. 말이 쉽지 학생들을 모집해서 새로운 활동을 한다는 건 피곤한 일이기도 했다. 끈질긴 설득에 결국 봄이가 할 수 있는 대답은 하나였다.

"……네, 알겠습니다."

전화를 끊은 봄이는 속으로 한숨을 삼켰다. 이런 걸 떠맡다니.

다시 휴대폰을 가방에 넣고 창밖을 살폈다. 그동안 집에 꽤 가까워져 있었다. 차는 한적한 마을 어귀에서 속도를 바짝 줄였다. 여기에서 내리는 게 좋다고 판단했다.

"저, 요 앞에서 내릴게요."

"봄이 씨, 정확히 집이 어딥니까."

"그냥 돌다리에서 내리면……."

"크흠, 어디 사냐고요."

재규는 차를 길가에 멈춘 채로 뒷자리에 있는 돈나무를 흘깃거렸다. 봄이는 재규의 시선을 따라 뒷좌석에 안전벨트를 매고 있는 원흉 덩어리를 확인하곤 한숨을 길게 내뱉었다.

'어차피 혼자 들고 못 가긴 하는데…….'

집까지 배달하겠다는 재규의 의지는 확고해 보였다. 봄이는 결국 팔을 들어 검지로 자기 집을 가리켰다.

"돌다리 지나서 저 빨간 벽돌집이요. 벚나무 있는."

봄이는 돌다리를 건너 골목 안에 있는 단독 주택 2층에 살고있다.

주인 할아버지께서 몇 년 뒤에 서울에서 아들 내외가 내려와 살 거라며 새로 증축했기에 나름 새집이었다. 옥상의 절반을 지어 놓아 옥탑방에 가까웠지만 너무 춥거나 덥지는 않았다. 살기엔 나름 쾌적한 곳이었다. 어디까지나 2년 정도 머물 곳으로 말이다.

"저기 살 꺼면 학교 앞에서 구하지 그랬습니까. 신수읍에 비슷한 거 많은데요."

"그냥요."

따로 이곳에 집을 구한 이유가 있었다. 작은 시골 마을인지라 학교 근처에서 살면 보는 눈이 많은 게 싫어서였다. 그래서 일부러 버스로 두 정거장은 와야 하는 신수읍의 옆 동네, 청설읍에 집을 구한 것이다. 그런 사정이 있었기에 타인에게 사는 곳을 노출할 생각은 눈곱만큼도 없었다. 없었는데……

"집 앞에서 세워 주시면……"

"누가 잡아먹습니까."

"네?"

"화분만 옮겨 주러 온 건데 아주 요래 토끼 눈을 하고."

결국 재규에게 집 위치를 알려 준 것도 모자라 집 앞까지 함께 가게 생겼다.

"그 몸으론 저거 들고 몇 발자국도 못 갑니다. 문 앞에 내려 주고 가지요."

"네……"

서울과 달리, 교통이 불편한 이곳에선 서로를 태워다 주는 일이 빈번했다. 너무 과민 반응 했나? 머쓱해진 봄이는 경계를 조금은 풀기로 했다.

"그럼 부탁드릴게요."

"혼자 삽니까."

"네, 주인 내외분은 아래층에 사시고요."

재규는 흥얼거리며 다시 액셀을 꾹 밟았다.

"저, 근데 집 앞엔 주차할 데가 없어요. 그냥 저기에서 내려만 주세요."

"걱정 마세요. 주차킹입니다. 내가."

이상한 말을 내뱉은 재규는 한 치의 망설임 없이 돌다리를 넘어 봄이네 집 앞으로 돌진했다.

"어?"

"괜찮습니다."

그러고는 사방이 장애물로 막힌 좁은 자리에 그 커다란 중형 세단을 집어넣었다. 나중에 어떻게 빼려고 이러지? 봄이는 당황했지만, 재규는 거침이 없었다. 묵직하게 차 문을 여는 소리와 함께 재규가 차에서 내렸다. 벨트를 풀고 돈나무를 꺼내 든 재규가 차 곁에 서 있는 봄이에게 다가섰다.

"앞장서십셔."

봄이가 주춤하자, 재규는 괜히 힘든 척하며 요란한 소리를 냈다.

"으아아아악. 내 팔 떨어진다."

"……그럼 저한테 주세요. 제가 들게요."

봄이는 2층으로 올라가는 옥외 계단 앞에서 화분을 받아 들기 위해 손을 뻗었다.

"됐어요. 벌써부터 이런 거 들면 할매 돼서 손목 다 나갑니다."

봄이를 스치고 지나간 재규는 쿵쿵 소리를 내며 계단을 밟고 올라가 자기가 먼저 문 앞에서 봄이를 기다렸다.

"저, 도와주셔서 고마워요. 여기에 놓고 가세요."

"어디요."

"음, 저기가 괜찮을 거 같아요."

봄이는 옥상 구석 한편을 손으로 가리켰다. 평상 바로 옆이었다.

"왜 저깁니까. 집 안에 안 두게요."

"네. 볕이, 여기가 잘 들어서."

임기응변으로 대충 둘러댄 말이지만 2층에 빨래를 너는 곳은 공간이 넉넉했고 해도 잘 들어와 최적의 장소였다. 재규는 화분을 털썩 내려놓고 진지한 표정으로 주변을 둘러보며 턱을 문질렀다.

"크호. 방범이 꽝이네. 집이 아주 위험한데요."

당신이 제일 위험해. 봄이는 속에서 튀어나오려는 말을 꾹 삼켰다. 재규는 휘 둘러보다가 빨랫줄에 달린 작은 베이지색 손수건을 보더니 신기한 듯이 눈을 깜박거렸다.

"이야……."

더 이상 구경을 시킬 순 없었다. 봄이는 얼른 감사를 표했다.

"저기, 한결이 삼촌님. 데려다주셔서 감사합니다."

"쓰읍. 아까 이름 텄잖습니까. 윤봄이 씨."

"감사합니다……. 재규…… 씨……."

겨우 내뱉고 나서 봄이는 눈짓으로 계단 밑을 흘끔흘끔 바라보며 재규에게 가라는 무언의 사인을 보냈다. 재규는 딱 버티고 서서 가만히 봄이를 내려다보고 있었다.

"……."

여태 떠 있는 햇볕이 재규를 훤히 비추고 있었다. 피부가 어두운 편이라 흰 셔츠는 안 어울릴 줄 알았는데, 되레 더 잘 받았다. 생각보다 이성에게 인기가 꽤 있을지도 모르겠다는 생각이 들었다.

'근데 왜 안 가지?'

더 쳐다보다간 뭉개고 앉아서 또 이상한 소리를 할 것 같았다. 봄이는 얼른 입을 열었다.

"그럼 조심히 가세요."

"커피 한 잔도 안 주고. 각박하다, 각박해. 이것이 서울 사람의 인심……?"

"나중에 사 드릴게요."

"됐습니다."

"어, 정말요?"

"선생 봉급 얼마나 된다고. 내 살 테니깐 담에 먹기로 약속이나 지킵시다."

"네?"

다음에 커피를 먹자고? 이야기가 어떻게 그렇게 돌아간다는 말인가. 봄이가 눈가를 비비며 깜박였다. 이렇게 다음 약속이 잡히는 거야? 싫어.

봄이는 다급히 재규를 붙잡았다.

"그냥 지금 드시고 가세요! 저도 갑자기 카페인이 필요해서……."

"흠, 커피 되게 먹고 싶은갑네요."

재규는 무언가를 생각하더니 등을 획 돌렸다. 뒤를 보인 채로 손인사하며 계단을 날렵하게 내려가는 모습에 봄이는 배웅은커녕 인사도 제대로 하지 못했다. 그렇게 재규는 순식간에 사라져 버렸다.

'순 자기 멋대로네.'

저 남자만 만나면 정신이 하나도 없었다. 아무튼 처음 만나는 유형의 사람이었다. 봄이는 고개를 가로저으며 가방을 뒤져 열쇠를 찾았다.

철컥. 열쇠가 맞물리는 소리와 함께 현관문이 스르륵 열렸다. 봄이의 집은 그 흔한 도어락도 달려있지 않았다. 재규 말대로 방범이 꽝이었다. 그리 신경은 쓰지 않았다. 잠시 머물 곳에 도어락을 달아 달라고 까탈을 부리기도 싫었다.

"으으……"

집 안으로 들어서자마자 온몸의 통증이 다시 찾아왔다. 근육통이 확실했다. 저 화분을 여기까지 옮긴다고 신경을 써서 그런지 몸이 물먹은 스펀지 같았다. 곧바로 샤워를 하고 나온 봄이는 헐렁한 회색 티와 노란 반바지로 갈아입었다.

"하, 이제 좀 살겠다."

조금 상쾌해진 기분으로 머리를 말리고 있을 때였다. 현관 앞의 신발장에 올려 둔 휴대폰이 진동하고 있었다. 봄이는 젖은 머리 위에 수건을 대충 얹고 휴대폰을 집었지만 동시에 진동은 끊겼다. 액정을 확인한 봄이는 수건을 바닥에 툭 떨어트렸다.

9

[윤봄, 전화 안 받네.]

메시지를 확인한 봄이의 눈썹이 치켜 올라갔다. 발신인은 다름 아닌 오빠, 윤청이었다.

'갑자기 왜지?'

불편한 사이에 가까웠다. 다른 남매들을 봐도 각별하게 친한 사이는 많지 않았지만 봄이네는 더 심했다.

같이 자라지 않아서일까. 오빠는 집에선 나름 장남이라고 어릴 때부터 대우받았다. 그러다가 미국 사는 사촌 집에 보내져 일명 미국물을 먹었다. 오빠 말론 이때부터 인생이 꼬였다고 한다.

낯선 미국 땅에서 오빠는 좀처럼 적응하지 못했다. 키는 170cm에도 한참 못 미쳤고, 체격도 작았다. 몸집만이 아니라 성격까지 소심한 편이었다.

몇 가지 사건이 있었고, 따돌림을 심하게 당하던 오빠는 결국 기숙형 고등학교를 중퇴하고 한국으로 돌아왔다. 돌아온 오빠와 친해져 보려 했지만 쉽지 않았다. 데면데면했던 사이가 완전히 틀어진 것은 바로 오빠가 재수까지 해가며 목표로 잡은 서성대에 봄이가 덜컥 합격한 이후였다.

오빠가 불합격의 고배를 마신 곳이기도 하고, 반드시 가고 싶은 대학도 아니었던지라 봄이는 서성대 입학을 포기하고 서화여대에 최종 등록을 했다. 여기에는 부모님의 은근한 압박도 있었다. 오빠는 그 일로 자존심이 무척 상했던 모양이었다.

'어차피 등록도 안 할 거, 처음부터 서성대는 지원하지 말걸.'

뒤늦게 후회해도 소용없었다. 하지만 이건 대학생이 되고 벌어진 그 사건에 비하면 아무것도 아니었다. 아직도 그날만 생각하면 오싹 소름이 돋았다. 지금도 오빠는 컨디션이 안 좋을 때마다 다리를 절뚝거린다. 다리에 수십 개의 철심이 박혀 있는 탓이었다.

—봄아, 도서관에서 기다려. 엄마가 오빠한테 너 태우고 오라고 했어.

〈나 버스 타도 되는데. 오빠랑 불편하단 말이야.〉

—버스는 무슨. 남들 보기 안 좋아.

여전히 연예인 시절에 머물러 있는 어머니 정난희는 봄이가 대중교통을 타는 것을 몹시 부끄럽게 여겼다. 그렇다고 차를 사 주진 않았다. 아버지 윤정기가 반대해서였다.

한참 후에 오빠는 중앙도서관 앞으로 봄이를 데리러 왔다. 다른 곳에서 놀다가 건너온 눈치였다. 그날따라 차 안에 독한 방향제, 아니면 향수 냄새가 났다. 솔직히 말하면 불편했다. 말없이 달리는 차 안이 어색했던 봄이는 마음을 고쳐먹었다. 자의로 온 건 아닌 듯하지만 어쨌거나 고마우니까. 오빠에게 이런저런 고민을 털어놓으면서 자연스럽게 대화하면 어떨까 싶었다.

71

〈오빠네도 중간고사 이렇게 빨리 봐? 되게 피곤하다. 시험 몰리니까.〉

〈잘난 서화여대 다니면서 내 똥통 학교가 뭐가 그렇게 궁금한데. 바쁜데 불러서 짜증 나 죽겠으니까 쓸데없는 소리 하지 마.〉

〈미안해. 난 그냥…… 오빠랑 너무 대화를 안 한 거 같아서. 그래도 남매니까…….〉

〈씨발, 남매? 남매 같은 소리 하네. 네가 언제 날 오빠로 대접해 줬냐?〉

〈왜 그렇게 삐뚤어졌어? 나라고 오빠가 좋아서 말 건 줄 알아?〉

〈뭐?〉

흥분한 오빠가 핸들을 주먹으로 내리쳤다. 거칠고 난폭한 운전이 이어졌다. 차는 중심을 잡지 못하고 있었다. 봄이는 비명을 질렀고 곧 사달이 났다.

쾅앙—!

한적한 도로를 지나던 차가 굉음을 내며 어디론가 곤두박질쳤다. 두 사람은 충격에 정신을 잃었다. 몇 시간이 훌쩍 지나 병원 침대에서 깨어난 봄이는 오빠가 여전히 의식 불명이라는 말을 전해 듣곤 깜짝 놀랐다. 발견 자체도 늦었고 사고 후 내린 비 때문에 응급실로 가기까지의 과정이 지연된 탓이었다.

봄이는 다친 곳이 없었지만 오빠는 다리에 영구적인 손상을 입었다. 두 사람의 사이가 돌이킬 수 없을 정도로 멀어진 것은 두말할 필요도 없었다.

"하아……."

오빠에 대한 복잡한 마음이 엉켜 한숨이 절로 새어 나왔다. 봄이는 통화 목록을 확인했다.

[오빠 010-xxxx-xxxx - 부재중 3건]

부재중 전화가 세 건이나 온 것이 심상치 않았다. 모르는 척하고 싶은 마음도 있었다. 그러나 메시지가 또 도착했다.

[받아.]

[퇴근 안 했냐?]

휴대폰은 또다시 진동했다. 봄이는 어쩔 수 없이 통화 버튼을 눌렀다.

"어, 오빠."

—늦게 받네. 뭐 하느라 아까 안 받았어?

윤청의 목소리는 평소처럼 고저가 없었다. 그래서 속을 알기가 어려웠다.

"나 샤워했어. 무슨 일 있어?"

—아, 그래? 난 또.

또 뭐? 궁금했지만 당연히 묻진 않았다. 오빠가 얼른 용건을 꺼내기만 기다렸다.

—뭣 좀 물어보려고. 그 시도 교환으로 가 있는 거잖아, 네가.

"맞아."

—2년이 최대라고 했지?

"응, 왜?"

—그럼 내년에 다시 서울로 돌아올 거야?

당연한 소리였다. 여기에서 평생을 보낼 생각은 눈곱만큼도 없었다.

—내가 좀 생각해 봤는데.

"……뭐를?"

—서울에 있는 학교로 다시 오면 네가 더 상처받지 않을까 해서.

"갑자기 왜 그런 말을 해?"

―아까 성식이네 누나 잠깐 봤거든. 뭐, 교직 사회가 좁다는 얘기가 나와서 네 생각이 안 날 수가 있나. 지금 거긴 네 얘기 아무도 모르지? 근데 서울에선 아직도 입방아질 중일 거 아냐?

봄이는 입술을 질끈 깨물었다. 불쾌한 이야기를 감정 없이 이야기하는 게 듣기 싫었다. 오랜만에 전화해서 대뜸 한다는 말이 이런 거라니.

"오빠, 괜찮아. 그래서 상황 안 좋으면 사립으로 옮기기로 엄마랑 얘기가……."

―사립이라고 거기 선생들이 모를 거 같아?

"엄마가 그만두어도 된다고 했으니까 상관없어. 소문나면 그만둘게."

―쯧, 그러길래 미술을 하지 그랬어. 선생은 무슨.

뜬금없는 훈계가 시작됐고, 봄이는 피로감을 느꼈다. 생각해서 건네는 소리일 수도 있겠지만 전혀 마음에 와닿지 않았다. 다리에 대한 부채감만 없었어도 진작에 화를 내며 끊었을 통화였다. 참고 있던 봄이는 불편한 전화를 서둘러 마무리했다.

"알았어, 오빠. 나 좀 머리가 아파서."

―그래. 또 연락할게. 잘 생각해 봐. 서울 어딜 가도 움츠러들기만 할 거야. 서울도 의외로 좁다.

뚝. 그렇게 짧은 통화가 끝났다.

'갑자기 오빠가 저런 이야기를 늘어놓은 진짜 이유가 뭘까.'

봄이는 현관 앞에 그대로 서서 이미 전화가 꺼진 휴대폰을 물끄러미 내려다봤다. 오빠가 아까 보낸 메시지를 다시 열었다가, 프로필 사진을 눌러 봤다.

"아."

배경 사진으로 단란한 봄이의 가족사진이 나왔다. 비교적 최근에 찍은 것 같은데, 물론 그 안에 봄이는 없었다. 호텔의 연회장에서 찍은 듯한 사진 속에 부모님이 환하게 웃고 있었다. 자세히 사진을 살피던 봄이는 연회장 플래카드 문구를 확인하곤 깜짝 놀랐다.

[정난희 배우의 복귀를 환영합니다.
- 드라마 〈그 겨울의 작전〉 팀]

순간 무엇에 맞은 듯이 머리가 띵하고 어지러웠다.
'엄마가 다시 배우 일을 시작하는구나.'
전혀 몰랐어. 이 소식을 아무도 자신에게 전하지 않았다는 사실에 속이 쓰렸다. 무려 20년 만의 방송 복귀인데 왜 자신에게는 그런 말을 안 하신 걸까.
〈나가! 너 같은 건 집안 망신이야!〉
〈지방에서 잠잠해질 때까지 조용히 처박혀 있어. 까맣게 잊혀야 널 데려간다는 집안이 나타나지. 하, 진짜 망신스러워서 엄마는 얼굴을 들고 다닐 수가 없어.〉
그렇게 여기에 쫓아내곤 한 번을 찾아온 적이 없었다. 명절이나 행사 때 봄이가 서울에 올라올까 봐 경계 아닌 경계도 했다.
나고 자란 서울로 돌아가려면 아직도 남은 날이 까마득했다. 그것만으로도 불안한데, 부모님의 저런 태도가 봄이를 더욱 불안하게 만들었다.
'내가 돌아오지 않길 바라는 건 아닐까, 설마……'
가족을 향한 서운함이 다시 밀려오자 마음이 쉽게 가라앉지 않았다.

"웃……."

봄이는 아랫입술을 꽉 깨물어 눈물을 참아봤지만, 결국 고인 눈물이 뺨을 타고 흘러내렸다. 조용히 눈물을 흘리다가 원망하는 마음이 점점 커져 결국엔 소리를 내어 크게 울었다. 그 일만 아니었으면 이렇게까지 밑바닥을 치진 않았을 텐데…….

똑— 또독— 똑똑—.

그때였다. 리듬감이 있는 문 두드리는 소리가 들린 건. 봄이는 고개를 들었다. 젖은 눈이 커다래졌다. 이상했다. 이 시간엔 올 사람이 없는데. 택배 기사? 하지만 기억을 되짚어 보아도 주문한 물건 같은 건 없었다. 괜히 가슴이 떨렸다.

"누구세요……."

봄이는 눈물을 손등으로 슥슥 닦아 냈다. 조심스럽게 문을 살짝 열었다. 현관문에 빗장쇠라도 있었으면 좋으련만, 이럴 땐 집에 아무런 방범 장치도 없는 게 조금 불안하게 느껴졌다.

"자요."

한 뼘도 안 되는 문틈으로 커다란 남자의 손이 쑥 들어왔다. 놀랄 틈도 없이 재빨리 남자가 말했다.

"드십셔."

짤그락거리는 얼음 소리가 났다. 보니까 테이크아웃 잔에 담긴 아이스 아메리카노였다.

"재규 씨……."

이 남자가 또 올 줄은 몰랐다. 그러고 보니 아까 카페인이 필요하다고 말했던 기억이 났다. 급히 계단을 뛰어 내려가던 게 바로 커피를 사러 갔던 모양이었다.

"먹고 싶어 하는 거 같아서 저 앞에 어르신들이 하는 카페에서 사 왔는데."

"아, 마을 공동체 카페예요. 실버누리."

"그럽니까. 뭐, 암튼요. 얼른 드십셔. 아직 얼음 짱짱합니다."

얼핏 살펴보니 재규의 목덜미엔 땀이 송골송골 맺혀 있었다. 얼음이 녹을까 봐 뛰어온 것으로 짐작됐다.

'나 때문에……?'

땀범벅인 채 시원하게 웃는 남자를 멍하니 올려다보았다. 순간 가슴이 울렁거렸다.

"안 드십니까."

봄이는 머뭇거리다 커피를 천천히 받아 들었다. 차가운 온도가 손에 닿자마자 울적했던 마음이 한결 나아졌다.

"잘 먹을게요. 고맙습니다……."

재규는 말없이 봄이를 내려다보고 있었다. 샤워를 막 마친 봄이의 머리는 축축하게 젖어 있었다. 뺨은 눈물 자국으로 범벅이 된 채였다. 봄이의 머리꼭지부터 발끝까지를 천천히 훑어본 재규는 이윽고 입을 열었다.

"어떤 새끼가 울렸습니까."

"그런 거 아니에요. 저, 신경 써서 사다 주셔서……."

갑자기 울컥하고 목이 메어 말을 잇지 못했다. 깊이 가라앉는 중이었던 마음에 위안이 되었다. 누군가는 잠깐이라도 이렇게 자신을 신경 써 주고 있었다.

"봄이 씨, 잠깐 나와 봅시다."

빤히 내려다보던 남자가 턱짓으로 바깥을 가리켰다.

"네?"

"싫으면 내가 드가고."

그건 안 돼!

"나, 나가요, 나갈게요. 잠깐만요."

슬리퍼를 대충 끼워 신고 봄이가 허둥지둥 재규를 따라 현관 밖으로 나갔다. 한 시간도 채 지나지 않았는데, 바깥은 이미 해가 기울며 홍시색으로 물들고 있었다. 재규는 봄이에게 묻지도 않고 냉큼 빨래 너는 곳에 있는 커다란 평상에 걸터앉았다.

"……."

"뷰가 굳이네!"

다리를 넓게 벌린 채로 쪽쪽거리며 음료를 빠는 폼이 영락없는 집주인이었다. 참 모든 일에 거침이 없는 사람이구나. 봄이는 그 옆에 나란히 걸터앉았다. 그러곤 재규가 빨고 있는 수상한 분홍빛의 음료를 구경했다.

"그건 뭐예요?"

"딸기 라떼입니다."

예상치 못한 메뉴에 봄이의 입에서 피식하고 짧은 웃음이 샜다.

"뭐야, 자기만 딸기 라테를……."

"지금 자기라고 불러 준 겁니까."

"……아뇨."

틈만 나면 이상한 소리였다. 봄이는 딸기 라테를 흘끗 보다가 다른 카페 것보다 훨씬 색깔이 짙다는 것을 발견했다.

"와, 그렇게 딸기청 많이 들어간 거 처음 봐요."

"어딜 가나 내만 보면 더 못 줘서 안달이지. 한두 번 겪는 거 아닙니다."

"네네, 아주 부럽네요."

"요게 그렇게 먹고 싶습니까. 한 입 줄까요."

재규는 입에 물고 있던 빨대를 쪽 빼서 봄이의 입술 앞에 들이밀었다.

"돼, 됐어요!"

봄이가 질색하자 재규는 씩 하고 웃더니 뒷목을 벅벅 긁으며 중얼거렸다.

"거 가갖고 여기서 젊은 여자들이 제일 많이 먹는 커피 뭡니까 물어봤더니 아이스 아메리카노 주던데요. 그거 싫어합니까."

봄이는 고개를 가로저었다. 이렇게 고소하고 신선한 아이스 아메리카노는 처음이었다. 덕분에 기분이 한결 나아진 것도 사실이고. 조금은 고마웠다.

"자, 보너스."

재규가 주머니를 뒤져 불쑥 내민 것은 마카롱이었다. 워낙에 손이 커서 그런지 마카롱이 동전만 하게 보이는 착시 효과가 일었다.

"드십셔. 울 땐 단것이 최고랍니다."

어?

'이 말, 어디서 들어 봤더라⋯⋯.'

10

 분명 들어 본 말이었다. 이 목소리, 이 억양 그대로. 하지만 데자뷔처럼 무언가가 떠오르려다가 선명해지지 않고 파스스 흩어졌다. 뭐였을까.
 "자자, 어서."
 계속된 채근에 조심조심 마카롱을 집어 들었다. 잠깐이지만 재규의 뜨거운 손바닥과 손가락이 맞닿았다. 낯설고 간지러운 느낌. 봄이는 숨을 삼켰다.
 "저기. 감사해요, 오늘."
 딸기 라테에 얼음만 남았을 때, 이젠 말라 버린 봄이의 뺨을 지그시 바라보던 재규가 입을 열었다.
 "혹시 아까 내 생각하면서 울었던 겁니까. 그리움, 뭐 이런."
 그럼 그렇지. 하여튼 감동할 틈을 주지 않았다.
 "⋯⋯이상한 소리 하지 마세요."

재규가 또 헛소리를 늘어놓기 시작하자, 봄이는 그를 일으켜 세웠다. 또 시답잖은 장난을 치려는 게 분명했다. 이참에 그냥 집에 보내 버려야겠다고 판단했다.

"어, 어" 하면서 봄이 손에 떠밀려 계단 밑으로 휘적휘적 내려가던 재규는 킥킥 웃더니, 얼른 들어가라며 손을 휘둘렀다. 항상 저렇게 사라지는구나. 어쩐지 패턴을 익힌 것 같아서 봄이도 슬쩍 따라 웃었다.

"봄봄 씨, 내 알아서 갈 테니까 드가십셔."

"네, 안녕히 가세요."

봄이는 재규가 아래로 내려가는 것을 조금 보다가 올라왔다. 현관문을 열려던 봄이는 문득 평상 옆의 돈나무에 신경이 쓰였다. 다가가서 그 앞에 쭈그려 앉았다. 선물 받은 이후로 아무것도 신경 써 주지 못했는데 어찌 된 것이 처음 왔을 때보다 훌쩍 자랐다. 점점 볕이 강해지기에 마르진 않았는지 이리저리 살폈지만 아무런 이상도 없었다. 이름 하나는 잘 지은 것 같아 봄이는 뿌듯했다.

"재규야, 너 물 마실래?"

봄이는 냉큼 옥상의 수도를 열어 돈나무 재규에게 물을 뿌렸다. 시원한 물방울이 흩뿌려지며 가슴을 상쾌하게 만들었다.

한참을 그러고 있는데 누군가가 계단을 올라오는 소리가 났다. 급히 뛰어 올라오는 발소리에 놀란 봄이는 수도를 끄고 하얀 낯빛으로 섰다.

"저기."

계단에서 올라온 이는 또 재규였다.

"하, 뭐야. 놀랐잖아요."

나쁜 사람이라도 왔을까 봐 심장이 떨어질 뻔했다. 하필 돈나무를 돌보고 있을 때 올라온 것도 신경 쓰였다.

81

"재미 들렸어요? 왜 또 왔어요?"

봄이는 퉁명스럽게 말하며 팔짱을 꼈다.

"그게······."

"······재규 씨, 왜 그래요?"

따져 물으려던 봄이는 문득 재규의 분위기가 아까와는 다르다는 걸 눈치챘다. 여유롭게 웃던 남자는 온데간데없었다. 어쩐지 어두워진 낯빛으로 재규는 쉽게 입을 열지 못했다.

무슨 큰일이라도 생겼나? 봄이는 재규에게 다가가 놀란 눈으로 물었다.

"무슨 일 있어요?"

"실은······."

재규는 봄이의 물음에도 곧바로 대답하지 못하고 한참을 머뭇거리다 한숨을 흘리듯 말을 뱉었다.

"내······ 차 빼는 거 좀 봐 줄래요."

표정이 어두워진 이유가 이거였어?

"주차킹이라면서요."

"그까이꺼 자신 있게 넣긴 넣었는데 드럽게 안 빠지네요."

봄이는 진땀을 흘리고 있는 재규를 따라 내려갔다. 어쩐지 아까 말도 안 되는 장소에 욱여넣은 거부터가 이상했다. 도저히 뺄 수 없을 것 같은데 재규는 일단 차에 올라타 창문을 완전히 아래로 내렸다.

"그렇지, 거기서 봐주면 됩니다······."

"아, 네."

"차 쭉 뺄 테니깐 오라이라고 하십셔."

"네?"

주차된 좁은 틈을 비집고 차체가 나왔지만 그 앞의 수돗가가 가로

막았다. 부딪칠락 말락 아슬아슬한 장면을 지켜보며 봄이는 망설인 끝에 겨우 목소리를 냈다.

"오……라이……."

재규가 하랬다고 하는 자신도 어이가 없었다. 아무도 보고 있지 않지만, 왠지 목덜미가 홧홧하게 달아올랐다. 남의 속도 모르고 재규는 목을 쭉 빼고 소리쳤다.

"예? 뭐라고요. 안 들립니다."

"오라이……."

"예, 크게, 크게!"

비록 차가 낀 상태지만 재규는 큰소리친 만큼 운전에 능숙했다. 이리저리 핸들을 꺾었다 풀었다 하면서 접촉 위험이 있는 곳을 잘도 피했다. 조금만 더 하면 탈출이 가능할 듯도 싶었다.

차를 잘 모르지만 저것이 포르쉐 파나메라라는 것은 알고 있었다. 자신을 데려다주다 이 비싼 차에 흠집이라도 난다면 맘이 편할 것 같진 않았다. 봄이는 어쩔 수 없이 협조하기로 했다.

"오라이! 오라이!"

부끄러워서 중얼거리듯 오라이를 내뱉던 봄이는 막상 조금만 더 힘내면 빠져나올 것 같은 상황에 어느새 빠져들었다. 목소리는 점점 커졌다.

"좋아요! 조금만 더요! 오라이!"

"오케바리!"

차 바퀴와 재규를 번갈아 살펴보며 봄이는 열심히 그와 합을 맞췄다.

"웃샤!"

마침내 재규는 종이 한 장 차이로 수돗가를 스치고 빠져나왔다.

"아, 재규 씨! 성공이에요!"

차의 네 바퀴가 모두 안전하게 밖으로 나왔을 때, 봄이는 자기도 모르게 가슴이 벅차올랐다. 하마터면 박수까지 칠 뻔하다가 겨우 정신을 차리고 재규에게 다가갔다.

"대단하신데요?"

"고맙습니다. 이게 다 봄이 씨가 애써 준 덕분입니다."

재규는 얼굴을 쭉 빼고 봄이에게 따봉을 날렸다.

"아, 아니에요. 운전 잘하시네요. 솔직히 못 뺄 줄 알았어요."

"주차킹이니깐."

"……."

재규는 봄이를 지그시 바라보다가 문득 붉어진 봄이의 귓가에 시선을 멈췄다. 툭 튀어나온 재규의 목울대가 느리게 위아래로 움직였다.

"하……."

천천히 신음을 내뱉으며 고통스러운 표정을 지었다.

"아, 겨우 가라앉혔는데……."

뜻 모를 말을 중얼대며 재규는 마른 얼굴을 쓸어내렸다.

"하아…… 갑니다."

"아."

잔뜩 잠긴 목으로 단 세 글자만 남긴 재규는 창문을 슥 올린 뒤 그대로 출발해 버렸다.

순식간에 벌어진 일이었다. 봄이는 서둘러 떠나는 재규의 차를 우두커니 바라만 볼 수밖에 없었다.

"뭐야, 그냥 가네. 인사할 틈도 안 주고……."

다소 정신이 없긴 했지만 이젠 확실히 재규의 차가 떠나는 것까지 봤으니 더는 신경 쓰지 않아도 됐다. 이제야 하루가 마무리되는 느낌이었다. 올라가 옥상을 정리한 봄이는 집 안으로 들어왔다. 소파에 몸을 기댄 봄이는 재규가 준 마카롱을 꺼내 한 입 깨물었다.

'맛있다.'

노란색이라 바나나 맛인 줄 알았는데 상큼한 향과 함께 새콤한 맛이 느껴졌다. 레몬 맛이었다. 마을 공동체 카페의 마카롱의 맛은 생각보다 좋았다. 마카롱을 오물거리는 봄이의 입술이 부드럽게 올라갔다.

정말로 단것이 효과가 있구나. 눈물은 말라 버린 지 오래였다.

***

"봄 샘, 이게 다예요? 다섯 명?"

3반 담임 정진혁이 카메라를 눈에서 떼고 재차 물었다. 봄이는 고개를 끄덕이며 학생들을 일렬로 세웠다.

"어허. 배경은 그럴싸한데……."

과학관 앞에 장식용으로 세워진 풍력 발전기 모양의 오브제가 사진 속에선 마치 진짜 풍력 발전소처럼 보였다. '에너지'라는 주제에 어울리는 풍경이었다.

"자, 찍습니다."

"잠시만요, 정 선생님."

봄이는 급하게 현수막을 주섬주섬 펼쳐서 한결이에게 왼쪽 끝을, 세진이에게 오른쪽 끝을 잡게 했다.

'그린 에너지 동아리 그린나래 창단식'이라는 글자가 박힌 현수막이 나풀거렸다.

"하하. 이런 건 언제 준비했대요?"

"교감 선생님이 현수막 있으면 좋다고 하셔서……."

하고 싶어서 만든 건 아닌데 준비해 보니 나쁘진 않았다. 작년과는 달리 올해는 신경 쓸 일이 부쩍 많아졌다. 그중 하나가 저번에 떠맡게 된 이 그린나래 동아리였다.

"봄 샘은 저기 한결이랑 세진이 사이에 서 보세요. 지도 교사도 같이 찍어야죠."

"아, 네."

봄이는 정 선생의 말에 따라 현수막 뒤로 가서 아이들 사이에 섰다.

"봄 샘! 잠시만요! 렌즈 좀 닦고 찍을게요!"

"네, 천천히 하세요."

기다리는 동안 봄이는 슬쩍 세진의 표정을 살폈다. 법학과 진학이 목표인 세진이 이 동아리에 왜 가입했는지 궁금했다. 한결이가 가입한 다음 날 와서 덜렁 신청서만 책상 위에 남겨 두고 가는 바람에 물을 겨를도 없었다.

"야. 있잖아, 너."

세진의 뒤에 서 있던 3학년 학생 오동표가 목소리를 낮게 깔았다. 봄이는 귀를 쫑긋 세웠다.

"너 쟤 좋아하지? 그냥 궁금해서."

쟤가 누군데? 봄이가 추측해 보기도 전에 동표가 한결을 향해 턱짓했다.

다시 고개를 돌린 봄이는 세진의 새빨갛게 물든 얼굴을 보고 흠칫 놀랐다. 눈에 띄게 당황한 세진을 보니 틀림이 없는 듯했다. 진짜 세진이가 한결이를 좋아하는구나. 오동표 학생은 어떻게 한 번 보고 단박에 알았을까. 눈치가 빠른 학생이다.

"뭔 소리예요. 입조심하세요."

기겁한 세진은 작은 소리로 동표에게 짜증을 냈다.

"쓰흡, 난 틀린 적이 없어."

"뭐라는 거야, 좀 조용히 해요."

"거봐. 아니라고 안 하잖아."

아옹다옹하는 동안에 렌즈를 다 닦은 정 선생이 다시 자세를 잡고 있었다.

"이제 진짜 찍습니다! 자, 웃어요! 거기 쌍둥이! 웃으라고!"

고함 소리에 뒤에 서 있던 쌍둥이 대한과 민국이 작게 투덜거렸다.

"무슨 사진까지 찍고 난리야."

선한결, 최세진, 오동표, 김대한, 김민국. 이렇게 총 5명이 그린나래에 가입한 전부였다.

오늘처럼 사진 한 장으로 끝나는 활동이 아니었다. 앞으로 그린 에너지 관련 견학도 가야 하고 보고서 제출까지 해야 한다. 이름만 내면 끝이라던 교무부장 서영주에게 단단히 속은 것이다. 이미 시작한 일이라 발을 빼기에도 늦었다.

"아, 샘. 빨리 찍어 줘요."

"야야. 얘들아. 교육청에 나중에 보고해야 하는 사진이니까 다들 좀 웃자. 응?"

"네에에……."

마지못해 늘어지는 대답들 사이로 봄이 역시 억지로 입술을 들어 올렸다.

"오오케이. 됐어요."

"감사합니다."

그래도 나름 잘 나왔는지 정 선생이 만족스러운 표정으로 카메라 렌즈 뚜껑을 닫았다.

"봄 샘, 대충 정리하고 얼른 세미나실로 오세요. 잘생긴 검사님 얼굴 구경해야죠. 성함이 뭐더라, 아, 최이준 검사님!"

11

 그렇게 말하고 다가온 정 선생은 현수막을 접고 있는 세진의 등을 툭 쳤다.
 "최세진. 오빠가 잘나서 이렇게 행사도 오시고 하는 거 봐라. 오빠 반만큼이라도 하려면 열심히 좀 해. 알겠냐?"
 세진은 아랫입술을 씹으며 고개를 떨궜다. 자신을 부정당했을 때 작아지는 느낌을 잘 알고 있는 봄이가 그 앞으로 다가섰다.
 "세진인 지금도 충분히 열심히 해요, 정 선생님."
 "에이, 오빠만치 하려면 멀었지. 봄 샘, 나 먼저 들어가요!"
 무심코 던진 말 한마디가 오래도록 가슴을 후벼 팔 수도 있는데……. 봄이는 정 선생이 떠나고도 여전히 굳어 있는 세진이를 안쓰럽게 바라보았다.
 "샘. 이제 들어가도 돼요?"
 그런 봄이의 뒤로 쌍둥이 중 대한인지 민국인지가 질문했다.

"그래. 본종 치기 전에 우리도 얼른 가자. 동표랑 대한이 민국이는 교실 돌아가고, 한결이랑 세진이는 세미나실로 가."

"저도 듣고 싶은데요."

"동표야, 이거 2학년 대상으로 하는 거야. 넌 3학년이잖아. 얼른 들어가."

"넵."

모두 뿔뿔이 흩어지는 가운데, 한결이가 봄이의 곁으로 다가왔다.

"선생님, 같이 가요."

"그러자. 세진아, 너도 같이 가."

"저, 저는 됐어요. 전 따로 갈게요."

아까 동표의 말을 의식한 걸까. 목덜미까지 벌게진 세진이 황급히 자리를 떠났다. 그 사실을 모르는 한결이만 의아한 표정을 지었다.

"가자, 한결아. 시간이……."

봄이는 손목시계를 보고 안심했다. 시간을 보니 아직 본종이 치려면 약간의 여유가 있었다.

"뛰지 않아도 되겠다. 천천히 갈까?"

"좋죠."

봄이는 한결이와 느긋하게 세미나실로 이동했다. 봄이 막 시작된 교정은 피어나는 꽃들로 향기가 좋았고, 시각적으로도 아름다웠다. 확실히 이런 점에 있어선 서울에 있던 학교와 비교가 되었다. 서울의 학교는 지가 때문인지 운동장이 작았고 그마저도 주황색의 우레탄 트랙이 깔려 있었다. 물론 거기에도 꽃나무들이 있긴 했지만 이 정도로 빼곡하진 않았다.

정취를 만끽하며 걷던 봄이가 문득 궁금했던 것을 물었다.

"어쩌다 그린나래에 가입한 거야? 너 이런 거에 관심 있는 줄은 몰랐어."

맨 처음 동아리원 모집을 했을 때 아무도 찾아오지 않을 것 같아서 겁이 났었다. 벽보를 붙이자마자 찾아온 건 뜻밖에도 한결이었다.

"아, 그린 에너지. 관심 많죠."

한결이는 손등으로 입가를 꾹 누르더니 웃음 섞인 목소리로 뒷말을 보탰다.

"삼촌 때문에요."

"어?"

봄이는 재규의 이야기가 갑자기 튀어나오자 깜짝 놀라 눈이 커졌다. 한결이를 올려다보니 여전히 입가엔 웃음이 걸려 있었다.

"저희 삼촌이 무슨 일 하는지 아직 말 안 했어요?"

"……일을……하셔?"

아하하. 그 말에 한결이가 고개를 뒤로 젖히고 크게 웃었다. 순간 말실수를 했다는 걸 깨달은 봄이는 서둘러 변명하기 시작했다.

"그게 아니라, 낮에도 잘 돌아다니셔서."

"됐어요. 괜찮아요. 하하."

봄이는 대꾸할 말을 고르지 못한 채 뺨이 붉어졌다. 재규만 엮이면 이렇게 당황하는 일이 늘어났다.

"삼촌한테 직접 들으세요. 재생 에너지 관련 사업하시거든요."

"뭐?"

봄이가 저도 모르게 큰 소리로 되물었다. 그 바람에 한결이는 눈가를 손가락으로 훔치며 다시 웃어 댔다. 봄이는 얼굴이 화끈거렸다.

'사업가였어…….'

전체적으로 묻어나는 여유로움과 수억 원을 호가하는 차를 끌고 다니는 이유를 그제야 알 수 있었다. 속으로 답 없는 카푸어라고만 생각하고 있던 터라 조금은 놀랐다.

'재생 에너지 사업으로도 그렇게 돈을 많이 버나? 그런데 왜 그렇게 시간이 남아도는 사람 같지?'

한결이 삼촌에 관한 생각에 몰두하다 보니 세미나실이 어느새 코앞이었다. 굳게 닫힌 세미나실 밖으로 마이크 소리가 울리는 걸 보니 벌써 시작한 모양이었다.

[성공한 직업인과의 만남: 최이준 검사님]

문 앞에는 오늘의 행사명이 컬러 출력물로 붙어 있었다. 이 성공한 직업인과의 만남은 2학년 진로 지도 명목으로 내려온 예산으로 집행하는 사업이었다. 그 첫 번째로 초청된 인물이 세진이의 오빠 최이준이라는 것은 오늘 아침에 처음 들었다.

어쩐지 껄끄러운 기분이었다. 그가 검사라는 사실도 처음 알았다. 차갑고 날 선 이미지가, 어쩐지 직업과 기묘하게 잘 맞아떨어졌다.

"앞자리밖에 안 남았어요."

한결이가 작게 속삭였다.

무대 조명만 밝게 켜진 세미나실은 어둑했다. 다행히 방금 막 시작한 참인지, 최이준은 허리를 굽혀 인사를 하고 있었다. 봄이는 한결이를 이끌고 앞줄로 향했다. 간신히 남은 자리를 찾아 나란히 앉자, 최이준의 시선이 잠시 그들을 스쳤다가 천천히 거두어졌다.

"우선 제 소개부터 간단히 드리겠습니다."

별다른 효과를 넣지 않은 밋밋한 프레젠테이션 슬라이드가 다음 장으로 넘어갔다.

"와 씨……."
"헐, 미쳤다."
학생들의 감탄이 일제히 터져 나왔다. 스크린을 가득 채운 최이준의 이력은, 그야말로 엘리트 코스였다.
"지금은 신원지검 형사 3부 금융경제범죄 전담부에서 검사로 근무하고 있습니다."
자기소개에 이어 검사의 직무에 대한 설명이 이어졌다. 봄이는 멍하니 화면만 바라보았다.
"……이러한 명예도 중요하지만, 공익의 대표자로서 정의와 인권을 바로 세우는 것이 검사의 사명입니다."
딱딱하고 교과서적인 말들이 한참 계속되었다. 학생들 절반은 고개를 떨군 채 졸고 있었고, 잘생겼다고 소문이 돈 최이준을 구경하러 왔던 교사들은 대부분 목적 달성 후 조용히 빠져나간 뒤였다.
"좋은 검사는 힘없고 소외된 사람들을 따뜻한 마음으로 바라보려고 노력해야 합니다."
따뜻한 마음? 학부모 면담 때의 그를 떠올리니 실소가 나왔다.
'자기 동생이나 따뜻한 마음으로 바라보지.'
세진이 앞에서 보였던 싸늘했던 목소리와 태도에 봄이 역시 상처를 받았던 게 얼마 전이다. 그걸 매일 느끼고 있을 세진이를 생각하니 그저 안타까웠다. 그 마음을 너무 잘 알았다. 자신도 겪었으니까.
집에서는 그저 좋은 집안에 시집가서 남들에게 자랑할 만한 딸 역할만 완수하면 끝이었고, 학교와 사회에서 만난 사람들은 정난희 딸이라는 사실을 알게 되면 흥밋거리로만 생각했다.
진정으로 마음을 털어놓고 고민을 나눌 수 있는 사람 같은 건 없었다. 세진이에 대해 생각하다 보니, 봄이는 자신의 가족이 떠오르며 우울함이 몰려왔다.

'생각하지 말자.'

그래, 이런 생각은 접어두고 최이준 씨 강연에 집중해야지. 그래야만 하는데 세미나실은 누군가 틀어 놓은 히터로 인해 후덥지근했다. 어젯밤, 불면증으로 잠을 설쳤던 봄이의 몸도 서서히 나른해졌다.

"……."

"다음 장은 법조인이 되는 몇 가지 방법에 대해 말씀드리겠습니다. 일반적으로 법조인이라 하면 변호사 등록 자격을 갖춘 자 모두를 일컫습니다. 크게는 판사, 검사, 변호사……."

최이준의 목소리는 지나치게 고저가 없었다. 봄이의 눈꺼풀이 점점 감겼다.

"……."

"선생님."

"……."

"선생님, 일어나세요."

"어?"

화들짝 놀라서 일어난 봄이를 보며 한결이 작게 웃었다.

"아, 어떡해."

"저도 중간에 졸았어요. 아마 안 잔 사람 한 명도 없었을걸요?"

"정말이야?"

"네, 진짜로 전멸이었어요. 선생님, 저 다음 수업 때문에 먼저 들어갈게요. 천천히 나오세요."

얼떨떨한 표정으로 봄이가 자리에서 일어났다. 텅 빈 세미나실은 아직도 히터의 온기가 남아 있었다. 복도로 나온 봄이의 등 뒤로 매끈한 구둣발 소리가 들렸다.

"잠시만요."

한 시간 동안 귓가에 맴돌던 낮은 목소리가 그녀를 붙잡았다. 봄이는 순간 놀랐지만, 곧 표정을 가다듬고 뒤를 돌아봤다.

"네? 저요?"

봄이는 주변을 두리번거렸다.

"그럼 여기 또 누가 있다고."

텅 빈 복도에 단둘이 남았다는 걸 깨닫자, 봄이의 어깨가 굳었다.

"저, 뭔가요? 말씀하세요."

최이준이 한쪽 손은 바지춤에 넣고 입술을 비뚜름하게 올린 채 봄이 앞에 바짝 다가섰다.

"잘 잤나 봐요?"

차가운 엄지손가락이 입술 옆에 닿았다. 봄이의 눈이 커다래졌다. 최이준은 봄이의 입술 언저리를 슥 문질렀다.

"침까지 흘리고."

최이준의 차가운 목소리에 봄이의 미간이 살짝 찌푸려졌다. 황당했지만, 반박할 건 없었다. 그 정도로 깊이 잠들었다는 건 강연자에게 예의가 아니었고, 심지어 맨 앞자리였으니.

"죄송해요. 잠깐 졸았던 것 같네요."

입꼬리가 어색하게 떨렸다. 입술을 건드린 그의 손길이 아직도 생생해서, 봄이는 입가를 무의식적으로 손등으로 문질렀다.

"뭐, 됐습니다."

최이준의 검은 눈동자가 시선을 부딪쳐 왔다. 잠시 말없이 마주 보다, 봄이가 먼저 고개를 돌렸다. 눈빛이 왠지 기분 나빠.

"그럼 먼저 가보죠, 윤봄 선생님."

"네, 그럼…… 안녕히 가세요."

'이젠 정말 볼 일 없겠지.'

보고 싶지도 않고.

봄이는 그가 떠난 자리를 말없이 바라보았다.

12

"선생님, 여기요!"

익숙한 목소리에 고개를 돌린 봄이는 도로 가장자리에 정차한 검은 세단을 발견했다. 뒷좌석 창문을 내린 한결이가 팔을 흔들고 있었다. 다가가던 봄이는 멈칫하며 가방을 손에 꼭 쥐었다. 한결이의 옆엔 무슨 짐이 가득 실려 있었다.

'뒷좌석에 타려고 했는데.'

머뭇거리는 사이, 조수석 문이 열렸다. 창틀 너머로 상체를 기울인 재규가 문을 활짝 젖히며 그녀를 흘긋 쳐다보았다.

"이야, 화사하십니다. 타세요."

뜻밖의 말에 얼굴이 살짝 뜨거워졌다. 오늘 아침, 거울 앞에서 괜히 망설이다 골라 입은 시어서커 소재의 연하늘색 원피스였다. 한눈에 보기엔 가볍고 편해 보였지만, 사실은 은근히 신경을 쓴 옷차림이었다.

티가…… 났나…….

"아, 안녕하세요. 한결아, 안녕."

"안녕하세요, 선생님."

봄이는 조수석에 올라탔다. 이것도 한 번 타 본 차라고 익숙하게 느껴졌다. 별로 익숙해지고 싶은 마음 따윈 없었기에 가벼운 한숨이 나왔다. 이렇게 나란히 앉는 건 무척이나 부담이었다. 그리고 한결이 앞에서 재규가 헛소리를 할까 조금은 불안한 마음도 있었다.

사실 오늘 이 만남은 예정에 없는 일이었다. 지난주, 동아리 모임에서 학기별로 한 번씩 재생 에너지 박람회나 발전소를 방문하기로 결정한 것까진 좋았다. 장소를 정하던 중, 한결이가 뜻밖의 말을 꺼낸 것이 시작이었다.

〈제가 아는 데로 가요.〉

〈음, 어딘데?〉

〈여기거든요. 저희 삼촌이 하시는 덴데.〉

한결이가 태블릿을 꺼내 대략적인 위치를 짚었다. 학교에서 그리 멀지 않은 곳이라 다른 학생들은 곧장 흥미를 보였다.

잘 모르는 봄이도 요즘은 가정집 지붕에 태양광 패널을 달고 소소하게 수익을 내는 사람들이 많다는 건 알고 있었다. 재규가 말한 재생 에너지 사업이 설마 이것인가? 누구든 맘만 먹으면 할 수 있는 일이었다.

〈가정용 태양광 패널이라면, 조금 더 규모가 있는 곳으로 방문하는 게 좋지 않을까?〉

〈음, 삼촌네 엄청 커요.〉

한결이가 엄지와 검지로 지도 앱을 확대해 보여줬다. 신수산 아래로 평지의 너른 땅이 보였다.

〈여기에서부터 여기까지가 삼촌 땅인데, 나무 없는 쪽은 전부 태양

광 패널 박아 놨어요.〉

〈이 넓은 땅이 다 삼촌 땅이라고……?〉

〈네, 재생 에너지 연구, 개발하는 회사도 운영 중이거든요. 규모는 작지만.〉

회사를 운영하는 재규가 소유한 땅은 면적이 제법 되었다. 한결이가 말했던 에너지 사업이 이거였구나. 그제야 수긍이 되었다.

'견학 가기엔 딱인데…….'

봄이가 태블릿을 살펴보는 사이 한결이가 재규에게 전화해 방문을 허락받았고, 재규는 대신에 꼭 답사를 오라는 조건을 붙였다.

답사라니. 그린 에너지 동아리가 기어코 봄이의 발목을 잡은 셈이다. 결국 토요일 오전에 봄이는 이렇게 갑작스러운 답사를 떠나게 되었다.

"오늘 햇살이 좋네요."

무심코 말을 걸자 재규가 진지한 표정으로 뜻밖의 말을 했다.

"지금 한가로이 햇살 이야기를 나눌 때가 아닌 거 같습니다."

이건 또 무슨 소리일까.

"얼른 썬그리 박스 열어서 맘에 드는 놈으로 하나 끼시죠."

"갑자기 선글라스를 쓰라고요? 왜요?"

이유가 있을 터. 봄이는 일단 시키는 대로 글러브 박스를 열어 뒤적였다.

"얼른 뭐라도 가려야 될 것 같은데. 내 봄이 씨 때문에 눈이 부신 상태로 운전하면 극도로 위험해서 드리는 제안입니다."

뒤적이던 손이 멈췄다. 봄이는 그대로 글러브 박스를 닫았다.

"……출발하세요."

"……."

한결이가 통화 중이라 다행이었다. 봄이는 놀란 가슴을 쓸어내렸다. 봄이는 힐끔거리는 재규의 시선을 피해 창밖으로 시선을 옮겼다. 속도를 낸 재규 덕에 청설읍은 거의 벗어난 상태였다. 길가에 우뚝 솟은 나무들은 흰 꽃을 피웠다. 온통 하얗게 나풀거리는 나무들을 봄이는 넋을 놓고 구경했다.

재규는 정체 모를 노래를 흥얼거리고 있었다. 팝송 같기도 하고, 인도 노래 같기도 했다. 주말에 나오게 됐는데 별로 귀찮지도 않은 모양이었다.

봄이는 힐긋 운전 중인 재규를 관찰하기 시작했다. 오늘도 역시 기능성 티셔츠였다. 몸에 딱 붙은 검은색 반소매 티셔츠가 한 몸처럼 잘 어울렸다. 그러고 보니 별 희한한 옷도 모조리 소화하는 걸 보니 안 어울리는 것이 있을까 싶었다. 오늘은 왜 문신 토시를 안 했을까. 팔뚝에 남은 화상 자국, 저건 그냥 둬도 괜찮은 걸까? 아파 보이는데…….

"또. 또."

"네?"

"아무리 살펴봐도 멋지지요."

잠시 눈길을 줬을 뿐인데 눈치챈 모양이었다. 도대체 시야각이 얼마나 넓은 거야.

"……."

역시 쳐다보지도 말아야겠구나. 봄이는 재규의 은근한 눈길을 피해 전방을 주시했다. 한결이가 어떻게 생각할지 여전히 걱정스러웠는데, 다행히 여태 통화 중이었다.

"아, 형석아. 왜 그걸 지금 말해."

"어어", "그래서?" 하며 대충 대답만 하다가 점점 목소리가 높아지고 있었다. 심각한 듯 통화하던 한결이는 휴대폰을 여전히 귀에 붙인 채로 갑자기 재규를 불렀다.

"삼촌."

"오야."

"삼촌, 차 잠깐 세워 봐. 나, 어디 좀 가 봐야 할 거 같은데."

봄이는 눈을 동그랗게 뜨고 뒤를 돌았다.

"오케이. 잘 가라."

재규는 무슨 일인지 묻지도 않고 차를 갓길에 댔다. 한결이는 잽싸게 문을 열었다.

"선생님, 저 먼저 갈게요. 두 분이 보고 오세요. 삼촌, 잘 가!"

"어어."

"어? 한, 한결아!"

차 문이 "쿵" 하고 닫히자마자 재규는 다시 도로로 진입했다. 순식간에 일어난 일에 봄이는 연신 뒤를 돌아봤다. 백미러 속의 한결이가 점점 멀어지고 있었다.

"여기가 어딘지 알고 한결이를 그냥 내려 줘요?"

"알아서 다 갑니다. 뭐 그리 걱정합니까. 어미 새마냥."

"아니, 그래도……."

그럼 이 남자랑 둘이? 아득해진 봄이는 눈을 질끈 감은 채로 창문에 머리를 기댔다.

"졸립니까. 운전 경력 11년. 무사고 외길입니다. 안심하고 눈 붙이십셔."

"괜찮아요."

산으로 향하는 한적한 길은 구불구불했고 한참이나 이어졌다. 청량한 날씨 덕에 녹음은 더욱 돋보였다. 조금 열어 놓은 창문 틈으로 꽃나무의 향이 살랑거리며 들어왔다.

"봄이 씨."

"네."

"여기 경치 좋지요."

"네에……. 여름이 다가오니까 푸르고, 향도 좋고……."

"가든 좋아하십니까."

"그럼요……."

안 되는데……. 눈꺼풀이 점점 무거워졌다. 윤청의 전화 이후 불면증이 다시 시작된 탓이었다. 늦게 잠들게 되니까 낮에 이렇게 졸음이 찾아왔다. 최이준이 왔을 때도 참지 못했던 졸음이었다.

'그 사람 손길, 정말 불쾌했는데……. 학생 가족이라 제대로 따지질 못했어…….'

그런 생각을 드문드문하던 봄이는 어느샌가 자기도 모르게 스르륵 눈을 감았다.

덜컥, 덜컥. 부드러운 승차감이 방해를 받은 건 한참 뒤였다. 머리를 창에 쿵 부딪친 봄이는 잠에서 완전히 깼다. 곧, 시야에 낯선 풍경이 들어왔다.

"여……기가 어디예요?"

자갈이 잔뜩 깔린 주차장이었다. 규모가 큰 건물 앞에 차를 세운 재규는 시동을 끄며 말했다.

"태릉가든이라고. 고기 접나 맛있습니다."

"네? 여긴 왜요?"

"가든 좋아한다며."

속았구나.

봄이는 천천히 안전벨트를 풀며 입술을 지그시 깨물었다. 뭔가 억울했다. 하지만 마침 배가 고픈 참이기도 했다. 결국 봄이는 체념하고 재규를 따라 식당 내부로 들어갔다. 전체가 좌식이었고 짙은 원목으로 인테리어가 된 전형적인 가든식당이었다. 봄이는 내부를 이리저리 둘러보며 신발을 벗었다.

"하이고. 발 조그만 거 봐라."

그걸 쑥 집어 신발장에 넣으며 재규가 감탄했다.

"아, 제가 해도 되는데!"

"애기 발이네. 애기 발."

자주 온 식당인지, 재규는 능숙하게 봄이를 자리로 안내했다.

"저 자리가 최곱니다."

재규는 차 키를 바지춤에 집어넣으며 성큼성큼 안쪽으로 들어갔다. 봄이는 재규를 따라 들어가다가 그의 뒷모습에 순수하게 감탄했다.

'단순히 운동으로 키운 몸은 아닌 거 같은데.'

군살 없이 견갑골이 튀어나온 널따란 등판 아래로 탄탄한 허리가 오늘따라 유달리 돋보이고 있었다.

봄이만 재규를 보는 것은 아니었다. 덩치가 호랑이만 한 남자가 들어서자 몇몇 손님들이 곁눈질하는 것이 보였다. 하긴 봄이도 처음 교무실에서 재규를 봤을 때 조폭인 줄 알았을 정도니 저런 시선은 이해가 되었다.

"들어가서 안쪽 자리에 앉으십셔."

시선에 익숙한 듯, 재규는 개의치 않고 작은 정원이 보이는 창가 자리로 향했다. 이어서 방석 하나를 놓아 봄이를 앉혔다.

"봄이 씨, 밥 안 먹고 나왔죠. 내 눈치 하나는 귀신입니다. 많이 배고팠겠네."

"조금요……."

"으차차. 어디 보자."

봄이는 재규를 따라 벽면에 크게 붙은 메뉴판을 살폈다. 굵은 궁서체로 메뉴판에는 닭백숙, 오리백숙 등 백숙들이 종류별로 있었다.

"오리백숙 먹을 줄 압니까."

"네, 먹을 순 있지만……."

양이 너무 많지 않나. 그때 사장님으로 보이는 중년 남자가 큰 쟁반을 들고 다가와 밑반찬을 주르륵 깔았다. 청포묵 무침이나 산나물과 같은 정갈한 반찬들이었다.

"오랜만에 오셨네, 선 사장."

사장은 재규를 알아보곤 알은체를 했다. 단골인 듯 분위기가 화기애애했다. 그 둘은 잠깐의 안부를 주고받았다.

"그럼 사장님요. 옻나무 능이버섯 오리백숙. 저걸로 합시다."

"예, 두 분 옻 드셔 보셨어요? 알레르기 없으시죠?"

사장님이 봄이와 재규를 번갈아 보며 물었다. 봄이는 회식에서 옻나무 닭백숙을 먹어 본 기억이 있기에 끄덕였다. 재규도 피식 웃으며 콧방귀를 꼈다.

"알레르기는 무슨. 내 아주 신체 건강합니다."

13

 건강한 거랑 옻 알레르기랑 무슨 상관이 있지? 봄이는 의아했지만 입을 다물었다. 사장은 걱정스럽게 물었다.
 "아, 근데 이거 둘이 드시기에 양이 좀 많은데요. 괜찮으시겠어요?"
 "문제없습니다. 내 평소에도 삼계탕 곱빼기 먹었잖습니까."
 그 말에 사장님은 안심하고 고개를 끄덕였다. 앞주머니에서 주문표를 꺼내 체크를 하기 시작했다.
 "예. 그럼 옻나무 능이버섯 오리백숙에다가, 술은?"
 "하, 아깝네. 내 운전 때문에 술은 됐고요. 사이다나 한 병 시킵시다."
 "자, 그럼 옻나무 능이버섯 오리백숙 하나에, 사이다 한 병."
 주문을 재차 확인한 사장님은 주방으로 들어갔다. 재규는 아쉬운지 가게 한편에 기다랗게 전시된 각종 담금주를 보며 입맛을 다셨다. 따라서 시선을 옮겼던 봄이는 눈살을 찌푸렸다. 종류가 많기도 했다. 야관문, 인삼, 불개미, 매실주, 복분자……

"봄봄 씨, 이거 미안합니다. 내가 운전 때문에 술이 안 돼서 되게 아쉽겠는데요."

하나도 안 아쉬웠다. 술은 무슨 술. 즐겨 마시지도 않을뿐더러, 재규와 마시는 건 더더욱 싫었다. 그래도 봄이는 형식적으로 고개만 끄덕였다. 싫다고 하면 꼭 한마디씩 보태는 것 같아서 봄이가 터득한 요령이었다.

"다음에 차 놓고 제대로 함 먹자고."

"……네."

재규의 말에 대충 답한 봄이는 시선을 돌려 메뉴판 아래 붙어 있는 현수막을 읽었다.

'먹기만 하면 저렇게 되는 건가?'

거기에는 오리의 효능이 구구절절 적혀 있었다. 기력 회복, 면역력 강화, 노화 방지, 독소 배출, 정력 증진……. 재규가 꽤 자주 오는 단골집 같은데 저 튼실한 몸을 보면 효능이 완전 거짓은 아닌 듯했다.

"여기 자주 오시나 봐요?"

"뭐, 회사 가는 길에 있으니깐. 맛집이고."

재규는 팔을 쭉 뻗어 저 바깥쪽의 벽면을 가리켰다. 이름이 낯익은 연예인들의 사인이 몇 개 걸려 있었다. 구경하던 봄이의 눈이 동그래졌다.

[감탄만 나옵니다! 엄지 척! ^^ -선재규-]

파란색 매직으로 휘갈겨 쓴 사인이 보였다.

"재규 씨랑 똑같은 이름이 있어요. 보세요."

유명인 중에 저런 이름이 있었나? 의아하면서도 신기했다. 봄이의 반응에 재규는 킥킥 웃었다.
"접니다."
뭐야, 진짜.
봄이의 속도 모르고 신이 난 재규는 한참이나 자신이 동네 스타라는 것을 어필했다. 봄이는 듣는 척 고개를 끄덕였지만 실은 한 귀로 듣고 한 귀로 흘리고 있었다. 창밖으로 고개를 돌리고 바깥의 풍경을 잠시간 감상하다 보니 자기 자랑이 얼추 끝나갔다. 봄이는 재규가 따라 준 미지근한 보리차를 홀짝이며 물었다.
"근데요, 한결이는 잘 갔을까요? 전화 한번 해 보시는 게 어떠세요."
"또, 또."
"그래도요. 늦게라도 여기 오라고 하면……."
"내가 그놈 발바닥만 할 때부터 키웠는데 모르겠습니까. 눈에 빤하지."
삼촌 장가보내 줄라고. 재규가 이어서 중얼거렸다. 봄이는 경악하며 한마디 하려고 입을 열었지만,
"자, 백숙 나왔습니다."
때마침 사장이 커다란 냄비를 들고 나타나 타이밍을 놓쳤다. 시선을 사로잡는 어마어마한 사이즈에 봄이는 하려던 말도 까맣게 잊었다.
"이건……."
너무 큰데? 가스버너 위에 오리백숙은 집채만 한 크기였다. 다른 곳에서 먹어 본 오리의 두 배는 되어 보였다.
"재규 씨, 이걸 우리 둘이 먹을 수가 있을까요?"
"3인분밖에 안 됩니다."
거대한 크기에 봄이는 겁을 덜컥 집어먹었다. 재규의 덩치가 아무리 커도 3인분을 어떻게 둘이 먹는단 말인가.

"남겨도 되니까 편하게 드십셔. 앙상해 가지고 픽 쓰러지겠네."

재규는 분주하게 숟가락과 젓가락을 챙겨 주고 백숙이 끓자 집게랑 가위를 집어 발골 작업에 착수했다. 최대한 뼈를 발라낸 재규는 봄이의 앞접시에 다리 하나를 툭 올렸다. 뽀얀 살점에선 하얀 김이 모락모락 났다.

"소금 톡 찍어 먹어 봐 봐요. 뜨거우니깐 호 불고. 내 불어 줄까요."

"아뇨."

"완전히 식혀서 드십셔. 이야. 사람 꽉 찬 거 봐라."

재규의 말대로 맛집이 맞는지 점심 피크 타임이 되자 빈자리가 없을 정도로 어느새 사람이 꽉 찼다. 대부분이 가족 단위였다. 이런 식의 가족 외식을 해 본 적이 없는 자신이 지금 여기 있다는 것이 어색하면서도 기분이 묘했다.

체면을 중시하는 부모님은 이런 토속 식당에 다니지 않았고 당연히 봄이를 데려온 일도 없었다. 가족의 외식은 항상 파인 다이닝 혹은 어느 정도 수준을 갖춘 일식집이나 중식집이었다. 단정한 옷을 입고 가서 테이블 매너를 엄격히 지켜야 하는 그런 곳들 말이다. 신수고 회식 때 일반 식당까지는 가 봤지만 이런 가족 단위의 식당에 온 것은 처음이었다.

세련미는 없지만 어쩐지 편안한 분위기가 마음에 들었다. 봄이는 맛도 있으면 좋겠다고 생각하며 젓가락을 들었다.

"천천히 꼭꼭 씹어 드십셔."

"네, 잘 먹겠습니다……."

호호 불어 소금을 찍어 입에 넣은 봄이가 감탄했다.

"맛있어요."

"그죠. 시간 낭비 안 시킵니다."

"진짜 맛있어요······."

다시 입에 넣고 오물거리는 봄이를 보는 재규의 입꼬리가 시원하게 휘어졌다.

***

"대책 없는 양반이네. 요거 먹는 알약이랑 연고 하나 드릴 테니까 써 보고 안 가라앉으면 병원 가서 주사 맞아야 합니다?"

약사는 쯧쯧 혀를 차며 하얀 종이봉투에 약을 담아 건넸다. 대충 그것을 받아 든 재규를 따라 봄이도 차에 올랐다.

"저, 괜찮으세요?"

"괜찮아 보입니까······."

재규가 고개를 조수석으로 돌렸다. 봄이는 저도 모르게 풉 하고 웃음을 뿜었다가 황급히 표정을 관리했다.

"지금 사람이 죽어 가는데 웃음이 나옵니까······."

재규의 말에 봄이가 입술을 꽉 물어 웃음을 참았다. 재규가 저렇게 된 것은 가든에서 배불리 밥을 먹고 나와 태양광 사업장에 도착했을 때였다. 끝없이 펼쳐진 토지 위엔 태양광 패널이 빽빽하게 들어서 있었다.

〈엄청 넓네요.〉

〈32만 평 되는데, 저 아래 가면 지열 온수기랑 펠릿 보일러도 있습니다. 사무실 가면 또 이거저거 많고.〉

〈태양광에 대한 안 좋은 이야기도 많더라고요. 환경 파괴라는······.〉

〈그게 다 멀쩡한 산 깎아서 욕을 먹는 거지. 여긴 원래 민둥산이었습니다.〉

109

재규는 제법 자신감 있게 자신의 사업을 소개하고 있었다. 태양광뿐만 아니라 태양열까지 다루고 있다며 둘의 차이점도 알려줬다. 의외로 지식도 깊고 말도 조리 있었다. 아무 생각 없이 사는 줄 알았던 편견이 무색해졌다.

괜히 미안해진 봄이가 조심스럽게 그를 바라본 순간이었다.

〈재규 씨, 얼굴 왜 그래요?〉

〈왜요. 멋집니까.〉

〈아뇨. 지금 블루베리 같아요.〉

옻 알레르기가 없다고 큰소리치더니, 태양광 사업지를 돌수록 재규의 얼굴은 점점 부어올랐다. 결국 예상보다 이르게 답사를 마친 두 사람은 돌아가는 길에 약국까지 들른 것이다. 처음엔 이조차 가지 않겠다고 고집을 부렸다.

〈사무실도 못 보여 주고 공장도 못 보여 줬는데요. 내 이대론 못 내려갑니다.〉

〈이상한 소리 하지 말고 어서 내려가요.〉

〈내 모든 걸 보여주고 내려갈랍니다.〉

〈다음에 와서 모든 걸 볼게요. 그럼 되죠?〉

그렇게 겨우 재규를 달랬다. 봄이는 병원에 가는 게 가장 좋겠다고 생각했지만, 재규는 자신은 신체 건강해서 병원 갈 일이 없었다는 황당한 말을 내뱉었다. 과장이 지나쳤다. 세상에 병원에 한 번도 안 가본 사람이 어디 있나.

결국, 봄이가 억지로 끌다시피 해서 약이라도 바르자고 데려온 것이다.

"약 얼른 먹어요. 알레르기 쉽게 보면 안 돼요."

재규는 봄이의 성화에 못 이겨 콘솔박스에 있는 생수를 하나 꺼내

약 한 알을 입에 넣었다. 목선이 굵고 탄탄하네. 피부도 좋고. 물을 넘겨 삼키는 목울대에 시선을 뺏긴 봄이는 얼른 고개를 저었다.

'윤봄, 정신 차리자.'

지금 저 몰골을 보고도 그런 생각을 하다니. 재규의 얼굴은 심각한 상태였다. 알약은 먹었으니 다행이지만 엉망이 된 얼굴에 응급 처치를 하는 일도 시급했다. 봄이는 약 봉투에서 연고를 꺼내 재규의 손에 쥐여 주었다.

"연고도 발라요. 입술이 퉁퉁 부었어요."

"내 명품 입술이 망가졌습니까. 일 났네, 이거. 하, 이래 망가져 버리면 차질이 생긴다."

무슨 차질? 봄이는 미간을 좁히고 재규를 유심히 쳐다봤다.

재규는 대충 연고를 쭉 짜서 덕지덕지 묻히고 있었다. 알레르기가 불긋하게 올라온 곳에 제대로 발리지도 않았다.

"그렇게 바르면 어떡해요?"

"뭐가 잘못됐습니까."

"이리 줘 봐요."

보다 못한 봄이가 재규의 손에서 연고를 빼앗았다.

"많이 흉측한가 보네. 내 얼굴 이제 배우 느낌 안 나나요."

봄이는 손가락에 연고를 묻혔다. 몸을 재규의 가까이에 붙이며 엄하게 말했다.

"원래도 그런 느낌 안 났거든요. 그러니까 입 좀 다물어 봐요."

"알겠습니다, 봄봄이 선생님."

봄이는 두 번째 손가락을 재규의 입술에 살짝 올렸다. 너무 부어서 그런지 벌에 쏘인 것 같기도 했다. 하지만 본래의 모양 자체가 적당히 도톰한 데다가 양쪽 끝이 말려 올라가 있어 크게 흉하진 않았다.

그저 두툼해 보일 뿐. 새삼스럽게 재규의 입술이 예뻤다는 걸 떠올리며 봄이는 정성껏 연고를 덧발랐다.

"윽."

"가만히 있으라니까요."

봄이는 몸을 바짝 붙여 재규의 입술에만 집중하며 아프지 않게 최대한 살살 펴 발랐다.

"봄."

재규는 더욱 얼굴을 찡그렸다.

"……봄."

"말하면 입에 연고 들어가요. 가만히 좀……."

"봄아."

잠긴 목소리와 함께 봄이의 손목이 단숨에 붙잡힌 것은 그때였다.

14

"그만."

"네?"

"그만……해도 됩니다."

봄이는 어리둥절했다. 어쩐 일인지 재규는 봄이를 마주 보지 않고 시선을 반대로 피해 버렸다.

사이드 미러에 비친 재규는 인상을 잔뜩 쓰고 있었다. 옅게 그을린 피부는 알레르기 때문인지 새빨갛게 달아오른 채였다. 갑작스러운 반응에 당황한 것은 봄이었다.

"왜, 왜 그래요. 혹시 아팠어요? 살살 문질렀는데……."

"후, 미치겠네."

낮게 깔린 목소리 끝이 거칠게 갈라졌다.

"하아……."

재규는 앓는 듯한 신음을 흘리며 커다란 손으로 얼굴을 연거푸 쓸어내렸다. 몇 번을 그러더니 황급히 안전벨트를 풀었다.

"내 신체 건강한 게 탈이다. 미안한데 조금만 기다려 줄래요."

봄이가 미처 대답도 하기 전에 재규는 차 문을 열고 후다닥 나가 버렸다. 대체 종잡을 수가 없는 남자였다.

"왜 저래……."

봄이는 밖에서 산짐승처럼 고함을 지르고 있는 재규를 이해할 수가 없었다. 백미러로 재규를 흘끔거리며 봄이는 홧홧한 감각이 느껴지는 손목을 내려다봤다.

아까 잠시나마 붙잡혔다고 열기가 고스란히 남아 있었다. 얼굴 결은 고운데 손은 여전히 까칠했다. 봄이는 문득 궁금해졌다. 저 남자는 대체 어떤 인생을 살아온 걸까. 왼쪽 팔뚝의 희미한 화상 자국도 자꾸만 신경 쓰이고 여러모로 궁금한 것이 많았다. 모르긴 몰라도 재규의 삶이 순탄치만은 않았을 거라는 추측이 들었다.

그의 어린 시절까지 궁금해하려는 찰나에 휴대폰 진동이 울렸다. 그린나래 동아리원 오동표 학생의 문자였다.

[선생님, 휴일에 죄송합니다! 혹시 저희 동아리 견학 선한결 후배님의 태양광 발전소로 결정된 건가요?]

봄이가 오늘 답사를 하는 것을 알고 있는 모양이었다. 호기심 많은 동표가 그새를 못 참고 문자를 보냈다. 아직 결정하지 못했던 봄이는 잠시 고민했다. 오늘 재규가 살뜰히 챙겨 주며 사업장을 구경시켜 주는 모습을 보니 아이들을 데려와도 괜찮을 것 같았다.

'사람이 좀 가볍긴 해도 책임감은 있어 보이니까…….'

결정을 내린 봄이는 답장을 보냈다.

[응, 여기가 좋을 것 같아.]

조금 뒤 차로 돌아온 재규는 언제 그랬냐는 듯 본래의 모습으로 돌아왔다.

"미안합니다."

재규는 곧장 시동을 걸면서 특유의 웃음기가 담긴 목소리로 농을 던졌다.

"하, 일촉즉발의 위기였네. 내 많이 기다렸죠."

"아뇨."

"기다렸는데. 새끼 사슴마냥 목을 쭉 빼고 있드만."

"진짜 아니라니까요."

"강한 부정은 긍정입니다. 출발합니다이."

"……."

청설읍 집으로 돌아가는 길. 재규는 가는 동안 봄이가 심심하지 않게 재미있는 이야기들을 들려주었다. 그중, 재규가 지난주에 맨손으로 때려잡은 태양광 패널 도둑의 이야기가 가장 재미있었다. 대강 도둑이 재규를 조폭으로 오해해서 생긴 해프닝이었다.

"눈깔이 삐어도 한참을 삐었지. 내 어디 봐서 조폭입니까. 그래요, 안 그래요."

"죄송한데 혹시 한 번이라도, 잠깐이라도 몸담았던 적은 정말로 없으세요?"

"짐 조직할까요. 윤봄파."

"네? 왜 하필 제 이름으로!"

"그래야 내가 꼬봉하지. 안 그렇습니까, 봄봄 행님."

"그만해요!"

"넵! 알겠습니다, 행님."

"하지 말라니깐, 정말!"

집 앞까지 데려다주고 오늘도 커피 타령을 늘어놓는 재규를 그냥 돌려보낸 봄이는 돈나무에 물을 줬다. 커피는 무슨. 중얼거리던 봄이는 문득 겨울에 교무실로 찾아왔던 재규를 기억했다. 노란색 믹스커피라도 준다고 해 놓고 물만 끓여놓은 채 그냥 보냈던 것이 이제 와서 마음에 걸렸다. 재규도 그때를 기억하고 있는 걸까? 그래서 장난처럼 자꾸 커피를 달라고 하는 건 아닐까.

그동안 돈나무의 가지는 더욱 튼튼하게 뻗었고, 둥근 잎엔 광택이 좌르르 흘렀다. 봄이는 돈나무 이파리를 매만지며 중얼거렸다.

"음……. 그럼 집에 커피 좀 사다 놓을까?"

***

"날씨가 직인다!"

며칠 전, 교감 석관수가 옥상에 올라가 소주를 뿌리며 고사를 지낸 효과가 있었다. 오늘 날씨는 체육 대회를 하기에 이보다 좋을 순 없을 정도로 청명했다.

"캬, 작년보다 훨씬 낫다. 추 선생 고생했다!"

"하하하하. 처음엔 골치 아팠는데 준비하다 보니까 오기가 생겨서."

"완전 우리 때 운동회랑 똑같다!"

구령대 앞에 모인 선생들은 운동장을 보며 감탄했다. 작년엔 메타버스 운동회라는 이름으로 온라인으로 진행됐었다. 이벤트의 달인인 체육 교사 추 선생은 이번 체육 대회 콘셉트를 레트로로 잡았다. 대단한 아이디어였다.

하늘에는 만국기가 펄럭였다. 학급은 청군과 백군으로 나뉘었다. 체육복 바지 위에 흰 티와 파란 티를 입은 학생들이 열을 맞춰 섰다. 학부모석과 지역 주민석 천막 아래로 사람들이 빼곡했다. 그때 그 시절을 추억하며 삼삼오오 모인 것이다.
"우아, 동네 어르신들 억쑤로 마이도 오셨다!"
"추 선생, 지역 주민은 백군 청군 구분 없이 앉힌 기가?"
"예, 거까지 하면 복잡시려워서."
봄이네 반은 백군에 배정됐다. 그 때문에 봄이 역시도 오랜만에 흰 티에 청바지를 꺼내 입고 왔다. 치렁치렁한 머리를 하나로 질끈 묶어 목선이 드러난 봄이를 여기저기서 힐끔거렸다.
"봄 선생은 이런 티쪼가리만 입었는데도 연예인이다. 완전."
"그러고 보니깐 탤런트 누구 닮은 거 같은데?"
"네? 아, 아니에요."
"흰 티에 청바지 입으니깐 더 돋보이는구마!"
봄이가 손사래 치며 얼굴을 붉혔다. 주변에서 한마디씩 던지니까 진땀까지 났다. 이런 주목은 봄이에게 쥐약이었다.
'너무 불편해.'
다행히 눈치 있는 1반 담임 서혜숙이 운동장을 보며 화제를 바꿔 주었다.
"다들 선한결 좀 보세요. 쟤만 보이네!"
그 말에 모여 있던 선생들이 모두 운동장에 서 있던 한결이 쪽으로 시선을 돌렸다.
"저렇게 운동장에 한꺼번에 모아 두니까 한결이가 튀긴 튀네요. 아이돌 해도 되겠네."
"잘 생기면 뭐 하노. 끼가 없는데."
"끼가 없기는. 가시나들이 얼마나 따라댕기는데! 고마 매너가 끝내준다카드만!"
봄이는 마음속으로 깊이 공감하며 고개를 끄덕였다. 한결이는 삼

117

촌을 닮아 체격도 좋고 외모도 준수했다. 게다가 성격까지 좋고 예의도 바르다. 겉과 속이 모두 예쁜 아이였다. 꼭 부모라도 된 양, 봄이는 한결이에 대한 칭찬에 괜스레 기분이 좋아졌다.

"아, 아. 마이크 테스트."

선생들의 대화가 무르익어 갈 때쯤 교장이 구령대 앞으로 나섰다.

"기분 좋아 보이시네."

"그라믄 오 분은 잡아먹긋네."

교장이 마이크를 들자마자, 여기저기서 한숨이 흘렀다. 전국의 여느 교장들처럼 신수고 교장 김권기 역시 연설이 긴 축에 속했기 때문이었다.

"예, 자랑스러운 신수고 학생 여러분. 그리고 존경하는 신수고 선생님들 그리고 무엇보다 이 신수읍을 지키고 사랑하는 우리 주민 여러분……"

품에서 인사말 종이를 꺼낸 교장은 금테 안경을 추켜올리며 일장 연설을 시작했다.

"더워진 날씨에 이렇게 신수고 체육한마당에 참석해 주신 동문회장님을 비롯한 학부모님들과 주민 여러분께 큰 감사 인사를 올립니다. 무엇보다 대회에 참가하는 선수 여러분께서는 스포츠맨 정신으로 매 경기에 최선을 다해 주시길 당부드립니다."

끝났다고 착각한 몇몇이 박수를 쳤지만, 교장은 아랑곳하지 않고 말을 이어갔다.

"……에, 마지막으로 모쪼록 신수읍의 자랑 신수고의 체육 대회가 오래도록 지역 주민과의 소통과 친목을 공고히 하는 대화의 장이자, 끈끈한 만남의 장이 될 수 있기를 기원합니다. 에에. 자, 그럼 64회 신수고 체육 대회를 시작하겠습니다."

길었던 연설이 끝나자마자 여기저기서 기지개를 켰다. 봄이도 깜박 졸았다가 깨어났다.

"땅!"

추 선생이 쏜 스타트 건 소리에 사람들은 모두 활력을 되찾았다. 이것으로 신수고 체육 대회가 본격적으로 시작되었다.

운동장에는 최신 댄스곡이 울려 퍼졌다. 학생들은 우르르 각 반의 팻말이 붙은 천막 아래로 들어갔다. 2학년 2반은 백군이었고, 아이들은 흰색으로 반티를 맞춘 상태였다. 줄지어 놓인 간이 의자에 하나둘 앉으며 교실과는 또 다른 들뜬 분위기를 뿜어냈다.

"얘들아."

봄이가 다가가자 사방에서 환호성이 터졌다. 등장만으로도 뜨거운 반응에 봄이는 쑥스러워 어쩔 줄을 몰랐다.

"샘, 오늘 진짜 최고 예뻐요!"
"오오오, 우리 백군 여신이시다!"

2반 담임이 된 이후로, 리액션만큼은 넘칠 정도로 받는 중이었다. 봄이는 얼굴이 벌겋게 달아오른 채 선수 명단을 살폈다.

"저기, 1학년 체조 끝나면 바로 2학년 달리기니까 선수들 준비하자."
"네엡! 선한결, 김재현 나와!"

아, 한결이가 첫 번째로 뛰는구나. 이제 곧 시작일 텐데……

'왜 안 보이지?'

학부모석과 내빈석을 차례로 훑어보았다. 꼭 올 줄 알았는데. 봄이의 눈에 실망이 스쳤다.

"선생님."

그때, 운동화 끈을 단단히 조이고 일어난 한결이 봄이를 불렀다.

"왜, 한결아?"
"저희 삼촌도 곧 오실 거예요."

15

　한결이는 주먹을 말아 쥐고 웃음을 막고 있었다. 당황스러웠다. 물어본 적도 없는데 삼촌을 찾는 것을 어떻게 알았을까?
　"그, 그렇구나. 잘 뛰고 와, 한결아."
　"네, 다녀오겠습니다. 야, 김재현! 가자!"
　식은땀을 닦아 내며 봄이는 주춤주춤 반장의 옆자리에 앉았다. 무언가가 시작되려는 찰나였다.
　"풍선 갈겨!"
　반장의 외침에 응원 풍선을 탁탁탁탁 두드리는 소리가 커졌다. 한결이를 비롯한 달리기 선수들이 운동장을 가로질러 출발선으로 모이고 있었다.
　"한결이랑 재현이가 우리 반에서 제일 잘 뛴다는 거지?"
　반장에게 질문을 던지자 봄이 주변의 2반 학생들은 신나서 한마디씩 보태기 시작했다.

"둘 다 무진장 잘 뛰어요. 일등은 무조건 우리 반일걸요."

"맞아요, 샘. 이건 한결이랑 재현이의 싸움입니다."

이제 달리기 선수들은 스타트 라인에 서 있었다. 준비 자세를 취하고 있는 것을 보니 갑자기 긴장감이 올라왔다.

"저 둘이 그렇게 잘 뛴다고? 한 바퀴 달리는 거 맞지?"

"맞아요, 샘. 지금 시작하나 봐요."

"워어어! 2반 파이팅!"

함성이 쏟아졌다. 학생들은 풍선을 쾅쾅 울리며 자리에서 벌떡 일어섰다.

"2반! 2반! 달려라! 2반! 아아악! 시작한다!"

"반 바퀴 차이로 들어가라!"

봄이도 아이들을 따라 일어섰다. 그간 고3 담임만 하다 보니 이런 열띤 응원 분위기는 낯설었다. 특히나 작년엔 온라인 운동회를 해서 이토록 뜨거운 분위기가 아니었다.

'우리 반이 이겼으면 좋겠다……'

가슴이 쿵쾅거리기 시작했다. 전에는 미처 몰랐던 감정이었다. 스포츠에 빠지는 사람들이 이해가 갔다. 봄이도 처음으로 자기 반을, 자기 아이들을 진심으로 응원하기 시작했다.

"애들아! 잘 뛰어!"

그렇게 외침과 동시에 스타트 건이 울렸다.

따당!

하얀 연기와 함께 반별 달리기가 시작됐다. 출발부터 앞서 나가는 선수들이 바로 2반이었다. 어, 진짜 잘 뛰네? 봄이의 심장은 터질 것 같았다.

'아, 사진. 사진 찍어야지. 한결이 삼촌도 궁금하실 테고……'

봄이는 허둥지둥 주머니를 뒤적여 휴대폰을 꺼냈다.

"우아아아!"

열띤 학생들의 함성은 어지러울 정도였다. 게다가 주민들도 합세해서 응원하는 통에 봄이는 귀가 먹먹해졌다.

저 멀리에서 출발한 선수들은 어느새 반 바퀴를 돌아 가까워지고 있었다. 선한결이 가장 앞서 달리고 있었다. 탄탄하고 기다란 다리가 2학년 2반 팻말을 빠르게 스치고 지나갔다. 지나가는 자리엔 휙 하고 가벼운 바람이 일었다.

'진짜 빠르다, 한결이……!'

휴대폰의 카메라 앱을 켜는 동시에 한결이가 바람처럼 쌩 지나가 버렸다. 봄이는 촬영에 실패했다.

"아……."

헛헛한 한숨이 새어 나왔다. 그때 등 뒤에서 누군가 중얼거렸다.

"설마 저거 드론인가?"

드론? 봄이는 손등으로 해를 가리고 하늘을 살폈다. 정말이었다. 작은 드론 하나가 요란하게 날개를 퍼덕이며 운동장 상공을 돌고 있었다.

우리 학교에 드론이 있던가? 아니다. 봄이는 기자재 담당이었다. 자신이 알기론 학교 소유의 기자재에 드론은 없었다. 그렇다면 저건 외부 장비? 누가 띄운 거지? 무슨 목적으로?

"이야! 이겼다!"

그 순간, 한결이가 결승선을 통과했다. 이어서 재현이가 간발의 차로 들어왔다. 반장이 예상했던 그대로였다. 1등이 선한결, 2등이 김재현. 2학년 2반의 활약이었다.

"우아아아아! 역시! 선한결! 김재현! 우아아!"

흥분한 학생들이 천막 밖으로 일제히 튀어 나갔다. 봄이도 괜히 마음이 벅차올라 무심결에 그 뒤를 따랐다.

"두두두—."

그때였다. 하늘을 누비던 드론이 봄이의 머리 위로 내려왔다. 놀란 봄이가 고개를 좌우로 돌리며 사람들을 살폈지만, 드론의 주인으로 보이는 사람은 없었다. 달리기 선수들에게 다들 정신이 빠져 있어 봄이를 도와줄 사람도 없었다.

"뭐야……."

드론이 봄이의 주변을 빙빙 돌았다. 봄이가 운동장 구석으로 도망쳤지만, 드론은 계속 따라왔다.

"어떡해."

봄이는 건물 안으로 들어가기로 하고 방향을 틀었다. 드론은 집요하게 봄이를 쫓아왔다. 그 모습이 왠지 익숙했다. 마치……,

"선재규 씨?"

그 말과 함께 드론이 뒤편으로 휙 날아가 버렸다. 얼떨떨하게 서 있는 봄이를 커다란 그림자가 감쌌다. 봄이는 천천히 고개를 뒤로 돌렸다.

"하……."

"낸 거 우째 알았지. 이야."

재규의 초경량 스포츠 고글이 햇빛에 비쳐 번쩍였다. 재규가 입꼬리를 올리며 체육 선생들이나 쓸 법한 날렵한 반미러 선글라스를 벗었다. 그러곤 선글라스 다리를 고이 접어 티셔츠에 끼웠다.

"내 쫌 늦었죠."

하얀색 쫄쫄이 기능성 반소매를 입고 온 덕에 더욱 몸매가 도드라졌다.

'설마, 백군이라고 흰옷을?'

바지는 평범한 검은색 트레이닝복이었지만, 실루엣은 꽤 민망했다.

'오늘은 사람도 많은데……'

하여간 다방면으로 튀었다. 봄이는 재규를 위에서 아래로 모두 관찰한 뒤에야 고개를 들었다.

"깜짝 놀랐잖아요. 드론은 왜 가지고 왔어요?"

"한결이 찍을라고."

그렇게 답하면 할 말이 없었다. 보호자가 사진을 찍는 건 자유니까. 봄이는 휙 뒤를 돌아 천막으로 향했다.

"그럼 재미있게 보다 가세요."

발걸음을 재촉하는데 뒤에서 재규가 졸졸 따라왔다. 표정을 보고 있진 않아도 재규의 목소리에 웃음이 섞인 것이 느껴졌다.

"봄이 씨."

"왜요."

"내 많이 기다렸습니까."

"제가 왜요……?"

멋대로 천막의 안까지 따라 들어온 재규는 봄이가 뭐라 하기 전에 막 돌아온 한결이의 엉덩이를 토닥거렸다.

"우리 강아지, 아주 끝내주게 잘 뛰대? 내 닮아서 그렇다."

"하아, 더워. 삼촌, 내 엉덩이에서 손 떼 줄래."

"조금만 더 만지고. 얼음물 싸 왔다. 얼른 마시 바라."

한결이는 손을 떼라고 하면서도 재규를 반가워하며 다정하게 대화를 나누기 시작했다.

'되게 친하구나.'

살가운 두 사람의 모습에 봄이는 부러운 표정을 숨기지 못했다.

봄이가 이상적으로 생각했던 가족의 모습이었다. 남에게 보이는 모습에 신경 쓰기보단 서로를 가장 위하는 저런 모습들. 오늘 학부모석에 앉아 한결이를 열렬히 응원할 재규가 그려졌다.

그런데 이상하게도 재규는 학부모석으로 향할 생각이 없어 보였다. 어디서 구해 왔는지 알 수 없는 낚시 의자를 들고 오더니, 아무렇지도 않게 봄이 옆에 턱 하고 펼쳤다. 너무 당연하다는 듯한 행동에 봄이는 말릴 타이밍조차 놓쳤다.

"심판이 저걸 못 봤네. 맞죠."

"……."

재규는 아예 자리를 잡고 경기마다 일일이 참견을 하기 시작했다.

"에헤이, 발차기를 저래 힘없이 하니까 신발이 날아가지. 저 양반들 답답하네."

지금은 발야구 경기가 한창이었다. 재규는 나름 진지하게 경기에 집중하고 있었고, 처음엔 '좀 가라'고 생각했던 봄이도 이제는 그냥 그러려니 했다.

"왼쪽을 차야지, 왼쪽!"

같이 구경하고 있던 봄이가 한마디 했다.

"그렇게 잘 알면 그럼 직접 나가시지 그래요?"

그러자 재규가 심각한 얼굴로 목소리를 낮게 깔았다.

"내 나서면 체육 대회 생태계 다 무너집니다. 원하십니까……."

"원하긴 뭘 원해요……. 그리고 생태계는 무슨 생태계……. 경기나 보세요."

말도 안 되는 소리였지만, 은근 웃겼다. 옆에 앉은 재규가 툭툭 던지는 말들은 생각보다 재미있었다. 경기가 이어지는 동안, 둘은 그렇게 나란히 앉아 킥킥거리며 관람을 이어갔다.

어느덧 경기는 공 굴리기로 바뀌었다. 재규가 쏜 아이스크림을 빨면서 학생들의 응원 열기 또한 거세지고 있었다. 봄이도 재규가 내민 배 맛 쭈쭈바를 조금씩 주물러 가며 먹고 있었다. 그때였다.

"선 사장, 여서 뭐 하노!"

재규를 아는 듯한 중년 여성이 급히 뛰어왔는지 숨을 헐떡였다. 재규는 앉은 자리에서 꿈적도 안 하고 느긋하게 되물었다.

"와 이러십니까."

"학부모 박 터트리기 진짜 안 나갈끼가. 청군은 전직 투포환 선수도 있다카이."

그렇게 본격적이라고? 봄이는 눈이 휘둥그레졌다.

"투포환이고 핵폭탄이고 간에 내 나가면 다 디진다니깐."

"……."

핵폭탄은 무슨. 봄이는 어이없는 대화를 들으며 눈을 깜빡였다.

"쫌 나가라!"

"말했죠. 안 나갑니다."

옥신각신하는 둘의 실랑이에 소란이 커지자, 옆 반 천막에서도 슬슬 고개를 내밀었다. 구경꾼이 늘어나기 시작했다.

"밸런스를 위해 안 나갈랍니다."

결국 봄이가 나섰다. 재규의 팔을 붙들고 일으켰다. 망가질 대로 망가진 그의 이미지를 만회할 좋은 기회일지도 모른다.

"한결이 삼촌께서 나가 주시면 안 될까요."

"그쟈? 아 담임 선생님도 저래 부탁하시는데 퍼뜩 나가입시다."

입꼬리를 슬쩍 올린 재규는 트레이닝복 바지에 손을 찔러 넣은 채, 고개를 비스듬히 꺾고 봄이를 내려다봤다.

"진짜 괜찮겠습니까."

"뭐가요?"

봄이는 낮게 깐 남자의 목소리에 느릿하게 눈을 깜빡였다.

"내 운동하는 거 보면 이 동네 사람들 다 내한테 반하는데 괜찮겠냐고."

"……."

봄이는 재규의 등을 쭉 앞으로 밀었다. 얼른 나가라는 소리였다.

"여. 한결아. 삼촌 박 뿌시러 간다. 너거덜 내 사진 마이 찍어 놔라."

재규는 팔을 쭉 뻗어 맞잡고 우드득 소리를 내더니 운동장 한가운데로 천천히 걸어 나갔다.

"반하긴 무슨."

봄이는 고개를 가로저으며 옆 반 정진혁 선생의 쌍안경을 빌려 와 자리에 앉았다.

16

 청군과 백군의 학부모들이 열 명씩 선출되어 각 팀의 박 앞에 섰다. 추 선생이 잽싸게 마이크를 잡았다.
 "자자, 어머님, 아버님들. 바닥에 지금 떨어져 있는 콩 주머니들 주워서 먼저 박 터트리는 팀이 이기는 겁니다. 학창 시절에 해 봐서 잘 아시죠?"
 "네!"
 우렁찬 대답이 여기저기서 튀어나왔다. 운동회의 추억을 말할 때 자주 회자되는 것이 바로 이 박 터트리기가 아닌가. 모두가 옛 기억에 젖은 듯 들뜬 표정이었다.
 "빨리 시작합시다!"
 학부모들의 성화에 추 선생은 목에 걸고 있던 호루라기를 휘 불었다. 그렇게, 경기가 시작되었다.
 "아……."

천막 가장 앞자리에서 쌍안경을 끼고 보던 봄이는 눈앞에 펼쳐진 광경에 경악하며 입을 벌렸다. 백군의 작전은 모두가 재빠르게 바닥에 널브러진 콩 주머니들을 한데 모으는 것이었다. 그리고 모인 콩 주머니를 던질 사람은 단 한 사람. 바로 선재규였다. 남자는 진지한 표정으로 다리를 넓게 벌리고 섰다.

"얼른얼른 모아주십셔!"

그러더니 다른 사람들이 주워 온 콩 주머니를 한쪽 팔에 가득 안고, 1초에 한두 개씩 냅다 던져 대기 시작했다.

"아씨, 개웃기다. 킥킥."

팔을 헬리콥터처럼 휘두르며 던지는 재규의 모양새는 멀리서도 차마 눈 뜨고 볼 수 없을 정도였다. 미쳤나 봐! 봄이는 속으로 비명을 질렀다.

"개그맨 아니가?"

"저 사람 와 저래 웃기노!"

구경하던 사람들만 웃겨서 난리가 났다. 박은 어찌나 꼼꼼하게 붙여 놨는지 한참을 던져도 터질 기미가 없었다.

"하, 죽어도 안 터지네!"

터지지 않는 박에 헉헉대던 재규는 급기야 콩 주머니를 두세 개씩 움켜쥐고 힘껏 내던졌다.

"큭……."

봄이는 쌍안경을 쥔 채 눈을 떼지 못했다. 참으려 애썼지만 입술 사이로 웃음이 새어 나왔다. 결국엔 눈가에 눈물이 고이도록 소리 내어 웃고 말았다.

"야, 담임 샘 저렇게 웃는 거 처음 봐."

"……실환가?"

학생들이 낯선 광경에 수군거렸지만 집중하고 있는 봄이에게 그런 말들은 들리지도 않았다.
빵!

[백군 우승 축하합니다.]

마침내 백군의 박이 터졌다. 그 안에 있던 알록달록한 색종이 가루와 현수막이 바람에 나풀거렸다.
찰칵.
봄이는 멀리서 호탕하게 웃고 있는 재규를 한 장 찍었다. 봄이에게는 오늘의 베스트컷이었다.

***

학부모 박 터트리기 경기가 끝나자 곧 점심시간이 되었다. 사람들은 가족 단위로 삼삼오오 돗자리를 펴고 도시락을 꺼냈다. 보통은 체육 대회 날에도 급식을 제공하지만, 추 선생은 레트로를 고집하며 도시락을 당부했다. 물론 봄이는 아무것도 챙겨오지 않았다. 교사들은 학교 앞에서 추어탕을 먹기로 했지만 봄이는 먹을 수 없는 음식이었다. 그 때문에 자판기에서 빵이랑 우유를 뽑아 대충 때울 생각이었다. 지금과 같은 상황은 생각해 보지 않았다.
"이야. 자리 좋네."
"여기 개방한 거 어떻게 알았어요?"
"아까 드론 날릴 때 와 보니까 열려 있드만."
재규를 따라 옥상에 올라온 봄이는 주변을 둘러보았다. 봄이도 학교 옥상은 처음 올라와 봤다. 차양이 쳐져 있어 그늘도 충분했다. 넓은 옥상은 탁 트인 동네 뷰를 자랑했다.

"앉으십셔."

재규는 신발을 벗고 돗자리에 앉아 분홍색 4단 찬합 통을 펼쳤다. 봄이도 재규의 채근에 신발을 벗고 조금 떨어진 옆에 앉았다.

"짜자잔. 어떻습니까."

찬합의 첫 칸이 열리자 곰돌이 모양, 토끼 모양 주먹밥들이 줄지어 얼굴을 내밀었다.

"이게 뭐예요?"

"곰 같은 마누라랑 토끼 같은 자식이라는 말 생각하면서 내가 새벽부터……."

"곰이 아니라 여우 아닌가요."

"뭐면 어떻습니까. 내는 곰이 더 좋던데."

예쁘게 모양낸 도시락은 SNS에서 사진으로 보거나 멀찍이 구경만 해 봤을 뿐이었고 이렇게 가까이에서 본 것은 처음이었다. 봄이는 눈을 떼지 못했다.

"이걸 어디에서 사 오셨어요?"

"내가 새벽에 일어나서 만든 건데요."

"네? 이걸 다 혼자서?"

"또 있습니다."

놀랄 틈도 없이 두 번째 단이 열렸다. 김밥과 유부초밥이 가지런히 놓여 있었고, 그 아래엔 샐러드와 과일 네 가지까지 정갈하게 들어 있었다.

"얼음물도 챙겼습니다. 겁나 시원합니다."

재규는 생수병을 봄이 앞에 놓아주며 일회용 앞접시와 젓가락까지 챙겨 줬다.

"저, 감사합니다. 정말 잘 먹을게요."

"봄 선생님만 먹일라고 내가 꾀 좀 냈습니다."

그걸 꾀라고 할 수가 있나. 박 터트리기가 끝나고 점심 종이 울리자 재규는 당당히 도시락을 나눠주겠다며 선생들 사이를 돌아다녔다. 당연히 모두 도망가고 봄이만 남았다. 자연스레 봄이를 데리고 올라온 재규는 얼굴에 웃음꽃이 만발했다.

"드십셔."

"근데 한결이가 늦네요. 오면 같이 먹을게요."

"친구랑 얘기 좀 하다 온다던데. 때 되면 오겠지. 아."

"아."

봄이는 무심코 재규가 포크에 푹 찍어 내민 복숭아를 입에 넣었다가 당황했다. 뒤늦게 민망함이 밀려왔다.

"제, 제가 먹을게요."

"그러지요. 자, 아."

"아……. 아, 제가 먹는다고 했잖아요!"

"예, 아."

자꾸만 입에 음식을 물려 주는 재규와 실랑이를 하면서도 봄이의 얼굴은 조금 상기되어 있었다. 소풍이나 학교 행사에 봄이의 부모님은 한 번도 참관하러 온 적이 없었다. 집에서 들려 보낸 도시락은 고급 한정식집에서 주문한 거였는데, 이름도 외웠다. 정담 스페셜-A. 매년 같은 것을 주문하셨기 때문이었다.

'이건…… 진짜 도시락이야.'

아침부터 준비했다는 정성스러운 이 도시락을 내가 먹어도 되는 걸까.

"많이 드십셔."

"네……. 고마워요."

가슴이 이상하게 간지러워진 봄이는 토끼 주먹밥을 조금씩 젓가락으로 부숴 가며 입에 넣었다. 고소한 게 제법 맛이 있었다.

재규는 가만히 배를 채우고 있는 봄이의 옆으로 바짝 엉덩이를 붙였다.

"봄이 씨."

"네."

고개를 숙인 재규가 봄이의 귓가에 은근하게 속삭였다.

"오늘 이래 이쁘면 어떡합니까."

"네?"

"불안하게."

봄이는 놀라서 헛기침했다. 이 남자는 대체, 어쩜 이렇게 아무렇지도 않게 이런 말을 던지는 걸까. 다 장난인 걸 아는데 매번 반응하는 자신이 싫었다.

"이상한 말 그만하세요."

"왜요. 선생님이랑 학생들이."

재규가 봄이에게 생수를 건네며 지그시 바라보았다.

"봄이 씨 오늘 예쁘다고 안 해요?"

"그만하라고 했죠?"

입술을 통통하게 내밀자 재규는 재미있어했다.

"내가 말할 때마다 자지러지게 웃는데 어째 가만히 있겠습니까."

웃었다고? 그랬던가. 돌이켜 보면 요즘처럼 웃은 날이 있었던가 싶다. 봄이는 문득, 자신이 얼마나 오랫동안 웃음기 없이 지냈는지를 깨달았다.

'……이 사람은 대체 왜 이렇게 사람 마음을 툭툭 건드릴까.'

봄이는 생각을 털어 내며 재규의 특선도시락을 하나둘 비워 나갔다. 한결이가 옥상으로 올라온 것은 한참 후였다. 뜻밖에 세진이와 함께였다. 동표의 말을 기억하고 있는 봄이는 속으로 조금 놀랐다.

'어? 같이 왔네? 그새 친해졌나?'

분위기가 어색할 것 같았는데 전혀 그렇지는 않았다. 재규가 세진이에게 인생 상담을 해 주겠다고 나서서 몰랐던 이야기도 알 수 있었다. 부모님보다 오빠가 더 무섭다는 이야기였는데, 봄이는 속으로 공감을 표했다. 묘하게 재규가 세진이네 사정을 아는 듯한 느낌도 받았다.

이후에도 네 사람은 함께 시시콜콜한 이야기를 해 가며 느긋한 식사를 마쳤다. 봄이에게 부지런히 이것저것 챙겨 주며 재규는 연신 호쾌하게 웃었다. 그런 재규의 웃음이 어째서인지 따뜻하고 포근하게 느껴졌다.

***

점심시간이 끝난 뒤의 오후 경기가 막 시작됐다.

"백군 나가리 났죠."

"2인 3각이랑 계주 남았거든?"

우승팀에게는 전원 문화상품권이 주어진다는 파격적인 혜택이 걸려 있었다. 청군과 백군 사이에는 팽팽한 신경전이 흐르고 있었다. 열기는 점점 더 뜨거워졌고, 이 판을 뒤엎을 마지막 카드인 2인 3각이 곧 시작될 예정이었다.

"자자, 교내 댄스동아리의 축하 공연이 끝나면 2인 3각을 곧바로 시작하겠습니다!"

2인 3각은 교직원과 지역 주민이 짝을 이뤄 총 다섯 쌍이 릴레이 방식으로 달려야 하는 대형 경기였다. 청군과 백군을 합치면 열 쌍. 그야말로 체육대회의 하이라이트였다.

'천천히 구경이나 할까.'

다행히 봄이는 출전자 명단에 없어 마음 편히 무대를 바라보던 중이었다.

"저, 봄 선생. 봄 선생."

1반 담임 서혜숙이 봄이네 천막으로 불쑥 들어와 급하게 숨을 헐떡였다. 다급해 보이는 얼굴에 봄이는 엉거주춤 일어났다.

"네? 왜 그러세요?"

"부탁 좀 들어줘."

"무슨……?"

"2인 3각 대신 나가 줄 수 있어? 어제 마라탕을 먹었더니 배가 너무 아파. 내 파트너가 강 부장인 거 알지. 그분도 발목을 다쳤다네?"

파트너가 쌍으로 출전을 못 하게 된 것이다. 운동에 자신이 없는 봄이는 조금 망설였다.

"제가 운동을 너무 못해서요……. 민폐 될 것 같아요."

"제발 부탁이야. 지금 나가면 진짜 그대로 쓰러질지도 몰라."

그때였다. 뒤에서 재규가 스르르 모습을 드러냈다.

"같이 나가면 되겠네. 문제없지요. 우리 둘이 나가도."

"재규 씨와 저, 두 사람이요?"

봄이는 난감했다. 괜히 엮여 있는 것도 많은데, 경기까지 함께 뛰자니. 사람들 눈도 있고, 뒷말도 걱정됐다.

"죄송해요. 그건 조금 힘들 거 같아요."

결국 봄이는 정중히 고개를 숙였다. 서 선생은 아쉽다는 듯 발을 동동 굴렀다.

"어쩔 수 없네. 그럼 노 선생한테 부탁할게. 한결이 삼촌이랑 둘이 뛰라고."

"노 선생님이 뛰려고 할까요?"

"전에 그러던데 노 선생이. 자긴 한결이 삼촌이랑 친해지고 싶대."

그런 말을 했다고? 조금 놀라고 있는데 서 선생이 멀리 운동장 고깔을 정리 중인 노 선생에게 손을 흔들었다.

'노 선생님이랑 재규 씨랑 둘이 경기를 뛰면……'

봄이는 자기도 모르게 자리에서 일어났다.

"서 선생님, 그냥 제가 할게요."

17

봄이는 자원해서 재규와 함께 2인 3각에 나가기로 했다. 그렇게 출발선에 호출되었고, 경기를 위한 준비가 시작됐다.

'하, 괜히 한다고 했나.'

2인 3각을 해 본 적이 없던 터라 긴장되는 상황에서 재규 혼자 신이 나 있었다. 추 선생으로부터 막 발목 끈을 받아온 재규는 봄이의 발치에 수그리고 앉아서 감탄했다.

"이야, 내도 발목 얄쌍한데 내 반의반도 안 되네."

재규는 허리를 더욱 굽혀 봄이의 발목을 바짝 잡아끌었다. 그러곤 커다란 몸을 말아 구부린 채로 발목끼리 붉은 끈으로 바짝 조여 세 번이나 돌려 감았다.

"이거 느슨하게 묶고 뛰다가 풀어지면 넘어져서 위험합니다."

"아, 그런가요……."

발목이 묶이고 나니 맨다리가 나란히 닿았다. 단단한 그의 발목

뼈가 봄이의 부드러운 살갗에 밀착해 있었다. 이마며 뺨에 후끈 열이 올랐다.

'나만 신경 쓰이나⋯⋯.'

봄이의 신경이 온통 발목에 가 있는 데 비해 재규는 경기에만 정신이 팔려 있는 것처럼 보였다.

"교감 선생님, 달리는 순서를 정해야 하지 않겠습니까."

진지한 어조의 재규에게, 교감 석관수가 팔짱을 낀 채 비장한 얼굴로 작전을 설명했다.

"우리가 다섯 쌍이니 릴레이 순서는 이렇게 합시다. 앞에 세 쌍은 주민분들, 네 번째 구간은 봄 선생이랑 한결이 삼촌이 맡고, 마지막 피날레는 백군의 에이스가 맡는 걸로."

교감이 말하는 에이스의 정체는 바로 교감 본인과 최이준이었다.

'최이준 씨를 또 보다니⋯⋯.'

이 사람이 오늘 올 줄은 꿈에도 몰랐다. 빳빳하게 다려진 와이셔츠에 정장 바지, 구두까지. 연차를 낸 것 같진 않았고, 잠깐 들렀다가 어쩌다 경기까지 떠맡은 듯한 느낌이었다. 인상을 잔뜩 찌푸린 채 억지로 서 있는 모습이 그걸 증명하고 있었다. 하지만 진짜 놀라운 건 따로 있었다.

"어이. 간만이네, 최이준이."

"그래. 너는 여전하구나, 선재규."

그제야 봄이는 깨달았다. 선재규와 최이준, 두 사람이 서로 아는 사이라는 사실을.

내색하지 않으며 두 사람을 곁눈질했는데, 사이가 썩 좋아 보이진 않았다. 두 사람 사이의 접점을 알 수 없었지만 이렇게 안 어울리는 조합도 없어 보였다.

'대체 어디서 만난 걸까?'

직접 묻기엔 뭔가 민망했다. 얼핏 들은 말로는 재규가 다른 지역 출신이라 했으니, 같은 동네에서 자란 소꿉친구는 아닐 것이다.

"경기 곧 시작합니다! 자, 다들 순서대로 서세요!"

생각은 오래가지 못했다. 곧바로 추 선생이 각 팀의 선수 다섯 쌍을 순서대로 주르륵 세워놓았기 때문이었다.

"자, 오후의 하이라이트! 2인 3각 경기를 시작합니다! 모두 준비 되셨죠?"

"네!"

"하나, 둘, 셋! 출발!"

어디서 구해 왔는지 모를 징 소리와 함께 백군의 선발대가 달리기 시작했다.

"……?"

아니, 정확히는 걷고 있었다.

"아이고! 지혜 엄마! 천천히 걸어!"

안 그래도 지고 있는데 말도 안 되는 응원이 쏟아졌다. 주민들은 부채를 흔들면서 구시렁거렸다.

"류마티스 관절염 있는데 저긴 왜 나갔노."

"은서 엄마가 나가자 꼬셨다 카던데, 지도 후회할 끼다."

거북이처럼 느린 첫 번째 주자 덕분에 봄이는 긴장이 탁 풀려버렸다. 맥없이 서 있는데 재규가 눈을 내리깔고 은근하게 말을 붙였다.

"심심하죠."

"네, 조금……."

"그럴 줄 알았다. 우리 순서 될람 멀었는데 같이 연습 쫌 해 볼까요. 합을 딱 맞춰 봐야지. 내 잡아 보세요."

그럼 조금만 연습해 볼까. 차마 재규의 허리를 잡을 순 없어서 등 쪽 옷자락을 조심스레 움켜잡았다.

"그렇지! 발만 딱딱 맞추면 됩니다."

꿈틀거리는 재규의 등 근육 때문에 때때로 놀랐지만, 제자리에서 "헛둘, 헛둘" 하며 발을 맞춰 보니 은근히 재미가 있었다.

"이제 다음 단계로 넘어가 볼까요."

"네."

봄이가 곧잘 따라 하자 재규는 제자리에서 벗어나 걷기를 시도했다. 뒤에 서서 대기하고 있는 교감과 최이준을 고깔이라고 생각하고 두 사람은 "헛둘, 헛둘" 호흡을 맞춰 돌았다.

최이준은 황당한 얼굴로 그들을 바라보다가 한숨을 푹 내쉬었다.

"두 사람…… 지금 뭐 하는 겁니까?"

"헛둘, 헛둘!"

"헛둘, 헛둘! 잘하네!"

이미 무아지경에 빠진 두 사람에게 최이준의 말은 전혀 들리지 않았다. 그들은 그의 주위를 다섯 바퀴나 빙빙 돌고 나서야 제자리로 돌아왔다. 등 뒤에서 뚫릴 듯 쏟아지는 시선을 끝내 눈치채지 못한 채, 봄이는 긴장한 얼굴로 발을 동동 굴렀다.

"어떡해요, 그다음이 우리예요."

"겁나게 잘하드만. 연습한 대로만 하면 됩니다."

"이쪽 발부터 시작, 맞죠?"

"그렇지. 이야, 발 조그만 거 봐라. 발 크기 몇입니까."

"저요? 230이에요."

"내는 310. 대 볼까요."

두 사람은 나란히 서서 발뒤꿈치를 두고 발 크기를 비교했다. 키가 워낙 크니까 발도 클 줄은 알았는데 이렇게나 차이 나는 줄은 몰랐다. 까마득히 커다란 재규의 발을 보며 봄이가 깜짝 놀랐다.
"발이 왜 이렇게 커요……."
"발만 큰 게 아닙니다."
두 사람의 대화에 최이준의 미간은 계속해서 좁아졌다.
"들어 줄 수가 없네."
"와아아!"
최이준의 말과 동시에 우레와 같은 함성이 들려왔다. 봄이는 재규의 팔을 부여잡으며 소리쳤다.
"어, 온다! 온다!"
세 번째 주자가 숨을 헐떡이며 막 들어오고 있었다.
"어떡해요!"
"첫발만 잘 떼면 됩니다."
세 번째 주자들이 죽는소리를 내며 겨우 선 안으로 들어왔다. 봄이와 재규는 바통을 넘겨받았다.
"자, 놓치지 말고 내 꽉 붙들어야 합니다?"
"네!"
출발과 동시에 재규의 묵직한 팔이 봄이의 가느다란 허리를 확 끌어안았다.
"웃……!"
갑자기 안긴 재규의 품에서 땀 냄새와 체온이 훅 밀려왔다. 머리가 아찔하게 어지러웠다.
"봄, 내 꽉 잡으라니깐."
거친 재규의 숨소리가, 냄새가, 체온이 봄이를 어지럽게 만들고 있었다.

"헛둘! 봄봄. 왜 그럽니까."

"아, 아니, 아니에요."

제대로 발을 내딛지 못하자, 재규는 더 깊이 봄이를 끌어안았다. 허리부터 어깨까지, 완전히 품에 들어가다시피 한 자세였다.

그 순간부터 봄이는 스스로 뛰고 있는 건지, 떠밀려 가고 있는 건지조차 분간이 안 갔다.

"안 되겠는데. 내한테 그냥 매달려라. 다리 쭉 뻗고."

정신이 하나도 없어 일단은 시키는 대로 재규의 허리를 꽉 끌어안았다.

"그렇지! 잘하네! 헛둘! 헛둘!"

허리에 두른 팔이 고정되자 몸은 놀랍도록 안정됐고, 속도는 두 배로 빨라졌다. 그리고 심장 박동도 따라 치솟았다.

두 사람은 주황색 고깔을 지나, 청군 마지막 주자가 출발하자마자 간발의 차로 골인선 안에 미끄러져 들어왔다.

"백군 네 번째 주자 골인!"

재규는 팔을 쭉 뻗어 최이준에게 바통을 건넸다. 여전히 발목이 연결된 채 봄이는 가쁜 숨을 몰아쉬었다. 별거 아닌 것 같았는데 숨이 턱까지 차올랐다.

"후우, 후욱."

"괜찮습니까."

"네……."

두근, 두근, 두근.

봄이는 펄떡이는 가슴을 꾹 누른 채 이마의 땀을 손등으로 훔쳐 냈다. 마지막 주자로 달렸던 교감과 최이준이 역전을 이루어 냈는지 뒤에서 커다란 환호성이 들려왔다. 하지만 거기까지 신경을 쓸 틈이 없었다.

'나 왜 이러지?'

그렇게 격하게 뛴 것도 아닌데 몸이 이상했다. 정수리 위로 재규의 숨소리가 스칠 때마다 놀랄 만큼 심장이 빠르게 뛰었다. 펄떡펄떡 비정상적으로 빠르게 펌프질하던 심장은 폐회식을 할 때쯤에서야 원래의 속도를 되찾았다.

***

"푸흡……."

덜컹대는 버스 뒷자리에 기대어 노을빛에 잠겨 있던 봄이가 웃음을 흘렸다. 손에 쥔 휴대폰 액정 안엔 아까 찍은 재규의 콩 주머니 경기 사진이 있었다. 정말이지 별난 사람이다.

그나저나 무슨 일이라도 생긴 건가. 갑자기 어딘가로부터 전화를 받은 재규가 육두문자를 내뱉으며 경기를 마저 보지 못하고 떠나 버렸다.

〈내 계주까지 뛰고 갈라 했는데, 가 봐야 합니다. 미안합니다.〉

〈아, 괜찮아요. 어서 가서 일 보세요.〉

내심 재규가 달리는 모습이 궁금했던 터라 아쉽기도 했다. 어쨌든…….

'정말 재미있었어.'

오늘 하루를 가만히 되새기며 봄이는 긴 한숨과 함께 버스에서 내렸다. 사방은 이미 어둡고 적요했다.

"휴우……."

겨우 한 경기 출전했을 뿐인데, 몸이 피곤했다. 봄이는 지친 몸을 이끌고 익숙한 계단을 한 걸음씩 올라갔다.

서울 아들 집에 올라간 노부부는 여전히 돌아오지 않은 모양이었다. 1층에 불이 꺼져 어두우니, 매번 들어올 때마다 기분 나쁜 소름이 따라붙었다.

"도어락이라도 달까……."

잠깐 생각하던 봄이는 마음을 고쳐먹었다. 이제 와서 다는 건 너무 늦었지. 어차피 오래 있을 집도 아니니 지금처럼 열쇠로 여닫는 게 나을 거다. 가방 속을 더듬어 꺼낸 열쇠를 문고리에 꽂은 봄이는 컴컴한 집 안으로 들어섰다.

쌓였던 피로는 집 안에 들어오자 조금은 나아졌다. 먼지 묻은 몸을 먼저 씻고, 가벼운 홈웨어로 갈아입은 뒤, 소파에 털썩 앉았다. TV를 잠시 켰지만 즐겨 보지 않는 연애 예능 프로그램만 나오고 있었다. 그때였다.

"어? 뭐야."

소파 테이블 위, 뒤집어 둔 휴대폰의 진동이 울리기 시작했다. 이 시간에 전화가 올 일은 거의 없는데.

혹시 재규는 아닐까? 봄이는 서둘러 휴대폰을 집어 들었다.

18

[한결이 삼촌 010-xxxx-xxxx]

역시나. 왠지 전화할 것 같았다. 봄이는 망설임 없이 받았다. 궁금함과 반가움이 한꺼번에 밀려들어, 목소리가 절로 커졌다.
"재규 씨!"
―전화 많이 기다렸죠.
봄이는 잠시 머뭇거렸다. 기다리긴 했지만, 많이는 아니니까…….
"……아닌데요."
봄이는 적당히 대답했다. 그게 뭐가 웃긴 건지 수화기 너머로 하하 웃는 소리가 커다랗게 들려왔다. 근심 하나 없어 보이는 웃음을 듣고 있던 봄이는 궁금했던 물음을 던졌다.
"저, 일은 잘 해결되셨어요?"
―뭐, 별거 아닙니다. 직원 하나가 발전소에 큰일이 났다 해서 간

건데 걍 군청에서 단속 나온 거드만."

"……단속이요?"

봄이는 뒷이야기가 궁금했다. 재규가 무슨 위법을 저지른 건 아닐지 걱정도 함께였다.

─태양광 시설 불법으로 설치하는 잡놈들이 있어서 단속 뜬 모양인데, 우리야 뭐, 쏘 클린하니까.

시원시원한 대답에 안도의 숨이 흘러나왔다. 의외로 상식적으로 사는구나. 잠시나마 의심했던 것이 무안해지는 순간이었다.

"……재규 씨 대단하신 거 같아요. 그 넓은 땅을 다 관리하시고, 한결이도 잘 키우고 계시고."

그가 불법을 저질렀을까, 의심했던 것이 마음에 걸려 그의 장점들을 급히 떠올려 보았다. 보기보다 좋은 점이 많은 남자였다. 한량 같으면서도 부지런한 이 남자는, 혼자서 묵묵히 할 일을 다 해내고 있었다. 여전히 부모님의 그늘 아래 있는 봄이는 재규의 그런 점이 무척이나 어른스럽고 대단하게 느껴졌다. 겨우 네 살 차이인데.

─땅이야 냅두면 어디 안 도망가고, 한결이도 지 알아서 컸으니까. 내가 럭키 보이입니다.

"……보이? 재규 씨가 보이요?"

마음이 편해진 봄이가 장난을 슬쩍 걸어 봤다. 잠시 정적이 흐르고 재규가 당황한 목소리로 떠듬거렸다.

─봄봄, 짐 내 놀린 거죠. 이러깁니까……. 마음만은 보이.

큭큭. 봄이는 작게 웃었다. 이렇게 사람에게 장난을 치는 것은 거의 없는 일이었다. 장난이란 건 상대가 받아주리란 완벽한 확신이 있을 때 가능하다고 생각했다. 재규는 그런 확신을 주는 사람이었다.

재규의 반응에 기분이 들뜬 봄이는 소파에 무릎을 끌어 올리고

편한 자세로 앉았다. 본격적인 통화가 시작됐다.

주거니 받거니, 장난 반 진담 반의 대화가 이어졌다. 오늘 체육 대회에서 재규가 못 보고 간 계주 이야기부터, 신수고 앞에 새로 생긴 프랜차이즈 편의점 이야기까지. 하나같이 시시콜콜한 이야기들이었지만, 재규의 리액션이 재미있어 자꾸만 입이 열렸다.

"저 이제 자야 할 것 같아요. 오늘 경기 뛰느라 피곤할 텐데 어서 주무세요."

전화를 끊은 봄이는 통화 시간을 확인하고는 눈을 깜빡거렸다.

[음성 통화 - 32:02]

삼십 분이라니.

이렇게 오래 통화를 했던가? 당황한 봄이는 목덜미를 더듬거리며 자리에서 일어섰다.

"이제 좀…… 졸리네."

몸도 적당히 늘어지고 기분도 좋아서 일찍 잠들 수 있을 것만 같다. 수면제를 먹지 않아도 어렵지 않게 잘 수 있는 흔하지 않은 날. 컴컴한 침실에 들어서 이불을 포근히 뒤집어쓴 봄이는 눈을 감았다.

서서히 잠에 빠지려는 찰나,

붕붕. 휴대폰이 한 번 진동하고는 곧 조용해졌다.

또 재규? 빠르게 메시지를 확인한 얼굴에 미소가 걸렸다. 순간적으로 눈동자가 커진 봄이는 액정을 뚫어져라 응시했다.

[윤봄, 너 지금 자니?]

뜻밖의 발신인은 다름 아닌 봄이의 엄마, 정난희였다.

'엄마가 갑자기 왜 문자를?'

이불을 헤치고 일어나 자리에 앉았다. 정말 오랜만에 온 연락이었다. 집에 무슨 일이 생겼나? 걱정이 먼저 앞섰다. 봄이는 재빨리 답장을 찍어 보냈다.

[아직이요. 무슨 일이에요?]

아차. 보내놓고 후회했다. 바로 용건을 묻는다는 게 엄마의 신경을 긁을 수도 있었다. 워낙에 예민한 성격인지라 조심해야 했는데 빨리 보내는 것에 급급하다 보니 이렇게 실수했다.

봄이는 초조하게 답을 기다렸다. 하지만 돌아오는 메시지는 없었다. 한참을 기다리던 봄이의 눈이 서서히 감겼다.

아침엔 와 있겠지, 엄마의 메시지가.

……별일 아니었으면 좋겠다.

***

저녁에 비가 한바탕 내린 서울의 밤은 쌀쌀했다.

"쯧, 하여튼 애교라고는 없지."

같은 시간. 정난희 여사는 저녁 모임을 마치고 집에 들어가고 있었다. 출발 전 봄이에게 메시지를 보냈는데 돌아온 답장이 어쩐지 신경에 거슬렸다.

무슨 일이냐니. 일이 있을 때만 연락하라는 소리인가?

"누구 때문에 내가 그 고생을 했는데……."

쯧쯧. 정난희는 봄이에게 다시 답장을 하려다가 라디오에서 흘러나오는 노래에 동작을 멈췄다. 자신의 인생에서 가장 빛나던 시절 한참 유행했던 가요였다. 난희는 휴대폰은 내버려두고 노래를 따라 불렀다. 한참을 심취해 있는데 노래가 끊기고 광고가 나왔다.

"가수도 한번 해 볼 걸 그랬어."

지금 이 노래를 자신이 불렀다면 어땠을까. 상상만 해도 짜릿했다. 난희는 그 옛날 젊었을 때를 생각하며 회상에 젖었다.

빼어난 외모 덕에 탤런트 제의를 받아 연예계에 발을 들여놓았던 것이 벌써 몇십 년 전이다. 조연을 맡기엔 외모가 너무 튀었고, 주연을 맡기엔 연기가 문제였다. 결국, 어중간한 상태로 그저 그런 작품을 전전한 게 전부였다. 그래도 여배우 정난희 이름 석 자는 대한민국 국민이라면 누구나 알고 있다.

'그때 윤정기만 만나지 않았어도……'

지금 남편이 된 그와의 결혼을 떠올리니 핸들을 쥔 손에 힘이 바짝 들어갔다. 이 정도 미모로 마음만 먹었다면 당시에 재벌을 만날 수도 있었다. 결혼한 지가 30년이 넘었어도 자꾸만 미련이 남았다. 그땐 너무 어려서 세상 물정을 몰랐다.

집에선 윤정기와의 궁합이 좋지 않다며 몹시 반대했지만, 난희가 강하게 밀어붙여서 급하게 결혼했다. 점쟁이 말을 들었어야 했다.

'그땐 교수가 세상에서 최고로 멋있어 보였지. 바보같이.'

윤정기는 당시 유명 사립대의 조교수로 일하고 있었다. 난희는 지적인 이미지의 그에게 한눈에 반했다. 고지식하고 보수적인 윤정기는 연예계 생활을 몹시 천박하다고 여겼다. 그 때문에 어쩔 수 없이 그만둔 것이 지금까지 한이었다.

이번에 〈그 겨울의 작전〉이라는 신작 드라마에 갤러리 관장 역으로 복귀하게 된 게 기적이었다. PD의 역할이 컸다. 윤정기가 은사님으로 생각하는 은퇴 교수의 아들이었기에, PD의 간곡한 설득이 먹힌 것이다.

연예계라는 이미지가 예전보다 한층 좋아졌고, 배역도 고상하다며 한참을 조른 끝에 겨우 남편의 허락을 받았다. 다시 연예계로 복귀한 것이 꿈만 같았다. 집안에 신경 쓰이는 몇 가지만 조금 정리된다면 더는 바랄 게 없었다.

역시 아이들 문제가 가장 골치였다. 첫째 아들 윤청은 제 아버지에게 투자금을 약속받고 NFT인지 뭔지 하는 것들을 만드는 신기술 회사를 세우고 있다. 돈을 쓸어 모을 거라는 청이의 말대로만 된다면 좋은 집 여식들과 연이 닿을지도 모른다.

'하필 제 아비를 닮을 게 뭐람. 생긴 거만 좀 준수했어도 벌써 장가보냈을 텐데.'

키도 그렇고 외모도 그렇고 아쉬운 점이 참 많았다. 게다가 다리까지 시원치 않으니 환영을 받을 만한 처지가 아니었다. 이번 사업이 성공하길 바라는 수밖에 없었다. 난희는 그거 하나만을 믿고 있었다.

반면, 둘째 딸 윤봄으로 말할 것 같으면 제 젊었을 때와 똑같이 생겼으니 외모로만 따지면 아무런 흠이 없었다. 단지 이번에 꼬인 복잡한 사정이 문제였다. 이것만 정리되면 준재벌 집 정도엔 쉽게 시집보낼 수가 있었다.

"애들 다 보내고 나도 이제 제2의 인생 시작하는 거야."

그 생각을 하니 기분이 좋아졌다. 북부 간선 도로를 빠져나온 난희는 속도를 높였다.

휴대폰이 울린 건 집에 거의 도착했을 때였다. 곁눈질로 발신인을 확인한 난희의 눈이 커졌다. 급히 차에 연결된 블루투스로 전화를 받았다.

―정난희 고객님 맞으시죠?

"네, 맞아요."

고상한 목소리로 차분히 대답했다. 하지만 심장은 요동치고 있었다. 흥분을 가라앉히기 힘들었다. 이건, 난희가 기다렸던 전화였다.

어제 난희는 GW은행에서 주최한 VVIP 사교 모임에 참석했다. 이름이 사교 모임이지 실상은 GW은행의 VVIP 자제들끼리 연결해 주는 고급 맞선 시장이나 다름이 없었다. 시골에 내려가 사교의 장에서 멀어진 딸을 걱정한 난희는 이 모임에 큰 기대를 걸었다.

잘나가는 대기업의 자제들은 또 다른 모임이 있는 것 같았고 이날 모인 사람들은 약간 급이 낮았다. 하지만 이만하면 괜찮지 싶은 혼처들이었다. 어중간한 대기업과 중견기업 그리고 자산이 있는 전문직 집안의 자제들이 주를 이뤘다.

난희는 가장 후자에 속했다. 돈이 어느 정도는 있는 교수 집안, 딱 그게 전부였다. 조금 꿀린다는 생각이 들었지만 당당해지기로 했다.

이날 데스크에서 소개 카드를 받은 난희는 봄이의 프로필부터 작성했다. 윤봄은 나무랄 곳이 없는 딸이었다. 예술 계통이면 더 좋았겠지만, 교사라는 직업도 나쁘진 않았다. 무엇보다 봄이는 얼굴이 아주 예쁘니까.

'남자에 미쳐서 맹추 짓만 안 했어도 벌써 시집갔겠다. 시골로 쫓겨날 일도 없고.'

프로필을 써 내려갈수록 난희는 안타까워서 발을 굴렀다. 아무리 봄이가 등급을 높게 받아도 저 밑의 시골 마을에 처박혀 있으니 누가 만나려고 할 것인가.

이게 다 불같은 성격의 남편 탓이었다. 아무리 성질이 나도 그렇지 애를 쫓아내긴 왜 쫓아내. 거기가 어디라고.

하지만 봄이가 곧 서울로 올라올 터이니 내년엔 사정이 확 바뀔 것이다. 그때 바짝 맞선을 보게 해도 늦진 않았다.

물론 난희도 알고는 있었다. 결혼이 인생의 전부가 아니라는 걸.

봄이의 행복이 우선이라는 걸.

하지만 남편은 그렇게 생각하지 않았다. 윤정기는 석기 시대에 살면 딱 맞을 법한 고리타분한 남자였다. 딸 같은 건 시집만 잘 보내면 끝이라는 말을 귀에 못이 박힐 정도로 해 왔다. 곁에서 저런 말을 수십 년째 듣다 보니 어느새 난희도 그 사상에 자연스럽게 동화가 되어 버렸다.

'구식이라고 해도 어쩔 수 없어. 현실이 이러니까. 그리고 너희를 보내야 나도 편히 연기 활동 좀 할 거 아냐.'

그런 마음으로 봄이의 프로필을 제출한 다음 날인 오늘, GW은행 행사 담당자로부터 전화가 온 것이다. 현 주소지가 시골로 되어 있어 기대하지도 않았는데 말이다.

―윤봄 님이 고객님의 자녀분 맞으시죠?

"맞아요."

―해당 지역엔 사실 저희 쪽에 등록된 남자분이 거의 없으셔서요.

"아……."

그럼 그렇지. 난희는 허탈했다. 운전대를 잡은 손에서 힘이 쭉 빠져나갔다. 그때 뜻밖의 말이 전해졌다.

―그런데 마침 딱 어울리는 한 분이 계셔서요. 괜찮으시다면 프로필 보내드리겠습니다.

19

 난희의 얼굴색이 확 밝아졌다. 당장 보내 달라고 하고 전화를 끊었다.
 프로필은 곧바로 도착했다. 마침 집에 도착한 난희는 주차를 마치고 차에서 내리지 않은 채로 프로필을 열어서 살폈다. 스크롤을 내리는 난희의 입이 딱 벌어졌다.
 "세상에, 일이 이렇게 풀리네?"
 그 시골구석에 완벽한 조건의 사윗감이 숨어 있으리라곤 상상 못 했다. 진흙 속에서 보물을 건져 낸 기분이었다. 물론 그 사건만 없었으면 봄이가 서울에서 비슷한, 아니 더 좋은 남자도 쉬이 만났겠지만 지금으로선 이게 어디인가.
 '우리 딸이 갑자기 남자에 미칠 줄 내가 어떻게 알았겠어.'
 날벼락을 맞았을 때를 떠올리니 몸서리가 쳐졌다.
 간통.

차마 입에 내기도 부끄러운 단어였다. 이 사건이 터졌을 때 봄이는 윤정기에게 입술이 터지게 뺨을 맞았다. 어디 만날 남자가 없어 유부남을 만나고 다녔을까. 철없는 딸이 한심했다.

⟨아니라고 몇 번을 말해요. 왜 나를 안 믿는 건데. 왜!⟩

봄이는 정말 억울한 듯이 서럽게 울며 사실을 부정했지만 안타깝게도 증거가 너무나 확실했다. 모텔 앞에서 사진까지 떡하니 찍혔으니 남편 말대로 집안 망신이었다.

⟨당장 나가! 없는 셈 치고 살 테니까!⟩

당장 절연이라도 할 것처럼 노발대발하는 윤정기에게 빌고 빌어서 겨우 봄이를 2년간 교환교사로 내려보낸 것이 난희였다. 생각 같아선 그대로 학교를 그만두게 하고 서둘러 시집을 보내고 싶었지만, 저런 것을 어떻게 다른 집에 보내냐며 윤정기가 화를 내는 바람에 생각해 낸 수습책이었다.

시골에서 2년을 썩힐 봄이를 생각하니 아까워 미칠 것 같았지만 남편의 성질머리로 볼 때 그 정도의 기간은 되어야 잠잠해질 거라 생각했고 이제는 시간이 꽤 지났다. 봄이가 곧 서울로 돌아오면 다시 맞선을 열심히 돌려서 준수한 집안과 연결을 시키는 게 난희의 계획이었다.

하지만 윤정기는 여전히 봄이를 못마땅하게 생각했고 돌아오는 걸 불편해하는 눈치였다. 봄이가 서울로 돌아오려면 반년 정도가 남았기에 초조했는데 이렇게 좋은 기회가 생길 줄이야. 그 자리로 시집을 가면 시골이어도 무시당할 일은 없었다.

"남편도 백 프로 허락이지, 이건."

신이 나서 봄이에게 메시지를 보내려던 난희는 다시 휴대폰을 집어넣었다.

'좀 더 알아볼까. 이번 건 차질 없이 준비해서 아주 밀어붙여야지.'

집에 들어가서 남자의 프로필을 한 번 더 확인하고 봄이에게 보낼 참이었다. 얼굴에 웃음이 가득한 채로 난희는 콧노래를 불렀다.

***

"으으, 쟤 왜 저러지……."

옆집 개가 아침부터 컹컹 짖고 있었다. 봄이는 부은 눈을 비비며 일어났다. 협탁 위의 시계를 보니 아침 아홉 시가 막 지났다. 짖고 있는 건 봄이도 아는 개로, 옆집의 황구였다. 코 주변이 거뭇한, 순한 어린 개로 웬만해서는 짖지도, 흥분하지도 않던 녀석이었다.

"순이 할머니 어디 가셨나?"

옆집은 순이 할머니와 황구 둘이 살고 있다. 그녀가 이사 왔을 때, 떡 한 번 돌린 적이 없음에도 할머니는 봄이를 먼저 찾아오셨다. 이후, 손녀 생각이 난다며 봄이에게 가끔 먹을 것을 챙겨 주고 계신 분이었다. 이웃의 정이라는 게 이런 걸 말하는 건지도 모른다. 이젠 봄이도 순이 할머니와 황구를 은근히 신경 쓰고 있었다.

순둥이 황구가 짖는 것이 아무래도 이상했다. 봄이는 부스스한 머리를 쓸어 넘기며 침대에서 일어났다. 습관처럼 휴대폰을 찾다가, 문득 어젯밤을 떠올렸다.

'맞다! 엄마한테 문자가…….'

답장이 뭐라고 왔을까. 다급히 메시지 창을 열었다. 눈동자가 빠르게 움직였다. 대화 목록을 내려 확인한 표정에 적잖은 실망감이 감돌았다.

새 메시지는 없었다. 한번 전화해 볼까. 잠시 생각하다가 그만두었다. 얼마 전 오빠의 전화가 생각났기에.

'엄마 입에서까지 서울로 오지 말라는 얘기가 나오면…… 난 뭐라고 해야 하지.'

어쩐지 겁이 났다. 불안한 기분을 애써 떨쳐내며 봄이는 현관문 밖으로 나섰다. 밖에선 여전히 컹컹거리는 소리가 나고 있었다. 옥상 왼편으로 가서 목을 쭉 뺐다. 황구가 이상한 것을 물고 있었다. 자세히 보니 사람의 손이었다. 딱 봐도 순이 할머니의 손은 아니었다. 나무에 가려져 있어 누군지 잘 보이지 않았지만 어쨌든 황구가 사람 손을 물어뜯고 있는 건 사실이었다.

놀란 봄이는 서둘러 계단을 다다닥 내려갔다. 대문을 지나 옆집 대문 앞에 선 봄이가 우뚝 멈췄다.

황구에게 손을 물리고 있던 사람은 뜻밖에도 선재규였다. 개집 앞에 쭈그리고 앉은 채, 황구와 어설픈 대치를 벌이고 있었다.

"봄!"

"……여기서 뭐 하세요?"

"산책 중이었습니다."

"저희 동네에서요?"

"예."

이발을 할 때가 되었는지 짧았던 재규의 머리카락이 제법 길었다. 오늘의 기능성 티는 짙은 회색이었고, 밝은 회색의 트레이닝복 바지를 걸친 채 슬리퍼를 신고 있었다. 진짜 동네 백수로 보였다.

아무튼, 산책을 하러 신수읍에서 청설읍까지 왔다니……. 믿기 힘든 이야기라 봄이는 미심쩍은 눈초리로 재차 물었다.

"정말 왜 오셨어요?"

황구에게 물렸던 손을 수도에 씻으며 재규가 장난스럽게 말했다.

"쇼핑 좀 하려고요. 같이 가면 좋을 거 같아서."
"이 시간에…… 쇼핑을 어디에서요?"
"마트 있잖아요. 쩌기에."
아하, 마트 얘기구나. 봄이의 머릿속에 텅 빈 냉장고가 스쳤다.
"……."
여기에선 온라인 장보기가 쉽지 않았다. 일단 퀵 배송이 이루어지지 않았고, 택배로 시키는 건 신선도가 염려됐다. 하여 직접 장을 보는 것이 가장 나았는데 그조차 차가 없으면 쉽지 않은 것이 현실이었다. 청설읍 어귀에 있는 작은 슈퍼마켓엔 솔직히 말하면 살 것이 별로 없었다. 옆 동네와의 경계쯤에 하나로청설마트가 있긴 했는데 도보로 15분쯤 걸렸다. 무거운 것을 잔뜩 사 오기엔 힘든 거리였다.
어쩌지, 좋은 기회이긴 한데.
"지금 수학 문제 풉니까."
갈팡질팡하고 있으려니 재규가 킥 웃었다.
"봄이 씨네 집 냉장고에 지금 먹을 거 있습니까, 없습니까."
"없는데……."
"그럼 출발."
재규는 먼저 앞장을 섰다. 얼결에 봄이도 그 뒤를 따라나섰다. 오늘따라 하늘이 높고 맑았다. 따뜻한 바람은 두 뺨을 부드럽게 스쳤고, 떨어진 꽃잎들은 곡선을 그리며 자유롭게 날아다녔다.
'오늘 같은 날은…….'
봄이는 차로 향하는 재규를 불러 세웠다.
"있잖아요."
"말씀하십셔."
"우리…… 그냥 걸어갈까요? 하나로청설마트까지."

예상치 못한 말에 재규의 눈매가 커다래졌다. 입꼬리를 당긴 그가 기분 좋게 중얼거렸다.

"이야. 오늘 날씨, 역대급이라 봄이 씨 말대로 걷는 게 낫겠네요. 갑시다."

가는 길은 한가했고, 불어오는 바람엔 꽃향기가 실렸다. 포장이 되어 있지 않은 단단한 흙바닥 길을 걷고 있는데 볼에 무언가 간지러운 것이 닿았다.

"악!"

"강생이풀입니다."

언제 뽑아왔는지, 손에는 강아지풀이 들려 있었다. 재규는 능청스럽게 또다시 봄이의 볼에 풀을 갖다 댔다.

"초등학생이에요?"

"그거 압니까. 요 강아지풀을 옛날엔 먹기도 했답니다."

"이걸요?"

나란히 걸으며 재규가 이야기를 시작했다. 재규의 말에 따르면 먹을 것이 없던 시기엔 쌀이나 보리와 섞어서 구황 작물로도 쓰였단다.

"요게 바짝 말려서 달여 먹으면 눈병도 싹 낫습니다. 약용 식물입니다."

이어서 유해 물질을 막아 주는 역할도 한다며 미래에도 쓰일 유용한 작물이라는 말을 덧붙였다.

"신기해요."

재규의 입담에 빠져들어, 별것도 아닌 이야기를 집중해서 들었다. 참 잡스러운 상식을 많이도 알고 있었다. 봄이는 재규의 이야기를 듣는 데 정신이 팔려, 재규가 강아지풀을 자기 정수리에 꽂아 둔 것도 모르고 있었다.

"이거 뭐예요? 재규 씨가 한 거죠!"

하나로청설마트에 도착해서 입구의 거울을 무심코 봤다가 겨우 발견했다. 봄이의 얼굴이 붉게 달아올랐다. 꼭 머리에 새싹이 돋은 것 같이 보였다.

"심심하면 텔레파시 보낼라고 안테나 꽂아 놨습니다."

"하, 됐거든요?"

허둥지둥 손을 더듬어 강아지풀을 머리에서 빼냈다. 진짜 웃기는 남자였다. 여중, 여고, 여대의 코스를 밟았지만 그렇다고 남자를 만나 보지 않은 것은 아니었다. 엄마가 주선했던 맞선이 여러 차례 있었다. 그렇게 만난 남자 중 이런 유형은 없었다.

그러니까, 면역이 없다는 말이다. 봄이는 질색하며 강아지풀을 떼어 놓고도 차마 버리지 못하고 슬쩍 주머니에 집어넣었다.

'집에다가 말려 놔야지……'

마트 안은 에어컨이 시원하게 틀어져 있었다. 날씨가 그리 덥지 않았던 탓에 오히려 살짝 춥게 느껴졌다. 봄이는 자기도 모르게 재규와 바짝 붙었다.

"생필품, 고기, 야채, 과일 코너 순서로 돌까요."

계획적 동선이었다. 단층으로 된 매장은 꽤 넓었다. 재규가 카트를 밀고 봄이가 진열대를 살피며 필요한 것들을 집어넣었다.

한참 장을 보다가 재규가 전화를 받으러 잠시 밖으로 나갔다. 봄이는 세제 코너 앞에서 신상품들을 구경하다가 주머니 속이 진동하는 것을 느꼈다. 휴대폰을 꺼내 보니 엄마로부터 온 메시지였다. 메시지를 확인한 봄이는 순간 숨이 턱 막혔다.

[맞선 잡아 놨어. 다음 주 주말에 나가.]

여기 내려온 이후론 당연히 맞선 같은 건 보지 않았는데…….

'맞선 보러 서울 올라가게 생겼네.'

그토록 가고 싶던 서울인데 막상 올라가야 한다고 생각하니 한숨이 나왔다. 가기 싫었다. 맞선은 대체 언제까지 봐야 하는 걸까. 숨 막히는 분위기도 싫고 매번 같은 대화를 나누는 것도 이젠 지겨웠다. 싫다고 거부해 본 적도 있지만, 소용없었다. 엄마는 필요하면 두 다리를 끌어서라도 그 자리에 봄이를 데려다 놓았다.

'이번엔 대체 누굴까…….'

인상을 찡그리고 메시지를 더 내려 보니 포털 사이트 기사 링크가 연달아 도착해 있었다. 기사를 누른 봄이는 소스라치게 놀라 입을 벌렸다.

20

이 사람, 최이준 씨잖아?
"어, 어떡해……."
말도 안 됐다. 설마 최이준 씨와 맞선을 보게 될 줄은.
'서울에서 정하신 게 아니라 이 동네에서 고르신 거구나. 그런데 하필…….'
봄이는 답장을 하려다가 그만두고 휴대폰을 집어넣었다. 재규가 올 때가 되었기에 얼른 좌우를 살폈다. 아니나 다를까, 저 멀리서 통화를 끝낸 재규가 빠른 걸음으로 다가오고 있었다. 이윽고 가까워진 재규가 봄이의 표정을 살피곤 눈치 빠르게 물었다.
"뭔 일 있었습니까."
봄이는 입을 열지 못했다. 사실 재규에게 최이준과의 맞선 소식을 숨겨야 하는 이유는 없었다. 재규와 자신은 어디까지나 아무 사이도 아닌데. 그런데 이상하게 말이 나오지 않았다.

"그……. 섬유유연제를 하나 사야 하는데 종류가 너무 많아 고르기 힘들어서요."

"집 쓰는 거 뭔데요. 그거 냄새 좋던데."

"네?"

안 쓰니까 옷감이 빳빳해서 이번에 사려는 것인데. 섬유유연제는 물론이고 향수도 따로 쓰는 것이 없었다. 샴푸조차 무향인데 무슨 냄새가 난다는 건지.

"어떤 냄새요?"

그러자 재규가 불쑥 상체를 숙였다. 그러고는 봄이의 티셔츠 목덜미에 얼굴을 가까이 댔다. 뾰족한 코끝이 닿았다. 뜨거운 숨결이 봄이의 살갗을 간지럽혔다.

"이 냄새……. 무지 좋은데."

"뭐……예요……."

"요거 햇볕에 빨래 말린 냄새. 가까이 가야 나던데요."

"아, 그거면……."

세제 냄새를 말하는 걸까. 봄이는 얼른 뒷걸음질을 쳐서 재빨리 선반 위의 노란 통에 든 세제 하나를 꺼냈다.

"그거면, 이거예요. 지금 제가 쓰는 거."

"내도 따라 삽니다?"

"그러세요."

왜 굳이 세제까지 따라 사는지는 모르겠지만, 봄이도 재규가 고른 섬유유연제를 장바구니에 넣었다. 그렇게 두 사람의 장보기는 계속 이어졌다. 천천히 카트를 밀며 반찬용 소고기도 담고, 봄이가 좋아하는 파프리카도 골랐다.

재규는 생각보다 장보기에 진심이었다. 적극적으로 물건을 고르고, 필요한 걸 귀신같이 찾아다 줬다. 너무 무거우면 들고 갈 때 힘들 것 같아 조절했지만 결국 예상보다 많이 담게 되었다.

"더 살 건 없습니까."

"네, 없어요."

"종량제 봉투 넉넉하나요."

"아, 맞다!"

"20리터짜리로 한 묶음 달라하고 대청소할 때 쓰게 50리터 몇 장 사죠."

"아, 그러면 되겠네요."

그렇게 안 생겨선 은근히 섬세한 구석이 많았다. 한결이를 혼자 키웠으니 살림에 익숙한 걸까.

장을 다 보고 계산대에 줄을 섰다. 거의 차례가 가까워졌을 때 재규가 봄이에게 한 가지를 부탁했다.

"봄이 씨, 차에서 먹는 초코볼 똑 떨어진 걸 깜박했습니다. 저 뒤에서 가져다줄래요."

좀처럼 뭘 부탁하지 않던 사람이었다. 늘 해주는 쪽이었기에, 봄이는 기꺼이 나섰다.

"맡겨 주세요. 어떤 제품이에요?"

"봄이 씨 눈에 맛있어 보이는 걸로 부탁합니다."

비장하게 고개를 끄덕인 봄이는 간식 코너로 향했다. 선반을 훑던 중 까만색 통에 담긴 고급스러운 초코볼을 발견했다. 카카오의 함량도 높아 보였다.

'이건 내가 사 줘야지.'

한 통을 집으려던 봄이는 마음을 바꿔 여섯 개가 묶인 번들 팩을 집었다. 그리고 계산대에 갔는데 재규가 없었다.

"여깁니다."

이미 계산을 끝마친 재규가 포장대에서 빈 박스를 고르고 있었다. 봄이는 서둘러 초코볼을 계산한 뒤에 그에게 다가갔다.

"아, 너무 늦게 왔나 봐요. 미안해요. 얼마 나왔어요? 바로 이체할게요."

"무슨 말입니까, 그게."

재규는 능숙하게 박스를 척척 접어 그 안에 물건을 차곡차곡 정리했다. 봄이는 옆에서 물건을 건넸다.

"거의 다 제 거잖아요. 얼마 나왔어요?"

"됐습니다."

박스에 물건을 모두 넣은 재규는 빨간색 노끈으로 박스를 단단히 동여맸다. 봄이는 마음이 불편해졌다. 왜 이 남자가 계산했을까. 큰돈은 아니지만 그래도 받을 까닭이 없었다.

"돈 드릴 테니까……."

"봄이 씨."

"……네."

"오늘 누가 장 보자고 했습니까."

"재규 씨가요."

"이거 합시다 해 놓고선 돈은 니가 내라. 이러면 그거 도둑입니까, 아닙니까."

"……?"

틀린 말 같진 않은데, 그렇다고 맞다고 하기도 애매하고…….

"자, 됐네요. 갑시다."

재규는 꽤 무거워 보이는 박스를 가뿐하게 들었다.

"아니, 그래도."

"선물도 받았네. 굿. 갑시다. 무거워 디집니다."

가뿐하게 번쩍 들어놓고 재규는 죽겠다며 앓는 소리를 했다. 봄이는 하는 수 없이 재규를 따라 마트 밖으로 나섰다. 차가울 정도로 시원했던 에어컨 바람에서 벗어나니 몸에 온기가 돌았다. 햇볕이 아직은 그리 뜨겁지 않아 다행이었다.

재규가 장 본 것들을 몽땅 박스 하나에 몰아 담아 든 덕에 봄이의 손은 가벼웠다. 두 사람은 마트에서 나와 아까 걸어온 길을 따라 천천히 걸었다. 힐끔, 봄이는 잠시간 말이 없는 재규를 곁눈질했다. 낮게 흥얼거리는 것이 기분이 무척 좋아 보였다.

"장 보러 왔다면서 제 것만 샀네요."

봄이가 먼저 입을 열었다. 미루고 미뤘던 생필품들과 식료품을 산 건 좋았는데, 돌이켜 생각해 보니 재규가 담은 건 고작 세제 하나와 칫솔 하나였다.

"이렇게 콧바람 쐬면 좋지. 어잇, 저거 네잎크로바네. 잠시만요."

재규가 길가에 박스를 내려두고 토끼풀 군락 쪽으로 성큼 다가갔다. 저 무거운 걸 들고 가면서도 저걸 봤다고?

행운을 부른다는 네잎클로버. 어릴 때 딱 한 번 발견한 적이 있었다. 봄이는 그것을 엄마에게 줬다. 그때 사이가 이렇게 소원하지 않았는데.

'최이준 씨랑 아는 사이라고 하면 뭐라고 반응하시려나……'

아까 받았던 메시지가 생각난 봄이는 마음이 복잡해졌다. 당장 집에 가면 답장을 해야 할 텐데, 거절했을 때 돌아올 반응에 걱정이 앞섰다.

머릿속이 복잡하게 얽혀 가던 그때였다. 털털거리며 천천히 다가오던 오토바이 한 대가 갑자기 속력을 냈다. 붉은 차체가 흙먼지를 일으키며 정면으로 달려왔다.

'위험해!'

머리는 외쳤지만 몸은 얼어붙었다. 다리가 땅에 붙은 것처럼 움직이지 않았다. 바로 그 순간이었다.

"봄!"

휙. 탄탄한 팔이 허리를 감쌌다. 정신 차릴 틈도 없이 몸이 스르륵 딸려 나갔다. 널따란 가슴팍에 얼굴이 푹 닿았다.

간발의 차로 오토바이가 두 사람을 스치고 지나갔다. 급브레이크를 밟은 듯 끼이이익 요란한 소리를 내던 오토바이는 몇 미터나 더 가서야 멈췄다.

심장이 당장이라도 터질 것처럼 쿵쿵 울렸다. 이렇게나 거센 심장 박동이 재규에게 들리지 않을 리가 없었다. 하지만 그런 것은 지금 신경 쓰이지 않았다. 재규의 품 안이 아니었다면 그대로 주저앉아 버렸을지도 모른다. 봄이는 자신의 허리와 뒤통수를 완전히 감싸고 있는 재규가 이 손을 당분간은 풀지 않길 바랐다.

"하, 괜찮습니까."

가슴팍에 얼굴을 묻은 채 고개를 끄덕이자 거친 숨을 내뱉은 재규가 그 상태로 버럭 고함쳤다.

"아재요! 눈 없습니까!"

상대방은 나이가 꽤 있는 중년이었다. 쓰러진 오토바이를 내버려 둔 그가 느리게 다가왔다.

"미, 미안합니다. 허."

"운전을 그래 할 거면 걸어 다니소."

"오도바이 저게 어제 공업사에 맡긴 긴데 우째 브레이끼가 말을 안 듣제. 참말로 미안합니데이."

상대는 곧바로 머리를 조아리고 진심 어린 사과를 건넸다.

"내 쩌기 산 밑에 사진관 하는데 추후에라도 몸에 이상 있음 걸로 연락하면 됩니더."

"혹시 초록사진관 아닙니까."

재규가 아는 곳인 듯했다.

"아이고, 맞습니다! 두 분 신혼부부 맞지예? 오시면 공짜로 사진 딱 박아드릴게요. 진짜루요. 꼭 오이소."

"네, 꼭 찾아뵙겠습니다."

명함도, 녹취도 없었지만 그 한마디로 정리는 끝났다. 오토바이 운전자는 몇 번이나 고개를 조아리다 자리를 떴다.

하지만······.

"······."

두 사람은 여전히 그대로 서 있었다. 재규는 봄이를 감싼 손을 그대로 두고 있었고, 봄이 역시 꼼짝도 안 하고 품속에서 가만히 안겨 있었다.

놀란 가슴에 힘겹게 숨을 내쉬던 봄이는 서서히 안정을 되찾았다. 그러면서 문득 한 가지를 깨달았다. 제 심장만 미친 듯이 뛰고 있는 게 아니었다. 가슴팍에 귀를 기울여 보니 재규의 심장 박동이 자기보다도 빠르게 뛰고 있었다. 얼굴에 열이 확 올라왔다.

"으, 으아."

봄이가 두 손으로 재규의 가슴팍을 밀어냈다. 한참을 붙어 있던 두 사람이 떨어졌다.

"많이 놀랐죠. 걸을 수 있겠습니까. 업힐래요."

"걸을 수 있어요."

봄이는 도망치듯 걸음을 재촉했다. 얼른 집으로 돌아가는 게 최선이었다.
 현관 앞에 도착하자 봄이는 열쇠를 꺼내며 뒤를 돌아봤다. 묵직한 박스를 들고 서 있는 재규가 눈에 들어왔다.
 '오늘은 커피 달란 말 안 하네.'

21

 마지막에 좀 당황스럽긴 했지만, 오늘 하루 신세 진 게 한두 가지가 아니었다. 고마움도, 묘한 여운도 남아 있었다.
 "……커피 한 잔 드릴까요?"
 봄이의 초대에 재규의 입꼬리가 씰룩거렸다. 얼굴이 환해지며 웃음이 번졌다.
 "그럼……."
 봄이는 문을 활짝 열었다.
 "들어오실래요?"
 "그럼, 큼, 실례하겠습니다."
 그렇게 두 사람은 함께 현관 안으로 들어섰다.
 "이야. 이곳이 봄하우스!"
 또 이상한 이름을 붙이고 있었다.
 "미니멀리스트입니까."

"뭐……. 네."

오래 살지 않을 거라 살림이 단출했다. 두리번거리며 집 안을 구경하던 재규는 식탁 위에 장 본 박스를 내려놨다. 하나둘 짐을 꺼내주었다.

'설마 커피 마신다며 한참 앉아 있는 건 아니겠지…….'

속으로 살짝 걱정하면서도 봄이는 커피포트에 물을 올렸다. 그런데, 짐 정리를 마친 재규가 의외의 말을 꺼냈다.

"커피는 다음에 마시죠. 내 이제 가야겠습니다."

"아, 바로요……?"

"회사에 일 있어서요. 오늘 출근입니다."

아, 그랬구나. 그럼 짐을 정리해 주려고 들어온 모양이었다. 괜히 미안해졌다. 고맙다는 인사도 제대로 못 했는데…….

"그럼 조심해서 가세요."

"예, 갑니다. 혹시 몸 아프면 연락하세요. 거 뒤늦게 뼈근할 수도 있습니다. 아까 놀라서."

봄이는 현관문까지 재규를 배웅했다. 문고리를 잡고 나가는 재규를 가만히 보던 봄이가 다급히 입을 열었다.

"저기, 재규 씨. 샤브샤브 좋아하세요?"

아쉬운 마음에 자기도 모르게 저질렀다. 오늘 사 온 재료들을 머릿속으로 조합해서 나온 메뉴 중 가장 나아 보이는 것이었다.

"……샤브샤브. 그거 세상에서 제일 맛있는 요리 아닙니까."

"이따가 저녁때 시간 되시면 오세요. 샤브샤브 해 드릴게요. 오늘 너무 감사해서……."

재규의 두 눈에 불꽃이 일었다. 봄이는 눈빛만 보고도 재규가 달려올 거란 걸 짐작했다. 역시나 재규는 엄지손가락을 치켜세워 보이며 말했다.

"몸이 바스라져도 이따 오겠습니다."

그렇게 확답을 남기고 재규는 떠났다. 봄이는 재규의 오버스러운 반응에 킥킥 웃으며 다시 주방으로 향했다. 미리 재료를 다듬어 놓을 참이었다.

"……맞다."

맞선. 봄이의 입가에 머물던 미소가 완전히 지워졌다. 봄이는 한숨을 쉬며 휴대폰을 들었다. 엄마에게 오랜만에 연락이 왔다 싶었는데, 하필 맞선 이야기라니.

[엄마 미안해. 이 사람은 안 될 거 같아. 아는 사람이거든. 우리 반 학생 오빠분이셔.]

이 정도면 알아들으셨겠지. 물론 아깝다며 혀를 차고 발을 동동 구르겠지만. 그래도 더는 미룰 수 없었다. 전송을 누른 봄이는 다시 조용히 주방으로 발을 돌렸다.

"샤브샤브도 레시피가 있나……."

혼잣말을 중얼거리며 채소를 꺼내 씻었다. 스스로 요리를 해 본 게 얼마나 오래전이던가. 손에 익은 동작이 아니라 그런지 채소 손질 하나에도 시간이 오래 걸렸다. 그간은 대충 빵으로 때우거나, 옆집 순이 할머니가 가져다주신 반찬을 먹었다.

어쨌든, 샤브샤브니까. 잘못 만들기는 어렵겠지? 자기가 생각해도 메뉴 선정이 탁월했다. 재규도 좋아하는 것 같고.

재료 손질을 끝내고 주방을 정리하고 있을 때 답장이 도착했다.

[그래? 그럼 더 잘됐네! 시간은 다음 주 토요일. 약속 비워 놔.]

***

"오늘따라 업되셨네요, 대표님. 무슨 좋은 일이라도?"

생각보다 미팅이 빨리 끝났다. 중국 거래처랑 화상으로 진행하는 미팅이었는데 딱히 재규가 할 일은 없었다. 첫 거래를 트는 미팅도 아니고, 7년째 납품을 받는 곳인지라 부담이 없었다. 재사용이 가능한 신모델로 교체하는 건이라 슬쩍 걱정했는데 질의응답은 나름 잘 마쳤다. 이제 거기서 결정하는 대로 맡기면 되니까 큰일은 끝난 셈이었다.

하여 재규는 청소에 나선 참이었다. 분홍색 고무장갑을 끼고 마스크를 쓴 재규가 바삐 사무실을 돌아다녔다. 그 옆을 직원인 구필립이 따라다녔다.

"무슨 일 있으시죠. 맞죠?"

"일은 무슨."

"에이, 입이 귀까지 걸렸는데 무슨 말씀이세요."

"내 참 마스크 썼는데 그게 보이나."

재규는 사무실 창을 열어젖히고 창틀과 방충망까지 닦았다. 평소에도 깔끔하게 쓰는 사무실이라 손댈 곳은 많이 없었는데 창틀을 손 끝으로 쓸어 보니 먼지가 희끗희끗 묻어났다.

"하, 이 봐라. 이 먼지."

"그 신수고 동아리 학생들 견학이 언제랬죠?"

"다다음 주."

"아, 근데 뭘 벌써 준비하세요. 그사이에 먼지 다시 내려앉을 텐데."

"애벌 청소도 모르나."

하여튼 드러운 놈. 재규는 혀를 쯧 차고 깨끗해진 창틀을 확인했다. 이어서 반대편 창문을 열어 같은 작업을 시작했다.

"그분 맞죠? 오시는 선생님이."

재규는 씩 웃기만 했다. 마스크에 가려 보이진 않지만 눈치를 챈

필립이 더 신나서 떠들었다.

"모쏠 탈출하시는 겁니까, 대표님."

"……"

"근데 그분이 어디가 그렇게 좋아요?"

글쎄, 어디가 좋냐고 묻는다면……. 재규는 가만히 눈을 굴렸다. 도대체 어디서부터 말해야 할까. 단 하나로는 설명이 되지 않았다.

일단 봄이로 말할 것 같으면 주관적으로도, 객관적으로도 예뻤다. 뽀얀 피부와 오밀조밀한 이목구비. 커다란 눈 속엔 밤색의 눈동자가 박혀 신비로운 빛을 띠었다. 같은 색의 머리카락은 물결치듯 내려와 가슴을 겨우 가리고 있었는데 끝이 단정했다.

미인인 봄이는 대부분 무표정했다. 그러나 재규가 장난을 칠 때만큼은 눈이 반달 모양이 되며 작은 입이 예쁘게 올라가 치아가 살짝 보인다. 웃는 모습이 마치 하늘에서 갓 내려온 요정 같았다. 저렇게 웃을 줄 아는 사람인지는 올해 교무실에 쳐들어갔다가 처음 알았다. 작년엔 대부분 울상이거나 무표정하게 다니지 않았던가. 아니, 작년부터 다가갔더라면 좋았을 것을 그랬다. 흘려보낸 지난 1년이 억울하고 아까웠다.

'내가 봄이를 좋아하는 건, 예뻐서가 아니지.'

재규는 그렇게 생각했다. 자신을 보면 미묘하게 변하는 표정, 장난을 던질 때마다 피어오르는 미소. 그게 좋았다. 그 사람이, 자기 앞에서 웃는다는 것 자체가 황홀했다.

〈니만 보면 재수가 없다, 이 새끼야. 니 얼굴만 봐도 웃음이 싹 달아난다고.〉

아버지가 늘 입에 달고 살던 말이었다. 하지만 틀렸다.

'내만 보면 자지러지게 웃는 사람도 있습디다.'

청소를 끝낸 재규는 옆 건물 공장까지 둘러보고, 모든 장비와 설비에 이상이 없는 걸 확인한 뒤 퇴근했다. 어느덧 저녁 여섯 시를 넘긴 시각이었다.

귀갓길, 재규는 잠시 단골 카페에 들렀다. 봄이와 마실 커피를 사고, 카페 주인이 직접 담갔다는 생강청 한 병도 함께 샀다.

오늘은 특별한 날이었다. 그녀의 집에서, 그녀가 준비한 저녁을 함께 먹는 날. 기대감에 심장이 터질 것만 같았다.

***

"이걸 직접 봄이 씨가 하셨다고요. 이야."

일곱 시가 되어서야 두 사람은 식탁에 앉았다. 오는 길에 이차선 도로에 화물용 트럭이 퍼지는 바람에 길이 꽉 막혔기 때문이었다. 결국 늦을까 봐 안달이 난 재규는 기다리지 못하고 근방에 차를 대어 놓고 버스를 타고 왔다.

"차린 건 없어요. 그래도 많이 드세요."

봄이는 조금 쑥스럽게 웃었다.

식탁은 모처럼 풍성했다. 버너 위의 냄비에선 해물 육수가 펄펄 끓고 있었다. 기다란 직사각형의 나무 트레이 위엔 다듬어 놓은 청경채, 알배추, 표고버섯, 팽이버섯을 두었다. 소고기와 숙주나물은 옆에 따로 담겨 있었다. 소스 그릇 두 개씩을 각각 앞에 두고 보니 그럴싸했다.

여기에 와인을 곁들이려다 말았는데 조금은 아쉬웠다. 어쨌든 재규처럼 능숙한 손놀림은 아니었지만, 그녀 나름대로는 꽤 공들인 한 끼였다.

"하, 내 먹어 본 샤브샤브 중 최곤데요."

식사를 시작하고 재규가 또 오두방정을 떨기 시작했다. 이야, 크하, 촤아 감탄사를 연신 내뱉으며 잘도 먹었다. 재규의 식사량을 고려해 산더미처럼 재료를 쌓아 놓은 보람이 있었다. 이 사람이 못 먹는 것도 있을까? 끊임없이 젓가락질하는 재규가 신기했다.

"옻 말고 다른 알레르기는 없어요?"

"내 해산물 알레르기가 있습니다."

"네? 이거 해물 육수예요!"

깜짝 놀라 젓가락을 떨어뜨릴 뻔한 봄이 앞에서 재규는 천연덕스럽게 웃었다.

"농담입니다."

"……."

재규는 옻 알레르기는 일생일대의 수치고, 그 외엔 신체 건강하다고 거듭 강조했다.

이 집에 와서 누군가를 초대한 건 처음이었다. 게다가 함께 저녁까지 먹었는데도 어색하다는 느낌이 전혀 들지 않았다. 낯설도록 시끌벅적한 식탁이 오히려 따뜻했다.

'초대하길 잘했어.'

재규는 다 먹은 그릇을 치우더니, 그 기세로 설거지까지 하겠다고 나섰다.

"취미이자 특깁니다. 편히 앉아서 쉬십셔. 아까 콜록거리드만."

"아, 좀 으슬으슬해서……."

다시 재채기를 내뱉는 봄이를 보며 재규가 전기 포트에 물을 담아 올렸다.

"쯧, 감기 오려나 보네. 생강차 타 줄 테니까 좀 마실래요. 요게 약입니다."

"재규 씨도 드실 건가요?"

"넵, 같이 마시죠."

이번엔 봄이가 먼저 나섰다. 찻잔 두 개를 꺼내고, 진한 생강청을 담아 물이 끓기를 기다렸다. 설거지를 마친 재규는 손을 씻고 다시 주방으로 다가왔다.

"내 할 건 없습니까."

"아, 다 됐어요. 잠시만요."

봄이는 물이 끓자 조심스럽게 찻잔에 물을 붓고 긴 티스푼으로 천천히 저었다. 재규는 그런 봄이를 물끄러미 바라보다가, 무언가 돕겠다는 듯 찻잔을 양손으로 덥석 들었다.

"어? 안 돼요! 이거 뜨거워요!"

"아뜨뜨뜨뜨뜨뜨뜨!"

봄이는 화들짝 놀랐다. 더욱 따뜻하게 마시라고 뜨거운 물로 잔을 한 번 데워 뒀던 터였다. 이걸 맨손으로 잡다니! 도와주려고 손을 뻗은 봄이는 잔을 툭 쳐 버렸다.

"으아악!"

"악!"

찻잔 하나가 기울며 생강차가 그대로 재규의 바지 위로 쏟아졌다.

22

"하아, 윽!"

노르스름한 생강 건더기와 찻물이 재규의 바지 앞섶에 들러붙었다. 봄이의 눈이 커졌다.

"허억, 으윽."

"괘, 괜찮아요?"

"하윽."

고통에 얼굴이 일그러진 재규는 후다닥 욕실로 뛰어 들어갔다.

'나 때문이야.'

한동안 멍하게 서 있던 봄이는 온몸의 피가 빠지는 것을 느끼며 욕실로 바삐 걸음을 옮겼다. 머릿속엔 도와줘야겠다는 생각뿐이었다.

"재규 씨!"

걱정으로 얼룩진 얼굴로 욕실 문을 열어젖힌 봄이는 그 자리에 얼어붙었다.

욕실 한가운데, 샤워기를 들고 선 재규는 나체였다. 믿을 수 없는 광경에 입이 크게 벌어졌다. 당황한 봄이는 욕실을 빠져나와 문을 쾅 닫고 문고리를 꼭 붙들었다. 심장이 미친 듯이 뛰기 시작했다. 낮에 오토바이에 치일 뻔했을 때보다 심장이 빠르게 뛰었다.

문은 닫았지만 머릿속은 여전히 욕실 속에 있었다. 옷가지가 널브러진 세면대, 급하게 벗은 흔적들, 샤워기 물줄기를 맞던 재규의 모습이 자꾸 떠올랐다.

"봄이……."

욕실 문 너머로 들려오는 재규의 애타는 부름에 봄이는 무심결에 도망치려던 걸음을 멈췄다.

"네, 재규 씨. 드, 듣고 있어요. 말씀, 말씀하세요."

"갈아입을 옷 없겠습니까."

덤덤한 목소리였지만, 안에서의 곤란한 상황이 절로 그려졌다.

"찾아볼게요. 문 조금만 열어서 옷 좀 주실래요? 말리게요."

"네, 물로 빨아서 꽉 짜놨습니다."

"잘하셨어요."

욕실 문이 손 한 뼘 정도 열렸다. 봄이는 눈을 질끈 감고 손을 내밀었다. 곧, 차갑고 묵직한 빨랫감이 손에 닿았다. 봄이는 잠시 빨랫감을 살폈다. 검은색 트레이닝복 바지는 크고 길었다. 새삼스럽게 다리가 길다는 걸 알 수 있었다.

곧장 건조기로 향한 봄이는 옷을 넣고 쾌속 모드로 작동시켰다. 예상 시간은 46분. 막차까지는 넉넉했다. 기다리는 동안 입을 옷은 옆집 순이 할머니에게 얻어 왔다. 봄이는 그것을 곧바로 욕실에서 기다리는 재규에게 건넸다.

"……이거 봄이 씨 껍니까."

욕실 문 사이로 부스럭거리며 옷을 갈아입는 소리가 들렸다.

"옆집에서 빌렸어요. 그게 제일 큰 거래요. 사이즈 맞아요?"

"좀 조이는데, 들어가긴 합니다."

마음의 준비를 마친 봄이는 거실 소파에 웅크려 앉았다. 괜히 손끝만 만지작거리며 초조하게 재규가 나오길 기다렸다. 잠시 뒤에 문이 벌컥 열렸다.

"악!"

비명이 튀어나왔다. 봄이는 깜짝 놀라 입을 틀어막았다. 순이 할머니가 빌려준 옷은 접혀 있을 땐 무난해 보였는데, 재규가 입은 모습은…… 상상 이상이었다. 작아서 꽉 끼고, 하체 근육이 적나라하게 도드라졌다.

"괜찮습니까."

봄이는 두 눈을 꼭 감았다. 민망해서 도무지 똑바로 볼 수가 없었다. 재규는 바지를 이리저리 살펴보다 봄이 옆에 풀썩 걸터앉았다. 가죽 소파가 움푹 파이며 반쯤 주저앉았다. 어색해진 분위기에 봄이는 얼른 리모컨을 찾아 더듬거렸다. TV라도 켜두는 게 낫겠지.

'으, 이거 또 하네.'

케이블 채널에선 미혼 남녀의 짝짓기 프로그램이 한창이었다. 프로그램의 이름은 〈솔로에서 짝으로 환승하기〉. 줄여서 '솔짝'. 봄이는 이런 프로그램이라면 질색이었다. 맞선도 지겨운데 TV로 다른 사람들 연애사까지 알고 싶진 않았기 때문이다. 자연스러운 만남도 아니고.

여러모로 마음에 들지 않아 채널을 돌리려 하는데 재규가 중얼거렸다.

"드디어 오늘 직업 공개네."

"……?"

23

 이런 거 즐겨 보는구나. 봄이는 채널을 돌리지 않고 그대로 두었다. 프로그램은 남녀 각각 6명이 합숙 미팅하는 연애 리얼리티 프로그램이었다.
 "문 씨는 첫 화부터 김 씨랑 썸이었는데, 최 씨가 들이대면서 판이 바뀌었습니다."
 "그래서 문 씨는 누구랑 잘 돼요?"
 "그게 오늘 관전 포인트입니다."
 봄이는 감자칩을 뜯어 재규에게 내밀었다.
 이윽고 여자 직업 공개가 시작됐고, 이어 남자도 직업을 공개했다. 각자의 이미지와는 딴판이라 반전의 연속이었다. 박 씨가 유 씨를 위한 이벤트를 준비하는 걸 보면서 두 사람이 같이 경악하는 찰나, 프로그램이 끝났다.
 "이어서 한 편만 볼까요?"

"이거 본방이라 다음 주까지 기다려야 합니다."

"이거 재밌네요?"

"그죠. 혼자 보는 거보다 2억 배는 잼나네."

"박 씨 성격도 안 좋아 보이던데."

여운에 빠져 이야기하고 있던 봄이는 문득 벽시계를 봤다가 깜짝 놀랐다.

"어!"

소파에서 튕기듯 일어섰다. 아홉 시가 훌쩍 넘은 시간이었다.

"곧 버스 막차예요!"

봄이는 후다닥 세탁실로 들어갔다. 보송보송해진 트레이닝복 바지와 속옷을 재규에게 잽싸게 건넸다. 재규는 얼른 그것을 갈아입고 나왔다.

"빨리요, 곧 도착이에요!"

"오케이. 나오지 말고 집에 계세요."

"아니에요. 배웅해 드릴게요."

현관에서 신발을 꿰고 있는 재규 뒤를 졸졸 따랐다. 재규는 캄캄해서 안 된다며 극구 사양했다. 그러다 결국 한발 물러섰다.

"그럼 요 옥상에서 버스 타는 것만 봐 주십셔. 내 달려서 잡아야 하니깐."

"네, 그래요. 그럼."

문을 열자마자 재규는 곧바로 계단 아래로 사라졌다. 봄이는 옥상의 왼편으로 가서 돌다리 쪽을 살폈다. 버스가 오고 있었다.

"어떡해!"

승하차하는 사람도 없었는지 버스는 슬슬 정류장을 스쳐 지났다. 놓친 건가? 갑자기 심장이 쿵쿵 뛰었다. 그럼 우리 집에서 자야 하는데? 불안한 마음으로 지켜보던 때, 버스의 꽁무니를 따라잡은 재규가 뭐라고 버럭버럭 외치고 있었다. 이내 버스가 멈췄다.

"하, 다행이다."

버스의 맨 뒤 창문으로 팔 하나가 쑥 나와서 손을 흔들곤 다시 사라졌다. 봄이는 킥킥 웃으며 집으로 들어갔다. 아니나 다를까 메시지가 와 있었다.

[봤습니까. 내 KTX보다 빠릅니다.]

KTX는 무슨 KTX……. 어이가 없으면서도 달리기가 빠르다는 사실은 인정할 수밖에 없었다. 단숨에 거기까지 달릴 수 있을 줄은 몰랐다.

[ㅋㅋ 아까 버스에 대고 뭐라고 고함쳤어요?!]

전송하려는데 엄마로부터 메시지 하나가 도착했다. 지도 앱과 연결된 링크였다. 눌러 보니 이 지역의 양식당 하나가 나왔다. GW은행에서 골라 준 맞선 장소라는 설명이 덧붙여 있었다.

'결국 가게 됐구나.'

거절은 소용이 없었다. 최이준에게 한번 연락을 해 볼까 싶지만 관뒀다. 어차피 맞선 형식의 만남을 피할 수 없다면 당일에 부딪히는 게 나을지도 모른다.

봄이는 무거운 마음으로 재규가 떠난 자리를 정리하기 시작했다.

***

토요일 아침.

봄이는 주황색 마을버스에서 내렸다. 읍내 반대편, 산 아래 위치한 양식당이 오늘의 약속 장소였다.

"이런 데가 있었구나."

봄이는 간판을 올려다보며 중얼거렸다.

귀향한 청년이 운영하는 식당이라고 했던가. SNS에서 홍보를 활발히 한 덕인지, 근처를 지나는 여행객들에게 인기 있는 곳이라는 말을 얼핏 들은 기억이 났다.

문을 열자 청량한 풍경 소리와 함께, 수염을 기른 젊은 주인이 반갑게 맞이했다.

"안녕하세요. 예약하셨을까요?"

"최이준 씨 이름으로 되어 있을 거예요."

"아, 별채 예약이시네요. 이쪽으로 오세요."

가게 주인을 따라 뒷문으로 가니 작은 건물이 하나 더 있었다. 너무나 민망했다. 뻔히 아는 사이끼리, 그것도 그렇게 친하지 않은 사람과 맞선이라니.

최이준은 먼저 도착해 앉아 있었다. 쉬는 날인데도 포멀한 슈트를 입은 모습에는 흐트러짐이 없었다.

"저기, 안녕하세요."

"안녕하셨습니까."

형식적인 인사가 오간 뒤, 둘만 남은 별채 안은 정적에 잠겼다. 생각보다 공간이 좁았다. 다른 손님도, 구경하는 사람도 없다는 점이 그나마 위안이었다.

"이런 식으로 윤봄 씨와 맞선을 보게 될 줄은 전혀 몰랐습니다."

최이준이 먼저 입을 열었다.

"저도…… 조금 놀랐어요."

"여긴 단일 코스라, 그걸로 예약했습니다."

"아, 네. 저는 상관없어요."

이내 코스 요리가 정갈하게 차려졌다. 시장했던 참이고, 오랜만에 보는 세련된 메뉴라 입맛이 돌았다. 제철 과일을 곁들인 야채 겉절이를 시작으로 들깨 깻잎 파스타와 한우를 올린 리조또가 차례로 나왔다. 포크로 한입을 떠 넣은 봄이의 눈이 살짝 커졌다.

"……맛이 꽤 좋네요."

"네. 나쁘진 않죠."

최이준은 간간이 탄산수만 들이켤 뿐, 음식엔 거의 손을 대지 않았다. 대신 그의 시선은 줄곧 봄이를 향해 있었다. 그가 다시 입을 연 것은 봄이가 식사를 거의 마쳤을 즈음이었다.

"선재규와 교제하는 줄 알았습니다."

생수로 마른 목을 축이던 봄이는 그만 물을 뿜을 뻔했다. 예상치 못한 이름이 나오다니. 선재규 씨와 체육대회 때 계속 붙어 있던 게 문제였을까. 다른 사람들 눈에 그렇게 보였을지도 모른다고 생각하니 갑자기 아찔했다.

'동요하는 티 내지 말자.'

봄이는 침착하게 여유 있는 표정으로 살짝 미소를 보였다. 여러 번의 맞선으로 인해 이런 건 마음만 먹으면 어렵지 않았다. 무엇보다 이런 게 어른들 입을 통해 엄마 귀에 들어간다고 생각하면 끔찍하니까.

"오해를 하신 것 같아요. 선재규 씨와는 아무 사이도 아니에요."

"그럼 다행이네요."

최이준이 건조한 웃음을 지었다.

"어디 그런 무식한 놈을……. 처음부터 말이 안 됐지."

봄이의 어깨가 움찔했다. 비아냥조에야 익숙했지만, 표현이 자꾸만 선을 넘었다.

'아는 사이라면서 저런 말을 아무렇지도 않게…….'

입맛이 싹 가셨다. 포크를 조용히 내려놓으며 봄이는 침착하게 말했다.

"말씀이 너무 과격하신……."

"결혼이 급한 것 같아 하는 말입니다. 선재규라면 집에서 허락할 리가 없을 테니까."

"……전, 급하지 않아요."

"글쎄. 그쪽 집은 아닌 거 같던데."

혹시 자신의 집에서 무슨 말이라도 전해 들은 건가. 봄이는 떨리는 손끝을 감추려고 손을 테이블 아래로 내렸다. 아니면, 무슨 소문이라도 돌았나? 심장이 기분 나쁘게 두근거렸다.

"서울에서 맞선 이력도 화려하고. 재력이 있는 전문직이나 재벌 2세, 3세들만 상대."

"그걸……."

"여기에다가 사고 한 번 치셨고."

순간 눈앞이 캄캄해지고 머리에서 이명이 울렸다.

24

"집안 망신이라고 여기로 쫓겨났다고, 그렇게 들었습니다."

그걸 어떻게 알았을까. 그건 가장 잊고 싶은 일이고, 잊을 수 없는 일이었다.

막 겨울로 넘어가기 직전인 가을이었다. 첫 발령지인 서울의 한 학군지 고등학교. 스펙 좋은 교사들이 넘쳐났고, 각자의 일에만 집중하는 분위기도 마음에 들었다. 학생들 역시 공부에만 몰두했기에 별다른 사건 사고가 일어나지 않는다는 점이 커다란 메리트였다.

봄이는 그날도 교무실에서 입시용 문제를 편집하며 자료를 만들고 있었다. 대부분 자리에 있음에도 대화가 오가지 않는 조용한 교무실은 일하기에 안성맞춤이었다.

그러다, 복도에서 갑작스레 소란이 일었다. 봄이는 처음엔 대수롭지 않게 넘기고 이어폰을 끼려고 했다. 그때, 누군가 다가와 어깨를 거칠게 밀었다.

고개를 들자 낯선 여자가 보였다.

〈윤봄이 당신이야?〉

〈맞는데, 누구세요?〉

〈누구긴 누구야. 니 애인 와이프다.〉

〈왜, 왜 이러세요! 악!〉

단숨에 잡힌 머리채에 정신을 차릴 틈도 없었다. 사력을 다해 겨우 몸을 떼어놨지만 여자는 금방 다시 달려들었다.

〈어디 남자가 없어서 유부남을 꼬셔? 이 더러운 년아!〉

학생들이 교실에서 쏟아져 나오는 시간이었다. 교무실과 앞 복도는 아수라장이 되었다. 웃음소리도 들렸다. 누군가는 촬영을 시작했다. 아무도 봄이를 도와주지 않았다. 귀청을 때리는 여자의 욕설 사이로 구경꾼들의 수군거림이 들려왔다.

〈얌전하게 생겨서 유부남이 뭐야, 유부남이.〉

〈윤리 샘 개충격이다, 미친.〉

그렇게 한바탕 뒤집어 놓은 여자는 학교 경비가 올라와 경찰을 부른다고 나선 후에야 떠났다. 나갈 때 역시 곱게 나가지 않았다. 인화된 사진 여러 장을 교무실에 뿌리면서 소리쳤다.

〈다들 이거 똑똑히 봐. 얼마나 더러운 년인지!〉

선생이고 학생이고 간에 앞다투어 흩뿌려진 사진들을 집었다.

〈어머, 이게 뭐야……!〉

〈헐, 모텔 앞이잖아. 미쳤다.〉

〈실화냐…… 봄 샘, 진짜 취향 대박.〉

주저앉아 멍해진 봄이의 앞에도 사진이 떨어졌다. 자신이 중년의 남성과 팔짱을 끼고 같이 모텔에 들어가는 사진이었다. 사진은 당연히 합성일 수밖에 없었다. 이런 적은 없으니까. 예전에 찍힌 어떤 사진을 교묘히 수정한 모양인데 봄이도 정확히 알 수가 없었다.

합성된 자기 얼굴의 원본 사진이 무엇인지, 아무리 생각해 봐도 기억이 나지 않았다. 남이 촬영한 사진일 가능성이 컸다. 하지만 누가 왜?

불안함이 극에 달한 것은 당연했다. 이런 상황에서 더 이상 학교에 다니는 건 힘들었다. 정신과 진단서를 끊어 병가를 냈다.

더 큰 문제는 따로 있었다. 합성된 사진과 함께 교무실에서의 일이 부모님께 익명의 이메일로 전달된 것이다. 반응은 예상에서 벗어나지 않았다.

〈얌전히 맞선 봐서 시집이나 가라고 했더니 이딴 짓이나 하고 돌아다녔던 거냐?〉

〈아버지, 정말 아니에요.〉

〈맞선을 봐도 이 핑계 저 핑계 대면서 애프터도 안 받더니, 이 짓거리 하느라 그런 거였어?〉

〈아니라고 몇 번을 말해요. 왜 안 믿어 줘요, 대체 왜? 사진은 합성이라니까요! 경찰에 신고하면 수사해 줄 거예요. 제발…….〉

〈사실인지 아닌지가 뭐가 중요해! 이딴 개망신을 겪었으니 그걸로 이미 넌 끝났어. 이 집에서 나가!〉

아버지는 노발대발하며 당장 나가라는 말만 반복했고, 어머니는 어쩔 줄 몰라 하다가 결국 아버지 화가 풀릴 때까지 2년 동안 시골에 내려가 있으라는 절충안을 내놓았다. 경찰에 수사 의뢰라도 했더라면, 그랬더라면 이렇게 오랫동안 혼자 속앓이하지 않아도 됐을 텐데. 부모님이 워낙 결사반대하는 바람에 모든 걸 혼자 감당해야 했다.

아무도 자신의 말을 믿어 주지 않았다. 동영상이나 게시물이 올라오지 않을까 불안에 떨며 매일 SNS를 뒤적였다. 불안해서 미칠 것만 같았다.

처음엔 어떻게든 결백을 증명하려고 애썼지만, 애쓸수록 돌아오는 건 냉소뿐이었다. 아무도 손 내밀어 주지 않던 그날과 부모님의 매정한 말들이 자꾸만 떠올랐다. 그렇게 심신이 너덜너덜해졌다.
끝내 지친 봄이는 난희의 제안을 받아들였다. 이것이 봄이가 교환 교사로 내려오게 된 진짜 이유였다.
그걸 최이준이 어떻게 알았단 말인가. 봄이의 머릿속이 새하얘졌다.
'예전 맞선 상대가 알 정도면 서울에 이미 소문이 다 난 거야? 오빠 말이 맞았어.'
목이 잠긴 봄이는 억지로 물을 삼켰다. 하지만 물조차 쉬이 넘어가지 않아 사레가 들렸다. 헛기침하는 봄이의 눈에 눈물이 고였다. 작은 사레로 시작된 눈물은 시야가 희뿌옇게 될 정도로 크게 번졌다. 차오른 눈물은 끝끝내 방울방울 떨어졌다.
얌전한 디자인의 밀크베이지 원피스에 눈물이 톡톡 번졌다. 맞선을 볼 때마다 꺼내 입는 옷이었다. 이제는 이 옷조차 지긋지긋했다. 다 질린다. 꼬리처럼 따라붙은 사건도, 맞선이라는 숨 막히는 과제도, 엄마의 부질없는 기대도.
"지금 울어요?"
"잠, 잠시만요. 잠깐……. 신경 쓰지 마세요."
바보처럼 말을 더듬는 자신이 너무도 한심했다. 따지고 싶었다. 말한마디 한마디가 선을 넘는 이 남자에게 뭐라도.
하지만 걸리는 게 너무 많았다. 1년 만의 맞선에 엄마가 건 기대와 세진이 학부모라는 위치 때문이었다.
자괴감에 젖은 그때, 의자 소리가 나는가 싶더니 어깨에 낯선 손이 닿았다.
"고작 몇 마디에……. 미안합니다."

"됐어요. 그런 말은요."

"일단 나갑시다."

고개를 끄덕인 봄이는 최이준과 함께 양식당을 빠져나왔다. 실외로 나오니 더욱 마음이 어지러웠다. 봄이는 손등으로 눈물을 훔쳤다. 식당 바로 옆엔 흰색 레인지로버가 있었다. 최이준이 차 문을 활짝 열었다.

"타시죠. 데려다줄 테니까."

"괜찮아요. 혼자 가겠습니다."

"그 꼴로 말입니까. 이 동네 좁은 거 알면서."

누구 때문에 이러고 있는지 뻔히 알면서 저런 말을 했다. 하지만 지금 머릿속엔 온통 과거의 일로 가득 차 그와 싸울 기력 따윈 없었다. 이렇게 눈물범벅이 된 채로 마을버스를 탈 수도 없었다. 이쪽 지역엔 봄이네 반 학생이 많으니까. 누군가 봐서 소문이 나는 건 더 싫었다.

"계속 그렇게 서 있을 겁니까?"

"네, 타겠습니다."

그렇게 일단은 차에 올랐다. 갑자기 눈물이 터져 버린 자신이 한심스러웠다. 침착하게 맞받아칠 수도 있었는데 곧바로 동요해 버렸다. 표정에 티가 났을 게 뻔했다. 최이준이 한 말이 사실이라는 걸 입증해 준 꼴만 되었다. 한바탕 눈물을 쏟아 낸 눈이 퉁퉁 부어 앞도 잘 보이지 않았다.

"꺼내서 써요. 보기 좀 안 좋네."

최이준이 안전벨트를 매며 콘솔박스를 가리켰다. 봄이는 흐릿한 시야로 콘솔박스를 열었다. 그 안엔 선글라스가 놓여 있었다.

이걸, 쓰라고……. 봄이는 그가 가리킨 선글라스를 꺼내 썼다.

"……."

잠시 적막이 흘렀다.

"그 안쪽에 손수건이 있는데."

"아."

"그거 쓰라는 말이었습니다."

"……."

"큭."

최이준이 웃었다. 봄이는 약간 놀랐지만 내색하지 않았다. 뭐야, 이 사람 웃기도 하네. 아니, 비웃은 건가.

"보기 나쁘진 않네요."

차가 조용히 움직이기 시작했다. 봄이는 선글라스로 얼굴을 반쯤 가린 채, 끝내 침묵을 지켰다. 집 주소를 내비게이션에 입력해 달라는 말에도, 선루프를 열어도 되겠냐는 물음에도 그저 고개만 끄덕였을 뿐이었다.

봄이는 입술을 깨문 채로 창문 밖으로 시선을 고정했다. 읍내 도로가 아닌 시골 샛길로 가고 있어 차분한 분위기였고, 덕분에 마음은 차츰 안정되고 있었다.

'이제 말을 좀 꺼내 볼까.'

하지만 뭐라고 말해야 할까. 서울에서의 일을 누구에게, 어떻게 전해 들었느냐고? 캐묻고 난 후엔 무엇을 할 수 있을까. 모르는 일이라고 잡아뗄 순 없었다. 차라리 아무 말도 꺼내지 않는 게 좋을지도 모른다. 어차피 선 자리는 오늘 하루로 끝이니까.

꼬리에 꼬리를 무는 생각으로 머릿속은 심란해졌다. 그러는 사이, 차는 청설읍 인근 읍내 가까이 들어섰다. 집에 도착하기 전엔 뭔가 말을 꺼내야 할 것 같았지만, 입은 쉽사리 떨어지지 않았다.

그저 망설이고만 있을 때였다. 창밖을 바라보던 봄이가 갑자기 몸을 세웠다.
"어! 이준 씨! 잠시만요! 세워 주세요!"

25

"……뭐죠?"

당황한 최이준은 속도를 줄이며 갓길에 차를 멈췄다.

봄이는 대답도 없이 안전벨트를 풀고 서둘러 문을 열고 내렸다.

"어떡해."

잘못 본 게 아니었어. 차가 오가는 단단한 흙길 끄트머리에 작은 백구가 있었다. 이런 곳에 버려진 건가? 가엾게. 아기 백구는 솜뭉치 같은 몸을 잔뜩 웅크린 채, 누군가를 기다리는 듯한 모습이었다.

"대체 무슨 일입니까?"

따라 나온 최이준도 곧 백구를 발견했다. 봄이는 불안한 표정으로 주변을 살폈다. 이곳은 메인 도로가 아니지만…….

"아직 아기예요. 이런 데 두면 위험할 것 같아서요."

봄이는 조심스럽게 백구를 품에 안았다.

"괜찮아, 백구야……. 괜찮아."

겁에 질린 듯한 강아지가 짧은 다리로 허공을 허우적거렸다.
"그걸, 어떻게 하려는 겁니까."
"일단 집으로 데려가려고 해요."
"타세요, 그럼."
"정말…… 그래도 되나요?"
"안 타면 집까지 갈 방법 있습니까?"
그가 냉정하게 혼자 떠날 거라 예상했던 봄이는 뜻밖의 반응에 어색해하며 차에 올라탔다.
"개 상태는 어때요."
"떨고 있어요. 발도 조금 부었고."
봄이는 조심스럽게 무릎 위에 아기 백구를 올려놓고 털을 쓰다듬었다. 낑낑대던 백구는 고단한지 이내 잠이 들어 버렸다.
'얼마나 외롭고 힘들었을까.'
이렇게 어린데. 선글라스를 머리 위로 올려 백구를 더욱 자세히 관찰했다. 백구를 보고 미소 짓던 봄이는 문득 느껴진 시선에 고개를 돌렸다.
"……귀엽네요."
의외의 말을 내뱉은 최이준은 다시 바람 빠지는 소리를 내며 약하게 웃었다. 봄이는 그런 남자를 낯선 눈으로 쳐다봤다.
최이준. 이 남자는 대체 어떤 사람일까. 봄이는 학기 초에 자신이 가르쳤던 윤리와 사상 첫 단원을 생각했다. 인성론 단원에 인간의 타고난 성품은 정해져 있다는 이론이 실려 있었다. 이 남자의 타고난 성품은 어떨까. 완전히 나쁜 사람이 아니라는 전제하에 상황을 조금 정리해 보고 싶었다.
"저, 최이준 씨."

"말씀하세요."

여전히 차가운 분위기는 그대로였지만 지금이라면 말할 수 있을 것 같았다. 불안정하던 마음도 꽤 차분해진 상태였다.

"저…… 집에서 쫓겨나 이곳에 온 건 사실이에요."

자기 손으로 교환교사를 신청했고 자기 발로 이곳에 왔지만 등을 떠민 건 결국 가족이었다. 그런 의미에서, '쫓겨난 것'이라는 표현은 그리 틀리지 않았다.

"그 이유도…… 아마 들으셨겠죠. 문제의 사건에 휘말린 것도 사실이고요."

최이준은 아무런 반응도 없이, 앞만 보며 운전을 계속했다. 봄이는 계속 말을 이었다.

"믿으시든 말든 그건 최이준 씨 자유지만 제가 하지 않은 일이었어요. 저 곧 서울로 올라가요. 아마 내년요. 그러니까 오늘 선은 그냥 아무 의미 없었다고 생각해 주세요. 바쁘신 분 시간 뺏어서 죄송합니다."

할 수 있는 말은 모두 털어놓았다. 최이준은 여전히 아무 말이 없었다. 괜한 변명을 한 것은 아닌가 싶기도 했지만, 후회는 없었다. 이렇게라도 털어놓는 게, 아무 말 없이 떠나는 것보단 나았다.

"저기예요. 다 왔네요."

멀리 청설읍의 돌다리가 보였다. 마음이 가벼워지는 동시에 차는 점점 속도를 줄여갔다.

"여기에 세우셔야 해요. 안쪽은 주차하기 힘들어서요."

"그러죠."

최이준은 순순히 하라는 대로 따랐다. 주차킹이라며 무식하게 차 앞머리부터 욱여넣던 누구와는 몹시도 다른 모습이었다.

'재규 씨는 지금 뭐 하고 있을까.'

문득 생각이 스치자 궁금해졌다. 아침에 전화가 왔던 재규는 오늘 아침 일찍부터 지리산 등반을 간다고 했었다. 함께 하자는 제안에 봄이는 당연히 거절했다.

〈칼바위 쪽으로 딱 올라가 법계사 들렀다가 천왕봉 정상 찍는 코습니다. 껌입니다, 껌.〉

등산에 취미가 있는 줄은 몰랐다. 어쨌거나 참 부지런한 남자였다. 본업만으로도 시간이 빠듯할 것 같은데 재규는 항상 시간적 여유가 넘쳐 보였다. 툭하면 나타나서 참견을 일삼는 것도 그렇고, 틈틈이 어디론가 놀러 다니는 것도 그렇고 조금은 부러웠다.

어쨌든 등산은 여섯 시간 정도 소요된다고 했으니 지금쯤 내려왔겠지 싶었다. 내려왔으면 연락을 했을 텐데 왜 이렇게 조용하지. 이렇게 생각하던 봄이는 자신이 얼마나 어이없는 생각을 했는지 깨달았다. 왜 그 남자가 연락할 거라 생각한 걸까. 우리가 무슨 사이라고.

재규에 대한 잡념에 빠져 있는 사이, 시동이 꺼지고 차가 조용히 멈췄다. 봄이는 그제야 정신을 차렸다.

"데려다주셔서 감사합니다."

안전벨트를 풀고 백구를 추스르고 있는데 최이준이 먼저 차에서 내렸다. 그러곤 반대편으로 돌아와 문을 열어 주었다. 봄이는 예상치 못한 그의 매너에 조금은 얼떨떨해졌다.

"고맙습니다."

살짝 허리를 굽힌 그 순간, 머리 위의 선글라스가 미끄러졌다. 최이준이 그것을 순발력 있게 낚아챘다.

"원래 이렇게 덜렁거려요?"

"그런 건 아니고요……."

"어울리던데 새로 사서 보내드리겠습니다."

필요 없었다. 그리고 앞으로 만날 일도 없을 것이고. 봄이는 예의상 하는 말로 받아들였다.

"말씀만 받을게요."

최이준의 꽉 다문 잇새 사이로 낮은 한숨이 새어 나왔다. 이어서 무슨 말이 흘러나올지 몰라, 봄이는 서둘러 고개를 숙였다.

"저, 그럼 저는 이만······."

할 말이 남은 듯 입술을 달싹이는 최이준을 뒤로하고 봄이는 계단을 올라 집으로 들어갔다. 오늘 맞선은 서로에게 최악이었다. 쿵. 문을 닫고 백구를 내려놓자 그제야 긴장이 풀렸다.

'마지막에는 분위기가 조금 이상했는데······.'

무슨 말을 하려던 걸까. 짐작하고 싶지도 않았다. 최이준이라는 사람, 원래 속을 알 수 없는 사람이었고 앞으로 볼 일도 없을 테니까. 아까 서울에 올라갈 거라는 사실도 밝혔으니, 그쪽도 더 이상 자신에게 신경 쓰지 않을 테고.

다만, 마음에 걸리는 건 엄마였다. 분명 실망할 것이다. 기대가 컸던 자린데. 한동안은 잔소리에 시달려야 한다.

"됐어······. 이젠 끝난 일이야."

일단은 눈앞에 놓인 일부터 처리하기로 했다. 지금은 꼬질꼬질한 백구를 씻기는 일이 가장 급했다. 혼자 지내던 자신만의 공간에 낯선 생명체가 들어오니 신경이 거기로 쏠렸다.

욕실로 향한 봄이는 미지근한 물로 백구의 몸을 씻겼다. 수건으로 푹 싸서 데리고 나오기까지 백구는 한 번도 싫은 내색을 보이지 않았다. 약풍으로 털을 말려 주니 제법 보송해진 백구는 물을 조금 마시곤 거실 방바닥에 자리를 잡았다. 곧 웅크리고 누워서 졸기 시작했다.

봄이는 백구가 졸고 있는 모습을 물끄러미 바라보았다. 이렇게 작고 가벼운 아이에게 뭘 줘야 할까. 병원도 데려가야 할 텐데 봄이가 이 동네에서 본 것은 죄다 가축병원이었다. 막막해하며 휴대폰으로 이것저것 검색해 보고 있던 차에 문자가 도착했다.

[집에 고무줄 바지 있죠.]

26

　엉뚱한 메시지를 보낸 이는 당연하게도 재규였다. 뜬금없이 왜 이런 걸 보냈을까. 천천히 손을 움직여 답장을 쓰고 있는데 또 메시지가 왔다.
　[바지요. 제가 입었던 거 돌려줬습니까~ 그게 딱인데ㅋ.]
　[벌써 드렸어요;;; 고무줄 바지는 반바지밖에 없는데. 무슨 일이에요?]
　갑자기 고무줄 바지가 왜 필요하지? 지리산에선 언제 내려온 거야? 봄이는 잠든 백구와 휴대폰을 번갈아 보며 메시지를 기다렸다.
　[산에서 들으니까 아랫동네 한우 축제 중이랍니다ㅎ.]
　[아하. 그런데 그게 왜요?;]
　[배 터지게 먹고 콧바람이나 쐬고 옵시다!]
　한우 축제에 가는데 고무줄 바지는 왜 챙겨 입으라는 걸까……. 한우, 물론 좋아하긴 하지만 이렇게 갑자기?
　어떻게 답을 해야 할지 고민하고 있는데 메시지가 또 도착했다.

[빠르게 출발하겠습니다.]

"툭하면 출발한대!"

봄이는 자리에서 벌떡 일어났다. 봄이는 펄쩍 뛰면서 답장을 톡톡 찍어 보냈다.

[못 나가요.]

[왜 그럽니까.]

[지금 집에 강아지가 있어요.]

사실 나가고 싶긴 했다. 하지만 이제 막 낯선 공간에 들어온 백구를 혼자 둘 순 없었다.

찰칵. 봄이는 잠든 백구의 모습을 사진으로 찍어 전송했다. 자랑하고 싶은 마음도 있었고, 재규의 반응이 궁금하기도 했다. 설마 강아지를 싫어하는 건 아니겠지?

곧바로 오던 답장이 갑자기 끊겼다. 봄이는 의아해서 고개를 갸웃했다. 그때 밖에서 인기척이 들려왔다. 방문자는 곧장 문을 두드려댔다.

똑— 또독— 똑똑—.

특유의 리듬감 있는 노크 소리라면 설마? 반신반의하며 문을 연 봄이의 눈이 커다래졌다.

"재규 씨!"

"반가워서 숨 막히죠. 안 왔으면 큰일 날 뻔."

"……"

재규는 누가 봐도 막 등산을 다녀온 차림이었다. 끈 달린 회색 챙모자를 쓴 재규는 빨간색 등산복을 입고 있었다. 스틱까지 갖춘 전문적인 복장이었다. 산악회 회장도 저렇게 입진 않을 듯한데 상당히 본격적이었다.

어떻게 이렇게 금방 온 거지…….

"방금 출발한다면서요."

"총알이죠."

이미 다 도착해 놓고 출발한다는 소리를 했던 거였다.

"그런데……."

재규는 중얼거리며 위아래로 봄이를 훑고 눈을 가늘게 떴다. 턱을 매만지며 흐음, 소리를 내고 있는 게 또 이상한 소리를 할 게 뻔했다.

"왜 그래요?"

"옷까지 요래 차려입고."

"……."

"선이라도 봤습니까."

"네?"

너무 놀라서 주저앉을 뻔했다. 어떻게 알았지? 설마 소문이 난 건가?

"아님 내가 온다니까 급히 차려입은 거. 맞습니까."

봄이는 헛소리하는 재규의 손목을 잡았다. 어서 보여 주고 싶은 게 있었다.

"이상한 소리 그만하고 얼른 들어와 보세요."

봄이는 재규를 안으로 끌어당겼다. 저번에 한 번 들인 적이 있어서 그런지 재규가 집 안으로 들어왔는데도 크게 신경이 쓰이진 않았다. 재규 역시 자연스럽게 거실로 들어와 둘러보다가 백구를 발견했다.

"귀엽죠."

봄이가 재규의 옆에 서서 작게 속닥거렸다. 아까 백구는 배를 바닥에 대고 자고 있었는데 언제부턴가 몸을 뒤집어 배를 하늘로 하고 자고 있었다. 연분홍색의 말랑한 배가 드러났다.

"와, 겁나게 귀엽네."

"그죠? 근데요, 여잔지 남잔지 모르겠어요."

"쪄 안 보입니까. 남자네."

그런가? 봄이는 살금살금 소리가 나지 않게 조심하며 수그려 앉아 백구를 살펴보다가 상체를 일으켰다. 어딜 봐서 남자라는 건지 알 수가 없었다.

"글쎄요, 전 봐도 모르겠어요. 설마 이게 그건가."

"작은 건 취급도 안 합니까."

"……."

못 들은 척했지만, 이어진 재규의 낮은 중얼거림은 선명하게 들려왔다.

"……내는 남자로 취급하겠네."

"왜 그래요? 진짜 맨날 이상한 말만 하고!"

"으악, 미안합니다."

봄이가 다시 두 손으로 재규의 가슴팍을 밀었다. 가만 안 둬, 진짜. 재규는 킥킥 웃으며 뒤로 밀려나는 척을 하더니 큰 몸을 수그렸다. 주변이 시끄러워지자 백구도 마침 잠에서 깼다.

"……."

백구와 재규, 두 존재는 서로를 물끄러미 바라봤다. 스캔을 마친 재규는 슬쩍 백구의 목덜미를 긁었다. 낯선 이의 등장에 바짝 긴장하고 있던 백구가 몸을 푸는 게 느껴졌다.

"니 내한테 반했나."

눈만 껌벅이는 백구를 재규가 번쩍 들어 올리자, 짧은 다리가 허공에서 버둥거렸다. 하지만 이내 큰 몸에 포근하게 안긴 백구는 기분이 좋은지 짧은 꼬리를 흔들었다. 어떻게 이렇게 순식간에 친해질 수 있을까.

"신기하다. 백구가 재규 씨 좋아하네요."

"인기야, 뭐. 그냥 숨 쉬듯 자연스러운 일입니다."
"……."
"얘 이름은 정했습니까."
"아직이요……."
재규는 입을 쫙 벌려 백구의 작은 머리통을 와압 하고 먹는 시늉을 했다. 백구는 그런 장난에도 신이 나서 낑낑거리며 꼬리를 흔들었다.
"봄식이."
재규가 이름을 지어서 부르자, 백구가 대답하듯 컹 하고 짖었다.
"얘 이름 봄식이. 괜찮죠."
"그런가요……."
자기 이름을 따다 지었다는 것이 어쩐지 낯간지러워 봄이는 뺨을 만지작거렸다. 하지만 나쁘지 않은 이름이었다. 이름은 좀 촌스럽게 지어 줘야 오래 산다는 말을 어디선가 들은 것도 같다.
"순 털빨이구만, 봄식이. 밥 좀 많이 맥여야겠네."
"그쵸? 사료도 아직 못 샀어요. 아기니까 우유를 먹여야 할까요?"
"이빨만 튼실하면 사료가 낫지. 봄식아. 이빨 좀 보자. 으악!"
봄식이의 치아를 살피다가 손가락을 물린 재규를 보고 봄이가 키득거렸다. 며칠 전에도 황구한테 물리더니 상습적으로 강아지들에게 당하고 있었다.
"힘도 좋고, 이빨도 튼튼하네. 백 퍼센트 사료 가능입니다, 봄식이!"
"그래요? 사료를 어디서 사야 할지 모르겠어요. 아는 동물병원 있어요? 진료도 받아야 할 것 같아요."
"잠시만, 딱 기다리십셔."
재규는 벌떡 일어나 전화를 걸었다.

"어, 필립아. 청설읍이나 신수읍에 동물병원 있나. 너거 집 엘리자베스 다니는 데 말해 봐라."

필립? 외국인 친구인가? 엘리자베스는 또 누구지? 봄이는 귀를 세운 채, 통화에 몰입한 재규를 힐끔거렸다. 빨간색 긴소매 티는 등산을 하느라 살짝 땀에 젖어 있었다. 덕분에 굵직한 상체 근육이 선명하게 잘 보였다.

'저런 옷은 어디서 사는 거지.'

항상 궁금했다. 저 또래의 남자들과는 조금 다른 느낌이 어디에서 나는 건지. 남다른 몸매 때문이기도 하지만 복장 때문에 더욱 이질감이 느껴지는 것은 아닐까? 그의 목덜미를 감싼 화려한 냉감 수건이 특히 튀었다.

'요즘 젊은 사람이 저런 걸 한다고? 진짜 특이해······.'

물끄러미 뒷모습을 보고 있던 봄이의 귀에 재규의 큰 소리가 들렸다.

"뭐라고?"

27

 방금까지 동물병원에 대한 정보를 들으며 "어, 어. 거기?" 하던 재규는 무슨 말을 들은 건지 갑자기 심각한 표정을 짓고 있었다. 봄이는 재규의 통화 내용에 귀를 기울였다.
 "그게 진짜가."
 저 남자를 처음 만난 지가 벌써 몇 개월이 흘렀다. 심각한 척을 하면서 장난을 잘 치는 편이지만 지금 목소리엔 장난기라곤 없었다.
 "어어, 전혀 몰랐네. 알았다."
 거칠게 한숨을 내뱉은 재규가 한 손으로 머리를 짚었다.
 '무슨 일이 있나 본데.'
 덩달아 심각해진 봄이는 조금 더 대화를 들어보려 했지만 통화는 종료됐다.
 "후."
 재규는 느리게 숨을 내뱉으며 손으로 얼굴을 몇 차례 쓸어내렸다.

"저, 무슨 일 있으세요?"

"아무 일 없습니다."

그는 고개를 내저으며 뒷주머니에 휴대폰을 집어넣었다.

"근데 표정이……."

"별일 아닙니다. 그나저나 아까 되게 기분 좋던데요."

"뭐가요?"

"내를 막 요래 응큼하게 쳐다봤잖아. 흑심 그득한 눈빛으로. 아닙니까."

쳐다본 게 티가 났나. 당황한 봄이는 얼른 화제를 바꿨다.

"우리가 갈 동물병원이 있대요?"

"네. 딱 알아 놨습니다. 나가시죠."

"네? 같이요?"

"당연한 말을. 자, 출발."

그저 병원 이름이나 알려줄 줄 알았는데, 재규는 직접 데려다주겠다고 했다. 봄이는 백구를 안은 채 얼결에 집을 나섰고, 그의 차 조수석에 앉았다.

이곳에선 택시 한 대 부르기도 힘든데 아무렇지도 않게 차를 태워 주는 사람이 있다는 것이 고마웠다. 게다가 이런 고가의 차량에 백구처럼 털 날리는 강아지를 태우는 것도 껄끄러울 만한데, 재규는 아무렇지도 않은 듯 흔쾌히 운전대를 잡았다. 지리산에서 막 내려온 몸일 텐데 피곤하다는 말도, 내색도 없었다.

"읍내에 있는 곳이래요?"

"예, 이름이 개편한 세상이라 하던데요."

"……."

차는 금세 읍내로 진입했고, 재규는 시장 옆 공영주차장에 차를 세웠다. 병원은 시장 초입, 사람들이 많이 오가는 길목에 자리하고 있었다.

[개편한 세상(고양이도)]

간판을 확인하고 문을 연 두 사람은 깜짝 놀랐다.
"……핫 플레이스네."
사람이 이렇게 많을 줄은 몰랐다. 국내 반려동물 양육 인구가 1,500만이 넘는다고 하더니 신수읍도 예외는 아니었다. 대기실 좌석도 몇 자리 남지 않았다. 나름 넓은 대기실을 치와와 한 마리가 휘젓고 있었다. 그걸 못마땅하게 보던 봄식이가 우렁찬 소리로 컹컹 짖기 시작했다. 봄이는 서둘러 봄식이를 달랬다.
"봄식아, 쉿. 싸우지 마."
봄이는 재규를 따라 접수를 위해 카운터로 갔다.
"처음 왔습니다."
"아, 그러세요. 그럼 초진 설문지 좀 작성해서 주시겠어요?"
"예."
직원이 클립보드에 끼운 설문지를 건넸다. 봄이와 재규는 대기실 구석 의자에 나란히 앉아 작성에 들어갔다. 총 두 장 분량으로 예상보다 꼼꼼한 항목이 많았다. 의외로 체계적인 병원이었다. 첫 칸은 반려동물의 이름을 기입하는 란이었다. 봄이는 망설임 없이 적었다.

[봄식]

"미리 이름 짓길 잘했어요. 여기에서 즉석으로 지을 뻔했네요."

"사람이든 동물이든 이름이 제일 중하지. 어디 보자, 성별은……
사내."

재규의 중얼거림을 들으며 적어 내려가던 봄이의 펜이 멈춘 곳은
보호자란이었다.

[보호자 성명 - 엄마: / 아빠:]

그 아래엔 각자의 연락처를 기입하는 칸도 따로 있었다. 진짜 본
격적이네…….

봄이는 '엄마' 칸에 자신의 이름과 전화번호를 적었다. 작은 칸 안
에 또박또박 적힌 자신의 이름을 내려다보며 묘한 감정이 올라왔다.

'내가 누군가의 엄마가 될 수도 있구나.'

이 작은 생명을 책임져야 한다는 사실이 문득 실감 났다. 잘 해낼
수 있을까. 막연한 걱정과 함께 왠지 모를 의욕도 피어올랐다. 봄이는
무릎 위에 얌전히 앉은 봄식이를 천천히 쓰다듬었다.

"어잇. 빈칸 그거, 주십셔. 내가 써야지."

다음 칸으로 넘어가려고 하는데 재규가 펜을 가져갔다. 그러더니
자기 멋대로 '아빠' 칸에 본인의 이름과 전화번호를 기입했다.

"왜 여기 적어요? 재규 씨가 봄식이 아빠예요?"

"그럼 엄맙니까."

"……."

뭐야, 정말. 유치함에 몸서리를 치던 봄이는 문득 재규의 필체를
보고 놀랐다. 또박또박 정자체로 쓴 글씨체는 수려하고 지적이었다.
봄이는 글씨를 갈겨쓰는 타입이었다. 악필까진 아니었지만 겉으로 보
이는 단정한 이미지와는 반대인 자유분방한 필체를 지니고 있었다.

이렇게 나란히 기입하고 보니 더 비교가 되었다.
'의외의 면도 있네.'
글씨체에 정신이 팔려 있는데 재규가 나머지도 슥슥 적고 있는 것을 발견했다. 재규는 골똘히 생각하며 빈칸을 채우고 있었다. 제법 보호자 같은 모습이었다.
"이왕 온 김에 싹 다 검사하는 게 좋을 거 같습니다. 예방 접종도 시키고."
"아, 예방 접종."
미처 거기까진 생각 못 했는데 재규는 능숙했다. 그는 다 적은 초진 설문지를 봄이에게 확인시키고 벌떡 일어나 카운터에 제출했다. 대기 시간이 남아 둘은 병원 한구석에 마련된 '반려동물 용품' 코너를 둘러보기로 했다.
"뭐가 되게 많은데 뭘 사야 할지 모르겠어요. 제가 개를 안 키워 봐서."
"의식주. 이 세 개만 챙기면 됩니다. 나머지는 천천히."
"그렇구나……. 그럼 집부터 봐요."
쿠션 형태의 집과 하우스 형태의 집이 있었다. 재규는 봄식이와 집들을 번갈아 보다가 분홍색 면으로 된 하우스 집을 추천했다. 귀엽게 생긴 집이었다. 봄이가 자세히 그것을 살피고 있는데 카운터에서 직원이 이쪽을 향해 소리쳤다.
"봄식이 보호자분 들어오세요!"
재규와 봄, 그리고 봄식이는 진료실로 향했다. 문을 열고 들어서자, 흰 가운을 입은 수의사가 자리에 앉아 있었다. 오십 대 초중반쯤 되어 보이는, 어쩐지 노련해 보이는 인상이었다.
"오늘 이 백구를 길에서 데려왔는데요. 다리도 아픈 것 같고 기력도 없어 보여요."

"그래요? 흠……."

진찰대에 올려진 봄식이는 얌전했다. 기본 진찰을 시작한 수의사에게 재규가 말했다.

"검사 싹 다 하고 가겠습니다. 필요한 거 다 해주세요."

수의사는 침착하게 고개를 끄덕이고 추천 목록을 제시했다. 기본 건강 검진에 피 검사, 엑스레이, 그리고 기력 보충을 위한 수액 처치가 포함되어 있었다.

"시간 좀 걸리니 근처에서 볼일 보고 오셔도 괜찮아요."

그러나 재규는 단호하게 말했다.

"기다리겠습니다."

진료실에서 나온 재규는 봄이에게 수액 맞을 땐 나가도 되지만 애 검사하고 그러는 동안엔 보호자가 딱 버티고 있는 것이 좋다고 했다.

"따로 이유가 있나요?"

"이게 사람 병원도 그렇거든요. 보호자가 있고 없고에 따라 차이가 분명히 있어가, 기다리고 있는 게 좋습니다."

"아, 그래요?"

"애 입장에서도 저래 가족이 근처에 있다는 거 알면 훨씬 안심이지. 안 그렇습니까."

일리가 있었다. 재규는 한결이를 키우고 있어서인지, 누군가를 케어하는 데에 익숙해 보였다. 그리하여 봄이는 봄식이가 피 검사와 엑스레이를 받는 동안 곁을 지켰다.

"힘들었지? 고생했어."

묵묵히 주사까지 모두 견뎌 낸 봄식이는 수액실로 들어갔다. 그제야 재규가 지갑을 뒷주머니에서 꺼내며 턱짓을 했다.

"자, 이제 수액 맞는 동안 잠깐 밖으로 나갑시다. 시장 구경시켜 줄게요. 와 봤나요, 봄이 씨."

"아, 아뇨. 처음이에요."

사실 내심 궁금하긴 했다. 이 지역 사람들은 다들 시장에서 산다고 했으니까. 기분이 한결 나아진 봄이는 상기된 얼굴로 재규를 따라나섰다.

"내랑 오기 잘했죠."

"네."

정말이었다. 재규가 없었으면 이 동물병원까지 오는 것도, 봄식이를 제대로 돌보는 것도 힘들었을 거다. 여러모로 믿음직한 남자였다. 좀 엉뚱한 구석이 있긴 해도, 성격도 좋고 잘생긴 데다 뭐든 잘하니…….

이런 남자랑 만나 보면 어떨까?

"……."

미쳤구나. 만나긴 뭘 만나 봐……. 정신 차리자, 윤봄.

28

　시장 입구로 진입하던 재규는 팔을 뻗어 초입에 있는 조형물을 가리켰다.
　"저게 신수시장 캐릭텁니다. 못생겼죠."
　지자체에서 무슨 생각으로 만든 것인지 기괴한 형상의 캐릭터가 손하트를 날리고 있었다. 재규는 이것을 신수괴물이라고 부른다 했다.
　"아직도 배 안 고픕니까."
　그러고 보니 슬슬……
　"조금요."
　"그럼 간단하게 뭐 먹을까요. 이쪽으로 들어가면 육전집이 있습니다. 오늘 한우 축제 가려던 거니간 글루 가죠."
　육전? 안 먹어 봤는데. 재규의 설명을 들으니 맛있을 것 같았다. 얇게 저민 소고기에 밀가루와 달걀을 입혀 전처럼 부쳐 놓은 것으로 파무침과 먹으면 일품이란다.

"좋아요."

봄이는 고개를 끄덕였다. 막 시장 골목에 들어가려 할 때였다. 앞장서서 부지런히 길을 안내하던 재규가 갑자기 발걸음을 멈췄다.

"봄이 씨."

미처 대답도 하기 전에 재규가 등을 돌리고 다급히 말했다.

"여기서 잠깐만 기다려 주실래요. 내 금방 올게요."

무언갈 쫓는 것처럼 재규의 눈은 어딘가를 향해 움직였다. 갑작스러운 재규의 돌발 행동에 당황한 봄이는 반사적으로 고개를 끄덕였다.

"네? 네, 가세요."

허락이 떨어지자마자 뒤를 돌아 뛰기 시작한 재규는 사람들 틈을 헤치며 누군가를 쫓았다. 재규는 누군가를 애타게 부르며 사라졌다.

"이희연!"

혼자 남겨진 봄이는 어색했다. 봄이가 서 있는 시장의 초입에는 나물 가게와 두부 가게가 있었다. 여기에선 딱히 구경할 것도 없는지라 가만히 재규를 기다리는 수밖에 없었다.

누구를 봤길래 그렇게 다급하게 뒤를 쫓은 걸까. 재규의 그런 표정은 처음이었다. 놓치기라도 할까 봐 고개를 쭉 빼고 있던 모습이 자꾸만 생각이 났다. 이름이 이희연이랬지. 똑똑히 그렇게 들었다. 중성적인 이름이지만 예감에 여자 같았다.

'혹시 전 애인?'

아니면 첫사랑? 왠지 이런 쪽이라는 예감이 들었다. 그게 누구든지 간에 자기와는 아무 상관이 없다는 걸 봄이도 잘 알고 있었다. 그런데 왜 이렇게 신경이 쓰이는 걸까. 들떴던 기분은 빠른 속도로 가라앉았다.

이대로 기다려야 하나. 가게 앞에 우두커니 서 있자니 영업을 방해하는 것 같고, 또 슬슬 사람들이 늘어나 지나다니는 이들의 통행을 막는 거 같아 봄이는 자리를 옮겼다. 아까 재규가 말한 신수괴물 앞이 적당한 장소였다.

"음……"

하릴없이 주변 풍경을 구경하던 봄이는 가방 속 휴대폰을 꺼냈다. 새로 온 메시지가 몇 개 보였다. 봄이는 가장 위에 있는 것부터 눌렀다. 엄마의 메시지였다.

[선 끝났니?]

[끝나면 바로 문자 보내. 궁금하니까. 전화는 하지 말고. 집이라 아빠 계셔.]

이렇게 자주 연락할 수 있었으면서 그동안은 왜 남남처럼 그러셨을까. 엄마는 이번 선에 많은 기대를 건 모양이지만 안타깝게도, 최이준과는 가능성이 없었다. 봄이는 잠시 문자를 바라보다, 답장은 밤늦게 하기로 마음먹었다. 기대에 못 미치는 소식을 지금 당장 전하고 싶지 않았다.

엄마의 메시지 아래론 그다지 중요하지 않은 단체 채팅방 메시지들과 광고 메시지들이었다. 그 사이에 눈에 띄는 것이 있었다. 놀랍게도 최이준이 메시지를 보낸 것이다. 내용은 간단했다.

[오늘 즐거웠습니다.]

"즐거웠다고……?"

차단하고 싶은 마음이 치솟았지만, 학생 보호자라는 현실을 의식하며 억눌렀다. 그리고 몇 번을 지웠다 쓰기를 반복하다가 답장을 완성했다.

[오늘 고생 많으셨어요. 그럼 편안한 오후 보내세요.]

전송. 어차피 할 말을 다 할 수도 없는 상황이니 이 정도면 적절한

끝맺음이었다. 다시 휴대폰을 넣으려던 봄이는 멈칫했다.

"재규 씨는……."

왜 안 오는 걸까. 재규에게 전화를 해 볼까. 잠깐만 기다리라고 해 놓고선 재규는 꽤 오랫동안 돌아오지 않고 있었다.

'이희연이 대체 누구길래.'

통화 버튼을 보며 한참을 망설이던 그때, 타이밍 좋게도 기다리던 목소리가 들렸다.

"봄이 씨!"

달려온 재규가 봄이 앞에 멈춰 서서 숨을 몰아쉬었다. 이마에 땀방울이 맺힌 걸 보니 기분이 묘했다. 설마 많이 기다렸을까 봐 걱정되어 달려온 건가.

아니다. 이희연이라는 분 때문이겠지. 저렇게 땀이 날 때까지 쫓은 거야? 이유 모를 감정으로 봄이의 목소리는 가라앉았다.

"일은 다 보셨어요?"

"아, 네. 많이 기다렸죠. 쏩, 미안합니다."

"괜찮아요."

사실 괜찮지 않았다. 재규는 그분을 붙잡는 데 실패한 모양이었다. 그건 그의 얼굴을 보면 알 수 있었다. 낭패 어린 표정을 금세 지워 낸 그가 말했다.

"자, 이제 시장 구경을 해 봅시다."

"네, 가요."

"제가 가이드 맡겠습니다. 잘 따라오십서."

시장 골목 안으로 들어간 재규가 나름의 핫한 장소들을 알려 주기 시작했다. 이곳에 내려와 처음 와 보는 곳이었고, 구경할 거리가 많았다. 재규의 입담 덕에 지루할 새도 없었다. 봄이는 이희연이라는 사람에 대한 일을 잊고 시장 구경에 서서히 빠져들었다.

"여기 김 굽는 거 보이죠. 즉석에서 이래 구워서 주는데 바삭하니 난리가 납니다. 김 좀 드십니까."

바삭한 김에 따뜻한 쌀밥을 얹어서 먹으면 맛있지. 봄이는 재규가 입에 넣어 주는 시식용 김을 씹었다가 눈을 동그랗게 떴다.

"와, 바삭하고 고소하네요."

"맛있죠. 좋아할 줄 알았다."

자기 가게도 아닌데, 재규는 봄이의 반응에 한껏 흐뭇한 표정을 지었다. 그가 곧장 김 굽는 아저씨를 향해 외쳤다.

"숯불김 한 봉지 주십셔."

한 봉지는 오천 원, 세 봉지는 만 원이라 적혀 있었는데, 봄이는 슬쩍 물었다.

"세 봉지 사는 게 더 낫지 않아요?"

"싸다고 많이 사 두면 이 맛 안 납니다. 다 먹으면 내 또 계속 사다 줄게요."

"네? 제 거였어요?"

당연하다는 듯 고개를 끄덕인 재규는 숯불김 봉지를 능숙하게 장바구니에 넣었다.

봄이는 잠시 말이 막혔다. 대체 이 남자는 왜 사람 마음을 착각하게 만드는 걸까. 다른 누가 이랬다면, 분명 마음이 있다고 오해했을 터였다. 하지만 재규는 달랐다. 이 사람은 원래 그런 사람이었다. 타인을 챙기는 일이 몸에 배어 있고, 장난이 일상이며, 그 장난조차 다정했다. 그래서 오히려 진심을 알기 힘들었다.

'그렇다고 대놓고 물어볼 수도 없고.'

시장을 돌면서도 봄이의 생각은 끊이지 않았다. 반면 재규는 한껏 신나 있었다. 시장 맛집을 줄줄이 꿰고 있는 듯, 거침없이 여러 가게를 안내했고 들리는 족족 봄이가 먹을 만한 것을 소량씩 샀다.
 양손이 묵직해졌을 무렵, 몇 바퀴를 더 돌던 두 사람은 시장을 빠져나왔다.
 "봄식이 찾으러 왔는데요."
 다시 돌아온 동물병원은 환자가 거의 다 빠져나가 한가했다. 수액을 다 맞은 봄식이는 봄이와 재규를 보자마자 작은 몸을 이리저리 흔들며, 기뻐서 어쩔 줄 몰라 했다.
 봄이는 웃으면서도 코가 시큰해졌다. 이제야 실감이 났다. 정말로 봄식이가 자기 가족이 되었음을. 재규도 비슷한 마음이었는지, 봄식이를 쓰다듬으며 말했다.
 "아부지가 그렇게 보고 싶었나."
 쓰다듬어주다가 휴대폰을 꺼내 봄식이를 다각도로 찍어 댔다. 수시로 사진을 찍어 둬야 성장 앨범도 만들 수 있고, 나중에 나이 먹었을 때 추억도 해 볼 수 있다는 말을 함께 했다.
 피검사 결과도 나왔다. 검사 종이엔 알 수 없는 전문 용어와 각종 수치들이 빼곡히 적혀 있었다. 수의사는 그것들에 대해 쉬운 말로 설명해 주었다. 모든 걸 종합하자면 대체로 건강하다는 말이었다. 그 말이 그렇게 기쁠 수가 없었다. 재규는 수의사에게 봄식이한테 필요한 용품과 사료를 묻고 진지하게 선생님 말씀을 들었다.
 "이거랑 이거, 또 이거."
 진료실에서 나온 재규는 추천받은 것들을 쓸어 담았다.
 "인터넷은 배송 시간이 있으니깐 당장 필요한 거 여기서 구비해 두는 게 좋을 거 같습니다. 그죠."
 "네, 하우스는 당장 필요하진 않은 거 같아요. 저랑 같이 자면 되니까."
 밤마다 봄이는 옆이 허전해서 남은 베개 하나를 안고 잤다. 작긴 해도 봄식이가 함께 있으면 든든할 것 같았다. 하지만 뜻밖에 재규가 반대했다.
 "아직 아가라 침대에서 데굴데굴 굴러떨어질 수도 있습니다. 지금은 따로 재우는 게 어떻습니까."
 미처 생각지 못한 부분이었다. 봄이는 재규의 세심함에 감탄하며 재규가 쓸어 담는 물건들에 대해 더는 지적하지 않았다.
 "자, 인제 가죠."
 봄이와 재규, 봄식이는 필요한 것을 모두 구매한 후에 동물병원에서 나왔다. 한 아름 트렁크에 실은 재규가 봄이에게 무언가를 건넸다. 동물병원에서 준 멤버십 카드였다. 카드 앞면엔 언제 찍어 둔 것인지 봄식이의 사진이 박혀 있었다. 뒷면을 본 봄이의 뺨에 홍조가 돌았다.

 [MEMBERS
 선재규♡윤봄♡봄식]

 재규와 함께 청설읍으로 돌아온 봄이는 재규가 고른 봄식이의 하우스를 거실 한쪽에 놓았다. 자기 집이라는 걸 알기라도 한 듯, 봄식이는 냉큼 들어가 몸을 둥글게 말았다.
 〈분양가 10억. 대출금 갚아라, 봄식아.〉
 재규가 봄식이에게 괴상한 농담을 하긴 했지만 저 집은 재규의 선물이었다. 극세사 원단이라 포근해 보이고 디자인도 귀여웠다.
 선물은 봄이도 받았다. 바로 재규가 오늘 시장에서 사 준 먹거리들이었다. 푸짐해서 일주일은 넘게 먹을 수 있는 양이었다. 그것들을 찬장에 정리하면서 봄이는 잠시 고민했다.
　오늘도 신세를 졌다. 뭐라도 먹이고 보내야 하지 않을까.

29

저번에 재규가 샤브샤브를 맛있게 먹었던 것이 생각났다. 세상에서 가장 맛있는 요리라곤 했지만 같은 걸 먹일 순 없고, 이번엔 뭘 준비하면 좋을까.

봄이는 소파에 앉아서 그럴듯한 요리를 구상해 보았다. 파프리카, 냉동 삼겹살, 고등어, 팽이버섯, 베이컨, 양배추 정도가 남아 있는데 다 볶아 먹으면 맛이 제법 괜찮을 것 같았다.

먹으면서 전에 같이 봤던 프로그램을 이어서 보면 좋겠다. 〈솔로에서 짝으로 환승하기〉였나? 그거 되게 재밌었는데. 직업 공개 후 여자 문 씨의 마음이 어떻게 변했는지도 궁금했고 예고편에 나온 남자 박 씨의 이벤트가 얼마나 끔찍할지 두 눈으로 확인하고 싶었다.

'볶음밥 괜찮냐고 물어볼까.'

잠든 봄식이를 구경하는 재규의 뒷모습을 보며 고민하고 있을 때 소파 테이블 위의 휴대폰이 반짝 빛났다. 재규의 휴대폰이었다. 무심코 시선을 그쪽으로 둔 봄이의 눈에 팝업으로 뜬 메시지가 보였다.

[아까 읍내 왔다던데. 찾았습니까?]

발신인은 '필립'이라고 떠 있었다. 재규의 회사 직원인 필립이라는 사람이 분명했다. 흔한 이름이 아니니까.

찾았냐는 게 누구인지 적혀 있지 않아도 알 수가 있었다. 이희연이 필립 씨와는 어떻게 아는 사이길래……. 주변인, 그것도 회사 직원까지 그 사람에 대해 알고 있는 거라면 보통 진지한 관계는 아닐 거란 추측이 들었다. 낮에 본 재규의 다급했던 모습이 다시 생각난 봄이의 낯빛은 삽시간에 어두워졌다. 갑자기 다 괜한 짓이라는 생각이 들었다.

"봄……?"

봄이는 잠든 봄식이를 두고 자리에서 일어난 재규를 향해 힘겹게 말했다.

"오늘 정말 고마웠어요. 그런데 제가 좀 피곤해서요……. 쉬어야 할 것 같아요. 미안해요."

***

맴, 맴맴, 맴맴맴.

매미가 벌써 울기 시작했다. 봄이는 손등으로 그늘을 만들어 하늘을 올려다봤다. 선명한 푸른 하늘엔 그림처럼 흰 구름 하나가 콕 박혀 있었다.

'날씨 좋다.'

기온이 제법 올라 덥긴 했지만, 그만큼 시원하게 차려입었다. 헐렁한 하얀색 반소매 셔츠에 통이 넉넉한 면바지, 그리고 가벼운 슬리퍼를 신었다. 살랑 불어오는 바람이 피부를 스쳐 기분 좋은 청량감을 안겨 주었다.
"여름 냄새가 나네……."
걸음을 멈추고 잠시 숨을 깊게 들이마셨다. 깨끗한 공기가 몸을 가득 채웠다. 서울이랑 공기 자체가 다르다는 사실이 오늘따라 실감 났다.
오늘은 일요일, 청설읍은 단수였다. 주인집 노부부가 서울에 올라간 이후로 아직 내려오지 않고 있었다. 평소엔 혼자라 조용해서 좋았지만, 이런 날엔 주인집의 부재가 아쉽기만 했다. 관리해 주는 사람이 없으니 보조 물탱크에서 물을 끌어오는 것도 불가능했다. 그래서 결국 집 전체가 완전히 단수된 봄이는 아침 일찍 읍내의 목욕탕으로 향했다. 처음엔 학생이나 학교 선생님들과 마주칠까 봐 걱정스러웠지만, 다행히 목욕탕 안은 한산했다.
편하게 씻고 나온 봄이는 바로 집으로 돌아가지 않고 읍내를 천천히 둘러보기로 했다. 즉흥적으로 결정한 산책이라 뚜렷한 목적 없이 걸음을 옮겼다. 지난주 재규와 '개편한 세상' 동물병원에 갔을 때 시장 근처 로데오가 꽤 번화했던 게 기억났다. 그래서 이번엔 시장뿐 아니라 로데오 골목도 함께 구경하기로 했다. 정 선생과 서 선생에게 들었던, 커피 맛 좋다는 카페와 괜찮은 가게들도 미리 메모해 두었다. 기말고사 문제 출제와 검토까지 모두 끝낸 덕에 모처럼 갖게 된 여유로운 하루였다. 웬일로 재규도 오늘은 연락이 없었고.
아니, 오늘뿐 아니라 며칠 새 연락이 뜸했다. 선을 긋는 자신의 태도를 그가 눈치챈 듯도 싶었다. 잘된 일이지. 이게 맞아. 봄이는 가슴을 쓸어내리면서도, 문득 스며드는 허전함을 애써 외면했다.
천천히 둘러본 읍내엔 생각보다 많은 것이 있었다. 유명 패스트푸드점, 프랜차이즈 피자집, 유명 스포츠 브랜드 매장, 로드샵 화장품 가게와 같이 눈에 익은 상호도 많았다. 봄이는 오래된 서점에 가서 얇은 에세이를 한 권 샀고, 종묘사에 들러 돈나무에 줄 식물 영양제도 샀다.

그러다 보니 어느덧 오후가 되었다. 더 둘러보고 싶은 마음도 있었지만, 봄식이가 깨어나기 전에 집으로 들어가는 게 좋겠다고 생각했다. 문득 깨달은 건, 생각보다 신수읍에서의 생활이 나쁘지 않다는 점이었다. 서울만큼 편리하지는 않지만, 있을 건 다 있었다. 진작 이렇게 읍내라도 자주 나올걸, 하는 아쉬움이 들었다. 다음에 오면 뭘 더 사 갈지 생각하며 발걸음을 돌렸고, 집에 오는 길엔 버스 창밖의 평화로운 풍경을 눈에 담았다. 청설읍에서 내린 봄이는 집을 향해 걸었다.

청설읍 돌다리를 건너면 커다란 은행나무가 있고 그 아래로 팔각형의 나무 정자가 있었다. 나무 그늘 덕에 시원해서 어르신들이 자주 모이는 장소이기도 했다. 그곳에 마을 어르신들이 여럿 모여 있었다. 하지만 평소와는 분위기가 사뭇 달랐다. 꽤 많은 사람이 모였고 대화를 나누는 목소리가 컸다. 원래는 조용히 눕거나 앉아서 편히 쉬셨지만 오늘은 전부 일어서 계셨다.

"……무슨 일이 있나?"

심상치가 않았다. 정자에 가까워지자 웅성거리던 소리가 선명히 들렸다.

"아직도 심장이 막 벌렁인다 안 카나!"

"순이 할매요, 그놈이 우째 생깄다꼬?"

"째깐하고 비쩍 말랐는데 눈이 쫙 찢어져가 소름이 끼치는 얼굴이다. 아고, 무시라."

오고 가는 대화엔 걱정하는 기색이 역력했다. 들어 보니 옆집 순이 할머니의 얘기인 듯싶었다. 순이 할머니는 분한 듯 지팡이로 바닥을 탁탁 치다 봄이와 눈이 마주쳤다.
"옆집 처자 아이가!"
순식간에 어르신들의 시선이 봄이에게 꽂혔고 누가 먼저랄 거 없이 하이고 소리를 냈다.
"하이고야, 처자도 조심해라! 여기, 미친놈 하나가 왔다 갔다!"
"경찰 불렀응께 곧 올 끼다. 문단속 단디하고 댕기라, 마!"
"순이 할매도 그렇지, 인자서야 부르면 우짜노? 진즉 부르지."
"놀래가꼬 경황이 없었다, 경황이."
무슨 일인지 물어봤지만 각기 다르게 대답들을 하시니 머리가 멍했다.
순이 할머니가 손사래를 치며 봄이를 향해 지팡이를 휘둘렀다.
"얼른 집에 들어가서 털린 거 없나 본나! 어여!"
그 순간 정신이 번쩍 들었다. 걸음을 재촉하며 머릿속으로 들었던 이야기를 정리해 보니, 순이 할머니 집에 낯선 남자가 침입하려다 발각된 모양이었다. 도둑질은 하지 못했지만, 범인은 그대로 도주했고 아직 잡히지 않았다고 했다.
며칠 전 옆 동네에서 상해 치사 사건이 발생한 터라 더 불안했다. 심장이 기분 나쁘게 뛰었다. 봄이는 입술을 잘근잘근 깨물며 걸음을 재촉했다.
"괜찮아⋯⋯. 문도 잘 잠그고 나왔잖아. 별일 없을 거야."
봄이는 중얼거리며 스스로를 다독였다. 아무 일 없을 거다. 괜찮을 거다. 옥외 계단을 올라가며 미리 주머니에서 열쇠를 더듬어 찾던 봄이의 몸이 굳어 버렸다.
현관문이 열려 있었다.
손에 들고 있던 책과 영양제가 힘없이 바닥에 떨어졌다. 두 다리는 땅에 박힌 듯 한 발짝도 움직일 수 없었다. 영화나 드라마에서 주인공이 위험에 처했을 때 왜 빨리 도망가지 않는지 답답하게만 느껴졌었는데, 막상 자신이 그 상황이 되니 똑같았다.

'어떡해, 봄식이가 집에 있는데……'

온몸이 뻣뻣하게 굳었다. 숨조차 제대로 쉬어지지 않았다. 머릿속이 새하얘져 아무 생각도 나지 않을 때, 익숙한 목소리가 등 뒤에서 들려왔다.

"봄!"

30

 그 목소리가 너무나 반가워 눈물이 솟구쳤다. 다급하게 다가온 그림자가 봄이의 웅크린 어깨를 감싸 안았다.
 "봄, 괜찮나."
 "재규 씨, 저, 저기……."
 입술이 파르르 떨렸다. 숨넘어가듯 힘겹게 대답하며 문 쪽을 가리켰다.
 "알았으니까 일단 숨. 후우…… 들이쉬고."
 "후, 우욱……."
 "옳지. 다시 내쉬고."
 구역감을 참으며 재규를 따라 숨을 고르길 몇 차례, 봄이의 호흡이 안정되자 재규가 고개를 내려 그녀의 귀에 속삭였다.
 "내려가십시오."
 "네……?"

봄이는 그 말을 이해하지 못했다. 설마 혼자 집 안으로 들어가겠다는 건가. 봄이의 눈동자가 겁에 질렸다.

"얼른 내려가라고. 밑에 어르신들하고 같이 있고. 경찰 오면 위로 바로 보내주시고요."

"하, 하지만……."

"어서요."

방법이 없었다. 겨우 고개를 끄덕이고 비틀거리며 계단을 내려갔다.

어떡해. 심장이 터질 것만 같았다. 아무래도 재규는 직접 범인을 잡을 생각인 듯싶었다. 떨리는 다리를 겨우 움직여 정자로 되돌아가니 어르신들이 여전히 자리를 떠나지 않은 채 웅성거리고 있었다. 봄이는 마침 휴대폰을 붙들고 있는 순이 할머니에게 달려갔다.

"할머니. 신, 신고 좀. 빨리, 빨리요."

"으이? 와 그라노?"

"저, 저희 집 문이 열려 있어요……!"

"머라꼬?"

어르신들의 얼굴에도 핏기가 사라졌다.

"112에 신고는 진즉했다. 곧 올 낀데!"

그 순간이었다. 조용하던 청설읍에 경찰차 사이렌 소리가 점차 가까워졌다. 빨간색과 파란색의 경고등을 반짝이며 경찰차가 돌다리를 건너와 멈춰 섰다.

"아이고, 왔다!"

"얼른 가서 말해라! 어여!"

봄이는 온 힘을 다해 경찰차로 뛰어갔다. 다급한 손으로 차창을 두드리며 울먹이며 외쳤다.

"집 문이 열려 있어요! 빨리 가 주세요. 친구가 저기에 있어요!"

순경들이 내렸다. 출동한 순경은 두 명이었다.

"네? 신고하신 분이세요?"

"그건 아닌데, 지금 급하다고요!"

순경들은 당황한 눈으로 서로 마주 봤다. 할머니네 집에 좀도둑이 들었다는 신고로 왔다가, 전혀 예상치 못한 젊은 여자의 절박한 얼굴에 상황 파악이 안 되는 듯했다.

"빨리요!"

뒤에 있던 어르신들도 입을 모아 소리쳤다.

"거부터 가 보라니까!"

그제야 순경들도 긴장한 얼굴로 봄이를 따랐다. 재규의 말대로 아래에 있을 수만은 없었다. 집으로 올라가는 계단을 앞서 오른 봄이는 열린 문 앞에서 걸음을 멈추고 집 안을 들여다봤다.

"……아."

현관에서 거실로 이어지는 실내에 새카만 발자국이 어지럽게 남아 있었다. 서랍장은 모두 밖으로 빠져나와 있었고, 옷가지 몇 개가 거실 바닥에 흩어져 있었다.

침입자가 분명했다. 봄이의 몸이 휘청거렸다. 하지만 걱정되는 이들이 있기에 간신히 정신을 다잡고 있는 힘을 다해 소리쳤다.

"봄식아! 재규 씨!"

침실 문이 휙 열렸다. 봄이 앞의 순경 하나가 잽싸게 테이저 건을 손에 들었다.

"꼼짝 마라! 경찰이다!"

"어잇. 내는 범인 아닌데요."

침실에서 나온 것은 재규였다. 졸린 눈을 한 봄식이를 옆구리에 끼고 있었다. 둘 다 무사하구나. 봄이는 가슴을 쓸어내렸다.

"저 사람이 친구분입니까?"

"네, 맞아요."

평소처럼 기능성 티를 입고 있었으면 영락없는 도둑으로 보였을 수도 있지만, 오늘 재규는 흰 셔츠에 브라운 컬러의 면바지를 입고 있었다. 그 모습이 평범하고 점잖아 보였는지 순경들은 경계를 풀고 테이저 건을 다시 제자리에 집어넣었다.

재규는 거실에 서서 상황을 알렸다. 자기가 보기엔 도둑놈이 이미 다 뒤져서 밖으로 빠져나간 모양이라고 했다. 혹시라도 집에 숨어있을까 봐 보일러실 안쪽까지 뒤져 봤단다.

"하는 짓이 좀도둑 같은데요. 순경님들이 들어와서 함 살펴보십셔."

"구 순경, 들어가 보자고."

"예."

순경들이 집을 살펴보는 동안, 봄이는 현관에서 걸어 들어와 재규의 곁에 섰다.

"재규 씨, 괜찮아요?"

"내는 괜찮지. 일단 집부터 둘러보십셔."

재규의 조언에 따라 엉망이 된 집 안에서 없어진 물건은 없는지 살폈다.

"정말 하나도 없어요."

"더 생각해 봐요, 봄봄. 정말 없습니까?"

"네, 집에 훔쳐 갈 만한 게 없어서……."

집 안에 있는 모든 서랍과 소파를 들추고 주방도 한바탕 뒤집은 도둑은 별 소득 없이 돌아간 듯했다.

"시계나 뭐, 보석 같은 거는요."

"그런 건 원래 없는데요……."

"하나도요."

"네."

재규는 놀란 듯 잠시 말이 없었다. 그 시선을 느낀 봄이는 조금 민망해졌다. 서울에서 귀한 물건 하나 들고 오지 않은 것이 부끄럽기까지 했다.

"그럽니까. 그럼 금두꺼비나 도자기는?"

그런 건 왜 있는데. 봄이는 고개를 저었다. 긴 한숨이 흘렀다.

"털 것도 없는데 대체 왜 들어왔을까요. 너무 놀라고 무서웠어요……. 하, 이거 다 언제 치우지?"

봄이는 머리를 감싸 안았다. 재규는 속상해하는 봄이에게 차라리 뒤진 흔적을 봐서 다행이라고 했다. 누군가 침입을 했는데 뒤진 흔적이 없으면 사람을 노리고 들어온 놈이었을 거라는 거였다. 그렇게 생각하니 오싹 소름이 돋았다.

"열쇠 구멍 보니깐 요거 가위로 딴 거 같은데."

어떻게 들어왔는지에 대한 추리가 시작됐다. 열쇠 구멍 주변에 금속이 긁힌 자국이 딱 가위란다. 그렇게 쉽게 들어올 수 있는 집이었다니, 아찔했다.

도난 접수를 마친 순경은 더 이상 볼 게 없다고 판단했는지 사건이 처리되는 대로 연락을 주겠다고 했다.

'끝난 건가…….'

평화로운 주말에 휘몰아 닥친 일은 심신을 너덜너덜하게 만들었다. 잔뜩 긴장했던 몸에 힘이 쫙 풀렸다. 조금 어지러웠다.

"흐읏……."

"봄!"

봄이가 비틀거리자 재규가 재빨리 그녀의 몸을 붙들었다. 봄식이까지 함께 안고 거실 소파에 나란히 앉혔다. 재규가 걱정 어린 표정으로 봄이의 얼굴을 살폈다.

"괜찮습니까."

당연히 안 괜찮았다. 눈앞엔 엉망이 된 거실 꼴이 적나라하게 보였다. 방바닥에 이리저리 남은 까만 발자국도 소름이 끼쳤다.

"웃, 범인 발이 너무 커요……."

"저건 내 발자국인데."

"……어쩐지 너무 컸어요."

"걱정 마십쇼. 딱 봐도 초짜고, 금방 잡힐 테니까."

"그……런가요."

"그럼요."

"네……."

봄이는 잠시 안도했다가 다시 어깨를 움찔거렸다.

"한 번 침입한 집에 다시 오는 도둑도 있을까요?"

목소리가 티가 날 정도로 떨렸다. 재규는 그런 봄이의 손을 꼭 붙들었다.

"봄. 많이 떠네. 턴 집 또 터는 놈이 어디 있겠습니까. 내 3중 경보장치 해 줄 테니깐 안심하세요."

그 말에 안심이 되면서 다시 눈물이 핑 돌았다.

"훗, 집에 도둑이 든 건 처음……이라……."

"압니다. 무지하게 무서웠죠."

"네, 아까 본 게 자꾸 생각나요……."

덜렁 열려 있던 현관문이, 그 안으로 성큼성큼 들어가던 재규의 뒷모습이 뇌리에 박혀 떠나지 않았다.

"아까 왜 그랬어요? 왜 나만 내려가게 하고 혼자 위험한 데로 들어

갔어요?"
 목소리가 점점 커졌다. 울먹거리는 목소리로 원망을 쏟아 냈다. 그때 상황이 조금만 다르게 흘렀다면 재규가 크게 다쳤을지도 몰랐다.
 "집 안에 미친놈이 들어와 있을지도 모르는데 잡아야지. 금마가 언제 나와서 해코지를 할 줄 알고."
 "위험하잖아요. 다치면 어떡해요."
 "다쳐도 어쩔 수 없지. 전 통뼈라 괜찮습니다."
 봄이는 울먹거리며 주먹을 말아 쥐고 옆에 앉은 재규의 팔뚝을 푹 때렸다.
 "뭐가 괜찮아요! 내가 그때 얼마나! 하, 자꾸 생각나. 아까 그 장면……."
 "이제 안 그럴게요. 놀랐나 보네."
 "놀란 것보다 걱정이……. 재규 씨가 나 때문에 다치는 게 너무 무서웠어요. 정말……. 자꾸 생각나서 미치겠어요."
 봄이는 감정을 주체하지 못하고 흐느끼며 재규의 팔을 계속 때렸다. 조용히 맞고 있던 재규가 갑자기 그녀를 마주 보며 몸을 틀었다.
 "그럼, 생각 안 나게 해 줄까요."
 "그걸 어……."
 ……떻게 생각 안 나게 해요.
 물음의 끝자락이 파스스 사라졌다.
 재규는 봄이를 휙 끌어당겨 자신의 품에 앉혔다. 나란히 앞을 보는 자세도 아니고 서로를 마주 보는 자세였다. 커다란 손이 봄이의 허리를 감싸고 자신의 몸 가까이에 탁 밀착시켰다.
 이렇게 갑자기, 이런 자세로 안겼다는 사실에 놀랄 틈도 없었다. 봄이의 얼굴을 커다란 손으로 감싼 재규가 곧바로 입을 맞췄다. 봄이의 눈이 커졌다가 천천히 감겼다.

31

아찔한 감각에 온몸의 피가 역류하는 듯했다. 입술이 떨어졌다 붙기를 반복하며 촉촉한 소리가 울렸다. 정신없이 숨결을 나누던 재규가 잠시 입술을 떼어 냈다.
"침대 어딥니까."
낮게 속삭이는 목소리에 봄이가 흐릿하게 눈을 떴다. 무심코 눈동자로 가리킨 방향을 확인한 재규가 봄이를 가뿐히 안아 들었다.
지금…… 벌써 침대로?
얼떨결에 재규의 품에 안긴 채 침실로 들어선 봄이는 등허리에 닿은 이불의 촉감에 놀라 눈을 깜빡였다.
봄이가 채 몸을 가누기도 전에 재규가 침대 머리맡에 걸터앉았다. 벌겋게 달아오른 자신의 목덜미를 문지르며 재규가 조용히 물었다.
"이제 좀 생각 안 납니까, 봄이. 응? 괜찮나요."
이 상황이 정말 괜찮은 건지 판단할 수 없었지만, 봄이는 천천히 고개를 끄덕였다.

"오늘 까무러치게 놀랐죠. 한숨 자면 이제 괜찮을 겁니다."

정말 그럴까? 자고 일어나면 다 잊을 수 있을까. 사실 도둑이 침입한 것에 대한 공포는 사라진 지 오래였다. 대신에 머릿속은 온통 재규와의 키스로 가득 차 엉망진창이었다.

"눈 좀 붙이고 일어나면 〈솔로에서 짝으로 환승하기〉 같이 보죠. 솔직히 뒤 내용 궁금하죠."

실없는 제안에 봄이는 옅게 웃음을 흘렸다.

"그래요. 너무 궁금했어요……. 예고편 보니까…… 여자 유 씨 화내던데……."

"하, 씨. 난리 나겠네. 오늘."

"……그쵸."

"졸리죠, 봄. 내가 손 주물러 줄 테니까 한숨 푹 주무십셔."

"아니, 괜찮아요……."

"내가 마사지킹입니다."

"정말…… 아무거나 다 킹이래……."

말이 급격히 느려졌다. 하나도 안 졸려서 잠이 올 것 같지 않았는데 재규가 해 주는 손 마사지 덕에 점점 눈꺼풀이 무거워졌다. 느릿하게 눈을 껌벅거리던 봄이는 어느 순간 기절하듯 순식간에 잠들었다.

"……음."

얼마나 지났을까. 다시 눈을 떴을 때 시간이 꽤 흐른 뒤였다. 창밖이 컴컴한 것을 보면 밤인 듯했다. 불 꺼진 방도 어두웠다. 몸을 일으키려던 봄이는 손이 묵직한 것을 느꼈다. 주무르는 손길이었다. 재규가 여태 봄이의 손을 천천히 주무르고 있었다.

"재규 씨?"

시간이 한참 흐른 거 같은데 재규의 자세는 아까와 변함이 없었다.

"깼네. 좀 개운합니까."

"몇 시예요? 너무 오래 잔 거 같은데……."

"얼마 안 됐습니다."

몸이 가뿐하고 머리가 맑아진 게 족히 서너 시간은 잔 것 같은데…….

"여기서 저 깰 때까지 기다린 거예요?"

어둠 속에서도 씩 웃는 재규의 입술이 어렴풋이 보였다. 봄이는 저 웃음에 괜히 안심이 되어 이불 속 발을 꼼지락거렸다.

"아닙니다. 내 할 일 다 하고 다시 들어온 지 몇 분 안 됐다."

무슨 일을 하고 왔을까. 회사 일을 보고 온 거라면 정말 시간이 많이 지난 듯싶었다. 궁금해하고 있는데 재규가 순순히 설명을 해줬다.

"내 도둑이 어지럽힌 거 청소 좀 하고 저녁 간단히 해놨습니다."

놀란 봄이는 곧바로 상체를 일으켰다.

"재규 씨가요? 제 할 일인데, 혼자서요?"

"아, 그리고 도어락 하나 달아 놨습니다."

"도어락까지요?"

"예. 소리가 좀 났는데 한 번도 안 깨고 잘 자데요."

그건 또 언제 달아준 걸까. 재규는 별일 아니라는 듯이 말로 도어락 사용 방법을 간단히 알려줬다. 지문과 비밀번호를 모두 사용하는 방식인데 비밀번호는 임의로 정했다고 했다.

"외우기 쉽습니다. 012486. 영원히 사랑해."

이것뿐만 아니라 그 위에는 빗장쇠를 달았고 조개를 엮어 만든 현관 종도 달았단다.

"이렇게 해서 3중 경보 장치. 내가 해준다고 약속했잖습니까."

"……."

"이따 나가서 확인해 보세요. 보면 안심될 테니까."

봄이는 이제 정말 묻고 싶었다. 왜 이렇게까지 자기를 챙겨주는 걸까. 단순히 이웃이라는 이유만으론 부족했다.

설마, 정말…….

봄이는 자기도 모르게 입을 열었다.

"나한테 왜 이렇게……."

32

잘해 줘요?

하지만 뒷말은 뱉지 못했다. 아까 키스까지 나눴다. 여기서 관계에 대한 이야기가 진지하게 나온다면, 그땐 자신이 어떻게 행동해야 할지 아직은 생각해 보지 못했다.

결국 묻고 싶은 말을 삼켜 버렸다. 우선 남자 친구로서 재규를 생각해 본 적이 없었다. 설령 생각한 적이 있다고 해도 안 되는 사이이기도 했다. 집에서 반대할 게 뻔한 남자였다. 서울에서 엄마가 고른 엘리트 맞선 상대들과는 너무 달랐다. 이렇게 가까워져 봐야 결국 곧 헤어질 사이였다.

"내한테 하고 싶은 말 있습니까?"

"……있잖아요, 재규 씨."

괜한 기대감을 주는 것도, 재규를 힘들게 하는 것도 싫었다. 선을 그어야 했다.

"뭡니까. 그래 뜸을 들이고."

이불 끄트머리를 만지작거리며 재규가 말을 기다렸다. 봄이는 망설이다가 결국 무겁게 입을 열었다.

"아까 그 일이요. 그냥 가벼운 사고라고 생각해도 될까요."

봄이는 재규가 당황하거나 화를 낼지도 모른다고 생각했다. 그건 마땅히 감수해야 할 일이었다. 하지만 재규는 오히려 바람 빠지는 소리를 내고 웃으며 자리에서 일어났다.

"배고프죠. 밥 차려 놓은 거, 먹으러 갑시다."

"저, 재규 씨. 대답은요……."

망설인 것이 무안할 정도로 대답은 어렵지 않게 돌아왔다.

"걱정 마십시오. 당연히 그래야지."

***

"아, 참. 애들아. 오늘 독서 활동지 내기로 했었지? 반장이 걷어 올까?"

기다란 펜을 빙글빙글 돌리고 있던 한결이 그 소리에 동작을 멈췄다.

"샘! 아까 샘이 걷으셨잖아요."

"아, 맞다. 그랬지."

반장의 말에 선생님의 얼굴이 새빨개졌다.

'흐음, 또 그러시네…….'

한결이는 펜 끝으로 교과서를 톡톡 두드렸다. 오늘 선생님은 뭔가 이상했다. 조회 시간엔 옆 반의 출석부를 잘못 들고 들어오셨다. 출석부 함에서 뽑아 오면서 실수할 수 있는 부분이지만 문제는 그게 아니었다.

⟨출석 부를게. 구지민.⟩
⟨네? 구지민 옆 반인데요? 그거 옆 반 출석부잖아요!⟩
출석을 부르면서도 잘못된 것인 줄 모를 정도로 정신이 없다는 이야기다. 점심시간엔 더 심했다.
⟨어어, 샘! 피하세요!⟩
급식을 먹고 운동장에서 혼자 걷고 있던 선생님이 날아오는 축구공을 피하지 못했다. 축구공이 그쪽으로 붕 날아갈 때부터 다들 소리를 질렀지만 선생님은 멍했다. 결국 머리를 맞으셨다.
'무슨 일이 있는 게 분명한데.'
그것도 삼촌과 관련된 일이. 어젯밤 집에 돌아온 삼촌이 이런 말을 했었다.
⟨하, 내 친구의 사촌의 후배가 있는데 고민이 있단다. 썸 타던 여자가 갑자기 거리를 두는데 그 심리가 궁금하다네. 아, 아니다. 가서 그냥 일 봐라.⟩
그런 수상한 말을 꺼내다가 만 삼촌이 신경 쓰여 한 시간 뒤에 다시 가 보았다. 삼촌은 음악을 들으며 거실 바닥에 널브러져 있었다.

[마음이 아플 때 위로가 되는 playlist-슬픔 주의, 가사 無]

이런 걸 무한 재생하던 삼촌의 모습과 오늘 고장 나 버린 선생님의 모습이 어딘지 모르게 닮았다. 분위기를 살펴보니 두 사람이 얽힌 문제라는 건 쉬이 알 수 있었다.
'선생님이 삼촌한테 벽을 치는 거 같은데 그 이유가 뭘까.'
생각이 깊어졌을 때, 조그맣게 자신을 부르는 소리가 들렸다.
"야, 선한결."

자리를 바꾸는 바람에 오늘부터 짝이 된 최세진이 소곤거렸다.
"보라고."
세진이가 교과서 모퉁이를 눈짓으로 가리켰다. 눈 감고 쓴 것 같이 엉망인 글씨를 더듬더듬 읽어 보던 한결의 입술이 위로 올라갔다.

[도대체 샘을 왜 그렇게 뚫어지게 보는 거야?!]

눈썹을 구기며 볼에 힘을 주는 버릇 때문에 얼굴이 화난 햄스터처럼 보였다. 대답 없이 웃기만 하니까 이번엔 가느다란 손가락으로 한결의 옆구리를 쿡 찔렀다. 한결이는 터지려는 웃음을 참고 세진이가 쓴 글씨 밑에 이어서 적었다.

[그냥. 오늘 조금 정신없어 보이셔서.]
[그렇지? 우리 오빠랑 무슨 일 있나? ㅠㅠ 그럼 안 되는데 ㅜㅜ]

이미 세진이에게 들어 최이준 형과 선생님이 맞선을 봤다는 것은 알고 있었다. 삼촌에겐 아직 말하지 않았지만.

[글쎄. 그런데 선생님은 우리 삼촌이랑 더 잘 맞아 보이시는데.]

살짝 자극했더니 예상대로 세진이가 눈을 동그랗게 뜨고 다급히 펜을 낚아챘다.

[와~ 뭐래 ㅋ 우리 오빠는 이미 결혼 준비가 다 끝나 있는 사람이거든?]

자기를 살짝 노려보는 세진이의 표정이 예뻐서 참던 웃음이 새어 나오던 그때였다. 갑자기 귀청을 찢는 칠판 마찰음이 교실에 울렸다.

끼이이익—!

"악!"

"뭐, 뭐예요!"

"으아아악, 샘!"

여기저기서 비명이 튀어나왔다. 표를 그려 맹자의 사상을 정리하자던 선생님이 분필도 들어 있지 않은 분필 깍지로 칠판에 선을 그으려 한 것이다.

"미, 미안해. 애들아. 놀랐겠다."

본인도 놀랐는지 가슴을 부여잡고 연신 사과하는 선생님과 잠시 눈이 마주쳤다. 한결이는 괜찮다는 듯 웃어 보였다.

'선생님, 고민하지 마세요.'

세진이에게 장난하듯 말했지만 정말 우리 삼촌과 너무나 잘 어울리신다. 지금 두 분이 무슨 일로 저러는지 모르겠지만 걱정은 내려놓기로 했다. 삼촌은 쉽게 포기하는 사람이 아니니까. 한결은 다시 펜을 들어 글씨를 끄적였다.

[나도 지금부터 준비해야겠네. 나중에 여자 친구 안 뺏기려면.]

세진은 얼굴을 획 돌리며 못 들은 척했다. 얼굴이 빨갛게 달아오른 세진의 모습에 덩달아 기분이 설렜다. 한결은 어젯밤 삼촌에게 남긴 자신의 조언을 떠올렸다.

〈삼촌, 아까 그 친구의 사촌의 후배라는 분 있잖아. 생각해 봤는데 썸만 타고 고백을 안 하니까 여자분도 마음을 못 정한 게 아닐까? 어떻

게 생각해.〉

쉬는 시간을 맞이한 한결은 삼촌에게 문자를 하나 보냈다.

[삼촌. 선생님 최이준 형이랑 맞선 봤었대. 얼마 전에.]

이제 남은 일은 삼촌 몫이다.

***

봄이가 교실을 정리하고 내려왔을 때, 교무실은 텅 비어 있었다. 모두가 퇴근한 교무실은 적막했다.

'벌써 시간이 이렇게 됐나?'

컴퓨터 전원을 끄고, 서둘러 자리를 정리했다. 늦은 퇴근이었다. 하루 종일 정신이 멍했다. 재규 생각이 떠나지 않았다. 복도를 걷다 보면 자기도 모르게 뜨거웠던 입술이 생각나 얼굴에 열이 훅 올랐다. 창밖을 멍하니 바라보다가도 그의 열띤 눈동자가 불현듯 떠올라 눈을 질끈 감아야 했다.

가슴이 들뜨다가도 금세 마음이 무거워졌다. 가벼운 실수로 넘기자고 한 건 분명 자신이었다. 그 이후로는 그에게서 전화도, 문자도 없었다. 분명 자신이 바란 일이었다. 그럼에도 기분이 자꾸만 가라앉고 심란했다. 정신이 다른 곳에 팔려있으니 집에서는 물론이고 학교에서도 실수가 잦았다.

'이러면 안 되지. 이제 좀 정신 차리자.'

오늘은 일찍 들어가 조용히 TV나 보며 맥주 한 캔으로 머릿속을 정리하려 했다. 하지만 퇴근길마저 뜻대로 되지 않았다. 종례 후, 부반장이 찾아와 상담을 요청한 것이다. 올해 2학년 2반 아이들은 사소한 고민 하나까지도 봄이에게 털어놓았다. 작년 고3 담임 시절엔 대

입 상담 외에는 딱히 대화할 일이 없었기에 신기하게 느껴졌다. 오늘 부반장이 털어놓은 고민은 사소했다. 친했던 친구가 다른 학교로 가면서 서먹해졌다는 거였다. 별것 아닌 이야기일 수 있었지만, 봄이는 진지하게 이야기를 들어주었다. 서울을 떠난 후 자연스레 소원해진 친구들이 떠오르면서, 왠지 남의 일 같지 않았기 때문이다.

그렇게 상담을 마치고 나오니 퇴근 시간을 한참 넘겼다. 교무실 문 단속을 하고 가방을 챙기고 나온 봄이는 아직은 해가 떨어지지 않은 걸 보며 안심했다.

'곧 시작이네. 시간 맞춰서 갈 수 있을까.'

교문으로 향하는 발걸음이 가벼웠다. '솔짝' 재방이 언제 하는지 보려고 휴대폰을 꺼낸 봄이는 부재중 전화를 발견했다.

'뭐야, 최이준 씨?'

그가 전화를 할 이유가 있을까. 잠시 고민했지만, 결국 통화 버튼을 눌렀다. 최이준은 곧장 전화를 받았다.

―네, 윤봄 선생님.

"부재중이 떠 있더라고요. 학생과 상담하느라 전화를 못 받았어요."

―그럼 아직 학교십니까?

"네, 이제 막 나왔어요."

―교문에 차. 보입니까?

휴대폰을 귀에서 떼고 교문 쪽을 바라보니 정차된 흰색 레인지로버가 보였다. 전에 타 봤던 최이준의 차였다.

"네, 보이긴 하는데……."

―그럼 이리로 오세요.

무슨 말인지 묻기도 전에 전화는 끊겼다. 봄이는 당황했지만 일단 차가 있는 쪽으로 걸어갔다.

'무슨 일로 찾아온 걸까.'

첫 만남엔 세진이 문제로 부딪혔고, 두 번째엔 그의 앞에서 잠들어 버렸다. 세 번째엔 체육 대회 때문에 정신없이 지나갔고, 네 번째는 최악의 맞선이었다. 아무리 생각해도 서로 어색하고 불편한 관계였다. 게다가 엄마로부터 받은 전화 때문에 더 마음이 무거웠다.

─그쪽 남자가 너 맘에 든다고 했대. 정확히 말은 안 하지만 느낌이 그렇다더라.

〈엄마, 절대 아니야. 분위기가 어땠는지 내가 알잖아.〉

─그래도 애프터 들어오면 무조건 만나 봐. 거기서 그만한 남자 없다니까.

〈애프터 같은 거 안 왔어. 미안해.〉

그랬는데 설마 애프터 신청은 아니겠지. 아니, 그럴 리가 없었다. 보통 매파를 통하거나 첫 만남 뒤에 곧바로 들어오는 게 정석이니까.

'그럼 세진이 때문에 왔나?'

차와 가까워지자 운전석의 차창이 열렸다.

"타세요."

33

 오늘도 최이준은 빈틈없어 보이는 모습이었다. 흐트러짐 없이 넘긴 새카만 머리카락, 고급스럽고 묵직한 향수 냄새, 그리고 구김 하나 없는 블랙 슈트 차림. 그가 무표정한 얼굴로 조수석 문을 열었다.
 지금 자기 차에 타라는 건가. 설명도 없이? 봄이는 의아한 얼굴로 물었다.
 "저, 왜 타야 하죠?"
 막무가내인 재규조차 이유와 목적지는 알려 주고 차에 태웠다.
 "오늘은 제가 집까지 모셔다드리겠습니다."
 "버스 타고 가도 괜찮은데요……."
 "집에 도둑 들지 않았습니까?"
 봄이는 조금 놀랐다. 그걸 어떻게 알았을까. 경찰도 아니고 검사인 최이준이 청설읍의 좀도둑 사건까지 알고 있다는 게 이상했다. 지역방송에도 한 줄 나오지 않은 작은 사건이었다.

"그 일 때문에 온 겁니다."

"그 사건 때문에요?"

의문이 남았지만, 더 묻기보다는 조용히 차에 올라탔다. 혹시 단순한 좀도둑 사건이 아닌, 다른 무언가와 얽힌 일일 수도 있으니까.

'그런데 왜 말을 안 해?'

청설읍으로 가는 내내 최이준은 입을 열지 않았다. 대신에 옆자리, 그러니까 봄이를 계속 곁눈질로 훑었다. 곧 무슨 말이든 하겠지 싶어서 기다렸는데 그저 말없이 눈썹을 찌푸리거나 입술만 움찔거릴 뿐이었다.

"최이준 씨."

돌다리가 멀리 보이자, 봄이는 더는 참지 못하고 입을 열었다.

"저, 할 말 있으신 거 아니셨어요? 사건 관련해서."

"아."

마치 잊고 있었다는 듯 짧게 숨을 뱉은 최이준이 속도를 바짝 줄였다.

"피해는 어떻습니까. 다친 데나, 없어진 물건이나, 뭐, 그런 것들."

"조금 놀라서 그렇지. 괜찮아요. 도난 피해도 없고요."

"그렇군요."

"그런데 저희 집 털린 건 어떻게 아셨어요?"

"뭐, 우리 수사관이 서에서 들었다며 알려 주길래."

"그럼 사건이 검찰로 넘어간 건 아니고요?"

봄이가 가장 궁금했던 걸 조심스레 물었지만, 최이준은 비웃음 섞인 웃음을 흘렸다.

"그딴 좀도둑 사건이 넘어올 리가요."

그렇다면 그는 대체 왜 여기에, 왜 자신을 데리러 온 걸까. 사건 얘기를 꺼냈길래 업무적인 이야기를 하려는 줄 알았는데…….

"혹시 걱정돼서 오신 건가요?"

최이준은 별안간 사레들린 것처럼 기침을 쏟아 냈다. 주먹을 말아 쥐고 입을 틀어막은 그의 얼굴이 일그러졌다.

"무슨……. 말도 안 되는."

"이준 씨, 괜찮으세요?"

"괜찮습니다."

막 돌다리를 건넜기에 봄이는 최이준에게 여기에서 세워 달라고 말했다. 차는 천천히 정차했다. 문을 열기 직전, 그는 딱 잘라 말했다.

"오늘 제가 온 건 마을에서 일어난 범죄 사안이라 확인차 와 본 것 뿐입니다. 괜한 염려하지 않아도 됩니다."

"아, 그렇군요……. 네, 잘 알겠습니다."

봄이는 고개를 살짝 숙이고 조심스럽게 차에서 내렸다.

"그럼, 조심히 돌아가세요."

이걸로 끝인가. 이제 정말 다시 마주할 일은 없겠지.

그렇게 생각하며 발길을 돌리려는 찰나, 익숙한 자동차 배기음이 가까워졌다.

'저건…….'

멀리서 낯익은 검은색 파나메라가 거칠게 달려왔다. 재규였다. 세단은 최이준의 차를 마주한 채 급히 멈췄다. 문이 열리자마자 재규가 다급히 봄이에게 성큼성큼 걸어왔다.

"봄!"

최이준도 문을 열고 차에서 내렸다. 장신인 데다 체격이 좋은 두 남자가 마주 섰다. 순식간에 분위기가 얼어붙었다.

"선재규. 또 너냐."

"최이준이. 오랜만이네."

재규는 능청스럽게 웃었지만, 최이준의 얼굴은 더 굳어졌다.

"선재규. 네가 여긴 왜 왔어?"

"내 구역인데. 내는 방범 활동 중이지. 와?"

최이준은 대답하지 않고 봄이에게 고개를 돌려 물었다.

"윤봄 씨. 선재규와 교제 중입니까?"

"네……?"

당황한 봄이가 대답도 못한 채 있는데, 재규가 바로 끼어들었다.

"교제하면 어쩌게."

"말도 안 되는 짓이지."

"아, 그러나. 말 안 되는 짓하는 게 내 특긴데."

둘이 뭐지……. 봄이는 싸우든 말든, 둘을 그냥 내버려 두고 조용히 골목 안 자기 집으로 발걸음을 돌렸다.

자신에게 갑작스럽게 선재규와 교제하느냐 물은 최이준도 어이가 없었고, 장난처럼 끼어든 재규도 어처구니없었다.

방범 활동? 웃기지도 않았다. 자기가 뭐라고.

기분이 서늘하게 가라앉은 채 집 앞에 다다랐을 때, 헐떡거리는 목소리가 발걸음을 붙들었다.

"봄이 씨!"

뒤를 돌아보니 재규가 혼자 서 있었다. 최이준은 보이지 않았다.

"이준 씨는요?"

"따돌렸습니다."

"네?"

멀찍이서 "선재규, 가만 안 둬!" 하고 고함치는 최이준의 목소리가 들렸다. 봄이가 고개를 돌려 그쪽을 확인하려 하자, 재규가 슬쩍 시야를 막았다.

"하, 봄. 밤길을 혼자 다니면 어쩝니까."

"코앞이 집인데요."

"그래도 컴컴한데……"

"비켜주세요."

봄이는 더 말을 섞지 않고 마당으로 들어섰다.

"봄이 씨!"

"……"

"봄아, 봄."

그가 따라붙어 어깨를 가볍게 붙잡았다. 봄이는 짧은 한숨과 함께 고개를 돌렸다. 또 장난 섞인 웃음을 짓고 있겠지 싶었는데, 재규의 표정이 심각했다. 가라앉은 눈동자가 오롯이 봄이를 담았다.

"이준이 차 타고 왔습니까."

"네."

"왜요."

봄이는 말문이 막혔다. 별다른 이유가 있었던 것도 아니다. 그냥 얼떨결에 타게 된 것일 뿐. 굳이 해명해야 하나.

"……"

봄이가 침묵하자, 재규는 주먹을 쥐었다 폈다를 반복하며 호흡을 몰아쉬었다.

"둘이 자주 연락하고, 만나고…… 그랍니까."

"……"

"오늘도 그렇게 연락해서 만난 겁니까."

"맞긴 한데요, 그건 그냥 전화가 와서……"

봄이가 미처 말을 끝내기도 전에 재규의 관자놀이에 힘줄이 튀었다. 악물린 그의 잇새에서 낮은 목소리가 흘러나왔다.

"……이준이랑 그러는 거, 내는 못 보겠습니다."

"그건…… 재규 씨가 상관할 바가 아니에요."

"봄."

"네……."

"나 하나론 부족합니까."

순간, 봄이는 자신의 귀를 의심했다. 방금 뭐라고 한 거지?

"최이준, 만나지 마요."

잘못 들은 게 아니었다.

"왜요?"

"저거, 영 못 씁니다. 만나지 말라고요."

굳이 재규가 말하지 않아도 만날 생각 없었다. 맞선을 제외하곤, 스스로 나서서 만난 일도 없었다. 앞으로도 만날 생각 없고. 하지만 그럴 거라고 대답하고 싶지 않았다.

자기가 뭔데……. 그런 말을 하는 이유도 모르겠고.

'또 장난이겠지.'

예전 같으면 웃어넘겼을지 몰랐다. 하지만 오늘은 아니었다. 이 남자와 키스한 그날 이후, 마음이 자꾸만 어지러웠다. 가벼운 사고로 넘기자고 했던 건 자신이지만, 그날 이후 흔들리는 일상이 괴로웠다. 더는…… 안 된다.

"선재규 씨. 그런 이상한 소리 그만 하세요."

당신의 장난이 힘들다고요.

"재규 씨가 뭔데 최이준 씨를 만나라 마라 하는지도 모르겠고요."

능청스럽게 웃으며, 언제나처럼 "농담이었습니다" 하고 물러설 줄 알았다. 그런데 아니었다. 눈썹을 들어 올린 그가 성마르게 머리를 쓸

251

어 올렸다. 이어서, 떨리는 목소리가 그의 입에서 흘러나왔다.
"우리…… 썸 타고 있던 거 아니었습니까."

34

 동네 어느 집의 개가 시끄럽게 짖고 있었다. 그 와중에도 '썸'이라는 단어는 똑똑히 귀에 박혔다. 생각해 본 적도 없는 단어가 등장하자 봄이는 아연해졌다.
 "네? 무슨 썸……. 그게 무슨 말도 안 되는……."
 "내만 그렇게 생각한 겁니까. 봄이 씨, 내 싫진 않잖아요."
 싫은 감정은 분명 아니다. 하지만…….
 '썸이라니.'
 봄이는 당황한 표정으로 천천히 눈을 깜빡거렸다.
 그간 재규가 보내온 호감을 알고는 있었다. 하지만 확실치 않았다. 워낙에 장난이 심했고, 또 기본적으로 다정한 성격이니까. 그날의 키스도 마찬가지였다. 호감에 기반한 실수라고 생각했다. 그런데 썸이라고 생각했다니…….
 "싫……어요."

가까이 재규의 새카만 눈동자가 흔들리는 것이 보였다. 이상하게 가슴이 쿡 쑤셨다.
"정말 내 싫습니까. 진심인가요."
"네."
"서울에…… 애인이라도 있습니까."
"없어요."
그 말을 듣고선 재규가 어이없다는 듯 고개를 비스듬이 기울였다.
"흐음. 그럼 뭐가 문제지. 내가 왜 싫어요."
봄이는 선뜻 답하지 못했다. 최이준과 선재규, 두 사람 모두 한꺼번에 들이닥친 바람에 아직 머리가 정리되지 않았다. 게다가 개 짖는 소리에까지 정신이 산란해졌다. 차분히, 이성적으로 생각해야 했다.
'재규 씨라서가 아니야……. 그냥, 난 떠날 사람이니까.'
그러니 선을 그어야 했다. 무슨 말이든 상관없었다.
"그 사투리도 아니고 서울말도 아닌 이상한 말투가 싫어요."
잠시 놀란 재규는 진지하게 자신은 하나를 택해서 말할 수도 있고 둘을 섞어서 쓸 수도 있다고 했다.
"그러니까 그 문제는 해결이네요, 봄이 씨."
매끈한 입술에서 유창한 서울말이 흘러나왔다. 처음 듣는 정제된 어투에 당황한 봄이는 또 다른 이유를 들이밀었다.
"이 기능성 티도 싫고요."
몸에 착 붙는 그 옷 때문에 어딜 가나 눈에 띄었다. 곁에 있는 입장에서 신경이 쓰이는 것도 사실이었다.
"정장 입겠습니다."
또다시 간단히 해결. 봄이는 점점 조급해졌다.
"그리고 근육이…… 너무 커요. 부담스러워요."

거짓말이다. 오히려 재규의 몸이 근육질이라 좋았다. 품에 안겼을 때의 안정감과 강인한 느낌이 아직 생생했다.
"근육은……."
이 점은 어쩔 수 없는 모양인지 재규의 입에선 좀처럼 말이 떨어지지 않았다.
"근육은 빼겠습니다. 근손실 하는 방법 찾아보고 따라 하겠습니다."
그럴 필요 없다고, 아니, 그렇게까지 하지 말라고. 그 어떤 핑계를 대도 끈질기게 대꾸하는 재규 때문에 봄이는 당혹스러웠다. 입술만 달싹이다 핑곗거리를 또 하나 끄집어내어 간신히 말했다.
"불안정한 사업보다 다달이 월급 나오는 사람이 좋구요."
"우리 회사는 대표도 연봉 받습니다. 월급 따박따박 나옵니다. 노 프로블럼."
"……."
이젠 그 어떤 핑계도 통하지 않았다. 봄이는 다가오는 재규를 양손으로 세게 밀어냈다. 퍽, 하는 소리가 났다.
"싫어요, 그냥 싫다고요!"
뒤도 돌아보지 않고 뛰어서 집으로 올라갔다.
"보옴!"
뒤에서 재규가 불렀지만 못 들은 척, 그대로 현관까지 뛰었다. 재규가 새로 달아 준 도어락에 지문을 찍고 집 안으로 들어와 숨을 헐떡이며 가슴을 움켜쥐었다.
그때, 잊고 있던 사실이 번뜩 떠올랐다.
"아, 동아리……!"
이번 주말, 그린나래는 재규의 사업장을 견학하기로 되어 있었다.

그걸 까먹다니. 눈앞이 아득해졌다.

　방금 전 그렇게까지 내뱉어 놓고, 도대체 어떻게 그 사람 얼굴을 본단 말인가. 봄이는 화끈하게 달아오른 목덜미를 손으로 감싼 채 현관에 주저앉았다.

　"……어떡해."

　견학 코스는 재규와 반나절 이상 붙어 다녀야 하는 일정이었다. 이제 와서 취소할 수도 없는 일이었다. 이미 보고도 마쳤고, 학생들이 기다리고 있는 날이었다. 가슴이 작게 내려앉는 것을 느꼈다. 봄이는 잠시 그린나래가 원망스러워졌다.

　　　　　　　　　　＊＊＊

　넓은 거실에 서서 한강을 내려다보던 정난희는 투명한 유리잔에 담긴 차를 한 모금에 넘겼다.

　"어우, 이거 맛이 아주 그지 같아."

　몸매 관리를 위해 공수해 온 양파껍질차였다. 오만상을 구기며 주방으로 향하는 난희에게 윤정기가 큰소리를 냈다.

　"그 교양 없는 말투 좀 어떻게 할 수 없어? 몇십 년을 지적했는데 아직도 튀어나와!"

　윤정기는 푹신한 소파에 정자세로 앉아 타임지를 읽던 참이었다.

　"강의실에서 학생들이 하는 말은 어떻게 참나 몰라."

　"뭐야? 이 사람이 진짜!"

　"학생들이 꼰대라고 안 하나."

　"정신이 나갔군. 방송 다시 시작하고 나선 기고만장해져서는. 그럴 거면 다시 그만둬!"

"내가 미쳤어요?"

확실히 방송 복귀 후에 난희는 달라졌다. 몇십 년간 우물 안에 갇혀 있던 사람이 이제야 빛을 본 듯, 눈빛부터 달라졌다. 예전엔 윤정기가 버럭 화를 내면 어쩔 줄을 모르고 진땀을 흘렸다. 하지만 지금은 아니었다. 눈을 똑바로 뜨고 할 말을 하기 시작했다.

성질을 버럭 내던 윤정기가 거칠게 한숨을 뱉으며 입을 다물었다.

구석의 안마 의자에서 안대를 쓴 채로 잠들 뻔하던 윤청은 부모가 다투는 소리에 잠에서 깨어났다.

'한동안 잠잠하다 했더니 또 시작이시네.'

하지만 굳이 일어나진 않았다. 삼십 분으로 설정한 코스는 아직 오 분 정도가 남았다. 끝나면 옷을 갈아입고 바로 역삼으로 넘어가야 한다. 오늘 미팅은 윤청에게 꽤나 중요한 자리였다.

졸업 후 넣은 대기업 공채에 줄줄이 낙방한 윤청은 결국 아버지에게 투자금을 받아 회사 창업을 준비 중이다. 의료기관 연계 플랫폼이라는 거창한 타이틀을 걸고 있지만 실상은 달랐다. 현금이나 카드 대신 결제할 수 있는 가상 화폐를 만들어 크게 시세를 띄운 뒤에 팔아 이득을 볼 생각이었다.

이를 위해 코인 거래소를 운영하는 곽 대표에게 많은 돈을 쏟아부었다. 곧 오픈이 코앞이었다. 오늘은 가상 화폐와 함께 NFT를 다루는 개발자와 기술자를 만나기로 했다.

'과를 컴공으로 선택하길 잘했지.'

똥통 대학, 그것도 서울 변두리의 하위권 컴퓨터공학과를 졸업한 것은 윤청의 수많은 콤플렉스 중 하나였다. 처음엔 목표인 서성대에 가려고 재수까지 해가며 나름대로 최선을 다했다. 하지만 초중고 전 과정을 한국에서 받은 또래들을 따라잡는 건 무리였다. 그게 다 미국

조기 유학을 종용했던 부모님 탓이었다.

미국에서 당했던 수모들은 아직도 자다가 오줌을 지릴 정도로 트라우마로 남았다. 한국에 돌아오고 나서야 숨을 쉴 수 있었지만, 거슬리는 존재가 있었다. 바로 여동생 윤봄이었다. 한국에서 부모님의 케어를 듬뿍 받으며 자란 윤봄은 윤청과는 사뭇 달랐다. 우수한 성적을 유지하고 있었고, 외모도 어머니를 닮아 빼어났다.

'씨발, 서성대까지 한 번에 합격했지. 결국 서화여대 등록할 거였으면서.'

윤봄이 저지른 짓거리들을 생각하니 열이 확 올랐다. 윤청이 다리에 철심을 박고 입원한 동안, 윤봄은 그동안 교지 표지모델도 하고 우수졸업생으로 상까지 받았다. 임용고시도 서울 지역으로 한 번에 합격했고 아주 혼자 탄탄대로였다. 기가 찰 노릇이었다. 지금은 눈에 안 보이니 얼마나 속이 시원한지 모른다. 윤봄이 없으니 데면데면하던 부모님과의 관계도 제법 가까워졌다.

윤청이 그런 과거를 곱씹는 사이, 안마 의자의 지압 코스도 마무리에 들어가고 있었다.

"당신도 마실래요?"

"아니."

주방으로 가서 양파껍질차를 한 잔 더 따라 온 난희는 윤정기의 옆에 앉았다. 그리고 윤청의 귀를 자극하는 이야기를 시작했다.

"여보, GW은행에서 봄이랑 엮어 준 그 검사 있잖아요."

방금까지완 달리 애교 섞인 말투였다. 윤정기가 좋아하는 톤이었다. 대체로 이런 목소리를 낼 때의 난희는 원하는 걸 얻곤 했다.

윤정기는 읽던 타임지를 내려놓고 고개를 들었다.

"그래. 최이준 검사. 그 사람 왜."

말투는 여전히 딱딱했지만 한층 누그러져 있었다. 난희는 신이 나서 더욱 옆에 바짝 붙었다. 그러곤 소곤거리듯 작게 말했다.

"우리 봄이가 마음에 드나 봐요."

여전히 자는 척 숨을 죽이고 훔쳐 듣던 윤청이 이를 뿌득 갈았다. 어머니가 GW은행을 통해 봄이를 VVIP 자제와 매칭시킨 얘기는 이미 알고 있었다. 장남 혼사는 뒷전이고, 봄이만 챙기는 부모가 마음에 들 리 없었다. 그래도 참고 넘겼다. 어차피 시골 은행에 진짜 괜찮은 집안이 있을 리 없고, 있어도 봄이랑 얽히진 않겠거니 했다. 그런데 매칭된 상대가 미남에 능력까지 갖춘 검사란다. 심지어 그의 아버지는 지방 군수에, 자산 또한 넉넉하단다.

'하여튼 운도 존나 좋아. 윤봄.'

게다가 그 자식이 윤봄을 마음에 들어 한다고? 겉보기엔 반지르르하니까 안 넘어갈 리 없겠지.

"그럼 진행시켜. 늦출 거 뭐 있어."

아버지는 봄이가 다시 서울에 오는 걸 탐탁지 않아 했으니 반대할 이유가 없었다. 검사 사위를 맞이하니 남들 눈에도 좋아 보일 테고.

"거기가 시골이긴 해도 검사인데 해 줄 건 해 줘야 하지 않겠어요?"

"청량리에 있는 상가. 그거 주면 되겠네."

듣고만 있던 윤청이 눈을 번쩍 떴다. 아직 일 분이 더 남은 안마 의자를 강제 종료하고 안대를 벗었다.

"여보, 그거 봄이 줘도 돼요?"

"층수도 낮고 낙후된 쪽이라 면이 안 서긴 하지만."

"아니, 그거면 충분하죠."

씨발, 이게 무슨 개같은 소리야? 윤청은 소파 앞에 섰다. 굳은 표정을 간신히 풀고 입술을 올렸다.

"봄이 곧 결혼시키게요? 근데 아버지, 청량리 상가는 갖고 계시는 게 좋지 않겠어요?"

거기에 앞으로 남은 호재가 몇 갠데. 지금은 주변에 아쉬운 게 많지만, 재개발 중인 구역 두어 개만 정리되어도 먹을 게 많은 곳이라고 들었다. 그걸 윤봄을 준다고? 당연히 자기 것인 줄로만 알았다.

"딱히 줄 게 없잖아. 그거밖에."

대충 그렇게 답한 아버지는 어머니에게 당부하듯 말했다.

"당신이 알아서 준비해. 지저분한 뒷이야기 안 나오게."

"그럴게요. 아유, 잘 됐다!"

윤청은 주먹을 꽉 쥐었다. 거칠어지는 숨소리를 도저히 감출 수가 없어 황급히 방으로 들어가 버렸다. 그 시골에 가서도 검사 하나를 낚았다. 윤봄이 자신이 받아야 마땅한 알짜배기 건물까지 가로챘다고 생각하니 피가 거꾸로 솟았다.

"내가 누구 때문에 이렇게 됐는데."

윤청은 철심이 박힌 오른쪽 다리를 내려다보며 주먹을 책상 위에 내리쳤다.

가만히 두고 볼 순 없지, 절대.

35

토요일 아침.
봄이는 마을버스에서 내렸다. 교문 앞에 아이들이 모여 있었다.
"샘! 안녕하세요!"
"안녕, 주말인데 다들 일찍 모였네."
세진이, 동표, 쌍둥이 대한이와 민국이까지 네 명이 나와 있었다. 한결이는 아마 삼촌과 함께 올 터였다. 봄이는 휴대폰을 꺼내 시간을 확인했다. 약속 시각 10분 전.
'사무실 차량을 보낸댔지.'
그게 어떤 차인지는 알 길이 없어 봄이는 도로에 간간이 지나가는 차들을 유심히 살폈다.
"오늘 많이 신경 쓰셨네요, 선생님."
불쑥 뒤에서 동표가 말을 걸었다. 봄이는 깜짝 놀랐다.
그게 티가 나나?

오랜만에 머리를 다듬어서 길게 내렸고, 얼굴엔 약간의 색조를 얹었다. 나풀거리는 연회색 원피스도 평소와 비슷해 보일지 몰라도 한참 고른 옷이었다. 중요한 날이기에 그랬다. 재규와 어색했던 일 이후 처음 마주하게 되는 자리였다. 실은 오늘 그에게 사과하고 싶었다.

돌이켜 보면 훨씬 차분하고 정중하게 거절할 수도 있었는데, 심한 말들로 상처를 줬다. 괜한 핑계를 댄 자신이 비겁했다. 그래서 오늘 견학이 끝나면 제대로 이야기해 볼 생각이었다. 어른스럽게 굴지 못했던 일을 수습하고 싶었다. 한결이 때문에 앞으로도 계속 얼굴을 마주칠 텐데, 매듭을 잘 짓고 싶었다. 하지만…….

'재규 씨가 거절할지도 몰라.'

자신이 그 입장이라도 그럴 것 같아, 더욱 긴장되었다.

"선생님!"

"어, 어?"

이런 생각에 빠져 있을 때 세진이가 봄이를 불렀다.

"저기 보세요, 저 차 아니에요?"

멀리서 매끄럽게 달려오는 봉고 한 대가 눈에 띄었다. 그 15인승 은색 봉고차는 속도를 늦추고 교문 앞에 정차했다.

왔구나. 긴장한 봄이는 봉고 앞에 서서 재규를 기다렸다.

"안녕하세요!"

차에서 내린 건 낯선 남자였다. 이십 대 후반에서 삼십 대 초반쯤 되어 보이는 그 남자는 쾌활한 얼굴로 다가왔다.

회사 사람인가. 재규 씨가 직접 올 줄 알았는데…….

"JK파워에너지 견학 신청한 신수고 동아리, 맞죠? 그린나래."

JK파워에너지가 뭔진 모르겠지만 정황상 재규네 회사 이름으로 짐작됐다.

"아, 맞아요. 안녕하세요."

봄이는 허리를 굽혀 인사하며 예의를 차렸다.

"선재규 대표님 소개로 견학하게 되었습니다."

"네, 반갑습니다. 타시죠."

드르륵, 봉고의 문이 열렸다.

"네. 얘들아, 차례대로 타. 타면 바로 안전벨트 매고."

넷은 금방 봉고에 올라탔다. 한결이가 타고 있을까 궁금했는데 한결이는 없었다. 봄이는 차에 타기 전에 봉고 옆면에 붙은 회사 이름을 발견했다.

[Jae Kyu Power Energy
신재생에너지로 인류의 꿈을 창조합니다.]

'JK파워에너지. 자기 이름 이니셜이었구나. 진짜 대표였어.'

알고는 있었지만 이렇게 눈으로 보니 실감이 났다. 전에 재규 얼굴에 옻 알레르기가 올라온 날 갔던 답사에선 설치된 태양광 패널만 봤을 뿐이었다. 따로 사무실이 있다고만 들었지, 이렇게 번듯한 사업체인 줄은 꿈에도 몰랐다.

조수석에 올라탄 봄이는 'JK파워에너지'를 휴대폰으로 검색했다. 보니까 얼마 전 기술특례로 코스닥 시장에도 상장한 기업이었다.

'재규 씨 대단한 사람이었구나.'

그저 유쾌하고 재치 있는 사람이란 인상만 있었는데, 갑자기 재규가 꽤 멀고 낯선 사람처럼 느껴졌다.

사무실로 가는 길은 조용했다. 다행히 라디오가 틀어져 있어 썰렁하진 않았다. 운전 중이던 남자는 유쾌한 사연에 웃음을 터뜨리다가, 코너가 끝나자 말을 걸어왔다.

"캬, 기분 좋네요. 우리 회사에 학생들 견학 오는 건 오늘이 처음이에요."

"정말요? 흔쾌히 허락해 주셔서 감사해요."

"대표님이 허락하신 거죠, 뭐. 저희는 따를 뿐입니다. 대표님이 그린나래 동아리를 VVIP로 극진히 대접하라고 하셨거든요. 걱정 붙들어 매세요."

가슴을 손바닥으로 탁탁 두드리며 자신하던 남자는 신호에 걸리자 칼라 티셔츠의 앞 포켓에서 명함을 하나 꺼내 건넸다.

"아! 제 이름은 구필립입니다. 한자 이름이에요. 반드시 필, 일어설 립. 필립."

가끔 재규가 회사에서 전화가 왔다며 통화할 때 몇 번 들었던 이름이었다. 봄식이가 다니는 '개편한 세상'을 소개한 사람도 이 사람이었다. 외국인인 줄로만 알았는데 한국인이구나.

"아, 전 윤봄이에요."

"이름이 무지하게 고우시네요."

"감사합니다. 구필립 씨 이름도 되게 좋으세요."

서글서글한 인상을 가진 데다가 말솜씨가 좋은 남자였다. 필립은 가는 길에 심심하지 않게 적당히 말을 붙였다. 낯선 사람이 와서 조금 긴장했는데, 필립은 편안한 사람이었다.

문득 이런 생각이 들었다. 그간 재규가 짬을 내서 찾아온 것일 뿐, 실상은 바쁜 사람이 아닐까?

"재규 씨…… 아니, 대표님은 회사 일로 많이 바쁘신가 봐요."

그 말에 라디오 볼륨을 높이던 필립이 한숨을 짧게 내쉬었다.

"그건 아니고요. 음, 대표님 요새 몸이 조금 안 좋습니다."

"네?"

저도 모르게 목소리가 크게 나왔다. 태어나서 단 한 번도 감기조차 앓지 않았을 것 같은 튼튼한 몸. 늘 활력이 요동치던 재규가 아프다니, 믿을 수가 없었다.

"어디가 안 좋으신 거래요?"

당장 머릿속엔 병원은 간 건지, 약은 먹었는지, 얼마나 큰 병인지 별생각이 다 들었다.

"뭐라드라, 상사병이라 하던데요."

"……."

그럼 그렇지. 봄이는 입술을 꾹 깨물었다. 잠시나마 믿은 것이 바보였다. 필립은 자기 혼자 진지하게 말을 이었다.

"밥도 안 드시고 도통 움직이지도 않고……. 살이 쭉 빠졌습니다."

"식사까지 거르신다고요?"

자기 때문인가 잠시 걱정하던 봄이는 고개를 저었다. 설마. 아닐 것이다.

마음이 복잡해진 봄이는 창문을 조금 내렸다. 바람이 언제 이렇게 더워졌을까. 한여름이 다가왔음을 실감하는 순간이었다. 봄이가 신수읍에서 겪을 마지막 여름이기도 했다.

"오늘 좀 덥죠."

"네, 좀 덥네요……. 저희 거의 다 온 것 같은데, 맞나요?"

"으잉, 아시네요? 맞습니다. 저 사거리에서 꺾으면 바롭니다."

길을 따라 들어가니 길게 늘어선 건물이 보였다. 얼핏 공장처럼 보이는 외관인데 앞뒤로 창고와 트럭들이 보였다. 공터에 차를 댄 필립이 고개를 뒤로 홱 돌렸다.

"학생 여러분, 도착했습니다. 가방 잘 챙겨서 내리세요!"

"으으음…… 네에에."

잠결처럼 중얼거리던 아이들이 하나씩 봉고에서 내리기 시작했다. 봄이도 아이들을 챙기며 필립을 따라 건물 안으로 들어섰다.

생각보다 규모가 커서 봄이는 속으로 놀랐다. 대지 1,300평, 건물 면적만 해도 600평은 족히 되어 보였다. 본관 외에도 옆에 새로 지은 듯한 신축 건물이 있었고, 그곳이 사무실이라고 했다.

봄이는 필립을 따라 아이들을 이끌고 사무실로 들어섰다. 쾌적하고 깔끔한 사무실 공간 끝에 재규의 모습이 보였다. 심장이 두근거렸다.

"아, 윤봄 선생님."

마호가니 중역 책상 너머 통화를 하던 재규가 봄이를 발견하곤 수화기를 손으로 막았다.

"잠시 기다려 주시겠습니까?"

재규는 태연한 표정으로 부드러운 서울 말씨를 구사했다. 봄이는 잠깐 당황했다. 갑자기 왜 저렇게 말하지. 그날 이후로 완전히 말투를 바꾼 건가?

"아…… 네. 천천히 하세요."

애써 담담히 말한 봄이는 사무실 이곳저곳을 둘러봤다. 그러면서도 시선은 자꾸 낯선 모습의 재규에게로 향했다. 신기했다. 사무실에서 일하고 있는 그의 모습이.

'원래 일할 때 저렇게 입나?'

재규는 평소에 교복처럼 걸치던 기능성 티에서 벗어나 처음 보는 옷을 입고 있었다. 고급스러운 재질의 올블랙 스리피스 슈트였다. 좀…… 더워 보이는데.

하지만 왠지 그럴싸했다. 아니, 제법 멋졌다. 그가 앉은 중역 책상 위엔 크리스털 명패가 빛나고 있었다.

[대표 선재규 宣在奎]

수화기를 든 채 기다란 손에 쥔 만년필로 뭔가를 적고 있는 모습. 미간을 좁힌 채로 차분히 통화하는 낮고 굵은 목소리. 모든 게 낯설면서도 이상하게 잘 어울렸다.

봄이는 손짓으로 아이들을 테이블에 앉히고, 자신도 그 옆에 조용히 앉았다. 곧 통화가 끝나려는 모양이었다.

"네. 그러니까 실장님 말씀은 잘 알겠습니다."

거래처일까?

"그러니까 종합하면 내는 쿨톤이라 괜히 갈색으로 염색할 거 없고 이렇게 흑발로 다듬기만 하면 된다는 거죠."

듣고 있던 세진이가 품 하고 웃었다. 봄이는 얼굴이 화끈거렸다.

'왜 저래, 정말!'

무슨 중요한 업무 통화라도 하고 있는 줄 알았다. 그냥 미용실 예약 전화였다. 어이가 없는 와중에도 봄이는 갈색으로 염색하는 걸 막은 미용실 직원이 고마웠다. 갈색 머리……? 안 어울려.

"그럼 월요일 점심때 갈게요. 예."

전화를 끊은 재규가 잠시 흠흠 목을 가다듬고 자리에서 일어났다. 슈트를 빼입은 재규가 이쪽으로 다가오기 시작했다.

'어떡해.'

그날 이후 막상 이렇게 마주하니 엄청난 긴장감이 몰려왔다. 봄이는 가까이 다가온 재규와 얼굴을 마주했다.

36

"얘들아, 인사드리자. JK파워에너지 대표님이셔."
"안녕하세요!"
어차피 공적인 자리였다. 아이들 앞이기도 했다. 봄이는 마음을 단단히 다잡고 아이들을 앞세워 정식으로 인사했다.
"신수고 그린 에너지 탐구 동아리 그린나래에서 나왔습니다. 오늘 이렇게 시간 내주셔서 감사합니다."
시선을 봄이에게만 고정하고 있던 재규도 그제야 아이들에게 눈을 돌렸다. 우르르 인사를 하자 재규의 눈이 기분 좋게 반달이 되었다.
"이야. 반갑습니다. 저는 JK파워에너지 대표 선재규입니다."
아이들을 둘러보며 사람 좋게 말하던 재규는 "선재규입니다" 할 때 봄이를 뚫어지게 응시했다. 뜨거운 시선이 부담스러워 봄이는 슬쩍 눈을 피했다.
"삼촌, 이따 먹을 아이스크림 사 왔어. 넣어 놓을게. 와, 벌써 다들 왔구나."

그때, 사무실 문이 열리며 익숙한 목소리가 들려왔다. 때맞춰 돌아온 한결이였다. 이로써 오늘 견학 인원이 모두 모였다. 재규는 한결이가 냉동실에 아이스크림을 다 넣자 손짓해 자기 옆으로 불렀다.

"나는 여기 동아리 부원 선한결이 삼촌이기도 합니다. 친구네 삼촌이니까 말 편하게 하겠습니다. 괜찮죠."

아이들이 우렁차게 답했다.

"예!"

"오늘은 회사 쉬는 날이라 다른 직원은 없고요, 봉고 몰고 마중 나온 구필립 매니저가 영업 담당입니다. 오늘은 이분이 여러분을 도와줄 거예요."

재규가 턱으로 문가를 가리키자, 구필립이 손을 흔들며 모두를 불렀다.

"학생 여러분, 이쪽 견학실로 이동합시다!"

아이들과 함께 들어선 견학실은 원래 휴게실로 쓰는 곳 같았다. 봄이는 아이들을 간이 의자에 앉히고, 사진 몇 장을 남겼다.

구필립은 활기차게 화이트보드를 끌고 와 진행을 시작했다.

"견학 순서는 이렇습니다. 우선, 이 견학실에서 우리 회사가 어떤 회사인지를 간략하게 소개할 거고요. 그다음엔 신재생 에너지란 어떤 것인지를 알려 드릴 겁니다."

구필립의 높낮이 있는 목소리엔 사람의 이목을 끄는 구석이 있었다. 영업직에 잘 맞는 사람을 영입한 듯했다.

"여기서 점심을 제공할 거고, 다 먹은 뒤엔 이동해서 실제 설치 장소를 보면 끝입니다. 이해했죠?"

"네에!"

간단하지만 알찬 코스였다.

"저기, 재규 씨. 점심 제공이라뇨?"

봄이가 옆에 서 있는 재규에게 속삭였다. 주말에 아무 대가 없이 시간을 내준 것만으로도 미안한 일인데 식사까지 책임져 준다니.

"먹어야지, 그럼 안 먹게요."

"그게 아니라, 동아리 예산으로 사 먹으면 돼요."

"예산 얼만데."

"한 사람당 육천 원."

재규는 어이없다는 듯 코웃음을 쳤다.

"그걸로 뭐, 짜장 하나씩 먹으려고요? 저 나이 때는 나무도 씹어 먹는 건데."

짜장? 하고 다시 되뇌면서 재규는 말도 안 되는 농담을 들은 사람처럼 허허 웃었다.

본인이야 짜장 하나로 부족하겠지만 학생들은 충분하다고, 그렇게 대꾸하려던 봄이는 할 말을 잃고 재규를 뚫어지게 쳐다봤다.

'인상이 확 달라진 이유가 있었네.'

이렇게 가까이서 보니까 확실히 살이 빠졌다. 원래도 군살 없이 올라붙어 있던 턱선이 완전히 날카로워진 것이 가장 큰 변화였다. 그뿐만이 아니었다. 코도 더 높아진 것 같고, 목 아래로 이어진 사선의 굵은 뼈도 두드러졌다.

시선을 느낀 그가 자신을 바라보자, 봄이는 얼른 고개를 아래로 떨궜다. 근육이 빠진 모습으로 올블랙 슈트를 입고 서울말을 구사하고 있는 남자. 이 낯선 모습의 이유는 일전에 자신이 내뱉은 말 때문이겠지…….

그럴 필요 없는데……. 역시, 하지 않아도 될 말을 괜히 내뱉어 버렸다. 이따 견학이 끝나면 꼭 이야기해야겠다. 밥을 사든, 사과를 하든.

봄이는 정신을 다잡고 시선을 다시 필립에게 돌렸다.

"태양광 기술엔 명확한 한계가 있습니다. 패널 수명이 다하면 그 역시 폐기물이 되거든요."

필립의 말에 봄이는 고개를 끄덕였다. 들으면 들을수록 일리 있는 말이었다. JK파워에너지는 그런 폐패널을 재활용하는 기술을 개발 중이며, 일부는 상용화에도 성공했다고 했다. 몇 가지는 이미 특허도 등록된 상태라고.

"재규 씨, 사업 규모가 생각보다 크네요. 직원은 몇 명이에요?"

"업력 8년 차 중소기업이고 총 사원 수가 현재 열여덟입니다."

아까 잠깐 보니까 회사 규모도 작은데 매출액이 높았다. 영업이익도 좋았다. 재규가 까닭을 밝혔다.

"중국 수출이 워낙에 잘되니깐."

최근엔 중국에 태양광 패널 설치 및 관련 설비 중개에 더 많은 비중을 두고 있다고 했다. 정확히는 잘 모르겠지만 구필립이 띄운 매출 현황을 보니, 정말로 중국에서 벌어들이는 매출의 비중이 압도적으로 높았다. 어떻게 중국 거래처를 뚫었는지는 몰라도 효자 노릇을 하는 것은 분명했다. 예전, 봄이 앞에서 재규가 장난처럼 중국어를 흉내 내다 배를 잡고 웃은 적이 있었다. 그때는 그저 유쾌한 성격의 일부일 뿐이라 여겼다. 이제 와 생각하니, 중국과 일을 하며 자연스럽게 배운 모양이었다.

구필립이 거의 입으로만 떠든 설명은 장장 한 시간이 넘게 이루어졌다. 적절히 질문과 예시를 섞어 진행한 터라 지루한 순간도 없었다. 필립은 아이들의 박수갈채를 받았다.

이어진 일정은 예고한 대로 점심 식사였다. 재규가 중국집에서 짜

장면과 요리를 함께 시켰다.

깐쇼새우, 라조기, 양장피, 유산슬. 아이들에게 과하다는 봄이의 만류에 재규는 짜장면만 먹어서 다른 맛을 모르면 나중에도 짜장면만 찾는 사람이 된다고 했다.

"맛있어서 짜장면 먹는 거랑 다른 걸 못 먹어 봐서 짜장면이 최고인 줄 아는 거랑은 다르니깐."

아무튼 말은 잘해······. 하지만 재규의 말에도 일리가 있었다. 자신도 집안이 엄격해 어릴 때 충분한 경험을 하지 못한 것이 늘 아쉬움으로 남아 있었다.

"쌤, 저 이런 거 처음 먹어 봐요."

"오, 이게 말로만 듣던 양장피? 이런 맛이었어?"

무엇보다 아이들도 흥분한 모습이었다. 재규의 바로 옆에 앉은 봄이는 나무젓가락을 뜯으며 속삭였다.

"저, 예산 초과된 식사비는 제가 낼게요."

"됐습니다. 이거 다 비용 처리 되는 거니까 신경 쓰지 마세요."

차려진 것들을 둘러앉아 먹으며 분위기는 화기애애했다. 처음의 어색함도 많이 가셔 있었다. 재규의 말대로 이렇게 시키길 잘했다. 아이들이 좋아하는 걸 보니 덩달아 기분이 좋아졌다.

재규의 단골집 같은데 맛있게 먹고 있나. 봄이는 재규를 슬쩍 곁눈질했다. 하지만 막상 본인은 손을 거의 대지 않고 있었다. 어쩌다 양장피에서 피망만 골라 먹는 것이 전부였다.

"재규 씨······. 왜 이렇게 안 드세요."

"난 괜찮습니다. 많이 드세요. 나는 이대로 안 먹어도 1년까지는 생존이 가능합니다."

"······."

1년 동안 안 먹으면 죽어요. 봄이는 속으로 대꾸하며 양장피 접시를 그의 앞으로 밀었다. 재규는 짧게 고맙다고 말한 뒤, 피망을 여러 개 집어서 먹었다.

"저 학생은 뭡니까."

재규가 턱짓으로 가리킨 쪽에는 오동표가 있었다.

"누구…… 아, 오동표요?"

동표는 필립의 옆에 찰싹 붙어 앉아서 질문을 퍼붓고 있었다. MBTI와 나이를 맞추고 이어서 최근 차이지 않았냐며 아픈 곳을 찌르고 있었다.

"신들린 겁니까."

"아뇨, 그냥 눈치가 빠른 편이에요."

"영업 잘하겠네요."

재규의 말에 봄이는 피식 웃었다. 동표에게 시선이 집중된 덕에 어색함이 줄어들어 다행이었다.

입으로 들어가는지 코로 들어가는지 모르던 식사는 어느새 마무리되었다. 재규는 홀로 그릇을 정리한 뒤, 한결이가 사 온 아이스크림을 나눠주었다. 그걸 후식 삼아 입에 물고 아이들은 건물 밖으로 나가 햇볕을 쐬었다.

"재규 씨, 필립 매니저님은요?"

복숭아 맛 아이스바를 한 입 베어 문 봄이가 주위를 둘러보며 물었다.

"창고에 물건 확인하러 간다더라고요."

"음, 오래 걸릴까요?"

"금방 옵니다. 한 이십 분 쉬었다가 이동합시다. 접때 갔던 땅 기억하죠? 거기로."

273

"아, 그럼요. 기억하죠."

재규는 고개를 끄덕이며 설명을 덧붙였다. 설비가 설치된 그 땅에서 지금 어떤 재생 에너지 실험이 이뤄지고 있는지, 어떤 방식으로 발전이 되는지 차분히 말해줬다. 봄이는 그 이야기를 조용히 들었다. 구필립의 설명을 들은 이후, 재생 에너지에 대한 관심이 조금 생긴 것도 있었지만, 무엇보다도 사업 이야기를 하는 재규의 낮고 또렷한 목소리가 좋았다.

그때였다.

"있잖아요."

뒤에서 불쑥 나타난 동표가 끼어들었다.

"응?"

"제가 눈치 하나는 빠르거든요?"

동표는 흘러내린 안경을 바짝 추켜세웠다.

"성격상 모르는 척도 못 하고요. 뭐, 그건 이해하세요. 맞췄는지 궁금하니까 어쩔 수 없어요."

뭐가 궁금한데? 봄이가 묻기도 전에, 동표는 진지한 얼굴로 입을 열었다.

"단도직입적으로 물을게요. 한결이 삼촌, 우리 동아리 쌤 좋아하죠? 아까부터 눈치챘는데. 쌤도 싫진 않으신 거 같고."

봄이의 얼굴이 새빨갛게 달아올랐다.

"그게 무슨 소리야……?"

37

 예상한 반응이라는 듯, 동표가 어깨를 으쓱였다.
 "인간은 언어 외에 여러 가지 시그널로 감정을 표현하거든요."
 신난 동표는 쉬지도 않고 말을 이었다.
 "제 데이터로 분석해 볼 때요. 한결이네 삼촌은 쌤이 조금만 웃어도 목덜미가 고구마 색깔로 변하고요. 쌤이 아닌 다른 사람이랑 대화할 때도 말이 끝나기 전엔 꼭 쌤을 곁눈질로 쳐다보더라고요. 이건 깊은 애정과 애착의 표현이거든요."
 "이야."
 재규가 짧게 감탄사를 뱉었다. 거기에 탄력을 받은 동표가 한마디를 더 붙였다.
 "그리고 쌤은요."
 무슨 얘기를 하려고. 봄이는 동표의 입을 틀어막고 싶었다. 하지만 동표는 이미 입에 모터를 달았다.

"한결이 삼촌이 하나도 안 웃긴 얘기를 하고 있는데도 혼자만 웃었고요."

"……나 혼자만 웃었어?"

봄이는 눈을 깜빡이며 되물었다. 당황한 기색이 얼굴에 번졌다.

"거보세요. 주변도 신경 쓰지 못할 정도로 한결이 삼촌에게 집중하고 있었다는 증거예요."

"……!"

깜짝 놀라 어깨를 움찔한 봄이는 재규를 곁눈질했다. 지금쯤 그도 꽤나 당황했을 거라 생각했지만, 아니었다.

"으핫하핫핫!"

재규는 복식 호흡으로 웃음을 터뜨렸다. 온몸을 들썩이며, 한참을 웃더니 벌떡 일어나 동표에게 헤드록을 걸었다.

"으아악! 놔요! 머리 빠져요!"

동표는 발버둥 쳤지만, 재규는 아이 다루듯 하며 연신 웃었다. 기분이 몹시 좋아 보였다. 한참 장난을 치고서야 동표를 풀어 준 재규는 머리를 쓰다듬으며 말했다.

"하아, 진짜 재밌는 녀석이네."

그러곤 시계를 힐끗 보고, 다시 봄이를 바라봤다.

'뭘 봐요!'

소리 없이 입 모양으로 항변했더니 재규의 입꼬리가 쓱 올라갔다.

"하, 웃었더니 덥네, 더워. 창고 얼른 다녀올게요. 여기서 에어컨 바람 쐬고 계세요. 알았죠."

그렇게 입었으니까 덥지. 봄이는 재킷이라도 벗으라고 하려다가 입을 닫고 재규를 보냈다.

"후우. 정말 힘드네요."

동표는 아직 얼굴이 벌게진 채 흐트러진 머리를 손으로 매만졌다.

"눈치가 빠른 것도 문제예요. 악마가 내린 저주받은 능력이라고 생각해요."

"그러니……."

특이한 학생이구나. 봄이는 남은 아이스크림을 먹으며 가만히 동표를 바라보았다. 동표가 유달리 눈치가 빠르고 예리한 학생인 건 사실이었다. 하지만 아까는 틀렸다. 자신과 재규를 엮다니. 말도 안 되는 소리였다.

"마음은 있는데 뭔가 걸리는 게 있으신가 봐요."

옷매무새를 정리하던 동표가 목소리를 낮췄다. 봄이는 주변을 두리번거리며 속삭였다.

"……무슨 뜻이야?"

"기침과 가난은 숨길 수 없다잖아요? 근데 사람이 사람 좋아하는 것도 마찬가지거든요. 사내 연애하면 자기들만 비밀인 줄 아는 것도 그 때문이죠. 다른 사람 눈엔 다 보이니까."

"그런 거 아니라니까……."

"네, 관계 정립 전엔 신중하게 생각해 봐야죠. 전 이해합니다. 한 번 정하면 일단 사귀었다는 사실은 변하지 않게 되니까요."

꽤 의미심장한 말이었다. 동표의 말을 곱씹고 있자니 기분이 묘했다. 한 번 관계가 정해지면 그 사실은 지울 수 없다는 말이 특히나 무겁게 새겨졌다.

동표는 외부 시설을 구경한다며 밖으로 나가 버렸고, 금방 돌아온다던 재규는 감감무소식이었다. 사무실엔 봄이 혼자 남았다. 봄이는 생각을 털어 내며 일어섰다.

조금 심심해진 김에, 봄이는 텅 빈 사무실을 천천히 둘러보았다.

화이트 톤의 실내는 깔끔하게 관리되고 있었고, 그중에서도 맨 끝 재규의 책상이 단연 돋보였다. 가까이 다가가 살펴보던 중, 책상 왼편 벽에 붙은 로드맵이 눈에 들어왔다.

'계획이 이렇게 많아?'

그냥 심심해서 만든 회사라던 말은 겸손이었다. 벽면엔 태양광 패널 하나 심던 1인 사업 시절부터 지금에 이르기까지의 성장 과정이 일목요연하게 정리되어 있었고, 앞으로의 청사진 또한 빼곡히 적혀 있었다. 지금껏 봐 온 재규라면, 저 계획들을 정말 하나씩 해낼 것 같았다. 이 회사는 앞으로 얼마나 더 자랄까? 5년 후엔, 10년 후엔, 그 미래엔? 자연스럽게 상승곡선이 그려졌다.

그 초석이 될 계획들을 하나하나 살펴보고 재규의 테이블을 지나쳐 나가려는데 어딘가 익숙한 글자가 시선을 붙들었다. 하얀색 메모지에 적힌 단정한 글씨는 재규의 필체였다.

[이희연 7.22. 신수 갈매기 저녁 6시]

"이희연……?"

봄이의 눈이 가늘어졌다. 이건 읍내에서 재규가 쫓던 사람의 이름이잖아. 둘이 대체 무슨 관계이길래.

그간 잊고 있던 이름이 다시 떠오르자 이상하게 찝찝했다. 왠지 모를 촉이 재규의 전 여자 친구라고 말하고 있었다. 어떤 여자일까. 재규와 어울리는 활발한 성격이려나. 그녀와 얼마나 만나다 헤어졌는지도 궁금했다. 못 잊어서 쫓아다닐 정도면 꽤 오래 만났을지도 모른다.

신수 갈매기면 읍내에서 봤던 곳인데, 거기에서 만나는 이유가 뭘까. 다시 사귀기라도 하는 건가. 생각이 도무지 끊이질 않았다.

'그게 나랑 무슨 상관이야.'

머리론 그렇게 생각하면서도 마음은 그렇지가 않았다. 봄이는 심란해졌다.

***

아침부터 시작된 견학은 이제 슬슬 마무리되어 가고 있었다. 붉은색과 노란색의 경계쯤에 걸쳐 있는 하늘을 바라보며, 봄이는 자그마한 보람을 느꼈다. 억지로 떠맡은 동아리였는데 오늘 견학을 마치고 보니 얻은 것이 더 많았다. 작년에는 수능 사회탐구 기출 풀이반 동아리를 맡았었다. 교실에서 자습하는 아이들을 관리 감독만 했는데…….

'나와서 활동하는 게 더 재미있네.'

저물어 가는 하늘을 구경하던 봄이는 천천히 재규에게 다가갔다. 태양광 패널 정리에 집중하던 그의 곁에 조용히 선 봄이는 슬쩍 말을 건넸다.

"저, 재규 씨?"

아이들은 필립을 따라 농가 쪽으로 내려간 상태였다. 봄이는 일부러 남았다. 그에게 사과를 하기 위해, 간단히 식사 자리를 마련할 생각이었다. 다만, 아까 사무실에서 본 이희연이라는 사람과의 약속 메모가 생각나 먼저 찝찝한 것을 해결하려고 했다.

"네, 봄이 씨. 말씀하세요."

"저, 재규 씨. 혹시 여자 친구 생겼어요?"

"……지금 낸테 여자 친구, 아니. 지금 저에게 여자 친구가 있냐고 물어보신 거 맞습니까?"

급격히 당황한 빛을 띤 재규는 뒷덜미를 벅벅 긁으며 얼굴을 붉혔다. 자유자재로 쓴다던 서울말도 망가져 억양이 엉망이었다.
"네."
"여자 친구…… 지금은, 아직은, 아니, 없습니다."
횡설수설했지만 결론은 없다는 말이었다. 그렇다면 다행이었다. 마음이 한결 가벼워진 봄이가 안도의 숨을 내쉬자, 재규가 굵은 목울대를 울리며 한 발짝 앞으로 다가왔다.
"그런데 봄이 씨."
"네?"
"여자 친구 얘기는, 갑자기 왜…… 혹시 그린라이트입니까?"
무슨 그린라이트. 이희연에 관한 메모를 봤다고 말하기엔 어쩐지 민망했던 봄이는 대충 얼버무렸다.
"그냥 궁금해서요."
"아, 낸 또…… 아니, 나는 또, 그쪽에서 신호 주는 줄 알았네."
재규는 머쓱한 웃음을 지으며 정리하던 태양광 패널 하나를 치웠다. 여전히 슈트를 입은 채 땀을 뻘뻘 흘리고 있었다.
"재규 씨, 그럼 저희도 슬슬 내려갈까요?"
"좋죠. 바로 연락해 보겠습니다."
잽싸게 정리를 마친 재규는 재킷 안주머니에서 휴대폰을 꺼냈다.
"어, 필립아. 우리 지금 내려가려는데……."
봄이는 마음속으로 조심스레 계획을 세웠다. 오늘 괜찮다고 하면, 읍내에서 저녁 먹으면서 사과하자. 안 된다고 하면, 가까운 시일로 약속을 잡고.
"야, 뭐라고?"
갑자기 재규의 목소리가 커졌다. 무슨 일이라도 터졌나. 봄이는 놀라서 재규 쪽으로 고개를 돌렸다.

"아니, 봄이 씨를 태우고 가야지. 너거덜만 출발하면 우짜게? 아니, 어쩌려고 그래……."

사투리가 튀어나온 걸 깨달은 재규가 이마를 짚었다.

"어, 그럼 할 수 없지. 애들 집까지 다 데려다줘라. 알았다."

전화를 끊자마자 봄이는 다급히 물었다.

"설마…… 봉고 그냥 갔어요?"

"네, 이미 출발했답니다."

이 동네는 버스도 없었다.

"내 차 타고 가면 됩니다. 집까지 모셔다드리겠습니다."

그 말에 봄이는 잠시 멈칫했다. 혹시 이게 기회일지도 모른다. 오늘만 해도 미안한 감정이 쌓였고, 고마움도 컸다. 모든 걸 솔직하게 털어놓고 싶었다.

"저 재규 씨한테 할 말 있어요."

"예, 뭡니까."

역시 저녁 식사보다는…….

"술…… 한잔 할까요?"

38

고개를 숙인 채 조용히 이야기를 듣던 재규의 입이 벌어졌다.
"……술, 마시는 술요?"
"싫으시면……."
말을 꺼내 놓고 보니 조금 성급했나 싶었다. 재규가 싫어할지도 모른다는 생각을 미처 못 했던 봄이는 슬그머니 눈치를 봤다.
재규는 커진 눈으로 숨을 크게 삼켰다.
"내, 내랑요?"
"……."
"아니, 저와…… 단둘이 말씀이십니까."
둘이서 밥도 먹었고, 차도 마셨고, 집에도 몇 번 드나든 사이였다. '술 한잔'이라는 말 한마디에 이렇게까지 당황할 줄은 몰랐다. 봄이는 그런 뜻이 아니라며 속으로 변명했다. 그저 가볍게 와인 한잔 곁들이는 편안한 저녁을 상상하며 꺼낸 말이었는데, 크게 오해한 듯싶었다.

아니면, 괜히 썸이니 뭐니 하며 어색해진 이후라 더 의미를 부여하는 지도 몰랐다.

"아, 아니에요. 괜히 말씀드렸네요. 바쁘시면 그냥 가셔도 괜찮아요. 제가 너무 갑자기……"

들고 있던 목장갑을 휙 창고 앞에 던진 재규가 마른 입술을 다시며 말했다.

"속히 내려갑시다."

***

봄이가 상상했던 장면은 이게 아니었다. 어른스럽게 그날의 일에 대해 먼저 이야기를 꺼내고, 그동안의 고마움과 미안함을 차분히 전할 생각이었다. 그러면서 정중하게 재규의 마음을 거절하려고 했다.

분명히 그러려고 했다.

"돈."

봄이가 입을 열기도 전에 테이블에 차가운 소주 한 병이 서빙됐다. 벌써 세 병째였다.

"까."

"스."

"돈."

"까."

"스."

"……"

재규는 소주병을 돌려 뚜껑을 따고는, 봄이의 투명한 잔에 절반쯤 채워 붓고, 자기 잔에는 넘치도록 가득 채웠다.

"돈."

"스."

순서를 틀린 재규를 보고 봄이가 웃음을 참았다. 이번에도 벌칙을 받아야 하는 재규는 킥킥 웃었다.

"아, 자꾸 져서 나 취하겠네."

잔을 들어서 한입에 털어 마신 재규가 생수로 쓴 입을 달랬다.

"빈속이잖아요. 꼬치라도 먹어 보세요, 재규 씨."

"괜찮습니다."

"맛있는데, 이거……."

재규가 한사코 거절하자 봄이는 혼자 닭산적꼬치를 집어서 하나를 쏙 빼먹었다. 잘 구워진 파와 함께 부드러운 살코기가 제법 맛있었다. 오늘은 자신이 대접하겠다고 했는데, 재규는 여전히 안주 하나 집지 않았다.

'마음에 안 드는 걸까.'

원래는 와인 바를 갈 생각이었다. 분위기 좋은 곳에서 조용히 이야기 나누고 싶었지만, 읍내의 유일한 와인 바가 얼마 전 문을 닫았다는 소식을 듣고 청설읍 투다리에 왔다. 칸막이도 있고 꼬치류가 맛있다길래 나쁘지 않을 거라 생각했는데…….

"……재규 씨, 이거까지만 먹고 우리 2차 가요."

그 말에 재규가 마시고 있던 물을 큭 하고 내뱉었다. 봄이는 얼른 티슈를 뽑아 건넸다.

"봄, 지금 2차라고 했습니까."

여기는 대리도 안 오고 택시도 안 잡히는 상황이었다. 가만히 생각해 보니 2차라고 하는 건 봄이네 집에서 더 마시자는 말로 들릴 수도 있었다.

"아니, 그게 아니라…… 여기 별로 마음에 안 드시는 거 같아서."

"봄이 씨, 그게 아닙니다."

아닙니다, 아닙니다……. 뒷말이 웅웅 울렸다. 봄이는 느리게 눈을 감았다가 떴다. 재규의 모습이 잠시 두 개로 보였다가 하나가 됐다.

"그럼 뭐예요……. 제가 사겠다고 했는데, 하나도 안 드시고. 집에서 샤브샤브라도 해드릴까요. 그건 잘 먹었잖아요……."

"취했네, 봄."

조금 어지럽긴 했다. 머릿속이 흐릿하고 혀가 자꾸만 엉켰다.

"집에 소고기 많이 사놨어요……."

재규가 두 개로 보였다. 정말 취한 모양이었다.

'게임은 내가 계속 이겼는데…….'

왜 혼자 취기가 올라오는 걸까. 자신 때문에 안 먹는다고 오해한 봄이를 보며, 재규가 소주잔을 탁 내려놓았다.

"봄. 보세요. 지금 이 꼬치들, 뭘로 만든 겁니까."

봄이는 눈을 동그랗게 뜨고 빨간 테이블 위의 접시들을 하나하나 훑었다. 닭산적, 염통, 매운 닭살, 깻잎 닭말이…….

"닭고기요."

"빙고. 내 그래서 안 먹는 겁니다."

"그게 무슨 말이에요?"

재규는 목덜미를 붉힌 채 어깨를 으쓱였다.

"단백질. 근손실 중이라서 먹으면 안 됩니다."

봄이의 입이 느리게 벌어졌다. 그제야 재규의 이상한 행동들이 이해가 됐다. 낮에 중국 음식을 시켰을 때도 피망만 집어 먹었던 것이 생각났다.

〈근육이 너무 커서 부담스러워요.〉

괜히 했던 말이 가슴속을 쿡쿡 찔렀다. 지금 아니면 주워 담을 타이밍이 없을 것 같았다.

"있잖아요, 선재규 씨. 그때 말한 거…… 사실은……."

조금 뜸을 들이다가 결국 실토했다.

"거짓말이었어요."

결국 털어놓은 봄이는 잔을 집어 한 잔을 모두 삼켰다.

"나 재규 씨 몸 좋아해요."

"……?"

시야가 느리게 울렁이는 것을 참으며 이야기하느라 봄이는 자신의 발언에 재규의 귀가 새빨개졌다는 것도 눈치채지 못했다.

"처음부터 좀…… 눈길이 갔거든요. 큰 거…… 좋아해서요……."

그 말에 재규는 숨도 쉬지 못한 채 굳었다.

"근육 없애지 마요……. 상상해 보니까 되게 별로……."

코끝을 찡그린 봄이는 소주병을 들어 자신의 빈 잔에 갖다 댔다. 재규가 팔을 뻗어 봄이의 손목을 붙들었다.

두 눈이 마주쳤다.

"더 마시면 안 될 거 같은데. 짐 취했다."

"이 정도는 괜찮아요."

느릿느릿 답한 봄이는 잡힌 손목을 밖으로 밀어 치우고 술잔을 적당히 채웠다. 서빙된 병까지만 비우고 얼른 일어나야겠다는 나름의 생각이었다.

"이따가는 내가 집에 데려다주면 되지만 내일은 어쩌려고요. 속 디지버질…… 아니, 속 쓰릴 텐데."

봄이는 바람 빠진 웃음을 지으며 꼬치를 집었다. 봄이는 걱정하듯 자신을 바라보는 그의 눈동자가 불현듯 뜨겁게 느껴졌다.

"진짜…… 우짜실라고 이러십니까."

그의 말투에 사투리가 슬쩍 묻어났다. 그 특유의 억양이 봄이의 귓가에 기분 좋게 스며들었다. 반가웠다.

"사투리……. 그것도요."

봄이는 남은 술잔을 홀짝였다.

"그게 무슨 말입니까?"

"그 어색한 서울말 그만 쓰면 안 돼요? 그냥 원래대로……. 섞어 쓰는 게 더 자연스럽고, 듣기 좋아요."

잠시 말이 없던 재규는 소주병을 집어 들었다. 그리고 잔에 술을 넘치게 따르고는, 고개를 젖혀 단숨에 들이켰다. 잔을 내려놓으며 재규가 호탕하게 웃었다.

"아, 내도 사실 간지러워 죽는 줄 알았다."

그 말에 봄이도 킥, 웃음이 새어 나왔다. 재규는 어느새 예전의 말투와 표정으로 돌아와 있었다.

"정장도요……. 멋있긴 한데 되게 불편해 보이거든요. 더워 보이고. 재킷 벗으면 안 돼요?"

"지금요."

"네."

"오케이."

재규는 망설임 없이 재킷을 벗어 옆에 툭 내려놨다. 셔츠로 감싼 근육은 옷이 터질 듯 부풀어 있었다. 얇은 천이 땀에 번들거렸다.

'기능성 티셔츠 때문이 아니었네…….'

자꾸만 눈길이 가는 몸이었다. 봄이는 겨우 눈길을 거두고 말했다.

"아무튼, 그때 말한 거 다 미안해요. 솔직히 오늘 좀 더웠죠……."

"내 더워서 디질 뻔했습니다. 땀 봐라, 이거."

"땀 식히면서 뭐라도 먹어봐요."

봄이의 말에 실실 웃던 재규가 손을 번쩍 들었다. 종업원이 다가오자 곧장 메뉴판을 찾아 펼치고 주문을 시작했다.

"오뎅전골 하나, 군만두, 모둠소시지 주십셔. 아, 소주도 한 병 더요."

'통장이 털리겠는데……'

봄이는 속으로 그렇게 생각하면서도 해맑게 웃었다. 술기운이 돌았지만, 분위기가 점점 자연스러워지고 있다는 게 느껴졌다. 한동안 어색했던 사이가 예전처럼 어색하지 않은 게 좋았다. 뭔가 빠뜨린 이야기가 있었던 것 같지만, 지금은 기억나지 않았다. 봄이는 그보다 꼬치를 뽑아 먹으며 눈가에 눈물이 맺힌 재규를 구경하느라 바빴다.

"내 살아서 이토록 맛난 꼬치는 첨이네, 이야."

맛있다며 감탄하는 재규를 보니 봄이도 괜히 흐뭇해졌다. 체육대회 날 재규의 도시락을 먹으며 엄지를 들어 줬을 때 그가 보였던 흐뭇한 표정이 이해가 갔다. 지금 자신도 비슷한 마음일 거다.

새로 딴 소주병에서 재규는 봄이의 잔에는 병아리 눈물만큼 따르고, 자기 잔은 또 넘치게 채웠다.

"근데요, 봄봄. 회는 먹을 줄 압니까?"

"음…… 네, 먹어요. 왜요?"

"다음엔 나랑 옥돔회 먹으러 갑시다. 회 다 먹고, 밥에 물 말아 옥돔구이 올려 먹으면…… 으음, 기가 막힙니다."

봄이는 느릿하게 고개를 끄덕이며 장단을 맞췄다.

"옥돔구이는 먹어봤는데…… 회는 처음이에요."

"예전에 바닷가 살았던 터라 지겹다고 생각했는데, 지난달에 출장가서 다시 먹어봤거든요. 근데 괜찮더라고요. 진짜 꼭 같이 갑시다."

그 말을 듣다 말고 봄이는 조금 눈을 비비며 물었다.

"왜 바닷가 음식이 지겨워요?"

"내 고향이 바닷가거든요. 저 아래 조그마한 어촌, 해촌 마을."

거의 감겼던 눈이 커졌다. 재규의 과거 이야기가 나오니 취기가 순간적으로 달아났다.

"해촌 마을은 처음 들어 봐요. 부모님이랑 같이 그 마을에서 지내셨던 거예요?"

그의 가족은 어떤 사람들이었을까, 어린 시절은 어땠을까, 그리고 왜 신수읍으로 내려오게 됐을까. 수많은 질문이 머릿속을 맴돌았다.

"뭐, 내 옛날 얘긴 됐습니다. 재미도 없고."

묘하게 그의 목소리가 굳었다. 재규는 시선을 다른 곳에 두고 입술을 굳게 다물었다.

'묻지 말라는 건가.'

머리가 느리게 돌아갔다. 느낌상 그러하니 더 이상 물어볼 수가 없었다.

잠시의 침묵이 찾아왔다. 입술을 몇 번 달싹이다가, 봄이는 소주잔을 들어 입에 털어 넣었다.

"재규 씨, 있잖아요……."

그리고 마침내, 말문을 열었다. 흘러나오는 말은, 평소라면 하지 않았을 이야기였다.

39

"저 얼마 전에 최이준 씨랑 맞선 본 거 알죠."

봄이의 두 뺨은 선홍빛으로 물들어 있었다. 회식 자리에서도 늘 한두 잔 정도 마셨고, 집에서는 캔맥주 하나를 겨우 비우던 봄이었다. 오늘처럼, 그것도 소주를 본격적으로 마신 건 거의 처음이었다. 어느 정도 취한 건지 본인도 가늠이 되지 않았다.

취기 때문일까. 왠지 오늘은, 조금쯤은 속마음을 꺼내도 될 것 같았다. 그래서 맞선 이야기부터 꺼냈다.

"맞선 말입니까. 하, 씨. 내가 그거 때문에 눈깔 뒤집힌 거 못 봤나요."

픕. 봄이가 바람 빠지는 소리로 작게 웃음을 터뜨렸다. 아무튼 오버하는 데는 진심인 사람이다.

"이준이는…… 그 뒤로도 연락합니까."

재규는 눈살을 살짝 찌푸리며 묻고 있었다. 봄이는 고개를 저었다. 중요한 건 그 남자가 아니었다. 그보다는, 재규가 아직 모르고 있는 이야기들을 하려 한다.

"사실 저요. 맞선 되게 많이 봤어요."

재규는 반응 없이 고개만 끄덕이며 소주를 한 잔 가득 따라 털어 넣었다.

"그냥 많이 본 정도가 아니라요. 셀 수도 없어요."

여대에 다닐 때부터였다. 집안에서 주도적으로 엮으려 했던 자리가 십여 곳은 넘었고, GW은행 행사처럼 VVIP급 소개도 여러 번 있었다. 간접 소개, 다리를 거친 만남들까지 더하면 헤아리기 어려울 정도였다.

"아버지가…… 좀 많이 보수적이시거든요. 일단 여자는 시집을 잘 가는 게 중요하다고, 그렇게 키우셨어요. 요즘은 드라마에서도 안 쓰는 얘기죠."

봄이는 잔을 든 채, 비소했다. 그렇게 키워졌다. 날 때부터 그런 부모님 밑에서 자랐으니, 남들은 다르다는 걸 몰랐다. 휴일이면 발레 레슨을 받았고, 사교 예절을 배우고, 취향과는 거리가 먼 옷을 입고 자선 행사에 얼굴을 내밀었다. 그 모든 게 '좋은 결혼'을 위한 준비였다.

"이제는…… 맞선 같은 거, 진절머리가 나요."

그게 어떤 형태든지.

"지긋지긋해요. 그만하고 싶어요……. 그래서 재규 씨에게 저번에 괜한 소리까지 했네요. 썸타고 그럴 여유가 없어요, 저는. 미안해요."

한참 듣고만 있던 재규가 나지막이 물었다.

"결혼도…… 싫어진 겁니까."

봄이는 한 박자 느린 시선으로 그를 바라보았다. 천천히 고개를 저었다.

"전 그냥 인위적인 만남이 싫어요. 불편하고."

재규는 알아들었다는 듯이 손으로 오케이 사인을 만들어 보였다.

"내랑 똑같네."

"뭐가요?"

"내도 자만추입니다. 자연스러운 만남 추구. 우리처럼."

"……?"

그러고 있는데 가게 주인이 테이블로 다가왔다.

"맛 괜찮아예? 이거 서비습니다. 커플이 너무 잘 어울려가 뭐라도 주고 싶어서."

테이블에 내려놓은 것은 투명한 그릇에 담긴 딸기 셔벗이었다. 얼음과 함께 얼려 두었던 딸기를 바로 갈아서 내왔단다.

"진짜 잘 어울립니까."

"아유, 그럼예. 완전 선남선녀다! 부부는 아니지예?"

"준비 중입니다."

"아이고, 축하합니다!"

"내 이런 맛집은 처음 와 봅니다. 다음에 또 오죠."

재규의 넉살에 가게 주인은 웃음을 터트리며 주방으로 돌아갔다. 봄이는 술기운에 달아오른 얼굴이 더욱 뜨거워진 걸 느꼈다.

"……왜 그렇게 말해요? 장난을 꼭 그렇게."

"장난 아닌데."

다른 사람들한테도 다 저럴까. 그런 생각이 스치자, 입안이 까끌까끌해졌다. 봄이는 아무 말 없이 딸기 셔벗을 꾸역꾸역 떠먹었다. 차가운 탓에 이가 시큰해지는데도 멈추지 않고 다 비웠다.

"이제 가요."

봄이는 자정이 가까워진 시간을 확인하곤 자리를 정리했다. 이젠 정말로 가야 할 때였다.

"이제 일어나요. 나 졸려요……."

"아, 그랍니까."

재규는 잠자코 봄이의 말에 따랐다. 벌떡 일어나 지갑을 꺼낸 재규가 계산을 빠르게 끝냈다.

"어? 왜 재규 씨가 계산해요, 정말."

자기가 꼭 대접하고 싶었는데, 한발 늦은 봄이는 카운터 앞에서 화를 냈다. 그러거나 말거나 재규는 도리어 콧노래까지 흥얼거렸다.

"다음에 사 주면 되지, 화까지 내고……."

"또 약속 잡으려는 거죠. 누가 모를까 봐서요?"

"우째 알았지."

"내가 진짜……. 우윽, 속 쓰려……."

가게 문을 나서자 밤공기가 훅 들이쳤다. 술기운이 확 올라왔다. 하늘이 빙글빙글 도는 듯했다. 재규의 차는 청설읍 돌다리 옆 공터에 두고 왔다. 집까지는 걸어서 10분 남짓. 가게를 조금 벗어나니 발소리 외엔 아무 소리도 들리지 않았다. 재규와 나란히 걷던 봄이는 점점 뒤처졌다.

'땅이 꿀렁거려…….'

비틀거리던 그녀 앞에, 재규가 돌아섰다. 그러고는 커다란 몸을 수그려 등을 내보였다.

"업히세요."

"……됐어요."

"에헤이, 업히라니까. 넘어질라."

"……원피스 입었단 말이에요."

"괘안타. 내 알아서 업을게요."

"무거워도 몰라요."

"백 킬로그램 넘어도 내 가뿐하게 든다. 사람 하나 못 들면 창피한 건 내지. 자, 어서."

힘 좋다고 자랑하나……. 재규는 빨리 업히라고 재촉했다. 봄이는 망설이다 천천히 다가섰다. 떡 벌어진 어깨에 팔을 두르고 몸을 기대자마자 재규가 가볍게 일어섰다. 엉덩이를 손으로 받친 채, 적요한 흙길을 천천히 걷기 시작했다.

'졸려…….'

등에 가만히 기대 눈을 감자, 귀에 와 닿는 건 풀벌레 소리였다. 멀리서 개 짖는 소리도 들렸다. 평화로운 시골의 밤. 바람이 불 때마다 흔들리는 나뭇잎 소리, 흙길 위를 밟는 신발 소리…….

봄이는 어느새 아득히 선잠에 빠져들었다. 너른 등에 기대어 있으니 안정감 때문인지 긴장감은 이미 사라졌다. 몽롱한 꿈결 속에서 중얼거리는 목소리가 귀에 닿았다.

"……엉덩이가 우째 이래 작지."

꿈인가? 하지만 너무 또렷했다.

"한 손에 딱 들어오고도 남는다."

돌길을 밟을 때 나는 소리와 흐르는 물소리를 들으니 아마도 동네 돌다리 근처인 듯했다. 봄이는 느릿느릿 눈을 깜빡였다.

"봄이랑 술도 먹고…… 오늘은 진짜 계 탔다."

재규가 낮게 웃었다. 등에 기대어 있던 봄이의 몸에 그의 웃음이 잔잔한 진동처럼 전해졌다. 술을 마셔서일까? 재규의 웃음을 들으니 열 기운이 올라왔다.

"……나만 원하는 겁니까."

골목길로 접어들며 재규가 나지막이 말했다. 아마도, 자고 있다고 믿고 있는 듯했다.

"내한테…… 마음 좀 열어 봐라."

"……"

"내 마음 백분의 일만이라도."

끼이익 소리를 내며 대문이 열렸다. 아직은 구별이 되지 않았다. 지금 이게 꿈인지, 아닌지. 마당을 지나 옥외 계단으로 올라가면서도 재규의 말은 계속 이어졌다.

"미치겠다, 나는. 너만 보면 좋아서……"

잠시 발을 멈추고 말끝을 흐린 재규가 한숨을 크게 내쉬었다.

"이게…… 가라앉질 않는다……"

"……"

그의 헛소리 덕에 꿈이 아니라는 걸 확신할 수 있었다. 이 남자, 그냥 이상한 소리가 일상이었다. 거기에 매번 흔들리는 자신이 더 한심했다.

"봄식아, 아빠 왔다. 문 열어 봐라."

계단을 다 올라 현관문 앞에 선 재규는 말을 알아들을 리 없는 봄식이를 몇 번 부르다가 '012486'을 꾹꾹 눌렀다.

"봄식이 점마 저거 또 퍼질러 자네."

적막 속, 삐삑거리며 스르륵 문이 열렸다. 재규는 조심스레 봄이의 신발을 벗겼고, 이어 자기 신발도 벗고 안으로 들어서려 했다.

"내려 주세요."

자고 있는 줄로만 알았던 봄이의 목소리에 재규는 약간 놀라 흠칫했다가 이내 유쾌하게 말했다.

"이야, 딱 집에 오니까 깨네."

봄이는 몸을 바르작거리며 다시 말했다.

"내려 줘요."
"벨 눌러야 내려 주지."
"……."
"벨."
"……."

장난에 응하지 않자, 재규는 마지못해 봄이를 조심스레 내려놓았다. 그러고는 손을 탁탁 털며 특유의 장난기 어린 미소를 지었다.
"씻고 자라, 봄봄. 내는 그럼 가 볼게요."

지금…… 버스 끊긴 시간이 아닌가. 머릿속이 어지러운 와중에도 그의 갈 길이 걱정됐다. 술을 마셨는데 이곳에선 택시를 부르기도 어렵고, 대리를 부르는 건 더더욱 어렵다.

"술 마셔서 운전도 못 하는데 어떻게 가게요."
"한 시간쯤 걸으면 되지, 뭐."

하필 오늘은 슈트를 입고 구두까지 신었다. 여기까지 자신을 업고 온 사람이 또다시 신수읍까지 걸어간단다.

"내 나가면 걸쇠까지 거세요. 걱정되니까."

구두에 발을 집어넣으려는 재규의 몸을 봄이가 붙잡았다.

"잠깐만요."

뒤를 돌아본 재규의 표정에 의아함이 깃들었다. 막상 그를 불러 세운 봄이도 멈칫했다.

'난 어떻게 하고 싶은 거지?'

왜……. 나 때문에 늘 수고로움을 자처하는 거야. 이러니까 자꾸 착각하잖아…….

둔해진 머리가 느리게 움직였다. 둘 다 성인이다. 연인도 없다. 밤이라는 시간 때문인지, 술기운 때문인지 이성보다 본능이 앞섰다. 봄이는 아래로 길게 늘어진 재규의 타이를 꽉 움켜쥐고 자기 쪽으로 힘껏 잡아당겼다.

"하, 하아."

신호를 받은 재규는 곧장 봄이를 벽에 가두고 입술을 부딪쳤다.

***

드륵, 드륵.

'이게 무슨 소리지?'

눈꺼풀을 움찔대던 봄이는 벌써 날이 밝았음을 알아챘다. 천천히 실눈을 떠 보니 방 안이 어스름했다. 아직은 이른 새벽. 다시 드륵, 드륵 하는 소리가 났다. 방문에서 나는 걸 보니 봄식이었다. 물이나 사료가 필요했는지, 녀석은 앞발로 문을 긁고 있었다. 규칙적인 패턴으로 미루어 보아 아마도 지금은 여섯 시가 조금 넘은 시간일 것이다. 봄이는 몸을 일으키려다, 자신을 안고 있는 커다란 팔뚝을 보고 소스라치게 놀라 비명을 질렀다.

"악!"

재규가 바로 뒤에서 나체로 누워 있었다. 게다가 깨어 있었다.

"푹 자서 체력 좀 보충됐습니까."

"네? 아, 네……. 어, 근데……."

봄이는 이내 자신도 옷을 입고 있지 않다는 사실을 깨닫고 아연실색했다.

"봄아……."

재규가 팔을 뻗어 봄이의 허리를 쑥 끌어당겼다. 귓가에 촉 하는 소리와 함께 은근한 입맞춤이 이어졌다. 얼떨떨하게 있던 봄이가 재규를 밀어내고 이불을 돌돌 말아 몸을 가렸다.

"왜, 왜 이래요!"

봄이는 빠르게 전날 밤의 기억을 되짚었다. 어제…… 침대에서 입을 맞추고 몸을 맞댄 기억은 나지만 모든 장면이 선명히 떠오르진 않았다.

봄이가 기억을 더듬는 사이, 침대 밖으로 밀려난 재규는 바닥에 떨어진 옷을 주섬주섬 걸쳐 입고는 물었다.

"봄봄이, 아직 졸리죠. 내 아침 해 올 테니까 눈 붙이라."

그런 건 지금 필요하지 않았다. 봄이는 아침 생각도 없고 당장에 할 일도 있다며 재규를 내쫓았다. 쉬이 나가려 들지 않아 한참이나 애를 먹어야 했다.

"됐어요. 그냥, 혼자 있고 싶어요. 할 일도 있고……."
"그럼 내 아침에 먹을 거 차려놓고 갈게."
"아니, 나 아침 안 먹어요. 일단 저 할 일이 급해서."
"토스트도? 쥬스는?"
"정말 아무것도 먹고 싶지 않아요. 정말로."
"내 그럼 금방 또 올게요. 필요하면 부르고."
"……필요 없어요."

농담인 줄 알았는지 재규는 하하 웃었다. 그러다가 아쉬운 듯 괜히 집 안을 한 바퀴 둘러보고는 느릿느릿 현관문을 나섰다. 문이 닫히자 봄이는 조용해진 집 안에 멍하니 서 있었다.

"드문드문 생각은 조금 나는데……."

재규가 나가고 나서야 조금씩 이성이 돌아오기 시작했다. 샤워를 하며 전날 밤을 더듬는 내내, 봄이는 자꾸만 중간중간 끊긴 장면을 붙잡으려 애썼다. 찬물에 몸을 씻으니 머리가 점차 맑아졌다. 뭔가 떠오를 듯 떠오르지 않았다.
 나와서 옷을 갈아입은 봄이는, 내내 침실 문 앞에 있던 봄식이에게 밥을 주었다.
 "봄식아……. 아니겠지?"
 심란해하던 봄이는 봄식이와 집 앞 천변으로 산책을 나섰다. 아침 일찍 나온 동네는 시원하고 맑은 공기로 가득했고, 집마다 밥 짓는 소리가 들려왔다.
 '평화롭다…….'
 이젠 이곳이 싫지 않았다. 제집이 있는 청설읍도, 그리고 학교가 있는 신수읍도.
 이렇게 정을 붙이고 적응한 데엔 분명 재규의 덕이 있었다. 그를 떠올리니 다시 어젯밤을 더듬게 되었다.
 침대 위에서…….
 산책길 내내 봄이는 안개에 뒤덮인 머릿속을 헤맸다. 집으로 돌아온 봄이는 옥상 수돗물로 봄식이의 발을 씻기고 돈나무에 물까지 주고 집 안으로 들어섰다.
 "……!"
 그 순간, 마치 전구가 딸깍 켜진 것처럼 기억이 한꺼번에 떠올랐다. 입을 틀어막은 봄이의 눈이 커다래졌다.
 ……다 생각났어. 어떡해.

40

"봄 샘! 여기예요, 여기!"

식판을 들고 두리번거리던 봄이가 손을 흔들고 있는 정진혁 선생을 발견했다. 식판을 내려놓고 서혜숙이 빼 주는 의자에 앉았다.

"봄 선생, 왜 이렇게 늦었어?"

"아, 수행 평가를 봤는데 늦게 낸 학생이 있어서요. 기다렸다가 채점하느라."

"봐주지 말고 그냥 걷어야지. 뭘 그렇게 열심히 해. 다 한때다, 그거."

"오늘 급식 되게 맛있어. 어서 먹어 봐."

봄이는 고개를 끄덕이고 숟가락을 들었다. 오늘 급식은 특식이 나오는 날이었다. 하이라이스, 콩나물국, 프라이드치킨, 흑미 치즈볼, 수박이 먹음직스러워 보였다.

2학년 담임인 정진혁과 서혜숙은 교무실 자리가 붙어 있어서 자연스럽게 점심 식사도 같이하게 된 멤버였다. 오늘은 거기에 강 부장까지 껴 있었다.

"느리네, 봄 선생. 나는 진즉에 수행 평가까지 다 끝내 놨다. 이제 숨 좀 돌리겠네. 쓰읍."

강 부장은 입을 슥슥 닦다가 콩나물국을 조심스럽게 떠먹고 있는 봄이를 힐긋 쳐다봤다.

"그런데 말이야. 봄 선생."

"네, 강 부장님."

"요새 연애해?"

사레가 걸린 봄이는 숟가락을 놓고 가슴을 쳤다. 서혜숙이 벌떡 일어나 뒤편의 정수기에서 물을 떠다 줬다.

"강 부장님도 참, 갓 수저 든 사람한테!"

물을 다 삼킨 봄이는 고개를 내리고 다시 식사를 시작했다. 흑미 치즈볼을 조각내서 우물거리던 봄이는 세 사람의 시선이 자신에게 꽂혔다는 것을 깨달았다.

"근데 확실히…… 봄 샘 분위기가 확 달라지긴 했죠?"

"맞다, 진짜로. 작년이랑 비교하면 완전 딴 사람 같다."

"거봐! 봄 선생 수상하다니깐!"

세 사람이 동시에 입을 열어서 봄이는 코너에 몰렸다. 얼굴이 점점 붉어졌다. 봄이는 상기된 얼굴로 급하게 손사래를 쳤다.

"정말 아니에요. 저 연애 안 해요."

그렇게 말하면서도 봄이는 심장이 벌렁거렸다. 재규와 했다. 며칠 전 그날만 생각하면 전신에 열이 오르고 몸이 간지러웠다. 이런 변화가 낯설고 무서웠다. 이 일을 상의할 사람도 없었고, 인터넷 같은 불특정 공간에 올려 조롱을 받기도 싫었다. 아직은 어떻게 재규를 대해

301

야 할지를 몰랐다. 부재중 전화 7통에 안 읽은 메시지 14건이 쌓였다.

"에이, 맞네. 얼굴 벌게진 게."

"정말 연애 안 해요."

연애라니. 그 남자에 대해 뭘 안다고 연애를 시작한단 말이야. 게다가 연애라는 걸 어떻게 해야 하는지도 몰랐다. 생각해 본 적도 없는 일이 한 번에 찾아오니 쉽게 정리가 되지 않았다. 그렇다고 이대로 넘어갈 수는 없는 문제니 되도록 빨리 마음의 갈피를 잡아야겠지.

"그럼 내 후배 좀 만나 볼래?"

"예?"

"여기 구청 공무원인데 서른일곱에 집도 한 채 있고 진국이다, 진국. 내친김에 지금 날 잡을까, 봄 선생."

"서른일곱이요?"

"아이고야, 강 부장님. 그짝보단 봄 샘네 반 검사님이랑 붙이는 게 낫죠. 안 그래요?"

최이준을 말하는 거였다. 잠자코 듣고만 있던 서혜숙도 정진혁의 발언에 젓가락을 내려놓고 동조했다.

"그래, 그래. 그 세진이네 오빠분. 딱이다! 둘이 비주얼도 딱 어울리네. 만나 봐라!"

이렇게 신수고 선생들이 레이더에 걸린 사람들 잡아다 엮는 것은 처음 있는 일은 아니었다.

"검사님이랑 만나면 대박이제. 완전 선남선녀 아니가?"

"세진이한테 다리 좀 놔 달라 캐라!"

봄이는 난감했다. 그저 스쳐 지나가는 이야기인 줄 알았건만, 다들 집요하게 달려들었다.

"근데 학생네 가족을 만나도 돼요?"

뒤에서 혼밥 중이던 노 선생이 이야기를 엿듣고 있었는지 쑥 껴들었다. 봄이는 흠칫 놀랐다. 그건 봄이도 내내 궁금해하던 바였다.

"여기선 그런 거 다 따지면 아무도 못 만난다!"

"맞다. 한 다리 걸쳐서 다 엮이는 사인데 처녀 귀신 만들 일 있나."

"저도 담임했던 애 큰언니랑 결혼한 거잖아요."

"헛, 진혁 쌤, 정말요?"

귀를 바짝 세우고 듣던 봄이의 얼굴에 화색이 돌았다. 그간 재규가 한결이네 삼촌이라는 사실 또한 마음의 짐이 된 원인이었다. 여기에선 그런 것이 크게 지탄받을 일은 아닌 모양이었다. 부담감이 조금이나마 덜어지는 느낌이었다. 그렇다고 재규와 당장 뭘 해 볼 것은 아니지만.

"있잖아요, 쌤들. 그거 아세요? 저희 교감 선생님은 고3 때 담임 선생님 언니분이랑 만나서 결혼하신 거래요."

"세상에, 그럼 몇 살 연상이야? 꽉 잡혀 산다더니 이유가 있었어!"

흥미로운 이야기들이 이어졌다. 봄이는 열심히 대화에 귀를 기울이며 수박을 먹었다. 시원하고 단 수박이었다. 살짝 열린 급식실 창문으로는 매미 소리가 요란하게 들려오고 있었다. 이젠 완연한 여름의 한 자락이었다.

그 시작인 여름 방학이 이제 코앞이었다. 이번 기말고사를 끝으로 1학기의 모든 고사 또한 마무리가 되었다. 전체적으로 학교 분위기는 뒤숭숭한 채로 들떠 있었다. 교감 석관수는 이 시간을 이용해 아이디어를 냈다. 바로 바자회를 열자는 것이다.

"맞다! 바자회 말이야, 선생들도 뭐 하나씩 필수로 가져오라 하던데 나는 낼 게 없더라고."

"그거야, 집에 굴러다니는 학용품 같은 거나 가져오면 그만이죠.

학부모 부스가 문제지."

 전교생과 전 교직원이 필수로 참가하게 된 바자회는 교감 석관수가 진두지휘 중이었다. 취지는 좋지만 정진혁의 말대로 학부모 부스가 문제였다. 학부모 위원장이 분식 부스를 운영하기로 마음대로 결정해 놓고서 재료들을 잔뜩 선주문해 놨는데, 막상 일을 하겠다는 일손은 없다는 것이다.

"아, 그렇지! 그분이 오면 좋겠는데?"

 가만히 생각하던 서혜숙 선생이 손가락을 튕겼다.

"누구요?"

"체육 대회 때 보니깐 나쁜 사람은 아닌 거 같더라. 그 사람 있잖아. 한결이 삼촌."

 봄이의 눈썹이 위로 올라갔다. 재규 씨가 바자회에?

"에이, 그분은 좀. 조폭이잖아요."

 정진혁 선생이 눈살을 찌푸렸다. 다른 사람들도 찝찝해하는 눈치였다. 내내 듣고만 있던 봄이가 입을 열었다.

"그분 조폭 아니세요."

"그라믄?"

"에너지 회사 운영 중이시고 성격도 화통하고 매너 있으세요."

"에이, 확실하나."

"동아리 때문에 회사에 견학도 갔거든요. 대표님 맞으세요."

 봄이는 차분하게 재규를 대변해 줬다. 지금 봄이는 비록 재규를 피하고 있지만 다른 사람이 재규를 욕하니 이상하게 기분이 상했다. 하지도 않은 일로 뒷말을 들었던 자신의 모습이 떠올라 처음으로 오지랖을 부려 보았다.

"오, 그런 사람인 줄 몰랐네."

"사업을 해서 돈이 있어가 그간 학교에 기부도 하셨구마?"

뜻밖의 반응들이었다. 그리고 재규가 학교에 기부를 했다는 것은 오늘 처음 들었다. 운동장 둘레에 설치된 펜스가 사실은 재규가 안전상의 이유로 마련해 준 것이란다. 강 부장은 혀를 끌끌 차면서 주변을 둘러보더니 목소리를 낮췄다.

"솔직히 작년에 홍 선생이 한결이를 찍어서 괴롭힌 거지. 내가 한결이 부모였어도 교무실 뒤집었다."

봄이는 놀라서 목소리를 바짝 낮추고 물었다.

"한결이를 왜 찍어요?"

강 부장은 대답을 망설였다. 뒤에서 혼자 식사하던 노 선생이 대신 속삭이듯 말했다.

"읍내에서 불법 도박을 하던 걸 한결이한테 딱 걸린 거 같더라고요. 그 뒤로 괜히 시비를 거셨죠."

"네?"

자기가 잘못해 놓고 왜 목격한 학생을 들들 볶은 건지. 속사정을 알고 나니 화가 났고, 그런 말도 안 되는 이유로 차별받은 한결이가 가엾게 느껴졌다.

"아무튼지 간에 그 삼촌이라는 사람 조폭 소문 때문에 좀 무서웠는데 말이야. 사업가라니깐 달리 보이네."

"그러고 보면 조폭이라는 얘기도 홍 선생님이 제일 먼저 꺼냈던 거 같아요."

사람이 생각을 바꾸기란 쉽지 않다는 걸 알고 있었다. 그런데 이렇게 선뜻 오해를 풀고 긍정적으로 재규를 생각해 주는 모습이 색다르게 느껴졌다. 신수고 선생들은 봄이의 생각보다 괜찮은 사람들인지도 모른다.

여기까진 좋았는데…….

"그라믄 바자회에 그분이 딱이다!"

"봄 선생, 한 번 오시라 해 봐. 부스 다 망하게 생겼다."

재규 씨를 바자회 학부모 부스에 초대하라고? 봄이의 낯빛이 순식간에 하얘졌다.

'절대 안 돼!'

41

"이 동네도 참 후짓노. 제대로 먹을 데도 없꼬."

"안 먹을 거면 말고."

"누가 안 먹는댔나? 갈매기집 가기로 해 놓고 국밥집으로 오니까 그랬제. 아무튼 말을 밉살스럽게 하네, 선재규."

재규는 오래되어 반질반질해진 원목 식탁에 팔꿈치를 대고 턱을 괴었다. 아직 받아 놓기만 한 술잔을 물끄러미 내려다보고 있었다.

"니는 와 안 묵는데?"

"입맛 없다."

뚝배기엔 한가득 돼지국밥이 담겨 있었다. 여전히 부글부글 끓고 있는 국밥에선 김이 모락모락 났다. 아직 양념장을 섞지도 않아 국물이 뽀얀 색이었다. 맛집이라 자주 들르는 곳인데 구미가 당기지 않았다. 재규는 땅이 꺼질 듯이 한숨을 푹 내쉬며 잔을 들어 한 번에 넘겼다.

"이제 대답해 봐라."

"뭘?"
"니 내가 한 말 생각해 봤냐고. 이희연."
"뭐가."
 짧게 되물으며 국밥을 입에 넣은 이희연이 곧바로 숟가락을 던지듯 내려놓았다.
"씨, 와 이리 뜨겁노!"
 국밥이 그럼 차갑나. 재규는 한심해하며 찬물을 건넸다. 그걸 단숨에 들이켠 이희연이 이제 좀 괜찮은지 국밥을 후후 불면서 먹기 시작했다.
"직인다. 서울에선 이 맛이 안 나대."
"후짓다면서 잘만 먹네."
"동네가 후지댔지, 음식은 내 인정한다."
 경상도 국밥이 그렇게 먹고 싶었다던 이희연은 밥을 전부 말아 후루룩거렸다. 좀 먹어 볼까. 재규는 자기도 몇 숟가락 입에 넣었다가 다시 내려놓고 소주잔을 들었다. 아무래도 밥보단 이게 더 잘 들어갔다.
"맛집 맞네."
 절반이 넘게 국밥을 비웠을 때쯤에야 고개를 든 이희연이 이제야 살겠다는 표정을 지었다.
"그렇다니까."
"그래도 그 있잖아."
 무슨 일인지 잠시 뜸을 들이던 이희연이 슬금슬금 재규의 눈치를 보며 말했다.
"우리 고향에 기억나제. 그, 방풍잎 넣어 주던 부둣가 노란 간판 돼지국밥."
 기억이 안 날 리가 있나. 어제 일처럼 아주 생생하다. 아버지가 배에서 돌아오시는 날엔 거기서 한 그릇은 먹고, 한 그릇은 포장해 왔었다. 하지만 그게 기억할 만한 좋은 추억은 아니었다.

"거 집만 한 맛은 안 난다. 어딜 가도. 국물이 찐해서 입천장에 딱 달라붙는 맛이 직이는데. 니 기억 안 나나?"

이야기가 길어지기 전에 재규는 말을 돌렸다.

"니 사는 건 계속 서울?"

"당연하지. 거 있어야 내 엔터테인먼트도 하고 그른다."

이희연은 마흔을 앞둔 나이에도 가수의 꿈을 버리지 못하고 있었다. 지금은 행사장을 전전하는 무명 트로트 가수로 활동 중이지만, 언젠간 꼭 자신의 이름 석 자를 전국 방방곡곡에 알리겠단다.

"이희연 니 그럼 거기 애인도 있나."

물어보는 재규의 목소리에 날이 섰다. 이희연은 다시 국밥에 코를 박고 대답을 미뤘다.

맞네. 또 애인이랑 동거 중이군. 재규의 입이 썼다. 이제 기대할 것도 없지만 갑자기 신수읍에 나타났다길래 혹시나 하는 마음이 있었다.

"니 이젠 철들었는지 알았는데."

"뭐래."

"정신 좀 차리라고."

"마! 내가 니보다 몇 살이나 더 많은데 꼬박꼬박 반말이고?"

"지금 그게 더 중요하나, 니는."

재규는 다시 잔을 채우고 한 번에 삼켰다. 열이 받아 머리가 굳어서 그런지 연달아 세 잔을 마셨는데도 맹물을 마신 것 같았다.

"내한테만 지랄 말고 재규 니 얘기나 해 봐라."

이희연은 다 먹은 국밥을 옆으로 치우고 상체를 앞으로 기울였다. 눈빛이 진지해졌다.

"뭘."
"계속 여기서 살 끼가."
"내는 여기가 좋은데."
중국에서 3년 만에 고향으로 돌아간 날 재규는 손가락질을 받고 결국 고향 밖으로 쫓겨났다. 어린 한결이를 업고 정처 없이 떠돌다 찾은 곳이 바로 이곳, 신수읍이었다. 아무도 자기를 모르는 곳에서 새로운 삶을 시작할 수 있었다. 그러니까, 여기가 제2의 고향인 거다.
재규는 신수읍이 좋았다. 여긴 바닷가의 짠 내도 나지 않았고 시끄러운 뱃고동 소리도 들리지 않았다. 새로 만난 이곳의 사람들은 무던했고, 땅도 좋고 공기도 맑았다. 바쁘지 않을 정도의 사업을 꾸리기에도 안성맞춤이었다. 그리고 이젠 봄이도 있으니까.
"연애도 여기서 하고 결혼도 여기서 할란다."
잠자코 듣기만 하던 이희연은 처음에 채워 됐던 술잔을 이제야 들어 단숨에 털어 넣었다.
"니 여자 만나나."
"어."
"누구?"
"말하면 아나."
"모르지."
짧은 질문과 대답이 이어졌다. 하나둘 묻던 이희연이 피식 코웃음을 쳤다.
"그 여자는 아나."
"뭘."
"니 과거."
"과거가 뭐가 중한데."

일단은 아무렇지도 않은 척 그렇게 말하며 다시 술잔을 비웠다. 이제야 몸 안에 뜨겁게 알코올이 퍼지기 시작했다. 심장이 거칠게 뛰었다.

"선재규 니 결혼 생각한다 안 캤나. 그럼 다 밝히 봐라."

"……."

"아마 백이면 백 다 도망갈 끼다."

무심히 말한 이희연이 두 번째 잔을 채웠다. 방금의 말에 속이 아파진 재규는 빈 잔을 손에 쥐고 만지작거렸다.

"내 애긴 이제 됐고……."

"니가 제안한 거? 생각해 봤으니까 오늘 만나자 했제."

지금까지 거침없이 말하던 이희연이 처음으로 긴 한숨을 흘렸다. 재규는 바짝 긴장했다. 저 입에서 어떤 말이 나올지에 따라 앞으로 많은 것이 달라질 것이다.

"내 대답은…… 거절이다. 미안타."

재규의 눈동자에 노여움이 깃들었다. 날카로운 그의 시선이 물끄러미 이희연을 응시했다. 반반의 확률이라고 생각했다. 이런 대답이 돌아올 줄 몰랐던 것도 아닌데 동요하지 않을 수 없었다.

"이유가 뭔데."

"재규야."

이희연이 화려하게 꾸민 손톱이 돋보이는 손으로 입을 가렸다. 얼핏 웃음이 보였다.

"한결이가 내를 너무 닮았더라."

창백한 피부에 살짝 처진 눈매 그리고 긴 속눈썹. 미간에서 코끝까지 매끄럽게 내려오는 직선의 콧대에 불그스름한 입술까지. 영락없는 한결이의 판박이다.

그렇다고 한들, 인정하고 싶지 않았다. 재규는 고개를 가로저었다.
"낳았다고 다 엄마는 아니다, 희연아."
이희연은 이십 대 초반에 한결이를 낳았다. 분명히 낳았지만 키운 적은 없었다. 그래서 재규는 인정하고 있지 않았다, 그녀가 한결이의 엄마라는 것을.
"어쨌든 내 핏줄이다. 내가 준 생명이고."
당당한 말에 헛웃음이 나왔다.
"……그런 말을 잘도 하네."
"재규야. 내년에 KNET에서 트로트 오디션 프로그램을 한단다. 내 거기 나갈라꼬."
재규는 갑자기 주제에서 벗어난 이야기를 하는 이희연을 알 수 없는 표정으로 바라보았다. 거기 나가든 말든 무슨 상관이란 말이야. 인상을 쓰는 재규를 보며 희연이 입술을 휘었다.
"근데 거기서 뜰라믄 고마 슬픈 사연 하나 정도는 있어야 한다 카더라."
그 말을 듣자마자 재규는 자리를 박차고 벌떡 일어섰다. 순식간에 피가 머리끝까지 솟구쳤다. 반동으로 나가떨어진 의자는 바닥을 뒹굴었다.
"씨발, 니 지금 뭐라 했나."
"그래서 니 부탁 못 들어주겠다꼬. 내 인제 한결이 앞에 나타나 엄마라고 밝힐란다. 그리고 앞으론 같이 살 생각이고. 내 이러는 이유가 하나 더 있다."
이희연의 입을 통해 나오는 소리는 다 개소리였다. 분노를 가까스로 다스리는 재규의 등줄기에 식은땀이 비 오듯이 흘렀다.

***

차주에 태풍이 온다는 예보가 있었지만, 오늘의 날씨는 전혀 그런 기색이 느껴지지 않을 정도로 맑고 쾌청했다. 쨍한 하늘 위에는 새털구름이 듬성듬성 흩어져 있었고, 햇볕은 여느 때보다 강하게 내리쬐었다. 운동장을 오가는 학생들은 부채로 얼굴을 가리거나 손 선풍기를 들고 다니며 더위를 식혔다.

오늘, 운동장에는 수십 개의 좌판이 길게 늘어서 있었다. 바자회 물품이 진열된 그 모습은 위에서 내려다보면 알록달록한 색감이 어우러져 마치 축제처럼 보였다. 올해 신수고 바자회를 기획한 교감 석관수는 몹시 들뜬 표정이었다.

"하늘도 우리 신수고 바자회를 축복하는 듯합니다. 크흠!"

오늘 교장 선생님은 교장단 협의회 때문에 대구에 가 있었다. 하여 오늘의 총책임자를 맡게 된 석관수는 선생들에게 교무실에만 있지 말고 운동장에서 학생들과 바자회를 즐기기를 당부했다. 그래서 모든 선생이 운동장으로 나와 늘어선 좌판을 구경 중이었다. 그중에 봄이도 있었다. 천 원짜리 몇 장을 챙겨 나온 봄이는 서혜숙과 함께 '도서' 팻말이 붙은 구역부터 훑기 시작했다.

"이쪽이 물건이 가장 많은 것 같아요."

"역시 제일 만만한 건 책이야. 내 말이 맞지?"

90%가 책을 가져올 거라는 서혜숙의 예상은 적중했다. 그 정도의 퍼센트까진 아니어도 대부분이 집에서 안 쓰는 걸 가져오라 하니 무난한 책을 선택한 모양이었다. 도서 구역은 파는 사람만 많고 사러 온 사람은 없는 썰렁한 풍경이었다. 선생들은 대부분 이 구역으로 향해 텅 빈 공간을 채워 주고 있었다.

"그런데 책이……."

좌판을 내려다보며 한참을 기웃대던 봄이가 서혜숙에게 말하다가 말끝을 흐렸다. 이 책들은 바자회에 나오면 안 되는 거 아닌가.

"아, 이거 참!"

갑자기 뒤에서 천둥 벼락같은 소리가 들렸다.

"야, 이 새끼들아! 안 쓰는 걸 가져오라니까 교과서를 팔아?"

강 부장이 좌판에서 책을 팔고 있는 학생들에게 고함을 치고 있었다.

"아, 이 자식들. 기가 막히네. 이게 뭐야, 문학? 야! 이거 내 과목이잖아?"

"진도 다 나갔다고 해서……."

"야, 인마! 2학기는 없냐?"

"아? 그러게요?"

"아이고, 속 터져! 으이구!"

한두 명이 팔고 있던 게 아닌지 여기저기서 주섬주섬 좌판을 접기 시작했다. 웃음을 참기 힘든 상황이었지만, 봄이는 심각했다. 혹시 윤리와 사상 교과서가 눈에 띄진 않을까 염려되어 좌판을 샅샅이 살폈다. 문제집, 과월호 잡지까지 훑던 중, 어떤 책 한 권이 봄이의 눈에 들어왔다.

《첫 연애를 위한 길라잡이》.

책을 판매 중인 학생은 다름 아닌 봄이네 반 학생이었다. 봄이는 슬쩍 고개를 돌려, 저만치 떨어져 구경 중인 서혜숙을 확인한 뒤 작은 목소리로 물었다.

"승훈아, 많이 팔았어?"

"개시도 못 했어요."

"내가 사 줄게. 아무거나. 이거…… 얼마야?"

봄이는 대충 고르는 척하며 보아 둔 책을 손가락으로 가리켰다.
"이천 원. 아니다. 담임 샘은 그냥 가져가세요."
"왜? 돈을 왜 안 받아?"
"연애 좀 하시라고 제가 드리는 선물입니다, 샘."
"……아무거나 고른 거야. 돈 그냥 받아."

봄이는 주머니에서 천 원짜리 두 장을 꺼내 건넸다. 승훈이는 끝내 사양하다가 마지못해 돈을 받고, 미리 준비해 둔 모노톤의 쇼핑백에 책을 담아 내밀었다.

"많이 팔아, 승훈아."

42

"네, 또 오세요."

이 책을 사는 것을 아무도 못 봐서 다행이었다. 종이 쇼핑백을 품에 안은 봄이는 주변을 두리번거리다, 잠시 떨어져 있던 서혜숙이 돌아오는 모습을 발견했다. 동화책 한 권을 산 서혜숙은 무척 만족스러운 표정이었다.

"책 코너는 다 훑었어. 우리 다른 데도 가 보자."

"네, 그냥 동선 따라 쭉 돌면 될 것 같아요."

두 사람은 도서 구역을 벗어나 옆의 '의류' 코너로 향했다. 이쪽은 책보다 훨씬 북적였다. 교복 치마부터 평상복 티셔츠까지, 학생들이 내놓은 중고 의류가 좌판마다 놓여 있었다.

구경하던 봄이는 떠들썩해진 관중 무리에서 혼자 가만히 서 있는 남자를 발견했다. 화들짝 놀란 봄이가 "어?" 하고 외쳤다. 이 시간에 저분이 왜 여기 계시지? 눈이 마주치자 최이준은 봄이에게 고개를 조금 숙여 인사했다. 다른 행사도 아니고, 이런 작은 학교 바자회에 그가 올 까닭은 없었다. 다른 일로 왔을 거라 생각하며 가볍게 묵례로 답한 뒤에 시선을 거뒀다. 곁에서 지켜보던 서혜숙이 옆구리를 쿡 찔렀다.

"저 사람 최 검사님 아냐?"

"네, 무슨 볼일이 있으신가 봐요."

"근데…… 계속 봄 샘만 보는데?"

"네?"

다시 고개를 돌려보니 정말로, 최이준의 시선은 여전히 봄이에게 고정돼 있었다. 왠지 모르게 식은땀이 흘렀다. 며칠 전 그에게서 부재중 전화가 왔었지만 다시 연락하지 않았던 일이 떠올랐다. 실수로 잘못 건 줄 알고 넘겼던 건데……. 설마 그것 때문인가? 괜히 뜨끔했다.

급기야 최이준은 운동장 한가운데서 봄이 쪽으로 걸어오기 시작했다. 눈치를 보던 서혜숙이 슬며시 웃으며 뒷걸음쳤다.

"어우, 난 이제 들어가 봐야겠다. 오늘은 종례도 없다니깐 타이밍 봐서 얼른 퇴근해야겠어. 자기는 천천히 보고 가."

"아, 네. 들어가세요."

서혜숙을 보낸 봄이는 가만히 서 있다가 최이준을 맞이했다.

"윤봄 선생님."

"어, 이준 씨. 여기엔 어쩐 일이세요?"

최이준은 주위를 한 번 휙 둘러보더니 짧게 혀를 찼다. 미소 짓는 법을 모르는 사람처럼 무표정한 얼굴이었다.

"연락을 피하니, 이렇게라도 올 수밖에요."

다시 전화하면 그만일 일을, 굳이 이렇게까지…….

"저기 가서 잠깐 얘기하죠. 사람들 눈도 있으니까."

"……네, 그래요."

최이준을 따라간 본관 뒤편 주차장은 아무도 없는 조용한 공간이었다. 코너를 막 돌아선 순간, 최이준이 갑자기 몸을 돌려 봄이의 앞을 막아섰다. 순식간에 등이 붉은 벽돌에 닿았다.

"왜…… 이러세요?"

"그쪽 집에선 이미 허락이 떨어졌고 우리 쪽에서도 진행 중입니다."

"네?"

순간적으로 무슨 소린지 이해가 가지 않았다. 허락? 절차? 엄마가 하던 말이 떠올랐다.

〈내가 알아서 할 테니까 넌 가만히 있어.〉

설마, 정말 최이준과 결혼시키려고 하는 건가. 목구멍에 가시라도 걸린 것처럼 답답해졌다.

"그런데 당사자는 다른 남자랑 다정하게 술이나 마시고, 회사까지 따라다니고……. 행실을 좀 바르게 할 필요가 있지 않을까요?"

"그걸 어떻게 아셨……."

말을 잇던 봄이가 문득 고개를 들었다. 청소 도구가 쌓여 있는 폐창고 뒤편, 인기척이 느껴졌다.

최이준도 같은 소리를 들었는지 눈빛이 날카로워졌다. 아무 말 없이 그쪽으로 성큼 걸어갔다. 봄이도 걱정하며 그의 뒤를 따랐다. 혹시 누가 몰래 둘의 대화를 엿들었던 건 아닐까.

"……안 된다고."

폐창고 뒤의 남자는 통화에 열중하고 있었다.

"확실합니까, 물건은."

수상함이 물씬 풍기는 말에 귀를 기울일 수밖에 없었다. 최이준 역시 날카로운 표정으로 남자의 말에 집중했다.

"내가 알기로 그거 터집니다. 펑!"

터져? 뭐가 터진다는 말이지? 듣다 보니 목소리가 익숙했다. 봄이의 눈이 커졌다. 재규의 목소리였다.

"터지면 어떻게 되냐고? 어찌 되긴. 터지면 사람들 다 디진다."

이게 다 무슨 말일까?

"아아, 됐고요. 아무튼 일단은 기다리십셔. 내 금방 갈 꺼니깐 미리 폭탄 터트리지 말고. 그거 내가 직접 합니다."

폭탄? 터진다? 듣는 내내 위험한 단어가 귀에 박혔다. 마침내 통화를 끝낸 재규가 휴대폰을 바지춤에 넣었다. 그 앞에 최이준이 모습을 드러냈다.

"선재규."

선재규는 최이준을 보고 눈썹을 찌푸리다, 그의 뒤에 선 봄이를 발견했다. 입매는 웃고 있지만 눈동자는 굳어 있었다.

"봄. 이준이랑 둘이 왜 같이 있습니까."

그가 한 발짝 앞으로 나서자 최이준의 그의 앞을 가로막았다. 두 남자가 서로를 마주 보았다. 누구도 눈을 피하지 않았다.

뒤에서 지켜보던 봄이는 이 상황이 못내 불편했다. 우선, 아직 재규를 마주 볼 준비가 되어 있지 않았다. 이전에 키스했을 때처럼 가벼운 사고로 넘기자고 하기엔 너무 멀리 와 버렸다. 거기에 갑자기 집안에서 결혼 준비를 밀고 있는 최이준까지 합세하니 버겁게만 느껴졌다.

"저는…… 가볼게요. 두 분이 말씀 나누세요."

봄이는 종이 쇼핑백을 끌어안은 채 운동장 쪽으로 뒷걸음질 쳤다.

하필, 둘이 마주치다니…….

'오늘은 그냥 일찍 들어가는 게 낫겠다.'

다행히 오늘은 종례도 없는 날이었다. 봄이는 곧장 교무실로 향해 가방을 챙기고 조용히 빠져나가려 했다. 하지만 이도 여의치 않았다.

"봄 선생. 설마 벌써 들어가는 건, 크흠, 아니겠지요."

교감 석관수가 본관 현관으로 향하던 봄이를 불러 세운 것이다.

"들어가려던 거 맞습니까? 크흠."

예전 같았으면 고개를 끄덕이고 그냥 들어갔겠지만, 올해는 그렇게까지 하고 싶진 않았다. 교감이 새벽같이 나와서 혼자 풍선을 불어 교문을 꾸몄다는 걸 알고 있기 때문이기도 했다.

"나랑 같이 학부모 부스에 갑시다. 이제 열린다 캅니다."

교감은 앞서서 성큼성큼 걸음을 옮겼다. 먼저 발걸음을 옮긴 교감 때문에 봄이는 어쩔 수 없이 뒤를 따랐다.

학부모 부스는 교문 근처, 느티나무 아래 천막 안에 있었다. 커다란 그늘 아래선 학부모 위원 몇 분이 분주히 움직이고 있었다. 튀김기 세 대에 슬러시 기계까지, 생각보다 제대로 갖춰진 모습에 봄이는 깜짝 놀랐다.

'이걸 다 어디서 다 빌려 온 거지?'

메뉴판도 눈에 띄었다. 두꺼운 색지 위에 굵은 매직으로 큼직하게 적혀 있었다.

[가래떡 꼬치 500원, 판타 슬러시 500원]

학생들을 위해서 차린 이벤트인지라 가격이 무척 저렴했다. 시작될 낌새를 느꼈는지 선생들과 학생들도 하나둘 모이기 시작했다. 머리에 두건을 두른 학부모 위원장이 예열된 기름 앞에서 중얼거렸다.

"한결이 삼촌은 와 이리 안 온다노?"

"뭐가 뭐라 카더니 끊던데. 마, 잘 안 들리더라!"

"곧 오겠지, 뭐. 우리끼리 시작할까?"

"일단 튀겨 놓자!"

옆에서 다른 학부모가 아이스박스를 열었다. 뽀얀 드라이아이스 김이 올라오고 그 속에서 냉동된 가래떡이 한가득 나왔다.

"세상에! 지희 엄마, 가래떡만 이래 얼려 왔노, 무슨. 꼬치로 안 꼽아 오면 우짜는데?"

"개안타! 저기 챙겨 온 종이컵에 담아 주면 된다!"

부스 안에선 짧은 실랑이가 이어졌고, 그 사이 학생들 줄은 점점 길어졌다. 양념 준비까지 마친 위원장은 결정을 내렸다.

"자자, 학생들. 이제 튀김니데이!"

가래떡이 펄펄 끓는 기름 속으로 풍덩풍덩 빠져들었다. 대기 중인 학생이 이미 수십 명은 족히 넘어 보였다. 튀김이 익기를 기다리는 동안 주문이 밀려들었다. 점심을 먹고 한참 지난 시간이라 그런지 인기는 단연 최고였다.

기대감으로 웅성이던 그때였다.

"거기! 뭐 합니까, 지금!"

저 멀리서 최이준과 함께 천천히 다가오던 재규가 부스를 향해 버럭 소리쳤다.

"빨리 온나, 한결이 삼촌!"

"하, 그거 넣지 말라니깐!"

고함과 동시에 튀김기 안에서 가래떡 하나가 솟구쳐 올랐다. 이어서 넣어 두었던 떡들이 연달아 부풀며 튀어 오르기 시작했다.

"도, 도망쳐요!"

학부모 위원들의 얼굴은 사색이 되었다. 이미 튀김기에 들어간 떡이 열 개도 넘는다는 사실이 뒤늦게 떠오른 것이다. 사람들은 놀라 허둥지둥 뒤로 물러섰고, 떡들은 폭죽처럼 튀어나오며 사방으로 흩어졌다. 여기저기서 비명이 쏟아졌다.

"조심해요."

낯익은 향기 덕에 뒤를 돌아보지 않아도 알 수 있었다. 최이준이 다가와 봄이의 어깨를 붙들었다.

"다 비키십셔!"

학부모 부스 안으로 재규가 뛰어 들어갔다. 놀란 봄이가 비명을 질렀다.

"위험해요, 재규 씨! 가지 마요!"

그는 곧장 튀김기 앞으로 다가가 긴 다리를 들어 튀김기를 차례로 밀어 쓰러뜨렸다. 쓰러진 튀김 통에서 기름이 다 빠져나왔고, 떡들은 운동장 흙바닥에 흩어졌다.

덕분에 순식간에 사건이 해결됐다. 하지만 자칫하면 큰 사고로 이어질 뻔한 순간이었다. 봄이는 부스를 향해 힘껏 뛰었다. 가까이 달려간 봄이는 재규의 몸을 보고 머릿속이 새하애졌다. 반소매 티셔츠를 입은 재규의 노출된 팔뚝과 목덜미가 붉게 부어오른 게 선명하게 보였다. 그렇게 다친 몸으로 재규는 엉망이 된 자리를 정리하고 있었다.

"재규 씨."

"봄! 다친 덴 없습니까."

"없어요."

"당장에 봄이 씨부터 구하고 싶었는데 여기부터 처리하는 게 낫겠더라고. 그래도 신경 쓰였는데 안 다쳤다니 진짜 다행입니다."

"정말 잘하셨어요. 아무도 다친 사람 없어요."

봄이는 눈가가 뜨거워졌다. 무사함에 안도하면서도 재규의 팔에 선명한 화상을 보는 마음은 복잡했다.

"그거 그냥 두고, 병원부터 가요. 지금 이대로 두면 위험해요."
"지금 말씀이시죠."
"네, 어서요."
봄이는 부스 밖으로 나서며 교감 석관수를 향해 외쳤다.
"교감 선생님! 여기 정리 좀 부탁드릴게요!"
누구보다 먼저 몸을 피했던 교감이었다. 유혈 사태 없이 마무리된 데 안도하던 그는, 봄이의 말에 얼른 머리 위로 동그라미를 그리며 대답했다.
봄이가 앞장서고, 재규가 그 뒤를 따랐다. 부스 정리에 다들 정신이 팔려 있었기에 크게 눈에 띄지는 않았다. 다만 몇몇은 두 사람이 함께 교문 밖으로 나가는 모습을 힐끗 바라봤고, 최이준의 시선도 느껴졌지만 봄이는 개의치 않았다. 지금 중요한 건 병원에 가서 화상을 치료하는 일이니까.
교문을 빠져나온 봄이는 휴대폰을 꺼내 근처 병원을 검색했다.

[신수으ㅂ ㅇ외과]

급한 마음에 손이 떨려 자꾸만 오타가 났다. 흐려진 시야 탓에 액정이 제대로 보이지도 않았다. 곁에서 그녀의 휴대폰을 들여다보던 재규가 중얼거렸다.
"봄이 씨, 내 괜찮아요. 침 바르면 낫습니다. 안 아픕니다."
안 아프다니, 거짓말……. 봄이는 지도로 가까운 병원들을 확인하며 거리를 가늠했다. 멀지 않은 거리에 외과 하나가 있었다.
"여기가 제일 나아요. 십 분만 걸으면 돼요. 저, 따라오세요."
먼저 발걸음을 돌렸을 때 팔목이 붙들렸다. 재규가 교문 앞의 트력 하나를 손으로 가리켰다.

"그럼 이거 타고 가죠. 너무 울어서 안 되겠네."

"네……?"

봄이는 손으로 자신의 눈가를 쓸었다가 놀랐다. 축축했다. 자신이 울고 있다는 걸, 그제야 알았다.

43

"봄이, 많이 놀랐나 보네. 내 괘안타."

재규가 오히려 봄이를 달래고 있었다. 팔이 넝마가 되었는데, 누가 누구를 걱정하는 건지.

"근데 저건 누구 차예요?"

"내 껍니다."

다른 차도 있었구나. 픽업트럭형의 지프차는 짙은 비둘기색이었다. 왜인진 몰라도 낯익은 차였다. 봄이는 잠자코 재규를 따라 트럭에 올라탔다.

"얼른 가요."

한시가 급한데 재규는 출발도 하지 않고 생각에 잠겨 있었다. 봄이는 애가 탔다.

"재규 씨, 빨리……."

"봄이 씨."

아직 안전벨트를 매지 않은 재규가 몸을 훅 돌렸다. 가까이 얼굴이 마주쳤다.

"이거."

엄지손가락이 봄이의 눈가를 꾹 눌렀다. 아직 남아 있던 눈물이 닦였다.

"나 때문에 운 거 맞습니까."

"지금 그게 중요한 게 아니라……."

"중요합니다."

하, 급한데 자꾸 왜 이러지. 보기만 해도 따끔해 보이는 화상을 얼른 처치해야 하는데 재규는 지금 다른 이야기를 하고 있었다.

"왜 울었냐고."

재규는 여전히 움직일 생각이 없어 보였다. 봄이는 초조하게 말을 뱉었다.

"맞아요. 왜 울었는지는 모르겠는데 그냥 재규 씨 다친 걸 보니까 마음이 아파서, 그래서……."

커다란 손이 조심스럽게 봄이의 얼굴을 감쌌다. 봄이는 반사적으로 눈을 지그시 감았다. 왜 이런 상황에서, 왜…….

이어진 건 조심스럽고 느린 입맞춤이었다. 봄이의 입꼬리 옆에 뜨거운 입술이 닿았다가 떨어졌다. 이윽고 눈을 뜬 봄이는 가까운 거리에서 재규의 눈빛을 마주했다.

현실감이 느껴지지 않아 멍하게 바라보는데 재규가 입술을 살짝 떼고 굵은 목소리로 속삭였다.

"내 안 보고 싶었나. 하, 연락도 다 피하고."

"그건……."

"보고 싶어서 여까지 오길 잘했네."

쯉, 쯉. 입술이 몇 번을 더 닿았다가 떨어졌다.

"지금 그게 중요한 게 아니라니까요. 병원부터 가요, 빨리."

단호한 목소리에 재규는 입꼬리를 살짝 내리며 입술을 훔쳤다. 아쉬움이 담긴 눈빛이었다.

"진짜 괜찮다니깐."

"출발부터 하세요. 이럴 시간 없어요."

봄이의 재촉에 결국 차가 움직이기 시작했다. 봄이는 창밖과 재규의 팔을 번갈아 보며 마음을 졸였다.

"찬물로 먼저 식힐 걸 그랬어요. 왜 그 생각을 못 했지."

"곧 도착하니까 진정하십셔."

"아까 정말 너무 놀라서……."

"괘안타. 내 피부 강철이라. 저기 사거리에서 좌회전 받으면 바롭니다."

거의 다 왔다는 말에 긴장이 조금 풀렸다. 봄이는 차 시트에 몸을 기댔다. 이제야 차 내부가 눈에 들어왔다. 역시 깔끔하게 청소된 차였다. 항상 타던 차는 아니었지만 재규의 차에서 나던 시원한 향은 그대로였다. 백미러 아래엔 한결이와 함께 찍은 사진이 걸려 있었다.

"차가 또 있는 줄은 몰랐어요."

"아, 오늘은 뭐 행사니간 운반할 거 있음 도와줄라고 이거 타고 왔습니다."

신호를 받은 김에 봄이는 궁금했던 걸 슬그머니 물었다.

"이 차, 전에도 탄 적 있어요? 본 거 같아서."

"기억 좀 나나 보네."

"네?"

"우리 전에 만난 적 있습니다."

봄이는 눈을 크게 떴다. 처음 만난 건 겨울, 1월의 교무실이었다고 믿고 있었는데. 그보다 앞서 만난 적이 있다니 놀랄 수밖에 없었다. 언제 만났다는 걸까? 이런 이상한 남자를 기억 못 할 리가 없는데…….

"작년이었습니다."

"작년? 정말요?"

"한결이 입학식 날. 아까 내 통화하던 건물 뒤 주차장, 거기서."

"거기서 우리가 만났었다고요? 음……."

차가 없으니 평소에는 갈 일도 없는 주차장이었다. 애써 기억을 더듬던 봄이의 눈빛이 달라졌다.

"아!"

머릿속에 하나의 장면이 떠올랐다. 이곳에 막 내려왔을 무렵이었다.

"기억납니까. 내 트럭 옆에서 울었잖아."

기억이 떠오르자 봄이의 얼굴이 순식간에 달아올랐다. 그게 이 남자였다고?

작년 3월 2일 개학식 날이었다. 처음으로 낯선 곳에 떨어져 교무실에서 긴장된 채 인사하던 봄이는 몇몇 선생들의 적대적인 말투에 무척이나 놀랐다. 나중에야 그게 지역 사투리 억양에 익숙지 않아 생긴 오해라는 걸 알았지만, 그땐 여기에서조차 천덕꾸러기가 되었다는 생각에 울컥 솟아오르는 감정을 참을 수가 없었다. 옆에 앉은 홍정표 선생이 말을 걸었을 땐 더욱 그랬다. 농담을 가장하여 봄이의 속사정을 끈덕지게 궁금해했다.

〈힐링하러 이런 시골구석에 내려왔을 리는 없고. 봄 선생, 서울에서 사고 쳤지? 딱 보니까 남자 문제네. 맞지? 내가 귀신이야.〉

남자 이야기가 나오는 순간 눈물이 북받쳤다. 무례함에 화가 났고, 완전히 틀린 말이 아니라는 사실이 더 아팠다. 결국 봄이는 본관 뒤편 주차장으로 뛰쳐나갔다. 그러고는 주차된 커다란 트럭 옆에 몸을 숨긴 채 조용히 울었다.

"생각났나 보네. 그죠."

"조금요."

"그날 봄이 씨가 얼마나 울었는지, 이 차 침수 차량 됐습니다."

"……."

그날, 트럭 안에 사람이 있는 줄도 모르고 서럽게 울던 때였다. 슬쩍 내려온 창문 너머로 커다란 낯선 손이 티슈를 건넸다. 얼결에 받았던 그 티슈와 함께 건네졌던 건 자두 맛 사탕 하나였다.

〈드십셔. 울 땐 단 게 최고랍니다.〉

"그게 재규 씨였구나……. 전혀 몰랐어요, 난."

이제 와 돌이켜 보니 너무 부끄러웠다.

"잊어 주세요."

"어떻게 잊습니까, 그날을. 꺼이꺼이 우는 게 자꾸만 생각나서 가끔 학교 올 때마다 유심히 봄이 씨 살펴봤는데."

오고 가며 자신을 보고 있었다는 사실도 처음 알았다. 주변에 신경을 쓰지 않아서였을까. 작년엔 퇴근할 때 이어폰을 끼고 땅바닥만 보았다.

"계속 죽을상을 하고 있어서 내내 맘에 걸렸지."

"근데요……?"

"그 있잖아요. 홍정표 선생님 잡으러 교무실 간 날에."

봄이에게 대뜸 미인이라고 했던 날을 말하는 거였다. 신호가 바뀌고 차는 부드럽게 좌회전했다.

"그날 내 딱 보면서 웃는데…… 천사인 줄 알았죠. 기분 묘하더라고. 1년 내내 울상이더니 나 보고 그렇게 웃으니까. 괜히 뿌듯하고, 또 웃겨주고 싶고."

그랬구나. 그렇게 이어진 거였어. 또다시 명치께가 간질거렸다. 다른 건 아직 잘 모르겠지만 재규와 특별한 인연이 있는 것 같기는 하다. 여기서 처음 호의를 베풀어 준 사람이 바로 재규였다니…….

"천사는요……. 전 재규 씨 처음 봤을 때 조폭인 줄 알았어요."

"그게 무슨 말씀이십니까. 행님."

"……그거 하지 말랬죠!"

아무튼 각별해진 기분이었다. 이 신기한 인연에 대해 말하는 동안 병원에 도착했다. 접수를 마친 두 사람은 곧장 진료실로 들어갔다.

"기름에 튀긴 떡이 튀었단 말씀이죠?"

의사가 몇 차례 되묻자 봄이가 대신 나서 상황을 짧게 설명했다. 의아해하던 의사도 금세 납득하고 응급 처치를 시작했다.

"1도 화상이네요. 다행히도 표피층만 데었습니다."

"아, 그래도 다행이네요. 많이 튀어서 걱정했거든요. 어디, 어디를 다쳤나요?"

목덜미, 등허리, 오른쪽 팔뚝. 생각보다 많은 부위를 다쳤다. 응급 치료를 마친 뒤엔 다른 치료들이 기다리고 있었다. 스테로이드 주사를 맞은 재규는 붉은빛의 재생 레이저를 쐬였다. 신기한 듯이 재규가 이거 진짜 효과가 있느냐고 세 번을 물었다. 화상 연고까지 바르고 드레싱을 받은 재규는 시원한 표정으로 병원을 나섰다.

"같이 저녁 먹고 들어가요, 봄. 오늘 고마웠어요."

"제가 감사해야죠. 구해주신 건 재규 씨잖아요."

"사양 말고. 흠……. 근처 말고 좀 더 조용한 데 갈까요? 일단 타십셔."

결국 얼떨결에 저녁까지 함께 하게 됐다. 그래도 피하던 사이를 정면으로 마주할 기회가 될지도 몰랐다. 차에 올라탔고, 이제 막 시동을 걸려던 순간이었다. 재규의 바지춤에서 진동이 울렸다. 한두 번 울리다 말 줄 알았는데 진동이 길게 이어졌다.

"누꼬."

무시하려던 재규는 끈질기게 울려대는 진동에 휴대폰을 바지에서 꺼냈다. 곁에서 슬쩍 보니 저장이 안 된 번호였다. 재규도 감이 잡히지 않는지 고개를 갸웃했다.

"받아 봐요."

"네, 그럼 잠시만."

전화를 받고 스피커폰으로 돌린 재규가 목소리를 낮게 깔았다.

"여보십니까."

―어, 거기. 선재규 전화 맞습니까?

수화기 너머로 들려오는 목소리는 나이가 지긋하게 들어 보였다.

―맞습니까! 맞제?

아는 사람인 듯 재규의 표정이 와락 구겨졌다. 심상치 않은 분위기에 봄이는 입을 다물고 조용히 통화에 귀를 기울였다.

"맞는데. 와요."

―아이고, 재규야!

냅다 이름을 부르며 노인은 꺼이꺼이 울기 시작했다.

봄이는 어리둥절한 얼굴로 재규를 바라봤다. 뜻밖에, 그의 얼굴은 차갑게 굳어져 있었다.

"용건. 뭡니까."

44

―등기를 내가 수십 통을 보내고 문자를 백 통도 넘게 했다. 우째 그래 피하노!

수화기 너머로 쇳소리가 울렸다. 재규는 커다란 손으로 얼굴을 쓸어내리며 한숨을 내쉬었다.

―땅값을 후하게 쳐준단다! 제일 오래 버틴 니가 우리가 받은 거 곱절은 받을 끼다!

"영감님, 내 관심 없다고 예전에 말 안 했습니까."

―관심 없으면 그냥 땅 좀 팔아도.

"됐습니다."

―제발.

노인은 다시 울음을 터뜨렸다. 꽤나 큰 소리였지만, 재규는 아무 말도 하지 않았다. 그러자 금세 목소리가 맑게 돌아왔다.

―씨! 니 진짜 도장 안 찍을 끼가?

"예."

전화기 너머에서 버럭 고함이 터졌다. 재규는 말없이 종료 버튼을 눌렀다. 한숨을 한 번 더 길게 내쉰 그는 아무 일 없다는 듯 시동을 걸었다.

조수석에 앉은 봄이는 기분이 가라앉은 재규를 힐끗 바라보다가 조심스레 입을 열었다.

"방금…… 고향에서 온 전화예요?"

"예, 동네 이장님. 거기 기업에서 땅 사서 리조트 지으려는 모양입니다. 동의서 걷는다네요."

"그럼…… 재규 씨는 무엇 때문에 반대하는 거예요?"

뜻밖에 재규는 고개를 가로저었다.

"반대한 건 아니고…… 땅값 후하게 쳐준다는데 뭐, 내야 상관없죠."

"그럼 왜 그래요?"

"그냥. 그거 도장 찍으러 가기가 싫네요."

보통은 봄이가 묻지 않아도 이 얘기 저 얘기를 늘어놓는 재규인데 이번엔 말수가 적었다.

'고향 이야기만 나오면 저러는구나.'

하룻밤을 치르고 알 수 없는 감정에 휩싸인 것이 벌써 며칠째. 봄이는 천천히 자신의 마음을 들여다보고 있었다. 스스로 누군가와 이런 관계를 맺는 건 처음이라, 아직은 쉽게 결론 지을 수 없지만 한 가지는 분명했다.

'이 남자에 대해 더 알고 싶다.'

장난 뒤에 감춰진 이야기들을 듣고 싶었다.

"저녁 갈비 괜찮죠. 봄이 씨는 돼지갈비파입니까, 소갈비파입니까."

재규는 주차장을 빠져나오며 평소처럼 분위기를 돌렸다. 봄이는 차분하게 대답했다.

"재규 씨."

"예."

"찜은 소갈비, 구이는 돼지갈비가 맛있는 거 같고요."

"이야, 내랑 같네."

재규가 엄지를 척 올리며 웃었다. 봄이는 무릎 위 쇼핑백을 가만히 내려다봤다. 오늘 바자회에서 산 책 《첫 연애를 위한 길라잡이》가 들어 있었다.

'이 남자랑…… 결혼은 안 되겠지만, 연애는 내 맘대로 해도 되지 않을까.'

순간 스친 생각에 뺨이 붉어졌다. 말도 안 되는 소리. 어차피 끝이 정해진 일을 굳이 왜 하려고 해. 하지만 어째서인지 마음이 쉽게 접히지 않았다. 선재규라는 남자가 궁금했다. 알고 싶었다. 그 후에 결정해도 늦지 않겠지.

"재규 씨, 우리…… 같이 갈래요?"

"네? 집 가고 있습니다. 돼지갈비 맛집."

"아니요, 바닷가요. 재규 씨 고향."

"거긴……."

"도장 찍으러 가기 싫어서 미루고 있다면서요. 눈 딱 감고 다녀와요. 같이 가 줄게요."

"나 때문에 괜히 그럴 거 없습니다."

"고생 아니에요. 그냥…… 재규 씨가 어떻게 살아왔는지 알고 싶어서요."

안 될까요. 봄이의 뒷말과 함께 차가 갓길에 급히 정차했다. 차를 세운 재규는 알 수 없는 표정으로 봄이를 말없이 바라보았다. 그러다가 재규는 봄이의 손을 꼭 잡았다. 같이 가자는 대답 대신이었다.

***

"벌써 내일모레면 방학이네. 수업은 오늘이 마지막이야. 한 학기 동안 정말 고생 많았어. 남은 시간은 십 분 정도니까, 자유 시간 가지자."
"오예!"
바자회를 끝으로 마지막 행사를 마친 학교는 방학 준비로 분주했다. 봄이도 마지막 수업을 마무리하며 아이들에게 잠시 쉴 틈을 주었다. 교실은 들뜬 분위기였다. 아이들은 벌써 여름 계획을 세우며 시끌벅적했다. 봄이는 교탁에 앉아, 맨 앞줄에 모인 아이들의 대화를 흘려들었다.
"부산에 놀러 가자니까?"
"도랏나? 갈람 서울 가서 놀아야제."
"여름은 바다지! 부산이나 거제로 가자고!"
다들 어디론가 가는구나. 열을 내며 부산을 가야 한다고 주장하던 반장이 갑자기 봄이 쪽으로 고개를 돌렸다.
"쌤은요?"
"나? 뭐가?"
"쌤은 방학 때 어디로 놀러 가세요?"
봄이는 잠시 머뭇거리다가 말했다.
"저 밑에 해촌 마을이라고, 거기 바닷가 놀러 가."
놀러 간다기보다 재규를 따라 그의 고향에 가는 거였지만, 딱히 길게 설명하진 않았다. 그 말에 반장이 책상을 탁탁 치며 큰소리쳤다.
"야! 거봐! 쌤도 바다로 가신다잖아! 바다로 가자!"

삼삼오오 모여서 이야기에 열을 올리는 모습을 구경 중이던 봄이의 시선이 한곳에 멈췄다.

'어……?'

혼자 책상에 엎어져 있는 것은 세진이었다. 그리고 그 앞엔 한결이가 의자를 돌려 세진이에게 말을 걸고 있었다. 잘 들리진 않지만 세진이는 대답도 하지 않는 것 같았다. 그러고 보니…….

'기말고사 이후 계속 힘이 없었지.'

정확히는 OMR 리더기 채점이 끝나고 수학 성적이 공개되었을 때였다. 교무실로 달려온 세진이의 얼굴은 새하얗게 질려 있었다. 수학 담당인 정진혁 선생과 이야기하는 것을 들으니 상황은 심각했다.

〈분명, 분명 다 맞았거든요.〉

〈그런데 세진아. 이거 봐. OMR에 네가 마킹을 잘못했다니깐? 졸았구나?〉

82.4점이라는 세진이의 역사상 최저 점수가 나왔다. 마킹 실수였다. 시험 기간에 눈 밑이 퀭할 정도로 잠을 설친 것처럼 보였는데 결국 시험 마지막 날, 마지막 교시인 수학 시간에 깜박 졸아 버린 것이다.

〈샘, 저 어떡해요? 집에다 뭐라고 말해요?〉

〈괜찮아. 세진아, 만회할 길은 많아. 이거 하나 실수했다고 큰일 안 나. 선생님 말 믿어.〉

〈성적표 나오면 전 바로 집에서 매장이에요. 어떡해, 내가 왜 그랬지?〉

그 뒤로는 계속 저런 모습이었다. 며칠 지나면 괜찮아질 줄 알았는데 점점 상태가 악화되고 있었다. 걱정되는 마음에 눈길이 떨어지지 않았다. 그러다 한결이와 눈이 마주친 봄이는 복도를 손으로 가리켰다. 그렇게 복도로 불러낸 한결이에게 봄이가 물었다.

"한결아, 세진이 성적 때문에 저러는 거 맞지?"

"네, 방학식 날 성적표 나오니까요."

그래서 방학식이 다가올수록 세진이가 눈에 띄게 불안해했구나. 봄이는 마음이 안 좋았다. 커다란 실수인 건 분명하지만 어쨌거나 돌이킬 수 없는 사항이었다. 그러니 마음을 추스르는 게 좋을 텐데…….

"선생님."

"응?"

"세진이는 걱정하지 마세요."

그렇게 말한 한결이는 잠깐 한숨을 내쉬다가 희미하게 웃어 보였다.

"세진이 다니는 학원, 저도 등록하기로 했거든요. 방학 때 특강도 같이 들을 거고요."

"정말?"

"네, 누가 같이 있어야 할 거 같아서. 제가 잘 위로해 볼게요. 너무 신경 쓰지 마세요."

"그래, 알았어."

봄이는 고개를 끄덕이며 한결을 다시 교실로 들여보내려다가, 문득 덧붙였다.

"한결이 너…… 대학 가려고 마음 바꿨구나? 학원 그냥 등록한 거 아니지?"

잠시 놀란 듯하던 한결이, "우와……" 하고 감탄했다.

"맞아요. 어떻게 아셨어요?"

봄이의 예상이 맞았다. 아이들의 기말고사 성적을 보던 봄이는 한결이가 마음을 잡았다는 걸 눈치채고 있었다. 성적이 굉장히 올랐고,

특히 영어와 수학이 두드러졌다.

"지금부터 준비해도 서울 갈 수 있을 거야. 너 수능 준비해, 한결아."

"그래야 할 거 같아요."

세진이와 앞으로 학원까지 함께 다니면 서로 의지하면서 시너지 효과를 낼 거라고 봄이는 믿었다.

'둘이 잘됐으면 좋겠어.'

한결이를 교실로 돌려보내자마자 종이 울렸다. 봄이는 교무실로 돌아가려다 말고 잠시 바람을 쐬기 위해 건물 밖으로 나갔다. 오후가 되어 햇볕이 뜨거웠지만, 에어컨 바람에 차가워진 몸을 덥히기엔 나쁘지 않았다.

"벌써 방학이라니……."

시간이 정말 빠르게 지나갔다. 작년과는 체감이 달랐다. 문득 올여름은 좀 더 의미 있게 보내고 싶다는 생각이 들었다. 지난해 여름엔 수능 대비반을 맡아 학교에 매일 출근했지만, 올해는 다행히 보충 수업이 없었다.

'일단…… 재규 씨 고향부터 가 보자. 예전부터 궁금했는데.'

검색창에 '해촌 마을'을 쳐 봤지만, 특별한 정보는 나오지 않았다. 해외를 오가는 어선이 잠시 머무는 조용한 항구 마을이라는 설명과, 현창건설이 그곳에 프라이빗 리조트를 세운다는 뉴스 몇 개가 전부였다.

"뭐 입고 가지?"

데이트라고 볼 순 없지만 그래도 마음이 무척 설렜다. 봄이는 나른하게 기지개를 켜며 교무실로 돌아갔다.

***

드라마 〈그 겨울의 작전〉 마지막 촬영을 마치고 돌아온 정난희는 옷도 갈아입지 않은 채 주방으로 향했다. 집은 조용했다. 남편 윤정기는 학회 일정으로 제주도에 내려갔고, 아들 윤청은 투자자 접대가 있다며 늦는다는 메시지를 남겨 두고 나갔다.

"오랜만에 혼자네."

와인 냉장고에서 프랑스산 부티크 와인을 꺼낸 난희는 조심스레 병을 열고, 와인 랙에서 유리잔 하나를 꺼내 식탁에 앉았다. 투명한 잔 안에 찰랑거리는 루비 빛 액체를 바라보며 혼잣말을 중얼거렸다.

"빛깔 하나는 끝내주네. 비싼 건 달라."

무슨 맛인지 정확히는 몰랐지만, 향긋하다는 느낌만은 확실했다. 가격에 대한 믿음이 맛을 덧입힌 셈이었다. 잔을 들어 혼잣말처럼 건배사를 읊조렸다.

"배우 정난희를 위하여."

얼마나 기다렸던가. 전작 드라마가 국민 드라마가 되어 연장에 연장을 거듭하는 바람에, 자신의 복귀작 〈그 겨울의 작전〉은 촬영이 다 끝난 다음에서야 첫 방영을 앞두게 됐다. 오늘이 마지막 촬영이었다. 드디어.

난희는 휴대폰을 꺼내 포털에 검색어를 입력했다. '그 겨울의 작전', '정난희', '정난희 복귀'. 검색 결과에 새로 떠오른 기사 하나가 눈에 띄었다.

[평범한 주부에서 안방으로 복귀하는 배우 정난희……]

새로 뜬 기사의 헤드라인을 발견한 난희의 눈썹이 위로 올라갔다.
"이게 뭐야! 아이 씨, 진짜!"
평범한 주부? 얼굴이 화끈거렸다. 교수 남편이 대외적으로 '평범'이라 취급받을 정도는 아닌데 자존심이 와르르 무너졌다.
"내가 조금만 더 있으면 검사 사위를……."
중얼거리던 난희의 표정이 어두워졌다. 곧 사위가 될 최이준 검사와 어제 처음 통화했다. 대뜸 전화한 최 검사는 콧대가 하늘을 찔렀다. 어찌나 오만한지 아랫사람을 대하는 듯한 말투에 기분이 무척 상했다.
―윤봄 씨 2년 채우고 서울로 복귀하는 게 맞습니까.
〈맞아요, 최 검사. 그게 다 사정이 있어서…….〉
―무슨 사정인지는 들어서 이미 알고 있습니다.
〈아니, 그걸 어떻게……. 내가 다 설명할게요.〉
난희는 하마터면 휴대폰을 떨어뜨릴 뻔했다. 최 검사가 뒷조사까지 할 줄은 몰랐다.
―됐습니다. 결혼하면 서울로 올라가겠습니다. 윤봄 씨, 계속 학교에서 일하게 두실 생각은 아니시겠죠?
〈안 그래도 애 아빠가 이사장인 사립고에 얘기해 놨어요, 그건 걱정 말고.〉
―그 채용은 취소하시죠. 전 아내가 전적으로 저를 서포트해 주길 바랍니다.
그 말에 난희는 순간 당황했지만 일단은 알았다고 했다. 통화를 마친 뒤에도 어쩐지 기분이 나빴다. 하지만 아무리 생각해도 이만한 사윗감은 없었다.
과거에는 집안이나 직업 같은 객관적 조건만 따졌지만, 요즘은 모임 자리에서 '잘생긴 사위'가 얼마나 사람들의 눈을 사로잡는지 절절히 느꼈다. 최 검사는 집안 좋고 재력 좋고, 검사라는 직업에 외모까지 빠지지 않는 드문 인물이었다.

정난희는 스스로를 다독이며 마음을 다잡았다.

'이 결혼, 반드시 성사시켜야 해.'

45

 그러자면 봄이를 잘 회유해야 했다. 몇 차례 통화를 했지만 어쩐지 봄이는 도통 관심이 없어 보였다. 난희는 초조해졌다.
 '예전엔 내가 만나라는 대로 만나고, 결혼도 알아서 하라는 대로 한다더니.'
 이젠 난감해하면서도 은근히 거절 의사를 밝히기도 하고, 대놓고 한숨을 내쉬기도 했다. 시골로 가더니 애가 완전히 변했다. 누굴 위해 이 고생을 하는 건데, 속도 모르고 말이야. 난희는 자신의 뜻대로 움직이지 않는 봄이가 야속하게 느껴졌다.
 "설마, 거기서도 유부남이랑 엮였나……?"
 아이고, 끔찍해! 난희의 얼굴이 새파래졌다. 한번 시골로 내려가 볼 것을, 작년엔 윤정기의 눈치를 보느라 못 갔고 올해는 촬영 때문에 바빴다. 여러 망상을 펼치며 발을 구르던 난희는 매니저한테 전화를 했다.

"아, 얘 또 왜 안 받아?"

앓느니 죽지. 난희는 지도 앱으로 가는 길을 찍어 보려고 했지만 생각보다 보기가 불편했다. 윤청의 컴퓨터를 쓰기로 하고 아들 방에 들어갔다.

"드라마 첫 방송 전에 다녀와야지. 그게 낫겠어."

파란 바탕화면이 뜨고, 인터넷 브라우저 아이콘을 찾으려던 난희의 눈이 어느 한 폴더에서 멈췄다.

[B]

이름 없는 이니셜. 큰 의미 없을 수도 있었지만, 왠지 모르게 심상치 않았다. 다 큰 아들의 사생활이긴 해도, 눈길이 자꾸 그리로 쏠렸다. 결국 난희는 유혹을 뿌리치지 못하고 폴더를 클릭했다.

곧, 난희의 비명이 집 안에 울려 퍼졌다. 의자에서 벌떡 일어난 난희는 두 손으로 입을 틀어막았다. 눈을 몇 번이고 감았다가 뜨며 모니터를 재차 확인했다.

"말도 안 돼, 우리 청이가 왜?"

모두 다 믿을 수 없는 사진들이었다.

***

"이게 왜 갑자기 안 되지……?"

봄이는 고개를 갸웃거리며 텔레비전을 뚫어져라 들여다봤다. 어제까지만 해도 멀쩡하던 화면이 열두 개로 나뉘어 쪼개진 채 어지럽게 요동쳤다. 고치려 가까이 들여다보다가 화면 떨림 때문에 멀미가 나고, 속이 울렁거렸다.

"우윽……."

봄이가 연신 헛구역질을 하자 학생들이 너도나도 소리쳤다.

"샘, 그냥 안 봐도 되는데요!"

"맞아요! 어차피 소리는 잘 들려요!"

결국 봄이는 화면 수리를 포기하고 자리에 앉았다.

오늘은 방학식 날이었다. 최근 교육청 지원으로 방송 장비가 새로 들어왔고, 이를 테스트할 겸 방학식을 전교 방송으로 진행하기로 한 참이었다. 다른 반은 무리 없이 진행되었지만, 봄이네 반만 화면이 이상하게 나오고 있었다. 다행히 소리는 또렷이 들렸다.

―예, 무엇보다도 방학 때 흐트러지지 않도록 규칙적인 생활을 이어 나가야 할 것입니다. 또한 다양한 여가 활동을 통해 심신을 단련하시기를 바랍니다. 크흠. 이상입니다.

교장 선생님의 길고 긴 훈화 말씀이 끝났다.

―자, 그럼 교실에 계신 담임 선생님께서는 학생들에게 유인물을 배포해 주시고 안전사고 연수를 해 주시길 바랍니다.

방송 멘트에 따라 봄이는 교탁 앞으로 나가 준비해 둔 유인물을 꺼냈다. 여름 방학 가정통신문, 물놀이 안전 수칙 같은 안내문들이었다.

"샘, 방학 때 뭐 하실 거예요?"

"야, 니 저번에 뭐 들었냐? 바다 놀러 가신댔거든?"

"오오……!"

아이들이 웅성거리며 들뜨기 시작했다. 봄이는 손을 살짝 들어 조용히 시키곤, 교실 스피커의 볼륨을 높였다. 작년 이맘때와는 분위기가 사뭇 달랐다. 그땐 서로 아직 서먹했는데, 이젠 이 아이들이 참 정겹고 가깝게 느껴졌다.

"자, 마지막까지 잘 들어보자."

소리만 들으려니 집중이 쉽지 않았지만 그래도 중요한 내용이었다.

─이상으로 안전사고 예방 교육을 마칩니다. 방학식은 이것으로 종료하며, 각 교실은 정리 정돈 부탁드립니다.

이제 아이들을 보내야 할 시간, 봄이는 몰래 준비해 온 것을 부스럭거리며 꺼냈다.

"저기, 얘들아."

"넵."

"방학 때 친구들이랑 가족들이랑 좋은 곳 많이 놀러 다녀. 학교도 개방하니까 와서 시원하게 에어컨 바람 쐬면서 공부도 하고."

"넵!"

"그리고 이건……."

"헉, 성적표다!"

아이들이 벌써부터 비명을 지르며 발을 굴렀다. 소란 속, 구석에 앉아 있던 세진이의 낯빛이 흐려졌다. 봄이는 안쓰럽게 그 얼굴을 바라보다 다시 말을 이었다.

"한 명씩 앞으로 나올래?"

성적표와 함께 건넨 건, 레모나였다.

"샘, 이게 뭐예요. 감동입니다."

"저희가 드려야 되는데……. 어흑."

"별거 아냐."

손바닥만 한 레모나 상자 위엔 손글씨 쪽지가 하나씩 붙어 있었다. 짧은 문장이지만 정성껏, 아이 한 명 한 명을 떠올리며 적은 말들이었다. 반응은 폭발적이었다. 봄이는 아이들이 기뻐하는 모습을 보며 뿌듯한 감정을 느꼈다. 준비할까 망설였던 고민이 민망할 정도였다.

"한 학기 동안 고생 많았고, 건강한 모습으로 한 달 뒤에 만나자."

봄이가 말을 마치자마자 아이들이 교탁 앞으로 나와 둘러쌌다. 장난을 치며 서울은 안 가실 거냐, 학교엔 안 나오실 거냐며 시시콜콜한 것들을 물었다.

대청소까지 마치고 아이들을 보낸 봄이는 교무실에 들러 선생들과 인사를 나누고 교문을 빠져나왔다. 버스를 타고 집에 돌아오기까지, 봄이는 이제껏 느껴 보지 못한 방학의 설렘에 취해 있었다.

"봄식아, 엄마 방학했어."

컹컹거리면서 현관까지 뛰쳐나온 봄식이를 안아 들고 봄이는 소파에 앉았다. 봄식이를 데려온 지 이제 한 달인데 외형이 많이 달라졌다. 솜뭉치 같기만 하던 봄식이는 제법 늠름해지고 있었다. 세모 모양으로 접혀 있던 귀는 이제 한쪽이 섰고, 다리도 조금 길어졌다. 그리고 이상하게도 털 색깔이 조금 누레졌다.

"엄마랑 산책 갈까?"

'산책'이라는 단어에 봄식이는 앞발을 구르며 좋아했다. 봄이는 킥킥 웃으며 하네스를 채우고 밖으로 나섰다. 매일 퇴근 후에 삼십 분가량 산책을 시켜 주고 있지만 에너지 넘치는 강아지에게 턱없이 부족한 시간이었다. 이제 방학이니 조금 더 길게 산책할 수 있다는 사실이 좋았다. 또, 매일 반나절 동안 집을 비우지 않아도 되니 더 많은 시간을 함께할 수 있었다.

"너는 정말 안 지친다, 봄식아. 누구 닮아서 그래, 응?"

냇가를 끼고 세 바퀴를 돌았다. 봄이는 어느새 땀으로 옷이 축축해졌지만, 봄식이는 더 뛰고 싶다는 듯 콧김을 씩씩 내뿜으며 발을 동동 굴렀다.

"내일은 어떤 형아가 대신 산책시켜 줄 거야. 그때 마음껏 뛰어. 알겠지?"

봄식이는 알아들었다는 듯 꼬리를 한껏 흔들었다. 봄이는 녀석을 달래며 집 앞까지 걸어왔다. 대문 앞에서 계단을 보며 '안아 줘' 포즈를 취하는 봄식이를 보자, 장난기가 발동했다.

"다리가 짧아서 그러지?"

봄이가 장난스럽게 놀리자, 봄식이는 컹컹 짖으며 발을 구르기 시작했다. 그 모습이 귀여워 봄이는 한술 더 떴다.

"아니, 다 컸다는 애가 아직도 안아 달라네? 진짜 다 큰 거 맞아?"

그때였다.

"윤봄 씨."

낯익은 목소리에 봄이는 몸을 굳혔다. 고개를 들자 계단 위에서 최이준이 내려다보고 있었다. 하마터면 봄식이 산책 끈을 놓칠 뻔했다.

"······거기서 뭐 하세요?"

"올라오시죠."

말없이 봄이를 내려다보는 그의 시선에, 봄식이도 잔뜩 경계하며 으르렁거렸다. 봄이는 재빨리 녀석을 안아 들고 계단을 오르기 시작했다.

"끝난 지 오랜데 안 오길래 선재규랑 있는 줄 알았습니다."

"재규 씨는 오늘 정부 지원 프로그램 설명회 갔어요."

"자세히도 아네."

여전히 날 선 말투였다. 봄이는 그를 집 안으로 들일 수 없어, 옥상의 평상에 앉혔다.

"잠깐만요. 봄식이 좀 넣고 올게요."

"······이름, 참."

최이준이 쯧 하고 혀를 차자, 봄식이가 큰 소리로 짖으며 달려들었다. 봄이는 서둘러 집 안에 봄식이를 넣고 다시 나왔다.

"혹시 하실 말씀이라도 있나요?"

긴장됐다. 엄마가 몇 번이나 전화해서 이 남자와 만날 것을 종용하고 있었다. 언제나 그랬듯 핑계를 대면서 미루고 있지만 이번엔 엄마도 단단히 벼른 눈치였다.

―어쨌든 진행 중이니까 그렇게 알아 둬. 이번 건 놓치면 다신 안 볼 줄 알아.

엄마의 목소리가 머릿속을 맴돌았다. 이미 상대 쪽 집안과 얘기가 오가고 있었다. 당연히 거절 의사를 밝혔지만, 실은 봄이 스스로도 갈피를 잡지 못하고 있었다.

'엄마 말대로 최이준 씨가 최선일 수도 있겠지.'

무엇이 정답일까……. 정해준 대로만 살아왔다. 자신이 내리는 선택에 아직은 큰 자신이 없었다. 기껏 그들을 거스르고 실패하면, 그땐 정말 혼자가 될 것 같아 두려웠다. 봄이는 복잡한 얼굴로 최이준의 옆에 걸터앉았다.

"저번 바자회 날……. 저 감싸 주셔서 감사했습니다. 인사도 못 드렸어요."

"그날, 선재규랑 나가 버렸지."

교문을 나갈 때의 그의 눈빛이 생생히 떠올랐다. 역시 마음에 두고 있었구나.

"사람이 다쳤으니, 그게 우선이죠."

"선재규가 다친 걸 왜 그쪽이 신경 씁니까?"

봄이는 선뜻 입을 열지 못했다. 왜 신경이 쓰였을까. 그저 안쓰러워서? 아니었다. 그 남자가 위험한 곳에 거침없이 홀로 뛰어든 순간이 잊히지 않았다. 여러 사람을 구하려던 그 마음이 봄이를 흔들었다.

봄이는 비겁한 사람을 싫어했다. 몸을 사리는 사람도 싫었다. 스스로가 그러한 사람이니까. 다른 사람도 마찬가지다. 모든 사람은 어느 정도론 비겁했고, 이기적으로 자신의 안위를 우선시했다. 그게 당연한 거겠지만 재규는 달랐다. 몸을 사리지 않고 옳은 일을 했다. 생색을 내는 일도 없었다. 그런 모습이 듬직하기도 했고, 존경스럽기도 했다.

"다른 사람을 위하는 일, 정의롭잖아요. 쉽지 않은 일이고. 당연히 신경 쓰였어요. 잘못됐나요?"

최이준이 기가 찬다는 조소를 던졌다. 비틀린 그의 입에서 도저히 믿을 수 없는 말이 흘러나왔다.

"그래요, 정의로운 사람. 그런 사람이…… 자기 아버지를 죽일 수 있습니까?"

46

"네? 그게 무슨……."

봄이의 미간이 찌푸려졌다. 아무리 선재규를 못마땅해해도, 선을 넘은 말이었다. 혐오도 정도껏이지, 저런 끔찍한 말을 어떻게 아무렇지 않게 입에 담을 수 있단 말인가.

"말 좀 가려서 하세요."

목소리가 커졌다. 속에서 화가 솟구쳤다.

"수사와 무관한 개인 정보 무단 열람이라, 찝찝했지만 어쩔 수 없었습니다. 내 배우자가 될 여자가 범죄자한테 감정 이입하는 걸 보고만 있을 순 없죠. 알아야 할 건 알려줘야 하니까."

정색하는 최이준의 말에 봄이는 말문이 막혔다. 배우자? 누가 언제 그런 말을 허락했나. 게다가 선재규에게 범죄자란 말을 아무렇지도 않게 내뱉다니. 모든 게 이해가 가지 않고 불쾌하기만 했다.

"선재규는 고2 때 뱃일을 마치고 집에 돌아온 아버지를 죽였다는 혐의를 받았다가 증거 불충분으로 풀려났습니다."

"……네?"

꽤 구체적인 이야기에 갑자기 손끝이 떨렸다.

"범죄 방법은 방화. 그 때문에 본인도 화상을 입었고."

화상이라는 말을 들으니 떠오르는 것이 있었다. 재규의 왼팔에 남아 있던 화상 흉터였다.

"어쨌든 이러니 조심하라고."

"내가 그런 말 믿을 거 같아요……?"

"허술한 거짓말 따위나 하려고 여기까지 올 정도로 한가한 사람 아닌데, 나. 아무튼 점심시간에 잠깐 나온 거라 이제 들어가겠습니다. 내일 저녁에는 시간이 좀 날 거 같은데 그때 식사나 하죠."

"아니, 식사는 왜……. 싫어요, 그런 거."

"그렇게 해. 적당히 튕기고."

온몸이 얼어붙은 것 같았다. 충격이 너무 커서 아무 말도 떠오르지 않았다.

"믿기 어렵겠지만, 난 봄이 씨 꽤 마음에 듭니다."

봄이의 뺨을 어루만지는 손이 느껴졌다. 그제야 흐릿했던 시야가 조금씩 트였다. 멍한 눈을 몇 번 더 깜박이자 앞이 분명해졌다.

"선재규랑은 어디까지 갔어요?"

"……네?"

"뭐가 됐든 슬슬 정리하는 게 좋을 거예요."

"기분 나쁘네요. 그만하시죠."

"똑똑하니까 알아들었을 거라 믿어요."

최이준은 그 말을 남기고 계단을 내려갔다. 봄이는 멍하게 서서 떠나는 그를 지켜보았다.

'아까 그 말. 설마, 진짜 재규 씨가?'

간신히 집 안으로 들어온 봄이는 소파에 힘없이 누웠다. 밥그릇 앞에서 배가 빵빵해진 채로 잠들어 있는 봄식이를 보고 넋이 나간 모습으로 중얼거렸다.

"봄식아……. 엄마 어떡해?"

믿고 싶지 않지만 최이준의 말이 맞다고 가정해 보니 그동안 재규가 보였던 태도가 퍼즐처럼 맞춰졌다. 왼쪽 팔뚝의 화상 흉터에 대해 언급할 때마다 입을 다물던 모습, 고향에 대해 취하던 부정적인 태도…….

물론 최이준이 악의적으로 거짓말을 했을지도 모른다. 두 사람의 관계는 좋지 못하니까. 하지만 일전에 재규에게 물어봤을 때 들은 바로는 그런 거짓말을 할 정도의 원수는 아니었다.

〈신수읍에 화력 발전소를 짓는다 해서 주민끼리 대응팀을 만든 적이 있는데요. 최이준이 그게 처음엔 법적 자문도 해 주고 그러다가 나중에 뒤통수치고 반대편에 붙었다는 거 아닙니까.〉

처음엔 동지였지만, 끝은 배신으로 갈랐다 했다. 둘의 관계가 멀어진 이유는 분명했지만, 그렇다 해서 최이준이 그런 끔찍한 이야기를 지어낼 정도의 원한은 없어 보였다.

봄이는 자신의 경험을 떠올렸다. 자신 또한 근거 없는 소문으로 상처 입은 사람이었다. 그 기억이 재규를 함부로 판단하지 못하게 만들었다. 하지만 마음속에서는 자꾸만 불씨가 피어오르고 불길이 번졌다. 사실을 확인하기 전까진 속단하지 말자고 끊임없이 마음을 다스려야만 했다.

붕붕. 휴대폰의 작은 진동음에 봄이는 발작하듯 몸을 떨었다. 움찔하며 휴대폰을 들어 올린 봄이는, 화면에 뜬 이름을 보고 심장이 주저앉는 기분이 들었다. 선재규.

[방학했죠. 설명회 디게 기네요! 짐 쉬는 시간ㅎ.]

재규는 부산에서 열린 재생 에너지 정부 지원 프로그램 설명회에 참석 중이었다. 부산에 도착한 재규가 찍은 풍경 사진 여러 장도 함께 도착했다. 봄이는 지금 재규의 말에 집중이 되지 않았다. 떨리는 손으로 가장 무난하게 답장했다.

[설명회 괜찮아요?]

빠르게 답이 왔다.

[우리 회사도 참여 기업 조건엔 든다 하네요~ 기회는 좋은데 그럼 일이 많아져서 고민 중입니다.]

재규는 사업체를 더 크게 키울 수 있는 능력을 충분히 갖추고 있었다. 그럼에도 항상 망설여 왔다. 시간을 뺏기면 워라밸을 지킬 수 없다는 이유였다. 그 점엔 동의하지만 그래도 곧 한결이가 졸업하고 서울로 대학을 가면 재규에게 남는 시간은 더욱 많아질 터, 봄이는 평소에 생각하던 바대로 말했다.

[재규 씨라면 잘할 수 있을 거예요.]

메시지를 보내고 봄이는 휴대폰을 뒤집어 놨다. 일단은 생각할 시간이 필요했다.

'진정하자. 혐의만 받았던 것뿐이야.'

그리고 혐의를 받았다는 말 자체가 거짓일 수도 있잖아. 봄이는 무심코 소파 아래 두었던 가방을 손으로 더듬다가 손에 걸린 책을 꺼냈다.

《첫 연애를 위한 길라잡이》.

책갈피를 꽂아 둔 부분이 보여 그곳을 펼쳤다. 이미 반 이상 넘게 읽은 책에는 자신이 열심히 공부했던 흔적이 가득했다.

"나 왜 이렇게 열심히 봤지……."

힘없이 뒤적거리던 손이 멈췄다. 〈챕터 4: 상대방의 과거, 어디까지 포용할 수 있을까?〉 이 부분은 다른 챕터보다 형광펜 친 부분이 적었다. 재규의 과거에 대해 별다른 생각이 없어 한 번 읽고 넘어간 부분이었다.

한 번 더 읽어 볼까. 지금 이런 심각한 상황에 연애 책에서 해답을 찾는다는 것이 우습지만, 이 책에서 많은 걸 배운 것도 사실이었다. 또한 봄이에게는 이 문제를 상의할 사람이 아무도 없었다.

[상대의 과거에 대한 불안감이 들 땐, 냉정하게 그것이 극복 가능한 과거인지 아닌지를 따져 보아야 한다……]

책장을 넘기던 봄이는 눈길을 사로잡는 한 구절을 발견했다.

[함께 그 과거와 관련된 장소에 가 보는 것도 좋습니다.]

마침 내일은 재규와 해촌 마을에 가기로 한 날이었다.
의미가 있을까? 해촌 마을에 가기로 한 것은 재규에 대해 더 알고 싶은 마음 때문이었다. 하지만 이런 걸 알고 싶던 게 아닌데.
봄이는 책을 집어넣고 얼굴을 감쌌다.
"됐어. 이제 이런 책이 무슨 소용이야……."
모든 게 엉망이 되어 가는 기분이었다. 내일 아무렇지도 않게 재규의 얼굴을 볼 자신이 없었다. 하지만 그를 만나야 진실을 알 수 있을 거란 생각에 약속을 취소할 수도 없었다.

***

"와, 선생님. 애가 봄식이예요?"

"응, 귀엽지."

"하아, 너무 예쁘다."

봄식이를 받은 한결이가 얼굴을 붉히고 웃었다. 재규는 봄식이가 볼 때마다 쑥쑥 커져 있다고 신기해했다.

"선생님, 애 지금 산책시켜도 될까요?"

"그래, 봄식이 되게 잘 달려."

한결이는 봄식이를 데리고 나갔다. 거실엔 재규와 봄이 단둘만 덩그러니 남았다.

"봄봄, 우리 집 구경 좀 하고 갈래요?"

"……나중에요."

재규가 아침에 데리러 왔을 때, 봄이는 거의 뜬눈으로 밤을 새운 상태였다. 온통 복잡한 생각뿐이었다. 재규와의 관계를 다시 천천히 짚어 봤지만, 딱히 결론은 나지 않았다. 아직 아무 사이도 아니니 그나마 다행이라고 여겼다. 약간의 호감, 아직은 그뿐이다. 최이준의 말이 사실이라 해도, 정리하는 데 오래 걸릴 감정은 아니라는 생각이 들었다.

"봄봄, 커피라도 좀 마시고 가죠. 내 바리스탑니다. 원두도 겁나 좋은 겁니다. 마시고 집 구경 딱 하고……."

재규는 집을 구경시켜 주고 싶은 눈치였다. 오늘 와 보니 재규의 집은 생각보다 가까이에 있었다. 청설읍에서 벗어나 학교가 있는 신수읍으로 건너가면 읍내로 가는 길목에 커다란 2층짜리 단독 주택이 재규의 집이었다.

이곳의 다른 집들은 붉은 벽돌로 지어져 있지만, 재규의 집은 달랐다. 서울 근교의 전원주택처럼 짙은 모노톤에, 정원이 넓었고, 옆에 차고지도 따로 마련되어 있어 쾌적하고 근사했다. 재규가 공을 들여 직접 지은 집이라고 했다.

"됐어요. 집에서 마시고 왔어요."

"그럼 잠깐 앉아 계십셔. 내 인감도장 좀 찾아 갖고 나올게요."

"네, 여기에서 기다릴게요."

"아, 이거 보고 계실랍니까. 제 리즈 시절이 담겨 있습니다."

"리즈 시절……?"

재규는 두껍고 오래된 앨범 하나를 꺼내 소파 테이블 위에 올려두고 주방으로 갔다. 봄이는 무심코 앨범을 넘겼다가 놀랐다. 첫 장은 까마득한 옛날 사진이었다. 마르고 꾀죄죄한 어린 한결이를 한쪽 팔로 들고 무뚝뚝하게 서 있는 청년 재규가 있었다. 지금보다 슬림한 몸에 날카로운 인상을 한 재규는 무척이나 낯설었다.

'자기 앨범이 아니라 한결이 앨범이구나.'

이 사진을 시작으로, 한 장, 한 장 넘길 때마다 두 사람만의 기록이 이어졌다. 다음 쪽엔 한결이가 전집 동화책 앞에서 어색하게 웃고 있는 사진, 지금은 폐업했지만 한땐 유명했던 놀이공원의 회전목마에서 재규와 한결이가 브이를 하고 있는 사진 등이 있었다.

페이지를 넘길수록, 한결이의 표정이 서서히 밝아졌다. 재규의 얼굴도 마찬가지였다. 마침내 초등학교 입학식 날 찍은 것으로 보이는 사진 무더기 속엔 감격에 북받쳐 우는 재규와 환하게 웃고 있는 한결이가 있었다.

'이렇게 오랜 시간, 둘이 함께해 왔구나.'

봄이는 말할 수 없는 울컥함에 가슴이 먹먹해졌다. 한편으론 작은 의문이 들었다.
정말…… 이 사람이 그런 일을 했을까?

47

"자, 이제 갈까요."

잠시 후, 방에서 나온 재규는 손에 인감도장을 들고 있었다. 봄이는 조용히 일어나 그의 뒤를 따랐다. 도장만 챙겨 나올 줄 알았는데, 어느새 옷까지 말끔히 갈아입은 상태였다. 몸에 꼭 맞는 검은 셔츠에 슬랙스를 입은 남자는 꽤 차분해 보였다.

"재규 씨, 우리 저녁 전에 돌아오는 거죠?"

"응, 가서 도장만 찍고 나올 거니까. 신수읍엔 해 지기 전 도착할 수 있어요."

이걸 여행이라 부르기엔 민망했다. 고작 고향집을 정리하러 가는 길, 그 이상도 이하도 아니었으니까. 그래도, 최이준이 나타나 이상한 말을 꺼내기 전까진 기대하던 나들이였으므로, 봄이의 마음은 산란했다.

"한 시간 남짓 걸려요."

"……네."

두 사람 모두 평소보다 다운되어 있었다. 차는 그렇게 가라앉은 분위기 속에서 천천히 출발했다.

"피곤해 보이는데 가는 길에 눈 좀 붙이는 게 나을 건데요."

재규는 곁눈질로 봄이를 살피며 일부러 밝게 말했다. 하지만 봄이는 웃지 못했다.

"괜찮아요."

잠이 올 거 같지 않았다. 이렇게 어지러운 마음으로 무슨…….

한결이와 함께 한 사진 속 그의 모습은 순수했고 진실해 보였다.

'머리 아파…….'

심란한 눈으로 바깥을 구경하고 있는데 재규가 갑자기 뜬금없는 말을 했다.

"ASMR이라고 아십니까."

"네?"

"잘 들어보세요."

재규가 핸들을 톡톡톡톡 두드리기 시작했다. 손톱 끝으로 계기판을 긁었다가, 에어컨 부분을 손등으로 쓸었다가, 별짓을 다 했다. 슥슥, 사각사각, 탁탁, 쭈욱. 재규가 내는 온갖 소리에 봄이는 어이가 없었다.

"하……."

이걸로 무슨 잠이 든단 말인지 이해가 가지 않았고, 게다가 지금 머릿속이 온통 심란한데 고작 이런 소리를 듣고 잠이 오겠느냐고.

"……봄."

"……."

"봄봄."

느릿하게 눈을 깜빡이며 정신을 차렸을 땐, 이미 시간이 꽤 흘러 있었다. 언제 잠들었지.
"뭐죠……."
"바답니다."
"바다라고요?"
멍하게 되묻던 봄이는 문득 시야 끝이 쨍하게 푸르다는 것을 깨달았다. 고개를 돌리자, 유리창 너머로 푸른 바다가 펼쳐졌다.
"진짜 바다네요……."
"네, 해촌 마을은 거의 다 왔습니다. 날 좋아서 제법 이쁘죠."
"네……. 너무 예뻐요."
햇살에 부서지는 물빛이 보석처럼 반짝였다. 바다가 이렇게 가까이 있는 풍경은, 대학 MT 때 월미도에서 잠깐 본 게 전부였다. 그때는 외박이 안 돼서 바다 구경도 채 못 하고 돌아왔었다. 그때 본 바다와는 완전히 다른 모습이었다.
'여기가 재규 씨 고향이구나.'
굽이굽이 작은 도로로 진입한 지 얼마 되지 않아 작은 마을 하나가 나타났다. 항구가 보였고, 마을 분위기는 어수선했다. 오래된 주택 중엔 버려진 곳이 많았다. 곳곳에 현수막엔 '생존권'이니, '결사반대'니 하는 문구들이 가득했다.
"주민들이 리조트 들어오는 걸 반기지 않나 봐요."
"쌍수 들고 환영한 걸로 압니다."
"하지만 현수막들이 살벌한데요?"
재규는 픽 웃으며 커다란 어깨를 으쓱였다.
"이런 건 원래 걸어야 보상도 더 받고, 땅값도 좀 더 쳐주니까. 진짜 반대하는 사람도 있긴 한데, 이 마을은 반대 세력 없어요."

"그렇구나……."

전에 들은 통화 내용으론, 재규는 보상 때문이 아니라 단지 고향으로 내려오는 게 싫어 팔지 않고 있었다. 겉보기엔 평범한 마을이었다. 대체 여기 오는 게 왜 싫었을까. 정말, 최이준이 말한 사건 때문에…….

"다 왔습니다. 내리죠."

봄이는 재규를 따라 차에서 내려서 마을 길을 걸었다. 짠 냄새가 바람에 실려 코를 스쳤다.

재규는 몇 발 앞서 전화를 받았다. 말투로 보아 마을 이장인 듯했다.

"열두 시에 보자 해놓고 거제는 왜 가셨습니까, 영감님. 저 그냥 갑니다?"

약속이 어긋난 모양이었다. 봄이는 포구에 들어오는 배를 물끄러미 쳐다봤다. 이런 곳에서 자랐구나. 신기했다. 들어온 배 중의 하나는 그물 망태기를 꺼내 생선들을 노란 바구니로 옮겨 담고 있었다.

"갈랍니다. 내 아쉬울 거 하나 없고 여기서 한시도 있고 싶지 않습니다. 바쁜 사람입니다, 내도요."

수화기 너머로 웅얼거리는 노인의 목소리가 들렸다. 우는 건지, 사정하는 건지. 이왕 여기까지 온 김에 일을 마무리 짓고 가야 봄이도 마음이 편할 것 같았다. 화가 단단히 난 재규에게 다가가 작게 말했다.

"밥 먹어요."

재규는 수화기를 잠깐 떼고 "아" 하더니 얼른 노인에게 말했다.

"내 딱 밥 먹고 출발할 거니깐 그전까지 올 수 있음 와 보시고."

뚝. 끊고 난 재규는 얼른 주변을 둘러보았다. 항구 근처에 차를 주차했는데, 보니까 왼쪽으로 가면 마을이었고, 오른쪽으로 가면 어시장이 있었다.

"회 드십시다. 여기 맛 좋은 건 그거 하납니다. 국밥은 좀 그렇고."

재규가 앞장서려는 순간, 봄이가 그를 불러 세웠다.

"저기요, 재규 씨."

"네."

"저 재규 씨 살던 집 궁금한데, 볼 수 있어요? 밥 먹기 전에 잠깐만."

어떤 반응을 보일까. 긴장한 봄이는 마른침을 삼켰다. 최이준이 말하길 거기서 재규가 방화를 저질렀다고 했다.

"……볼 게 없을 텐데."

재규는 망설이고 있었다. 시선을 피하고 손끝이 움찔거렸다. 봄이는 그것을 똑똑히 보았다. 가슴이 철렁했다.

"그래도 보고 싶어요."

아직은 모른다. 직접 그곳에 가보기 전까진.

"……그럼 가 봅시다. 하긴, 팔기 전에 한 번은 봐야지."

재규는 왼쪽의 마을 입구를 스치고 지나갔다. 그러더니 외딴 산을 올랐다. 완만한 산이었지만 왠지 을씨년스러웠다. 듬성듬성한 나무를 헤치고 5분여를 올라가니 완만한 평지가 나왔다. 제법 넓은 평지엔 폐허가 된 잔해만 남아 있었다. 재규는 시큰둥하게 말했다.

"치워 주지도 않았네."

새카만 흙더미 사이로 군데군데 집 구조물들이 보였다. '출입 금지'라고 써진 빛바랜 폴리스 라인이 잿더미 속에 나뒹굴었다. 봄이는 말이 나오지 않았다. 이곳에서 정말, 불이 났었구나.

"집이 여기였는데, 다 탔습니다."

"……."

"봄이 씨, 내 잠깐만 혼자 있어도 됩니까. 저 바위에서 잠시만 기다려 주시면……."

봄이는 재규의 뜻대로 해 주었다. 바위에 앉아 폐허 속 재규를 물끄러미 쳐다봤다. 잔해들을 하나둘 살펴보며 걷던 재규는 한 곳에서 발을 멈췄다.

"하……."

그리고 털썩 주저앉아 무릎을 꿇고 두 손을 바닥에 짚었다. 커다란 어깨가 들썩였다. 고요한 집터엔 재규가 크게 내뱉는 숨소리와 이따금 바닥을 손바닥으로 원망스럽게 내리찧는 소리만 들렸다.

직감적으로 알 수가 있었다.

'아니구나. 이 사람이 한 짓이 아니야…….'

그래, 처음부터 마음 한편으론 알고 있었다. 그동안 감정을 나눈 저 남자가 어떤 남자인지를.

마음을 추스르는가 싶던 재규는 이젠 소리를 내어 울기 시작했다. 다가가서 감싸안아 주고 싶을 정도로 애처로운 모습이었다. 당장이라도 달려가 그러고 싶은 충동을 간신히 억눌렀다. 요동치는 감정을 혼자서 다스릴 시간을 재규에게 주고 싶었다.

한참을 그러고 있던 재규가 천천히 일어났다. 무거운 걸음을 떼고 봄이 앞에 선 재규는 몹시 심란해 보였다.

"미안해요. 괜히 제가 오자고 해서……."

지금 할 말은 그것뿐이었다. 겨우 덮어 두고 모르는 채 살아가고 있는 재규를 설득해 여기까지 온 게 자신이니까.

"……와야 할 곳이긴 했습니다. 아버지가…… 여기서 돌아가셔서."

뜻밖에도 재규가 먼저 아버지 이야기를 꺼냈다. 그 죽음엔 어떤 사건이 있었을까. 긴장했지만 그 뒤로 이어지는 말은 없었다. 그럼에도 의심은 더 이상 피어나지 않았다.

"……내려갈까요, 봄."

아니라고 확신하고 나니 재규가 가여웠다. 봄이도 불륜이라는 오명을 뒤집어썼을 때 세상의 무서움을 처음 알았다. 모르긴 몰라도 재규의 경우는 더욱 심각했으리라. 그래서 고향을 꺼렸던 건지도 몰랐다. 사람들의 눈총이 이루 말할 수 없이 따가웠을 테니까.

생각에 잠겨 있는 동안 어느덧 두 사람은 산에서 벗어나 있었다.

"아까 말한 대로 회 먹으러 갑시다."

다시 마을을 지나 어시장 쪽으로 향했다. 재규는 초입에 있는 횟집 하나를 보더니 잠시 감회에 젖었다.

"이게 아직도 있네."

간판은 10년도 넘은 듯 낡았다. 본래 '홍진이네 횟집'이 이름인 듯한 간판은 '진' 자가 떨어져 '홍이네 횟집'으로 보였다. 수선 한 번을 하지 않았다는 점이 인상적이었다.

"아는 데예요?"

"예, 어머니랑 한 번 왔던 횟집인데……."

봄이는 마음이 쓰였다. 이왕 용기 내어 고향까지 온 재규가 적어도 따뜻한 기억 한 조각쯤은 되살릴 수 있기를 바랐다.

"그럼, 여기서 먹어요."

봄이는 망설이는 재규의 손을 붙들고 가게 안으로 들어갔다.

"장사가 그래도 좀 되는 집인가 보다."

식당은 낮인데도 손님 세 팀이 앉아서 낮술을 기울이고 있었다. 자리를 잡은 두 사람은 벽에 걸린 메뉴판을 구경했다.

"다 싯가라고만 되어 있어요."

"가격은 신경 안 써도 됩니다. 바로 잡아서 가져온 거라 싱싱해서 돈값은 합니다. 지금이 갯장어 철인데 함 먹어 볼랍니까."

뭔지는 몰라도 지금까지 재규가 저에게 맛없는 것을 준 적은 없었다. 봄이는 흔쾌히 추천 메뉴를 받아들였다.
"네, 갯장어회 궁금해요."
곧바로 재규는 갯장어회를 시켰다. 테이블에 소주 한 병이 올라왔다. 술은 안 시켰는데. 봄이가 의아하게 쳐다보자 주인으로 보이는 중년 남성이 환하게 웃었다.
"십만 원 이상은 소주 한 병 공짭니다!"
이어서 중년 남성은 밑반찬을 올려놓은 쟁반을 들고 왔다. 밑반찬의 상태는 평범했다. 양배추샐러드, 차가운 녹두전, 문어숙회, 알감자, 튀긴 장어 뼈가 테이블에 깔렸다.
"반찬은 먹을 거 없고 회 나오면 그거 드십셔. 갯장어회를 하모회라고 하는데 가시가 좀 있을 수도 있습니다. 꼭꼭 씹어 먹어야지, 안 그럼 목에 탁 걸립니다."
봄이는 재규의 말을 들으며 소주 뚜껑을 비틀어 땄다. 먼저 자신의 잔에 반쯤 채우고 재규에게도 그만큼 따랐다.
"내 술 마시라고요."
재규의 물음에 봄이는 작게 웃었다.
"재규 씨 운전 때문에 안 마시는 거 알아요. 받아만 두라고요. 혼자 먹을 때 재규 씨가 짠 해 줘야 하니까."
실은 같이 마시고 싶었다. 재규의 사연을 들으며 오랫동안 술잔을 주고받고 싶은데 하필 운전이 문제였다.
재규가 잔을 들어 부딪혀 주었다. 봄이는 심란한 마음을 달래려고 첫 잔을 단숨에 넘겼다. 많이 마시고 싶은 생각은 없었다. 한 잔이면 충분했다. 취해서 또 실수하고 싶진 않았다.
"후……."
식도를 타고 독한 알코올이 넘어왔다.

"무슨 일 있습니까."

재규의 아버지가 돌아가신 것은 확실해졌다. 그렇다면 무슨 사연이 있던 걸까?

"저기 실은……."

용기를 내어 말을 꺼내려는 순간에 회가 도착했다.

"이게 하모회예요?"

"네, 생긴 건 이래도 맛은 끝내줍니다."

회는 커다란 흰 접시에 잘게 썰려 있었다. 겉모습은 붕장어회와 크게 다르지 않았다.

"맛있게 드이소."

접시를 내려놓던 중년의 여자 사장이 고개를 갸웃하더니, 유심히 재규의 얼굴을 들여다보았다.

"니 혹시 재규 아니가? 선재규."

48

"맞습니다."

재규가 짧게 대답하자, 사장은 흠칫 놀라며 숨을 들이쉬더니 황급히 자리를 떴다. 곧장 주방 입구 쪽으로 가더니, 벽에 기대어 TV를 보던 남자에게 무언가를 속삭이며 이쪽을 가리켰다.

'뭐야, 무례하게.'

그게 봄이의 시야에선 정면으로 보였다. 재규가 저걸 못 봐서 다행이었다. 손가락질하며 노골적으로 쳐다보는 눈빛엔 적대감이 가득했다. 하지만 곧 두 사람의 목소리가 점점 커지기 시작했다.

"지 아부지 죽이고 보험금으로 잘 사나 보네. 때깔 봐라."

"여기 머 먹을 거 있다고 나타났노? 철판 깔았나."

"쟈만 땅 안 팔았다 안 카나? 독종이다, 독종!"

"그거 땜에 손해가 얼만데. 아유!"

저 말소리가 재규의 귀에 들리지 않을 리가 없었다. 묵묵히 회를 먹고 있던 재규는 봄이가 따라 놓았던 술잔을 한입에 털어 넣었다. 재규는 이따가 운전을 해야 한다는 사실을 잊은 것 같았다. 술잔을 잡은 손이 떨리고 있었다. 봄이는 재규를 말리지 않았다.

'……괜찮을까.'

다른 때 같으면 "어이, 지금 뭐라고 했습니까" 하면서 덤비고도 남았을 재규가 미간을 좁히고 가만히 듣고만 있었다.

"옆구리에 애인까지 낀 거 봐라."

"딱 봐도 애인은 아니지. 참해 보이는데 미쳤다고 저런 거랑 만나겠나."

왜 저런 말을 서슴없이 하는 거지? 환멸이 나고 화가 솟구쳤다. 더욱 속상한 것은 죄인처럼 가만히 있는 재규의 태도였다.

더 이상 참고 있을 수 없었다.

"자기야."

"……봄?"

봄이는 자리를 박차고 일어났다. 그리고 놀란 눈의 재규에게 큰 소리로 말했다.

"자기야, 우리 나가자."

뒷담을 늘어놓던 사장 부부는 물론이고 술을 마시고 있던 손님들까지 전부 봄이를 쳐다봤다. 봄이는 보란 듯이 가방을 챙기며 불쾌한 표정을 숨기지 않고 드러냈다.

"이런 동네인 줄 알았으면 안 왔지. 자기야, 그냥 땅 팔지 말자. 동네 인심이 너무 별로다. 남 좋은 일할 거 뭐 있어."

"……그럴까."

얼떨떨하게 있던 재규는 봄이에게 장단을 맞추며 자리에서 일어났다. 카운터로 간 재규가 뒷주머니에서 지갑을 꺼냈다.

"얼맙니까."

"저기……."

당황한 사장 부부가 부리나케 주방에서 튀어나왔다. 얼굴이 잔뜩 붉어져 있었다. 재규는 말없이 지폐와 수표를 섞어 계산대 위에 내려놓았다.

"여자 친구 입맛에 안 맞는 거 같아서 더는 못 먹고 갑니다. 내 먹기에도 예전만치 못하네."

"재규야, 니 땅 팔러 온 기가?"

자리를 정리하고 재규 옆에 선 봄이가 보란 듯이 팔짱을 꼈다. 재규의 몸이 잠깐 움찔거렸다.

"재규 씨 아는 분들이시구나. 죄송해서 어쩌죠? 재규 씨가 일부러 여기로 데려왔는데 다 못 먹고 가서요."

"아, 아입니더…… 괜찮아예……"

"재규 씨가 사업 때문에 바빠서 이만 가야 할 것 같아요. 다음에 이야기 나누시는 게 좋겠어요. 가자, 자기야."

재규가 눈을 한번 깜빡이고 고개를 끄덕였다. 두 사람은 그렇게 나란히 횟집을 나섰다. 문이 닫히자마자 봄이는 이를 악물고 중얼거렸다.

"저런 집은 망해야 하는데."

공공장소에서 저렇게 말할 수 있을 정도면, 재규는 지난 세월 동안 어떤 시선 속에서 버텨 왔을까.

아직 흥분을 가라앉히지 못한 봄이가 횟집을 노려보고 있을 때, 낮은 목소리가 들렸다.

"저기."

"네?"

뒤돌아 재규를 본 봄이는 얼음이 되었다.

"……."

처음 보는 재규의 표정이었다. 인상을 잔뜩 쓰고 있는 얼굴은 슬퍼 보이기도 했고, 기뻐 보이기도 했다.

"봄이 씨."

그런 복잡한 얼굴로 재규는 엉뚱한 말을 뱉었다.

"내 깜박하고 술 마셨는데 이제 어쩝니까."

술? 봄이는 한순간 어리둥절했지만, 곧 의미를 파악했다. 아, 운전. 술을 마셨으니 운전을 할 수 없었다. 이 동네는 대리운전이 들어올 리도 없고, 택시도 드물다. 당장은 신수읍까지 돌아갈 수 없었다. 마을 이장과 약속을 잡은 곳도 이곳에선 꽤 거리가 있어 차로 이동해야 하는데 어쩌지. 아니, 이제는 상관없겠다. 이미 그는 땅을 팔 마음이 사라져 버렸을 테니까.

"자고…… 가야 할 긴데."

봄이는 망설이다가 고개를 끄덕였다. 재규는 순식간에 봄이의 손을 붙들고 어디론가 향했다. 심장이 마구 날뛰었다. 하지만 봄이는 잠자코 그와 함께 걸었다.

어시장 뒷골목에 있는 휘황찬란한 모텔들을 지나니 작은 여인숙이 나왔다. 재규는 거리낌 없이 그곳으로 들어가 카운터로 직행했다.

"끝 방요."

앉아서 휴대폰을 보고 있던 앳된 남자 직원이 고개를 갸웃거렸다.

"거긴 주인 있는 방인데요."

"내 그 방 전세 낸 선재규라고 합니다."

그 말에 직원이 허둥지둥 낡은 열쇠 하나를 찾아 건넸다.

"아? 너무 오랜만이시라! 여기요. 아침에도 치워 놨어예."

이게 무슨 상황일까? 생각할 겨를도 없이 재규가 봄이를 데리고 성큼성큼 복도의 끝으로 갔다. 낡은 열쇠로 잠금이 풀리고 문이 쾅 닫혔다. 갑자기 낯선 장소에 들어오게 된 봄이는 얼떨떨했다.

"저기, 재규 씨. 여기는……."

등 뒤에서 자신을 꼭 껴안은 재규가 얼굴을 봄이의 목덜미에 파묻고 굵은 목소리로 속삭였다.

"내가 어떻게 살았는지 궁금하다 했죠."

"그, 그건……."

귓가에 뜨거운 숨결이 닿았다. 당황해 고개를 돌린 봄이의 시야에 방 안이 들어왔다. 겉은 허름했지만, 안은 햇살이 잘 들고 가지런했다. 앉은뱅이책상 위엔 오래된 TV와 종이컵, 생수 두 병이 있었다. 침대 대신 하얀 이불과 요가 깔린 바닥이 덩그러니 방 한가운데를 차지하고 있었다.

"아버지한테 두들겨 맞을 때마다 도망쳐서 여기서 잤습니다."

"……맞아요?"

"한 번 때리면 기절할 때까지 팼으니까."

그 말에 봄이의 얼굴이 순식간에 창백해졌다. 차마 상상하기도 버거운 이야기였다.

"……이런 데서 살았습니다."

많은 것이 함축된 말이었다. 목이 멘 재규의 낮은 목소리가 가슴을 갑갑하게 조였다.

"이 여관 주인 아재 말고는 아무도 안 도와줍디다."

"아빠한테 맞았는데 아무도요?"

"……네."

봄이는 지금껏 자기 혼자서 불행하다고 생각한 적은 없었다. 세상엔 힘든 사연을 가진 이들이 너무나 많으니까. 하지만 이런 아픔을 예상한 적은 없었다. 삶이 얼마나 고단했을까. 지금 재규의 아픔에 공감하고 함께하고 싶었다.

"저, 재규 씨……."

봄이는 몸을 돌려 재규를 힘껏 껴안았다. 사람 대 사람으로 위로하고 싶은 마음에서였다.

"……이런 말 누구에게 하는 거 처음입니다."

"재규 씨, 나는……."

점점 코끝이 시큰시큰해졌다. 봄이는 눈물이 뺨을 타고 흘러내리도록 내버려 두었다. 젖은 입술이 달싹였다. 어떻게 말을 꺼내야 할지 전혀 감이 오지 않았다. 목 안이 따끔거리고 속이 울렁거렸다.

봄이의 시선을 받은 재규는 느리게 입꼬리를 들어 올렸다. 오히려 위로하며 괜찮다는 듯이 굴었다.

"내가 우중충한 얘기를 해서 우리 봄봄이만 울렸네."

"……."

"근데 뭐, 괜안타. 다 옛날 일이지. 이러고 있지 말고 앉아 있어요."

방바닥에 봄이를 앉힌 재규가 목덜미를 벅벅 긁으며 어색하게 시선을 돌렸다.

"쉬면서 잠만 기다려 보세요. 내 나가서 뭐 좀 사 올 테니까."

그렇게 말한 재규는 상체를 굽혀 말없이 앉아 있는 봄이의 눈가를 엄지로 살살 문질렀다. 봄이는 고개를 들어 재규와 마주 보았다.

"가지 말아요."

"봄?"

봄이는 눈꺼풀을 내리깔고 그의 입술에 자신의 입술을 포개었다. 봄이가 머금은 남자의 숨결이 서서히 거칠어졌다.

'이러려던 건 아닌데…….'
그런데 멈출 수가 없었다.
〈……나만 원하는 겁니까.〉
밤길에 자신을 업고 시골길을 터벅터벅 걸으며 재규가 했던 말이 이 순간 떠올랐다. 답은 이미 스스로 알고 있었다.

49

　선재규는 아버지가 싫었다.
　한 번 뱃일을 나가면 보통 1년은 지나서야 돌아오는 아버지. 그사이 재규는 산등성이에 있는 외딴집에 홀로 남았다. 박스째 사다 놓은 라면을 주로 끓여 먹었고, 동네를 기웃거리며 밥을 얻어먹기도 했다. 주로, 어시장 골목에 있는 여인숙의 사장님이 밥을 챙겨 주셨다. 아버지가 때릴 때마다 방 한 칸을 내주는 좋은 분이었다. 어린 재규는 가끔 그런 생각도 했다. 차라리 저 사람이 내 아버지였으면 좋겠다고.
　우리 아버지는 왜 날 때리는 걸까. 차라리 아버지가 바다로 일 나갔을 때가 편했다. 굶기는 해도 맞지는 않으니까. 아버지는 뱃일을 나가면 그 모습이 잊힐 때쯤은 되어야 돌아오셨다. 늘 같은 모습으로. 찐한 바다 냄새를 달고 오는 아버지는 재규를 보면 우리 아들 보고 싶었다며 번쩍 들어 안곤 했다.
　그러나 딱 그때뿐이었다. 집에 돌아온 아버지는 매일 술을 마셨고, 두세 병쯤 비운 저녁이면 밖에서 쭈그리고 있는 재규를 불렀다.

"어째 느그 어매를 하나도 안 닮았노. 한 군데라도 닮았어야 이뻐해 주제. 개십할거."

엄마를 안 닮았다는 시비로 시작되는 술주정은 느그 어매 숨넘어갈 때 니는 뭐 했냐는 고함으로, 그리고 무자비한 폭력으로 이어졌다. 뱃일로 탄탄히 굳은 손바닥이 뺨을 후려갈길 때마다 어린 마음에도 이렇게 생각했다.

그러는 아버지는 뭐 했는데요.

병원에서 분명 의사 선생님이 그랬었다. 무리하면 안 된다고. 스트레스를 받으면 안 된다고. 하지만 엄마가 쉬는 걸 본 적이 없었다. 아버지는 늘 일을 싸질러 놓고는 배를 타러 훌쩍 떠나 버렸고, 엄마는 그것들을 해결하러 다니느라 바빴다. 아버지 탓에 엄마가 언제 떠나도 이상하지 않다고 생각했다. 차라리 도망갔으면 싶었다. 그럼 다른 엄마들처럼 가끔이라도 이쁜 옷도 입고 미용실도 다니며 살 수 있을 텐데.

〈엄마, 아버지 오기 전에 확 떠나 뿌라. 서울로 가면 되잖아, 엄마 고향.〉

〈너를 놓고 내가 어딜 간다고. 들어가서 공부나 해.〉

답 없는 아버지의 뒤치다꺼리만 하던 엄마는 재규가 중학교에 들어가자마자 먼 곳으로 떠났다. 아버지가 뱃일을 나갔을 때였다. 아버지 없이 혼자서 장례니 뭐니 하는 병원 측의 이야기를 들으며 병원에서 엉엉 울었다.

몇 달 뒤, 아버지가 돌아왔다. 그는 서럽게 울며 술에 의지해 지냈다. 그러나 얼마 지나지 않아, 모든 걸 잊기라도 한 듯 집에 여자들을 데리고 오기 시작했다.

재규는 혹시라도 자신을 거둬 줄 친척이 있을까 싶어 알아보았지만, 그도 마땅치 않았다. 아버지에게는 여덟 살 터울의 남동생이 있다는 이야기를 들었지만, 본 기억도 없었다. 그쪽 역시 도박 중독에 빠져 산다고 했다. 형제란 사람들이 나란히 엉망이었다.

결국 재규는 혼자였다. 성인이 되면, 돈만 모으면 벗어날 수 있으리라. 재규의 소원은 그것뿐이었다. 학교생활 같은 건 큰 관심이 없었다. 그건 사치였다. 오직 돈을 모아 이곳을 벗어나자는 생각만이 전부였다.

"니 돈 필요하지 않나."

고등학생이 된 재규는 이미 키가 190cm를 넘어섰고, 아버지를 빼닮은 크고 다부진 체격 덕에 몸 쓰는 아르바이트로 돈을 벌고 있었다. 어촌 경매장에서 짐수레를 나르는 일이었다. 당일 현금으로 받는 일이라 그럭저럭 쏠쏠했지만, 큰돈은 아니었다.

이런 눈치를 챈 아버지 친구 노 씨 아저씨가 재규를 따로 불러낸 것이다.

"재규 니 아저씨 심부름 하나 해 줄래."

노 씨 아저씨의 심부름은 쉬웠다. 곧 커다란 배가 한 척 들어오는데, 서울에서 오는 사람들에게 물건을 받아다가 그걸 실어 놓으면 된단다. 물건이 많냐 물으니 양이 꽤 됐지만 못 들을 양도 아니었다. 다만 새벽에 쥐도 새도 모르게 혼자서 일을 처리해야 하며 아무한테도 말하지 말라 하는 게 상당히 찝찝했다.

망설이자 아저씨는 보수료로 오십만 원을 제시했다. 센 액수에 구미가 당겼지만 재규는 일단은 생각해 본다고 한 뒤 집으로 돌아갔다.

그날 밤, 1년 8개월 만에 아버지가 돌아왔다. 역시나 술에 취한 채로, 소주와 담배가 든 까만 비닐봉지를 들고서.

"우리 아들 이 새키 그새 큰 거 봐라. 크니까 완전 내랑 판박이네."

"안 닮았는데요."

"등치도 그렇고 눈, 코, 입도 내고."

듣기 싫었다. 평소라면 눈을 내리깔고 입을 다물었겠지만, 이날은 곧 집을 나갈 생각 때문인지 반항심이 솟았다.

"내랑 아부지랑 머가 닮았는데요."

"이 시버럴 넘이 어디서 눈을 똑바로 쳐다보노!"

주먹이 날아왔다. 턱뼈를 강타하고 이어서 무차별적인 발길질이 이어졌다.

이젠 참아야 할 필요가 없었다. 까마득히 컸던 아버지는 이제 정수리를 내려다볼 수 있을 정도로 작아졌고 손아귀 힘도 예전만 못했다. 아니, 재규의 맷집이 그만큼 좋아진 것일 수도 있었다.

"그만하세요."

재규는 아버지의 손목을 한 번에 움켜쥐었다.

"이 시벌럼이! 쪼매 컸다고 애비한테 개겨?"

"그만하시라고, 쫌!"

재규가 손목을 확 놓았을 때였다. 아버지의 눈이 회까닥 뒤집혔다.

"그래, 이 새끼야. 같이 뒈지자."

주방으로 성큼성큼 걸어간 그는 품에서 나이프를 꺼내더니, 가스레인지 옆 주황색 호스를 단번에 잘라냈다. 황급히 뒤쫓아간 재규는 그 손에서 나이프를 빼앗으며 혀를 찼다.

"진짜, 집이라도 날리시게요?"

"니 십팔, 당장 집에서 나가라. 안 나가면 확 씨, 이놈의 집구석 몽땅 불 싸질러 버릴라니까."

주머니에서 라이터까지 꺼내 들고 허공에 휘두르는 아버지의 모습에 재규의 분노가 끓어올랐다. 더는 참지 못하고 식탁 의자에 걸쳐 뒀던 잠바를 휙 집어 들고 그대로 집을 나섰다. 주머니엔 오늘 일당으로 받은 오만 원이 있었다. 그것으로 당분간은 버틸 수 있을 것 같았다.

신발을 대충 구겨 신던 순간, 재규의 눈에 무언가가 들어왔다.

신발장 위의 현금 뭉치.

하우스 도박을 즐기는 아버지는 뱃삯을 현금으로 받아왔다. 단 한 번도 가족에게 돈을 준 적은 없지만, 제법 큰돈이라는 사실만은 분명했다.

재규의 심장이 쿵쾅거렸다.

가져갈까.

저 돈만 있으면 이 지긋지긋한 동네를, 이 집을, 이 사람을 완전히 벗어날 수 있다.

50

집에서 나온 재규는 마구 뛰었다. 외지인들이 관광지로 오는 회센터의 번화가까지 나온 재규는 하릴없이 주변을 돌아다녔다. 딱히 할 것도 없고 기분도 좋지 않았기에 친구를 불러낼 마음도 들지 않았다. 주머니에 손을 찔러 넣고 사람들을 구경하는 게 시간을 죽이기 더 좋았다.

"이런 데 살면 참 좋겠다. 평화롭네!"

관광객 무리가 배를 두드리며 나오는 모습이 눈에 들어왔다. 그들은 한가로운 마을 풍경에 감탄하고 있었다.

"불편해서 어떻게 살아? 당신은 하루도 못 버틸걸?"

대화를 들어 보니 서울 말씨였다. 재규의 눈이 순간적으로 번쩍였다.

'서울.'

그래. 여길 떠나 서울로 가자. 엄마의 고향으로. 그곳에 가면 뭔가 달라질지도 모른다. 어쨌거나 여기서 이렇게 사는 것보단 낫겠지.

서울, 거기서 무엇을 해야 할까? 어떻게 살아야 할까?

이런저런 생각을 하며 동네 어귀까지 걸어왔을 때였다.

'뭐꼬.'

집으로 향하는 산등성이에서 매캐한 냄새가 났다. 회색 연기가 산 아래로 스멀스멀 내려오고 있었다. 재규는 불이 났다는 사실을 알자마자 본능적으로 제집에 난 불이라는 걸 깨달았다. 허겁지겁 뛰어 올라간 집은 불길한 예상대로 화염에 휩싸여 있었다. 검은 연기를 내뿜으며 빨갛게 타들어 가는 집, 하나씩 쓰러지는 기둥들. 모든 게 현실 같지 않았다.

재규는 난리 통 속에 멍해졌다. 사고회로가 더뎠다. 그러는 동안 불길은 점점 거세졌다. 저 안에는 뭐가 있지? 엄마 사진, 엄마 사진……. 그리고…….

"아부지……!"

재규는 집으로 뛰어 들어갔다. 후끈했다. 벌써 화기가 현관문 앞까지 덮친 상태였다. 이미 문손잡이는 녹아 비틀려 있었다. 재규는 필사적으로 왼팔에 체중을 실어 문과 쿵쿵 부딪쳤다. 살이 녹아내릴 듯 뜨거웠다. 문틈으로 새어 나오는 까만 연기가 폐 속으로 훅 들어찼다. 한참을 미친 듯이 부수고 있는데 멀리서 요란한 소방차 소리가 들렸다. 산에서 나는 연기를 보고 출동한 모양이었다.

"도와주세요!"

재규는 목 놓아 소리치며 계속 문을 부수려 노력했다. 눈앞이 컴컴했다.

"엄마, 엄마 사진을, 하아……. 돈, 아버지 뱃삯! 하아……."

언제 정신을 잃었는지도 모른다. 깨어난 곳은 아버지가 안치된 병원이었다. 눈을 떴을 때 직감적으로 아버지는 이제 세상에 없다는 걸 알았다. 후련함과 함께 허전함이 찾아왔다. 원래도 혼자라고 생각했지만 이제는 정말로 이 세상에 재규의 가족은 없었다.

"니 다시 잘 생각해 봐라."

"모릅니다. 몇 번을 말합니까. 가세요, 쫌."

"너거 아부지 뱃삯 오천사백만 원, 그 돈을 누가 노렸을꼬? 그 돈은 어데 갔을꼬? 으잉?"

"불에 활활 탔겠지요, 형사님."

눈을 질끈 감고 두고 나온 돈뭉치가 오천사백만 원이었다니. 속이 몹시 쓰렸다.

아버지의 죽음에 석연치 않은 점이 있었는지 형사들이 계속 찾아왔고 재규에겐 슬퍼할 시간도 주어지지 않았다.

결국 재규는 용의선상에 올랐다. 아버지가 사망했는데 감정의 동요가 없다는 점과 마지막까지 함께했다는 점 때문이었다.

가스 호스를 자른 아버지의 나이프가 재규의 주머니에서 나온 것이 증거로 제시됐다. 긴 공방 끝에 증거 불충분으로 무죄로 풀려났지만, 이미 마을에서 재규는 살인자였다. 아버지가 올 때마다 마을 사람들이 모두 알 정도로 곤죽이 되게 맞았으니 제 아비를 죽일 만도 했다는 반응이었다.

재규는 그런 반응을 그냥 넘기기 힘들었다. 계획대로 엄마의 고향인 서울로 가는 게 나았다. 그러자면 돈이 필요했고, 마침 떠오른 건 노 씨 아저씨였다. 아저씨가 소개해 준 배에 올라탄 그날 밤, 재규는 마을에서 사라졌다.

노 씨 아저씨를 믿은 것이 실수였다. 아버지와 같이 노름하던 양반을 어디 믿을 데가 있다고. 귀신 배라고 불리는 중국에서 운항되는 불법 원양어선. 재규는 그곳에 갇힌 채 고강도의 노동에 시달렸다. 망망대해 위에서 도주는 불가능했다.

하지만 죽으란 법은 없는지 재규가 스무 살을 넘긴 해, 귀신 배 여러 척을 굴리던 일명 마스터가 사업 방향을 바꾸면서 운 좋게 풀려날 수 있었다. 3년 만에 돌아온 육지였다.

그동안 노동의 대가로 받은 건 하나에 칠십만 원쯤 한다는 암호화폐 스무 개.

"이딴 게 돈이가."

인생이 허무했다. 스무 살의 재규는 그렇게 빈털터리로 고향에 돌아왔다.

예상은 했지만 아무도 그를 반기지 않았다. 아비를 죽인 새끼라는 손가락질을 받으며 재규는 여관방에 누워 생각했다.

'내일 떠나야겠다.'

그리고 그날, 재규가 돌아왔다는 소식을 들은 한 어린 여자가 여관방에 찾아왔다. 비쩍 마른 여덟 살배기 꼬맹이의 손을 잡고.

"니가 재규 맞제. 니 서울 갈라카나? 아까 표 사는 전화 들었다."

"누구십니까."

"니 내 기억 안 나나? 여거 여관집 딸래미, 이희연."

"아, 그 서울 갔다던."

여자는 갑자기 울음을 터트렸다.

"너거 아버지 동생 선형구 그놈이랑 엮여서 내 인생 말아먹었다!"

고작 저보다 네댓 살 정도 많아 보이는 여자가 그런 늙다리와 어울려 애까지 낳았다니 사정이 딱했다.

"볼 때마다 화딱지 나서 못 키우겠다, 증말로."

어안이 벙벙한 와중에 재규는 꼬맹이의 얼굴을 살폈다. 과연, 같은 집안 핏줄답게 비슷한 구석이 있었다. 이목구비며 뼈대 같은 것이.

"니가 안 키운다 카면 내 고아원 갖다 줘뿔란다! 씨발, 니가 책임지라!"

울고불고 떼를 쓰는 여자에게 재규가 물었다.

"야 이름이 뭡니까."

"선한결이다."

***

"한결이가 그렇게 재규 씨의 가족이 되었구나……."

그는 그렇게 성인이 되자마자 한결이를 키우기 시작한 것이다.

봄이는 두꺼운 재규의 팔을 베개 삼아 누운 상태로 그의 뺨을 어루만졌다.

"너무, 너무 여러 일을 겪었네요."

"지나고 보니까 이제 괜찮습니다."

재규는 남의 이야기를 하듯 아무렇지도 않게 말하며 봄이의 눈물을 닦아 주고 흐트러진 머리카락을 쓸어 넘겨줬다.

"그럼 한결이랑은…… 삼촌, 조카는 아니네요?"

"나이론 조카뻘이니까 그냥 그렇게 부르라 했죠."

"그래서 한결이랑 서울은 갔어요?"

과거를 떠올린 듯 재규는 피식 웃었다.

"서울까지 데려다준다는 할배가 있어서 트럭 얻어 탔는데, 가다가 차가 퍼지니까 우리 버리고 가데요."

"예? 어디에?"

"그게 신수읍입니다."

며칠 한결이를 데리고 머무른 재규는 친절한 동네 사람들과 산과

들이 어우러진 풍경이 마음에 들었다. 그렇게 신수읍에 자리를 잡은 것이다.

"동네랑 완전 인연이 있는 거지, 내 거기서 봄이 씨까지 만났으니까……."

고단한 삶이었구나. 봄이는 아직 열이 식지 않은 재규의 품에 더 파고들었다.

"……스무 살도 어릴 땐데. 혼자 어린애를 키우고."

"세상에 고생 안 하는 사람이 어딨습니까. 누구나 힘든 일 하나쯤은 안고 사는 거죠."

봄이는 말없이 재규의 옆구리에 팔을 끼워 넣고, 꾹 끌어안았다. 지금 이 품만큼은, 외롭지 않기를.

51

꼬르륵. 벌써 여섯 번째 배에서 천둥이 쳤다. 재규의 시선이 느껴졌지만 봄이는 모르는 척 창문에 머리를 기댔다.
"에헤이, 먹고 가자니까."
"……저 원래 아침 안 먹는다니까요."
말은 그렇게 했지만, 사실 어제부터 입에 뭘 넣은 게 없었다. 마을 사람들의 무례함이 떠올라 도무지 음식이 넘어가지 않았던 것이다. 평소에도 아침은 거르는 편이니 괜찮겠지 싶었는데, 막상 차에 타고 나니 뱃속에서 연달아 신호를 보냈다. 재규는 운전 중에도 힐끔힐끔 봄이를 살폈고, 봄이는 계속해서 딴청을 피웠다.
"휴게소 좀 들를게요."
실실 웃다가 그렇게 말한 재규는 핸들을 훅 꺾어 순천 방향의 함안휴게소에 진입했다.
규모가 꽤 컸고 무엇보다 깔끔했다. 봄이의 눈이 휘둥그레졌다. 기억 속의 예전 휴게소와는 사뭇 다른 모습이라 적응이 되지 않았다. 학교 수련회를 갈 때 잠깐 들렀던 휴게소는 낡은 건물에 조악한 기념품 가게와 트로트 CD를 파는 가게가 메인일 정도로 볼 게 없었다. 그런 따분했던 휴게소에 대한 기억 속, 봄이는 무언가를 떠올리며 중얼거렸다.

"알감자……."

그 말을 들은 재규가 고개를 기울이며 킥킥 웃었다.

"봄봄이, 알감자 먹고 갈까요."

그거, 요즘도 파나? 고개를 빼고 창밖을 살피는데, 차가 멈췄다. 차에서 내리자마자 고소한 버터 냄새가 코끝을 간질였다. 재규가 팔을 들어 부스 하나를 가리켰다.

"저기, 찹쌀 꽈배기도 있고 알감자도 있고 뭐, 없는 게 없네. 밥부터 먹고 싸갈까요."

"……좋아요. 사실, 좀 배고팠어요."

"그래 보였다. 국밥 괜찮죠. 여긴 소고기국밥이 제법 먹을 만합니다."

푸드코트 안으로 들어간 두 사람은 키오스크 앞에서 메뉴를 골랐다. 종류가 의외로 많았다. 봄이는 재규를 따라 소고기국밥을 선택했다. 번호표를 뽑고 자리를 잡자, 봄이의 얼굴에 희미하게 기대가 비쳤다. 이제야 여행 같은 느낌이 들기 시작했다. 뭐, 집에 가는 길이긴 하지만.

"얼굴 펴졌네요. 많이 배고팠죠."

봄이는 재규가 따라 준 물을 홀짝이며 전광판을 뚫어지게 응시했다.

"162번이래요, 우리."

재규는 그런 봄이를 보면서 뭐가 그렇게 재밌는지 소리를 내서 웃었다. 그때, 전광판에 162번이 떴다. 봄이의 눈이 동그랗게 커졌다.

"어? 162번이래요. 벌써 나올 리가 없는데. 어떻게 햄버거보다 빠르지……."

"여기 앉아 계시지요."

재규가 벌떡 일어나 트레이 두 개를 양손에 들고 성큼성큼 돌아왔다. 새빨간 국물에 소고기가 듬뿍 들어 있었다. 뜨거운 김이 모락모락 피어올랐다.

"이거 겁나게 뜨겁습니다. 후후 불어서 드십셔."

그렇게 말해 놓고, 정작 재규는 숟가락을 들어 국물을 훌쩍 삼켰다가 고통스럽게 신음했다.

"하 씨! 생강차보다 더 뜨겁네!"

"……."

"반찬부터 드십셔, 봄. 국물은 아직 위험합니다."

입천장 까졌겠는데……. 봄이는 속으로 중얼거리며 콩자반 하나를 집어 입에 넣고 벽면의 TV를 바라보았다. 여름휴가 시즌답게 워터파크 광고가 흘러나오고 있었다.

"바다는 보기만 하고 못 들어갔네. 아쉬워요?"

"괜찮아요. 거기선 별로 물놀이하고 싶은 기분이 아니었거든요."

"그럼 따로 한 번 갈까요? 물놀이."

"그래요."

무심결에 튀어나온 대답에 봄이는 속으로 놀랐다. 하지만 번복하지 않았다. 수영을 잘 못하지만, 재규와 함께라면 괜찮을 것 같았다. 물에 빠져도 이 사람은 분명 자길 건져 줄 것 같다는 믿음이 있었다.

"그럼 어디로……."

갈까요. 뒷말이 흩어졌다.

'저건…….'

TV 화면이 바뀌며 드라마 예고편이 흘러나왔다. 〈그 겨울의 작전〉. 바삐 전환되는 장면 사이로 엄마, 정난희의 얼굴이 스쳤다. 오랜만에 보는 얼굴이었다. 카메라 앞의 엄마는 여전히 생기 넘치고 화사했다.

"간만에 나오는 배우가 많네, 저 드라마는."

물끄러미 화면을 보던 재규가 감탄했다.

"저 배우는 봄이 씨랑 눈이 좀 닮았네. 코도, 음, 입도 좀……. 얼굴형도……?"

봄이는 숟가락을 들어 조금 식은 국밥을 입에 넣었다. 국밥에만 시선을 고정한 채 재규에게 조용히 말했다.

"우리 엄마예요."

재규는 TV 화면과 봄이를 번갈아 보더니 피식 웃었다.

"정말 엄마라고 해도 믿겠습니다."

"……정말 우리 엄마 맞아요. 배우 정난희."

그 말을 한 봄이의 목소리가 침울하게 가라앉았다. 누군가에게 엄마가 정난희라고 밝힌 건 정말 오랜만이었다.

엄마 정난희는 별다른 구설수 없이 연예계를 은퇴했다. 스캔들도, 음주도, 사고도 없이 비교적 조용히 사라졌지만, 그렇다고 해서 봄이가 어디서든 쉽게 말하고 다닐 수 있는 이름은 아니었다. 누군가가 알게 되는 순간, 호기심 어린 시선이 따라붙었고, 무례한 질문은 덤이었다. 그때마다 상처받은 건 말할 필요도 없었다.

하지만 지금, 재규에게만큼은 숨기고 싶지 않았다. 그가 어떤 반응을 보일지는 모르겠지만.

"이야, 장모님도 봄이 씨 닮아서 미인이셨습니까."

"반대예요. 제가 엄마를 닮은 거죠."

"내가 아는 사람은 봄이 씨니까. 아는 사람 닮았다 해야지."

그런가? 봄이는 갸웃거리다가 그냥 웃어버렸다. 이렇게 담백하게, 그리고 기분 좋게 반응한 건 그가 처음이었다.

재규는 아무 일 없다는 듯 국밥을 후후 불어 떠먹었다. 봄이는 다시 TV 화면으로 시선을 돌렸다. 예고편은 이미 끝났고, 이제는 시시한 광고들이 흘러나오고 있었다. 소고기국밥은 정말 맛있었다.

"저 다 먹었어요."

"그럼 알감자랑 커피 하나씩 들고 드갈까요."

"좋아요."

휴게소 안은 제법 붐볐다. 줄이 길다며 재규는 봄이를 차에 먼저 보내고, 잠시 후 커피 캐리어와 알감자 봉지를 들고 천천히 걸어왔다. 그 모습을 바라보며, 봄이는 마음을 서서히 굳혀 갔다.

만나보고 싶다. 아니, 만나 볼래…….

하지만 재규는 돌아오는 내내 이와 관련된 말을 일절 꺼내지 않았다. 청설읍에 도착해서도 마찬가지였다.

"같이 다녀와 줘서 고마웠습니다."

"아녜요. 한 것도 없는데……."

"진심으로 고마웠습니다. 그럼 가 보겠습니다. 내일 봐요."

"네……."

한결이가 봄식이와 하루 더 있고 싶다고 하여 내일 데리러 가기로 한 상황이었다. 내일도 그를 보게 된다. 재규는 쾌활하게 웃으며 떠났다.

'내가 먼저 말해도 되는 상황인가?'

혼자서 집으로 돌아온 봄이는 괜히 심란한 기분으로 책을 펼쳤다. 고요한 밤, 《첫 연애를 위한 길라잡이》를 꺼내 읽다 아직 넘기지 못했던 챕터 8을 보게 됐다.

"……밀고 당기기?"

설마. 봄이는 빠르게 책장을 넘겼다. 관계를 규정하기 전에, 육체적으로 너무 가까워지지 말라는 문구가 눈에 들어왔다. 밀고 당기기를 초래할 수도 있다는 설명이었다.

"그런 말도 안 되는……."

뭐가 이렇게 복잡하지……. 봄이는 책장을 덮으며 지끈거리는 머리를 감싸 쥐었다.

***

"삼촌, 땅은 잘 팔고 왔어?"

재규가 씻고 나와 티셔츠를 걸치고 있을 때, 한결이가 방에 들어왔다. 발밑엔 봄식이도 함께였다.

"아, 안 팔았다."

"왜? 팔 거라며. 지긋지긋하다고."

"생각 바뀌었다. 뒀다 니 줄게."

재규는 침대에 대자로 뻗었다. 머리맡에 걸터앉은 한결이가 봄식이를 들어 재규의 배 위에 척 올려놨다.

"음, 아직 깃털 같네. 7.5키로 정도 되겠네, 봄식이."

"땅 왜 안 팔았냐니까. 선생님이랑 무슨 일 있었어?"

재규는 잠깐 멈칫했다. 평소 같으면 다 털어놨겠지만, 이번만큼은 꺼내기 망설여졌다. 고향의 일도 그렇고, 봄이와의 일도 그렇고. 아직은 애가 알 문제가 아니었다. 결국 그는 슬쩍 말을 돌렸다.

"서울 가서 공부할 준비는 다 됐나."

한결이는 방학 때 세진이와 함께 서울에 올라가 방학 특강을 하는 학원을 함께 다니기로 했다. 서울에 사는 세진이의 친척이 방 두 개를 내어 주기로 되어 있었다.

"응. 뭐, 준비랄 게 있나. 가서 열심히 해야지."

대학을 안 가겠다는 말을 중학교 때부터 해오던 한결이가 최근 마음을 바꿨다. 재규는 일전에 봄이가 설득하던 걸 떠올리며 흔쾌히 격려해 주기로 했다.

"서울에 있는 대학 갈 수 있겠나."

"뭐, 해 봐야 알지."

"서울 가면 니 돌봐 줄 사람은 있어야 할 건데."

"내가 애야?"

"내한텐 아직 애다."

재규는 벌떡 상체를 일으켜 한결이에게 헤드록을 걸고 머리에 주먹을 돌렸다.

"아, 갑자기 왜!"

"열심히 좀 해 봐라! 필요한 건 다 해 줄 테니까."

"그런 말을 왜 이렇게 하면서, 악!"

발버둥을 치면서도 한결이는 킥킥 웃고 있었다. 제법 힘을 줬는데도 웃고 있는 걸 보니 확실히 크긴 다 컸다.

한결이가 나가고 재규는 휴대폰을 집어 들었다. 사진첩 폴더 하나를 찾아 꾹 눌렀다.

52

　어릴 적의 한결이 사진을 모아둔 폴더였다. 검지로 하나씩 슬라이딩하며, 재규의 입꼬리에 픽 웃음이 스쳤다.
　그러나 웃음은 오래가지 못했다. 며칠 전 이희연에게서 온 문자가 뇌리를 스쳤기 때문이다. 한결이를 보여달라는 독촉이었다.
　이제 와서? 씨발.
　몇 해 전, 재규는 한 번 이희연을 찾아간 적이 있었다. 사춘기 초입에 들어선 한결이가 차츰 어긋날 무렵이었다. 친모가 살아 있다는 걸 알게 된 뒤로 한결이는 더욱 날이 서 있었고, 재규는 결국 처음이자 마지막이라는 각오로 이희연의 행방을 수소문했다.
　〈한결이가 엄마를 보고 싶어 합니다. 한번 좀 볼 수 있겠습니까.〉
　〈싫타! 인제 얼굴도 기억 안 나는데 미칫나.〉
　징그럽다며 몸서리를 치는 희연에게 재규는 더 이상 높임말을 쓰지 않았다.

〈애한테 전화라도 해 달라고. 피치 못해서 엄마가 데리러 못 간다고, 그래 말은 해 줄 수 있지 않나.〉

〈내 아직 데뷔도 못 했는데 발목 잡힐 일 있나. 이거 해 달라 저거 해 달라 말만 하지 말고 생활비나 좀 꿔 줘 봐라.〉

당당한 희연의 요구에 재규는 묵묵히 큰돈을 내주었다. 조건이 하나 붙어 있었다.

〈이걸로 자립해 보고 한결이 보기에 당당한 사람 되면 그땐 함 얼굴 보여라.〉

희연이 그 많은 돈을 어떻게 썼는지 모르겠다. 얼마 전 돼지국밥을 먹을 때 희연은 그 돈은 이미 다 쓴 지 오래라고 했다. 결국, 돈이 떨어져 찾아왔던 거다.

재규의 주먹이 부르르 떨렸다. 다시금 돈을 요구하는 희연을 거절하며 일전에 빌린 건 갚지 않아도 되니 한결이 앞에 나타나지 말라고 말했다.

〈꼴랑 일억 빌려줘 놓고 큰소리는, 그 돈으론 서울에서 몬 산다.〉

희연은 재규의 제안을 단번에 거절했다.

'거절하는 이유가 하나 더 있다고 했었지.'

그게 뭐냐는 말에 희연은 웃기만 할 뿐 답하지 않았지만 그 후에 보낸 몇 번의 문자로 어렴풋이 짐작할 수 있었다.

이제는 새끼로 장사를 하려는 거다. 희연은 한결이의 반반한 외모를 낭비하고 싶지 않은 것이다. 그걸로 어떻게 해서든 큰돈을 벌고자 하는 것일 테다.

"하……."

한결이는 이제 사춘기가 지난 지 오래다. 재규는 저렇게 바르고 착하게 자란 한결이를 몹시 자랑스럽게 생각하고 있었다. 겨우 마음을 잡은 애 앞에 친모가 나타나면 어떻게 되겠는가. 눈치가 빠른 한결이다. 애 상처받게 하긴 싫은데. 문제는 이희연이 어떤 수를 쓸지 가늠이 안 된다는 거다. 일단은 이희연이 움직이기 전까지는 예의주시하기로 했다.

재규의 머릿속을 복잡하게 만드는 문제는 하나 더 있었다. 이것 역시, 한시바삐 해결해야 할 중요한 사안이다.

"봄아……."

자신이 입을 열 때마다 숨소리를 낮추고 가만히 귀를 기울이는 봄이의 귀여운 모습이 떠올랐다. 재규의 입꼬리가 미미하게 올라갔다. 어렵게 마음을 열고 있는 봄이에게 이제 정식으로 만나 보자 이야기를 할 참이었다. 귀한 봄이를 여인숙의 골방에서 안은 것이 계속 마음에 걸렸다.

'꽃이라도 있어야 할 거 아니가.'

서울에서 봄이가 얼마나 좋은 것을 누려 왔고 화려한 것들을 접해 왔는지 재규는 몰랐다. 하지만 봄이가 어떻게 살았는지는 중요하지 않았다. 그저 조금 제대로 하고 싶었다.

'만약 봄이 씨가 거절하더라도 더러운 기억은 아닐 정도로…….'

재규는 본디 감이 좋았다. 예측한 것에서 크게 벗어나는 법이 없었다. 하지만 봄이는 어려웠다. 처음으로 느낀 어려운 사람이었다. 어쩌면 이번만큼은 자신의 감이 틀렸을지도 모른다. 그렇다고 미룰 수도 없는 일이었다. 이미 안았으니 시간을 질질 끌고 싶지 않았다. 최이준도 좀 신경 쓰이고. 일단, 준비해 보자. 제대로.

결심한 재규는 통화 버튼을 눌렀다.

***

대청소를 마친 봄이는 소파에 털썩 쓰러졌다.

"하……."

주말마다 반복되는 일이었지만, 오늘은 유독 힘에 부쳤다. 재규와 여행 다녀온 뒤로 허리가 시큰거려서, 평소라면 가뿐히 옮길 물건들도 하나하나 버거웠다. 스팀 청소기까지 돌리고 나니 진이 다 빠졌다.

"재규…… 물 줘야 되는데."

베란다에 둔 돈나무 화분이 걱정이었다. 한여름 뙤약볕에 그냥 두면 잎이 탈지도 몰랐다. 오늘은 물을 듬뿍 주고 안으로 들이려고 했지만, 그 무게를 감당할 힘이 남아 있지 않았다.

아침엔 재규에게 전화가 왔다. 점심 무렵 봄식이를 데려다주겠다고 했다. 듣자 하니 한결이가 하루에 두 번씩 전력 질주로 산책시켰다던데, 봄식이도 호강 실컷 하고 돌아오는 셈이었다.

누워서 눈을 붙이다 일어선 봄이는 샤워를 마치고 나와 옷장 앞에 섰다.

"꾸민 듯 안 꾸민 듯……."

잡지에서 그렇게 입으랬지. 뭐가 좋을까?

옷을 입었다 벗었다 몇 번이나 반복하던 중, 밖에서 개 짖는 소리가 들렸다.

"봄식아!"

봄이는 그대로 뛰어가 현관문을 벌컥 열었다.

"재규 씨?"

현관 앞에는 색 배합이 고급스러운 꽃다발을 든 재규가 멀끔한 옷을 입고 서 있었다. 당황한 기색이 역력한 재규의 시선이 봄이를 훑었다.

"봄, 옷이……."

"네……?"

그제야 봄이는 자신의 차림을 인식했다. 블라우스 아래, 아직 갈아입지 못한 회색 트레이닝 바지.

"새로운 믹스매치네, 유행인가요."

슬리퍼를 신은 봄이의 발에 봄식이의 두툼한 발이 턱 하고 올라왔다. 봄식이는 꼬리가 떨어져 나갈 듯이 흔들며 킁킁 콧김을 내뿜었다.

"……못 본 걸로 해주세요. 봄식아, 아이구. 기분 좋아?"

봄이는 정신없이 꼬리를 흔드는 봄식이가 신기했다. 겨우 이틀 떨어졌을 뿐인데, 이게 무슨 난리람. 감격에 겨워 쭈그리고 앉아 봄식이의 목덜미를 긁어주었다. 봄식이는 몸을 뒤집어 배를 보이다 갑자기 벌떡 일어나 집 안으로 뛰어 들어갔다.

"아빠 닮아서 힘 좋네."

재규가 태연히 던진 말에, 봄이는 걱정스럽게 되물었다.

"몸에 이상 있는 건 아니겠죠?"

"아직 애기라 에너지 넘쳐서 그렇습니다."

그제야 봄이는 정신을 차리고 재규를 다시 바라보았다. 지금 그가 어떤 모습인지, 무얼 들고 있는지 뒤늦게 눈에 들어왔다. 멀끔한 정장 차림, 손에는 고급스러운 꽃다발. 혹시, 설마…….

"안으로 들어오실래요?"

뭔가를 눈치챈 봄이는 숨을 고르며 문을 열었다. 재규가 고개를 끄덕이고 안으로 들어서자, 봄이는 현관문을 조심스레 닫았다. 문이 닫히는 찰나, 신발장 위에 비친 자기 얼굴이 보였다. 아무것도 바르지 않은 상태지만, 방금 씻고 나온 덕에 그리 나빠 보이지 않았다.

술렁이는 마음을 진정시키려 애쓰며 봄이는 주방으로 향했다. 거실 한구석에선, 방금까지 난리를 치던 봄식이가 하우스 안에 누워 코를 골고 있었다.

강아지란 게 원래 이런가, 아니면 봄식이가 유독 유별난 건가. 고개를 갸웃하며 봄이는 원두를 꺼냈다. 재규가 처음 돈나무를 들고 왔던 날, 커피가 없다고 했던 걸 떠올리며 사두었던 그 원두였다.

여과지를 펴고 뜨거운 물을 준비하며 봄이는 힐끔 재규 쪽을 살폈다. 뜻밖에도 그는 소파에 정자세로 앉아 책을 읽고 있었다. 그 모양을 보고 있자니 슬쩍 웃음이 나왔다.

'안 어울리게 점잖은 척하네.'

봄이는 속으로 웃으며 원두를 조심스럽게 여과지에 담고, 천천히 물을 부었다. 고소한 커피 향이 금세 공간을 채웠다. 쟁반에 머그 두 개를 올려 거실로 옮기며, 봄이는 조심스레 중심을 잡았.

소파 테이블에 잔을 내려놓으며 봄이는 자연스럽게 말을 꺼냈다.

"생각보다 일찍 오셨네요."

"기다리게 안 하려고 좀 서둘렀습니다."

"뭐 보세요?"

"빌려 가도 됩니까."

봄이는 재규가 탁 덮은 책의 표지를 확인하고 입을 딱 벌렸다.

"첫 연애를 위한 길라잡이."

"⋯⋯!"

머릿속이 하얘졌다. 저기엔 온갖 형광펜, 메모, 별표⋯⋯.

"봄이 씨가 열공한 흔적."

"⋯⋯."

"벌써 여러 번 본 거 같던데 내 빌려서 봐도 됩니까."

봄이는 경악했다. 온 몸에 불이 붙은 것 같았다. 얼굴은 말할 것도 없고, 귓불이며 팔목까지도 뜨거웠다. 반사적으로 리모컨을 찾아 더듬으며 에어컨을 켰지만, 찬 바람 따위로는 식지 않았다.

"그건, 그게…… 바자회에서 그냥……."

"그래서."

재규가 몸을 옆으로 바짝 기울였다. 수치심에 고개를 숙인 봄이를 내려다보며 낮은 목소리로 물었다.

"뭘 배웠는데요."

"무슨……. 그런 걸로 공부 안 했거든요? 누가 연애를 책으로 해요……. 아, 진짜."

당황한 봄이가 버럭했지만, 재규의 입꼬리는 슥 올라갔다.

"오기 전에 좀 많이 긴장했는데…… 이 책 보자마자 긴장 딱 풀렸네, 하."

재규는 부스럭거리며 옆에 놓아뒀던 꽃다발을 집어 봄이에게 슬며시 내밀었다.

"첫 꽃입니다."

미모사와 카페라테 장미가 섞인 우아한 꽃다발 사이엔 작은 메모지가 있었다.

"이건……."

"열어 보세요."

무슨 말이 적혀 있을까. 봄이는 조심스럽게 메모지를 펼쳤다.

[윤봄, 선재규 첫날.]

봄이는 정성스럽게 쓴 필체를 한참 눈에 담다가, 천천히 고개를 들어 올렸다. 위아래로 움직이는 굵은 목울대와 함께 전에는 보지 못한 긴장된 낯빛이 눈에 들어왔다.

목소리를 가다듬은 그가 낮은 음성으로 말했다.

"정식으로 만나 볼래요, 우리."

53

 봄식이의 산책을 마치고 돌아온 봄이는 식탁에 노트북을 가져와 전원을 켰다. 노트북의 오른쪽엔 재규가 가져온 꽃이 화병에 꽂혀 있었다. 말이 꽃병이지 실은 마땅한 것이 없어 2리터짜리 생수병을 잘라 급조한 것이다. 그래도 워낙 예쁜 꽃이라 그런지 눈길이 자꾸만 그쪽으로 갔다.
 〈정식으로 만나 볼래요, 우리.〉
 볼 때마다 재규의 목소리가 귓가에 자동 재생되었다. 간질간질한 기운이 가슴을 물들였다. 이미 예상하긴 했지만 상상한 것보다 더 설레는 고백이었다.
 〈조금만 시간을 주세요, 긍정적으로 생각해 볼게요.〉
 봄이는 그렇게 답했다. 끄덕일 뻔하던 찰나, 머릿속에 몇 가지가 걸린 탓이었다. 만나기 전, 정리해야만 하는 것들이 있었다.
 우선, 자신이 내년엔 다시 서울로 돌아간다는 사실을 그에게 한 번도 언급한 적이 없었다. 최이준만 그것을 알고 있다. 신수읍에 대한 재규의 애정은 각별해 보였다. 봄이 역시 그가 애착과 안정을 느낀 이곳에서 사는 것이 옳다고 여겼다.

'하지만 난 내년엔 무조건 서울로 돌아가야 하는 처진데……'

시·도간 교환교사로 온 이상, 이를 연장하는 방법 같은 건 존재하지 않았다. 서울에 올라가야 하는 건 변동이 없을 것이다.

문제는 또 있었다. 바로, 최이준에 관한 일을 확실히 매듭지어야 했다.

[최 검사네 집에서 곧 식사에 초대할 거란다. 시간 싹 다 비워 두고 있어.]

조금 전, 엄마에게서 온 메시지였다. 최이준과는 정리가 됐다고 분명히 말했지만, 엄마는 들으려 하지 않았다. 서울에서 선을 볼 땐 이러지 않았다. 적당히 상대에게 선을 그어놓고 집에 와서 부족한 점을 말하면 엄마도 어느 정도는 수긍했다. 더 좋은 조건으로 데려다 놓겠다는 뜻이긴 했지만, 그래도 이렇게 귀 막고 진행한 적은 없었다.

혹시 이번이 엄마가 생각하는 '마지막 기회'인 걸까. 아니면 최이준 쪽에서 적극적으로 나선 걸까. 봄이는 숨이 막힐 듯 답답했다. 아까 엄마에게 보낸 거절 메시지가 너무 부드러웠는지도 모른다. 더 분명히 말할 필요가 있었다. 기껏 고백한 사람을 오래 기다리게 만들고 싶지 않았다. 생각난 김에 노트북에 깔아 놓은 메신저를 열었다.

[엄마, 나 진짜로 최이준 씨랑 결혼할 생각이 없어. 맘대로 진행시키지 말아 줘. 식사 자리에도 안 나갈 거야.]

그리고…… 쓸까 말까 고민하던 말을 타이핑한 봄이는 전송 버튼을 누르고 메신저를 종료했다.

[엄마 드라마 복귀하는 거 TV로 봤어. 축하해.]

큰맘 먹고 건넨 축하의 말이었다. 금방 전화가 올 줄 알았는데 전화기는 잠잠했다. TV를 보고, 책을 뒤적이며 엄마의 연락을 기다리던 그때였다.

똑— 또독— 똑똑—.

리듬감 있는 노크 소리에 봄식이가 먼저 반응했다. 꼬리를 살랑살랑 흔들며 현관으로 달려가더니, 문 앞을 박박 긁기 시작했다.

"재규 씨다."

재규가 퇴근 후 '솔짝' 프로그램을 같이 보자고 하여 그러기로 약속된 상황이었다. 봄이가 달려가 문을 여니, 재규가 두 팔 가득 검은 비닐봉지를 들고 웃고 있었다. 집에 들렀다 온 건지, 기능성 티셔츠에 트레이닝복 바지를 편하게 걸친 차림이었다.

"보옴!"

익살스럽게 부르는 목소리에 봄이는 웃으며 재규를 안으로 들였다.

"뭘 그렇게 사 왔어요? 잔뜩."

"읍내에서 지인 만날 일 있었거든요. 봄이 씨가 전에 맛있다 했던 것들, 내 다 쓸어왔지."

재규는 식탁으로 가서 하나씩 꺼냈다. 시장표 숯불김, 노릇노릇한 녹두전, 딱딱이 복숭아, 샛노란 옥수수 술빵, 통통한 생블루베리까지.

"솔짝은요."

"아, 곧 시작해요."

봄이가 아직 배는 안 고프다고 하자, 재규는 복숭아만 먹기 좋게 손질해 가져왔다. 둘은 과일을 앞에 두고 소파에 나란히 앉았다.

프로그램이 시작되자, 처음엔 각자 자세를 유지하던 두 사람은 어느새 자연스럽게 가까워졌다. 봄이는 무릎을 접고 앉아, 재규의 어깨에 살짝 몸을 기대었다.

"남자 박 씨, 저 이벤트 좀 봐라. 참, 저런 거 봄이는 어떻게 생각합니까."

남자 출연자가 여자에게 손 편지를 쓰고, 그것을 지인들에게 릴레이로 전달하게 한 장면이었다. 그러니까, 공개 고백 말이다. 예전 같으면 촌스럽다고 치부했을 장면인데, 지금은 달랐다.

"봄봄이도 싫죠. 한결이 말론 여자들이 저런 거 진짜 질색한다던데."

"좋아 보이는데요."

"엇, 진짭니까."

"네, 주변에서 한마음 한뜻으로 저렇게 두 사람을 이어 주려고 하는 거 자체가…… 축복받는 인연인 거잖아요. 저 둘이 남들 보기에도 괜찮은가 봐요."

말을 하다 보니 괜히 부러워졌다. 모두에게 축하받는 두 사람의 모습이 사랑스럽고도 부러웠다. 화면 속에서는 또 다른 출연자들의 구애 장면이 이어지고 있었다. 이번엔 가장 유심히 봤던 인물들이 중심에 섰다.

"와, 남자 김 씨랑 남자 최 씨가 여자 문 씨한테 끝까지 들이대는구나. 신기해."

봄이는 재규가 콕 찍어 입에 넣어 주는 복숭아를 아삭아삭 씹어 먹었다.

"한 번 딱 마음에 꽂혔으면 끝까지 가는 거지. 사람 취향 잘 안 변합니다."

"재규 씨도 저런 적 있어요?"

"여기 안 보입니까."

"네……?"

"내 처음부터 봄이한테 꽂혀서 이렇게 빠져나오지 못한다……."

재규가 손을 들어 봄이의 뺨을 느릿하게 어루만졌다. 간지러운 감각에 봄이는 눈을 천천히 깜박였다. 어느새 재규의 고개가 내려와 입술을 포갰다.

"복숭아 냄새."

탁한 목소리가 봄이의 귓가를 간지럽혔다. 서로를 끌어당긴 두 사람은 몸을 소파에 묻었다. 호흡이 점차 짙어졌다.

"아직, 아직 우리는……."

"봄, 싫어요?"

싫지 않아요. 속삭임에 재규의 이마에 핏대가 솟아났다. 그의 티셔츠는 곧장 벗겨져 바닥에 툭 떨어졌다. 봄이는 두꺼운 옆통을 손으로 더듬으며 익숙한 체온을 기억에 새겼다.

***

한참이나 서로를 나누고 나니 밖은 완전히 새카매져 있었다. 일어나 나른하게 몸을 씻던 봄이는 욕실 너머에서 고래고래 들려오는 목소리에 귀를 기울였다. 뭘 받아도 되냐고 재규가 묻고 있었다. 무심결에 "네!"라고 대답한 뒤, 물기를 닦았다.

계속 이어지는 말소리에 뭔가 심상치 않다는 느낌이 들었다. 커다란 수건을 둘둘 감아 입은 채 거실로 나오자, 재규는 봄이의 휴대폰을 손에 들고 통화 중이었다.

"어, 이준아. 봄이 씨 데리고 지금 간다."

통화를 종료한 재규는 짧게 혀를 찼다. 봄이는 재규가 건네는 휴대폰을 받아 들고 통화 목록을 확인했다.

"지금 이준 씨랑 통화한 거예요?"

재규는 바닥에 널브러진 바지를 챙겨 들고 욕실로 향하며 말했다.

"여동생이 가출했답니다. 내 짐 대충 씻고 나올 테니까 차 타고 같이 갑시다."

순간 잘못 들은 줄 알고 봄이는 잠시 멍해졌다. 최이준의 여동생이 가출을 했다니.

"최세진이요? 세진이가 가출했다고요?"

그 말을 곱씹는 사이, 얼굴이 점점 하얘졌다. 재규가 그런 봄이를 한번 쓱 바라보며 말했다.

"오늘 아침 일찍 나간 뒤로 아직 집에 안 들어온 모양입니다."

"놀다가 늦게 들어가는 건지도 몰라요. 하지만 세진이네 집은 통금이 있다고 했는데."

한 번도 통금을 어긴 적이 없다던 세진의 말이 떠올랐다. 말없이 그렇게 사라질 아이가 아니다.

"지금 이미 이준이가 경찰서 가는 중이랍니다. 거기서 모이면 될 거 같은데 내 씻는 동안에 한결이한테 좀 전화해서 물어볼래요."

"아, 한결이!"

재규는 고개를 끄덕이고 욕실로 들어갔다. 연락처 목록에서 한결이를 찾는 손이 떨렸다. 학생의 가출이라니, 담임 연수 때나 들어 보았지. 실제 겪은 것은 처음이었다. 이럴 때 매뉴얼 같은 건 떠오르지도 않았다.

신호음은 한참이나 길게 이어졌다. 가슴이 타들어 가는 것만 같았다.

―선생님?

봄이는 말을 빙빙 돌리지 않고 곧장 궁금한 것을 물었다.

"한결아, 세진이랑 같이 있어? 지금 어디야?"
―선생님, 세진이한테 무슨 일 생긴 거 맞죠.

54

 캄캄한 길을 달리는 차 안은 고요했다. 봄이는 급히 걸친 옷을 정돈하며 초조하게 말했다.
 "얼마나 더 가야 해요?"
 재규는 곁눈질로 봄이를 보며 미처 정리 못 해서 벌어진 카디건 단추를 한 손으로 여며 주었다.
 "다 왔다, 한결이도 여기로 오기로 했는데."
 가로등이 서서히 나타나고 반짝이는 간판 불빛이 하나둘 나타났다. 읍내에 진입한 재규는 사거리에서 우로 꺾어 경찰서에 도착했다.
 봄이는 경찰서가 처음이었다. 로비에 들어서자 대기실이 있었고 민원실이라는 글자 아래 창구 같은 자그마한 창이 보였다. 방문증 접수할 건 없고 여기에서 기다리는 게 낫다는 재규의 말을 따랐다. 혼자서 바삐 돌아다니는 재규를 내버려 두고 봄이는 한결이의 곁으로 갔다.
 "한결아, 괜찮아?"

하나도 안 괜찮아 보였다. 한결이는 휴대폰을 부서질 듯 꽉 쥐고 연신 깊은 한숨을 삼켰다. 봄이는 한결이의 손을 두 손으로 감쌌다.

"세진이네 가족들 나오면 네가 상황에 보탬이 될 만한 이야기를 잘 정리해서 전달해 드려야 해. 할 수 있지?"

"하아, 네."

차가운 한결이의 손등을 어루만져 줬다. 한여름인데도 온기가 하나도 없는 손은 얼음장 같았다.

얼마나 기다렸을까. 자동문이 열리고 재규와 함께 최이준 그리고 최이준의 부모님이 나타났다. 봄이는 먼저 다가가 인사했다.

"저, 안녕하세요. 최세진 담임 윤봄입니다. 세진이에게 무슨 일이 일어난 건지……."

말을 마치기도 전에 세진이 부모님의 눈이 싸늘해지며 금세 분위기가 험악해졌다. 풍채가 좋은 세진이 아버지가 먼저 고함을 질렀다.

"담임이라는 사람이 애한테 이상한 낌새가 있는지도 몰라?"

갑작스러운 호통에 봄이는 그 자리에서 얼어붙었다. 마르고 키가 큰 세진의 어머니도 따라서 악을 썼다.

"우리가 얼굴 한 번 보자고 할 때 그렇게 튕겨서 얼마나 대단한가 했더니 별거 없네. 뭐 하고 돌아다니는데 그렇게 바빴어요? 세진이는 우리가 알아서 찾을 테니까 신경 꺼요."

봄이는 콩닥거리는 가슴을 부여잡고 겨우 입을 열었다.

"제가 담임인데, 세진이 상황을 알고 있어야 해서요. 말씀을 해 주시면……."

"글쎄! 신경 끄라고!"

세진의 어머니가 봄이를 툭 밀쳤다. 그와 동시에 재규가 봄이의 몸을 옆으로 끌어당기고 최이준이 자신의 어머니의 손을 붙들었다.

"어머니, 지금 뭐 하십니까."

재규와 한결이도 봄이의 앞에 서서 방패가 되었다.

'흥분하신 거 보니까 세진이가 이런 적이 처음이구나.'

밀린 어깨가 조금 욱신거렸지만 봄이는 크게 아프지도 않았고 이 상황이 창피하지도 않았다. 다시 그들을 설득하려는 찰나에 재규가 나서서 상황을 정리했다.

"우리 집 학생 찾는 거 도와주러 야밤에 뛰쳐나온 사람들입니다. 집 청설읍에서 학생 찾겠다고 달려온 사람한테 뭐 하십니까."

때마침 소란 통에 민원안내실에서 나온 경찰이 조용히 하라는 눈치만 주고 다시 안으로 들어갔다. 간신히 진정한 세진의 가족을 포함한 모두는 대기실 의자에 옹기종기 모였다. 상황을 자세히 말해 달라는 봄이의 부탁에 최이준이 입을 열었다.

"오전 일곱 시경에 세진이가 집에서 나갔습니다. 읍내까지 제가 태워다 줬고, 학원가가 있는 로데오 북쪽에서 내려줬습니다."

"그 시간에 학원을?"

재규의 물음에 최이준은 세진이는 늘 학원 자습실에서 아침 공부를 한다고 했다. 수업은 오후 한 시부터 시작인데 학원에 전화해 보니 출석하지 않았단다.

"정오까진 저랑 연락됐어요."

한결이 증언했다. 가만히 듣고만 있던 세진의 아버지가 눈을 가늘게 뜨고 한결이를 살폈다.

"너는 세진이 친구냐."

봄이가 뒤에서 고개를 끄덕거리고 있는데 뜻밖에 한결이가 대담하게 말했다.

"세진이랑 저랑 사귀거든요."

세진이의 부모님 눈이 커다래졌다. 한결이는 험악한 그들의 표정에 별다른 반응을 하지 않고 차분하게 자기 할 말을 했다.

"수학 시험 때 마킹 실수하고 나서부터 세진이가 자주 죽고 싶다는 말을 했어요. 제가 계속 달래보려고 했는데…… 그 일 이후 집에서 잠도 자지 말라고 하셨다더라고요. 스트레스를 너무 받아서 먹기만 하면 토하는 것도 아세요?"

처음엔 못마땅하다는 듯 바라보던 세진이 부모의 눈빛이 흔들렸다.

"정오부턴 연락이 안 되었는데 학원 수업이 여섯 시까지니까 기다렸고, 그 이후엔 왠지 나쁜 예감에 불안해하고 있었는데, 선생님께 전화가 와서 알게 된 거예요. 하, 전화를 꺼 놔서 지금……"

말을 잇지 못하고 손으로 얼굴을 쓸어 올리는 한결이는 몹시 힘들어 보였다.

"이준아, 경찰은 머라더나."

"신고 접수했고, 경찰청 프로파일링 시스템에 입력하고 수배령 내렸다. 발견 때까지 수색한다니까 기다리는 게 답인데, 그게 답인 줄은 아는데……"

최이준은 절차대로 착실히 일을 진행했다. 남은 건 실종자가 귀가할 때까지 집에서 기다리는 일뿐이었다.

"기다리긴 뭘 기다려. 싹 다 뒤져서 빨랑 애 찾아야지."

재규가 단호하게 말하며 자리를 박차고 일어섰다. 세진의 동선은 단순했다. 집, 학원, 그리고 다시 집. 문제는 그 익숙한 경로 어디에도 세진이가 없다는 거였다. 신수읍 모든 곳을 샅샅이 찾아보는 수밖에 없다.

그때 봄이가 말했다.

"재규 씨, 계속 전화 와요."

바지 뒷주머니에서 진동이 끊이지 않았다. 재규가 휴대폰을 꺼내 액정을 확인하고 중얼거렸다.

"구필립이네."

"그럼 회사잖아요, 얼른 받아요."

봄이의 채근에 전화를 받은 재규는 난감한 기색으로 말했다.

"어, 필립아. 내 지금 좀 바쁜데. 와 전화했는데?"

서둘러 끊을 기색이던 재규의 표정이 돌연 굳었다. 그리고 목소리가 커졌다.

"확실하나? 세진이가 거기 있다고?"

55

익숙한 풍경이 가까워질수록 심장이 쿵쾅쿵쾅 뛰었다.
처음이었다. 땡땡이라는 걸 해 본 것은.
'후, 내가 미쳤었다.'
안 하던 짓을 한 티가 고대로 났다. 휴대폰을 꺼 버리고 충동적으로 서울에 다녀온 것은 완전 바보짓이었다. 하지만 꼭 알고 싶었다. 집에서 그렇게 강요하는 서연대나 서성대가 얼마나 대단한 곳인지. 막상 가보니 별로 대단할 것도 없었다. 캠퍼스를 하염없이 돌아다니며 학생들의 모습도 관찰했지만, 큰 감흥을 느끼진 못했다.
허무한 마음으로 세진이는 돌아오는 기차에 몸을 실었다. 처음에는 화가 났다.
'겨우 저것 때문에, 저게 뭐라고.'
언제 마지막으로 제대로 잠을 잤더라. 최근엔 과외가 두 개나 더 늘었다. 등급이 내려간 1학기 성적 때문이었다. 1학기 기말고사 수학 마킹 실수는 돌이킬 수 없는 사건이지만…….

'그게 다 내 탓은 아니잖아.'

수면장애에 시달린 건 가족들 때문이었다. 마킹할 때 좀 정도로 몸이 망가졌는데, 가족 중 누구 하나 안쓰러워한 사람 없었다. 오히려 정신이 빠졌다는 둥 몰아세웠다. 세진이는 이번에 커다란 마음의 상처를 입었다.

그래서 오늘 하루 배회했다. 하지만 기차가 신수읍에 가까워질수록 세진이는 불안해졌다.

한결이에게는 말하고 올걸……. 실망했겠지. 어쩌면 헤어지자고 할지도 몰라.

―우리 열차는 잠시 후 신수역에 도착하겠습니다. 손님 여러분께서는 차내에 두고 내리는 물건이 없도록 미리 준비하시기 바랍니다. We will be arriving at Sinsoo Station shortly…….

기차의 안내 방송이 흘러나오자 심장은 더욱 거세게 뛰었다. 손에 식은땀이 차오르고 정수리가 저릿할 정도로 두통이 몰아쳤다.

집에 가면 가족들이 뭐라고 할까. 통금이 더 빡세지겠지. 아니, 집에 가둘 수도 있다. 오늘 학원을 빠진 만큼 보충해야 할 테니까. 부정적인 생각이 꼬리에 꼬리를 물었다.

이대로 집에 돌아갈 수는 없었다. 세진이는 품에 안고 있던 가방을 털썩 바닥에 내려놓았다. 신수역에선 내리지 않기로 결심했다. 종착역이 부산이니 그곳에 내려 친척 언니네 집에서 머무르면 어떨까.

꺼두었던 휴대폰을 주섬주섬 찾아 켜려던 그때였다. 하차 준비로 북적이는 사람들 사이에서 누군가 다가왔다.

"어? 그린나래 학생 아냐?"

"아…….'

일이 꼬인다. 같은 열차 칸에 아는 사람이 있었다니. 하필. 이 아저씨 이름이 뭐더라. 아, 구필립. JK파워에너지 견학을 갔을 때 본 직원 아저씨였다. 세진은 당황해서 일그러졌던 표정을 잽싸게 감추고 아무렇지도 않은 척 인사했다.

"안녕하세요."

"오, 잘됐다. 캐리어 두 개 내려야 되는데 좀 도와줘."

"저…… 여기서 안 내려요. 친척 집 가는 중이라서요."

"그래?"

세진이의 손에 갑자기 캐리어 하나가 쥐어졌다.

"그럼 문 열리면 캐리어만 아래로 내려 줘."

"네?"

"아이, 좀만 도와주라."

"……네."

어쩔 수 없이 따라가 객실 내 복도를 지났다. 양쪽에 문이 있는 통로에서 세진은 캐리어를 들고 있었다.

"출장 갔다 오는 길인데 중간에 직원이 내려서 막막했거든. 잘됐다. 이것만 무겁고 그건 가벼우니까, 문 열리면 그것만 내려만 줘."

"……캐리어만 건네드리면 되죠."

열차가 덜컹대며 속도를 줄이더니 푸슉, 기압 빠지는 소리와 함께 문이 열렸다. 승객들이 하나둘 내리기 시작했다.

"여기요. 받으세요."

세진이는 마지막으로 내린 필립이 캐리어를 바닥에 내려놓은 것을 보고 가지고 있던 캐리어를 마저 건넸다.

"어?"

그때였다. 캐리어를 가볍게 한 손으로 들어 대충 던진 필립이 손목을 끌어당겼다.

"읏!"

순식간에 플랫폼에 끌어내려진 세진이의 눈앞에 익숙한 사람들의 모습이 보였다.

한결이, 한결이 삼촌, 담임 선생님, 그리고······.

몹시 화가 난 표정의 부모님과 오빠가 다가오고 있었다.

***

약 십 분 전, 필립에게 온 메시지를 연 재규는 눈썹을 구겼다.

[큰일 났어요. 학생이 내릴 준비를 안 해.]

다 같이 그 메시지를 보고 어쩔 줄을 몰랐다. 아까 재규는 필립에게 전화를 받았다. 세진이가 기차 같은 칸에 타고 있다는 제보였다. 그래서 모두는 기차역 3번 칸 앞에서 기다리던 참이었다.

"얘가 미쳤나, 왜 안 내리려고 하는 거야?"

"내리겠지. 호들갑은."

"안 내리면 어쩌려고! 당신은 애 걱정도 안 돼?"

목소리가 높아지는 가운데, 봄이는 세진의 속내를 알 것 같았다. 홧김에 뛰쳐나와 기차에 몸을 실었지만, 집이 가까워질수록 현실이 밀려왔을 것이다. 가뜩이나 엄한 가족들의 반응도 두려울 테고. 도망치고 싶은 마음이 들 만했다.

재규는 이렇게 답장을 보냈다.

[무조건 같이 내려라. 강제로라도.]

모두가 기다리던 기차가 어둠 속 노란 불빛을 내며 플랫폼으로 들어왔다. 정차된 기차의 차창 너머로 세진이가 보였다. 구필립은 세진이 앞에서 혼신의 연기를 펼치고 있었다. 캐리어 두 개를 거뜬히 들 수 있는 구필립이 한 개를 들어 달라고 도움을 구하는 듯했다.

 봄이는 속으로 그의 기지에 감탄했다. 캐리어를 계단으로 내려 주다 끌어내려진 세진은 플랫폼에 모여 있는 가족들을 발견하곤 눈을 크게 떴다.

 "최세진! 너 이 자식."

56

 그 순간, 세진은 온 힘을 다해 달리기 시작했다. 방향은 곧장 개찰구 쪽. 그 뒤를 가장 먼저 따라잡은 건 한결이었다.
 "가지 마, 세진아!"
 세진이를 꽉 끌어안은 한결이가 어깨를 들썩였다. 도망치듯 몸을 비틀던 세진이도 곧 힘이 풀리더니, 한결의 품에 얼굴을 묻었다. 두 아이는 그 자리에서 누가 먼저랄 것 없이 울음을 터트렸다.
 "저, 저놈이……."
 격분한 세진의 아버지가 쥔 주먹을 치켜들고 성큼 다가서려던 찰나, 봄이가 그 앞을 막아섰다.
 "세진이한테 위로받을 시간을 좀 주시면 안 될까요?"
 "저런 꼴은 내가……!"
 "한결이 때문에 돌아온 걸지도 몰라요."
 봄이의 말에 결국 세진이의 가족은 어쩔 수 없이 잠자코 기다렸다. 울음이 잦아들고 세진이의 호흡이 안정되었을 때쯤 재규가 최이준의 등을 떠밀었다.

"이준아, 슬슬 가 봐라."

아직은 딱딱한 표정을 한 최이준이 두 사람에게 다가갔다.

"최세진, 너……."

"놔! 나 같은 건……. 없어져도 되잖아!"

겨우 말라붙은 눈에서 다시 눈물이 후드득 떨어졌다.

"쓸모없다며! 나 때문에 망신만 당한다며!"

"최세진!"

엉엉 울고 있는 세진이의 팔목을 최이준이 당겨서 끌어안았다. 등을 두드려 주는 그의 손은 다른 사람도 눈치챌 정도로 떨리고 있었다.

"내가, 우리가……. 얼마나 걱정했는데."

세진의 부모님도 가까이 다가갔다. 어느새 네 식구는 한 덩어리가 되어, 부둥켜안은 채 눈물 바람을 쏟았다.

"하라는 대로 잘 해내니까 괜찮을 줄 알았어, 엄마는……."

"아버지가 크게 혼낸 적도 없는데, 짜식이. 아무튼 기분 상했으면 미안하다."

"자, 집에 가자."

한참 세진을 다독인 가족은 귀가 준비를 하며, 재규와 한결에게 깊은 고마움을 표했다. 그리고 담임인 봄의 손을 꼭 잡았다.

"선생님, 도와주셔서 감사합니다."

"저, 아까는 미안했습니다. 정신이 나가서……."

이미 그런 건 잊은 지 오래였다. 모두 해결되었다는 생각에 마음이 후련하기만 했다.

가출 소동이 이렇게 마무리되어서, 천만다행이었다. 세진은 여전히 코끝을 붉힌 채 부모와 함께 차에 올랐고, 한결이도 재규에게 이끌려 뒷좌석에 탔다.
"잠시만요."
재규의 차로 향하던 봄이의 발이 멈췄다. 다가온 최이준은 재규에게 눈짓으로 양해를 구한 뒤 봄이와 마주했다.
"……고맙습니다. 윤봄 선생님."
고맙다는 말이 어색한 듯, 그는 한 음절 한 음절을 느리게 내뱉었다. 하지만 진심이라는 느낌이 들었다.
"제가 한 건 없어요. 재규 씨랑, 그리고 직원분이…… 다 해 주신 거죠."
진심으로 그렇게 생각하고 있었다. 세진이가 재규의 직원과 기차 같은 칸에 타고 있었다는 건, 감사한 우연이었다.
"선재규와는…… 많이 가까워진 모양입니다."
최이준은 차 안에서 이쪽을 주시 중인 재규를 턱짓으로 가리키며 미묘하게 인상을 찌푸렸다가 곧 표정을 가다듬었다.
"저, 그게……."
봄이가 입을 열기 전에 최이준이 먼저 말을 꺼냈다.
"결국 이렇게 될걸, 좋지 못한 꼴만 보였네요. 어쨌든, 더 이상 두 사람 사이에 끼어들 일은 없을 겁니다."
그 말은 그에게도 나름의 결심이 담긴 선언처럼 느껴졌다.
봄이는 짧게 고개를 끄덕였다. 그러자 최이준은 곧장 재규의 차로 향했다. 차창을 두드리자 재규가 고개를 내밀었다.
"뭐, 볼일 더 남았나?"
"선재규, 오늘…… 고마웠다."
뜻밖의 말에 재규는 잠시 말을 잃었다가 이내 큰 소리로 화통하게 웃었다. 고요하고 어둑한 역사 주차장에 재규의 웃음소리만 메아리 치듯 울렸다.

"친구끼리 이만치도 못 하나. 집 드가서 동생한테 맛난 거나 해줘라. 오늘 뭐 제대로 먹기나 했겠나."

"넌……."

잠시 말을 멈춘 최이준이 한 번 짧게 숨을 내쉬고 목소리를 낮췄다.

"너도 봄이 씨 잘 챙기고. 오늘 고생했으니까."

"……그래. 보신 좀 시켜야지."

최이준은 고개를 끄덕이고는 돌아서며 봄이 곁을 스쳐 지나갔다. 봄이에게는 눈길 한 번 주지 않은 채, 자기 차를 향해 묵묵히 걸어갔다.

그 모습을 본 봄이는 조용히 주먹을 쥐었다. 이대로 보내도 될까. 실은, 최이준에게 꼭 하고 싶은 말이 하나 있었다.

"이준 씨."

그의 걸음이 멈췄다. 가라앉아 있던 새카만 눈동자가 흔들렸다.

"네, 윤봄 씨."

"그때 말씀하신 거요."

"아. 결혼 준비……. 이제는 신경 쓰지 않아도 됩니다. 집에는 제가 말해 놓을 테니까요."

"……아뇨, 그거 말고요."

봄이는 숨을 가다듬었다.

"재규 씨, 그 사건…… 그 사람 아니에요. 정말 아니에요."

갑자기 차량 헤드라이트가 강하게 최이준을 비추어 그의 표정을 제대로 읽을 수 없었다. 하지만 그는 분명 고개를 끄덕인 후 자신의 차로 돌아갔다.

그제야 긴장이 풀리고 안도감이 찾아왔다. 이제 정말, 최이준과의 인연이 매듭지어진 기분이었다. 언제든, 어디에서든 그와 마주치고 말을 섞어도 이전처럼 불편하지 않을 것 같다.

봄이는 곧장 뒤를 돌아 재규의 차로 갔다. 조수석에 앉은 봄이는 안전벨트를 두르곤 운전석의 재규를 바라보았다.

"가요."

57

"봄식아, 괜찮아. 이리 와."

봄이는 소파 아래 쪼그리고 앉아, 그 밑에 몸을 숨긴 봄식이를 불렀다. 눈을 동그랗게 뜬 봄식이는 입을 굳게 다문 채 몸을 바르르 떨고 있었다. 안쓰러운 마음에 연신 불러 보았지만, 녀석은 꿈쩍도 하지 않았다.

콰쾅—!

그때 하늘이 번쩍하더니 천둥과 벼락이 내리쳤다. 어둑하던 거실이 잠깐 노란빛으로 밝아졌다가 다시 어두워졌다. 놀란 봄식이는 낑낑거리며 기어 나와, 봄이의 발목 쪽에 몸을 바짝 붙였다. 봄이는 조심스레 품에 안고 일어났다.

TV에서는 기상 특보가 흘러나오고 있었다.

—태풍 몽구스가 매우 강한 위력으로 북상하고 있습니다. 현재 태풍의 진로는 이처럼 일본을 향해 우측으로 꺾였지만, 강풍의 반경이

넓어 제주도와 영남 지역에 천둥 번개를 동반한 강한 비바람이…….

봄이는 걱정스러운 표정으로 거실 창밖을 내다보았다. 빗줄기가 굵었고, 바람은 요란한 소리를 내고 있었다. 저 멀리 나무들이 뽑혀 나갈 듯이 흔들리는 것이 보였다.

"괜찮아. 일본으로 꺾었대."

봄이는 품에 안긴 봄식이를 토닥이며 안심시키려 했지만, 정작 자신도 두려웠다. 태풍이 무섭게 느껴진 건 처음이었다. 창틀이 불안하게 흔들리는 것도 그렇고, 아래층에 집주인 부부가 없다는 사실도 불안함을 증폭시켰다. 봄이는 일단 소파에 앉아 일기예보를 시청하며 재규에게 온 메시지를 열었다.

[봄봄, 청설읍도 난리죠. 하늘에 빵구가 났다, 지금.

(동영상)]

첨부된 동영상을 눌러 보니 사정은 이곳과 비슷했다. 하지만 다른 점이 있었다. 똑같이 거실에서 밖을 내다보고 있는데, 재규의 집 새시는 흔들림 하나 없이 튼튼했고, 시끄러운 소리가 집 안까지 들어오지도 않았다. 신경 써서 직접 지었다더니, 확실히 다르긴 달랐다.

[여기도 완전 장난 아니에요.

(동영상)]

봄이는 재규처럼 똑같이 동영상을 찍어서 첨부했다. 그리고 생각난 김에 말 하나를 더 붙였다.

[내일 계곡은 아무래도 무리겠어요. 물도 불어났을 테고.]

며칠 전, 두 사람은 계곡에 놀러 가기로 약속을 잡았다. 구체적인 계획을 세우고 돌아온 날, 봄이는 침대에 누워 휴대폰으로 계곡 여행에 대해 검색하다 문득 재규의 SNS를 검색해 보았다. 계정만 가지고 있고 딱히 활동하지 않아 사용 방법도 익숙지 않았으나 사람을 검색

하는 것 정도는 어렵지 않았다. 게다가 흔한 성 씨도 아니라 찾으니까 바로 나왔다.

[JK_1228 선재규 게시물 722 팔로워 56]

팔로워 56k? 깜짝 놀란 봄이의 눈이 휘둥그레졌다가 그냥 56명인 걸 깨닫고 다시 평온해졌다. 팔로워가 221명인 자신의 유령 계정보다도 적은 숫자였다. 사진을 찍는 걸 좋아하더니 게시물도 많았다. 봄이는 문득 그 이유가 생각나 마음이 아팠다. 집에 불이 났을 때 엄마 사진들이 다 타 버린다며 화상을 입을 때까지 문을 부수려 했던 재규였다. 그 후로 사진을 중요하게 생각한다고 했다.

봄이는 그날 밤새도록 재규의 SNS 게시물을 여러 개 눌러 보았다. 회사 사진, 저수지 낚시, 등산 활동 등의 다양한 사진이 있었다. 놀러 다니는 데에 있어 해박한 지식을 가지고 있는 것 같아 마음 편히 재규와의 계곡 여행을 준비했다. 온라인으로 옷도 주문했고, 너덜너덜해진 슬리퍼도 다시 샀다.

그랬는데…….

콰쾅—!

아까보다 큰 벼락이 내리쳐 봄이의 어깨가 움찔 떨렸다.

'뭐라도 해야 해.'

문득 뉴스에서 본 '창문에 테이프 엑스자 붙이기'가 떠올라, 봄이는 휴대폰을 들고 검색하기 시작했다. 그러나 검색 결과는 제각각이었다. 테이프 대신 신문지를 끼우라는 영상, 뽁뽁이를 덧대라는 영상……. 뭐가 맞는 건지 감이 오지 않았다.

그때였다.

위잉— 위잉— 위잉—!

마을 전체를 덮을 정도로 큰 사이렌 소리가 울렸다. 봄이는 황급히 마을 이장님의 번호를 찾았다.

―고객이 통화 중이오니, 다음에 다시…….

마을에 사이렌이 울린 적은 이번이 처음이라 봄이는 사이렌의 의미를 정확히 알 수 없었다. 하지만 지금이 급박한 상황이란 것은 느낄 수 있었다. 이 와중에 창틀은 곧 떨어져 나갈 것처럼 위태롭게 흔들렸다.

지금 이 순간 생각나는 사람은 하나, 선재규였다.

―뚜우우, 뚜우우, 뚜우우…….

여태껏 재규에게 전화를 걸며 이렇게 오래 대기음을 들은 적이 있었던가? 없었다. 불안이 목구멍까지 차오르던 그때, 현관문이 덜컹거렸다.

'……내가 막아야 해.'

봄이는 벌떡 일어나 현관 앞으로 달려갔다. 급히 걸쇠를 채우고, 아래 잠금장치까지 눌러 잠갔다. 그런데도 문이 요동치는 소리는 멈추지 않았다. 가만히 들어보니…… 이건 바람이 아니라, 누군가 두드리는 소리였다.

"누구세요? 거기…… 누구 계세요!"

대답은 없었지만 분명 인기척이 느껴졌다. 봄이는 결국 용기를 내어 문을 열었다.

"봄!"

문 앞에 선 사람은 다름 아닌 재규였다. 빗속에서 흠뻑 젖은 채, 손으로 머리를 훑으며 성큼성큼 들어섰다.

"이 비에…… 어떻게 온 거예요?"

"창틀 나가게 생겼더라."

"그걸 어떻게⋯⋯. 아, 동영상!"

봄이가 보낸 동영상을 열었던 재규가 상황의 심각성을 눈치챈 모양이었다. 재규는 목을 쭉 내밀어 마구 흔들리는 거실 창을 보고 얼굴을 찌푸렸다.

"바닥 좀 젖어도 이해해 주십시오."

재규는 거실 안쪽으로 들어와 창문부터 살폈다. 혀를 차며 안 쓰는 쇼핑백을 가져다 달라고 했다. 봄이는 코팅된 재질의 두툼한 쇼핑백을 서둘러 꺼내 왔다. 재규는 그것을 잘 접어서 틈새에 단단히 고정하고 암막 커튼을 닫았다.

"깨져도 유리 파편은 안 들어올 겁니다. 자, 얼른 나가자, 봄."

"나가요? 어디로요?"

"가면서 설명할게요. 봄식이만 챙겨서 내 따라오십셔."

58

 봄이는 조수석에 앉아 창밖을 내다봤다. 태풍이 부는 도로는 그야말로 아수라장이었다. 가로수가 쓰러지고 낡은 간판들이 위태롭게 흔들렸다. 그 광경을 볼수록 심장이 조여드는 것 같았다. 태풍을 처음 겪은 봄식이는 봄이의 무릎 위에서 몸을 바들바들 떨었다.
 "우리 봄이, 괜찮나."
 "난 괜찮은데…… 봄식이가 많이 놀랐나 봐요."
 봄이는 떨리는 손으로 봄식이의 머리를 쓰다듬었다. 아까 집에서 나오려는데, 강풍에 현관문이 통째로 뽑혀 나가는 줄 알았다.
 "거의 다 왔습니다. 봄식이, 쫄지 마라."
 재규가 차분한 목소리로 말했다. 이 와중에도 운전대는 흔들림 없이 안정적이었다. 믿음직스러운 그의 옆모습을 보자 불안했던 마음이 조금씩 가라앉았다.
 잠시 후, 차는 재규의 집에 도착했다. 커다란 차고 안에 차가 주차되었다.

"어, 못 보던 차가 있네요?"

대형차 4대가 주차될 수 있는 공간의 개인 차고지엔 재규의 픽업 트럭 말고도 봉고차 한 대와 경차 하나가 있었다.

"아, 벌써 왔나 보네. 여기도 완전 물난리라 지대 낮은 데 있는 사람들 여기로 대피하라 했습니다."

"마을 단톡방으로 공지한 거죠?"

"예, 사람 좀 북적거릴 테니까 2층으로 올라가죠. 아님 내 방."

봄이는 봄식이를 안고 재규를 따라 안으로 들어섰다. 차고는 주방 뒷문과 연결돼 있어 비 한 방울 맞지 않고 집 안으로 들어올 수 있었다.

집 안으로 들어서니 시끌시끌했다. 연결된 거실로 나가자 꽤 많은 사람들이 앉아 있었다. 가장 좋은 창틀을 달았다는 재규의 말처럼 거실은 튼튼했고 바깥의 비바람 소리도 들리지 않아 안전해 보였다. 대충 열댓 명도 넘어 보이는 사람들은 연령층도 제각각이었다. 그중 한 사람이 봄이를 반갑게 불렀다.

"봄 선생!"

"어, 교감 선생님?"

교감 석관수가 거실 책장 앞에서 뒷짐을 지고 서 있었다. 교감이 혼자 왜 여기에 와 있는 건지 어리둥절해하는 봄이에게 재규가 설명을 해줬다.

"사모님이랑 자제분이 미국으로 가서 요 아래 달방에 이사 왔다 합니다. 오자마자 집이 잠겨서 딱하게 되었습니다."

그렇구나. 기러기 아버지가 되었다는 소리를 얼핏 들었던 것도 같았다. 봄이가 가까이 다가가니 교감이 눈을 크게 뜨고 입술을 씰룩였다.

"봄 선생, 개 키웠나?"

"아, 네……. 얼마 안 됐어요."

교감 석관수는 호기심 가득한 눈으로 봄이의 품에 안긴 강아지를 내려다보았다. 투박한 손을 뻗자 봄식이가 그의 손을 덥석 물었다. 분명 아플 것 같은데 교감은 내색 하나 없이 껄껄 웃었다.

"이름은 뭐구?"

"봄식이요."

"어이쿠야, 봄식쓰~ 태풍 와서 놀래쪄용?"

"……?"

강아지 앞에서 돌변한 교감의 애교에 봄이는 적잖이 당황했다. 교감이 동물을 이렇게 좋아하는 사람인지 미처 몰랐다.

"안아 봐도 될까, 봄 선생?"

"네……. 괜찮아요."

잠시 머뭇거리던 봄식이도 교감의 유치한 주접에 무장 해제된 듯, 꼬리를 살랑거렸다.

"아, 그러고 보니 노 선생도 여기에 와 있는데…… 어디 갔지?"

"노 선생님도요?"

"우리 옆집이라 같이 온 건데 없어졌네."

얼마 전, 노 선생이 스쳐 지나가듯 "한결이 삼촌 정도면 괜찮다"라고 말했던 일이 떠올랐다. 봄이는 어쩐지 묘한 기분이 들었다. 두리번거리고 있는데 마침 화장실에서 노 선생이 나와 재규에게 다가가는 것이 보였다.

"한결이 삼촌분 아니었으면 정말 큰일 날 뻔했어요."

"별거 아닙니다."

"무슨 말씀이세요. 집을 통째로 내주는 게 어디 쉬운 결정인가요.

바자회 때도 그렇고…… 진짜 슈퍼맨이 따로 없어요."

"……흠. 슈퍼맨이라."

재규는 짧게 웃었다. 그 옆에서 함께 웃으며 대화를 이어가는 노 선생의 모습은 밝고 생기 넘쳐 보였다. 봄이는 그 장면을 잠시 바라보다가, 조용히 구석으로 몸을 옮겼다. 노 선생은 자신과 동갑이면서도 늘 사람을 환하게 만드는 성격이었다. 재규와 그런 노 선생이 나란히 있는 모습은 어쩐지 잘 어울려 보였다.

"……"

마음 한구석에선 못난 마음이 솟아나고 있었다. 봄이는 위축되는 마음을 애써 억누르며 북적거리는 거실의 풍경으로 눈을 돌렸다. 다들 걱정스러운 눈으로 TV의 일기 예보 라이브를 보면서 이야기를 나누고 있었고, 몇몇은 지인들에게 안부 전화를 하고 있었다.

"어, 선생님."

그때 2층에서 내려온 한결이가 봄이를 발견하고 반가운 얼굴로 달려왔다.

"오셨구나. 삼촌이 아까 엄청 걱정했어요. 봄식이는요?"

"응, 저기 교감 쌤이랑."

석관수는 봄식이의 발을 입에 집어넣었다가 빼는 희한한 장난을 치고 있었다. 얼굴에 웃음꽃이 만발한 걸 보니 조금 더 놀게 두는 게 좋을 듯싶었다.

"삼촌 어디 있어요? 왜 두 분이 같이 안 계시고."

"아, 얘기 중이셔."

봄이가 향한 시선을 따라간 한결이는 노 선생과 이야기 중인 재규를 발견하곤 얼굴을 찌푸렸다. 한결이는 곧장 다가가 재규를 끌어내어 무언갈 속닥거렸다. 재규는 서둘러 봄이 쪽으로 다가왔다.

"봄. 잠깐만, 얘기 좀."

그러더니 봄이의 손을 붙잡고 거실과 연결된 자신의 방으로 들어가 문을 탁 닫았다. 해촌 마을 떠나는 날, 잠깐 스쳐본 것이 전부였던 재규의 방. 봄이는 방 안을 둘러보았다.

'깨끗한데?'

넓은 슈퍼킹 침대 위엔 짙은 남색 침구가 각 잡힌 채 얌전히 놓여 있었고, 그 옆엔 부드러운 가죽 암체어와 낮은 테이블이 자리하고 있었다. 테이블 위엔 한결이와 함께 찍은 사진 액자가 있었고, 그리고……

'저건 뭐지?'

작은 검은색의 직육면체 상자가 검은 리본에 묶여 있었다. 리본의 금박엔 GRA……까지만 보였다. 무언가 의미 있어 보이는데 정체를 단박에 알 순 없었다.

"봄."

"네?"

재규가 방문에 등을 기대고 선 봄이 앞에 섰다. 그 때문에 시야가 가려 방 구경은 더 할 수 없었다.

"봄아…….."

바짝 몸을 붙인 재규는 상체를 수그려 귓가에 가만히 입을 맞췄다.

"웃, 갑자기 무슨……. 왜 이래요."

비에 젖어서 그런지 물기가 남아 있는 입술은 평소보다 온도가 내려가 미지근했다. 귓가를 누르던 입술은 봄이의 입술을 느리게 삼켰다. 봄이는 젖어서 살에 축 달라붙은 재규의 흰색 기능성 티셔츠에 손을 얹었다.

낮은 숨을 내쉬며 재규는 손을 뻗어 방문을 잠갔다. 뺨을 감싼 시원한 손으로 봄이의 얼굴을 매만지며 말했다.

"봄……. 아까 밖의 선생님이랑 얘기해 봤는데."

입술을 닿았다 떼었다를 반복하며 재규는 급하지도 않은 이야기를 꺼냈다. 봄이는 의아한 와중에도 귀를 기울였다.

"노 선생님이요?"

"성함은 모르고, 예. 암튼, 아버지가 전원주택 짓는다고 지붕에 태양광 달고 싶다대요."

재규의 윗입술을 살짝 물고 있던 봄이의 눈이 조금 커졌다.

"태양광이요?"

"어떻게 신청하고 설치하냐고 물어서 내 그것 좀 대답해 주고 왔습니다."

그런 이야기를 했구나. 둘이 무슨 이야기를 그렇게 재미있게 하나 궁금했는데 사업 이야기였다.

"신경 좀 쓰였죠. 미안타."

"네? 아니……. 아니에요."

"내 눈엔 우리 봄봄이만 보입니다. 다른 여자는 보이질 않아……."

낯간지러운 이야기에 봄이는 어쩔 줄을 몰랐다. 밖에선 여전히 사람들이 목소리를 높여 떠들고 있었다. 우드 블라인드가 쳐진 창문 때문에 바깥 상황은 보이지도 않았다.

재규의 방에선 오로지 재규에게만 집중할 수 있었다. 봄이는 재규가 입술을 부드럽게 감쌀 때마다 움찔거렸다.

"봄, 내가 한 말은 생각해 봤습니까……."

"어떤…… 말이요."

"사귀자고."

입술을 떨어뜨리고 시선을 봄이에게 고정한 재규가 답을 기다렸다. 봄이의 눈동자는 불안하게 흔들렸다. 생애 처음으로 부모님의 뜻에 반하여 내리는 결정이었다. 자기 스스로 내리는 첫 번째 결정에 후회가 없길 바랐다.

"내 대답은……."

그때였다.

"한결이 삼촌 어디 계십니까. 크흠!"

때마침 교감이 문 근처에서 재규를 애타게 불러대고 있었다.

"어디 가셨을까. 봄식쓰, 여기가 확실하니? 크흠!"

봄이가 눈썹을 치켜세우며 대답을 하라는 제스처를 보내자 재규는 마지못해 문을 빼꼼 열었다.

"와 그러십니까."

"지금 우리 신수읍 마을 전체에 정전 사태가 나고 있답니다!"

"아, 그거요. 잠깐만 기다리십셔."

59

 문을 닫은 재규는 다시 봄이의 목덜미에 입맞춤을 시작했다. 봄이는 그를 밀어내며 뒷걸음질쳤다.
 "정전이라잖아요. 나가 봐야 하는……."
 "괜찮습니다. 우리 집 태양광은 발전소 배터리 달아 놔서 비상 전기 수급 잘됩니다."
 "그럼 전기 계속 쓸 수 있어요?"
 "얼마간은. 나가서 사람들한테 말 좀 해줘야겠네."
 "네, 지금 나가요. 얼른요."
 "쓰읍."
 재규는 아쉬워하며 문고리를 잡아당겼다.
 밖에 나와 보니 사람들은 모두 고스톱을 치고 있었다. 그것도 돈을 걸고 하는 중이라 모두가 흥분 상태였다.
 "자, 우리도 가입시다. 신수읍 고스톱 머니 우리가 쓸어 담아야지."

재규를 따라 거실로 간 봄이는 TV 앞에 옹기종기 자리를 펴고 둘러앉은 사람들을 일어서서 구경했다. 아이들은 한결이를 따라 2층으로 올라가 어른들만 남아 있었다.

"이번 판 끝나고 껴도 됩니까."

자리 하나를 발견한 재규가 물었다. 패를 내려놓고 한숨을 쉬던 아저씨는 고개를 들어 위를 슥 쳐다봤다가 눈을 크게 떴다.

"접때 오도바이!"

청설하나로마트에서 집에 오는 길에 오토바이 사고를 냈던 초록 사진관 아저씨였다. 출사를 나왔다가 발이 묶여 여기 대피하기로 했단다.

"이야, 그때 신혼부부 맞지예. 오시면은 무료로 사진 박아 준다 캤는데 안 와서 서운하던 참이었는데 여서 만나네."

그때 경황이 없어 신혼부부로 오해한 아저씨에게 해명하지 못한 게 이렇게 돌아왔다. 뒤에서 광을 팔던 교감이 귀를 쫑긋거렸다.

"저흰, 신혼부부는 아니고요······."

봄이는 난처한 얼굴로 손사래를 쳤고, 재규는 슬그머니 입을 열었다.

"군청에 신고하고 확실한 신혼부부가 되면 그때 갈라고요. 좀 늦게 가도 찍어 주실 거지요."

"아이고, 그라믄요!"

사진관 아저씨는 손사래를 치며 TV 앞으로 자리를 옮겼다.

"자리 났네. 앉읍시다."

빈자리에 냉큼 재규가 앉았고 옆에 봄이의 자리를 마련해 주었다. 팽팽하게 펴놓은 두툼한 극세사 모포 위에 화려한 패들이 어지럽게 놓여 있었다. 나머지 할머니 둘은 손안에 쥔 패가 몇 장 없으니 곧 판이 끝날 것 같았다.

"여기 뽀글이 할매가 잘하네, 그죠."

재규가 혼잣말처럼 중얼거렸지만 봄이는 아무런 반응도 하지 않았다. 실은 고스톱을 한 번도 쳐 본 적이 없어, 눈앞에서 벌어지는 일이 무슨 뜻인지 전혀 몰랐다. 같은 그림 맞추는 건 알겠는데, 뭐가 '피'고 뭐가 '광'인지조차 헷갈렸다.

"봄봄이부터 합시다."

"왜요!"

"알려 줄게요."

"그래도……!"

아옹다옹하는 사이에 점수 계산까지 끝나 백 원짜리 동전 몇 개가 오갔다.

"자, 그럼 여기 총각이랑 처녀는 누가 들어갈 긴데?"

재규가 미소 지으며 슬쩍 봄이를 가리켰고, 곧 그녀 앞으로 패가 한 뭉치 날아왔다.

"할매요. 우리 봄봄 씨가 오늘 고스톱 머리털 나고 첨으로 한답니다. 내 껴서 같이 봐줘도 되죠."

"그럼 이번 판은 점 10원으로 하까."

"예."

봄이는 손에 쥔 패를 허둥지둥 훑어보았다. 어떤 게 좋은 패인지 감도 안 잡히는 와중, 재규가 몸을 기울여 귀에 바짝 대고 속삭였다.

"패 봐라. 봄봄이는 이제 부자다."

"네?"

"찡그리십셔. 표정 관리."

무슨 뜻인가 싶어 멍하니 있다가 아하, 하고 눈을 찌푸렸다.

"먹을 게…… 없네."

어설프지만 괜히 어디서 들었던 멘트도 크게 중얼거려 보았다. 재규가 부자가 되었다며 좋아하는 걸 보니 대충 패는 좋게 받은 것 같은데, 이걸 활용할 방법이 문제였다. 봄이는 재규의 코치를 들으며 룰을 익히기 시작했다. 똑같은 짝을 맞춰도 똑같은 점수가 아니란 걸 배웠다. 봄이는 점수를 외우면서 패키지로 묶여 따로 추가 점수가 나는 것들을 기억해 두었다.

"이놈들끼리 묶으면 고도리, 점마들끼리 묶으면 광이고……."

듣다 보니 그리 어렵진 않았다. 작은 플라스틱을 내려칠 때마다 짝짝 소리가 나는 것도 왠지 모르게 짜릿하기도 했다. 봄이는 점차 집중해서 게임에 돌입했다. 청단을 모으고 광박을 피하며 재규가 건네주는 식혜를 들이켰다. 그리고 결정적인 순간에 가지고 있던 세 장을 모포에 탁 던졌다. 할머니들의 안색이 새하얘졌다.

"폭탄이네! 뭐꼬?"

"할매들 이 사람한테 줄 거 얼른 주십셔."

'재밌다…….'

벌써 끝인가? 더 할 수 있는데 아쉬웠다. 패를 내려놓으려는데 재규가 슥 보더니 참견했다.

"계속할 거면 고, 여것만 먹고 쨀 거면 스톱."

다시 남은 패를 확인한 봄이는 조용히 말했다.

"……고."

***

재규표 소고기뭇국은 휴게소에서 먹은 것보다 국물이 진하고 조금 더 칼칼한 맛이 있었다. 거실의 앉은뱅이 탁자들에 둘러앉은 사람들은 국밥을 먹으며 도란도란 얘기를 나누고 있었다. 잠깐 화제의 중심이 봄이에게 쏠리기도 했다.

"아까 저 처녀가 쓰리고도 모자라 포고까지 한다 캐서 내 디져버리는 줄 알았다!"

"오늘 첨 한다 카더니 머리가 팽팽 잘 돌아가대?"

같이 앉아 있던 할머니들이 혀를 내둘렀다. 봄이가 딴 돈은 총 7,400원이었다. 나중에 재규와 맞고를 쳐서 딴 돈도 포함해서다. 봄이가 싹쓸이했던 판 이야기가 나오자 재규는 자기가 더 뿌듯한 듯이 말했다.

"이 사람 서화여대 나온 엘리틉니다."

"진짜가?"

"비싼 밥 먹고 내 그짓말 왜 합니까."

그러면서 은근히 봄이를 향해 따봉을 날렸다. 누가 보면 자신이 봄이를 입학시킨 줄 알 정도로 사람들의 말에 뿌듯하게 반응했다.

사람들의 식사가 거의 끝났을 즈음에 날씨는 악화되었다. 바깥의 바람은 거세졌고 무언가 날아다니며 부딪치는 소리도 들리기 시작했다. 식사를 끝낸 사람들은 TV 채널을 이리저리 돌렸다. 공중파 정규 방송 뉴스는 이미 끝난 상태였다. 서울엔 약간의 비만 내리칠 뿐, 별다른 영향은 없기에 따로 편성된 특보가 없는 것 같았다.

지역 방송으로 돌리니 기상 특보라는 헤드라인을 달고 아나운서들끼리 이야기를 나누고 있었다.

—우측으로 급커브를 돌기 시작한 덕에 우리나라는 태풍의 영향에서 빠르게 벗어나고 있습니다. 다음은 새로 업데이트가 된 몽구스의 예측 경로입니다…….

태풍의 영향에서 곧 벗어난다는 뉴스에 사람들은 가슴을 쓸어내렸다.

"네다섯 시간이면 잠잠해진다고?"

아무리 재규의 집이 넓고 쾌적하다고 해도 다들 본인의 집으로 돌아가고 싶을 것이다. 사진관 아저씨가 구석에 내려놓았던 가방을 열어 삼각대와 카메라를 꺼냈다. 그러더니 사람들에게 소리쳤다.

"우리 오늘 여기서 태풍을 피한 것도 인연인데 한 방 찍을까요."

사진관 아저씨의 말에 다들 좋은 생각이라며 옹기종기 거실 한구석에 촘촘하게 섰다.

"집주인 부부가 가운데서 찍어야지!"

할머니들이 재규와 봄이를 앞으로 떠밀었다. 노 선생이 입을 딱 벌리고 교감을 쳐다보았지만, 교감은 봄식이를 봄이에게 안겨 주며 흐뭇하게 미소를 지을 뿐이었다.

"자자, 찍습니다. 10초 뒤에 김치 하세요!"

타이머를 맞춰 놓은 사진사 아저씨가 후다닥 사람들 틈에 섞였다. 봄이는 맨 앞 열 중앙에서 양반다리를 하고 앉아 봄식이를 그 안에 넣었다. 양옆엔 한결이와 재규가 있었다. 빨간불을 천천히 깜박거리던 카메라는 3초를 남겨 놓고 빠르게 깜박거리며 삐삐거리는 알람 소리를 내었다. 셔터가 자동으로 돌아가는 순간, 재규는 얌전히 무릎 위에 올려놓은 봄이의 손을 꽉 쥐었다. 해사한 미소와 함께 '찰칵' 하고 사진이 찍혔다.

사람들이 일찍 돌아갈 것이라는 봄이의 예상은 틀렸다. 다들 배도 부르고 등도 따뜻하다며 재규네 집 거실에 이불을 펴고 누웠다.

'남의 집에서 안 불편한가……?'

신수읍을 덮쳤던 비바람은 이제 많이 소강된 상태였다. 지역 방송에서도 이젠 기상 특보를 하지 않았다.

간접 등만 켜 놔서 희미하게 노란빛만 남은 거실을 보며 봄이는 오늘 있었던 일들을 떠올렸다. 갑작스러운 자연재해에 정신이 없었을 때 나타난 재규는 든든했고, 동네 사람들 틈바구니에서 재미있는 일도 많았다. 주방에서 컵 두 개를 들고나온 재규는 이불 위에 눕거나 앉아 있는 사람들을 긴 다리로 장애물 넘기 하듯 지나 봄이가 앉아 있는 소파로 다가왔다.

"이게 뭐예요?"

얼음 컵에 담긴 옅은 갈색의 음료를 보고 고개를 갸웃거렸다. 향을 맡아 보니 매실차였다. 얼음이 짤그락거리지 않게 조심하며 봄이는 매실차를 홀짝였다. 소파에 앉아 거실을 내려다보니 이재민 수용소 같기도 하고 찜질방 느낌도 났다.

"재규 씨, 오늘 고생 많았어요."

벌써 잠이 든 사람도 있어 TV 소리도 작게 해 두었다. 봄이 역시 덩달아 목소리를 작게 하고 재규를 쳐다봤다.

"괜찮습니다. 그보다……."

시선이 마주치자 매실차를 원샷하고 얼음을 입에 넣어 와그작 씹은 재규가 컵을 내려놓았다.

"다 먹으면 잠깐 나갈까요. 비도 그쳤는데."

60

　봄이는 끄덕이며 남은 한 모금을 마저 삼켰다.
　두 사람은 현관문을 살그머니 열고, 정원으로 나갔다. 정원에 설치된 자동 조명이 켜졌다. 촉촉한 잔디를 밟을 때마다 사각거리는 소리가 고요한 밤을 채웠다. 봄이는 정원에 널브러진 잔해를 치우는 재규의 커다란 뒷모습을 물끄러미 바라보았다.
　"……재규 씨, 있잖아요."
　꺾여서 나뒹구는 나뭇가지를 주워 무언가를 쿡쿡 찌르던 재규가 봄이의 부름에 일어섰다. 뒤를 돈 재규를 보고 봄이가 가느다란 비명을 질렀다.
　"악! 그게 뭐예요?"
　"남의 집 빤스도 날아왔네."
　재규는 어쩔 수 없다는 듯 격자무늬의 트렁크를 나뭇가지에 매단 채, 봄이를 바라봤다. 봄이는 재규가 들고 있는 나뭇가지에 최대한 신경을 쓰지 않으려 애를 썼다. 마침 태풍에 휩쓸려 바닥에 잔뜩 떨어진 하얀 장미 꽃잎이 눈에 띄었다.

"정원에 장미들도 활짝 폈었는데 꽃잎이 다 떨어졌네요."

"나름 분위기 있는 거 같습니다. 바닥에 흐드러지게 꽃잎이 딱 이래 놓여 있으니."

봄이는 고개를 숙이고 한쪽 발로 잔디를 꾹 누르며 입을 열었다.

"저, 전에 저한테 준 꽃다발이요. 그거 되게 예뻤어요."

"그죠. 특별히 공수해 온 겁니다. 수입 꽃이라 하던데. 미모사랑⋯⋯ 카페인 장미."

카페라테 장미였다.

"거기 카드에 뭐라고 적었는지 기억나요?"

그렇게 묻자 재규의 입술이 느릿하게 위로 휘었다. 시원한 미소와 함께 봄이의 밤잠을 설치게 만들었던 문구가 목소리가 되어 돌아왔다.

"윤봄 선재규 첫날."

재규는 자신을 받아들일 거라는 확신이 있어 그렇게 적었던 것일까. 봄이는 그 카드를 침대 머리맡 협탁에 두고 툭하면 꺼내 보고 있었다.

슬리퍼를 신은 발로 흙바닥을 꾹꾹 누르던 봄이의 움직임이 멈췄다. 이상했던 첫 만남, 웃기고 당황스러웠던 여러 사건들. 그리고 그 끝에 오늘이 있었다. 미열이 올라온 얼굴을 든 봄이는 자신을 가만히 보고 있는 재규에게 말했다.

"그 첫날, 오늘로 하면⋯⋯ 어떨까요?"

툭.

재규가 들고 있던 나뭇가지와 누군가의 트렁크 팬티가 바닥으로 떨어졌다.

"……지금 뭐라고 한 겁니까?"

"오늘이요. 조금 애매한가요. 정신없긴 했는데 저는 오늘이 자꾸만 기억에 남을 거 같아서……."

드라마나 영화를 보면 이런 장면은 아름다운 배경에서 근사한 멘트와 함께 로맨틱하게 이루어졌다. 집 앞에서 헐렁한 홈웨어를 입고 어지러운 태풍의 잔해 속에서 이런 이야기를 해도 될까? 잠시 망설이기도 했지만, 왠지 재규와는 이렇게 자연스러운 게 더 어울릴 듯도 싶었다. 늘 남에게 보여지는 모습에 신경을 곤두세워 왔지만 재규 앞에선 달랐다. 이렇게 많은 걸 편히 내보일 수 있는 남자는 인생을 통틀어 선재규가 유일했다.

"그래서 이런 날이 우리 첫날이면…… 계속 기억이 날 것 같다는 생각이 들어서……."

젖은 잔디에선 미끄러지는 소리가 났다. 재규는 한 발짝 성큼 다가와 봄이의 한쪽 어깨를 잡았다. 그만의 크고 거칠한 손은 언제나처럼 그 온도가 높았다.

"내랑…… 사귀자는 말 맞습니까."

이제는 이 남자만의 억양과 말투를 듣지 않으면 견딜 수 없을 것 같았다. 언제부터 이렇게 된 걸까. 봄이는 고개를 더 위로 들고 정원의 조명 빛을 받은 재규의 얼굴을 찬찬히 뜯어보았다. 너울지는 조명 아래, 재규 역시도 봄이의 얼굴을 구석구석 살펴보며 긴장을 삼키고 있었다. 대답을 기다리며 할 말을 간신히 참고 있는 입술은 경직되어 있었다. 봄이는 시간을 끌지 않았다.

"네, 재규 씨 마음이 이전과 똑같다면요."

재규의 표정이 신기하게 변했다. 미간을 좁히고 실눈을 뜬 상태에서 입술을 위로 씰룩거렸다.

"봄이가……."

코끝을 몇 번 찡그리던 재규가 별안간 봄이의 양 겨드랑이 사이에 손을 쑥 집어넣고 무를 뽑듯이 번쩍 들어 올렸다. 훌쩍, 공중으로 가볍게 들어 올려진 봄이는 눈이 휘둥그레져 재규를 바라봤다.

"재규 씨!"

"우리 봄봄이가……."

재규는 자고 있는 사람들이 듣거나 말거나 상관없는지 쩌렁쩌렁한 목소리로 소리쳤다.

"이제 내 애인이다!"

"웃, 간지러워요!"

봄이의 웃음이 공중에 흩어졌다. 재규는 봄이를 들고 제자리에서 빙글빙글 돌았다. 고요한 정원을 채운 두 사람의 웃음소리는 한참 뒤에야 잦아들었다.

여운이 가시지 않은 채 두 사람은 주변 산책에 나섰다. 나누게 된 대화는 생각보다 가볍지 않았고, 또 길었다. 봄이는 다시 서울로 돌아가야 하는 처지에 대해 말했고, 집안 분위기에 대해서도 좀 더 자세히 설명했다.

그렇게 한참을 걷고서 다시 정원으로 돌아와 현관 앞에 섰을 때, 재규가 봄이의 허리를 끌어당겼다.

"봄아."

따뜻한 숨결이 뺨에 닿았다. 봄이의 뺨에 홍조가 어렸다.

"응, 재규 씨."

"봄. 고맙습니다. 진짜, 내, 몸 바쳐서 잘할게요. 평생 봄이 씨만 보고…… 아끼고 또, 무지하게 잘해줄게요."

거창한 선언에 봄이가 작게 웃음을 흘렸다. 어이가 없는 와중에도 재규의 다짐과 같은 말을 들으니 괜히 기분이 좋았다. 무슨 결혼 서약을 하는 것처럼 저렇게까지 할 일인가.

'어, 결혼……?'

그간 맞선 자리에서 상대방과 수차례 나눴던 단어가 갑자기 생소하게 느껴졌다. 재규와 결혼이라니. 아직은 너무 이른 상상이었다. 이제 막 시작한 사이니, 재규도 자신을 그렇게까지 깊게 생각하는지 아직은 알 수가 없었다.

무엇보다…….

'나한테 아직 결혼은…….'

지금은 이 정도로 충분했다. 무겁고 쓴 감정을 뒤로하고 봄이는 그저 품속에서 고개만 끄덕였다. 재규와 사귀는 것만으로도 인생의 커다란 전환점이었다. 지금은 그 사실에 의미를 두기로 했다.

***

태풍이 지나가고 맑게 갠 아침, 대피했던 사람들은 모두 집으로 돌아갔다.

재규는 봄이와 봄식이를 청설읍까지 바래다준 뒤, 초토화된 봄 하우스를 말끔히 정리해 주고서야 집에 돌아왔다.

"흠."

지금 재규는 독서 중이다. 거실 소파에 길게 누워 책장을 느릿하게 넘기던 그는 어느 한 구절에서 멈췄다. 그러곤 팔을 쭉 뻗어 소파 테이블 위에 둔 휴대폰을 집어 카메라 버튼을 눌렀다.

찰칵.

거실에 울린 카메라 소리에 TV를 보며 청소 중이던 한결이가 소파 곁으로 다가왔다.
"삼촌, 무슨 책 봐?"
표지를 슬쩍 들어 본 한결이가 아하하 소리를 내서 웃었다. 재규는 아무렇지도 않게 진지한 목소리로 중얼거렸다.
"공부할 게 한둘이 아니다, 지금."
재규는 다시 책장을 넘기고 또다시 찰칵, 사진을 찍었다.
일전에 봄이에게 빌려온 《첫 연애를 위한 길라잡이》. 처음엔 재미 삼아 읽었지만, 사귀고 나니 다르게 보였다. 처음 볼 땐 몰랐던 내용들이 다시 눈에 들어오기 시작한 것이다. 현재 그는 2회독 중이었다.
책 곳곳에는 봄이의 필기와 밑줄이 있었다. 재규는 봄이의 흔적을 더듬으며 중요한 내용을 다시금 입력했다. 연애에 대해선 까막눈인 재규에겐 단비 같은 존재가 아닐 수 없었다. 특히, 〈유치하지만 연인이 되면 하는 것들 BEST 10〉 챕터 부분은 참고할 것이 많아 카메라로 찍어 남기는 중이다.
"한결아, 진짜 커플들끼리 커플 프사 이런 거 하고 그러냐."
문득, 이런 게 책에서만 떠들어 대는 허상은 아닌지 궁금했다. 한결이는 킥킥 웃으면서 주머니에서 휴대폰을 꺼내 자신의 SNS 프로필 사진과 세진의 것을 번갈아 가며 보여주었다.
"이게 뭔데."
화면에는 점만 찍힌 사진 두 장이 나란히 보였다.
"서로 가장 마음에 드는 점 찍어서 프사 했거든. 난 세진이 눈 아래 점이 예뻐서 그거 찍었어. 우리도 남모르게 사귀는 거니까."
"오케바리. 바로 이해했다."
고개를 끄덕인 재규는 몸을 벌떡 일으켜 자세를 고쳐 앉고 토독토독 메시지를 찍어 보냈다.

[봄봄♡ 뭐하십니까.]

읽었다는 표시와 함께 답장이 바로 날아왔다.

[지금 막 커피 내렸어요.]

봄이가 사진을 보냈다. 소파 테이블 위에 노트북과 함께 유리잔에 담긴 커피가 보였다. 재규는 그 감각적인 구도에 내심 감탄했다. 같은 컷을 찍어도 봄이는 감성이 달랐다. 재규는 조심스럽게 메시지를 하나 더 보냈다.

[셀카 한 장 살포시 부탁드려 봅니다.♡]

답이 뭐라고 올지 기대하는 마음으로 액정만 보았다. 봄이가 곧바로 메시지를 읽었다. 하지만 어쩐 일인지 답은 오지 않았다.

"……"

미간을 좁히고 뚫어져라 액정을 응시하던 재규는 어쩔 수 없이 다시 책에 눈을 돌렸다. 다음 챕터는 '연인 사이에만 가능한 자연스러운 스킨십'이었다.

'이런 건 안 봐도…….'

처음 읽었을 때도 시큰둥하게 넘겼던 부분이었다. 건성으로 페이지를 넘기던 재규의 시선이 한 구절에서 멈췄다.

[옷이나 머리카락에 먼지가 묻었을 때 떼어 주거나, 음식을 먹을 때 입가에 묻었다고 말하며 닦아 주세요. 상대는 갑작스러운 손길에 왠지 모를 설렘을 느끼게 됩니다.]

엄청 자연스럽고 그럴듯한 접근법이었다. 좋은 생각이 떠오른 재규는 무릎을 탁 쳤다.

"하, 이건 봄이랑 닭발 먹을 때 하면 되겠다."

"뭐가?"

옆에 있던 한결이 책을 슬쩍 훑어보았다.

"하……. 진심이야?"

재규가 따로 말하지 않았는데도 어딜 보고 그런 말을 하는지 바로 눈치채곤 인상을 찌푸렸다.

"식은 죽 먹기다. 이거."

위생 장갑을 끼고 닭발을 열심히 발골하며 양념이 묻은 봄이의 볼을 쓸어 줄 생각을 하니 제법 그림이 나왔다. 열심히 닦아 주면서 계란찜도 입에 넣어 주고 하면…….

재규는 머릿속으로 시뮬레이션을 하며 실실 웃었다. 그걸 보고 있던 한결이가 정색을 하며 고개를 저었다.

"삼촌, 그거 절대 하지 마. 그러다 선생님한테 차여."

"……."

"저녁 해줄게. 간단하게 먹자."

"오야."

한결이는 책장을 탁 덮고 다시 한번 단속하듯 눈을 흘긴 뒤 주방으로 향했다.

재규는 헛기침하며 고개를 돌렸다. 마침 TV에선 자막과 함께 오디션 예선 장면이 흘러나오고 있었다. 그러다, 흘끗 지나가는 화면에 재규의 눈이 커졌다. 화면에 스치듯 지나갔지만 분명히 알 수 있었다. 이희연이었다.

61

〈재규야, 내년에 KNET에서 트로트 오디션 프로그램을 한단다. 내 거기 나갈라꼬.〉

일전에 국밥을 먹으면서 들었던 말이 분명하게 생각났다. 그런데 이상했다. 방금 희연이 나온 프로그램의 방송국은 신생인 QBS였고, 내년에 나온다더니 벌써 오디션까지 보고 꽤 진행된 모양이었다. 대체 뭐가 어떻게 돌아가는 거야.

"삼촌."

생각에 몰두하던 재규는 한결이가 주방에서 나온 것도 뒤늦게 알아차렸다. 황급히 리모컨 전원 버튼을 꾹 눌러 TV를 꺼 버리고 시선을 다른 곳으로 돌렸다.

"뭘 그렇게 빠져서 보고 있었어? 솔짝?"

"어어, 그냥 광고랑 예능 좀."

예민한 한결이가 알아차릴까 봐 재규는 잠긴 목을 가다듬었다. 슬쩍 한결이의 눈치를 살피던 재규는 거실까지 흘러나온 얼큰한 냄새를 맡았다.

"김치찌개?"

"어어, 괜찮지? 계란말이도 해 줄까?"

"됐다, 찌개면 됐지. 이야, 맛나겠네."

"지금 끓이고 있으니까 한 5분 뒤에 불 끄면 되겠다."

한결이는 소파 끝에 앉아 휴대폰을 꺼내 잠시 시시콜콜한 연예계 뉴스를 살폈다. 곁눈질로 한결이를 보고 있던 재규는 이렇게 거실 TV만 끈다고 감출 수 없는 일임을 문득 깨달았다.

휴대폰만 열면 예능 프로그램에서 누가 무슨 말을 했는지, 패널들이 어떻게 반응했는지까지 기사로 줄줄이 뜨는 세상이었다. 이대로라면 한결이가 이희연을 마주하게 되는 것도 시간문제였다. 물론, 제 엄마 얼굴이야 기억을 못 할 테지만 그건 그거대로 안 될 말이었다. 애타게 찾던 핏줄이 눈앞에 나타났는데 스쳐 지나가는 참가자 한 명으로 알게 내버려 둘 순 없지 않나.

모르겠다, 진짜. 이런 상황에 뭐가 정답인지 도무지 감이 잡히지 않았다.

마음이 뒤숭숭한 가운데 재규가 슬그머니 입을 열었다.

"아, 니 중딩 때 김치찌개 사건 기억나나."

차마 말로 꺼내지 않았던 일이지만, 둘 다 뚜렷이 기억하고 있었다.

"갑자기 그건……. 그땐 내가 어려서. 알잖아, 삼촌."

그 얘기가 나오자 한결이는 얼굴이 벌게져서 고개를 숙이고 마른 세수를 해댔다. 재규는 호쾌하게 웃으며 장난스레 말했다.

"이 맛이 아니라고 아주 깽판을 부리쌌고."

"아, 삼촌!"

"아주 눈을 부라리면서 바닥을 치며 통곡했자네. 맛이 다르다고."
"쫌!"
흥분해서 귀까지 달아오른 한결이를 쳐다보며 재규가 태연하게 말을 이었다.
"니 그때 대단했다. 중딩이 오토바이를 타고 가출을 하고 아주 엄마 찾겠다고 뛰나가서 내 간이 발바닥까지 떨어졌다. 아나."
"하……."
그게 한결이가 중학교 3학년에 갓 올라갔을 때였다.
〈삼촌, 등본이라는 걸 뗐는데 이게 뭐야? 엄마가 나오는데?〉
〈그기……. 하.〉
〈왜 말 안 했어. 엄마 죽었다며. 왜 거짓말했냐고! 엄마가 나 버린 거야?〉
〈그건 절대 아니다.〉
〈그럼 나 엄마 만나고 싶어. 어디 있는지 알려 줘. 삼촌, 왜 말이 없어!〉
순하던 애가 어긋나는 것은 한순간이었고, 재규는 어찌할 바를 몰랐다. 갑작스럽게 비뚤어진 한결이는 자기 엄마를 찾는다고 뛰쳐나가는 게 일상이었고, 재규가 끓여 주던 김치찌개는 엄마가 해 줬던 맛과 다르다며 속을 썩였다. 그전에는 잘만 먹더니.
갓난쟁이 때 헤어진 것도 아니면서 엄마 얼굴도 기억 못 하는 녀석이 이상하게 엄마표 김치찌개 맛은 기억해 냈다. 생떼를 부리는 한결이에게 재규는 묵묵히 김치찌개를 다시 끓여주기만 했다. 더 이상 한결이가 엄마 것과 다르다는 말을 하지 않을 때까지.
"김치찌개는 내가 달인이지. 인정해라."
"그래. 삼촌이 해 준 게 제일 맛있지. 그때 하도 많이 먹어서 그런가, 제일 익숙하고."
재규는 아직도 가슴을 치며 엄마를 찾던 어린 한결이의 모습이 뇌리에 깊게 박혀 있었다.

"선한결이 니 지금도……."

재규가 마른침을 삼켰다. 아직까진 크게 문제가 없어 보이는 한결이의 표정을 살피며 천천히 물었다.

"……찾고 싶나. 너거 엄마."

이게 뭐라고 입 안이 자꾸만 바짝바짝 말랐다. 아픈 일은 그냥 생각하지 않으려 하는 단순한 자기와는 달리 한결이는 섬세한 구석이 있었고 다소 예민했다.

"갑자기……."

괜한 걸 건드렸는지도 모른다. 대답을 기다리는 재규의 속이 바짝 타들어 갔다.

"그런 걸 왜 물어, 삼촌은."

가볍게 대꾸한 한결은 찌개가 다 끓었을 거라며 휴대폰을 집어넣고 주방으로 쏙 들어가 버렸다.

"다 컸네."

한결이는 더 이상 엄마라는 단어에 자극을 받지 않았다. 길어진 부재가 익숙해서 그런 것인지도 모른다.

재규는 봄이에게 부탁한 셀카가 왔는지, 아니면 다른 메시지라도 왔는지 눌러 보고 아무것도 와 있지 않자 창을 닫았다. 그리고 검색 앱을 열었다.

[나는 K-트로트가수다 이희연 출연자]

62

 방학이 시작된 신수읍 계곡엔 사람들로 북적였다. 봄이는 여름 햇살이 쏟아지는 평상에 앉아 재규와 발을 담그고 휴식을 취했다. 시원한 계곡물에 더위가 가시고, 잘 익은 수박 한 조각이 꿀처럼 달았다.
 "크, 오늘 재밌게 잘 놀았네."
 "그러게요. 계곡은 이런 재미로 놀러 오는구나."
 "시시한 덴 안 데려가지, 내가."
 재규가 픽 웃으며 봄이의 발을 물속에서 살짝 건드렸다. 발장난을 치던 봄이가 고개를 끄덕였다.
 "서울이랑…… 확실히 달라요."
 봄이의 말에 재규가 눈을 굴렸다. 서울. 요즘 들어 서울이 여기저기서 언급되고 있었다. 당장 두 사람도 서울에 올라갈 계획이 있었다. 토요일엔 봄이 사촌인 석준의 결혼식이 있었다. 다음 날인 일요일엔 방학을 맞이해 서울에 올라가 특강을 듣는 한결이과 세진이를 데리러 가기로 했다.

"뭐, 서울이 볼 건 더 많지. 내년부턴 우리 거기서 데이트해야 하니까 답사 한번 제대로 해 보입시다."

재규의 답사라는 말에 봄이는 피식 웃었다. 한 달 전 태풍이 불던 날, 재규에게 마음을 전하고 정원을 산책할 때 이 이야기를 했었다.

'할 말이 있어요. 이거 듣고 재규 씨가 생각 바꿔도 전 이해해요……'

늦었지만 관계를 시작하기 전, 반드시 해야 할 말이었다.

'저, 여기 정규 발령이 아니라 교환으로 온 거예요. 근무 기간이 2년이라 내년이면 서울로 돌아가요.'

'그렇습니까……. 서울이라……. 흠.'

그때 재규 역시 아쉬움을 숨기지 않았지만, 좋아하는 마음에는 변함이 없다고 했다. 그 뒤로 계속 남은 날들을 안타까워했는데, 서울 이야기가 나오니 이번 참에 서울 데이트를 해 보자고 제안한 것이다. '롱디 연습'이라는 거창한 부제도 붙어 있었다.

"서울 진짜 오랜만이라…… 괜히 기분이 이상해요."

봄이가 한숨을 쉬며 중얼거리자 재규가 손질된 수박을 봄이의 입에 넣어 주었다.

"어색해서 그러지. 내 토요일 호텔도 다 예약해 놨고, 그짝에 백화점도 있으니까 쇼핑 마이 하자. 내 진짜 기대하고 있다."

다정한 손길이 봄이를 붙잡았다. 평상에 걸터앉아 있던 재규는 봄이를 자기 다리 위에 앉혔다.

"내 사 주고 싶은 것도 무지하게 많은데 잘 됐고."

"무슨, 됐어요. 나도 돈 많아요."

"그기 중요한 게 아니라 귀하고 어울리는 거 해 주는 재미가 있는 거지. 거절은 섭합니다?"

"훗, 간지러워요."

"내 옆에 있을 때 실컷 안아 둘랍니다."

재규가 봄이의 뒷덜미에 얼굴을 파묻고 등을 감싸 안았다. 긴 한숨 소리가 들렸다. 봄이는 재규의 얼굴을 볼 수 없어, 그가 어떤 표정인지 볼 수 없었다.

"……다 서울로 가 버리네."

"방금 뭐라고 했어요? 못 들었어요."

대답 대신 뜨거운 입술이 목덜미를 타고 내려왔다. 재규의 손이 부드럽게 봄이의 허리를 감쌌다. 더운 숨과 함께 재규의 다른 손이 봄이의 턱을 부드럽게 감싸 자기 쪽으로 돌렸다. 살짝 벌어진 입술 사이로 부드럽게 입술이 포개졌다.

오늘만 해도 몇 번째 하는 입맞춤인지 모르겠지만 이상하게도 매번 그와 입을 맞출 때면 어김없이 가슴이 떨렸다.

"봄아."

"응, 왜요……?"

"진짜로 좋아합니다."

그 말이 좋아서. 어쩐지 간지러워서. 봄이는 자꾸만 웃음이 새어 나왔다.

***

"어쩐지 너 이상했어."

소파에 다리를 세우고 앉은 봄이는 거실에 철푸덕 누워 동그란 눈을 굴리며 꼬리를 붕붕 흔들고 있는 봄식이를 한 장 찍었다.

[(사진)

재규 씨, 필립 씨가 한 말이 맞는 것 같아요.]

어제 계곡에서 돌아오는 길, 재규는 필립과의 통화 내용을 전해줬다. 필립은 봄식이의 견종에 의문을 제기했다.

그동안 봄이는 봄식이가 진돗개라고 굳게 믿고 있었다. 그러나 생각해 보면 이상한 점이 많았다. 용맹하고 대범하다는 진돗개 특유의 기질과는 거리가 멀었다. 한 주인만 따른다는 특징과는 달리, 교감 석관수에게도 살가운 애교를 부리던 봄식이를 생각하면, 의심은 당연했다.

[점마가 진도리버일 줄은 까맣게 몰랐습니다.]

재규의 답장에 봄이는 고개를 끄덕거렸다. 봄식이는 진도리버란다. 리트리버와 진돗개의 혼혈이라고 하던데, 듣고 나서 보니 정말 두 개의 특징이 절묘하게 섞여 있었다.

뒹굴거리다 늘어져 버린 봄식이를 바라보며 봄이는 다시 토독토독 손가락을 움직였다.

[중국에서 왔다는 그분들이랑은 미팅 잘했어요?]

[ing입니다. (사진)]

재규가 보낸 사진은 방금 찍은 듯한 회의실 셀카였다. 뒤엔 싱글벙글 웃고 있는 중국 거래처 사장들도 찍혀 있었다.

봄이는 회의 중이었다는 말에 놀라 휴대폰을 내려놓았다. 계속 답장을 하다간 방해가 될 것만 같아 차라리 끝난 뒤에 재규에게 전화가 오길 기다리기로 했다. 벽면에 걸린 시계를 확인한 봄이는 크게 심호흡했다.

'괜찮아, 윤봄.'

실은 결심한 일이 있었다. 봄이는 스스로를 격려하며 리모컨 전원 버튼을 눌렀다. 새카만 TV 화면에 광고가 떴다. 우측 상단엔 '그 겨울의 작전-최종화'라고 박혀 있었다.

오늘은 엄마의 드라마 최종화를 볼 작정이다. 그간은 일부러 정규 방송을 보지 않으려 노력했지만 마지막 화가 방송된다는 걸 알게 된 봄이는 약간의 용기를 내 보기로 했다.

광고가 모두 끝날 때까지 괜히 불안하고, 손에도 땀이 났다. 최이준과 정리한 뒤 연락이 뚝 끊겨 불안하던 차에 TV 화면으로 엄마의 얼굴을 본다는 건 사실 쉽지 않았다. 광고가 끝나고 드라마가 시작됐다.

"……"

주연은 아니지만 주조연이자 최종 빌런 역할을 맡은 엄마는 드라마가 시작하자마자 얼굴을 비췄다.

―감히 너 따위가 나를 기만해?

엄마의 목소리는 생생했다. 뺨을 후려치며 발악하는 히스테릭한 모습이 이어졌다. 봄이는 심장이 터질 것만 같았다.

―너 같은 건 내 인생에서 아무 도움도 되지 않았어. 알아?

그건 마치 자신에게 하는 말과 행동 같았다. 눈을 하얗게 뜨고 서슴없이 독설을 내뱉은 TV 속의 엄마는 피가 터질 때까지 입술을 씹어 댔다.

드라마가 끝날 때까지 봄이는 얼굴에 핏기가 사라진 채로 굳어 있었다. 앞부분을 보지 않았기에 무슨 내용이며 어떤 결말인지도 제대로 파악하기 힘들었지만, 문제는 그게 아니었다.

[지금까지 시청해 주셔서 감사합니다.]

"우욱."

봄이는 입을 틀어막고 화장실로 가서 헛구역질을 했다. 겨우 잊고 있던 것들이 마구잡이로 머릿속에 들어차 마음을 할퀴었다. 학교에서 받았던 온갖 조롱과 추문들, 아버지의 고함 소리와 손찌검, 그리고 엄마가 자신에게 보낸 한심하다는 표정과 비꼬는 말들…….

'……다 잊은 줄 알았는데.'

신수고에 적응하고 재규를 만나 바쁘게 지내느라 잊었던 감정이 물밀듯이 들이닥쳤다. 2년이면 충분할 줄 알았다. 새로 시작하기엔 차고 넘치는 시간이라 생각했다. 그런데 아닌 모양이다. 하나도 괜찮지 않아.

'이대로는 안 돼.'

일단은 엄마와의 관계를 잘 회복해 보고 싶었다. 봄이는 떨리는 손으로 휴대폰을 집어 들었다. 저장해 둔 꽃집 번호를 눌렀다. 재규에게 캐물어 알아 두길 잘했다는 생각이 들었다.

─네, 안녕하세요. 더바인 플라워입니다.

"안녕하세요. 전에 거기서 꽃다발을 선물 받았는데 너무 예뻐서 저도 다른 분께 선물해 보려고 하거든요. 풍성한 꽃바구니로 부탁드릴게요."

63

 전화로 주문을 마친 봄이는 한동안 휴대폰을 바라보다가, 긴 숨을 내쉬었다. 마음이 완전히 가벼워진 건 아니지만, 아주 조금은 나아진 기분이었다. 이렇게 하는 게 맞는지 확신이 들진 않는다. 그래도, 엄마가 자신의 진심을 단 한 줌이라도 알아주길 바라는 마음이었다.
 "어, 봄식아?"
 휴대폰을 내려놓은 봄이는 눈동자를 움직여 시야에서 사라진 봄식이를 찾았다. 필립의 집에서 1박 2일짜리 특훈을 받은 봄식이는 더는 거실 바닥에서 잠을 자지 않았다. 대신, 베란다 앞에 둔 하우스 모양의 쿠션에 엉덩이와 뒷다리만 내놓고 잠들어 있었다.
 처음 봄식이를 데려왔을 때, 읍내의 '개편한 세상'에서 재규와 함께 사 온 집이 이젠 너무나 작았다. 어느새 봄식이의 몸이 훌쩍 커 버린 것이다. 그건, 어느새 시간도 그만큼 흘렀다는 뜻이겠지.
 "……아."

물끄러미 보던 봄이는 중요한 뭔가를 깨달았다. 몇 개월만 더 있으면 서울에 가니 조만간 봄식이의 거취를 결정해야 한다는 사실이었다. 봄이는 깊게 잠든 봄식이에게 다가가 그 앞에 쭈그려 앉았다. 깨지 않게 조심하며 엉덩이를 부드럽게 쓰다듬었다. 봄식이는 잠든 중에도 귀를 쫑긋거리며 꼬리를 퍽퍽 흔들었다.

널 어떻게 해야 할까. 그리고 나는 앞으로 어떻게 해야 하지?

조용히 지내다가 조용히 떠날 생각이었던 이곳에서 너무나 많은 것이 자신과 얽혀 버렸다. 시간이 흐를수록 이별의 순간이 점점 가까워지고 있었다.

'이대로 있을 순 없어.'

뭐라도 해 보자. 봄이는 꺼진 TV에 잠시 시선을 두었다가 방으로 들어가 노트북을 켰다. 노트와 펜도 하나 꺼내서 옆에 두고 거래 은행 홈페이지와 증권사 HTS에 접속했다. 교사라는 직업은 애초에 월급이 많은 편이 아닌지라 봄이가 모아 놓은 돈은 많지 않았다. 하지만 대학 입학 때 받은 용돈으로 매수해 둔 미국 전기차 주식이 뜻밖에 많이 올라 있었다. 자산 잔액은 예상보다 훨씬 든든했다.

이 정도면 충분하지 않을까? 계산기를 두드리는 손끝이 점점 가벼워졌다. 엄마가 간혹 보내주던 돈까지 더하자 액수는 한층 늘어났다. 막연히 그려 본 상상이 조금씩 구체적인 가능성으로 바뀌고 있었다.

"미쳤어, 윤봄……."

얼마 전까지만 해도 생각해 본 적 없는 일들을 시작하려고 하는 자신이 제정신인가 싶으면서도 조금은 마음에 드는 모습이었다. 계산을 마친 봄이는 이번엔 교육청 사이트에 들어갔다. 앞으로 알아봐야 할 게 한둘이 아니었다.

***

"하……."

재규는 액셀을 꽉 밟아 속도를 높이고 싶은 마음을 간신히 참으며 어금니를 사리물었다. 읍내에 진입하기 전에 위치한 소나무길에 붉은 벽돌의 단독 주택이 시야에 들어왔다.

"저기였던 거 같은데 맞나."

"네, 저기 맞아요."

그 집의 커다란 철문 앞에서 차를 멈춘 재규는 핸들을 손에 쥔 채로 고개만 획 돌렸다.

"자, 드가라."

"으음, 데려다주셔서 감사합니다."

오다가 거의 한결이 어깨에 기대 꾸벅꾸벅 잠만 잤던 세진이는 아직도 잠이 덜 깼는지 눈을 찡그리며 가방을 챙겼다. 그러다가 재규가 불안한 듯 고개를 쭉 빼고 시선을 여기저기에 두는 걸 발견하고는 한결이의 옆구리를 쿡 찔렀다.

"선한결. 너 우리 집에서 밥 먹고 가."

"밥?"

한결이는 세진이를 따라 운전석으로 눈을 돌려 자기 삼촌의 초췌한 몰골을 보곤 금방 고개를 끄덕거렸다.

"어어, 그러는 게 좋겠네. 삼촌. 삼촌!"

"어, 와?"

"나 세진이네서 밥 먹고 집에 알아서 갈게."

그제야 핸들에서 손을 뗀 재규는 몸을 돌려 뒷좌석에다 대고 말했다.

"아까 휴게소에서 먹은 거 부족했나."

"잠 좀 잤더니 금방 꺼졌어. 아무튼 밥도 먹고 좀 놀다 가려고. 전화할게."

"……오야."

둘은 나가자마자 차 문을 쿵 닫고 어서 가라는 듯이 손등을 바깥으로 흔들었다. 그래도 재규는 대문 안으로 아이들이 들어가는 걸 확인하고 나서야 차를 출발시켰다.

골목을 빠져나오기 전 재규는 휴대폰을 더듬어 '내 봄봄이♡'를 찾아 통화 버튼을 눌렀다.

―연결이 되지 않아 삐 소리 후…….

휴대폰을 다시 주머니에 넣은 재규는 초조해하며 속도를 높였다. 당연히 차는 청설읍으로 빠르게 달렸다.

"……씨, 미치겠네."

원래 계획대로라면 그는 어제 봄이와 함께 서울에 올라갔어야 했다. 봄이 사촌 석준의 결혼식에 참석한 뒤 데이트도 하고, 커플 잠옷도 사고, 시간 나면 놀이동산도 가기로 했다. 마지막 날엔 한결이과 세진이를 데리고 돌아오는 완벽한 일정이었다.

그런데 출발 전날, 봄이가 갑자기 사정이 생겨 못 가게 됐다는 말을 전해 왔다. 일요일엔 연락을 줄 테니 기다려 달라고도 했다.

뭔가 있다는 건 100% 확실했다. 궁금했지만 봄이가 먼저 이야기하지 않는 데엔 이유가 있을 터. 재규는 애써 괜찮은 척 알겠다고 하지만 그 여유는 오래 가지 못했다. 토요일에서 일요일로 넘어가는 자정부터 하루 종일 휴대폰을 붙들고 있었지만 연락이 오지 않기 때문이다.

세진이와 한결이를 데리러 갈 때까지만 해도 곧 연락이 오겠지 싶었는데 기다려도 없었다. 결국엔 참지 못하고 휴게소에서 먼저 전화를 걸었는데 봄이의 전화기는 꺼져 있었다. 그때부터 머릿속에 별의별 생각이 다 들면서 미쳐버릴 거 같았다.

"내 못 산다. 진짜."

아둔했던 자기 자신에게 욕을 하며 재규는 더욱 속도를 높였다. 봄이의 전화 목소리가 가라앉은 걸 눈치챘을 때 그냥 원래 하던 대로 쳐들어가 죽이 되든 밥이 되든 곁에 있었어야 했다. 이래서 사랑하는 사람끼린 떨어져 있으면 못 쓴다. 붙어 있어야 해 줄 수 있는 거 다 해주지. 365일 24시간 봄이의 주변을 빙글빙글 돌면서 웃음과 안전을 확실히 책임지고 싶었다. 지금 이렇게 연락 한 통 안 되는 것만으로도 이렇게 미칠 것 같은데, 서울은…… 대체 어떻게 보내라고.

"돌겠네. 그냥 확, 회사를 지금 당장 서울로 옮겨 버릴까."

봄이가 내년에 서울로 돌아간다는 이야기를 들었을 때, 재규는 진지하게 회사를 정리하고 서울로 따라갈 생각까지 했다. 마침 한결이도 대학 진학을 앞두고 있으니, 시기상 무리도 없어 보였다.

그런데 계곡에 놀러 가던 날 아침, 잠깐 회사에 들렀을 때 봄이의 한마디가 재규의 마음을 붙잡았다.

〈저 여기 처음 그린나래 견학 왔을 때 재규 씨 일하는 거 보고 얼마나 놀란 줄 알아요?〉

〈너무 멋져서 반했습니까.〉

〈재규 씨 옆자리에 빽빽하게 계획표 적어 놨잖아요. 계획을 한 건 거의 이뤘더라고요? 그게 되게 멋있다고 생각했어요.〉

그 말이 딱, 가슴에 박혔다.

'멋있다.'

어쩌다 커진 회사였지만, 그간 얼마나 공들여 키워왔는지 새삼 돌아보게 됐다. 봄이 눈에 앞으로 더 멋진 회사로 비치고 싶어서, 재규는 그 후로 회사 로드맵을 더 꼼꼼하게 정비했다.

"하…… 지금은 서울로 못 옮기는데."

추후 서울로 본사를 옮기는 건 큰 문제가 아니지만, 지금은 그 시기가 적절하지 않았다.

어쨌든 오늘처럼 불안한 기분을 또 느끼고 싶진 않았다. 재규는 봄이와 함께 있을 수 있는 방법을 계속 생각해 봤지만 아무리 궁리해도 답이 나오지 않았다.

재규의 머릿속이 이거저거 뒤엉켜 두통마저 밀려오려고 할 때쯤 청설읍 돌다리가 나타났다. 재규는 브레이크를 밟고 얼른 차에서 내려 봄이의 집 앞으로 뛰어갔다. 당장에 도어락 비번을 누르고 들어가 버리고 싶었지만 간신히 참았다.

"봄! 안에 있습니까!"

한참 소리친 끝에 문이 열리고, 봄이가 나왔다.

"아, 재규 씨. 미안해요. 자느라……."

"……."

재규는 눈썰미가 좋은 편이었다. 봄이가 무사하다는 걸 확인한 후에도 다른 것들을 살피기 시작했다. 윤기가 흐르던 밤색 머리가 푸석해져 있었고, 마른 몸은 더 야위어 보였다. 그 시선을 고스란히 받은 봄이는 민망한 듯 고개를 사선 아래로 내렸다.

"몸이 좀 안 좋아서요. 계속 침대에만 있었어요."

"뭔 일입니까."

"네? 아무 일도 없어요."

몸으로 밀고 들어가 성큼 집 안으로 들어섰다. 발치엔 봄식이가 따라다녔다.

"……."

단정하고 깨끗한 거실은 평소와 다름이 없어 보였다. 재규는 거실과 연결된 주방의 식탁 의자를 드르륵 빼서 풀썩 걸터앉았다.

"한결이랑 세진이는 어때요? 서울에서 학원 다니기 힘들었을 텐데."

봄이가 따라와서 전기 포트에 물을 올려놓고 식탁 맞은편에 앉았다.

"뭐, 애들은 건강하고 별일 없었답니다. 한결이는 가길 잘한 거 같다고 하면서 만족하는 거 같고."

"와, 다행이다……."

"내 봄이 씨 말 듣고 한결이 보내서 다행입니다. 세진이 개랑 같이 붙여 놓으니까 더 차분해진 거 같고. 완전 남자 다 됐다."

봄이는 웃으며 레몬차를 건넸다. 그런데 이상했다. 웃음에 힘이 없었다.

재규는 식탁 위에 올려져 있던 봄이의 손을 살며시 감쌌다. 가늘고 예쁜 손이었다. 손톱 끝을 따라 둥글게 쓰다듬고, 손가락을 천천히 만졌다. 봄이도 좋아하던 스킨십이었지만, 오늘은 반응이 없었다.

이상함을 감지한 그때, 재규의 코끝에 희미한 향기가 스쳤다.

"……이런 게 왜 여기에."

이윽고 재규는 향기의 진원지를 찾아냈다. 다용도실 앞에 둔 재사용 쓰레기봉투였다. 가위로 잘라 가지런히 버린 꽃의 양이 상당했다. 꽃다발로는 나오기 힘든 양이 봉투를 꽉 채우고 있었다.

"이거…… 무슨 꽃입니까. 다 멀쩡한데 왜 버렸어요."

64

 재규가 한참 동안 꽃을 살피다 다시 식탁에 앉았다. 봄이는 잔뜩 흐려진 표정으로 레몬차가 담긴 머그컵만 만지작거렸다.
 "무슨 일 있죠."
 "아무 일도 없어요."
 "그래. 냉큼 다 털어놓기에는 내 아직 못 미덥겠죠."
 "……."
 "언제고 말할 생각 들면 밤이고 낮이고 아무 때나 찾으십셔. 내 기다리는 거 잘합니다."
 찻잔을 들려고 할 때 봄이의 고개가 위로 향해 재규와 눈을 맞췄다.
 "엄마가요."
 "……?"
 "엄마가 드라마가 막 종영했거든요."
 "그 겨울의 작당 말입니까."

"작전……. 아무튼, 정말 오랜만에 복귀해서 맡은 작품이니까 잘 끝마친 걸 축하하고 싶었어요. 이걸 받으면 엄마도 나를 다시 생각하겠지…… 이런 마음도……."

무슨 상황인지 그려졌다. 종영 기념으로 보낸 꽃이 반송된 것이다. 재규는 속이 화르르 타올랐다. 실은 봄이가 조금씩 흘린 말을 통해 대충의 집안 분위기는 알고 있었다. 그래도 이렇게 봄이가 큰마음 먹고 보낸 꽃을 되돌려 보내는 정신 나간 짓까지 할 줄은 몰랐다. 얼마나 가슴이 미어졌을지 생각하니 심장이 세게 뛰었다.

더욱 재규를 펄쩍 뛰게 하는 것은 봄이가 아무렇지 않은 척하고 있다는 건데, 며칠간 혼자서 말 못 하고 앓은 티가 역력했다.

화가 솟구쳤지만 일단 생각했다. 봄이의 가라앉은 기분을 띄워 주고, 접어 두기만 했던 가족 문제를 같이 풀어 보기로.

'봄이 웃게 하는 건 내 전문이다.'

재규는 레몬차를 그 자리에서 후루룩 원샷하고 봄이에게 물었다.

"네 컷짜리 인생 사진. 찍어 봤습니까."

"네 컷짜리 인생 사진이요?"

"찍고 싶었네, 딱 보니깐."

"그런데 그게 여기에 있어요?"

"읍내에 갓 오픈했다는 거 아닙니까. 가 보자."

잠깐 망설이던 봄이는 결국에 오케이 사인을 보냈다. 아까 휴게소에서 애들 밥 먹일 때 세진이가 꺼내서 보여 준 게 바로 네 컷짜리 인생 사진이었다. 둘이 꼭 붙어서 각기 다른 네 가지 포즈로 찍은 게 참 보기 좋았다. 여러 장 인화할 수 있다는 사실도 무척 마음에 들었다.

〈삼촌도 가 봐.〉

〈맞다! 그거 읍내에도 생겼대요. 한번 찍고 오세요. 중독되실 거 같

〈은데.〉

한결이와 세진이가 유용한 정보를 줬고, 봄이를 언제 데려갈까 싶었는데 지금이 딱 그 타이밍이었다.

재규는 봄이를 태우고 곧장 읍내로 차를 몰았다. 천천히 운전하며 쾌활하게 말을 붙였다.

"개학이 담 주라고요."

"네, 월요일이요."

"완전 후다닥이네. 그죠."

"이번 방학이 이상하게 빨리 지나가는 거 같아요."

이상하긴. 나랑 연애하느라 그런 거지. 재규는 요새 속으로 봄이를 놀리는 재미에 흠뻑 빠져 있었다. 입 밖으로 냈다가 작은 주먹으로 맞은 적이 여러 번이라 최근엔 몸을 사리기 시작했다.

사실 가장 궁금한 건 꽃바구니는 왜 저렇게 박살이 났고, 장모님과 무슨 일이 있었는지 같은 것들이었다. 하지만 봄이의 기분이 더욱 나아졌을 때 묻기로 했다. 대충은 알고 있었다. 봄이네 집에서 최이준과의 맞선에 나름 기대를 했던 모양인데 그게 잘 안되어 심술이 난 것이리라.

'최이준이랑 붙이면 봄이가 훨씬 아까운 것도 모르고……'

아무튼 갑갑한 일이었다. 재규는 일부러 잡스러운 이야기만 꺼냈다. 진도리버에 대해 알아본 정보들과 서울에 갔을 때 '솔짝'의 여자 문 씨와 남자 박 씨가 데이트하는 장면을 목격한 이야기도 해 주었다. 봄이는 소스라치게 놀라며 믿을 수 없어 했다.

"남자 박 씨면 여자 유 씨한테 들이댔던……? 대박이에요."

"그죠. 둘 다 마스크 쓰고 볼캡 딱 쓰고 있는데 내 한 번에 알아봤다."

이런저런 이야기를 나누다 보니 읍내엔 금방 도달했다. 로데오에 들어온 두 사람은 처음엔 내외하듯 멀찍이 떨어져 다녔지만 곧 바짝 붙었다. 처음에 봄이는 로데오에서 학생이나 학부모를 만날까 봐 눈치를 보았다. 그러나 얼마 지나지 않아 그럴 필요가 없다는 걸 알았다.
"와, 이래 썰렁한 건 첨 본다."
"사람이 싹 빠졌네요?"
"잘됐네, 우리가 읍내 전세 냈다."
오늘 옆 동네에 '팔도 노래자랑'이라는 국민 프로그램 촬영이 온 지라 로데오는 텅텅 비어 있었다. 거리에 어르신들만 없는 것도 아니었다. 초대 가수로 요즘 확 뜨고 있는 스무 살짜리 트로트 남자 가수가 왔다던데, 그 때문인지 어린애들까지 싹 다 구경을 나간 듯 보였다. 로데오는 을씨년스럽기까지 했다.
세진이가 알려 준 장소로 봄이를 안내하던 재규는 이윽고 찾던 가게를 발견하곤 손가락으로 간판을 가리켰다.
"저건갑네. 그죠."
"맞네요, 저기. 원래 사람 북적거리는데. 다행이다……."
"드갑시다. 이야, 읍내에 이런 게 다 생기고."
뭔가 신식으로 된 간판과 인테리어가 눈을 사로잡았다. 봄이를 데리고 가게로 들어서자 벽면에 이미 몇몇이 사진을 찍고 남은 사진을 붙여 놓은 것이 보였다.
아깝게 이걸 왜 여따 붙이지? 재규는 갸우뚱하며 주변을 둘러보고 "사장님요" 했는데 봄이가 작게 비웃었다.
"이런 덴 무인이에요."
"엇……."
봄이는 재규를 끌고 소품이 모여 있는 곳으로 갔다. 큰 거울들 옆에 신기한 머리띠와 모자 같은 것들이 잔뜩 있었다. 무엇을 쓸지 고민하는 봄이의 옆에서 기웃거리던 재규는 본인은 팽팽이 안경을 쓰고 봄이에겐 은색 뽀글이 가발을 머리에 얹었다.

"뭐예요!"

"이쁘네."

재규는 냉큼 주머니에서 휴대폰을 꺼냈다. 한결이가 알려 준 방법대로 거울 셀카를 찍으니 봄이가 눈을 흘겼다.

"하필 할머니 가발을……."

재규는 사진을 찍고 나서도 은색 뽀글이 가발을 쓴 봄이를 흘끔흘끔 보았다. 사실 재규는 궁금했다. 봄이랑 같이 나이를 먹으면 어떤 모습일지.

지금의 젊음은 한때라는 걸 잘 아는 재규는 이 사랑의 다음도 항상 그려 보고 있었다. 할머니가 된 봄봄이를 업고 다니는 생각도 몇 번 해 봤는데 직접 가발을 씌우고 딱 보니까 상상한 것보다 좋았다.

"봄봄, 여기 보세요."

재규는 봄이의 가발을 빼서 자기 머리에 쓰고 물었다.

"내 요래 할배 되도 젊은 놈한테 눈 돌리면 안 됩니다?"

"무슨, 나는 나이 안 먹는 줄 아세요?"

"니는 나이가 중한 게 아니다."

재규는 은색 뽀글이 가발을 쓴 제 얼굴을 거울에 비춰 보고 안도의 숨을 뱉었다. 본판이 꽤 생겨서 그런지 할배가 되도 봄이가 쉽사리 한눈팔 거 같지는 않았다. 하긴 봄이는 몸뚱이에 더욱 관심이 있어 보이니 앞으론 운동에 더욱 각별히…….

"어잇, 보옴!"

생각에 잠긴 동안 소품을 몽땅 제자리에 갖다 놓은 봄이가 사진 기계가 있는 부스로 들어가고 있었다. 재규는 냉큼 봄이를 따라 들어갔다.

"우째 하는지 압니까?"

"나한테 맡겨요."

봄이는 자신 있게 기계를 척척 만지기 시작했고, 재규는 옆에서 구경했다.

"일사천리네."

이리저리 화면을 터치하는 것을 구경하다가 돈 내라는 말에 황급히 주머니에서 지갑을 꺼내 돈을 쏙 집어넣었다.

"어?"

곧바로 화면은 재규와 봄이를 비췄다. 놀랄 틈도 없이 10, 9, 8…… 카운트가 시작됐다.

"어떡해. 바로 시작하잖아?"

"해 본 거 아니었습니까."

"전에 찍어볼까 하고 검색해 보기만 했어요."

7, 6, 5, 4……. 당황한 봄이에게 재규가 잽싸게 이미 머릿속에 그려 둔 구상을 말했다.

"하트 반반씩 합시다."

"네네, 좋아요."

재규는 실실 웃으며 팔을 크게 들어 하트를 반쪽 만들었다. 3, 2, 1, 0, 찰칵.

하트는 이루어지지 못했다. 재규와 다르게 봄이는 손을 둥글게 말아 작은 하트를 만든 것이다. 서로 다르게 하트를 그린 채로 사진이 찍혀 버렸다. 재규와 봄이는 일그러진 하트에 놀라 넋이 나갔다.

65

"다시 찍을까요."

"아뇨."

봄이의 가는 손가락이 '인화하기' 버튼을 눌렀다. 얼마 지나지 않아 아래 칸에 네 컷짜리 사진 두 매가 나왔다. 왜 재촬영을 안 하고 인화했는지 물어보려던 재규는 입을 다물었다. 사진을 빤히 들여다보는 봄이의 얼굴이 너무나 기뻐 보여서 심장이 다 뜯겨 나갈 것만 같았다.

'이거 완전 큰일이다.'

내 정말 봄이랑 떨어져 있을 수 있나. 어렵겠는데. 재규는 마음이 싱숭생숭해졌다.

"재규 씨, 밥 먹고 왔어요? 난 이제 좀 배고프네요. 아직 안 먹었으면 같이 먹어요."

정신이 퍼뜩 든 것은 봄이의 말 때문이었다. 재규도 휴게소에서 애들만 먹이고 말았기에 공복이었다. 봄이는 며칠간 마음고생하며 끼니를 거른 게 분명했다. 그렇다면 좀 든든한 걸 먹이고 싶은데 로데오에는 딱히 맛집이랄 게 없었다. 재규는 봄이의 자그마한 손을 꾹 잡았다.

"집에 전복 좀 있는데 그걸로 죽도 쑤고 구워도 줄게. 갑시다."

"네? 그렇게까지는……. 괜찮아요, 여기서 그냥 간단히 먹어도 돼요. 괜히 번거롭게."

번거롭긴. 전복죽은 눈을 감고도 만들 수 있었다.

"그기 손바닥만 한 완도산 활전복이라 끝내줍니다."

그것도 특상품이었다. 마침 집에 알맞은 게 있다는 생각에 입술이 씰룩씰룩 올라갔다. 실은 며칠 뒤 봄이 생일에 전복미역국을 하려고 공수해 둔 것이었다. 잘게 썰고 내장도 넣어서 녹진하게 죽 한 사발 끓여 놓고, 배춧잎 몇 장 가져와서 전 부쳐 함께 먹으면 딱이다.

그대로 봄이를 데리고 차로 돌아가 신수읍으로 출발했다.

한여름이라 무더워서 그렇지, 오늘따라 해가 쨍하고 하늘이 새파랗게 맑았다. 재규는 날씨를 보고 감탄하며 흥얼거리다가 조용해진 옆을 힐긋 쳐다봤다.

"뭐 합니까, 봄봄이."

봄이는 글로브박스에 넣어 둔 문신 토시를 구경하고 있었다.

"껴 봐라, 그거."

"껴 보라고요?"

"잘 어울릴 거 같은데 함 보여 주십셔. 빨아 놔서 깨끗하다."

농담으로 건넨 말이었다. 봄이의 솜방망이에 얻어맞을 각오도 했다. 그런데 뜻밖에 봄이는 문신 토시를 껴 보기 시작했다. 봄이의 매력 포인트 중 하나가 가끔가다 돌발 행동을 저지른다는 점이다. 봄이는 문신 토시를 낀 팔을 들고 괜히 주먹을 쥐고 있었다.

"잘 어울려요?"

가느다랗고 하얀 팔에 알록달록한 문신이 드러났다.
"마음에 들면 가지라."
"됐어요. 아끼는 물건 같은데."
"아낀다기보단…… 가끔 필요하지."
　집이 불에 탈 때 남았던 왼쪽 팔뚝의 화상 상처는 평소엔 괜찮은데 컨디션 난조일 때가 문제였다. 간지럽기도 하고 따끔거렸다. 거슬려서 토시를 껴 봤는데 부드럽게 착 감기는 게 따끔함을 싹 가라앉혀 준다는 걸 알게 되었다. 그때부터 가끔 따끔할 때마다 착용했던 것뿐인데 봄이는 그게 무척 강렬했던 모양이다.
"전복죽이랑 이거저거 딱 챙겨 먹고 기운 좀 나면 각오하십셔. 내 진짜 오늘…… 제대로 끓어올랐습니다."
"끓긴 뭘 끓어요."
"봄봄이 생일까진 금욕하려고 했는데 이틀 앞두고 이렇게 무너진다."
　봄이는 깜짝 놀라 토시를 만지작대던 손을 떼고 고개를 돌렸다.
"어떻게 알았어요? 모레가 제 생일인 거?"
　뭐, 생일을 아는 것쯤은 누워서 껌 먹기였다.
"접때 술 마실 때."
　봄이는 어떻게 된 일인지 바로 알아듣곤 "아" 소리를 내며 놀라워했다. 술집에서 신분증 검사를 했을 때 재규가 슬쩍 주민 번호 앞자리를 봐 두었던 거다. 봄이는 그걸 기억하고 있는 줄은 몰랐다며 신기해했다.
"생일이 코앞인데 여태 말 안 하고. 내 언제 자기 입으로 말하는지 두고 봤는데 왜 말 안 합니까."
"그냥 특별한 날이라는 생각이 안 들어서……. 모르겠어요. 저희 집은 생일에 크게 뭘 한 적이 없어서."

"잔치해야지, 잔치."

봄이는 SNS나 메신저에도 생일 연동을 해 놓지 않은 걸 보면 조용히 지나가는 걸 원하는 모양이지만, 재규는 잔치를 계획해 놓고 있었다. 봄이에게 별다른 약속이 없다는 건 미리 파악해 두었기에 스케줄을 짜는 것은 수월했다. 해운대 바다가 보이는 호텔도 예약해 뒀고, 또 그 호텔 레스토랑에서 식사도 할 예정이며, 약소하지만 선물도 준비해 뒀다.

"재규 씨는 생일이 언제예요? 그날 재규 씨 신분증을 못 봤네."

그랬다. 신분증 검사는 봄이만 했고 재규에겐 달라고도 하지 않았다.

"아! 혹시……."

"넵?"

"12월 28일인가요?"

"그걸 어찌……."

재규는 소스라치게 놀랐다. 재규 역시 SNS나 메신저에 생일 연동을 해 놓지 않았다. 그날만 되면 평계 삼아 연락하는 날파리들 때문이었다.

"사실…… 저 재규 씨 SNS 본 적 있어요. 아이디가 JK_1228."

"내를 언제부터 염탐한 겁니까."

"……."

"왜 팔로우 안 걸었습니까."

이참에 재규는 봄이와 럽스타그램을 시작하기로 약속했다. 물론 학생들이 볼지도 모르니 둘만의 비공개 계정이라는 점이 아쉬웠지만 그래도 틈틈이 찍어 둔 사진을 업로드할 공간이 생긴 건 좋았다. 오늘 찍은 네 컷짜리 인생 사진도 업데이트해야지.

"하루 종일 내 재밌게 해 줄게요. 생일에."

봄이는 얼굴을 붉히며 고개를 끄덕였다. 그러면서 꺼 놨던 휴대폰을 켜, 생각난 김에 12월 28일을 스케줄에 등록해 놓겠다고 했다.

"봄. 왜 그럽니까."

발그레하게 달아올랐던 봄이의 얼굴은 휴대폰을 보다가 점점 색을 잃었다. 봄이는 아무렇지도 않은 척하면서 목이 잠긴 채 말했다.

"재규 씨, 내일 엄마가 청설읍에 온대요."

잠시 놀랐던 재규는 이내 침착하게 고개를 끄덕였다.

잘됐다, 마침. 언제까지 봄이가 엄마 이야기만 나오면 울적하게 둘 순 없었다. 언제 한 번 뵙고 싶었는데 생각보다 일찍 그날이 찾아온 것이다. 재규는 장모님의 타이밍에 속으로 엄지를 치켜 세웠다.

66

비포장도로로 바뀐 흙길에선 흙먼지가 풀풀 날렸다. 난희의 표정은 낭패로 구겨졌다.
"아, 씨! 세차하고 왔는데!"
아무리 시골이어도 요새 이런 비포장도로가 어디 있어. 안 그래도 망설였던 길인데 후회가 잠시 찾아왔다. 하지만…….
〈엄마, 나 이제 가. 안녕!〉
그제 봄이가 꼬마 때 모습으로 나타나 자꾸만 어디로 간다며 인사하는 꿈을 꿨다. 안 그래도 내려가 보려던 차에 그제 밤 꾼 꿈이 너무 찝찝해서 견딜 수가 없었다. 어차피 당분간은 촬영도 없고, 남편은 학회에다가 청이는 집에 안 들어온 지 며칠이니 지금이 내려가 보기에 적기였다. 마침 내일은 봄이의 생일이기도 했다. 작년엔 정신이 없어서 자정 전에 겨우 생각나 부랴부랴 돈을 보낸 게 전부였다. 그래도 꽤 많이 보냈으니 섭섭하진 않았을 거다.

"이런 데서 아까운 2년을……. 쯧."

아무튼 이게 다 윤정기 때문이다. 이딴 시골로 오지만 않았으면 이번에 최 검사네서 당한 그 수모를 겪지 않았어도 되었다. 갑자기 전부 없던 일로 하자니. 이제 와 자기 아들 마음이 바뀌었다며 갑자기 결혼을 무르는 경우가 세상천지에 어디 있담?

아무튼 경우가 없어, 경우가. 아무리 잘났어도 이딴 촌구석에서 봄이 같은 고학력에 미모까지 갖춘 여자를 언감생심 어떻게 찾으려고?

"하여간 콧대들은 높아서……."

아니꼽기 그지없지만 별다른 수는 없었다. 이쪽 바닥은 다 그런 법이니까. 그저 그런 집안에 보낸다고 대접받는 것도 아니니 기분은 나빠도 어느 정도 레벨을 갖춘 집에 봄이를 갖다 붙여야 한다. 윤정기에게 시집왔을 때도 시모가 얼마나 저를 달달 볶았나? 별 볼 일도 없는 집이!

난희의 머리가 핑 돌았다. 젊은 시절 내내 저를 괴롭힌 시모를 떠올리자마자 현기증이 일었다.

"어, 어! 이거 왜 이래!"

덜커덩, 잠시 한눈을 판 새에 차체가 뭔가에 걸려 크게 흔들렸다. 당황한 난희는 브레이크를 밟으려다 액셀을 밟고선 비명을 질렀다.

"악!"

간신히 발을 바꿔 브레이크를 밟았지만 때가 늦었다. 난희는 반사적으로 핸들을 좌로 꺾었고, 차는 비포장도로 흙바닥에서 이탈해 도랑에 차체의 앞 대가리가 쑥 내려갔다. 어릴 때 다소 격한 촬영을 한 적도 있지만 실제로 차 사고가 난 것은 처음이었다. 난희는 연달아 비명을 지르며 패닉에 빠졌다.

"가만히 계십셔."

그때 누군가 다가왔다. 난희는 다급히 소리쳤다.
"나 좀 도와줘요!"
도랑은 얕은데 밑이 진흙이라 앞바퀴가 묻힌 게 문제였다. 시동도 푹 꺼져 버렸다. 난희는 들려오는 목소리를 구명줄로 생각하고 버둥거렸는데, 그녀가 움직이자마자 차가 흔들거렸다.
"악!"
진흙에 차가 처박힐까 봐 난희는 겁에 질렸다.
"자꾸 그래 움직이면 흔들립니다. 가만히 계시지요."
굵직한 청년의 목소리엔 단호함이 있었다. 난희는 불안했던 마음을 진정시키며 그 말에 따랐다. 몸을 뒤척이며 돌아보기도 이젠 무서워서 백미러를 살폈다.
'어머……'
불안한 와중에도 청년의 얼굴을 확인한 난희의 안색이 바뀌었다. 이런 시골 바닥에서 만날 거라곤 기대도 못 한 인물이었다. 어쩜 저렇게 근사할까. 난희는 시선을 백미러에 고정했다.
방송계에서도 보기 드문 외모였다. 일단은 훤칠한 키도 그렇지만 몸통이 두툼했다. 요새는 날씬한 체형이 많아 저런 남성미 넘치는 느낌은 보기 힘든데……
'모델이나 사업가인가?'
몸에 딱 맞는 정장 차림인 청년은 처박힌 차를 이리저리 살펴보다가 훌렁 재킷을 벗었다. 난희의 눈은 더욱 커졌다. 셔츠도 고급스럽고 비싼 게 보통 일을 하는 청년은 아니었다. 얼핏 보이는 시계도 오데마 피게였다. 세상에, 시골에 알부자가 많다더니 진짠가?
"저기요. 괜찮습니까?"
성큼성큼 다가온 남자가 차창을 주먹으로 톡톡 두드리고 얼굴을 들이밀었다. 급히 선글라스를 찾아 껴서 얼굴을 가린 난희가 차창을 내렸다.

"괜찮아요. 출동 서비스 부르면 될 거 같네요."

"아, 여기 오는 데 반나절 걸립니다. 기다리십셔."

약간은 말투가……. 하지만 가까이에서 본 청년의 얼굴은 더욱 괜찮았다. 선이 굵직하고 날카로운 것이 남자답게 강인했고, 분위기 자체가 알파 느낌이 있었다.

'저런 게 남자지.'

우리 청이가 저 정도라면 내가 걱정을 하나도 안 하고 살 텐데. 안타까운 탄식이 흘렀다.

"도랑이 낮아서 힘으로 올리면 되겠네. 힘줘서 올려 볼 테니깐 움직이면 안 됩니다?"

"어, 네……."

청년은 위로 올라가 어디론가 사라졌다. 곧 기다란 판자 하나를 구해 온 청년은 지렛대처럼 앞바퀴와 진흙 사이에 그것을 집어넣었다.

"웃샤!"

"저기요! 혼자서 못 빼요! 두세 명 더 데려와요."

시골 인심이라는 말이 이런 건가? 난희는 혼란스러웠다. 일면식도 없는 사람을 위해 지금 저 청년은 값비싼 양가죽 구두에 진흙이 묻는 것도 상관하지 않고 바퀴를 빼내고 있었다.

"된다!"

"어어! 이게 되네?"

청년은 오롯이 팔 힘으로 바퀴를 툭 빼냈다. 그러고선 이상한 짐승 같은 소리를 내더니 차 앞 대가리를 밀어 올렸다.

"하, 드릅게 무겁네! 하, 씨!"

"……."

다소 경박스러운 말이 들렸지만 상황이 상황인지라 난희는 이해를 했다. 사실 자기가 차 안에서 나가면 훨씬 가볍기야 하겠지만, 그러자면 진흙에 몸을 더럽혀야 해서 싫었다. 이런 상황을 청년도 모를 리 없을 터, 난희는 민망했다.

"큭! 됐다!"

도랑 쪽으로 기울었던 차체의 앞면이 쑥 올라갔다. 청년이 아니었다면 무사히 차를 뺄 수 없었을 것이다.

"시동 걸어 보십셔. 됩니까?"

여전히 도랑에 잔류한 청년이 소리치고 있었다.

"네, 잘되네요."

난희는 이제야 안도할 수 있었다. 하필 오늘 이럴 게 뭐람. 어쨌거나 해결되었으니 다행인가.

"고마워요, 정말……."

"아닙니다. 껌이죠."

손바닥을 탁탁 털고 올라온 청년의 정장엔 앞바퀴에서 튄 진흙이 군데군데 묻어 있었다. 난희는 미안해서 어쩔 줄을 몰랐다.

"사례를 좀 하고 싶은데……."

난희는 가방을 뒤적거렸다. 청년의 입에선 호쾌한 웃음이 흘러나왔다. 의아함에 난희는 뒤적이던 걸 멈추고 고개를 들었다.

"사례는 무슨요. 보아하니 외지에서 오신 거 같은데 즐거이 있다 가십셔."

청년은 흙투성이가 된 상태로 멀찍이 세워 둔 차에 탔다. 차도 좋은 거네. 차 안에서 물끄러미 청년의 차가 저를 스치고 가는 것을 보던 난희는 속으로 탄식했다.

'맞다, 봄이랑 어떻게 좀 붙여 볼 걸 그랬네!'

***

오늘만 해도 청소를 몇 번째 하는지 몰랐다. 봄이는 마지막으로 청소기를 밀고 집 안 구석구석 확인을 마쳤다.

더는 못 해. 지쳐서 소파에서 좀 쉬어 볼까 하던 봄이는 사료 부스러기를 몸통에 묻히고 지나가는 봄식이를 발견했다.

"너 진짜!"

쉴 틈이 없었다. 밥을 어떻게 먹었길래 사료가 몸에 붙어 있지? 가장 촘촘한 빗을 꺼내 봄식이 털을 빗겼다.

"하……."

오후 늦게나 도착할 거라고 했지만 엄마의 시간관념은 항상 색다르기에 봄이는 아침 일찍부터 준비 중이었다.

이젠 가장 중요한 것을 살필 차례였다.

'엄마 성에 찰까.'

봄이는 중학교 때 처음 친구네 집에 놀러 갔다가 굉장히 놀란 적이 있었다. 목 늘어난 티셔츠로 갈아입던 친구 때문이었다. 학교에선 완벽한 모습의 친구였고, 부모님이 모두 유명 대학병원 의사라 봄이의 집에서도 친하게 지내라 한 친구였다. 그런 친구가 집에선 굉장히 느슨한 모습으로 소파에 벌렁 드러눕는 게 어린 마음에는 충격이었다.

몇 번 비슷한 경험을 반복하고 나서야 봄이는 알았다. 자신의 집이 이상하다는 걸. 집에서도 그렇게 항상 완벽하게 빼입고 고상하게 있는 집은 없었다. 아마도 엄마는 아직도 드라마에 취해서 사는 게 아닐까. 그런 생각이 들었지만 아버지 또한 마찬가지인지라 봄이가 맞추는 수밖에 없었다.
 서울에선 그렇게 살았지만 여기에 내려와선 복장이 상당히 편해진 상태였다. 이젠 편한 티셔츠와 통이 넓은 반바지를 즐겨 입는다. 예전처럼 입을 생각을 하니 갑갑했다. 오랜만에 그런 옷을 갖춰 입으려니 막막한 심정이었다. 새 옷을 사지 않은 것이 후회도 되었다.
 이 정도면 되려나. 봄이는 가진 옷 중 가장 편안하면서도 고급스러운 것을 골라 걸쳐 입었다. 비둘기색의 라운지웨어였다.
 '재규 씨는 뭐 하고 있을까.'

67

　　봄이는 어제 재규네 집에서 홈메이드 전복죽을 먹으며 꽃바구니 사건에 대해 말해 주었다.
　　〈반송해 놓고 내려오는 게 좀 이상한데. 뭔 사연이 따로 있는가 봅니다.〉
　　〈가끔 히스테릭하긴 했는데 사실 이렇게까지 심하게 한 건 처음이라 저도 많이 놀랐어요. 갑자기 내려온다니까 겁도 나고…….〉
　　〈같이 있어 줄게요.〉
　　〈네?〉
　　〈인사해야죠. 내도.〉
　　사실 엄마가 재규를 만나는 게 봄이는 불안했다. 집에다가 남자 친구가 생긴 것은 당연히 이야기하지 않았다. 아마 알리자마자 당장에 집안이 확 뒤집힐 것이다. 집에서 원하는 남자를 봄이가 모를 리가 없었다. 반듯한 엘리트 코스를 밟은 명문가의 자제이면서 무엇보다 자산이 많아야 했다. 집에 돈이 없는 것도 아니면서, 재력은 엄마가 가장 중요하게 생각하는 사윗감의 조건이었다.

재벌가에 시집간 연예인 동료들을 보며 항상 자신의 결혼을 후회했다고 엄마는 늘 그렇게 말했었다. 모임 때마다 타는 차, 입는 옷, 걸친 보석이 모두 수준 차이가 나서 견딜 수가 없다는 말은 귀에 못이 박히도록 들었다.

"하, 어떡하지······."

재규의 자산이 꽤 있는 건 알고 있지만 그래도 걸리는 것이 너무나 많았다. 재규는 본인에게 맡겨 달라고 큰소리를 쳤지만 그건 속물적인 봄이네 집안을 모르기에 하는 소리였다.

거울 앞에서 한참 머물러 있던 봄이는 거실로 나가 벽시계를 쳐다봤다. 재규가 오겠다고 약속한 시간이 다가오고 있었다. 걱정이 스멀스멀 올라와 당장 재규에게 전화를 걸었다.

─하, 봄봄······.

"······?"

수상한 소리에 봄이는 귀를 쫑긋거렸다. 자세히 들어보니 물소리가 났다.

"샤워 중이에요?"

─넵.

"아니, 그럼 이따가 전화 받지······."

─저번에 봄이 씨 전화기 꺼졌을 때 가슴이 철렁해가 낸 무조건 받기로 했습니다.

어떻게 말을 꺼내야 하나. 망설이고 있으니 재규가 먼저 말했다.

─많이 기다리고 있습니까. 내 얼른 갈게요.

"그게 아니라······."

—사실 아까 거의 코앞까지 갔는데 일이 터져서 짐 다시 쌌고 가야 합니다. 한…… 어디보자. 흠, 한 시간이면 됩니다.

"재규 씨."

미안하지만 오지 말라고 말하고 싶었다. 겨우 용기를 내서 입술을 떼려는 순간 봄식이가 짖기 시작했다. 봄이는 화들짝 놀랐다.

"엄마 왔나 봐요. 끊어요."

바로 현관으로 달려간 봄이는 문을 열어젖혔다. 그리고 오랜만에 본 익숙한 얼굴에 단숨에 마음이 무너져 버렸다.

"엄마……."

"어우, 여기서 어떻게 사니."

투덜대는 고음은 여전했다. 현관으로 들어오던 난희는 비명을 질렀다.

"이게 뭐야!"

봄식이는 엉덩이를 한껏 흔들며 난희를 따라다녔다. 얼굴이 하얗게 질린 봄이가 봄식이를 뜯어말리려고 했지만 봄식이는 두 발로 서서 난희에게 안아 달라고 끙끙거리고 있었다.

'왜 저래!'

떨어져 나갈 듯이 꼬리를 치던 봄식이는 봄이가 잠시 현관문을 닫고 온 사이 난희의 품에 안겨 있었다. 봄이는 얼른 곁으로 다가갔다.

"집안 꼬라지하고는."

가방을 내려놓지도 않은 난희는 봄식이를 안고 방문을 하나하나 열며 혀를 차고 있었다. 소파를 보고도 인상을 찌푸린 난희는 결국 식탁 의자에 앉았다.

"이리 줘. 봄식이 치울게."

봄이는 봄식이를 내려놓으려고 팔을 뻗었지만 제지당했다.

"그냥 냅둬라."

"하지만 엄만 개 싫어하……."

"나한테 앵기는 개는 처음이네. 일단 둬 봐."

"……?"

"이거 이름이 뭔데?"

"봄식이……."

"어우, 촌스럽기도 하네."

봄식이는 엉덩이를 슬금슬금 움직여 난희에게 철썩 몸을 붙였다. 충성스러움과 용맹함을 지닌 진돗개는 아니지만 봄식이 특유의 넉살이 빛을 발하고 있었다.

조금은 누그러진 눈으로 엄마가 입을 열었다.

"앉아, 윤봄. 너 엄마랑 얘기 좀 해."

솔직하게 다 말하자고 다짐했지만, 막상 엄마의 얼굴을 보니 떨리는 건 어쩔 수 없었다. 하지만 언제까지고 이렇게 살 순 없어. 봄이는 조용히 고개를 끄덕이며 맞은편에 앉았다.

"봄이 너 여기 내려온 게 2년이 다 되어 가네, 벌써. 아으, 근데 여기 왜 이렇게 더워."

아이스티라도 내올까 하는 봄이를 됐다며 다시 앉힌 난희는 아무래도 더운 모양인지 인상을 찌푸리며 에어컨을 찾았다. 봄이가 급히 에어컨을 켜자 시원한 바람이 흘러나오기 시작했다. 그제야 부산스럽던 난희가 차분해졌다.

"아무튼 너 이 시골에서 고생한 거 엄마도 다 알지. 아는데 그 최 검사랑은 어떻게 된 거야?"

예상 그대로의 질문이 나왔다. 질책하는 목소리는 아니었다. 그러나 이해가 되지 않는다는 듯 쯧쯧 혀를 차는 엄마를 보는 봄이의 마음은 무거웠다.

"봄이 너 맹추 아니잖아. 그렇게 좋은 기회를 어쩌다 날린 거냐고. 응?"

"엄마, 그게 어떻게 좋은 기회야."

"왜, 서울로 못 올까 봐? 최 검사도 서울로 온다 했단 말야, 이 바보야."

아니라고. 최이준과는 그런 게 아니라고 말했는데 어디까지 진행됐던 걸까. 봄이는 한숨을 삼켰다.

"최이준 씨랑은 정말 결혼…… 같은 거 생각도 안 해 봤어, 엄마. 싫다고 했었잖아."

"그럼? 서울에도 요새 딱히 두루두루 갖춘 남자 많지 않다, 너."

"……"

"에휴. 기다려 봐. 몇 있긴 한데, 인물이 영……."

답답했다. 인생에서 결혼 그거 하나가 목표인 것처럼 구는 엄마가 끔찍하면서도 불쌍했다. 아버지와의 결혼이 얼마나 불행했으면.

이렇게 생각하니 더더욱 결심이 굳어졌다. 이번 방학에 계획한 것들이 헛된 게 아니었어.

"그만해, 엄마. 나 서울로 돌아가고 싶지 않아."

"뭐?"

봄이에게 보여 주려고 휴대폰을 꺼내 사진첩을 뒤적이던 난희가 고개를 들었다.

"……나, 사귀는 사람 생겼어."

"뭐? 너 미쳤니? 설마 이 촌구석에서 만난 남자는 아니겠지?"

겉으론 덤덤해 보였지만 사실 봄이의 심장은 크게 요동치고 있었다. 자신을 누구보다 좋은 집안에 보내고자 노력해 왔던 엄마였다. 봄이도 그게 최선이라 생각하고 살아왔다. 재규를 만나기 전까진 그랬다. 하지만 이젠…….

"믿음직하고 좋은 사람이야."

"뭐 하는 사람인데? 부모님은 뭐 하시고?"

첫 질문부터 턱 막혔다. 떠는 티를 내지 않으려고 봄이는 느리게 심호흡했다. 난희가 대답을 듣고 비명을 지를지도 몰라 마음의 준비도 해 두었다. 봄이는 엄마가 자기 말을 자를 틈이 없도록, 어느 때보다 빠르고 분명하게 말했다.

"여기에서 재생 에너지 사업하고, 부모님은 안 계셔."

"……."

비명보다 무서운 건 침묵이었다. 그 침묵에 눈을 꼭 감고 있던 봄이가 살짝 눈을 떴다. 난희는 어느새 봄식이를 내려놓고 봄이를 빤히 보고 있었다.

"너 미쳤어, 윤봄."

"……."

"이게 다 네 아빠 때문이야. 그게 뭐라고 애를 여기까지 보내 놓고. 내가 안 그래도 쎄했어. 내려오길 잘했지. 하, 소름 끼쳐."

난희는 몸을 부르르 떨고 제 어깨를 손으로 감싸 오한이 든 사람처럼 문질러댔다. 봄이의 말을 곱씹을수록 화가 나는지 목소리가 점점 커졌다.

"잘 들어! 너 그냥 학교 그만둬. 엄마랑 당장 올라가자. 여기로 보내는 게 아니었어. 짐 싸, 지금."

"엄마! 내 얘기 조금만 더 들어 보면……."

"들어 보고 말고 할 게 어딨어? 살다 살다 별!"

"엄마, 내가 만나는 사람이야. 왜 그래? 내 인생이라고. 참견하지 마!"

난희의 입이 크게 벌어졌다.

"……너 진짜 제정신 아냐."

"쉽게 결정한 거 아니야, 정말 오래…… 생각한 거야."

재규에 대해 어떻게 설명해야 할까. 봄이는 막막했다. 단단히 각오했음에도 심장은 갈라질 듯이 아팠다. 막무가내인 엄마가 미웠지만 그래도 엄마에게는 이해를 받길 원했다. 재규를 인정했으면 하는 욕심도 있었다.

"같이 있으면 웃음이 나고 행복해. 엄마, 나 이런 적은 처음이야. 기대에 못 미쳐서 너무 미안해. 그런데 진짜 괜찮은 사람이야."

"……윤봄, 정신 차려."

사태의 심각성을 느꼈는지 엄마는 목소리를 잔뜩 깔았다. 그러곤 자신과 윤정기와의 이야기를 꺼냈다. 이미 수없이 들었던 말이었다. 그를 선택한 것을 얼마나 후회하고 있는지에 대한 한탄들.

"어? 내가 그렇게 눈 뒤집혀서 결혼해서 지금 엄마한테 남은 게 뭐가 있는 거 같니? 개털이야, 개털."

예전엔 수긍했지만 이젠 재규와 연애를 해 보니 보이지 않던 게 보였다. 과연 엄마가 주장하는 게 사랑이 맞을까?

"엄마, 엄마도 결국 교수라는 조건에 빠졌던 거야. 지금은 다른 것이 더 탐이 나는 거고. 엄마가 나한테 강요하는 것처럼 계산하고 시작한 거잖아."

"너……!"

"후회한다고 했지? 난 후회하고 싶지 않아. 그래서 이러는 거야."

똑— 또독— 똑똑— 똑—.

익숙한 리듬의 노크 소리에 봄이의 고개가 현관문을 향했다. 어둡게 가라앉았던 얼굴이 금세 환해졌다.

"누가 온 거야? 설마 그놈을 불렀어?"

봄이는 대답 없이 현관으로 달려가 문을 활짝 열었다.

"봄이 씨, 내가 좀 늦었습니다."

서로를 보는 눈빛엔 반가움이 가득했다. 하지만 그것도 잠시, 봄이의 걱정스러운 눈길이 재규의 곳곳에 닿았다. 목소리를 없애고 입 모양을 크게 했다.

'재규 씨, 정말 괜찮겠어요?'

재규의 입술이 한껏 올라갔다. 자신감 넘치는 표정으로 재규는 엄지를 치켜들었다.

'걱정 마라. 내 매력 짱이다.'

심각했던 봄이는 재규의 너스레에 작게 웃었다. 어떻게 될진 모르겠지만 저런 실없는 말에 이상하게 안심이 됐다.

"들어와요."

68

"실례하겠습니다."

재규는 갑자기 서울 억양을 시전하며 집으로 들어왔다. 구두를 벗던 재규가 현관의 낯선 하이힐을 발견하곤 숨을 크게 들이쉬었다. 재규의 손엔 꽃바구니가 들려 있었다.

'내가 주문했던 거랑 같잖아.'

일부러 저렇게 가져온 게 분명했다. 한편 딱딱하게 굳은 표정으로 현관으로 나와 본 난희는 재규와 마주쳤다.

"어……?"

"엇?"

두 사람은 동시에 눈이 커졌다. 봄이는 중간에서 둘의 반응을 파악하지 못하고 있었다. 난희의 얼굴과 옷차림을 다시 한번 확인한 재규가 반가워하며 먼저 냉큼 입을 열었다.

"아까 선글라스를 쓰고 계셔서 몰랐습니다. 이렇게 보니까 바로 알겠네요. 봄이 씨랑 판박입니다. 이야."

"아니, 그럼 봄이 남친이……."

"인사드리겠습니다. 선재규라고 합니다."

"……봄이 엄마예요."

얼떨떨해하는 난희에게 재규가 재킷 품에서 빳빳한 명함을 꺼내 건넸다. 난희는 명함을 꼼꼼하게 훑었다.

〈명함이 왜 이렇게 고급스러워요?〉

〈사업을 해 보니깐 알맹이도 중한데 연출도 중하대요. 첫인상부터 딱 이렇게 임팩트를 박아 놔야 홀라당 넘어옵니다.〉

자신과의 첫인상은 망쳐 놓고서 재규는 이따금 첫인상에 대한 지론을 펼쳤다. 그땐 어이가 없었는데, 막상 엄마가 재규의 명함을 꼼꼼히 살피는 걸 보니 속으로 안심이 되었다.

두꺼운 프리미엄 종이는 형압 처리가 되어 있었고 'JK파워에너지'라는 사명 아래엔 '대표 선재규'라고 음각으로 새겨 있었다. 뒷면엔 주요 사업이 거창하게 기재되어 소위 '있어 보이는' 느낌을 주었다.

이게 난희에게 먹혔는지 난희의 표정은 묘하게 부드러워졌다.

"근데 처음 보는 회사인데……."

"코스닥 상장하긴 했는데 이제 막 걸음마 단곕니다. 잘 지켜봐 주십셔."

"그래요? 상장사라면 그래도 기본은 되어 있네……."

고개를 끄덕인 재규는 난희를 거실 소파로 안내했다. 난희는 재규를 따라 자연스럽게 소파에 앉았다.

'둘이 왜 아는 사이 같지?'

봄이의 당황한 눈빛을 본 재규가 입을 열었다.

"아까 봄이 씨 집 오는 길에 차 하나가 도랑에 빠질라 해서 꺼내 드렸습니다."

"네? 그런 일이……!"

"썬그리로 얼굴을 다 가리고 있는데 워낙에 미인이시라 혹시 봄이 씨 어머님 아닌가 잠깐 의심했습니다. 근데 늦게나 오신다고 했으니까 아닌갑다 했죠."

그것 때문일까? 아니면 재규의 번듯한 모습 때문일까? 이유는 알 수 없지만 아까까지 펄쩍 뛰던 난희의 모습은 온데간데없었다. 그렇다고 해서 호의적인 모습은 아니었지만.

"봄이 씨 어머님인 줄 알았으면 업고 모셔 왔을 텐데 하, 아까 놀라셨죠."

"뭐, 좀……."

"길이 잘 안 닦인 쪽이라 가끔 그런 일이 일어납니다. 이따 차 한 번 봐 드릴게요."

어떻게 저렇게 안 떨지? 사업하는 사람이라 다른가? 재규는 난희를 상대로도 아주 여유롭고 편안해 보였다.

"아니, 그럴 필요까진 없어요."

"앞바퀴에 진흙 그거 떼 내고 출발하는 게 좋습니다. 그래 놀랐을 땐 몸 보양 좀 해야 하는데, 장어 좋아하시죠."

"어떻게 알았어요?"

진짜 엄마 취향은 어떻게 안 걸까. 봄이도 속으로 놀랐다.

"딱 맞췄네. 보양하러 가시죠. 지금 어떠십니까. 아니면 동네 구경부터 시켜드리다가 천천히?"

"지금 가요. 아니, 그게 아니라 갑자기……!"

"역시 지금이 좋죠. 내려가서 차 시원하게 해 놓을 테니까 천천히 내려오세요."

"아유. 진짜 생각 없었는데⋯⋯."
어쩐지 엄마가 재규 씨에게 말려드는 것 같았다.

***

어쩌다 같이 식사까지 하게 된 거지? 난희는 마음이 심란했다.
"자, 요게 잘 구워졌네. 두 분 사이좋게 하나씩 드십셔."
창밖의 새파란 저수지를 보고 있던 난희의 앞접시에 잘 구운 장어가 올라왔다.
"어머, 내가 알아서 먹을게요."
"에헤이, 이런 건 전문가가 구워서 서빙해야 맛이 납니다."
그럼 자기가 전문가야? 난희는 기가 막혔다.
"생강 요거랑 여긴 묵은지 딱 올려서⋯⋯. 함 드셔보세요. 자, 아 하십셔."
"됐어요."
"아."
들이미는 장어를 입에 넣은 순간, 난희의 입에선 자기도 모르게 감탄사가 튀어나왔다.
"어우, 맛 좋네."
"그죠. 전국 팔도 뒤져도 여기만큼 하는 집 못 봤습니다."
과장은. 그래도 맛 하나는 인정이었다. 반응을 좀 보이자 신이 났는지 장어를 척척 구워서 연신 봄이와 난희의 앞접시에 부지런히 날랐다.
'붙임성은 좋네. 서글서글한 게 성격도 좋고. 재벌가 사위면 내가 모셔야 할 텐데, 이렇게 대접받는 것도 나쁘진 않은데?'

난희의 기분이 많이 좋아진 이유에는 하나가 더 있었다. 이 가게에 들어올 때부터 자신들을 힐끔거리던 사람들이 여전히 이쪽을 주시하고 있었다.

아무튼 다들 보는 눈은 있어 가지고.

물론 난희를 알아본 사람도 있겠지만 봄이도 예쁘고 저 청년도 건장하니 잘생겨서 눈에 띌 수밖에 없으리라. 모임에 데려가도 어깨가 으쓱할 만했다.

'흔치 않은 스타일이네. 봄이가 저렇게 빠진 게 이해는 돼.'

난희는 슬쩍 대각선에 앉은 봄이를 쳐다봤다. 봄이 역시 앞접시에 올려진 장어를 반 쪼개서 입에 넣고 눈을 동그랗게 뜨고 있었다.

오래 떨어져 있어서 그런가. 아니면 지금이 봄이 인생의 한창때인가. 봄이의 얼굴은 막 연예계 생활을 시작했을 때의 저와 너무나 닮아 있었다.

내 딸이 저렇게나 예쁜데…….

난희가 인생에서 가장 후회해 온 결혼만큼은 봄이가 제대로 하길 바랐다. 처음엔 막연한 생각이었고, 남편이 봄이를 번듯한 곳에 시집보내라 닦달하기 시작하면서는 그에 수긍했다.

"봄이 씨. 맛 어떱니까."

"진짜 맛있어요, 여기."

"그죠. 맛없는 거 안 먹입니다. 계속 구워 줄게요. 봄이 씨 고무줄 바지 입고 오길 잘했네."

"재규 씨도 좀 먹어요."

"먹고 있습니다. 어머님, 요게 통통하네요. 깻잎에 싸서 드셔 보십셔."

봄이는 웃고 있었다. 예쁜 게 저렇게 웃기까지 하니까 더 예뻤다. 무뚝뚝하고 차가운 아이인 줄로만 알았는데.

난희는 재규의 차로 다시 봄이의 집으로 돌아가는 동안 질문 폭격을 퍼부었다. 다소 껄끄러울 수 있는 질문도 서슴지 않았다. 봄이 말대로 부모 형제가 없는 점이 가장 큰 결격 사유였다. 하지만 재산은 난희네와는 비교할 수도 없을 만큼 많았다. 일단 난희는 그 점에 후한 점수를 내렸다. 결론적으로 아직 저 청년은 '보류'였다. 이것도 아까 자신을 도와준 거에다가 봄이에게 뒤지지 않는 외모에 큰 점수를 줘서 나온 거다.

'아유, 난 몰라. 남편이 알면 한바탕 난리 나겠네.'

그러면서도 한편으론 어쩔 건데 하는 마음도 들었다. 다시 방송일을 시작하니 확실히 예전보다 시야가 좀 트였다. 남편이 노발대발한다고 해도 이젠 겁이 나지 않았다.

간만에 제대로 된 식사를 마친 난희는 청설읍의 봄이 집으로 돌아왔다. 청년이 자신의 앞바퀴를 좀 봐준다고 하여 봄이랑 둘이 집 안에 들어갔다.

'얘도 묘하게 신경 쓰이네.'

난희는 멍청하게 생긴 강아지를 안고 사진 몇 장을 찍었다. 빵떡 같은 얼굴에 크림색이 도는 털은 부드러웠다. 딱 봐도 순혈 진돗개가 아니었다.

어디서 이런 종자도 없는 개를…….

"서울로 올라올 땐 개 놓고 와. 이런 건 집에서 못 키우니까."

살이 쪄서 통통한 엉덩이를 두드리며 가라고 해도 개는 말을 듣지 않았다.

"얘는 엉덩이가 왜 이렇게 무거워. 산책 안 시키니?"

팔에 닿은 두툼한 발바닥의 촉감이 꽤 괜찮았다. 발톱도 짤막한 게 봄이가 신경 써서 키우긴 한 모양이었다.

"안 가."

"어머, 집도 코딱지만 한데 산책도 안 시킨다고?"

"아니. 그게 아니라 서울에 안 간다고, 엄마."

"얘가 진짜?"

발끈해서 일어서려는 찰나, 환하게 열어 놓은 현관문으로 청년이 들어왔다.

"하이고, 덥다."

"재규 씨, 옷에 물 튀었어요."

"바퀴랑 휠에 진흙 좀 걷어 내느라. 내 싹 걷어 냈습니다. 그래도 혹시 모르니 서울 가면 정비소 가 보시지요."

"아니, 세차하면 되는데……. 고마워요."

"말 편하게 하십셔."

"……그럼 고맙네?"

뱉고 보니 어색한 대본식 말투였다. 난희는 몸서리를 쳤다.

"아흐, 어색해라!"

못 하겠다고 손사래를 치니까 청년이 하하하 화통하고 구김 없이 웃어 보였다. 방금까진 언짢았는데 보고 있자니 괜히 따라서 웃음이 샜다.

"못 살아. 아무튼, 잘 먹었어요. 아까 일도 고맙고. 이제 서울 가야겠다."

"엄마, 벌써?"

난희는 개를 내려놓고 자리에서 일어섰다. 아까부터 청이한테 계속 전화가 걸려 오고 있어 신경이 쓰였다.

"가야지. 내일 너 생일이지? 엄마가 돈 보낼게. 옷 좀 사 입어라. 아까 옷장 보니까 죄다 옛날에 산 것만. 으휴, 이번 시즌 옷 좀 사."

"응……."

"나오지 마. 알아서 갈 테니까."

가방을 챙겨 들고 소파 테이블에 있는 꽃바구니를 들려 했다. 하지만 청년이 더 빨랐다. 굵은 팔로 묵직한 꽃바구니를 가뿐하게 들고 앞장을 섰다.

"내려가시죠. 여기 차 빼기가 어려워서 제가 빼 드리겠습니다."

"괜찮은데."

난희는 따라 나오려는 봄이를 막았다. 따로 청년에게 할 말이 있다고 말하니 불안한 표정으로 현관에서 마중했다.

"엄마, 조심해서 올라가."

"그래."

다 컸네. 봄이가 여기 내려와 있는 동안 갓 사업을 시작하는 청이에게 신경을 집중했던 것도 사실이었다. 뜸했던 전화와 메시지들이 떠올라 새삼스럽게 봄이에게 미안했다.

"전화할게."

69

"……어? 알았어, 잘 가."

봄이를 떼어 놓고 밖으로 나온 난희는 진흙의 흔적이 모두 사라진 차를 보고 반색했다.

"어머나!"

안 그래도 쪽팔려서 이대로 어떻게 가나 싶었다. 바퀴에 낀 진흙만 걷어 준 줄 알았는데 세차를 했는지 차는 반짝반짝 광이 났다.

"어머님, 조수석에 타십셔."

"조수석에 타라고? 차 빼 준다는 거 아니에요? 여기서 차 빼는 거 봐 줄게요."

"생각해 보니깐 아까 그 길이 위험하기도 해서 큰길까지 제가 운전 할랍니다."

"……그래요, 그럼."

안 그래도 딸이 만나는 남자한테 엄마로서 한마디 위엄 있게 건네고 가려던 차였다. 조수석에 탄 난희는 떠나기 전 2층에서 자신을 보고 손을 흔들고 있는 봄이를 보고 잠시 울컥했다. 갑자기 말로 표현할 수 없는 이상한 기분이 들었다. 꿈에서 보았던 봄이의 모습과도 겹쳤다.

"어유, 전화한다니깐 유난은."

괜히 그렇게 말하고 낯설고 이상한 감정을 진정시켰다.

"자, 출발합니다이."

청년은 부드럽게 운전을 시작했다. 침착하게 운전하는 옆모습도 참 그럴싸했다. 아무리 그래도 봄이 인생이 걸린 문제니까 난희는 신중했다. 재산이 신기할 정도로 많은 것도 수상하니 나중에 검증도 해봐야 했다. 나중에 덜컥 결혼이라도 한다고 나설 수 있으니 하는 대비였다.

'우리 딸이 만나는 남자로 완전히 마음에 차는 건 아니에요. 일단은 내가 한 번 두고 볼게요.'

아까부터 생각해 둔 말을 꺼내려는데 갑자기 청년이 고개를 슥 돌렸다. 자기 쪽을 보나 싶었는데 고개는 좀 더 돌아 뒷좌석으로 향했다. 뒷좌석엔 청년이 오늘 가져온 꽃바구니가 있었다.

"꽃 예쁘지 않습니까?"

"아까 계속 봤는데 수입 꽃이 많네. 고급스럽고 신경 쓴 티가 나요."

이런 시골구석에서 어떻게 구했는지 모를 퀄리티 좋은 꽃바구니였다. 센스가 이 정도라면 어디 데려가도 망신당할 일은 없었다.

"카드 한 번 열어 보시겠습니까."

지금? 난희는 더듬더듬 손을 뻗어 꽃바구니에 꽂힌 카드를 열었다.

[엄마, 종영 축하해. 새 인생, 새 출발을 응원할게. 보고 싶다.]

타이핑되어 있긴 하지만 틀림없이 봄이가 쓴 카드였다.

"봄이 씨가 며칠 전에 보낸 거랑 똑같이 주문한 겁니다."

"……무슨 소리예요?"

청년은 그럴 줄 알았다는 듯 고개를 끄덕이더니 차를 갓길에 세웠다.

"사실은 제가 짚이는 데가 있어 봄이 씨 떼어 놓고 따로 온 겁니다."

"아니, 그게 무슨……."

청년은 진지하게 이야기를 시작했다.

"말도 안 돼, 걔가 왜……."

난희의 안색은 점점 새하얗게 변했다. 충격으로 물든 얼굴은 차례로 실망감, 허무함을 스치곤 마지막에는 분노가 서렸다.

청이, 이놈이 정말 하다, 하다…….

봄이가 자기 드라마 종영까지 보고 꽃을 보낸 줄은 몰랐다. 청년이 꽃집에 알아본 결과, 수취를 거부한 사람은 집에 있던 젊은 남자 가족이라고 했다. 그럼 윤청밖에 없었다.

'봄이한테 무슨 억하심정이 있어서 자꾸 저러는 거야?'

난희는 저번에 청이의 폴더를 보고 봄이의 억울함을 뒤늦게 알게 되었다. 억울하다던 봄이의 말을 무시하고 나무랐던 과거가 후회도 되었다. 그러나 이미 벌어진 일을 어떻게 처리해야 할지 갈피가 잡히지 않아 입을 다문 난희였다.

충격을 받긴 했지만, 일시적인 질투라고 생각했다. 하지만 여전히 이러고 있다면 이건 큰 문제였다. 피를 나눈 형제에게 자꾸 왜 저러는지 난희는 쉽사리 이해가 가지 않았다. 워낙에 청이가 말이 없기도 했다. 짐작 가는 거라곤 단 한 가지.

'……다리 때문인가?'

교통사고로 다리를 절게 된 이후 더욱 어두워지긴 했지. 하지만 그 때문에 청이가 해 달라는 건 다 해 줬고 극진히 신경을 써 왔다. 봄이를 뒷전으로 할 만큼.

그날 봄이를 태우고 오라 부탁한 건 자신이었고, 청이의 말론 운전을 방해한 건 봄이었다고 하니 그런 억하심정이 생길 순 있었다. 그래도 청이는 선을 아득히 넘고 있었다.

……청이를 어떻게 해야 하나.

***

"흐음, 그만 좀 해요. 간지러워요."

나른하게 누워있던 봄이가 웃으며 몸을 일으켰다. 재규는 장난기 가득한 얼굴로 그녀의 목덜미에 입술을 찍어 댔다.

낮에 엄마를 배웅한 후, 둘은 해운대 바다가 보이는 호텔로 자리를 옮겼다. 봄이는 조용한 저층 객실의 창가에 나른하게 누워 바다를 구경했다.

"뷰 끝내주죠. 비치 뷰."

"네, 마음에 들어요. 봐도 봐도 안 질릴 거 같아……."

"그럼 자주 오자."

따라서 몸을 일으킨 재규가 봄이의 머리를 정리해 주며 속삭였다.

"오늘 엄마도 다녀가고 부산도 처음 와 보고 정신이 하나도 없었어요."

"그랍니까. 푹 쉬었다가 낼은 천천히 구경합시다."

"그래두요, 몸이 정말 피곤한데요. 기분은 좋아요."

생각보다 청설읍과 가까웠던 부산은 봄이의 마음에 쏙 들었다. 호텔에 도착해서 짐을 풀자마자 재규가 데려간 백화점에서 다소 황당한 일도 있었지만 재미는 있었다. 근처에서 근사한 저녁을 먹으면서 재규가 특별히 준비한 레터링 서비스에 감탄하기도 했다. 디저트에 'happy bom's day'라고 적혀 있어 잘 안 찍던 사진도 찍어 남겨 놨다.

제대로 된 양식을 먹는 건 오랜만이었다. 속으로 놀란 일은 테이블 매너 따위는 무시할 줄 알았던 재규가 나름대로 이런 것에 익숙해 보인다는 거였다.

〈매너킹입니다.〉

사업을 하면서 필립의 성화에 몸에 익혔다고 말했다. 오늘처럼 생일 기념으로 차려입고 다른 지역으로 나들이를 온 것은 봄이에게 신선한 일이었다. 그동안의 쓸쓸했던 생일을 돌이켜 보면 더 그랬다. 생일날 저녁에 가족이 모두 모여 식사를 하는 것도 오래전의 일이니까.

"미역국은 좀 아까웠어요……."

엄마가 늦게 오는 줄 알고 재규는 아침 일찍 미리 미역국을 만들어 생일 전야제를 하자고 했었다. 봄이가 정말 맛있게 먹었던 완도산 활전복이 들어간 미역국이었다. 하지만 엄마의 이른 도착으로 일이 꼬여 버려 보온병 속에서 퉁퉁 불어 버린 미역국은 먹을 수가 없었다. 아침 일찍부터 만들어 온 재규의 정성을 생각하니 미안함에 한숨이 나왔다.

"낼 신수읍 올라가면 한 바가지 해 준다, 내가."

여전히 봄이 곁에서 머물면서도 재규는 틈틈이 휴대폰을 끌어와 뭔가를 분주히 하고 있었다. 회사에 무슨 일이라도 있는데 자기 생일 때문에 신경을 못 쓰고 있는 건 아닐까. 계속 저러니까 걱정스러워졌다.

"좀 씻고 올게요."

씻는 동안 지금 연락하는 누군가와 편히 대화할 수 있길 바라며 봄이는 최대한 천천히 씻었다.

"재규 씨?"

한참 후에 젖은 머리에 배스 가운으로 몸을 감싸고 나온 봄이는 재규를 찾았다. 어디 갔지? 너무 오래 씻었나?

휴대폰을 찾아 전화를 해보려던 봄이는 침대 위 커다란 종이쪽지를 발견하고 냉큼 펼쳐 보았다.

[봄♡ 로비로 나오세요.]

움찔거리던 봄이의 입술이 참지 못하고 길게 호를 그렸다.

생일 때문이구나!

아까 계속 휴대폰을 흘끔거렸던 이유를 알 수 있었다. 생일 서프라이즈라니, 이런 걸 받아 본 일은 없지만 드라마나 영화에서는 익히 보아 왔다.

선물은 아까 받았고, 꽃을 준비했나? 아니면 케이크?

"……"

봄이의 시선이 아까 백화점에서 산 옷이 담긴 쇼핑백에 닿았다.

〈내일 편하게 돌아다닐 겸, 내 신발이랑 옷 좀 사 줄게요. 맘껏 골라 보십셔.〉

재규와 커플 티도 괜찮을 거 같아서 봄이는 처음에 기능성 티를 골라 입어 보았다. 아래 통 넓은 바지와 매치하면 나쁘지 않을 거 같은데, 탈의실에서 나왔을 때 재규의 반응이 뜻밖이었다.

〈하, 씨! 이건, 이건 안 된다! 미치겠네.〉

용수철처럼 튀어나온 재규는 몸을 사용해 남들이 보지 못하게 봄이를 막았다. 몸에 딱 붙는 게 문제인 건지, 재규는 얼굴이 시뻘게진 채로 봄이를 뜯어말렸다. 간곡한 부탁에 결국 봄이는 재규가 고른 헐렁한 운동복 상·하의와 운동화를 선물 받았다.

빠르게 머리를 말린 봄이는 쇼핑백을 열어 그 옷으로 갈아입었다. 그간의 생일은 그저 그런 무의미한 날에 불과했는데……. 가득 찬 설렘에 입술 끝이 올라가고 가슴이 부풀어 올랐다. 얼른 재규가 보고 싶었다.

엘리베이터에서 확인한 시간은 자정이 되기 15분 전. 로비에서 뭐라도 들고 기다렸다가 놀라게 해 줄 것으로 예상한 것과 달리, 재규가 보이지 않았다.

'어디 있지?'

봄이는 재규를 찾기 위해 넓은 로비를 돌아다니다가 사람들이 입구 쪽에 모여 웅성거리는 것을 발견했다. 큰 소리가 나고 있는 게 아무래도 싸움이라도 난 모양이었다. 구경하고 싶었지만 애써 무시하고 재규를 찾던 봄이는 혹시나 하는 마음에 다시 그쪽으로 다가갔다. 호기심이 많은 재규가 저기서 싸움 구경을 하고 있을지도 모른다는 생각이 들었기 때문이었다.

"씨! 어떻게 책임질랍니까!"

씩씩거리는 목소리를 들은 봄이는 깜짝 놀라 딸꾹 소리가 나왔다. 고개를 쭉 빼서 사람들의 시선이 꽂힌 바깥을 확인했다.

'재규 씨!'

통유리창에 비친 재규는 누군가에게 고함을 치며 얼굴이 시뻘겋게 달아올라 있었다.

"하이고. 돌겠네, 참!"

"저, 저기요. 그, 흥분하시지 말고 목소리 좀 낮추시면……."

상대는 이십 대의 어린 남자로, 겁에 질린 티가 났다.

"내 집 흥분 안 하게 생겼습니까. 어?"

70

 압도적인 덩치의 재규가 숨을 크게 몰아쉬며 앞으로 한 발짝 다가섰다. 간격을 좁히자 남자는 파르르 떨며 두 걸음 뒤로 물러났다.
 "세차비 얼만데 그래요! 물어 드리면 되잖아요!"
 "짐 물어 준다 했습니까."
 "네네, 세차비 까짓거 오천 원 돈. 줄게요, 내가."
 "돈으로 순간을 살 수 있습니까."
 구경하던 사람들이 "오!" 하고 감탄을 뱉었다. 봄이도 함께 감탄하다가 뒤늦게 말려야겠다는 생각이 들어 회전문을 밀고 밖으로 나왔다. 재규의 뒷모습과 어린 남자의 정면이 보였다.
 "쓥, 그럼 잠바 벗을까요, 제 잠바로라도 닦으면……"
 "기스 다 나라고 그걸로 닦습니까. 시간 촉박하니까 그냥 가소! 애인 올 때 다 됐으니깐."
 재규는 콧김을 내뿜으며 어린 남자에게 손등을 휘저으며 가라는 사인을 보냈다.

"진짜 그냥 가도······?"

"허, 가라니깐! 앞으로 남의 차 앞에서 그딴 짓 하면 안 됩니다? 후, 알았습니까."

"아이고, 네네."

남자는 그냥 가라는 말에 얼굴이 펴서는 연신 "고맙습니다, 고맙습니다" 하고 굽실대며 봄이를 스쳐 사라졌다. 그와 함께 구경꾼들도 아쉬워하며 사방팔방으로 흩어졌다.

"특별 이벤튼데 지금 감동 포인트 다 날아갔다, 짐. 하, 씨······."

급하게 몸을 돌리던 재규는 봄이를 발견하곤 낯빛이 낭패로 물들었다. 당황한 듯 눈동자가 데굴데굴 굴렀다.

"봄."

"······무슨 일이길래 그렇게 사람을 잡아요?"

"그게 사정이······."

"그러니까 그게 무슨 사정인데요."

심각해진 봄이의 표정을 본 재규는 결국 모든 것을 털어놓았다. 미간을 좁히고 팔짱을 끼고 정황을 듣던 봄이는 입을 벌렸다.

예상한 대로 재규는 생일 이벤트를 기획했는데 그 때문에 방금 전의 사달이 일어났다. 봄이에게 털어놓은 재규의 계획은 본래 이러했다.

재규는 친한 딜러에게 부탁해 시간 맞춰 호텔 앞으로 신차를 인도받기로 했다. 하얀 벤츠엔 커다란 리본을 달고, 차 안에 케이크와 꽃을 넣어 둘 계획이었다. 봄이에게 키를 주고, 차를 한 바퀴 운전하게한 뒤에 올라가서 초를 부는 것까지, 계획은 완벽했다.

하지만 인생은 뜻한 대로 돌아가지 않는 법. 딜러가 하얀 벤츠를 가져왔고 재규는 꼼꼼히 이상이 없는 것을 확인했다. 차에 케이크와 꽃을 넣는 것까지는 계획과 같았다.

그러나 발레파킹 구역에 조금 떨어진 곳에 차를 놓고 잠시 호텔 측에 양해를 구하러 갔던 재규는 돌아와서 황당한 장면을 목격했다. 웬 어린놈이 김이 모락모락 나는 커피를 뚜껑도 없이 들고선 방금 인도받은 차에 기대서 셀카를 찍고 있는 것이 아닌가. 불안해진 재규는 "억! 머합니까, 짐!" 하고 소리쳤고, 화들짝 놀란 남자는 차체에 쾅당 부딪히며 커피를 보닛에 쏟았다. 대형 참사였다.

새하얀 벤츠의 보닛엔 갈색의 액체가 튀었고, 리본은 이미 얼룩덜룩하게 물들었다. 안에 있던 케이크도 남자랑 부딪친 충격 때문인지 뭔지 몰라도 한쪽이 쓸려 무너져 있었다. 성질이 뻗친 재규가 화를 억누르고 따끔히 한마디를 하고 있을 때 봄이가 내려온 것이다. 봄이에게 이 사실을 실토하면서 재규는 분한지 거칠게 호흡했다.

"그럼 지금 이 차에 아까 그 남자가 커피를 쏟은 거예요?"

봄이는 엉망이 된 몰골의 벤츠 가까이 다가가 리본 장식을 손가락으로 집어 올렸다. 커피 물이 들었고 축축했다. 봄이도 화가 났다.

"하, 진짜 웃기는 사람이네요?"

"그죠. 하, 시뮬레이션 백 번 했는데 이렇게 꼬일 줄은 몰랐네."

"재규 씨, 근데요."

"넵."

"이 차가 누구 거라고요?"

그렇게 묻자마자 재규가 기분 좋은 듯이 웃으며 바지춤에서 스마트키를 꺼냈다. 그러곤 이미 케이스까지 끼운 키를 짤그락거리면서 봄이의 손에 넘겨줬다.

"니 거다."

뿌듯함과 아쉬움이 뒤섞인 얼굴로 재규는 훤하게 미소를 보냈다.

"……."

요새 잠잠하다 싶었는데 이런 사고를 치는구나. 봄이는 머리가 어지러웠다. 얼마 전 버스가 정차를 안 하고 지나가 땡볕에서 한 시간 동안 다음 버스를 기다린 일이 있었다. 집에 돌아와 재규에게 이 사실을 이야기했을 때 같이 화를 내줘서 기분이 풀렸었다.

⟨내 조만간 대책을 마련하겠습니다.⟩

그 대책이 이거였어? 차, 그것도 값이 나가는 수입차를 선물하는 것은 과해도 너무 과했다.

"안 받아요, 이런 건."

당연했다. 차를 둔 곳이 주차장이 아니기에 제대로 주차를 하라고 했고, 거기서 커피도 닦으라고 충고했다. 당황하는 재규를 내버려 두고 봄이는 호텔 안으로 들어왔다.

먼저 객실에 돌아온 봄이는 뭉개진 케이크를 테이블에 올려놓았다. 진주 구슬처럼 보이게 코팅된 초콜릿 알들이 박힌 새하얀 생크림 케이크였다. 한쪽이 쓸렸지만, 원래는 얼마나 예뻤을지 짐작이 됐다.

'이거면 충분한데.'

넘칠 만큼 행복한 하루였다. 게다가 생각지도 못한 엄마의 메시지도 와 있었다.

[봄아, 생일 축하한다. 시간 맞춰서 용돈 보내려고 했는데 은행 점검 시간이라네. 아침에 보낼 테니까 남친이랑 맛있는 거 먹어.]

생일마다 보낸 메시지와 내용은 같았지만, 자정 가까운 시간에 맞춰 보냈다는 점과 뒤에 남친이랑 맛있는 거 사 먹으라는 말이 추가된 점이 달랐다.

[고마워, 엄마.]

답장까지 보냈을 때 재규가 돌아왔다. 아까까진 어깨가 축 늘어졌던 재규는 다시 활력을 되찾은 상태였다.

"날씨 진짜 좋던데! 드라이브하고 오자니깐 왜 그냥 들어옵니까."

굵직한 팔로 봄이를 품에 넣은 재규는 몸의 열로 뜨끈뜨끈했다.

"차 드러워서 그랍니까. 내 깨끗하게 닦았다. 하, 리본은 아작났고……."

"재규 씨, 우리 사귄 지 얼마나 됐어요?"

"21일."

"그런데 차를 선물하면 어떡해요. 사귄 지 얼마 안 됐을 땐 꽃이나 케이크 정도만 주고받는 거래요."

그렇게 진지하게 말하고 있는데 재규가 딱 붙였던 몸을 떼고 봄이를 내려다보며 피식 웃었다.

"그런 거 누가 정합니까."

"다들 그런대요."

"나는 그런 거 모릅니다. 진작에 봄봄이 알았음 초딩 때부터 만났는데, 짐 사귀는 것도 늦었잖아. 늦은 만치 모아서 해 준다 생각하세요."

그게 무슨 소리지? 이상한 논리였다.

"봉급마냥 연애 연차 쌓이면 스케일 올리는 게 이상하지 않습니까. 낸 일시불입니다."

다시 봄이를 꾹 껴안은 재규는 계속해서 설득했다.

"니 버스 탈 때마다 불안했는데……. 청설읍 가는 거 노선도 한 개뿐이 없고 일찍 끊기고."

그래도 안 되는 건 안 되는 거였다. 봄이는 마음만 받겠다고 했다. 골똘히 생각하던 재규는 한발 물러 '대여 서비스'를 선물하기로 했다. 소유는 본인이 하되, 봄이 보고 차를 쓰라는 거였다.

"재규 렌트카에서 운전 연습도 시켜 줄게요, 봄봄."
"긁혀도 난 몰라요."
"개학이 이제 코앞이니까 맹연습해야 합니다?"
사실은 이것도 거절하고 싶었지만 재규의 울망한 눈빛에 마음이 약해졌다. 마침 12월에 재규의 생일이 있으니 그때 근사한 선물을 해 주면 어떨까. 이렇게 정리가 되니 마음이 편안했다.

[am 00:00]

자정이 되고, 봄이는 첫 축하를 재규에게 받았다. 망가진 케이크에 초를 꽂고 불을 붙인 재규는 소원을 빌라고 했다.
"……다 빌었어요."
"뭐 빌었습니까."
봄이는 하얀 크림을 손가락에 살짝 찍어 재규의 뺨에 묻혔다.
"비밀이에요."
킥킥 웃던 봄이는 저를 뚫어져라 보는 재규와 눈을 맞췄다. 모닥불처럼 울렁거리는 재규의 새카만 눈동자 안에 자신이 비쳤다. 자신을 너무 좋아해서 주체를 못 하는 이 남자의 눈동자를 이제는 확실하게 읽을 수 있었다.
"함 맞춰 보까."
재규는 얼굴을 바짝 들이밀었다. 봄이는 어디 한번 해보라며 짧게 끄덕거렸다. 또 무슨 이상한 소리를 하려고.
"선재규랑 평생을 같이 있고 싶다."
"……!"
말문이 턱 막혔다. 평생? 재규는 좀 더 바짝 다가와 봄이의 손을 잡아 깍지를 꼈다.

"결혼하고 싶다."

"무슨 말도 안 되는……!"

"……그렇게 소원 빌었죠. 내 촉 좋다."

좋긴 뭐가 좋아. 아무려면 사귀자마자 저런 소원을 빌었을까. 멋대로 추측한 재규의 입술 끝은 한껏 올라가 있었다.

"봄이 씨가 운이 좋으네."

"뭐가요?"

"여 앞에 소원 들어줄 사람 있잖아."

말이 끝나기가 무섭게 재규는 고개를 숙여 거친 손으로 봄이의 얼굴을 감쌌다. 그의 농담에 펄쩍 뛰던 봄이의 시선이 방금 전 제가 묻힌 그대로 생크림이 남아 있는 재규 뺨으로 향했다.

"크림, 닦아야……."

"냅두십셔. 묻히고 빨고 다 할라니까."

어디에 묻히냐고 되묻기도 전에 쪽쪽 입맞춤이 내려왔다. 재규가 자연스럽게 봄이를 안아 일으켰다. 품에 넣어 안은 채로 재규는 천천히 한 발짝씩 침대로 향했다.

71

 푹푹 찌는 고온의 날씨에도 교실의 에어컨은 26도에 고정되어 있었다.
 "으으, 방학식 날로 돌아갈래……."
 세진은 창가 두 번째 줄, 교실에서 가장 해를 많이 받는 자리에 앉아 있었다. 더위를 참고 있는 와중에 시끄럽게 울어 대는 매미 소리는 신경을 긁었다. 결국 펜을 내려놓고, 교과서 위에 얼굴을 묻었다.
 "덥구나, 너."
 앞자리에 앉은 선한결이 문제지에서 눈을 떼며 의자를 뒤로 돌렸다. 세진이는 얼굴을 책에 묻은 채 눈만 치켜떴다.
 "야. 우리 방학 너무 짧지 않아? 어젠 이 시간에 도서관에서 진짜 시원했잖아."
 "다른 학교보다 나흘이나 길지만 짧게 느껴졌다니까 기분 좋은데?"

방학 내내 자기랑 함께 있었으니 하는 소리였다. 아무튼 저런 말을 어떻게 얼굴색 하나 안 변하고 하는 건지……. 바람둥이같이.

학원 홍보물로 받은 얇은 노트를 집어 든 한결이가 세진이를 향해 팔랑팔랑 부채질을 시작했다. 에어컨 바람과 맞물려 찬 바람이 얼굴을 식혔다.

"좀 나아?"

"뭐……. 응."

아침에 늦어서 같이 뛰어왔는데, 쟤만 왜 멀쩡하지? 땀 한 방울 나지 않은 한결의 목덜미를 물끄러미 바라보던 세진은 어느 순간 더위를 잊고 있었다. 그제야 교실 안 아이들의 떠드는 소리가 귀에 들어오기 시작했다.

"너네 그거 봄? 나는 K-트로트가수다."

서서히 더위가 가시니 시끌시끌한 반 아이들의 목소리가 귀에 들어오기 시작했다.

"아, 무슨 그런 걸 보노. 니 우리 엄마가?"

"그거 나도 보는데 개재밌거든? 완전 마라맛이다."

"고자극이니까 꼭 봐라. 어질어질해진다."

최근에 시작한 서바이벌 프로그램 이야기가 한창이었다. 요즘 저런 게 유행인가? 연습생을 아이돌로 데뷔시키는 것은 세진이도 본 적이 있는데, 트로트까지 난리인 줄은 몰랐다.

"혜순가? 걔 진짜 여신이더라."

"어어, 허혜수! 미친 존예잖아."

"걘 왜 트로트를 하는 거야?"

한 출연자의 이야기가 나오자 남자애들이 시끄러워졌다. 대충 들어 보니 거기에 나온 허혜수라는 열여덟 살 여고생 출연자가 인기인 듯싶었다. 당장 아이돌 데뷔를 해도 될 정도라나.

전 세대에 인기가 있는 프로그램인 듯했다. 참가자의 나이대가 10대부터 60대까지로 다양한데, 어린 참가자의 경우엔 비주얼이 화제가 될 정도로 뛰어났고 나이가 있는 참가자의 경우엔 자극적인 사연을 하나씩 가지고 있단다.

"야, 선한결. 너도 저거 봐?"

한결은 대답하지 않고 그냥 웃기만 했다. 뭐야. 봤다는 거야, 안 봤다는 거야.

"안 봤어. 그런 쪽은 별로 관심이 없어서."

"그럼 허혜수는?"

세진의 질문에 한결이는 음, 하며 입꼬리를 올렸다.

"알지. 당연히."

세진의 눈이 커졌다. 안 본다더니 다 알고 있잖아? 그리고 그 '당연히'가 뭐야. 왜 당연한데?

"애들이 게시물에 태그해서 보긴 봤지."

"아. 보셨다? 뭐, 네 취향인가 보네."

세진은 툭 쏘아붙이며 몸을 일으켜 자세를 바로잡았다. 어쩐지 입꼬리가 내려갔다. 엄마 말대로 남자는 다 똑같은 건가, 그런 생각도 들었다. 교과서를 다시 펼쳐 들고, 아까 보던 단락에 눈을 고정했다.

"뭘 봐."

눈은 글자에 가 있지만, 한결이가 자기를 보고 있다는 것쯤은 알았다. 퉁명스럽게 물으니 크고 하얀 손이 단숨에 제 왼손을 붙잡았다.

"야아, 뭐야……."

"난 네가 제일 예뻐 보이는데, 세진아."

세진이의 눈이 동그래졌다. 얘가 미쳤나? 재빨리 주변을 살폈는데 다행히 이쪽에 주목하는 애는 없었다.

"그런데 예뻐서 좋아하는 건 아니거든."

얼굴색 하나 바뀌지 않고 이런 낯 뜨거운 말을 하는 한결을 보며, 세진은 붉어진 뺨을 식히느라 애를 먹었다. 도대체 어디서 이런 걸 배워오는 거야.

"아, 알았으니까 그만해……."

"그냥 너라서 좋아."

겨우 내려갔던 몸의 온도가 다시 훅 올라갔다. 세진이는 자기 손이 뜨거워지는 것을 한결이가 눈치채는 게 싫어 잡힌 손을 슬쩍 빼 버렸다.

방학 때 서울에 단기 특강을 함께 갔을 때, 고모가 한결이를 좋게 봤는지 집에다가 무슨 이야기를 한 모양이었다. 그 때문에 갑자기 듣고 있던 수학 과외를 한결이와 같이 듣는 게 어떠냐는 말도 나왔다. 공부를 늦게 시작했지만, 한결이는 이해력과 집중력이 좋았다. 한결이 성적이 낮았던 이유가 따로 있었다는 걸 알게 되었지만 그래도 이 정도의 가파른 상승 곡선은 예상 밖이었다. 특히 수학은 같이 들어도 큰 무리가 없을 정도가 되어 이제는 과외까지 같이 하게 된 상황이었다.

'대학도 같이 가면 좋겠다.'

사실 한결이의 집에서 왔다 갔다 하기가 썩 좋은 위치는 아니지만…….

드르르륵—.

시끄럽던 교실이 순식간에 조용해졌다. 문을 열고 들어선 건 오랜만에 보는 담임 선생님이었다.

"쌤! 우아!"

"오 우리 쌤 뭔가 달라지셨는데? 뭐지?"

담임 선생님은 나눠 줄 유인물을 세며 분단별 인원에 맞게 장수를 나누고 있었다. 그 틈에 묘하게 바뀐 분위기를 눈치챈 아이들은 자기들끼리 이야기를 시작했다. 시끌시끌한 잡담 속에 세진이도 입을 열었다.
　"선한결."
　"왜, 세진아."
　"담임 쌤 말야. 진짜 뭐가 달라지시긴 했는데? 너네 삼촌이랑 뭐 있으셔?"
　한결이가 재밌다는 듯이 입꼬리를 길게 늘여 씩 웃었다.
　"아. 있긴 있으시지."
　"그러니까 그게 뭐냐고."
　"내가 말하긴 좀 그렇고……. 뭐, 사이가 더 좋아지신 거 같더라."
　세진은 교실을 천천히 돌며 유인물을 나눠주고 있는 담임 선생님의 얼굴을 힐끗 바라봤다.
　'확실히 웃는 게 예쁘시네, 우리 쌤.'
　방학 시작 직후에 잠시 일탈했던 자기 때문에 고생한 선생님이었다. 말없이 자신을 이해해 주는 선생님이 좋아서, 오빠와 잘되길 바랐지만 이미 배는 떠나 버린 모양이다.
　'쌤이랑 우리 오빠도 잘 어울리긴 했는데…….'
　한결이네 삼촌과 함께 있는 선생님은 더 생기 있어 보였다. 마음이 편안해 보인다고 해야 할까. 뭔가 안정감이 느껴지는, 어른의 여유 같은 것이 느껴졌다. 외모적으로도, 성격 면에서도 더 잘 맞는 사람은 오빠가 아니라 한결이네 삼촌이라는 생각이 들었다.
　가출 사건 이후 조금 변한 오빠는 요즘 검사직을 그만두고 변호사 개업을 준비하고 있었다. 그 때문에 바쁜 와중에도 세진의 성적 체크는 놓지를 않았다. 그래도 예전처럼 복장 단속을 한다든지, 잠을 줄이라든지 하는 무리한 요구는 없었다. 이 정도면 이제 인간미가 느껴진달까.

진작에 똥폼만 안 잡았으면 선생님이 그렇게 질색하진 않았을 텐데…… 쯧.

"얘들아, 방학 잘 보냈어?"

유인물을 다 돌린 담임 선생님은 시계를 확인하곤 이야기를 시작했다. 안부를 물으며 개학식 방송 화면을 맞추는 선생님에게 부반장이 손을 번쩍 들었다.

72

"쌤, 차 뽑으셨다면서요! 맞죠!"
"다 봤습니다. 완전 속도 30으로 오셨잖아요."
몇몇이 이미 그 사실을 알고 있는 듯이 함께 웅성거리기 시작했다.
"아……. 봤어?"
"로또 당첨 썰이 있던데요, 쌤?"
예전 같으면 무표정하게 "응, 아니"로만 대꾸했을 선생님은 쿡 웃으며 손가락을 교차해 'X' 표시를 만들었다.
"내 차 아니거든?"
"아, 당첨이시면 아이스크림 좀 얻어먹나 했는데!"
"그건 그냥도 사 줄 수 있어. 이따가."
"오! 아싸!"
아이들이 시끌벅적한 사이, 선생님은 TV 화면을 개학식 방송으로 맞추고 세팅을 마친 뒤 다시 교탁에 섰다. 대부분의 시선이 화면으로 옮겨간 그때, 세진이의 눈길은 여전히 선생님에게 머물러 있었다.
 선생님은 혼자서 작게 중얼거렸다.
 "로또가…… 맞나?"

***

 종이 울리고, 봄이는 교무실로 내려왔다. 자리에는 웬 약과 세 봉지가 놓여 있었다. 갸웃하는 봄이에게 서혜숙이 다가왔다.
 "내가 놓은 거야. 우리 시어머님이 직접 만드신 약과인데, 어제 들렀더니 엄청 많이 챙겨 주시는 바람에."
 "귀한 거네요……. 맛있겠다. 잘 먹을게요, 쌤."
 환하게 웃는 봄이를 물끄러미 쳐다보던 서혜숙이 픽 웃었다.
 "봄 선생. 많이 변했네."
 "……네?"
 "작년엔 이런 거 줘도 괜찮다고 사양하고, 표정도 딱딱했는데 말이야."
 봄이는 순간 귀가 뜨거워졌다. 작년엔 그렇게 보였구나.
 "지금이 훨씬 보기 좋아. 이제 막 정들고 있는데 이제 마지막 학기네, 아쉽게."
 옆자리에 앉아 있을 뿐, 그리 많은 대화를 해보지도 않은 서혜숙이 진심을 담아 말하니 기분이 이상했다. 이제 새 학기라 시작하는 날이지만, 서혜숙의 말대로 봄이에겐 신수읍에서의 마지막 학기였다.
 "……저도 너무 아쉬워요."
 신수고는 그저 스쳐 지나는 곳이라 봄이의 인생에 아무런 영향도 끼치지 못할 거라 생각했다. 하지만 오늘 개학을 하고 2반 아이들과 교무실 선생들과 인사를 나누면서 봄이는 어느새 익숙해져 버린 이곳에 마음을 열고 있는 자신을 발견했다.

'역시, 서울보단 여기가 마음이 편해.'

다음 교시 수업이 없는 봄이는 컴퓨터 앞에 앉아 포털 창을 열었다. 평소 이웃 추가해 놓은 블로그의 새 글 제목이 눈에 띄었다.

[임용 사전 티오 발표됐습니다.]

오늘이 티오 1차 예상 발표일이라는 건 알고 있었지만, 벌써 올라왔을 줄은 몰랐다. 봄이는 황급히 마우스를 클릭하며 숨을 들이켰다.

'제발, 올해는 많이 뽑아라……'

사실 봄이는 방학 내내 고민했다. 서울로 다시 돌아가고 싶은 마음은 이제 거의 남아 있지 않았다. 신수고에 더 머물 수 있다면 좋겠지만, 교환교사의 임기는 2년으로 고정된 제도였다.

처음에 알아본 것은 학원이었다. 교사직을 그만두고 여기에 학원을 차리면 어떨까. 하지만 강사 수급 문제가 걸렸다. 이미 읍내 로데오 학원가에 자리를 잡은 학생들을 **빼내거나** 새로 유치해야 하는데, 둘 다 쉽지 않은 문제였다.

그다음 생각한 것이 바로 타 시도 전출인데, 서울에서 경남으로 내려가려는 윤리 교사와 경남에서 서울로 올라가려는 윤리 교사가 1대1로 맞교환하는 방법이었다. 서울로 가고 싶어 하는 사람이 많을 것으로 예상해 기대했던 봄이는 실상은 그렇지 않다는 걸 확인하고 무너졌다.

결국 마지막 남은 선택지는 경남 지역으로 임용시험을 다시 보는 것이었다. 수험 준비 여건은 나쁘지 않았다. 다행히 통장 잔고가 넉넉했다. 1~2년 정도는 소득이 없어도 공부에 집중할 수 있으리라.

 스크롤을 내리던 봄이는 블로그 주인이 정리해 놓은 표에 멈춰서 부지런히 눈을 굴렸다. 하지만 아무리 찾아도 경남은 보이지 않았다. 경남은 아직 발표가 안 났구나. 봄이는 한숨을 쉬며 스크롤을 더 내렸다가 믿을 수 없는 사실과 마주했다.

 [올해 제주와 경남 지역은 도덕·윤리 티오 0명입니다.]

 '0명이라고?'
 연초부터, 아니면 작년, 아니, 그보다 전부터 임용을 준비했을 수험생이 많을 터라 봄이는 올해는 워밍업으로 수험에 임하고 내년에 본격적으로 준비를 할 생각이었다.
 그런데 올해 0명이라면 상황이 심각했다. 그만큼 수험생들이 내년에 몰려 경쟁이 더욱 치열해질 것이고, 어쩌면 또 티오 0명이 뜰지도 모른다.
 봄이는 그나마 가까운 경북과 부산도 살펴보았다. 하지만 이곳의 티오 역시 올해는 바닥이었고, 무엇보다 봄이는 지금 이 동네에 오래 머물고 싶었다.
 다시 학원을 알아봐야 하나……. 아니면, 일단 서울에…….
 생각은 깊고 무거워졌다. 한숨을 길게 내쉬고 있으니 지나가던 강 부장이 알은체했다.
 "땅 꺼지겠네, 봄 선생. 차 뽑았다며?"
 "아, 저, 그거 제 차는 아니에요."
 "애인을 뽑아야지. 차를 뽑으면 쓰나."
 또 그 소리. 강 부장은 학기 초에 한 번 엮어보려 했던 자신의 지인

이야기를 다시 꺼냈다.
"그 사람 만나 봐. 공무원. 기억나지?"
"아……."
"한 번만 만나 봐. 딱 한 번만. 나 믿고."
흥미로운 이야기에 단숨에 선생들이 몰렸다. 천만다행으로 다들 수업을 들어가 교무부장과 정재혁 그리고 노 선생만 남아 있었다.
"사진 보여 줄까, 봄 선생."
"아, 후딱 열어 바라!"
옆에서 더 신났다. 강 부장은 메신저 프로필을 찾아 사진을 확대해 봄이 앞에 내밀었다. 봄이는 보자마자 눈을 질끈 감았다.
"아이고……. 참…… 나쁘진…… 않다!"
가장 신났던 교무부장 서영주는 강 부장의 휴대폰을 받아 사진을 확인하곤 목소리 톤이 저 밑으로 가라앉았다. 노 선생은 입을 틀어막고 말을 아꼈고, 정 선생은 자리를 떠났다.
"남자 볼 때 성격을 봐야지, 너무 외모랑 재산 이런 거 따지면 못 써. 만나 보면 진국이야."
"저 어차피 서울 가잖아요."
"이 사람도 타지 발령 신청하면 되니까!"
강 부장은 진심인 모양이었다. 이때 조용히 자리에 앉아 있던 교감 석관수가 서서히 무리로 다가왔다.
"거, 봄 선생은…… 알아서 잘 만날 테니까 냅두시지요. 크흠! 강 부장 너무 그러면 못씁니다. 아셨지요……."
"아, 네. 교감 선생님."
강 부장은 쩝쩝거리며 자신의 자리로 물러났다. 석관수는 봄이를 뚝 떨어진 자기 자리로 부른 뒤에 목소리를 낮게 깔았다.

"맞죠, 봄 선생. 그…… 한결이 삼촌이랑."

봄이는 화들짝 놀랐다. 교감은 괜찮다는 듯 눈웃음을 지으며 엄지를 들어 보였다.

'태풍 때 눈치채셨나 봐.'

석관수는 목소리를 낮춰 앞으로 이런 일이 있으면 본인이 힘을 써 막아 주겠다고 장담했다. 비밀 연애에 로망이 있다는 쓸데없는 이야기도 덧붙였다.

"저, 근데 있잖습니까. 봄 선생."

싱글벙글하던 교감은 민머리를 긁으며 봄이의 눈치를 살폈다.

"그기, 내년엔 서울로 다시 떠나지 않나요, 크흠……."

그 한마디에 봄이의 어깨가 축 늘어졌다. 아무 말도 못 하고 고개만 끄덕였다. 석관수는 봄이의 침울한 반응에 어쩔 줄 몰라 하며 진땀을 흘렸다.

"아이쿠, 미안합니다. 내 주책이었지요. 여기 계속 계시면은 좋겠다 싶어서리…… 쓰읍."

이곳에 남고 싶은 마음은 누구보다 봄이가 가장 간절했다. 방금 사전 티오가 없는 것까지 확인한 터라 마음은 더욱 심란했다.

"서너 달만 지나면 이제 쌤들 이동 철이네. 맞다, 그 봄식이는 잘 있습니까."

"그새 또 컸어요."

봄이는 휴대폰으로 어제 찍은 봄식이의 사진 하나를 보여줬다. 교감은 소리도 못 내고 콧구멍만 벌렁거리며 감탄했다.

"하이고, 고놈 진짜……."

잠시 웃던 봄이는 조심스레 입을 열었다.

"저, 교감 선생님. 방법이 없을까요? 사실 전 여기에 계속 있고 싶어서……."

"그분 때문이겠지요, 큼!"

석관수는 끙 하면서 손가락으로 책상을 툭툭 두드렸다. 뭔가 골똘히 생각하면서 교감은 봄이에게 말했다.

"한번 알아보겠습니다. 봄 선생, 이 건도 그렇고 다른 일도 그렇고 혼자 앓지 말고 이렇게 언제든지 상담하이소. 같이 머리를 맞대면 뭔가 좋은 수가 생기지 않겠습니까."

그 말에 봄이는 처음으로 석관수가 괜히 교감 자리에 오른 게 아니란 생각이 들었다.

"감사합니다, 교감 선생님."

깊이 고개를 숙여 인사했다. 뾰족한 수가 나오지 않아도, 이렇게 신수읍의 여러 사람이 자신을 걱정해 주고 있다는 사실만으로 힘이 솟았다.

73

"개학하니깐 정신 하나도 없죠."

재규는 회색 기능성 티를 손가락으로 잡고 펄럭이며 땀을 식혔다.

오늘은 처서, 이제 여름이 가고 가을이 올 차례지만 여전히 한낮의 해는 쨍쨍했다. 재규의 옆에 선 봄이는 긴장한 채로 대충 고개를 끄덕였다.

"재규 씨, 정말 괜찮을까요?"

"하, 내 걱정이 이만저만이 아닙니다, 짐."

개학 후 첫 주말, 두 사람이 도착한 곳은 재규가 소유한 공터였다. 대체 에너지 관련 자회사를 운영할 계획에 토목 공사를 마친 땅은 편평하게 다져져 운전 연습을 하기엔 최적의 장소였다.

"쩌기 평지까지는 안전 속도로 직선으로 달리다가, 참나무에서 코너 연습 시작하면 되겠다. 그죠."

"네, 한번 해 볼게요."

봄이는 흰순이에 올라탔다. 흰순이는 재규가 정한 흰색 벤츠의 애칭이었다. 이유는 딱히 없었다.

〈그냥…… 하얘서.〉

〈…….〉

흰순이의 주인인 재규는 뭘 하는지 밖에서 꾸물거리다가 느릿느릿 조수석에 몸을 실었다. 길게 내려온 머리카락을 둘둘 말아 묶던 봄이가 물었다.

"밖에서 뭐 했어요?"

"아, 내 쫌 심호흡하느라……."

"뭐야, 장난하지 말아요."

"진지합니다……. 하늘에 기도하고 왔습니다."

원래는 방학 중에 끝냈어야 할 운전 연습이었다. 하지만 봄이네 반에 전학생이 들어오고, 재규네 회사엔 감사까지 겹치는 바람에 일정은 계속 밀렸다. 재규는 자기와 연습하기 전까진 절대 혼자 운전하지 말라고 신신당부했지만, 집에서 운전 동영상을 보던 봄이는 결국 혼자서 연습에 들어갔다.

그래도 혹시 몰라 동네 아주머니에게 연수를 부탁해 동네 한 바퀴를 돌고, 여러 번 시뮬레이션을 돌렸다. 그리고 개학 날, 봄이는 당당하게 흰순이와 함께 출근했다.

〈좋았어, 나도 운전킹인데?〉

이번 주 내내 출퇴근길에는 아무런 문제가 없었다. 그럼에도 불구하고 봄이는 재규에게 운전 가르침을 받기로 했다. 출퇴근길 코스는 초보자도 쉽게 다닐 수 있는 짧은 직선 코스지만, 복잡한 길이나 장시간 운전도 도전해 보고 싶은 마음에서였다.

"왜 이렇게 못 믿어요? 내가 말했죠. 출퇴근길은 이제 누워서도 가능하다고."

"그랍니까. 암튼 개학 날 흰순이 끌고 갔다 했을 때 깜짝 놀랐다. 일단 함 보입시다."

"벨트 매세요."

재규가 벨트를 매자마자, 봄이는 주저 없이 시동을 걸고 출발했다.

"어때요?"

"봄……!"

동네와 학교 사이, 제한 속도로 기어다니던 며칠과는 달리 이 공터는 끝이 보이지 않을 만큼 넓고, 막힘도 없었다. 봄이는 시원하게 액셀을 밟았다.

재규의 반응이 궁금해 슬쩍 옆을 본 봄이의 입이 벌어졌다. 재규는 창문 위에 달린 손잡이를 꽉 부여잡고 있었다.

"재규 씨, 왜 그래요?"

"짐 속도 270이다!"

"네?"

계기판으로 눈을 돌린 봄이는 아차 했다. 신나서 양껏 밟은 것이 화근이었다.

"이러다 둘 다 하늘로 간다!"

황급히 브레이크를 밟고 핸들을 꺾은 봄이는 가까스로 참나무 앞에서 차를 멈췄다. 차가 정지하자마자 재규는 그대로 문을 열고 뛰쳐나갔다.

"우욱……."

"괜찮아요?"

"내…… 카레이서랑 사귀는 거 오늘 알았네."

풀썩 주저앉아 헛구역질을 하던 재규는 창백한 얼굴로도 엄지를 들어 보였다. 결국 그 후의 연습은 '속도'보다 '안정감' 중심이 되었다.

"브레이크는 나눠 밟고, 그렇지! 바로 그겁니다."

재규는 누구보다 진지한 태도로 세 시간 넘게 연수를 이어갔다.

"아, 인제 됐습니다. 완전 잘하네!"

"확실히 감이 좀 잡힌 것 같아요. 이제 무서울 것도 없고."

"그럼 저기 나무 그늘에 차 대고 잠깐 쉽시다. 이따 해 질 무렵에도 한 번 더 해 보자. 어두우면 또 느낌이 다르니까."

차를 세운 뒤, 재규는 읍내에선 시속 80, 학교 앞에선 30으로 달릴 것 등 현실적인 당부를 잊지 않았다. 그러고는 갑자기 주머니에서 조그만 상자를 꺼내 건넸다.

"이건 연습 수료 기념품."

상자를 열어 본 봄이는 순간 눈을 껌뻑였다. 안에서 튀어나온 건 험악한 프린팅이 된 문신 팔 토시였다.

"이걸…… 왜요?"

"요긴할끼다."

봄이는 어이없어하면서도 장난처럼 한쪽 팔에 토시를 끼웠다. 팔을 창밖으로 쭉 내밀자, 재규는 끝내준다며 휴대폰을 들었다.

"이건 올려야지. 오늘의 킬링 컷."

찰칵. 둘은 콘셉트 셀카를 찍었고, 그 사진은 곧바로 재규의 럽스타그램에 업로드되었다.

"고마워요. 유용하게 쓸게요."

팔 토시는 다시 접어 글로브박스에 넣었다. 재규가 보고 싶을 때마다 끼면 좋을 것 같았다.

***

교과서의 소단원 평가 문제를 푸는 아이들을 물끄러미 보던 봄이는 창밖으로 시선을 옮겼다. 하늘빛이 얼마 전과는 오묘하게 다른 것이 가을이 서서히 다가오는 모양이다. 지금은 마지막 교시, 퇴근하고 재규와 만나기로 했다. 소소한 데이트였다.

〈문어빵 기계 함 돌려 볼까요. 재료는 다 공수해 놨습니다.〉

'가는 길에 곁들여 먹을 만한 거 좀 사 가야겠다.'

대부분이 소단원 평가 문제를 푼 것 같기에, 문제 풀이를 했다. 아직은 수업 시간이 꽤 남아, 봄이는 그대로 진도를 나갈 생각이었다.

"음, 동양 윤리 사상의 연원은 여기까지. 방학 전에도 한 거라 어렵지 않았지? 자, 다음 단원으로 이어서……."

교과서를 넘기는 봄이의 귀에 웅성거림이 꽂혔다. 고개를 들어 보니 창가에 앉은 몇몇이 창밖을 보며 무슨 말인가를 수군대고 있었다. 다른 아이들도 덩달아 시선을 창밖으로 두고 목을 쭉 뺐다.

"저게 뭐지……."

봄이도 교탁에서 벗어나 시선이 쏠려 있는 창가로 향했다. 운동장에 낯선 대형 SUV 차량이 보였다. 흰색의 차체에 QBS 방송국의 로고가 커다랗게 부착되어 있었다. 방송국 차량의 등장에 아이들은 흥분했다.

"오, 막 학교 어택 이런 거 아냐?"

"미친!"

"제발 학교 어택!"

인기 아이돌이 학교에 깜짝 방문해 공연하는 학교 어택은 QBS의 간판 프로그램이었다. 한 명이 이 프로그램으로 추측하는 말을 던지자마자 교실은 흥분으로 술렁였다.

"에스보이즈면 좋겠다아!"

"전자소녀 다음 달 컴백 아님? 걔네 같은데?"

서로 좋아하는 아이돌의 이름을 언급하며 들뜬 기색이 완연했다.

"나온다!"

정차했던 차량 문이 열리고 두 사람이 내렸다. 방송 관계자로 보이는 그들이 지금 이 건물로 다가오기 시작하자 웅성거림은 더욱 커졌다. 봄이는 교실을 한 바퀴 돌아다니며 창문에 붙은 아이들을 떼어 내고 겨우 진정시켰다. 다른 반은 조용한 걸 보니 발견을 못 한 듯했다. 이 소란함이 다른 반 수업에 방해는 되지 않았는지 우려스러웠다.

"야, 이 빡통아! 학교 어택일 리가 있냐?"

"왜……?"

"거기 출연료 펑펑 쓰다가 적자 나서 폐지 각 섰다잖아. 그런데 여기까지 오겠냐. 소식도 못 들음?"

"아씨! 진짜야?"

방송계에 빠삭한 반 친구의 말에 실망한 아이들은 교과서에 다시 얼굴을 묻었다. 흥분이 가라앉은 교실은 금세 조용해졌다. 모처럼 매끄러운 수업이 이어졌다. 종 치기 십 분도 안 남았을 무렵, 수업 마무리 중인 교실에 방송이 울렸다.

―윤봄 선생님. 지금 바로 교무실로 와 주시길 바랍니다.

74

 교실 벽시계는 수업 종료종이 치기 약 3분 전이었다. 방송은 교무부장 서영주의 목소리였다.
 한창이던 수업을 방해받은 봄이의 미간이 좁아졌다. 웬만하면 수업 끝나는 종 치고 나서 방송하시지. 아니야, 정말 급한 일인지도 몰라. 봄이는 우선 교과서를 덮었다.
 "오늘은 여기까지 하자. 종 치면 너희 담임 선생님 종례하러 오실 테니까 나가지 말고 기다려. 청소하고 있으면 더 좋고. 알겠지?"
 "옙!"
 반장에게 눈짓으로 다시금 당부하고선 서둘러 교실을 나섰다. 수업이 아직 끝나지 않아 조용한 복도를 지나 계단을 내려온 봄이는 교무실로 발걸음을 재촉했다.
 교무실에 도착하기 전부터 복도엔 커다란 웃음소리가 흘러나오고 있었다. 문 앞에선 쾌활한 톤의 낯선 목소리가 들려왔다.

누가 온 걸까? 설마 아까 본 방송국 사람들인가? 하지만 그 사람들이 자기를 찾을 일이 무얼까 하는 의문이 꼬리에 꼬리를 물었다.

문을 열자 흥분한 교무부장의 얼굴이 가장 먼저 보였다.

"봄 선생, 하이고. 일로 와 바라!"

그녀는 재빨리 봄이 앞으로 다가왔다. 그 뒤엔 예상대로 아까 QBS 방송국 차량에서 나왔던 두 사람이 서 있었다.

"자자, 인사부터 나누시고."

"네?"

교무부장은 잽싸게 움직여 방송국 관계자 두 명의 앞에 봄이를 세웠다. 그녀는 가운데에 서서 적극적으로 소개했다.

"에, 이짝이 담임 선생님이시고요. 이분들은 서울에서 내려온 QBS 방송국 PD님과 작가님."

"이야, 하루에 수십 명씩 연예인을 보는데도 깜짝 놀랐습니다. 이런 미인분이 계시다니."

먼저 손을 내민 것은 진회색 군모를 눌러 쓴 30대의 남성이었다. 그는 자신을 방송국 PD라고 소개했다.

"저, 그런데 무슨……."

"반갑습니다, 명함 받으세요."

봄이가 뭐라 묻기도 전에 옆에 있던 20대의 여성이 잽싸게 명함을 건넸다.

[QBS 예능 작가/나윤정]

"저희가 마침 부산에서 게릴라 촬영을 했거든요. 서울 올라가는 길에 선한결 학생을 데려가려고 해요. 주말 촬영이니까 수업엔 지장 없을 겁니다. 아, 오늘 학교에서도 찍을 거고요. 짧게."
"잠깐만요. 한결이요?"
알 수 없는 말에 봄이는 작가와 교무부장을 번갈아 쳐다봤다. 앞뒤 설명이 없어도 너무 없었다.
"아, 봄 선생네 반 선한결이를 방송국에 데려가 찍고 싶으시다네."
"그게 무슨 말이에요? 저희 한결이를 왜요? 무슨 프로그램인데요?"
한결이는 물론 재규에게서도 그런 말은 들은 적이 없었다. 이런 일이 있다면 자신에게 말하지 않을 사람들이 아니었다. 불안함에 봄이의 목소리가 커졌다. PD는 경계하는 봄이의 앞에서도 여유롭게 하하 웃어 보였다.
"이거, 담임 선생님께서도 오셨으니 지금부터 여기 부장님까지 두 분께 말씀을 자세히 드릴게요."
이런 경우엔 관리자인 교감과 함께 이야기하는 게 보통이지만 석관수는 오늘 교육청 출장을 나갔다. 대신 교무부장인 서영주가 그를 대신하고 있었다.
"자자, 내도 궁금해 죽겠다. 쩌기서 얘기 나누실까예."
교무부장은 내빈용 테이블을 가리켰다. 봄이는 얼른 교무실을 스캔했다. 다행히 지금은 교무실에 아무도 없었지만, 이제 막 끝나는 종이 울리고 있었다. 곧 선생님들이 돌아올 때였다.
"부장님, 저기보단 옆에 회의실에서 이야기하는 게 좋겠어요. 한결이 개인 정보 문제도 있고……."
"서로 다 아는 사이끼리 개인 정보는 무슨!"
괜찮다고 우기는 교무부장에게 PD가 하하 웃었다.
"뭐, 저희도 막힌 데서 따로 말씀드리고 싶은데 담임 선생님이 말

쓰하시는 대로 하시죠."

"그게 좋으시다면 이짝으로 오이소."

하, 종례도 아직 못 했는데……. 봄이는 낮게 한숨을 쉬었다. 그래도 봄이네 반은 미리 청소를 한 뒤에 종례를 하니까 시간적 여유는 좀 있다. 봄이는 함께 회의실에 들어갔다.

'무슨 프로그램에 출연시킨다는 거지?'

딱딱한 플라스틱 의자를 빼서 정자세로 앉은 봄이는 맞은편에 앉아 싱긋 웃고 있는 PD와 작가를 경계할 수밖에 없었다. PD가 눈을 반달로 접고 말했다.

"나는 K-트로트가수다 아시죠?"

"어머! 미쳤다! 거서 왔능교?"

교무부장의 눈이 휘둥그레졌다. 봄이는 대각선에 앉은 그녀의 그런 리액션이 인사치레가 아님을 느꼈다. 모르긴 몰라도, 유명한 예능 프로그램이라는 느낌이 들었다.

"한결이랑 트로트랑은 쫌 안 어울리는데?"

"하하. 학생이 거기 출연자로 나갈 건 아니고요."

"그럼 뭣 땜에 서울에서 여까지?"

"아유, 아까 말씀드린 것처럼 부산에서 서울 올라가는 길에 겸사겸사 들른 겁니다. 방문한 이유는요……."

하하하 웃던 PD는 갑자기 목소리를 쫙 깔았다.

"이건 비밀이니 발설하시면 안 됩니다. 아직 방송엔 나오지 않았지만 서바이벌 최종 22인이 정해졌거든요."

PD는 딱 여기까지 말을 하고 작가에게 토스했다. 작가는 네모난 캠코더를 들고 있었는데 연신 그것을 만지작거리며 어딘가 어색한 미소를 지었다.

"제가 말씀드릴게요. 저희가 이제 최종 22인의 사연을 경합 중간에 편집해서 같이 내보내려고 해요."

"그 최종 22인에 한결이랑 아는 사람이 있다는 말씀이세요?"

"맞습니다, 담임 선생님. 출연자가 영상 편지도 찍어 놔서 여기 이렇게 가지고 왔구요. 그 학생이 영상 편지를 보고 출연 결정을 하면 될 거 같은데……."

순간 머리를 스치는 사람이 있었다. 재규에게 들었던 그 사람이 떠오르자 절로 눈살이 찌푸려졌다. 하지만 불길한 예감은 적중하여, 작가의 입에서 익히 들어왔던 이름이 흘러나왔다.

"이희연 출연자가 잃어버린 아들을 애타게 찾고 있어요. 서바이벌 도전 중에 아들이 이 학교에 다닌다는 사실을 우연히 들었대요. 합숙 중이라 바로 찾아오지도 못하고 눈물만 흘리더라고요. 딱하죠, 정말."

"세상에, 한결이 친모분이 그분이라고?"

"극적이죠. 어쨌든 학교에서 외로워하는 학생의 모습 좀 촬영하고요. 엄마에게 보내는 영상 편지도 찍고, 또 이희연 출연자 무대 할 때 맨 앞줄에서 관람하게 도와주려고 해요."

프로그램 애청자인지, 교무부장은 그러고 보니 그 출연자와 한결이가 똑 닮았다며 경악했다.

"얼른 한결이 데려와 봐라, 봄 선생! 이야, 프로그램에서 엄마도 찾아 주는구마! 대박 사건이다!"

교무부장이 회의실 테이블을 손바닥으로 툭툭툭툭 쳐 대며 호들갑을 떨고 있는 와중에도 봄이는 미동도 하지 않았다. 머릿속은 혼란함으로 가득 차 있었다.

'어떡하지?'

이희연이 재규에게 자신을 떠넘겼던 날을 한결이는 잘 기억하지 못한다고 들었다. 그래서인지 엄마에 대한 그리움이 남아 중학교 때는 가출까지 했다던 한결이인데.
 어쩌면 엄마의 소식을 듣고 싶어 할지도 모른다. 하지만…….
 〈내 이놈 자식 발바닥만 할 때부터 업어 키웠습니다.〉
 지금 한결이의 실질적인 보호자는 재규였다. 그에게 먼저 사실을 알리는 것이 맞았다.
 그래, 재규에게 일단 전화를 해 보자. 그가 부디 놀라지 않길 바라며 봄이는 자리에서 일어났다.
 "그래, 봄 선생. 후딱 종례하고 한결이 일로 데려온나."
 시선을 내린 봄이는 뜻밖의 이야기에 흥미로워하는 교무부장과 사람 좋은 척 웃고 있지만 속을 알 수 없는 PD와 작가를 보며 정신을 바짝 차려야겠다고 다짐했다.
 "지금 그 학생의 보호자가 따로 계세요. 그분께 먼저 연락한 뒤 학생에게 의사를 물어보고 데려오겠습니다."
 단호한 태도에 PD는 눈썹을 팔자로 내리고 손바닥을 비볐다.
 "부탁드려요, 담임 선생님. 잘 설득 좀 해 주세요. 저희도 영상 편지 촬영하다가 눈물 쏙 뺐다니깐요?"
 정말 그럴까? 분명 이전에도 신수읍에 왔으면서. 하필 서바이벌 프로그램 출연 중인 지금 한결이를 찾는 이유가 무엇일까.
 "일단은 기다려 주세요."
 봄이는 그대로 회의실을 나갔다. 우선 종례를 위해 교실로 올라가면서 다급히 주머니에서 휴대폰을 꺼내 재규에게 전화를 걸었다.
 '제발…….'
 평소라면 재깍 전화를 받던 재규가 오늘은 어쩐 일인지 전화를 받지 않았다. 봄이는 연거푸 통화 버튼을 누르다가 결국 교실에 먼저 도착했다.

막 청소가 마무리되고 책걸상 줄이 맞춰지고 있었다. 봄이는 계속 재규에게 전화를 걸면서 눈으로 한결이를 찾았다. 하지만 어쩐 일인지 한결이가 보이지 않았다.

"세진아, 한결이 어디 있어?"

칠판에 붙은 공지용 자석을 일렬로 정리하던 세진이는 동작을 멈췄다.

"한결이 지금 중국어 샘이 무거운 거 들고 계셔서 교무실까지 들어 드린다고 갔어요."

"올라올 때 못 봤는데……."

"아, 그럼 중앙 계단 말고 끝 계단으로 간 거 아닐까요?"

그래서 못 만났구나. 봄이는 다급하게 손뼉을 쳐 주의를 집중시키고 목청을 높였다.

"얘들아, 청소 끝났으니까 이제 집에 가. 오늘 전달 사항은 없어."

"네, 샘!"

급해진 봄이는 교실 문을 빠르게 나섰다.

75

"······듣고 있어요?"

봄이는 미간을 구기고 휴대폰을 확인했다. 통화는 끊기지 않았다. 하지만 수화기에선 아무런 말이 들리지 않았다.

"여보세요, 재규 씨?"

한결이를 찾아 다시 교무실로 내려가던 중에 재규가 전화를 받은 것은 다행이었다. 봄이는 빠르게 상황을 전달했다. 이야기를 하는 동안 회의실 앞에 다다른 상태였다.

그런데 정작 재규는 말이 없었다.

"재규 씨, 지금 안 들려요?"

봄이의 속이 바짝바짝 탔다. 얼마 전부터, 봄이는 조금씩 한결이와 그의 친모인 이희연에 대한 일을 재규에게 들어 대강은 알고 있었.

오랜 세월에 걸쳐 재규는 한결이의 친모인 이희연에게 경제적 지원을 아끼지 않았다. 그건 사정이 어렵다면 이 돈으로 어서 해결한 뒤 한결이를 잘 키워 보라는 뜻이었다. 하지만 결국, 한결이가 중학생이 되어 사무치게 친모를 그리워할 때도 그녀는 모습을 드러내지 않았다.

그런 그녀가 방송을 통해 잃어버린 아들을 찾는다는 쇼를 하고 있다.

"듣고 있는 거 맞죠? 일단 막아 볼게요. 너무 걱정하지 말고······."

─한결이도 만나고 싶답니까.

침묵하던 재규가 입을 열었다.

"제가 지금 한결이에게 의사를 물어보려고 해요. 그 전에 재규 씨한테 먼저 전화한 거구요."

─만나게 해야지 어쩝니까.

뜻밖의 대답에 봄이는 눈을 크게 떴다.

"네?"

─한결이가 엄마 보고 싶다고 하면 막을 권리 같은 게 내한텐 없어요.

"없긴 왜 없어요."

─한결이 가족관계증명서 떼 보면 선재규 이름은 어디에도 없습니다. 희연이만 나오지······.

덤덤히 말하던 재규가 희미한 한숨을 내쉬었다. 봄이는 포기하지 않고 다시 휴대폰을 꾹 쥐고 낮지만 분명한 목소리로 말했다.

"한결이를 키운 건 재규 씨예요. 한결이도 속사정을 알게 되면 분명히 그 사람 만난다고 안 할 거예요."

─아부지는 이제 없고, 엄마 하나 남은 겁니다, 한결이한테는요. 방송 아니어도 한결이 성인 되면 만나게 해 줄라 했습니다. 생각보다 이르긴 하지만······. 핏줄은 땡기는 법 아닙니까. 그러니까 난 괜찮아요, 봄.

답답함을 참고 전화를 끊은 봄이는 몇 발자국 앞의 회의실을 노려봤다.

'아무래도 예감이 안 좋아.'

느낌이지만, 한결이는 이미 저 안에 있는 것 같았다. 되돌리긴 늦은 걸까?

금색의 문고리를 잡고 서서히 돌렸다. 문이 열리자, 밖에선 들리지 않았던 녹화된 음성이 귀에 박혔다.

―이번 경합은 계속 아들을 생각했어요. 제가 기억하는 얼굴은 아직도 아기 때의 모습인데 이젠 어엿한 남고생이겠죠?

봄이의 앞에 회의실 의자에 앉아 태블릿 화면을 보는 한결이의 뒷모습이 보였다. 예상하고 들어왔지만 가슴이 덜컥 내려앉았다.

―음, 소원이요? 우리 아들이랑 듀엣 무대를 해보고 싶어요. 너무 큰 욕심이겠지만요. 실은 얼굴이라도 볼 수 있다면…… 으흑, 휴지 좀 주실래요…….

오열하는 여자의 울음이 조용한 회의실에 울렸다. 저 여자가 이희연이구나. 머릿속이 아득해졌다. 이미 한결이는 PD와 작가의 설명도 다 들었을 것이고, 친엄마의 존재와 함께 영상 편지까지 보게 된 것이다.

"……."

한결이가 받은 충격이 얼마나 클지 감히 짐작할 수 없었다. 봄이의 시야에선 테이블 아래 감춘 한결이의 손이 덜덜 떨리고 있는 것이 보였다.

작가는 입술을 밑으로 축 내리며 태블릿 화면을 껐다.

"너무 놀랐죠? 엄마가 살아 있는 건 알고 있었어요?"

한결이의 대각선 맞은편에 캠코더가 깜박거리고 있었다. 이들은 지금 영상 편지를 보고 있는 장면마저 찍어 가려는 것이다.

"……그냥 짐작만요."

봄이의 심장이 불안하게 뛰기 시작했다. 목이 푹 잠긴 한결이는 고개를 떨궜다.

"지금은 누구랑 살아요?"

"……삼촌이랑 둘이요."

삼촌이면 희연의 형제가 아니냐며 의아해하는 PD에게 한결이가 실제 삼촌은 아니지만 그렇게 부르고 있다고 짧게 답했다.

교무부장은 옆에서 연신 혀를 차며 "세상에", "딱하지"라는 추임새만 넣고 있었다. 봄이는 잠깐의 공백이 생기자마자 재빨리 안으로 들어가 대화에 끼어들었다.

"아시다시피 아직 미성년자고 예민한 시기인데 지금 촬영하는 거 그대로 내보내실 건 아니죠?"

PD와 작가의 얼굴이 순간 구겨졌다가 다시 원상태가 되었다. 그들은 부드러운 얼굴을 만들고 말했다.

"요즘이 어떤 시댄데요. 함부로 내보내고 그러면 큰일 나죠. 걱정 마세요, 다 사전에 협의를 하니까요."

작가의 말이 끝나자마자 PD는 시선을 다시 한결이에게 맞췄다. 한결이는 손으로 얼굴을 가린 채 감정을 다스리고 있었다.

"학생. 엄마 많이 보고 싶었지?"

한결이는 고개를 끄덕거렸다. 바로 뒤에 서 있는 봄이는 마음이 엉망으로 뒤섞였다. 이런 식으로 저열하게 자식을 이용하려는 이희연이 너무나도 미웠다. 재규의 선한 마음을 이용한 것도 괘씸했다.

하지만 한결이가 이렇게 감정적으로 무너지는 모습을 보고 나니 기분이 이상했다. 그리움에 사무쳐도 찾을 수 없어 애가 탔을 한결이가 너무도 가엾었다.

재규의 말대로 핏줄은 무조건 당기는 법일까?

"그럼 엄마한테 답을 보내야지. 그렇게 할 거죠?"

PD는 캠코더를 곁눈질하며 은근하게 말했다.

"어렵게 생각하지 말고 그동안 엄마한테 하고 싶었던 말을 한번 해 봐요."

PD의 말은 한결이도 희연처럼 영상 편지를 찍으라는 뜻이었다. 아마 이들은 처음부터 어떤 장면을 구상해 두고 찾아온 것으로 보였다. 그런 프로그램을 즐겨 보지 않는 봄이조차 알고 있는 흔한 포맷이었다.

'대충 짐작이 되네.'

촤라락 머릿속에 방송 장면이 펼쳐졌다.

이희연 참가자가 경합 곡의 무대를 시작하기 전, 사연이 올라오겠지. 잃어버린 아들을 극적으로 찾았다는 연출과 함께. 아들에게 보내는 영상 편지가 화면에 뜨고, 이어서 학교의 정경과 함께 눈물을 흘리는 한결이의 모습이 나올 것이다. 다시 무대로 돌아간 화면은 이희연이 노래를 부르는 장면을 비출 것이고, 심사위원들은 "누굴 생각하며 불렀느냐"와 같은 질문 따위를 던질 거다. 십중팔구 아들을 생각하며 불렀다고 대답할 테고, 안타까워하는 패널들의 리액션을 내보내 시청자들의 공감을 불러일으킬 것이다. 그 뒤엔 눈물을 글썽거리는 이희연의 뒤로 무대가 열리면서 한결이가 등장하는 식으로······.

거기서 끝나면 다행이지, 인터넷에서 화제라도 되면 또 더한 일이 벌어질 수도 있잖아.

"자, 학생? 아까 엄마가 했던 것처럼, 감정을 가득 담아서 얘기하면 돼요. 고개 좀 들어 볼래요? 잘생긴 얼굴 가리지 말고."

한결이가 엄마를 만나고 싶어 한다는 걸 알게 된 이상 봄이는 이를 막을 수가 없었다. 하지만 이런 식으로 미디어에 한결이가 희생되는 건 싫었다.

"잠깐만요."

봄이는 앞으로 나섰다. 그제야 한결이가 얼굴을 묻었던 손을 떼고 고개를 들었다. 순간 눈이 마주쳤다.

'울었구나, 한결이.'

젖은 눈 주위가 빨갰다. 울컥, 깊은 곳에서 무언가 뜨거운 것이 올라왔다. 봄이는 정색하고 입을 열었다.

"담임으로서, 그리고 한결이를 아끼는 어른으로서 말씀드릴게요."

"뭐꼬, 또. 봄 선생이 자꾸 산통을 깬다! 한참 감동적이었는데!"

눈치 없는 교무부장의 말은 무시했다.

"충격을 많이 받았을 텐데, 당장 영상 편지를 보내라니요. 너무 배려가 없는 거 아닌가요? 선한결 학생에게도 생각할 시간이 필요합니다. 최소 하루 정도는 말미를 줘야죠. 집에 가서 현재 보호자와 상의할 시간도 필요하고요."

PD와 작가의 표정이 썩었다. 이번엔 낯을 꾸미지도 않고, 서로 눈빛을 주고받았다.

"이거 참……."

작가가 겨우 어색하게 웃었다.

"그러면 좋은데 저희가 이제 서울에 올라가야 해서."

"그럼 나중에 따로 방송국에서 초대장을 보내든지 하세요. 영상 편지를 꼭 지금 학교에서 찍어야 하는 건 아니잖아요."

봄이의 단호한 태도에 잠시 생각하는 제스처를 하던 PD는 한결이에게 다른 제안을 했다.

"음, 학생. 그럼 아예 우리랑 같이 서울 갈래? 엄마 무대 응원해야 하잖아. 영상 편지는 방송국에서 찍어도 되니까."

"무대에서 엄마를 직접 만나 보라는 말씀이세요?"

"어떡할래, 학생?"

"저는……."

회의실에 있는 모든 사람이 한결이에게 집중하고 있었다. 찰나의 조용함 속에 교무부장이 침을 꿀꺽 삼켰다.

"궁금해요, 엄마 무대."

"그렇지! 잘 생각했어."

봄이는 멍해졌다. 한결이가 이렇게 쉽게 출연을 결정할 줄은 몰랐다.

"저, 그런데요."

한결이가 드르륵 의자 소리를 내며 자리에서 일어섰다.

"지금은 집에 가야 해서요. 삼촌이랑 중요한 약속이 있거든요."

76

 사거리에서 신호를 받은 봄이는 차를 멈추고 고개를 옆으로 돌렸다. 조수석에 앉은 한결이는 팔꿈치를 차창에 대고 턱을 괸 채로 창밖을 보고 있었다.
 "저기 한결아……."
 한결이의 고개가 봄이에게로 향했다. 무슨 생각을 하는 중이었는지 무표정했다. 아직은 충격에서 벗어나지 못했으리라. 봄이는 조심스레 말을 건넸다.
 "삼촌한테 이따 말씀드릴 거지?"
 "아. 내일 그분들 만나는 거요?"
 아까 학교 회의실에서 삼촌과 문어빵을 만들기로 했다며 일어선 한결이는 대신에 내일 읍내 로데오에서 영상 편지 촬영을 하기로 약속을 잡았다. 뒤늦게 연락이 닿은 석관수가 봄이의 부탁을 듣고 PD에게 학교 내의 촬영을 불허한 것도 촬영을 미룰 수 있던 이유였다.

〈뭐, 카메라 감독이랑 후발대들은 내일 부산에서 출발해서……. 여기서 하루 묵어도 상관은 없겠네요. 그럼 내일 로데오에서 보자고, 학생.〉

한결이를 흰순이에 태운 봄이는 지금 재규의 집으로 가고 있었다. 타자마자 교복 셔츠의 단추를 풀고 타이를 내린 한결이는 계속 생각에 잠겨 있었다. 엄마 생각을 하고 있을까?

"그래. 재규 삼촌이랑 오늘 얘기해 보고, 더 생각해 봐. 못 찍겠으면 그렇게 됐다고 전달하면 돼. 말하기 껄끄러우면 내가 대신 전달해 줄 수도 있어."

아직 어려서 이 일로 인해 벌어질 파급을 짐작하지 못하는지도 모른다. 하지만 봄이는 엄마 덕에 어릴 때부터 방송의 무서움을 익히 알고 있었다. 무심코 꺼낸 말 한마디가 사람을 사지로 내몰 수 있는 것도, 스치듯 카메라에 비친 사람이 화제가 되어 일약 스타덤에 오를 수 있는 것도 방송이었다.

한결이는 객관적으로도 외모가 튀니까 더 불안한 마음이 들었다. 재규와 같이 있을 때 묻혀서 그렇지 190cm에 가까운 키는 결코 흔하지 않았고, 거기에 비율과 뼈대가 받쳐 주니 피지컬만으로도 어딜 가나 주목을 받았다. 재규와 분위기는 다르지만 단정하고 깔끔한 이목구비는 특유의 청량함을 가지고 있었다. 학급 사진을 찍을 때도 혼자 다른 그림체를 보여준 한결이라면 카메라발도 잘 받을 텐데.

앞서서 미리 걱정하는 것인지도 모른다. 하지만 봄이는 자꾸만 마음이 놓이지 않았다. 솔직히 말하면 한결이가 이희연을 만나더라도 방송 출연은 포기하길 바랐다.

"삼촌은 아마 허락하실 거예요."

무언가 더 말을 꺼내려는 순간, 신호가 바뀌었다. 재규의 집에 도착한 것은 금방이었다. 차고 앞에서 재규가 손을 흔들고 있었다.

"굿 퇴근."

"왜 밖까지 나와 있어요."

"좋으면서 그런다. 자, 드갑시다. 한결아, 니도 드가서 옷 갈아입고 주방 나온나."

한결이 먼저 집 안으로 들어갔다. 봄이는 따라 들어가려는 재규의 팔을 두 손으로 붙들었다.

"잠깐만요, 재규 씨."

아까 전화 통화가 끝나고 일어난 일들을 미리 말해두는 게 좋을 거라 판단했다. 아무래도 작게나마 충격을 받을 테니까.

"이따 한결이가 말할 거지만…… 내일 영상 편지 촬영한대요. 방송국 사람들 따라서 같이 서울 올라갈지도 몰라요."

"그것도 한결이가 그래 하자 한 거죠."

"……네."

"그럼 뭐."

왜 이렇게 쉽게 포기하지? 봄이는 안타까워서 발을 동동 굴렀다. 엄마가 왔을 때 재규가 듬직하게 분위기를 조성해 상황을 반전시켰던 것처럼 봄이도 뭔가를 해 주고 싶었다. 하지만 오늘 이렇게 노력했는데 결국 아무것도 하지 못했다는 사실에 무력감마저 들었다.

"이따 한결이랑 제대로 이야기를 해 봐요."

다시 그를 설득해 봤다. 물론 지금은 단순히 방송에서 재회하는 것뿐이지만, 이희연은 재규에게 한결이와 서울에서 같이 살고 싶다는 의지를 밝힌 바가 있었다. 그렇다면 어쩌면 한결이를 아예 서울로 떠나보내야 할지도 모른다.

"그 사람 한결 엄마 아니에요. 자격이 없잖아요."

자기 생각뿐인 이기적인 사람이었다. 최근에 와서 겨우 마음을 다

잡은 아이인데 이렇게 흔들어 놓다니.
"한결이 버렸잖아요. 재규 씨가 계속 연락했는데 모르는 척 버텼잖아요! 한결이는 몰라서 만난다는 거예요."
"그렇다고 다 말하면, 그거 말하면 한결이 속이 어떻겠습니까."
시선을 피하고 있는 재규를 돌려세운 봄이는 두 손을 마주 잡았다.
"한결이 다 컸어요. 어린애가 아니에요. 속을 터놓고 대화해요. 아무렇지 않은 척 말아요."
"……너무 걱정 마십셔. 희연이가 막상 친아들 만나면 그래 개념 없이는 안 할 겁니다."
말이 통하지 않았다. 결국 그 상태로 집에 들어간 두 사람은 입을 다물고 주방으로 갔다. 이미 식탁은 완벽하게 준비가 되어 있었다.
너른 세라믹 식탁 위에 문어빵 기계와 반죽 통, 손질해 놓은 재료들이 보였다. 함께 먹을 우동면과 볼에 담긴 과일 펀치도 제법 그럴싸했다.
이런 걸 즐길 분위기는 아닌데……. 그래도 재규가 준비한 정성을 생각하며 봄이는 식탁에 앉았다. 이어서 맨투맨으로 갈아입은 한결이도 내려왔다. 세 사람은 조용히 문어빵 기계 앞에 둘러앉아 문어빵 만들기를 시작했다.
"버터를 요래 넉넉히 둘러야 안 눌어붙습니다. 아까 망해서 설거지하는데 아주 디질 뻔했다."
한결이는 차분히 묽은 반죽을 저었다. 봄이는 지금 상황에 굳이 문어빵을 만들겠다는 재규가 이해가 가지 않았다.
"봄. 짐부터 내 반죽 넣으면 요 문어 다리 한 조각씩 송송 넣어 주십셔. 타이밍이 생명이다, 내 볼 때 문어빵은."
일단은 급하다니까 어쩔 수 없이 문어 다리를 손질해 넣어 둔 유리그릇을 집었다. 반죽을 붓자마자 봄이는 얼른 문어 다리를 하나씩 투척했다. 별거 아닌데 은근히 집중을 요했다.

"이야, 잘하네. 내보다 훨 낫다. 한결아, 요 뒤집을 동안 우동 해 올래."

"김치우동으로 할게. 선생님, 김치우동 드세요?"

"그래. 나 그거 좋아해."

식탁을 등에 지고 한결이는 우동을 끓이고 두 사람은 문어빵이 익기를 기다렸다. 어느 정도 노르스름해지자 재규는 꼬챙이 한 쌍을 봄이에게 건넸다. 머리를 맞대고 돌돌 익어 가는 문어빵을 굴리기 시작했다.

"슬슬 칼칼한 냄새 나네요. 그죠."

"그러네요."

"이야, 벌써 코가 뚫리는 게 저거 제대로다."

집중하여 문어빵을 툭툭 굴리던 재규는 연신 김치우동 냄새에 감탄했다. 그러더니 뭔가 생각났는지 갑자기 한결이를 불렀다.

"맞다, 선한결이."

"어, 왜. 맵게 해 달라고?"

"아니. 니가 내한테 했던 첫 어버이날 선물 기억하나."

뜬금없는 질문에 한결이는 우동면을 젓다가 잠시 멈췄다.

"글쎄, 뭐더라?"

"짐 니가 만들고 있는 거. 산토끼만 할 때 돼지 저금통 뿌시고 사 와서 끓여 줬잖아. 기억 안 나나?"

"그걸 기억해?"

재규의 시선은 반죽을 향해 있었지만, 눈동자는 예전 추억에 잠겨 너울거렸다.

"전국 팔도 맛집을 다 가 봐도 그만큼 맛있는 김치우동은 못 먹었다, 내가."

"그래?"

한결이는 차분한 말투로 그럼 오늘 특별히 더 잘 끓여야겠다고 덧붙였다.

"헛, 탈 뻔했네. 못 산다!"

재규는 오버쿡되어 겉이 바삭해진 문어빵을 부지런히 굴렸다. 봄이는 얼추 익었다고 판단하고 접시를 준비했다.

"한결아, 문어빵 완성이다. 얼른 앉아라이."

문어빵은 소스와 가다랑어포가 올라가 그럴싸한 모습으로 완성됐다. 재규가 봄이의 입에 하나 넣어 주고 자신도 맛을 봤다.

'재료 좋은 거 썼구나.'

솔직히 맛있었다. 전문 푸드 트럭에서 파는 것보다도 좋았다. 하지만 지금은 맛이나 따질 때가 아니었다. 봄이는 한결이를 곁눈질로 살폈다.

우동이 다 끓었는지 한결이는 인덕션 전원을 껐다. 이어서 찬장에서 우묵한 우동 그릇 세 개를 꺼내 옮겨 담아 식탁에 내려놓고 자리에 앉았다. 단란한 셋만의 저녁 식탁이었다. 하지만 어딘지 모를 긴장감이 흐르고 있었다. 김치우동과 문어빵을 먹으며 재규는 별 시답잖은 말을 계속 꺼냈다.

"여기 팔뚝 까진 거 보입니까. 그 콩알만 한 트럭 운전수가 정정당당하지 못하게 손톱으로 할퀴데요. 실크 피부 다 상해서 속상하네, 이거."

오늘 회사 앞마당에 불법 주차한 덤프트럭 기사와 한판 붙었다는 이야기가 오랫동안 이어졌다. 이어서, 읍내에 프랜차이즈 떡집이 새로 오픈했다는 그런 시시콜콜한 주제를 꺼낸 재규는 한참을 또 떠들었다.

재규는 애써 딴청을 피우고 있었다. 처음부터 자기 그릇에는 조금만 덜어 온 한결이는 이미 식사를 마친 상태였다.

"삼촌, 나 오늘 엄마 봤어."

봄이는 한결이의 갑작스러운 말에 깜짝 놀라 재규를 쳐다봤다. 재규는 못 들은 척을 하고 우동면을 후루룩 넘겼다.

한결이는 덤덤히 말했다.

"딱 보니까 알겠더라고. 이 사람이 내 엄마가 맞구나 하고."

아까 봄이도 언뜻 태블릿의 화면을 봤었다. 화면 속 이희연은 한결이와 많이 닮아 있었다. 재규네 집안 피와 섞여 반반씩 닮은 한결이 얼굴의 조각이 맞춰지는 순간이었다.

"아직 젊어 보이고 되게 고우시더라."

"그래?"

재규는 대강 대꾸한 뒤 계속 식사를 이었다. 그런 재규를 보는 한결이의 목소리가 딱딱해졌다.

"근데 삼촌."

"오야."

"왜 그동안 나한테 숨겼어?"

재규의 젓가락이 그릇에 처박혔다.

"엄마가 어디 있는지 삼촌은 알고 있었잖아. 왜 엄마에 대한 거 숨겼어."

"한결아, 그건……."

대신 해명하려던 봄이를 막은 것도 재규였다. 식탁 밑으로 봄이의 손을 꾹 쥔 재규의 제스처가 그러했다. 대체 왜?

'말해요. 혼자 삼키지 말고.'

한결이 네가 상처를 받을까 봐 두려워서 그랬대. 낳아 준 엄마가 모르는 척해 왔다는 걸 알면 더 외로울까 봐 그래서 그랬대. 대신 말해 주고 싶은 봄이의 입술이 달싹였다.

"……한결아, 내가 미안하다."

재규는 가라앉은 목소리로 어렵게 사과를 내뱉었다.

"미안해할 거 없어."

그렇게 말한 한결이는 곧바로 먹은 자리를 치웠다. 차분하게 그릇을 정리하는 소리만 주방을 채우고 있었다.

"전 방에 들어갈게요. 선생님, 천천히 계시다 가세요."

정리를 마친 한결이는 조용히 주방을 나갔다. 곧 계단 올라가는 소리와 문 닫는 소리가 들렸다. 방에 들어갔다는 걸 확인한 봄이는 의자에서 일어나 재규의 커다란 어깨를 감쌌다.

"괜찮아요, 재규 씨?"

"하……."

재규는 얼굴을 손으로 감싸고 마른세수를 했다. 복잡한 심정이 그대로 표정에 드러나 있었다. 다른 사람 마음은 귀신같이 눈치채면서 자기 마음 하나도 제대로 모르는 재규가 안타까웠다.

"붙잡을 염치 같은 게 어딨습니까. 뻥을 쳐 갖고 이 사달을 만든 게 낸데."

아버지 이야기를 꺼낼 때도 혼자서 수만 번을 자책했던 재규는 이번에도 마찬가지였다.

"다 내 탓이다."

"그런 말 하지 말아요, 진짜."

그토록 뜨거웠던 재규의 손은 미지근하게 식어 있었다. 봄이는 재규의 손을 꽉 잡았다.

'뭐라도 해 보자.'

77

다음 날, 봄식이가 방문을 긁는 소리에 잠을 깬 봄이는 깜짝 놀라 시간부터 확인했다.

"하, 놀랐네……."

다행히 아직은 이른 아침이었다. 봄이는 침대에서 곧바로 빠져나와 욕실로 직행했다. 벌써 마음이 급했다. 준비가 끝나는 대로 읍내에 나갈 생각이었다. 오늘 한결이가 읍내에서 PD와 작가 그리고 후발대라는 방송국 직원들까지 만나기로 했으니까.

어제 보니 방송국 사람들은 겉으론 사람 좋은 척하면서 자기 입맛대로 한결이를 요리하려고 드는 것이 꼭 능구렁이 같았다.

〈방송국 관계자 말은 절반만 믿어야 해. 특히 PD랑 작가는 거기서도 절반 더 깎고.〉

그들에게 호되게 당해 본 엄마가 자주 했던 말이었다. 그래, 어제 그 사람들은 믿을 수 없어.

촬영장으로 가서 너무 자극적으로 유도하지는 않는지 감시할 생각이었다. 조력자도 있었다.

[로데오 서쪽에 피피하우스 카페 한 시간을 통째로 빌렸대요. 시간은 열 시랬어요.]

세진이의 메시지가 막 도착했다. 봄이는 피피하우스를 지도 앱에서 검색해 위치를 기억해 두었다. 다소 후미진 골목에 있긴 해도 길을 헤맬 만한 곳은 아니었다.

"봄식아, 엄마 오늘 한결이 형 일일 보호자 하러 가. 집 잘 지켜. 하루쯤은 괜찮지?"

봄식이는 알겠다는 듯 컹컹 짖었다.

휜순이에 오른 봄이는 출발하면서 새삼스럽게 차가 있어 참 다행이라는 생각을 했다. 세심한 재규의 배려가 고마웠다.

'재규 씨는 뭐 하고 있을까.'

어제 늦게까지 재규와 메신저로 많은 대화를 주고받았다. 평소라면 전화했을 테지만, 재규는 혹시라도 한결이가 들을 것을 염려한 눈치였다.

[내 결심은 변하지 않습니다. 한결이가 간다면 가는 거고, 희연이 얘기는 못 합니다. 그래도 봄이 씨가 위로해 주니까 훨씬 덜 슬프네요.]

마지막으로 받은 메시지를 떠올리며, 봄이는 금세 읍내에 도착했다. 공영 주차장에 주차를 마치고 나온 봄이는 아까 미리 알아 둔 피피하우스를 찾아 나섰다. 로데오 중앙으로 가서 세진이의 말대로 서쪽으로 들어가니 낡은 건물 1층에 있는 카페가 모습을 드러냈다.

낡은 나무 문을 열고 들어간 봄이의 눈이 커졌다. 어제는 PD와 작가 둘이 전부였는데 오늘은 사람이 많았다. 촬영팀도 올 거란 소리를 듣긴 했지만 이토록 많은 스태프가 동원되어 있을 줄은 몰랐다.

전문적으로 보이는 조명과 함께 카메라 등이 설치되어 있었고, 스태프와 작가도 여럿 보였다. QBS 방송국이 개국과 함께 칼을 갈고 시작한 프로그램이 〈나는 K-트로트가수다〉라고 하더니, 정말인 모양이었다.

당황한 낯빛을 숨기고 PD를 찾던 봄이의 앞에 낯익은 얼굴이 나타났다. 그는 눈이 마주치자마자 입을 아귀처럼 크게 벌렸다.

"어! 너…… 윤봄 아냐?"

큰 목소리에 스태프 몇몇이 이쪽을 힐끔거렸다.

"맞지? 청이 동생 봄이."

어렴풋이 기억 났다. 윤청 오빠 대학 때 동아리 친구였던가? 이름이…… 김승원이었다. 예전엔 종종 집에 오곤 했었다. 그러고 보니 방송국에서 일한다고 얼핏 들었던 것 같기도 하고.

"아, 승원 오빠. 오랜만이에요."

이런 곳에서 만나게 될 줄은 꿈에도 몰랐던 봄이의 얼굴에 당혹감이 서렸다.

"그래, 그래. 이게 몇 년 만이냐!"

상대방은 그런 봄이를 전체적으로 훑었다. 썩 유쾌하지 않은 스캔이었다.

"오오, 너 예전에도 장난 아니더니 더 예뻐졌구나. 아직 결혼 안 했다며?"

"네."

그는 현재 카메라 감독을 맡고 있으며 QBS 방송국 개국 때 스카우트되었다며 장황한 소개를 했다. 그러는 동안 봄이의 시선은 낡은 카페 안을 분주히 돌아다녔다.

그러다 마침내 한결이를 찾았다. 휴일임에도 교복을 입은 한결이는 창가의 테이블에서 메이크업을 받고 있었다. 겨우 영상 편지를 찍는다면서 저렇게까지? 의문이 들 정도로 모든 게 본격적이었다.

앞머리를 집게 핀으로 올려 반듯한 이마가 드러난 한결이가 시선을 느꼈는지 고개를 돌렸다. 봄이와 눈이 마주친 한결이는 뜻밖이라는 듯 놀라더니 이내 입꼬리를 슬쩍 올렸다.

'다행이다. 내가 왔다고 싫어하는 기색은 아니네.'

한결이가 풍기는 분위기는 어제와 달랐다. 다소 긴장한 눈치지만 훨씬 마음이 평온해 보였다. 서울 방송국 무대까지 따라가기로 마음을 먹은 것인지도 모른다.

생각이 여기까지 닿자 마음이 초조해졌다. 상대방은 그런 봄이의 기색을 눈치채지 못하고 홀로 반가워했다.

"윤 봄 너 잠깐 시골 내려갔다는 말 듣긴 했거든. 근데 이런 데서 만날 줄은 진짜 몰랐다. 여긴 왜 온 거야? 보다시피 난 지금 프로그램 촬영 중인데 말이야."

"아, 저 학생 담임이라서 보호자 대신 잠깐 들렀어요."

"진짜로? 와, 세상 좁다, 좁아."

원래 이렇게 말이 많았나? 집에 놀러 왔을 땐 인사만 하고 방에 들어가 있었으니 성향을 잘 알 수 없었다. 어쨌거나 봄이는 궁금했던 것을 물었다.

"근데 오빠. 이거 영상 편지라던데 그럼 한 일 이 분 정도 짧게 나가는 거 아니에요? 너무 요란한 거 같아서……."

"다 투자지, 투자."

승원 오빠는 어깨를 으쓱였다. 그러곤 목소리를 낮춰서 이야기를 풀었다. 내용은 짐작한 것보다 충격적이었다.

'어쩐지 이상했어.'

방금 봄이가 들은 이야기는 이랬다.

처음부터 짜고 치는 판이었다. 이희연 출연자가 서바이벌 시작 전에 PD에게 한결이의 사진을 보인 게 어찌 보면 발단이었다.

〈우리 아들 얼굴 좀 보이소. 이번 참에 같이 출연했음 좋았을 낀데 무지하게 아쉬워가.〉

〈나는 K-트로트가수다〉에 참가한 여자 출연자 중엔 허혜수라는 화제성이 보장된 무기가 있었다. 하지만 사실 그 외의 참가자들은 스타성이 현저히 떨어져 서바이벌 과정에서 자극적인 에피소드로 분량을 뽑아야 하는 상황이었다. PD가 한결이의 이야기에 군침을 흘린 것은 당연했다.

또 하나 관심을 보인 사람이 있었다. 프로그램 기획자 중 하나이면서 심사위원 패널로 나선 P기획사 대표였다.

〈애 엄마가 자기가 책임지고 우리 회사에 계약을 시키겠다 했다고? 이 남자애 마스크가 마음에 들어. 아이돌은 좀 늦었고, 배우 상이네, 천상. 돈 좀 되겠는데?〉

희연은 이 암묵적 거래로 최종 22인까지 올라온 거란다.

"인터넷 커뮤니티 뒤집힐 정도로 잘 나와야 되니까 저렇게 조명 판도 빡세게 댔지. 아까 카메라 테스트하니까 화면발도 장난 아니더라."

방금 들은 이야기 때문에 생각할 것이 늘어난 봄이는 머리를 싸맸다. 희연의 뒷거래를 알게 되었으니 한결이를 더욱 지켜야겠다는 생각만 들었다.

"저기, 승원 오빠. 이따 더 얘기해요. 학생 준비 끝난 거 같아서 인사만 좀 하게."

"그럴래?"

봄이는 얼른 대화를 마무리 지었다. 한결이는 메이크업과 헤어가 막 끝나 대기 중이었다.

"한결아."

"선생님, 아는 사람이에요?"

인사를 나누기도 전에 한결이는 눈빛으로 승원을 가리켰다. 봄이는 건너 건너 아는 사이라고 간단히 답했다.

"그거보단, 괜찮겠어? 아무래도 어른 하나는 같이 있는 게 좋을 거 같아서. 혹시 너 불편하면……."

"음, 계셔도 돼요."

어수선하던 주변은 어느덧 정리되어 있었다. 어딜 갔는지 보이지 않던 PD와 작가도 나타나 스태프들과 담소를 나눴다.

"한결아, 있잖아. 끝나고 서울 따라가?"

"아뇨. 일정이 바뀌어서 무대 촬영이 늦어졌대요. 다음 주에 하려나 봐요."

다행이다. 봄이는 가슴을 쓸어내렸다.

"엄마랑 만나게 된 거 축하해, 한결아. 그동안 힘들었던 거 알아. 근데 어제 삼촌이 많이 속상해하셨어. 괜찮다면 이거 끝나고 셋이 점심 먹는 거 어때?"

"제가 삼촌에 대한 화가 아직 풀린 게 아니라서요. 조금 더 생각해 볼게요."

해명을 위해 봄이가 입을 연 찰나, PD가 뒤에서 대본 종이를 둘둘 말아 높이 들고 소리쳤다.

"자자, 얼른 촬영하고 올라가자고!"

여자 스태프가 다가와 한결이를 데리고 세팅된 테이블로 떠났다. 봄이는 카메라 옆에 섰다.

"선한결 학생, 카메라 앞이 처음이라 떨리죠?"

"음, 조금요."

PD는 재빨리 작가에게 손짓하며 신호를 보냈다. 작가가 한결이 앞으로 다가갔다.

"그럴 거 같아서 우리가 대본 미리 써 뒀으니까 이거 보고 하는 게 좋을 거예요. 너무 떨면 말이 매끄럽게 안 나오니까."

작가가 내민 대본을 받지도 않은 한결이는 PD를 보며 침착하게 말했다.

"엄마한테 쓰는 영상 편지는 그냥 전부 제가 하고 싶은 이야기만 담고 싶은데요. 괜찮죠?"

"그럼……. 뭐, 말 잘하네. 걱정 안 해도 되겠다."

말은 그렇게 하지만 PD는 심기가 상한 것으로 보였다. 곧바로 큐 사인이 떨어졌다.

봄이는 휴대폰을 확인했다. 왜 아직 연락이 없을까. 세진이에게 부탁을 해 놓고 왔는데 아무 소식이 없는 걸로 보아 일이 잘 풀리지 않았을지도.

걱정 가득한 한숨을 삼키고 한결이를 향해 힘내라는 의미로 주먹을 쥐어 흔들어 보였다. 한결이는 천천히 입을 열었다.

78

"엄마."

촬영장은 쥐 죽은 듯 조용해졌다.

"나한테 보낸 편지 잘 봤어. 늘 궁금했거든. 우리 엄마는 어떻게 생겼을까. 나랑 닮았을까?"

시작부터 눈물이 찔끔 흘렀다.

"내 눈매가 엄마랑 똑같더라고. 신기하게."

이목구비의 균형은 재규와 닮았지만 눈매와 피부색은 엄마 쪽 피를 물려받았다.

"난 노래 되게 못 부르는데, 엄마는 잘 부르더라. 이건 하나도 안 닮았네."

한결이는 픽 바람 빠지는 소리로 웃고는 입꼬리를 천천히 들어 올렸다. 특유의 미소가 더해진 한결이의 모습에 구경하던 스태프들이 호들갑을 떨기 시작했다. 작가는 옆에서 "울어야지, 웃으면 어떡해"라며 미간에 주름을 잡고 있었다.
"자라면서 엄마가 너무 보고 싶었고, 그러면서도 원망도 많이 했어. 그런데 이젠 원망 안 하려고."
의젓했다. 그런 아이에게 진실을 말해 주는 것은 너무 잔인한 짓이 아닐까? 재규 말대로 입을 다무는 게 정답인지도 모른다.
"엄마, 끝까지 경연 잘 마치고 좋은 결과 가져가길 바랄게. 난 그거면 충분한 거 같아."
조마조마하게 지켜보던 봄이의 눈이 커졌다.
"나 대신 선택한 길이잖아. 꼭 성공했으면 좋겠어. 만나진 않을 거지만 멀리서 진심으로 응원할게. 행복해, 엄마."
"컷! 아이씨!"
감독의 목소리가 거칠어졌다. 작가도 덩달아 한결이 앞으로 튀어나갔다. 한결이는 단정히 맸던 교복 타이를 내리며 의자에서 일어섰다.
"끝났는데요."
"아, 학생! 잠깐만. 이러면 안 되지."
"진짜로 하고 싶은 말 다 했어요. 진심이고요."
두 사람은 흥분해서 고함을 쳤다가 이내 전략을 바꿔 달래기 시작했다.
"만나지 않겠다니 그게 무슨 소리야. 어제 엄마 영상 편지 보고도 어쩜 그래. 엄마 보고 싶다며."
"그거 본 것으로 충분해요, 저는."
자리를 떠나려는 한결이의 앞을 둘이 막아섰다.
"그럼! 그럼 다음 주에 엄마 무대라도 보러 와. 그건 괜찮지?"
"생각 바뀌었어요. 안 갈래요."
"아……. 골치 아프네, 진짜. 10년 만에 아들을 찾은 엄마 심정이 어떻겠어?"

"글쎄요. 속으신 건지 알면서 그러는 건지 모르겠지만 우리 엄마 오래전부터 나 여기 있는 거 알고 있었거든요."

듣고 있던 봄이는 깜짝 놀랐다. 한결이가 알고 있었다고? 언제부터? 아니, 어떻게?

"그, 알고 있으면서도 차마 못 나타난 사정이 있을 수도 있는 법이야, 어른들은 그래. 응? 학생, 가족이 나타났는데 어떻게 그렇게 매정해. 하나뿐인 가족이 생겼는데."

작가가 유독 강조하는 '가족'이라는 말에 한결이는 미간을 찌푸리며 웃었다.

"저한테 가족은 우리 삼촌밖에 없어요."

PD와 작가의 얼굴엔 짜증이 가득했다. 한결이는 그들을 똑바로 바라보며 말했다.

"비키세요, 갈 테니까."

"학생, 지금 우리 갖고 논 거야? 진짜 씨, 짜증 나게. 이 손해 다 어떡할 건데?"

PD가 다시 고함을 치며 욕설을 내뱉었다. 봄이는 재빨리 달려가서 한결이의 앞에 섰다.

"한결이는 엄마한테 하고 싶은 말을 한 것뿐인데 무슨 잘못이 있어요? 위협 그만하고 물러나세요."

"제삼자는 좀 빠져! 어제부터 거슬리게. 애새끼나 선생이나 하는 짓이 똑같아서는."

"지금 뭐라고 했어요? 한결아, 먼저 차에 가 있어. 선생님이 남아서 이 사람들이랑 얘기할게."

"선생은 빠지라고, 좀!"

PD가 성질을 이기지 못하고 손을 치켜든 그때였다. 요란한 소리를 내며 가게 문이 벌컥 열렸다.

"……"

잠시 카페 안은 적막에 휩싸였다. 역광을 받아 실루엣만 보이는 남자가 천천히 가게 안으로 들어왔다. 모두가 멍하니 그를 바라보고 있었다.

'재규 씨?'

"어이, 수고들 하십니다."

등장부터 기에 눌린 사람들은 입을 열지 못했다. 갑자기 난입한 근육질의 거구는 누가 봐도 범상치 않았다. 흥분해서 오르락내리락 하는 가슴 근육이 가장 눈에 띄었다.

재규는 사냥감을 노리는 육식 동물처럼 카페 내부를 살피는 데 집중하고 있었다.

"여 제일 높은 사람은 누굽니까. 책임자요. 내 얘기 쫌 하고 싶은데."

"안녕하세요. 제가 PD입니다. 삼촌분이 어떻게 여기까지……"

몇 미터나 떨어진 채로 PD가 어색하게 웃으며 인사를 건넸다. 재규는 단박에 성큼성큼 걸어 그 사이를 좁혔다.

"오면 안 됩니까."

"아니, 뭐 삼촌이 오는 경우는 잘……"

"저 학생 삼촌이자 아빱니다, 내가."

한결이는 다문 입술을 움찔거렸다. 방금 재규 입에서 나온 아빠라는 단어에서 형용할 수 없는 감정을 느꼈을지 모른다.

"밖에서 듣자 하니 우리 한결이랑 담임 선생님한테 못 할 소리를 찌그려 대는 거 같았는데 내 잘못 들은 거겠죠. 잘못 들은 게 아니면 내 오늘 몸 한번 쓸라고. 맞습니까."

"그건……."

상체를 살짝 수그린 재규는 고개를 꺾어 웅얼대며 해명 중인 PD를 내려다보고선 목소리를 착 깔았다.

"맞냐고."

"저기, 보호자님. 오해가 있으신 모양인데, 저는 단지 학생 엄마에게 보내는 영상 편지를 진실성 있게 전해 주고자……."

"진실이라 했습니까, 짐."

진실……. 낮게 중얼거리던 재규가 손가락을 따악 튕겼다.

"그럼 내도 한결이 옆에 붙어서 같이 찍으면 좋겠는데요. 진실성 있게 영상 편지를 보내자는 거잖아. 괜찮죠."

잠시 하얗게 질렸던 PD는 무슨 마음을 고쳐먹었는지 곧 고개를 끄덕였다.

"안 그래도 실은 아까 컷을 다시 찍고 싶어서 학생을 설득 중이었는데, 차라리 잘됐네요. 옆에서 학생이 엄마한테 메시지 잘 전달할 수 있게 힘 좀 써 주세요. 저기 앉으시면 됩니다."

PD는 스태프에게 "빨리 세팅 안 하고 뭐 해?" 하고 소리치며 재규를 한결이 쪽에 보냈다.

"봄, 내 늦었죠……."

봄이는 남들에게 보이지 않게 재규의 손을 뒤로 끌어다가 슬그머니 쥐었다. 따끈하고 거친 손을 매만지며 봄이가 속삭였다.

"할 말 다 해 버려요. 후련하게."

세팅은 금방 끝났고, PD는 작가와 무슨 말을 나누면서 하하 소리를 내 웃었다. 봄이는 카메라를 잡은 승원의 옆에 가서 섰다. 화면을 주시하던 봄이는 둘의 분위기가 심상치 않음을 발견했다. 한결이와 으르렁거리며 대화 중인 재규는 답답한지 가슴을 주먹으로 쾅쾅 쳐

댔다. 혼자 화를 내며 얼굴이 붉으락푸르락하는 재규를 보며 한결이 역시 미간을 좁히고 맞받아치고 있었다.

언성이 높아지려 할 때 마침 큐 사인이 떨어졌다.

"희연아. 이놈이 이래 멋지게 컸다. 보이나?"

카페 의자가 작은지 몸을 뒤척이던 재규가 상반신을 테이블 앞으로 바짝 들이대며 인상을 팍 썼다.

"보이는 거 맞나?"

눈을 껌벅거리며 카메라를 노려보던 재규는 다시 허리를 등받이에 기댔다.

"보이면 어디 대답해 바라. 누가 이래 훌륭하게 키워 놨는지."

"아이, 씨" 하는 감독의 욕설이 작게 들렸지만 카메라는 계속 돌아갔다.

"바로 내다. 내가 한결이 애지중지 내 새끼로 키웠다. 그러니까…… 그러니까 내가 한결이 엄마 할란다. 엄마도 하고, 아빠도 하고. 내가 한결이 부모다."

재규는 실실 웃다가 얼굴을 딱딱하게 굳혔다.

"한결이도 다 알았으니 내 이제 거리낄 거 아무것도 없다. 그러니까 이제 우리 애한테 이런 식으로 찾아오면 봐주는 거 없이 다 뒤집어 버린다."

경고한 재규는 자리에서 벌떡 일어섰다. 짜증 가득한 한숨을 내쉬고 있던 PD와 작가가 재규의 돌발 행동에 멍한 표정을 지었다.

"씨, 당신들도 내 말 알아먹었습니까!"

"넷, 네에……."

찬물을 뿌린 듯 카페 안은 얼어붙었다. 어느새 PD 앞에 선 재규는 눈썹을 구기며 다짐을 받았다.

"영상 편지는 희연이 꼭 전해 주십셔. 알았습니까."

"……그럼요."

"꼭요. 확인합니다."

재차 당부한 재규는 스태프는 죄가 없다며 딸기스무디를 사람 수대로 주문했다. 그러고는 카페 주인장을 불러 음료값까지 넉넉히 선불로 지급해 뒀다.

"갈까요, 봄. 나가자, 한결아."

79

"에헤이, 하지 말라니간."

재규는 집게다리를 벌려 보려 하는 봄이를 보고 혀를 찼다.

"손 다친다고."

냉큼 봄이의 손에서 집게다리를 뺏어간 재규는 자기 앞에 둔 둥근 접시에 내려놓고 몸통 살을 발라내던 일을 계속했다.

'이런 곳에 오려던 게 아니었는데.'

자신 있게 점심을 사겠다고 말한 봄이는 차분하고 깔끔한 식당에서 분위기를 잡아 보려 했다. 이를테면 참치집 같은. 그러나 날것의 해산물 쪽이 좋겠다는 봄이의 말을 멋대로 해석한 재규가 오렌지색 아울렛 근처에 큰 게장 집이 생겼다며 이곳으로 차를 몰았다. 한결이가 기겁하며 뜯어말렸지만 이미 차는 외곽으로 빠진 상태였다.

그렇게 도착한 세 사람은 3층의 한적한 테이블을 안내받아 창가의 햇빛을 받으며 간장게장 특대 사이즈를 시켰다. 재규는 게장이 나오자마자 위생 장갑을 끼고 열심히 발골 작업 중이었다.

'살만 쏙쏙 잘 발라내네.'

그런 모습을 물끄러미 구경하던 봄이는 미용실에서 읽었던 한 여성 잡지의 칼럼 하나를 떠올렸다.

[남자 친구와 절대 먹으면 안 되는 음식 20가지]

그중에 1위가 간장게장이었다. 발라 먹기 어려운 건 둘째 치고, 그 모습이 썩 아름답지 않다는 게 이유였다. 게다가 게 비린내는 덤이라나. 하지만 지금은 데이트를 나온 게 아니므로 봄이는 신경 쓰지 않기로 했다. 오늘의 주인공은 한결이니까.

"삼촌, 간장게장 집에 선생님을 모시고 오면 어떡해."

한결이는 가게 벽면의 촌스러운 꽃게 장식을 보며 혀를 찼다.

"와, 와 그러는데. 문제 있나."

그 뜻을 이해하지 못하고 계속 되묻던 재규가 한참 후에나 말뜻을 알아채곤 피식 코웃음을 쳤다.

"하루 이틀 연애할 사이도 아닌데 우째 백날 천날 스테이크만 썰라고? 이쁜 거, 멋진 거만 보여 주는 게 중한 게 아니다."

"그래?"

부지런히 게장을 발라내며 재규가 자신만의 연애론을 펼쳤다. 늘 두 발 세 발 앞서가는 재규는 오늘도 먼 미래까지 그렸다.

"나중에 늙고 몸 아프고 할 때 당당하게 내한테 이거저거 부려 먹고, 어? 또, 못 볼 꼴 다 보여도 창피스럽지 않을 정도로 맘 편하게 해 주는 게 남자가 할 일이지. 알겠나."

"삼촌이 그렇게 말하니까 맞는 말 같다."

"먹는 것도 마찬가지로 멋지게 먹을 수 있는 것만 고르지 말고…… 이런 것도, 으악!"

한결이에게 일장 연설을 하며 집게다리를 분리하려고 힘을 주던 재규가 게 다리에 손을 찔려 신음했다.

"내 죽는다……."

"……."

못 살아. 얼른 냅킨을 뽑은 봄이는 재규의 위생 장갑을 벗기고 손가락에 구멍은 나지 않았는지부터 확인했다.

"꿰매야 합니까."

오랜 뱃일로 굳은살이 가득한 손가락에는 움푹 찔린 자국만 남아 있었다. 입술 끝이 올라간 채로 입으로만 "아야야"거리는 걸로 보아 지금 재규는 장난치는 중이었다.

"응급 상황 맞죠, 봄. 호 불어 주면 나을 거 같기도……."

"멀쩡해요. 게 그만 손질하고 밥부터 먹어요."

"쓰읍, 걸렸네……. 껍데기가 이래 짱짱한 거 보니 게 싱싱함이 끝장난다. 봄봄, 숟가락에 밥 떠 보세요."

재규가 이 고생을 해서 발라낸 간장게장 살은 한 무더기나 되다. 뜨끈한 쌀밥을 한 숟가락 푹 떠 놓자, 재규가 게장 살을 얹고 구운 김을 붙여 음미하며 먹어보라 했다.

"음, 어! 맛있어!"

"그죠. 한결아, 니는 어떠냐."

"와, 맛있어. 삼촌."

음식점 골목이 아닌 곳에 홀로 뚝 떨어져 있기도 하고 새로 오픈한 곳이라 해서 큰 기대가 없었는데 의외의 맛집 발견이었다. 한결이도 이런 곳은 어떻게 찾았냐며 놀라워했다. 밖에서 게딱지에 내장을 긁어모아 밥을 먹은 것은 처음이라 조금 어색했지만, 재규 말대로 평생 예쁘게 먹는 것만 보여줄 순 없으니까.

'잠깐, 평생?'

재규한테 옮았는지 자신도 까마득한 나중을 생각하고 있었다. 속으로 놀란 봄이는 위생 장갑을 벗고 벌컥벌컥 찬물을 마셨다.

한참 후, 세 사람은 배를 두드리며 식당을 나왔다. 재규는 공깃밥을 다섯 그릇이나 먹었고, 한결이는 세 그릇을 비웠다. 봄이 역시 처음으로 두 그릇을 해치웠다. 밥도둑이 이렇게 무서운 줄은 몰랐다.

"여기 한 바퀴 돌면서 배 좀 꺼뜨릴까요."

"좋아요."

뒤편에 나무가 우거진 산책로가 있어 세 사람은 걷기 시작했다. 재규와 한결이 사이에 봄이가 샌드위치처럼 꼈다. 두 남자는 봄이의 속도에 맞춰 천천히 걸었다. 나뭇잎의 색이 조금씩 변해 가는 걸 보니 곧 단풍철이었다.

"요새 날씨가 너무 좋아요. 곧 쌀쌀해지겠어요."

"추워지기 전에 가을 산 함 놀러 갑시다."

언제 시간이 이렇게 지난 걸까. 일이 잘 풀리지 않으면 서울로 돌아가게 될지도 모르는데……. 봄이는 빠르게 지나가는 순간들이 아쉽게만 느껴졌다.

그래도 다행히 오늘, 그간 마음을 무겁게 만든 원인 중 하나인 이희연의 일이 해결되었다. 방송국이 끼어 일이 괜히 커지는 게 아닌가 걱정했지만, 결과적으로 보니 오히려 잘된 일이었다. 그런데 한결이가 엄마에 대한 걸 알고 있으면서도 재규에게 내색하지 않았던 이유는 뭘까.

"선한결이. 언제부터 알았나."

팔을 위로 쭉 뻗어 먼저 단풍이 든 나뭇잎을 떼어 내며 재규가 툭 던지듯 물었다. 재규도 같은 생각 중이었구나. 봄이는 한결이를 올려다봤다. 아까는 그렇게 싸우더니 지금은 두 사람 모두 표정이 편안했다.

"얼마 안 됐어. 세진이가 읍내에서 삼촌이 다른 여자랑 있다고 하대?"

그 다른 여자가 이희연이겠지. 읍내가 좁아서 그런 루트로 이야기가 들어갔구나. 봄이는 고개를 끄덕였다.

"삼촌 바람피우는 거 아니냐며 세진이가 뒤를 밟았는데 그때 얼핏 들었나 봐. 아무튼 그거 듣고 나도 삼촌 방 좀 뒤졌어. 미안."

"방? 내 방에 머 있다고."

"엄마한테 이거저거 양도해 주고 이체도 많이 했던데."

그렇게 돈 문제로는 연락을 꾸준히 해 놓곤 아들 얼굴 한 번 구경하러 오지 않았다. 그러다가 방송국을 끌어들여 엉뚱한 영상 편지를 보내오니 한결이도 앞뒤 정황을 눈치챌 수밖에 없었을 거다. 재규는 끙 하면서 목덜미를 벅벅 긁었다.

"왜 그랬어, 삼촌?"

천천히 걷던 한결이가 발을 우뚝 멈췄다. 덩달아 봄이도 걸음을 멈췄는데, 재규는 혼자서 계속 걸었다.

"……."

그렇게 앞서서 걷던 재규는 슬쩍 고개를 돌려 뒤를 봤다가 아무도 뒤따라오지 않고 자신을 빤히 보고 있다는 걸 깨닫곤 터덜터덜 유턴해서 돌아왔다.

"그……."

입술을 질끈 깨물며 미적미적 대답을 미루자, 한결이의 목소리가 높아졌다.

"삼촌, 바보야?"

"……."

"여태 고생해 가면서 나 키운 걸로 모자라서 그 사람한테 이리저리 끌려다녔잖아. 그 많은 돈을 퍼주기나 하고. 다 나 때문에."

"……고생은 무슨."

"삼촌이 나 어떻게 키웠는지 내가 다 아는데, 돈만 뜯어 가고 자기 자식 버린 그 사람한테 갈 거라고 생각했어?"

고개를 떨군 재규를 보며 봄이는 솟아나는 눈물을 겨우 참았다. 한결이도 말하다가 감정이 격해졌는지 눈가가 빨개져 있었다. 봄이는 가운데로 가서 두 사람의 손을 맞잡게 한 뒤에 자신은 한발 물러섰다. 거칠거칠한 재규의 손을 잡은 한결이는 삼촌을 부둥켜안았다.

"삼촌이 내 가족이야."

"……맞다, 내가 니 부모고 형제다."

애정이 담뿍 담긴 말에 한결이가 소리를 내서 울기 시작했다. 우는 한결이를 다독이며 재규가 봄이를 손짓으로 불렀다.

가까이 온 봄이의 손을 가져가서 꼭 쥔 채로 재규가 입 모양으로 말했다.

'고맙습니다.'

***

"에이, 씻팔. 이래서 지방 촬영은 안 돼."

스태프들이 철수 준비를 하는 동안 PD는 내내 큰 소리로 성질을 내고 있었다.

'아까는 앞에서 찍소리도 못한 주제에 우리한테 지랄이야. 하여간.'

승원은 혀를 차며 카메라를 정리했다.

그러기에 무리수도 적당히 두었어야지, 참가자와 모종의 거래를 한 것부터가 문제의 시작이 아닌가? 요새 이런 구닥다리 신파가 먹히기나 하냐는 말이다. 자신 역시 자극적인 걸 좋아하긴 하지만 최소한의 선은 지키고 있었다. 자기가 봤을 때도 이건 아니지, 암.

"빨리빨리들 안 치워? 이래서 언제 서울에 가려고들 그래? 내가 방송국을 괜히 옮겨 가지고 이런 개고생이지. 시발."

대강의 정리를 마친 승원은 카페에 딸린 주방 쪽을 기웃거렸다. 얼음물 좀 먹고 저 소음에서 벗어나서 잠깐 쉴 요량이었다. 역시 주방은 텅 비어 있었고, 업소용 냉동고엔 얼음이 가득했다. 집게가 없는데 괜찮겠지. 손으로 각얼음을 하나 꺼내 입에 넣으니 겨우 온몸이 시원해졌다.

"하……. 이제 좀 살겠다."

구석에 비치된 간이 의자를 끌어와 앉은 승원은 습관처럼 휴대폰을 꺼냈다. 아까 윤봄을 봤으니까 윤청에게 연락을 해 보는 게 당연한 순서였다. 아주 발작을 하겠지. 친여동생을 그렇게 미워하는 놈은 세상에 윤청밖에 없을 거다. 이해는 안 가지만 나도 떳떳하진 않으니…….

승원은 연락처 목록에서 윤청을 찾아 눌렀다. 신호음이 이어지는 동안 승원은 자조적으로 웃었다. 윤청의 더러운 비밀 한 자락을 숨겨 주는 스스로가 우스워서다. 통화가 연결되고 윤청의 목소리가 들렸다.

─어, 나 지금 바쁜데. 왜?

"야, 청아. 나 지금 촬영 때문에 부산 내려왔다가 그 옆 동네 잠깐 왔거든?"

아, 그래서 어쩌라고. 이렇게 신경질을 내며 윤청은 전화를 끊으려

했다. 승원은 재빨리 말을 이었다.

"나 여기서 누구 봤게?"

—누군데 난리야. 어, 부산 옆이면 설마 윤봄?

"빙고. 진짜. 와, 어떻게 이런 데서 만나냐?"

언제, 어디서 만났냐고 캐물을 줄 알았는데 의외로 윤청은 어떠한 반응도 보이지 않았다.

"일 때문에 대화는 별로 못 했는데 진짜 존나 이쁘더라. 여전해, 아주."

—또 지랄 시작했네. 그럴 거면 네가 데리고 살던가.

"안 그래도 끝나면 연락 좀 해 볼까 했지. 그런데 걔 남자 있는 거 같던데?"

—뭐……? 김승원, 자세히 말해 봐.

이래야 윤청이지. 승원은 녹여서 먹고 있던 얼음을 와그작 깨트리며 느긋하게 말했다.

"혼자 애 키우는 남자랑 사이가 꽤 끈적해 보이더라고, 내 촉 알지? 하, 그 새끼는 무슨 덩치가 호랑이 같은 게 조폭 같더라. 백퍼야, 백퍼."

—조폭? 그럴 리가 있나. 검사나 그런 전문직 느낌이 아니라고?

"팔뚝에 이레즈미 문신이랑, 어휴. 장난 아니야. 조폭 확실해. 생김새 뻔지르르하고."

예상치 못한 소식에 윤청은 나름 충격을 받은 눈치였다. 자세히 썰을 풀어 보려던 승원의 귀에 "철수 시작"이라는 PD의 외침이 들렸다. 이제 나가 봐야 했다.

"야, 나 나가야 한다. 아무튼 너희 부모님께 이것도 알려 드려. 교수님도 교수님이시지만, 정난희 여사님 난리겠다. 이번에 차기작 들어

가신다며? 소문나면 구설에 오를라."

걱정하는 척 목소리를 꾸며 낸 승원은 재미있어하며 전화를 끊었다. 얘네 집구석은 아무튼 특이한 구석이 있어 구경하는 재미가 컸다.

"아우, 이제 가 볼까."

간이 의자에서 일어나 기지개를 한껏 켜는 순간 뒤에서 인기척이 느껴졌다. 놀란 승원은 재빨리 뒤를 돌았다. 언제부터 있었는지 작가가 입을 딱 벌리고 서 있었다.

"승원 씨, 아까 그 여선생이 탤런트 정난희 딸이라고? 진짜예요?"

80

"하, 씨. 저거 괜안네. 메모!"

평소 같으면 영화를 틀어 놓고 소파에 모로 누워 감말랭이만 집어 먹었지만, 오늘만큼은 아니었다. 각 잡힌 정자세로 소파 테이블 앞에 등허리를 세우고 앉은 재규는 부지런히 펜을 움직였다. TV 화면은 일시 정지해 놓은 채 노트에 방금 본 장면을 세세히 기록했다.

[빠리 에펠탑 앞에서 반짝반짝하게 전구 등 켜지는 타이밍에 맞춰 반지를……]

노트엔 며칠간의 연구 기록이 가득했다. 모두 영화, 드라마와 인터넷을 뒤져 가며 찾아 놓은 것이다. 가장 좋은 것을 하고 싶은데 그게 뭔지 모르는 게 문제다.

재규는 써 놓은 것들을 살펴보며 그 밑에 마음에 걸리는 사항을 적어 보기 시작했다.

[이벤트 전문 업체에 의뢰하기.]
└정성이 부족해 보일 수 있다.
[야경 명소 레스토랑에서 멋진 식사. 디저트에 반지 숨기기.]
└먹다가 봄봄이 반지를 삼키면?
[요트 타고 나가 경치 좋은 바다 위에서 노래 부르기.]
└요새 날씨 썰렁하니 감기 들라.
[호텔 객실 안에 촛불로 하트 만들기.]
└호텔 홀라당 훨훨 탈지도 모른다.

"……"

남들이 한다는 거 다 적어 놓은 건데 하나씩 다 마음에 걸렸다. 혼란스러워하다 급기야 두통을 얻었다.

"으윽, 지진 난다."

냉큼 주방으로 달려가 시원한 물 한 잔을 떠서 오메가3 영양제와 비타민을 꺼내 한 알씩 먹었다. 이걸로 두통이 사라진 건 아니지만 삼키자마자 온몸에 활력이 도는 게 명약이었다. 그럼, 누가 준 건데. 영양제의 뚜껑을 닫으며 재규의 가슴이 넓게 펴졌다.

이 영양제들로 말할 것 같으면, 봄이가 선물해 준 귀한 영양제였다. 몸에 좋다는 담금주는 여러 번 받아봤지만, 영양제를 선물 받은 건 처음이었다.

〈아까우니까 진열해 둘랍니다. 보물 3호.〉

〈이상한 소리 하지 말고 꼭 먹어요. 한 달 뒤에 다 먹었는지 확인할 거예요.〉

어느새 건강까지 챙겨 주는 사이가 되었다는 사실이 새삼스럽게 와닿자 괜히 목덜미가 후끈했다.

"이 정도면…… 부부지. 확실하다. 구십구 퍼센트."

"누가 부부야?"

"크하악!"

식도를 타고 내려가던 알약이 목에 탁 걸렸다. 재규는 켁켁거리며 물을 벌컥벌컥 마셨다.

"선한결이, 니 집에 있었나. 기절할 뻔했네."

"아까부터 있었지. 위에 세진이도 있어. 내가 보낸 메시지 못 봤어?"

집중하느라 휴대폰을 살피지 못한 탓이었다. 재규가 눈을 굴리는 사이, 한결이는 김치냉장고를 열어 위아래 칸을 살피고는 인상을 찌푸렸다.

"삼촌, 여기 있던 애플망고가 어디 갔을까. 내가 이틀 전에 사 온 거."

"……그기, 그러니까."

냉장고 문이 탁 닫혔다. 한결이는 팔짱을 낀 채 비스듬히 서서 눈을 가늘게 뜨고 재규에게 무언으로 해명을 요구했다.

"……."

얼마 전엔 삼촌밖에 없다더니, 애플망고 때문에 이렇게 도끼눈을 뜨는 불효자가 또 있을까. 배신감이 몰려들었다.

"그거, 저희 담임 쌤 드렸죠? 어제 등나무 밑에서 과일 도시락 드시던데요."

세진이 어느새 계단을 내려와 주방으로 들어섰다.

"삼진이 왔나."

"안녕하세요. 한결아, 나 시원하게 마실 거나 주라."

"알았어, 토마토 갈아 줄까?"
"어엉."

한결은 식탁 의자를 빼 세진이를 앉히고, 큼직한 토마토 세 알과 얼음통을 챙겨 믹서기 앞으로 향했다. 컵 세 개도 미리 꺼내 두었다. 재규는 뒤에서 그 모습을 조금 구경하다가, 식탁 의자를 드르륵 빼 세진이의 대각선에 앉았다.

"선생님 안 남기고 싹싹 다 드시더냐, 싸랑의 과일 도시락."
"그건 못 봤고요, 뚜껑 열면서 사진 백 장쯤 찍으시는 건 봤어요."

그랬단 말이지. 웬만해선 사진 따위 찍지 않는 봄이가 그 도시락을 그렇게나 찍었다니. 재규는 뿌듯한 낯으로 실실 웃었다.

그때, 믹서기 소음이 멎었다. 한결이는 얼음과 함께 곱게 간 토마토를 기다란 유리잔에 나눠 담아 가지고 왔다. 세 사람은 둘러앉아 토마토 주스를 마셨다. 꿀을 탔는지 끝에 맴도는 달콤함이 일품이다. 재규는 감탄을 아끼지 않았다.

"얼음 열 개에 토마토 한 알, 꿀은 반의반 스푼. 딱 한 컵 분량이야."

봄이한테 해줘야지. 서울 갈 날이 얼마 안 남았으니 매일매일 뭘 해줘도 자꾸만 부족한 기분이다. 주말부부의 숙명이겠지. 한숨 대신 토마토 주스를 삼키며 재규가 아이들에게 질문했다.

"삼진이는 서울에 있는 대학 백 프로 갈 테고, 한결이는 어떻나, 요새."

"글쎄, 하고는 있어."

"수도권만 돼도 둘이 가까워서 괜찮타."

내내 꼴찌만 하던 놈이 갑자기 저렇게 공부를 하는 게 신기하기도 하고 기특했다. 담임 선생님 덕이 클 거고, 짝도 잘 만났다.

"한결이 원래 잘했어요. 아저씨, 사실 있잖아요, 얘가—"

"하지 마, 세진아."

내내 웃고 있던 한결이가 미간을 찌푸렸다. 하지만 세진이는 이를 무시하고 말을 이었다.

"일부러 안 풀었대요. OMR 카드 일렬로 찍어서 꼴찌 한 거고. 모르셨죠? 그냥 실력대로 풀었으면 중상위권 정도는 됐겠던데."

의아함을 담은 재규의 시선이 한결이에게 꽂혔다.

생각해 보니 한결이는 초등학교 땐 반에서 1등도 했다. 처음 성적통지표라는 걸 들고 왔을 때 너무 놀라고 대견해서 목마도 태워 줬다. 하지만 중학생 때 사춘기를 심각하게 겪으며 성적이 곤두박질쳤다. 고등학교에 올라가서도 마찬가지였다.

사실 한결이 성적이 어떻든 개의치 않았다. 고등학교만 졸업하면 자기 회사에서 일 가르치면 되니까. 그리고 살아 보니 세상엔 할 수 있는 일이 너무나 많다. 그러니까 반드시 공부를 잘 하지 않아도 선택지는 많은 것이다.

81

서포트해 줄 수 있는 자산도 넉넉하니 성적이 낮아도 별 근심이 없었다. 하지만 일부러 성적을 낮게 받아 왔다는 것은 완전히 다른 문제였다. 재규의 얼굴이 딱딱하게 굳어졌다.
"이 다 무슨 소리냐, 한결이."
"……."
"반항이었냐. 해명해 바라."
입을 다문 채 곤란한 표정을 짓던 한결이, 길게 한숨을 뱉고는 빈 유리잔을 손가락으로 만지작거렸다.
"예전에 내가……."
"그래, 니가. 왜 그랬는데."
"삼촌이 쓴 일기를 봤어, 우연히."
"일기를 쓴 적이 없는데."
"삼촌도 보면 알 거야."

한결이가 주방을 나가 거실 장의 액자 하나를 들고 왔다. 재규가 매일 보는 액자였다. 중학교 입학식 날, 교복 입은 한결이 찍힌 사진.

"이건 왜…… 아!"

매일 보는 사진인데 왜 까맣게 잊고 있었을까. 한결이는 액자를 뒤집어 잠금쇠를 풀어 사진만 덜렁 떼어 냈다. 사진을 뒤집으니 거의 지워져 흐릿한 글이 보였다. 그걸 보니 바로 생각이 났다.

[우리 한결이가 오늘부로 중학생이 되었다. 교복이 무지하게 잘 어울린다. 한결이가 수석 입학이라 학생 대표로 입학 선서도 했다. 이런 건 나를 안 닮아서 다행이다. 대학은 무조건 서울로 보낼 것이다. 큰물에서 배우고 오도록. 그럼 나는 또 혼자가 된다. 괜찮다. 괜찮을 거다. 아직 몇 년이나 남았다.]

가끔 좋아하는 사진 뒤에 글을 적곤 했다. 액자에 넣어 놨기에 한결이가 봤을 거란 생각은 꿈에도 못 했다.

"삼촌 옆에 있고 싶어서, 그땐 그랬어. 사실 공부해서 딱히 되고 싶은 것도 없어서."

"……내 탓이었네."

"근데 이제는 다르잖아. 삼촌 옆엔 선생님도 계시고, 나도 하고 싶은 게 생겼어. 내신은 틀렸지만 정시로 가면 돼. 그러니까 괜찮아, 삼촌."

재규는 말없이 사진 양 끝을 붙잡고 물끄러미 내려다보았다. 사진 속엔 어린 티가 줄줄 나는 한결이와 지금보다 날카로운 인상의 자신이 희미하게 웃음 짓고 있었다.

벌써 5년 전이라니, 믿을 수가 없다. 시간이라는 건 붙잡을 틈 없이 빠르게 흘러가는 것이다. 이렇게 아까운 게 시간이다. 당장 1, 2년

안에 사랑하는 사람들과 떨어져 지내야 한다고? 단 하루도 낭비하기 아깝다는 걸 새삼스레 깨달았다.

***

[영상통화가안터진다여기.]

자판 문제인지 띄어쓰기도 안 된 문자를 받은 봄이는 킥 웃으며 빠르게 손을 굴려 답장했다. 오늘 내내 기다렸던 재규의 문자였다.

[예상 시간보다 늦었네요?]

[뻐스사고터져서별건아니고강늦었다곧숙소도착입니다셀카한장부탁드려봅니다.]

셀카는 무슨. 봄이는 휴대폰을 들고 거울 앞으로 다가가 머리를 매만지고 한쪽으로 쏠린 티셔츠 목 부분을 똑바로 다듬었다.

찰칵. 셔터를 누름과 동시에 팝업으로 새 문자가 도착했다.

[길이구불구불해서멀미가심각했다.]

[봄이얼굴보면싹낫지ㅋ.]

재규는 지금 중국 출장을 떠난 상태다. JK파워에너지가 급성장한 배경엔 왕 사장이 이끄는 중국 업체와의 협력이 크게 작용했다. 그곳에 수출 물꼬를 튼 것이 급성장의 원동력이었다고.

〈꽌시가 쫌 있다, 그기 사장이랑 내랑.〉

중국과 거래할 땐 끈끈한 친분이 바탕이 되어야 유리하다는 말은 들어 알고 있었다. 하지만 재규가 어떻게 중국인 사장과 의형제를 맺게 되었을까?

이 궁금증에 대한 답을 최근에야 들었다. 불법 어선에 끌려가 고된 노동을 하던 시절, 야밤에 표류 중인 누군가를 발견하고 끝내 구해낸 일이 있었다. 그 사람이 바로 지금의 왕 사장이었다. 재규는 거의 목숨을 걸고 그를 안전한 해안까지 데려다줬다. 그 은혜를 잊지 못한 왕 사장이 이후 다양한 사업을 함께 하게 된 것이다.

끈끈한 연을 맺은 왕 사장은 다양한 사업을 하는데, 큰 공장 여러 개를 돌리다 보니 재규가 하는 태양광 등 재생 에너지에 관심을 보였다고 한다. 그때부터 조금씩 거래를 시작했다고 했다.

〈요번에 겁나 큰 사막 부지에 재생 에너지 필드를 세운다고 하대요.〉

중국 본토 업체의 제품이 압도적으로 저렴하기에 재규네 제품이 100% 납품되지는 않겠지만, 컨설팅이나 패널 재활용 등은 자신이 있다며 살펴보러 간 것이 사흘 전이었다. 흔쾌히 중국 출장을 보냈지만, 며칠을 못 만나니 눈앞에 그가 어른거렸다.

퇴근 후에 거의 매일 방문해 "봄봄이, 내 왔다! 배고프죠" 외치던 호쾌한 목소리가 환청처럼 들려오기도 했다.

"저기, 봄식아!"

봄이 혼자 나온 사진보다 더 잘 나올 거 같기도 하고, 재규도 더 좋아할 거 같아 봄식이를 불렀다. 타닥타닥 발톱 소리가 가까워졌다.

"이리 와 봐. 엄마랑 셀카 찍자."

이제 다 자란 봄식이는 품에 안기도 벅찰 만큼 컸다. 새하얗던 털은 연한 베이지색으로 변했고, 리트리버 쪽 유전자가 더 강한 듯 외형도 닮아갔다. 어쨌거나 성장기가 지났으니 여기서 더 크거나 모습이 변하지는 않는다고 들었다.

"자, 김치!"

봄이는 쭈그려 앉아 다리 사이에 봄식이를 끼고 손가락 하트를 만들어 셀카를 찍었다. 그리고는 재규에게 곧장 사진과 함께 문자를 보냈다.

[봄식이가 보고 싶대요.]

[(사진)]

[(사진)]

잠시 망설이다가, 조심스럽게 하나 더 보냈다.

[나도 보고 싶어요.]

오늘이 마지막 일정이라고 했다. 푹 쉬고 내일 저녁 비행기로 돌아오면 곧 재규를 볼 수 있었다. 그리움을 넘어 애틋하기까지 했다. 잠깐 떨어져 있는 것도 이렇게 애가 타는데 어쩌지?

붕붕. 답장이 없다, 했더니 전화가 왔다. 받고 보니 주변이 다소 소란했다.

"숙소 도착했어요?"

—집 뻐스 내렸습니다. 봄이 씨. 저기, 저…….

"왜요?"

평소답지 않게 재규는 말끝을 흐리고 뜸을 들였다. 왕 사장이 대절한 관광버스에서 내린 모양인데, 주변의 소음이 심했다.

"재규 씨?"

—……고싶!

"네?"

봄이는 휴대폰에 귀를 바싹 붙였다.

—……니다.

"네? 뭐라고요?"

—……다고요.

"저, 잘 안 들려요. 끊고 이따가 다시—"

—봄아! 내도 보고 싶어 죽겠다! 하루 종일 니 생각만 나고 너무너무 보고 싶다! 씨, 못 참겠다. 당장 날아갈랍니다!

재규가 고래고래 소리치자, 그의 주변에서 키득거리는 소리가 수화기 너머로 들렸다.

"대표님 사랑꾼!", "완전 싸나이다!" 하는 외침도 함께 들렸다. 직원들의 목소리가 분명했다. 그 자리에 있는 것도 아닌데 얼굴이 홧홧하게 타올랐다. 대체 뭐라고 답해야 할지 난감해하고 있을 때 수화기에서 "이번에도 못 들었나……" 하고 재규가 중얼거렸다. 미쳤어. 또 크게 외치기 전에, 봄이는 다급히 입을 열었다.

"들려요! 저기, 목소리 좀 낮춰요."

—사진 좀 더 주면 안 됩니까. 디게 좋다, 이 사진.

"들어가서 영상 통화해요, 객실엔 언제 들어가요?"

—짐 엘베요. 엇, 잠깐 끊어 봅시다. 잠시만. 다시 할게요.

갑자기 뚝 끊긴 전화는 몇 분 뒤에 바로 걸려 왔다. 이번엔 영상 통화였다. 화면 너머엔 호텔 객실에 막 들어선 재규가 보였다. 셔츠 소매를 걷어붙이고, 타이를 푸는 중이었다.

—후, 드디어 일정 다 끝났습니다. 인제 안 끊기고 잘 들리죠.

"응, 잘 들려요."

밝은 호텔 객실 안에 재규의 얼굴이 선명하게 보였다. 이렇게 보니까 새삼 그림 같다. 이목구비 어디 하나 빠지는 데 없이 시원시원한 얼굴이 보기 좋았다.

—보고 싶다매. 실컷 보십셔.

화면에 푹 빠진 봄이를 보고 날카로운 콧날 아래 모양이 잘 잡힌 입술이 곡선을 그렸다. 모양과 색이 예쁜 입술이다. 봄이는 화면 위에 손가락을 갖다 대고, 그 입술 위를 조심스레 눌렀다.

—하이고, 종일 싸돌아 당겨서 이 땀 좀 바라. 부지가 완전 오지라 원시인이 우가우가 하고 튀나올 정도대요. 봄이 보여 줄라고 사진도

겁나 찍어 왔습니다. 궁금하죠.

　셔츠를 벗으며 하나둘 오늘의 이야기를 꺼내는 재규의 목소리는 들떠 있었다. 왕 사장의 제안은 생각보다 더 스케일이 컸고, 재규는 그만큼 욕심도 커진 듯했다. 그가 한 회사를 이끄는 대표라는 사실을 실감 나게 했다.

　"돌아오면 더 자세히 얘기해 줘요. 제2공장 완공되는 시기랑 딱 맞아서 신기한데요? 느낌 좋다."

　―그죠. 내 행운 부적 보러 빨리 가야지. 하룻밤만 기다리라.

82

"내일 출근이라 수업 준비 좀 하고 일찍 자려고요. 재규 씨도 얼른 씻고 쉬어요."

―맞다, 내일 월요일이지. 와, 완전 깜빡했다. 봄, 얼굴 좀 가까이.

봄이는 얼굴을 휴대폰에 가까이 붙였다. 화면이 또다시 흔들리고 재규의 얼굴이 점점 커지더니 입술이 닿았다.

―보고 싶어 죽겠네. 그럼 끊습니다.

종료 버튼을 누르고 휴대폰을 내려놓은 봄이는 노트북을 켜 수업 준비를 시작했다. 얼추 마무리됐을 땐, 한 시간 정도가 지난 후였다.

"으아아……!"

기지개를 켠 봄이는 봄식이를 데리고 어스름해진 밖으로 나갔다.

옆집 순이 할머니네 황구에게 봄식이를 맡겨 둘이 실컷 놀게 한 뒤, 돌다리 앞 정자에 들렀다. 그곳엔 삼삼오오 모인 어르신들이 담소를 나누고 있었다. 그중 한 어르신이 뜻밖의 말을 했다.

"처녀네 주인집, 서울에 눌러살 생각인가 본데. 복덕방에 저 집 팔면 얼마 받을 수 있냐 물어봤다 카네."

"네? 그게 정말인가요?"

"벌써 팔렸다는 말도 있고. 암튼 곧 연락 갈 끼다."

봄이는 당혹스러웠다. 그런 일이 있었다니. 생각해 보니, 몇 달 동안 집이 비어 있는 게 이상하긴 했다. 월세가 아니라 1년 치를 한꺼번에 내는 연세였기에 따로 연락할 일은 없었는데…….

모든 게 조금씩 변해 가고 있었다. 심란한 마음을 안고 집에 돌아왔다. 봄이는 옥상 한구석에서 여전히 싱싱함을 자랑하는 돈나무 재규에게 물을 주고 생각난 김에 옥상 물청소도 했다.

"봄식이, 너!"

물만 보면 흥분하는 봄식이는 물 호스에 몸을 던져 털이 흥건하게 젖었다. 이왕 젖은 거 물을 뿌리고 놀다가 집 안으로 들어오니 하루가 거의 끝나 있었다.

집 안으로 돌아온 봄이는 봄식이를 씻긴 뒤 아까 꺼내 놓은 노트북 앞에 앉았다. 온도가 뚝 떨어진 요즘 날씨에 어울리는 따뜻한 생강차를 후후 불어 마시며 부지런히 마우스를 딸깍였다. 수업 준비는 아까 끝냈고, 지금은 다른 일이 있었다. 인터넷 창을 켜 길게 늘어진 즐겨찾기 속 어느 사이트에 접속했다.

'제발 나타나라.'

경상도에서 서울로 올라가고자 하는 윤리 교사 말이다. 봄이 자신과 반대인 경우로, 희망자가 나타난다면 맞교환이 가능했다. 그렇게 교환하여 경상도로의 전출이 확정되면 신수고에 그대로 배정될 확률이 높았다.

그래서 봄이는 미련을 버리지 못하고 매일 교사들의 타 시도 전출

커뮤니티에 접속해 자기가 원하는 사람이 있는지 알아보는 중이었다. 물론 재규에겐 따로 말하지 않았다. 괜히 기대하게 될까 봐, 그리고 잘되지 않았을 때 재규가 더 크게 실망하게 될까 봐.

〈아무래도 서울에 따라가야 할 거 같다. 내년부터 주말에만 만난다 생각하니 벌써 눈이 매콤하네.〉

〈양파 한 망을 다 썰면 어떡해요! 그만 썰고 이제 냄비에 넣어요.〉

집에서 카레를 한 날엔 양파를 썰다 눈시울을 붉혔는데, 이게 양파 때문인지 뭔지 알 수는 없지만 어쨌든 재규도 계속 신경 쓰는 모양이다. 다가올 헤어짐에 대해서.

"……없네."

다른 과목, 다른 지역은 서울로 전출을 희망하는 사람이 한 무더기로, 자유 게시판을 점령했다. 하지만 이 잡듯이 새 글을 뒤져 봐도 윤리 과목의 서울 전출 희망자는 없었다. 봄이와 맞교환을 해서 서울에 계신 선생님을 잠깐 떠올려 봤지만, 그분은 고향이 이곳이라 다시 내려올 확률이 백 퍼센트라고 들었다.

오늘도 허탕. 실망한 봄이의 눈그늘이 어둑해졌다. 잠이나 잘까 싶어 누웠지만 도통 잠이 오지 않았다. 결국 봄이는 거실로 다시 나와 소파에 무릎을 세우고 앉았다. 봄식이도 겅중 뛰어 옆에 앉아 엉덩이를 딱 붙였다.

'내일 일찍 일어나야 하는데…….'

가을을 맞은 교정은 단풍이 든 나무들 덕에 운치가 있었다. 그림보다 어여쁜 풍경을 그냥 보기에 아까워 반 아이들과 함께 점심시간에 단풍 사진을 찍기로 했다. 일찍 가서 방송실에서 카메라도 빌리고, 소품도 챙겨야지. 사진이 곧 추억이니까.

'TV 조금만 보다 자야겠다.'

봄식이 엉덩이에 깔린 리모컨을 끄집어내 TV를 켜고 채널을 돌렸다. 이리저리 채널을 돌리다 보니 QBS 채널의 〈나는 K-트로트가 수다〉가 나타났다.

―참가자 22인의 '날 뽑아주오' 합동 공연 잘 봤습니다. 모두 지난달 받은 개인 미션이 있었죠? 오늘, 그 무대가 시작됩니다.

화면에선 MC가 참가자들의 이번 미션을 발표하며 경연이 막 시작되고 있었다.

봄이는 불쾌한 낯으로 화면을 뚫어지게 응시했다. 서로가 가족이라고 부둥켜안고 눈시울을 붉히던 재규와 한결이가 생각나 더욱 기분이 언짢았다. 저놈의 방송이 뭐라고.

"망할 거야."

하지만 안타깝게도 이 프로그램은 자극적인 편집으로 매회 시청률을 갱신하고 있었다. 참가자들의 고정 팬층도 생기는 모양이었다. 첫 번째 참가자가 막 무대를 시작하고, 화면이 대기실을 비췄다.

―떨지 말고 잘해라! 니라면 해낼 수 있다!

대본 같은 응원 멘트를 날리며 양손을 꽉 껴 기도하는 자세를 한 여자의 얼굴이 익숙했다. 이희연이었다.

갑자기 속이 거북해진 봄이는 재빨리 채널을 돌려 버렸다.

괜히 봤다. 한결이가 태블릿으로 영상 편지를 볼 때 어깨너머로 힐긋 얼굴을 확인한 것과는 느낌이 또 달랐다. 커다란 화면에 선명히 보이는 여자는 한결이와 너무나 닮아 있었다.

벌 받을 거야. 방송이 얼마나 무서운데 겁도 없이 얕은수나 부리고. 엄마도 사생활 단속에 얼마나 신경을 썼는데……. 집 앞 슈퍼를 갈 때조차 편히 입은 적이 없는 엄마는, 비단 보이는 외형뿐 아니라 가십 하나 없이 깔끔한 사생활로 좋은 이미지를 남겨 왔다.

595

〈우희정 나락 간 거 너도 봤지? 걔 아빠가 목포 지역에서 딸 이름 팔고 돈 빌린 거 터져서 그렇게 됐잖아. 똑똑한 척은 혼자 다 하더니 멍청하기는.〉

헐뜯는 말이 싫어서 그땐 흘려들었는데 연예계 눈칫밥이 있는 엄마의 말이 이제는 조금 이해가 됐다.

다큐멘터리 채널에서 리모컨을 멈춘 봄이는 시선은 화면에 두고 이희연과 더불어 일을 친 PD와 작가를 떠올리며 이런저런 생각을 했다. 그날을 생각하니 다시금 두통이 밀려왔다. 이마에 팔을 얹고 눈을 감은 봄이는 어느샌가 자기도 모르게 잠이 들었다.

"몇 시야……."

깨어난 것은 새벽 다섯 시. 따끈한 품 안에 봄식이가 끼어 잠들어 있었다. 짙은 푸른빛의 거실을 껌벅껌벅 쳐다보며 아직 멍한 머리를 차츰 깨웠다.

다시 잘까. 고민하던 봄이는 조심스럽게 자리에서 일어났다. 옆이 허전해진 봄식이가 몸통을 움찔거렸지만 그것도 잠시, 다시 쌕쌕 숨소리를 내며 깊은 잠에 빠졌다.

이른 시간이지만 아침도 챙겨 먹을 수 있고 학교에 일찍 가 반 아이들과 찍기로 한 사진 준비도 미리 할 수가 있었다. 봄이는 프라이팬에 식빵을 굽고 우유를 데워 식탁에 내려놓았다.

"아, 내 휴대폰."

봄이는 소파에 둔 휴대폰을 가지고 와 식탁에 앉았다. 화면이 새카맣게 죽어 있는 것이 방전된 모양이었다. 자기 전까지는 분명 배터리에 여유가 있었는데 왜 꺼졌을까. 충전기에 연결해 놓고 전원을 켰다.

식빵에 살구잼을 조금 얹어 한입 베어 물며 휴대폰을 확인했다.

"이게 뭐야……?"

툭 하고 식빵이 떨어졌다.
수십 통의 메시지와 부재중 전화가 액정 위에 둥둥 떠 있었다.

83

"자, 자. 컷! 수고하셨습니다!"
 난희는 여전히 차가운 돌바닥에 무릎 꿇은 채 눈물을 뚝뚝 흘리고 있었다.
 "아이구, 배우님. 기대세요."
 손수건을 들고 대기하던 매니저가 바람같이 뛰어와 눈 주위를 쿡쿡 눌러 닦고는, 몸통을 수그려 어깨를 걸고 부축해 일어섰다.
 "괜찮으세요?"
 "어흐으, 흐으……. 괜찮아. 손수건 좀 줘 봐."
 손수건으로 남은 눈물을 차분히 닦아 낸 난희는 곧장 모니터 앞으로 가서 방금 촬영한 컷을 확인했다. 감독의 무표정한 얼굴에 긴장했지만, 장면을 보고 난 뒤엔 환하게 웃었다.
 "어머나, 나 이런 것도 잘하네."
 "어려운 씬이라 촬영 길어질 줄 알았는데 대단하십니다."

"그치? 나 캐스팅 잘했지, 배 감독?"

처음엔 하지 않으려 했던 작품이었다. 차기작은 〈그 겨울의 작전〉과 같이 고상한 역할을 맡길 바랐다. 남편 윤정기는 그거조차 고깝게 생각했기 때문이었다. 하지만 복귀 후 연기의 맛을 깨달은 난희는 욕심이 났다. 조금 더 작품성이 있고, 감정 연기를 펼칠 수 있는 역할을 맡고 싶었다. 지금 맡은 드라마 〈순종〉의 구 씨네 엄마 역할이 딱 그랬다.

찢어지게 어려운 형편에 말이 어눌한 홀어머니 역할은 난희의 첫 도전이었다. 남편에겐 말하지도 않았다. 당장 때려치우라고 윽박지를 게 뻔하니까. 자기가 뭘 안다고 반대하고 자시고 하느냔 말이다. 연기 경력이 끊긴 것도 따지고 보면 남편 탓이니 원망스러운 마음만 남았다. 앞으론 저 인간이 반대하든 뭘 하든 마음대로 할 작정이다.

복귀한 이후로, 답답하던 가슴이 뻥 뚫렸고 자존감도 되찾았다. 백발노인이 되어도 연기는 멈추지 말아야지.

"커피차 왔습니다! 다들 오세요!"

스태프 사이로 활기가 퍼졌다. 촬영장 입구 쪽에 커다란 커피차가 도착해 있었다.

"배우님, 뜨거운 라테로 가져다드릴까요? 아니면 직접 가 보시겠어요? 디저트도 있어요."

갈아 치운 매니저는 일도 잘하면서 살가웠다. 취향도 잘 맞추는 게 무척이나 마음에 들었다. 새 매니저를 소개해 준 사람은 봄이의 남자 친구 선재규였다.

"디저트도 있어? 그럼 가서 봐야지."

새하얀 커피 트럭 앞에서 스태프와 배우들이 음료와 간식을 받아 가고 있었다. 그들이 난희에게 꾸벅 인사를 했다.

"잘 먹겠습니다!"

"와, 부러워요. 배우님."

뭐가? 고개를 갸웃하던 난희는 커피차 현수막을 보고선 눈을 크게 떴다.

[♡정난희 배우님과 드라마 <순종> 팀을 격하게 응원합니다♡ -배우 정난희 서포터즈 보냄]

"최 매니저, 이거 뭐야? 난 이거 시킨 적이 없는데?"

그간 다른 배우가 팬이나 지인 배우들에게 받은 커피차만 구경했지, 자기 이름으로 온 것은 처음이었다. 적잖이 당황한 난희에게 매니저가 다가와 속삭였다.

"그분이 보내셨어요. 선재규 대표님."

난희의 얼굴에 화색이 돌았다. 어쩐지, 처음 봤을 때부터 마음에 든다 했는데 아주 이쁜 짓만 골라서 하네? 아무리 주변을 둘러봐도 그만큼 빼어나고 살가운 청년은 없다. 눈을 씻고 봐도 말이다.

밤 촬영에 졸린 눈을 비벼 가며 꾸벅꾸벅 졸던 사람들은 커피차의 등장에 환호했다.

"많이들 먹어요."

난희는 어깨에 힘을 주고 스태프들의 인사를 받아 가며 자신도 뜨거운 라테와 컵 과일 하나를 받아 챙겼다.

"어디 보자, 우리 규 서방한테 잘 받았다고 연락해 볼까?"

연락처 버튼을 누르기도 전에 메신저 보이스톡 화면이 떴다. 어머, 딱 통했잖아. 이거 봐, 우리 예비 사위.

"여보세요? 아유, 잘 받았어!"

이제는 말도 놓고 호칭도 바꿨다. 연락하다 보니 어렵게 대할 스타

일도 아니고, 솔직한 말로 청이보다 편해서 아무 말이나 편히 할 수가 있었다.

―어, 그거 도착했습니까. 저 혼자 한 거는 아니고 아시죠, 봄이 씨의 센스가 하드 캐리 한 거.

"해 준 것도 없는데 미안해 죽겠어, 중간에 규 서방 있어서 다행이지."

―근데요, 어머니. 짐 상의할 일이 있습니다. 통화 좀 길어지는데 받을 수 있습니까.

재규의 목소리가 한 톤 낮아졌다. 단순한 안부는 아닌 듯했다. 난희는 매니저에게 눈짓해 스태프들에게 인사를 대신 전하게 하고 조용히 차 안으로 올라탔다.

"무슨 일인데 그래, 목소리 그렇게 까니까 겁나네."

―촬영해서 못 보신 거 같은데 짐 메시지로 링크 몇 개 보냅니다. 이거 얼른 확인해 보세요.

뭔데 그래? 난희는 불안한 마음으로 메시지를 확인했다. 주르륵 전달된 링크를 하나씩 여는 난희의 표정은 점차 일그러졌다.

봄이가 또…….

이게 남편 귀에 들어가는 것은 시간문제. 이번엔 잠깐 시골로 내려가는 걸로 끝나지 않을 게 분명했다.

―보셨습니까, 어머님. 요거 이번엔 봄이 씨 꼭 도와주셔야 합니다. 내랑 2인 1조 하입시다. 하실 수 있죠. 아니, 하셔야 합니다?

이걸 어떻게 해야 하나, 난희는 쉽게 입을 열지 못했다. 이런 대형 사고는 이전과는 비교도 되지 않을 큰 건이기 때문이었다.

84

 건물 뒤편에 주차를 마친 봄이는 핸들에 얼굴을 묻었다. 이미 눈물로 얼룩진 얼굴이 다시 젖어 들기 시작했다. 휴대폰을 꺼내 액정을 켜려다 그만두고 손이 아릴 정도로 꾹 쥐었다. 이른 아침 확인한 휴대폰 속 끔찍한 이야기들을 떠올릴수록 숨을 쉬는 것조차 힘이 들었다.
 '어디서부터 잘못된 거야?'
 어젯밤 보다가 채널을 돌린 그 프로그램이 이번 사건의 시작인 건 분명했다. 아침에 급히 방송사 홈페이지에서 '다시 보기' 서비스를 클릭해 희연이 나오는 부분을 찾았다. 잃어버린 아들을 찾았다며 눈물을 글썽였던 희연의 영상 편지는 그대로 화면에 송출됐다. 이어, 작가가 전화로 수소문하는 장면에서 방송국 차량이 도로를 달리는 장면으로 바뀌었다. '추적 중'이라는 자막이 기가 막혔다.
 그렇게 어렵사리 찾아간 학교에서 문전 박대를 당하고 한결이를 카페로 불러낸 모습까지 모든 게 짜깁기였다. 봄이의 얼굴에 핏기가 사라진 것은 다음 장면이었다.

—지금 뭐라고 했어요?

한결이를 위협하는 PD에게 따지던 자신의 모습이 비쳤다. 모자이크가 되어 있지만 누가 봐도 어설프게 가려 중간중간 얼굴이 그대로 보였다.

—선생님, 저흰 단지 학생에게 엄마를 찾아 주는…….

—그만하고 물러나세요!

자막엔 '긴급 상황-촬영 중지'라는 글자가 깜박였고 영상을 보는 패널들이 안타까운 한숨을 흘렸다. 카메라는 어두운 카페 바닥만 비춰 뭔가 심각한 상황처럼 보이게 연출했고, 설득 중인 작가의 목소리만 내보냈다.

—그러니까, 저 아이를 보호하고 있는 남자랑 만나신다는 거죠?

—…….

—그 남자분이 아이가 친모를 만나는 걸 거부하시는 건가요? 아이에게도 권리가 있습니다, 선생님!

—…….

촬영 당시엔 저런 대화를 한 적이 없었다. 따로 찍어 교묘히 편집한 게 분명했다. 여기까진 악마의 편집에 화가 나는 수준이었다. 하지만 문제는 방송 이후였다.

〈나는 K-트로트가수다〉의 시청자 게시판은 물론, 온갖 인터넷 커뮤니티에 해당 장면이 크롭되어 돌아다니기 시작한 것이다.

[제목: 오늘 자 역대 빌런급 여선생(feat.나케가)]

내용엔 모자이크가 어설퍼 얼굴이 다 드러난 캡처본이 고스란히 있었다. 이 글이 일파만파 퍼지고 있었다.

  └zkwa123: 진짜 혈압 쫙 오르더라ㅉㅉ

  └fklazlkq: 저게 뭔 상황임? 남자에 미쳐서 자기반 학생 엄마 못 만나게 하는거?

  └└ck_52k: ㅇㅇ그남자가 엄마 못만나게하라고 ㅈㄹ했나봄

  └└ksy_love: 근데 자기반 학생네 학부모랑 사귀도 되냐?

  └└└jngd00: 훠궈도 아니고 사귀는 뭐냐ㅅㅂ

  └eg940302: 근데 존나이쁘다. 얼굴 믿고 설치나보네ㅋㅋㅋㅋ

댓글이 너무 많아 다 읽을 수도 없었다. 대강 비난하는 댓글로, 여기까진 가슴이 떨릴지언정 참을 순 있었다. 하지만 그 뒤에 익명의 누군가 올린 글이 문제였다.

  [제목: 오늘 나케가 여선생 정체 알려줌. 곧 ㅍ 예정]

그 안엔 방송 속 봄이의 얼굴 캡처본과 엄마 정난희의 얼굴 그리고 어디서 구했는지 모를 대학교 졸업 사진이 첨부됐다. 그에 따라 실명도 밝혀졌다.

  [서화여대 윤리교육과 윤봄]

유명한 중년 탤런트, 그것도 최근 복귀해서 젊은 세대에도 얼굴을 알린 정난희의 딸이라는 사실에 인터넷 커뮤니티들은 장작개비를 집어넣은 불꽃처럼 타올랐다. 시골에서 애 딸린 남자와 붙어먹느라 학

생은 뒷전이라는 댓글들은 차라리 유한 편이었다. 눈 뜨고 차마 볼 수 없는 게시글과 댓글을 보며 봄이의 심장은 거세게 떨렸다. 거기서 사람들은 멈추지 않았다.

[저 여선생 애비가 초암대 ㅇㅈㄱ교수임. 지금 에타 뒤집어짐ㅋㅋㅋ 참교육맛 좀 봐라ㅋ.]
[곧 자삭할게요. 오늘 나케가 논란의 여교사요, 서울에서 문란하기로 이미 유명했다네요. 돈을 무지 밝혀서 재벌가랑 선도 여러 번 보고 아주 취집하려고 용을 썼다네요.]

저녁 시간부터 시작된 조롱은 새벽 내내 이어졌다. 점차 과열되는 분위기를 잠재우는 사람들이 등장해 가라앉을 무렵, 등장한 한 장의 사진에 인터넷은 완전히 정난희 딸로 도배가 되었다.
봄이가 신수고로 내려오게 된 계기가 된 '그 사진' 말이다. 누가 어떻게 그 사진을 입수해 올린 건지는 몰라도 오빠의 말이 맞았다. 2년간 시골에 처박혀 있었다고 모두가 그 일을 잊었을 거라는 막연한 기대는 착각에 불과했다.
난 이제 어떡해야 해?
밤새 남은 부재중 전화는 대부분 엄마와 재규였고, 불난 듯 넘치는 메시지는 동창들이었다. 이런 일이 일어나는 동안 자신은 아무것도 모르고 깊게 잠들어 있었다. 그대로 영원히 잠드는 게 나았을지도…….
극단적인 생각이 자꾸만 마음을 아프게 긁었다.
봄이는 산더미처럼 쌓인 메시지에 답장하지 않았다. 엄마에게도, 재규에게도. 아빠의 반응은 보지 않아도 뻔했다. 신경 쓸 여유도 없고. 하지만 엄마는 조금 달랐다. 이제 막 엄마를 용서하고 가까워지고 있었는데…….

심기일전해서 차기작에 돌입한 엄마에게 커다란 흠집을 남겨 면목이 없다. 몇십 년간 철저히 관리한 이미지를 한순간에 바닥으로 떨어트려 버렸다.

가장 소중한 사람이 된 재규에게도 마찬가지였다. 다른 것보다 '그 사진' 때문에 재규에게 차마 어떠한 답장도 할 수가 없었다. 당연히 보았겠지. 수많은 부재중 전화 중간에 보낸 메시지에서 짐작했다. 그간 많은 속 이야기를 털어놓았어도 끝끝내 말하지 못한 한 가지다.

유부남과 팔짱을 끼고 모텔에 들어가는 수치스러운 사진을 재규가 봤다는 것만으로 봄이의 마음은 무너졌다.

차라리 그가 지금 중국에 있는 게 다행이야. 눈을 감고 있던 봄이는 흠뻑 젖어 무거워진 속눈썹을 들어 올렸다. 시계를 보니 8시 25분. 출근 5분 전이 되었으니 어쩔 수 없이 차에서 내려야 했다. 차 문을 닫고 건물을 빙 돌아 교무실로 향했다.

들어가기 전, 오늘 아이들과 사진을 찍기로 한 알록달록한 교정이 눈에 들어왔다. 다들 날 뭐라고 생각할까.

〈윤리 쌤 모텔 VIP래.〉

〈뒤로는 저러면서 우리 앞에선 그동안 윤리와 사상 가르친 거임? 존나 어이없음.〉

서울에서 이미 한 번 겪었으니 덜 아플까? 학교를 계속 다니든, 서울로 가든, 아예 그만두든, 일단 지금은 어차피 교무실에 출근해 오늘 시간표상의 수업은 다 해내야 한다.

창문이 모두 열린 복도의 한기를 느낄 여유도 없이 봄이는 교무실 문을 열었다.

"……."

삼삼오오 모여 이야기하던 선생들이 봄이를 보자마자 입을 다물고 자기 자리로 향했다. 떠들썩하던 교무실이 적막에 휩싸인 것은 순식간이었다. 익숙했다. 이 모든 풍경이.

"……."

조용히 자리에 앉은 봄이는 컴퓨터 전원을 켜고 업무 포털에 접속했다. 공람된 새 문서도 없고 급하게 기안해야 할 문서도 없지만 그냥 지금은 뭐라도 하는 것처럼 보이길 원했다. 각자 자리로 돌아간 선생들이 목을 쭉 빼고 자신을 흘긋거리는 게 느껴진다.

〈어디 남자가 없어서 추접하게 유부남을 건드렸대, 윤 봄 선생님은?〉
〈애들한테 너무 유해하다, 난 저 선생님 얼굴만 봐도 소름이 그냥 온몸에 쫙……!〉

비슷한 상황에 비슷한 장소. 그리고 아마 비슷한 반응이…….

"저기, 봄 쌤."

양옆에서 자신을 두고 눈빛을 주고받던 2학년 담임 중 정진혁 선생이 속닥거리듯 소리를 낮췄다. 그 작은 소리에도 움찔, 몸이 튀어 의자 바퀴가 뒤로 밀려났다. 식은땀이 줄줄 나는 것을 애써 외면하며 봄이는 무표정을 연기했다.

"네, 선생님. 말씀하세요."

"그게……."

더럽다고 말하고 싶겠지. 인터넷에 그 사진 봤을 테니까. 심장은 춤을 추듯 뛰었고, 이마에 송골송골 작은 땀방울이 맺혔다. 정진혁 선생이 뜸을 들이자 반대쪽에서 서혜숙 선생이 발을 구르며 답답해했다.

"그냥 내가 물어볼게."

"……네."

"진짜야? 자기 탤런트 정난희 딸 맞아?"

살짝 고개만 끄덕거리니 양옆에서 "와!" 하고 감탄사를 뱉었다. 예상치 못한 반응에 도리어 당황한 건 봄이었다. 몇몇이 주춤주춤 일어나 다가오며 봄이를 에워쌌다.

"알고 보니까 판박이네."

"그기 갓 데뷔했을 때 기억난다! 그때랑 똑같다, 진짜로."

모두 봄이에게 엄마 이야기만 떠들어 댔다. 다들 봤을 텐데, 가십만 싣는 인터넷 신문사에도 떴던데, 모를 리가…….

"저도 팬입니다, 크흠!"

"네?"

급기야 뒤에서 교감 석관수도 뒷짐을 지고 다가와 얼굴을 붉혔다. 그 뒤론 엄마의 차기작에 대해 묻고 MBTI까지 궁금해했다. 떨떠름하게 답하고 있자니 종이 울렸다. 아침 조회를 위해 교실에 갈 시간이었다.

"저어, 먼저 교실 가 보겠습니다."

봄이는 학년 함에서 출석부를 꺼내 가장 먼저 교무실을 빠져나갔다.

"……."

아직도 눈가는 퉁퉁 부어 있는데 이상하게 아무 일도 일어나지 않았다. 생각보다 큰일이 아닌가, 하는 생각마저 들었다.

그럴 리 없지. 다들 모르는 척해주는 게 분명했다. 동료들의 수더분한 배려에, 봄이의 눈가가 다시 부옇게 흐려졌다.

"아이고, 크흠! 아주 잘하셨습니다."

석관수는 이마인지 머리인지 이제는 경계가 희미한 어디쯤에 손수건을 가져다 대고 땀을 꾹꾹 눌러 닦았다.

"하이고야, 내는 표정 관리 하느라 경련이 일었다!"

"어우, 우리 티 안 났제? 별에별 짓을 다 해 본다."

자리에 앉아 있던 선생들이 일어나 이 말 저 말을 하며 교감의 주변으로 모여들었다. 석관수는 손뼉 두 번으로 제게 주목을 시키고선 목소리에 힘을 주어 말했다.

"아무튼 우리 봄 선생 본인이 제일로 놀랐을 텐데 우리라도 좀 이렇게 도와주십시다."

이 말을 들은 서혜숙 선생이 걱정스러운 표정을 지었다.

"아유, 안쓰러워 죽는 줄 알았네. 얼마나 놀랐을까……."

모두가 공감하는 듯 고개를 끄덕거렸다. 얼마나 울고 온 건지 새하얀 봄 선생의 얼굴은 눈 주위를 비롯해 여기저기가 얼룩덜룩하게 붉었다. 그러니 다들 안쓰러운 마음을 품을 수밖에 없었다.

처음 신수고에 왔을 때 윤봄 선생의 모습을 모두가 기억하고 있었다. 보기 드문 미인이 서울에서 이곳으로 내려왔으니 주목을 받는 건 당연했다. 하지만, 봄 선생은 희로애락을 모르는 사람처럼 그저 무표정하기만 했고 말이 없었다. 무엇을 물어도 최대한 짧게 대답해 대화를 차단했다. 필시 말 못 할 사연이 있는 게 분명했다.

그러던 봄 선생이 변한 건 2년 차가 된 올봄부터. 교무실에서 먼저 말을 걸기도 하고, 담임을 맡은 2학년 2반과도 끈끈했다. 무엇보다 봄 선생이 웃기 시작한 게 가장 큰 변화였다.

'그분을 만나서겠지.'

좋은 기억을 안고 서울로 떠나겠다. 싶었는데 뜻밖에도 봄 선생은 이번 학기가 개학하자 여기에 계속 남고 싶다고 제게 상담까지 했다. 단순히 그분과 함께 있고 싶어서가 아니라, 이곳에 대한 애정이 생겼기 때문이리라.

"근데 있잖아요."

아까부터 말을 아끼고 있던 노 선생이 조심스럽게 끼어들었다.

"아닌 건 확실하죠? 불륜……."

잠깐의 정적이 흘렀다.

"미쳤나?"

잠시 할 말을 잃었던 교무부장 서영주가 소리를 빽 질렀다.

"그 인터넷에 뜬 불륜 사진 늙다리 얼굴 안 봤나? 봄 선생이 얼굴을 얼마나 따지는데!"

흥분해서 소리치는 서영주에게 강 부장이 흠칫 놀라서 되물었다.

"봄 선생이 얼굴을 따지는지 어떻게 알고?"

서영주 대신, 서혜숙 선생이 혀를 끌끌 차며 입을 열었다.

"강 부장님이 계속 들이대던 그 공무원 얼굴 보고 봄 샘 정색한 거 못 봤어요?"

"……."

"크흠, 맞습니다."

석관수도 한마디 끼어들었다. 지금까진 비밀을 지키고 있었지만, 인터넷에 떴으니 이젠 모두 아는 사실이니까.

"봄 선생 지금 한결이 삼촌이랑 만나잖습니까. 그분의 수려한 용모를 생각해 보시지요. 답 나옵니다. 크흠!"

"내 볼 땐 늙다리 영감탱이를 봄 선생이 부축해 도와주든지 하다가 그리 찍힌다. 하필이면 모텔 앞이었던 거지. 들어간 증거도 없고! 암튼 절대 아이다!"

"하긴……."

"난 봄 샘이 정난희 딸이라는 것보다 한결이 삼촌이랑 사귄다는 게 더 충격이었어."

아침 조회에 들어갈 생각은 않고 선생들은 봄 선생에 대한 이야기에 열을 올렸다.

"언제부터 사귄 거래?"

"그게요. 있잖아요. 실은 교감 샘이랑 제가 여름에 태풍 왔을 때……."

노 선생이 이야기를 풀기 시작하자 자리에 앉아 귀만 열어 놨던 선생들도 주변으로 몰려들었다.

"크흠, 쌤들 1교시 전엔 조회 들어가셔야 합니다?"

가볍게 당부한 석관수는 자리를 떠나 복도로 향했다.

'그분한테 걱정 놓으시라 문자 넣어야겠네.'

전화를 받은 건 오늘 아침의 이른 시간.

─교감 선생님, 내 선재규입니다. 긴급한 일로 부탁 좀 드리겠습니다.

피부를 위해 일찍 자고 일찍 일어나는 습관을 들이고 있던 석관수는 밤새 그런 일이 일어난 줄도 몰랐다. 자초지종을 설명한 그분이 부탁한 일은 간단했다. 나쁜 말이 본인 귀에 들어가지 않게 교무실에서 같이 일하는 선생님들께 미리 당부 좀 해 달라고.

'우리 쌤들이야, 겉으론 괄괄해도 심성이 괜찮지. 문제는 그기 아닌 기라.'

중앙 계단을 올라 코너를 돌려 하던 석관수의 발이 멈췄다.

봄 선생이 2학년 2반 교실 앞에서 문고리만 잡은 채 가만히 서 있었다.

'그래, 진짜 문제는 저거다. 저거. 학생들 반응은 내가 어찌할 수 없지.'

611

85

 한결이는 어젯밤을 떠올렸다.
 삼촌이 중국으로 출장을 가 빈집은 며칠째 썰렁했다. 내일 저녁 비행기로 김해 공항에 도착한다고 했었다. 예전에도 종종 중국 출장이 있었지만, 올해 들어선 처음이었다. 선생님 주변을 위성처럼 도느라 출장은 필립 아저씨에게 떠밀곤 했는데 이번엔 사업 확장과 관련된 중요한 일이라 직접 건너갔다.
 "우리 오빠 오늘 열 시 넘어서 끝난다길래 여기로 데리러 오라 했어. 열 시까지 여기 있을래."
 며칠째 놀러 오고 싶어 하던 세진이를 오늘에서야 데려왔다. 솔직하게 말하자면, 삼촌이 없는 며칠간 계속 같이 있고 싶었지만 참았다. 자기 때문에 세진이 일정에 차질이 생겨 이준이 형과 세진이 부모님에게 안 좋은 인상을 주고 싶진 않았으므로.
 다행히 오늘은 과외 선생님의 개인 사정으로 펑크가 나는 바람에 같이 공부한다는 핑계로 집에 데려올 수 있었다. 물론 공부가 중요하지만······.

"그럼 저녁 해 줄게. 세진아, 뭐 해 줄까?"

"으음······."

어떻게 이렇게 머리가 새카말까. 까만 비단 같은 세진이의 머리카락을 만지작거리며 동그란 눈을 가만히 바라보았다. 눈동자도 머리카락처럼 까만 게 신기했다. 새하얀 얼굴과 대비되어 그런지 겉모습만 볼 때 세진이는 차가워 보였다. 외모뿐만이 아니다. 누구에게도 지는 것을 싫어했고, 작은 시비에도 참지 않는다. 하지만 세진이의 속은 말랑한 우유푸딩처럼 약하고 무르다.

"나 그냥 아무거나."

"오므라이스 해 줄까?"

"아으, 맛있겠다. 좋아. 그거 해 줘. 나도 주방 따라갈래."

그렇게 같이 요리해서 오므라이스를 해 먹었다. 사다 놨더니 삼촌이 낼름 선생님께 갖다 바쳤던 애플망고도 다시 사왔기에, 잘 손질해 우묵한 그릇에 다른 과일과 함께 담아 거실로 갔다.

소파에 무릎을 세우고 앉은 세진이를 제대로 앉게 하고, 포크로 과일을 찍어 입에 넣어 주었다. 세진이는 그새 TV를 켜 드라마를 보고 있었다.

"아, 이거 응급사인인가 그거 맞나?"

"어어, 나 이거 궁금했거든."

요즘 시청률 1위라는 드라마가 시작한 참이었다. 이미 13화에 돌입하여 앞 내용을 모르는데 뭐가 재미있는지 세진이는 드라마에 푹 빠져 있었다. 집중한 모습이 귀여워 구경하면서 부지런히 입에 과일을 넣어 주었다.

"그렇게 재밌어?"

"사실 재밌다기보다, 음."

"그럼?"

"이렇게 아무 생각 없이 실컷 TV 보는 게 내 소원이었거든. 믿어져?"

가출 소동 이전엔 잠도 제대로 못 잤던 세진이니 그럴 만도 했다.

"그럼 오늘 소원 성취해. 이준이 형 올 때까지 보고 싶은 거 다 봐. 하루잖아."

"그럴까……."

한결이는 리모컨을 쥐고 자신에게 어깨를 기대 편히 앉은 세진이를 보며 슬그머니 입꼬리를 당겼다. 사실 TV를 보는 게 그리 재밌있다고 느낀 적은 없었다. 하지만 세진이와 함께 보니 지루하지 않았다. 드라마는 생각보다 금방 끝났다. 세진이는 부족한지 채널을 이리저리 돌렸다. 그러다가 QBS 채널이 나타났고, 화면을 본 세진이는 벌떡 일어나 인상을 구겼다.

"아이씨! 나케가 저거 안 망하네?"

참가자 중 누군가가 노래를 부르고 있었다. 한결이는 물끄러미 화면을 보다가 채널을 돌리려는 세진이를 막았다.

"저번에 제대로 못 봤지. 한번 봐 볼래? 우리 엄마 얼굴."

처음엔 "그게 무슨 소리야" 하고 어이없어하던 세진이는 곧 농담이 아니란 걸 깨닫고 옆에 바짝 붙어 앉았다.

"궁금하긴 한데 안 봐도 돼. 아니, 안 볼래."

"나 진짜 괜찮다니까."

"야아, 너 정말 봐도 되겠어?"

"응. 이제 엄마한테 별 감정 없거든."

경연은 계속 이어지고 있었다. 몇 사람의 참가자가 각자의 사정을 소개했고, 미션 곡을 소화했다.

―다음 순서는 76위에서 22위까지 상승해 화제를 몰았던 참가자, 이희연 씨입니다! 이야, 응원 열기가 정말 뜨거운데요……!

기다리던 순서는 금방 찾아왔다. 미션 곡 발표 현장과 맹연습하는 영상이 화면에 비쳤다.

"한결아, 솔직히 말해도 돼? 닮았어."

"맞아, 나도 인정."

엄마의 얼굴이 계속 나오는데도 생각보다 껄끄럽지 않았다. 분노도 그리움도 이젠 옅어져 있었다. 그래서 화면을 계속 바라보아도 무감하기만 했다.

"뭐야."

갑자기 어두운 음악이 깔리고 서러운 울음소리와 함께 '이희연 참가자에게 무슨 일이?'라는 자막이 나타났다. 본능적으로 좋지 않은 예감이 들었다.

"한결아. 뭐야, 지금? 쟤네 설마 그거 내보내려는 거 아냐?"

덩달아 눈치챈 세진이가 소리를 지르며 발을 굴렀다. 뒤이어 나온 장면은 편집되었을 것으로 생각한 영상이었다.

―사실 저에겐 아들이 있어요.

이희연이 아들을 찾았다며 흐느끼다가, 영상 편지를 남겼다. 그 후론 제작진이 아들의 행방을 추적하는 화면이 나왔다.

"쟤네 미쳤나 봐. 저거 다 짜깁기잖아!"

이어서 나온 장면이 문제였다. 촬영을 제지하는 선생님의 모습이 악의적으로 편집되어 내보내졌다. 한결이는 헛웃음을 치며 눈썹을 일그러뜨렸다.

"하, 나 때문에 선생님이 곤란해지셨네."

"선한결, 너 바보 같은 소리 하지 마. 저 새끼들이 문제지, 왜 너 때문이야?"

펄펄 뛰며 대신 화를 내는 세진이 덕에 다시 차분해진 한결이는 삼촌에게 전화를 걸었다. 평소와 달리 신호가 길어졌다. 왜지? 벌떡 일어나 거실을 초조하게 거닐며 연신 얼굴을 쓸어내렸다.

"재규 삼촌 안 받으셔?"

"어. 숙소 도착했다고 했는데 이상하네."

그사이 세진이는 잽싸게 휴대폰을 열어 인터넷을 뒤지기 시작했다. 온갖 커뮤니티에 들어가 실시간 반응을 체크하면서 세진이는 점차 울상이 되었다.

한없이 이어지는 전화 연결음을 듣고 있던 한결이도 세진이 쪽으로 다가가 휴대폰 화면을 확인했다. 확인되지 않은 루머들이 난무하고 있었다. 한결이는 어금니를 사리물었다. 일이 점점 심각해지고 있는데, 삼촌은 여전히 연락이 닿지 않았다.

딩딩동딩동—

정원 앞 대문에서 누군가 차임벨을 누른 것은 이때였다. 인터폰으로 방문객의 얼굴을 확인한 세진이가 문을 열었고, 곧 현관에 커다란 그림자가 아른거렸다.

"오빠, 들어와!"

세진이를 데리러 온 최이준이 밤공기의 찬 바람과 함께 안으로 들어왔다. 두 사람을 번갈아 보면서 최이준은 미간을 찌푸렸다.

"선재규는 어디 가고 둘만 있지? 단둘이는 있진 말라고 했을 텐데."

"오빠, 지금 그게 중요한 게 아니라……. 음."

"무슨 일 생긴 거면 뜸 들이지 말고 말해."

심상치 않은 분위기를 감지한 최이준에게 세진이 TV 화면과 휴대폰을 번갈아 보여주며 일목요연하게 상황을 설명했다.

"이거 악플들이랑 신상 터는 글 어떻게 해야 해? 오빠 변호사잖아. 우리 선생님 좀 도와줘. 응? 이거 다 범죄 아냐? 신고할 수 있어?"

"……이건 통신 매체 이용 음란죄. 이건 명예훼손죄, 이건 모욕죄. 참 겁들도 없네."

전혀 흥분한 기색 없이 휴대폰 화면을 훑던 최이준이 한결이를 불렀다.

"선재규는 어디 있지."

"삼촌 지금 중국 출장 가셨고, 내일 저녁 비행기로 오세요. 지금 전화를 안 받으시고요."

한결이의 말을 들은 최이준은 소파 아래 내려놓았던 세진이의 가방을 챙겼다.

"쯧, 하필이면. 세진이 너는 우선 나와. 집 가야 하니까."

"아니, 오빠. 이 상황에 무슨 집에 가!"

"가서 최초 작성자, 유포자, 댓글 다 잡아 줄 테니까 옆에서 거들어."

"아……! 그럼 도와준다는 소리지?"

"선한결 너는 선재규 전화 안 받으면 회사 아는 사람한테 연락해 보고. 우리가 인터넷 쪽 알아볼 테니까 너희는 저 방송 관계자들 추적해 봐. 필요한 거 있으면 연락하고."

"네, 형. 감사해요."

이준은 그렇게 교통 정리를 하고 세진이와 함께 떠났다. 남은 한결이는 연락처에서 구필립 아저씨를 찾았다. 그때 먼저 전화가 걸려 왔다. 기다렸던 삼촌이었다.

"삼촌! 지금 어디야? 밖이야?"

주변 소음이 꽤 크게 들렸다. 부스럭거리는 분주한 소리와 함께 삼촌이 커다란 목소리로 소리쳤다.

─어, 삼촌 짐 공항이다. 제일 빠른 비행기 달라 해서 곧 탄다.

"공항? 지금 한국에 온다고?"

분명 내일 저녁 비행기라고 했고, 몇 시간 전 숙소에 도착했다는 메시지도 받았다. 정해진 일정은 바꾸지 않는 삼촌이었다. 그런데 이렇게 갑자기 비행을 앞당겨 귀국한다는 걸 보면 혹시 삼촌도……

"방송 봤어, 삼촌?"

─봤나, 니도.

삼촌의 말은 이랬다. 미리 실시간 스트리밍에 접속해 본방송을 꼼꼼히 살펴보았다고 했다. 혹시라도 나를 그대로 내보냈을까 봐 확인하려는 목적이었다고. 삼촌다운 생각이었다.

하지만 그들이 선생님을 타깃으로 한 것은 전혀 예상 밖의 일이었다. 하여, 삼촌은 서둘러 공항으로 달려간 것이다. 방송에 얼굴이 나와 놀랐을 거라며 씩씩거리는 삼촌에게 더 안 좋은 소식을 전해야 했다.

"인터넷에 선생님 얼굴이랑 신상이랑 다 노출됐어. 내가 링크 보낼게. 확인해 봐. 이준 형이 유포자 찾아 준댔어."

─미친 새끼들 아니가. 비상이네, 빨리 보내 바라.

삼촌에게 인터넷 캡처와 링크들을 보낸 후, 세진이에게 돌아가는 상황을 전해 들었다. 인터넷은 마녀사냥으로 달아올랐고, 상황이 이쯤 되자 이준 형도 온라인 추적을 전문으로 하는 전문가 지인을 연결해 데이터를 수집한다고 했다.

[나도 옆에서 막 pdf 따 준다 했는데 오빠가 그럴 거 없대. url만 모아 달라더라?]

[우리 삼촌한테도 말했어. 어른들이 바로 알게 됐으니 해결이 되겠지.]

[이런 게 불행 중 다행인가ㅠㅠ 근데 내일 쌤 출근하시겠지??ㅠㅠㅠ.]
[그러시겠지. 걱정이다.]

86

　봄이는 2학년 2반 교실 앞에서 발걸음을 멈춰 섰다. 평소 왁자지껄하여 문밖까지 새어 나오던 아이들의 목소리는 전혀 들리지 않았다. 낯선 고요함이 불안한 마음을 증폭시켰다. 교무실에서 다소 가라앉았던 심장 박동이 다시 쿵쿵, 울렸다.
　아이들의 얼굴을 보는 게 두려웠다. 이대로 교감 선생님께 말씀드리고 조퇴를 하는 건 어떨까. 수업은 하자고 굳게 마음먹고 왔지만, 막상 실망한 아이들의 얼굴을 마주해야 한다고 생각하니 쥐어 짜냈던 한 톨의 용기마저 시들고 있었다.
　모르는 척 눈을 감고 귀를 막은 채 아무렇지 않은 척 아침 조회를 하고 수업을 하고 청소 지도를 하고……. 눈 가리고 평소처럼 행동하면 제 모습이 얼마나 우스워 보일까. 아니라고 변명을 해 볼까. 무엇을 선택한들 최악이고, 바닥이었다.
　잠시 부모님 말씀대로 조용히 지내다 결혼이나 할 걸 그랬다고 후회도 해 보았지만, 재규가 머릿속에 떠올라 곧 그것도 그만두었다.
저런 손끝으로 문고리를 잡고 있던 봄이는 한참 만에야 교실 문을 열었다.
"……."
모두가 제자리에 가만히 앉아 있었다. 입을 여는 사람도, 돌아다니는 사람도 없었다. 그저 조용히 1교시 수업인 윤리와 사상 교과서를 미리 꺼내 놓고 뒤적이고 있었다. 교탁으로 가서 출석부를 내려놓고 교실을 둘러본 봄이의 눈꺼풀이 맥없이 내려앉았다.
평소에 교실 아침 풍경은 이렇지 않았다. 반장은 늘 집에서 싸 주신 것으로 보이는 간식을 먹었고, 부반장이 옆에서 한 입씩 얻어먹었다. 재현이는 칠판을 보고 스쿼트를 했고, 뒤에서 몇몇 아이들이 숫자를 세어 줬다. 세진이는 항상 엎드려 잤고, 한결이는 그런 세진이를 구경했는데, 그랬는데…….
하나같이 입을 다문 채 책상에 앉아 있는 모습을 보는 게 괴로웠다. 짠 듯이 전부 책상에 고개를 처박고 있으니 표정이 어떤지 보이지도 않았다.
"오늘 주번은 13번, 정일현이네. 오늘 하루 교실 잘 부탁해. 조회 시작할게."
봄이는 한참 울어 메마른 목소리 그대로 아침 조회를 시작했다.
"오늘부터 급식실 앞문 계단 보수 공사 시작이래. 위험하니까 뒷문으로 들어가도록 해. ……그리고 축제 날짜 바뀐 거 말인데, 다다음 주 금요일로 결정됐어."
학교 행사라면 환호부터 하고 보던 아이들은 여전히 입을 다물고 있었다. 역시 나한테 실망했구나. 내가 다 망쳤어.
"반별로 축제 무대 참가해야 하는 거 알고 있을 거야. 반장에게 참가 양식 줄 테니까 너희끼리 잘 상의해 보고."

여기까지 전달 사항은 끝이었다. 봄이는 출석부에 끼워 함께 가져왔던 축제 참가 양식을 꺼내 반장에게 전달했다.

"조회는 여기까지니까 1교시 준비하고, 쉬고들 있어."

조회가 끝난 후 1교시도 우리 반 수업이지만 일단은 나가 있다가 다시 들어오는 게 낫겠지. 결석한 사람은 없으니 출석부 아침 조회 칸에 담임 사인을 마친 봄이는 펜을 내려놓았다. 그때 누군가 번쩍 손을 들었다.

"질문이요, 쌤!"

교탁 아래로 떨구었던 고개를 천천히 들어 아이들과 눈을 마주쳤다. 뭐가 궁금한 걸까. 봄이의 심장이 마구 요동쳤다. 하지만 내색하지 않았다.

"응……. 뭔데?"

보이지 않는 무언가가 자신의 목을 꾹 조르는 것만 같고 목소리는 형편없이 갈라졌다.

"저희 벌써 축제 무대 다 짜 놨거든요."

"아……. 그래?"

언제 준비했고, 무엇을 준비했는지 무척 궁금했지만 봄이는 되묻지도 못하고 그저 가만히 다음 말을 기다렸다.

"차력쇼 하기로 했는데 벽돌 깨기랑 각목으로 애들 내리치는 거 쌤이 하셔야 하거든요."

"내가…… 벽돌을?"

무슨 수로 깨지? 그리고 각목으로 애들을 내리쳐야 한다고? 전혀 예상치 못한 말에 봄이는 얼떨떨해졌다. 저 말을 시작으로 조용하던 아이들은 금세 소란해졌다.

"그게 쩐 차력이 아니라 쌤은 그냥 손날로 쇼맨십만 하심 돼요! 연기력이 중요합니다."

"물각목이라 세게 때려도 머리 안 깨져요, 쌤. 팍팍 치세요."

옷은 단체로 검은색 반소매 티셔츠에 검은 바지만 입고 오면 된다며 반장이 부연 설명까지 마쳤다.

"하실 거죠?"

"꼭 하셔야 해요, 쌤. 쌤 없으면 안 돼요."

"나는……."

봄이는 자신의 대답을 기다리는 아이들의 표정을 읽어 내고 입술을 떨었다. 가슴이 뜨거워지며 부풀어 오르는 것만 같았다.

다 알고 있으면서.

"쌤, 진짜 안 아프다니까요!"

"오늘부터 저희가 하드 트레이닝 시켜 드립니다."

그러면서도 이렇게 자기를 위해 모르는 척 모두가 애를 쓰는 것이다.

"……할게. 내가, 벽돌도 뿌시고, 각목도 휘두를게."

겨우 대답한 봄이는 왈칵 눈물이 쏟아져 급하게 손으로 얼굴을 벅벅 문질렀다. 교실 문을 열 때부터 다짐했다. 절대 약한 모습 보이지 말자고.

〈오, 울 학교 모델 여신 지나간다.〉

〈미친, 다 들리겠다.〉

〈들으면 어떠냐? 아까 입도 뻥긋 못 하는 거 못 봄? 저거 봐. 찍소리 못 하고 지나가는 거.〉

서울에서처럼, 이런 사건을 재밋거리로 생각하는 사람들의 먹잇감이 되기 싫었으니까. 하지만 오늘 봄이는 자신의 약한 모습을 그대로 보여줘도 되는 사람들이 존재한다는 걸 깨달았다. 아까 교무실에서 다른 이야기에 열을 올리던 선생들도 아이들과 같은 마음이었다는 걸 뒤늦게 알 수 있었다. 이렇게 여러 사람에게 보호받는 상황은 전혀 기대해 본 일이 없었다.

"어, 쌤! 울지 마세요!"

"야, 부반장. 니가 하드 트레이닝 한다고 해서 그렇잖아!"

"나 우는 게 아니라……, 미안. 애들아, 잠시만……."

젖은 눈을 가린 손가락 사이로 눈물이 비집고 흘러나왔다.

"쌤."

누군가 재빠르게 다가와 봄이를 확 껴안았다. 그 작은 체구가 자기처럼 몸을 들썩이며 손으로 등을 두드렸다.

"으흣, 울지 마요. 쌤."

울음이 가득한 목소리가 익숙했다. 세진이었다. 그쳐야 하는데 더 크게 울음이 터졌다. 이어서 다른 아이들이 하나둘 다가와 저를 둥글게 에워쌌다.

"선생님, 울지 마세요."

"쌤! 인터넷 신경 쓰지 마세요!"

"댓글부대 해 드릴게요, 쌤. 그 새끼들은 알지도 못하면서!"

봄이는 뿌연 시야 속 사랑하는 2학년 2반 아이들의 얼굴을 하나하나 담았다. 이 순간이 지나고 여러 해가 지나도 절대로 잊지 않을 내 아이들이었다.

***

"저어, 죄송합니다. 먼저 나가 볼게요."

"얼른 가, 괜찮다니까."

"중간고사 끝나서 하루 이틀쯤 사람 빠져도 티도 안 난다! 푹 쉬고 온나."

"정말 감사합니다."

몇 번을 연신 허리 굽혀 인사한 봄이는 걱정스러운 얼굴로 엉거주춤 서 있는 선생들을 뒤로하고 교무실을 나갔다.

"봄 선생."

복도에 서서 창밖을 구경하던 교감 석관수는 가방을 들고 나가는 봄이에게 눈인사를 하며 눈썹을 팔자로 내리고 코를 훌쩍였다.

"이제 가시는 거지요."

"네, 배려해 주셔서 감사합니다."

1교시를 마치고 돌아왔을 때 교무실은 어수선했다. 정신적 충격을 받았을 봄이에게 선생들이 먼저 병가를 제안했다. 아무리 시험 끝난 직후라지만, 시간표를 바꾸는 것은 번거로운 일이었기에 송구스러울 수밖에 없었다. 극구 사양하던 봄이는 재차 권유하는 선생들의 호의를 감사히 받아들이기로 했다.

이번 주는 나오지 말라고 했지만 봄이는 그렇게까지 쉴 생각이 없었다. 잠깐의 이야기 끝에 오늘, 내일 이틀간 쉬는 것으로 최종 결정이 났다. 그동안 임시 담임은 교감인 석관수가 맡아 주기로 했고, 수업은 다른 선생들이 보강을 뛰기로 했다.

"우리 쌤들이 2반 학생들 잘 보고 있을 테니까 아무 걱정 하지 말고 이틀간 에너지 회복 든든히 하고 오시지요, 크흠."

"교감 선생님. 제가 여기에 내려온 게 인생의 전환점 같아요. 건강한 모습으로 돌아오겠습니다. 감사합니다."

씩씩한 대답에 약간 놀란 눈을 한 석관수가 고개를 힘차게 끄덕였다. 인사를 하고 나온 봄이는 곧바로 차에 올라 거울을 살폈다.

엉망이었다. 눈 주위는 하도 비벼서 붉은 자국이 심했고, 눈두덩이는 색이 죽은 채 부풀어 올랐다.

"……."

집으로 가려던 봄이는 마음을 바꿨다. 이제 봄이에게 시간이 생겼다. 생각지도 못하게 주어진 이 시간을 어떻게 쓸 것인가.

재규 씨 그리고 엄마. 지금 가장 떠오르는 사람은 이 두 사람이었다. 재규는 중국에서 오늘 저녁에야 돌아온다. 그러니 그전까진 마음의 준비를 할 수가 있을 것이다.

'뭐라고 말해.'

인터넷에 떠도는 루머는 대부분 거짓이고, 사진은 합성이니 믿어 달라고. 이렇게 간단한 말이지만 사건으로 떠오른 이런저런 소문들이 너무나 많았다. 그리고 재규도 보았을 테니까…….

맞선남 중 누군가 올린 선 후기, 초·중·고는 물론 대학교 동창들이 올린 졸업 사진과 각종 썰들. 자기가 무슨 국회의원 집 딸내미라도 되는 양 남들을 밑으로 보고 도도하게 굴었다는 글은 봄이도 읽고 얼굴을 붉혔다.

이렇게 허무맹랑한 이야기 속엔, 사실도 조금은 섞여 있었다. MT는 물론 학과 행사나 술자리도 부모님의 엄격한 단속에 참여하지 못하고 살았던 건 사실이니까. 그게 남들에게는 그렇게 보였을 수도 있었다. 동창들의 여러 글을 읽어 보니 다들 자신을 어떻게 느껴 왔는지 알 수가 있었다.

콧대 높고 남들에게 관심도 없는 재수 없는 애. 감추고 싶은 점이 재규에게 드러난 것이 부끄러웠다. 실망했겠지. 좋은 점만 보여주고 싶었다. 그 사람한테는…….

[재규 씨, 한국 오면 나랑 얘기 좀 해요. 할 말 있어.]

수 통의 부재중 전화를 남겼던 재규에게 이제 처음 메시지를 보냈다.

이제, 엄마가 남았다. 자기로 인한 불똥이 거기까지 튀었으니 자꾸만 마음에 걸렸다. 자신을 보이지 않는 울타리로 가둬 놓고 인형처럼 키운 엄마가 밉지만, 그것과 별개로 엄마의 커리어를 응원해 왔으니까.

"……만나는 주겠지."

피하지 말고 가 보자. 봄이는 내비게이션에 목적지를 입력했다. 광장동의 서울집으로.

워낙에 거리가 있어 도착 예상 시간이 까마득하게 나왔다. 그래도 평일의 애매한 시간대라 막힐 일도 없거니와 고속도로를 갈아타면 점심 전에는 도착할 수 있을 터였다.

"가 볼까."

아침에 봄식이를 순이 할머니에게 맡기고 오길 잘했다. 거울을 보며 얼굴을 정돈한 봄이는 재규가 만들어 놨던 플레이리스트 하나를 켜고 차를 출발시켰다.

[playlist-자신감이 풀 충전되는 자존감 지킴이 노래 모음]

87

처음 하는 장거리 운전은 생각보다 어렵거나 피곤하지 않았다. 재규가 시켜 준 운전 연습도 도움이 되었고, 무엇보다 어제와 오늘 일어난 일들이 자꾸 떠올라 몸이 힘든 것도 몰랐다.

떠밀리듯 흘러들어온 신수고. 촌구석의 답 없는 시골 학교라 생각하고 마음의 문을 닫았는데…….

〈봄 선생, 다이어트하려고 사둔 닭가슴살 튀겨 왔어. 와서 같이 먹자고!〉

〈쌤, 이거 젤리 비타민인데 하루에 하나씩 드세요. 안에 쪽지도 있으니까 꼭 보셔야 해요.〉

언제부터인지 모르게 일상에 신수고가 자연스럽게 스며들었다. 올해 들어 나누기 시작한 정이 이렇게 과분한 애정으로 돌아올 줄은 몰랐다.

"윤봄, 이제 전화해 보자."

차기작을 맡아 바빠진 엄마가 매니저의 연락처를 건네주어 가끔은 그쪽을 통해 연락해 왔다. 그 매니저가 공유해 준 스케줄표에 의하면 오늘 엄마는 촬영도 없고 미팅도 없다. 그렇다고 집에 있으리란 법은 없으니 막 시내로 들어선 김에 차를 갓길에 세우고 전화를 걸었다.

안 받으면 어쩌지? 받으면 뭐라고 하실까. 상당히 진정된 상태임에도 엄마를 상대하자니 가슴이 떨려오는 건 어쩔 수가 없었다.

—야!

곧, 수화기에서 큰 데시벨의 고음이 튀어나왔다.

"엄마……."

—윤봄, 너 이 기집애! 엄마가 그렇게 전화를 했는데 안 받아? 매너가 왜 그러니, 너는?

신호음이 울릴 새도 없이 전화를 받은 엄마는 흥분한 듯 하이 톤으로 봄이를 나무라기 시작했다. 화를 내며 쉴 틈 없이 다다닥 쏟아내는 말이 이어지자, 긴장한 채 핸들을 부여잡고 있던 봄이의 손에서 힘이 탁 풀렸다.

—내가 아주 잠을 못 잤어, 어제. 다크써클 다 올라왔어. 이거 뭐 컨실러로 가려지지도 않아. 어쩔 거야?

펄쩍 뛰는 엄마의 목소리가 듣기 좋았다. 걱정했구나, 나를.

〈윤봄, 너 NK 지주 막내 만날 때 화장 안 하고 갔다며. 그거 다 예의에 어긋나는 거 알아, 몰라? 남 부끄러워서, 원!〉

〈내일 하는 VIP 자선 행사는 왜 못 가겠다는 거야? 이럴 때 쏙 빠지면 집안 망신이야, 집안 망신!〉

아버지의 영향을 받아서 그런지 다른 사람에게 보이는 모습에 전전긍긍하던 엄마였다. 하지만 지금 엄마가 자신에게 한참을 퍼붓는 동안, 집안 망신이나 남 부끄럽다는 단골 대사는 한마디도 나오지 않았다. 걱정이 쌓여 터지는 이야기들뿐이었다.

'엄마도 복귀하고 나서 많이 바뀌었구나.'

이제야 진짜 바라 왔던 엄마의 느낌이 들었다. 돌이켜 생각해 보면 아주 어릴 적 엄마는 이런 모습이었다. 아버지의 강압으로 배우 일은 물론 단기성 프로그램 게스트까지 그만두기 전까진 그랬다. 속물 같고 가벼운 면이 있을지언정 자식에겐 순수한 애정을 줄 때가 분명 존재했다. 집에 갇힌 채 아버지가 원하는 대로 살면서 점차 시들시들 본모습을 잃었을 뿐. 이렇게 생각하면 엄마도 어쩌면 피해자가 아닐까.

"미안해, 엄마. 놀랐지……."

—당연하지! 너 앞으로 전화 꺼 놓기만 해봐. 새벽에 내려갈까 백 번도 넘게 생각했어, 증말. 못 살아.

"그게 아니라, 인터넷 뜬 거…… 미안하다고."

—그 또라이들 때문에 골치가 아프긴 아파. 아유, 날파리 같은 놈들. 엄마가 옛날부터 말했지? 방송 조심해야 한다고. 방송국 놈들 그 짓거리는 아주 유구해요, 유구해.

다시 찾은 엄마의 이런 모습이 너무나 좋아 푸흐흐 작게 웃음이 나왔다.

—어머, 지금 웃니? 웃을 때야? 어디야?

"엄마, 나 엄마 보러 서울 가려고."

놀랐는지 숨을 히익 들이쉬는 엄마의 목소리 외에 주변에서 부스럭거리는 소음이 함께 들렸다. 누가 옆에 있는 것만 같았다.

—천천히 오라 하십셔.

낮게 중얼거리는 남자의 목소리에 순간 아버지인가 했던 봄이의 눈이 동그랗게 커졌다.

"재규 씨? 엄마, 옆에 재규 씨 맞지?"

―어? 아니……. 애가 환청 들리나 보네.

"무슨 환청이야. 재규 씨 맞잖아. 그 사람이 왜 거기에 있어? 아직 중국일 텐데……?"

어떻게 된 거지? 비행기 시간을 앞당겼다고 해도, 그걸 자신에게 말하지 않은 것도 이상하고 뜬금없이 엄마와 만난 것도 쉽게 이해가 가지 않았다.

―아유, 난 몰라! 규 서방이랑 직접 얘기해.

"규 서방……?"

계속된 추궁에 아니라고 발뺌하던 엄마는 결국엔 수화기를 넘겨 버렸다.

―봄봄이, 내 맞다. 청력킹이다.

"하……."

바로 어제 들었던 익숙한 중저음이 마치 몇 년 만에 들은 듯 그렇게 반가울 수 없었다. 동시에 허무해졌다. 모든 걸 보고 알게 되었어도 재규는 변함이 없다는 걸 특별한 대화 없이 목소리 하나로 깨닫게 된 것이다.

"재규 씨, 저 학교 조퇴했어요."

―잘했다. 우리 봄이 난리 통에 맘고생 심했겠네.

다정하게 토닥이는 듯한 따뜻한 음성은 저를 울컥하게 만들었다. 사실은 너무 힘들었다고, 모두 혼내 주면 좋겠다며 어리광을 부리고 싶을 정도로.

"인터넷에 뜬 거 다 본 거죠, 재규 씨도."

―봤지, 누구 일인데. 콩밥 먹을 놈들 잘 골라 났습니다.

되도록 보이기 싫었던 추하고 민망한 모습마저 봄이의 모습으로 대수롭지 않게 받아들인 재규는 이렇게 평소처럼 농담을 건넸다.

이 남자가 입버릇처럼 하던 말 그대로였다. 항상 예쁘고 좋은 모습만 보여줄 수 없다고. 그게 겉모습을 두고 하는 말인 줄로만 알았는데 이제 보니까 본질은 그게 아니었다. 숨기고 싶은 흉하고 어두운 일도 털어놓고 의지하자는 게 재규의 뜻이 아니었을까? 재규의 고향인 해촌 마을에 다녀온 이후 부쩍 저 말을 자주 했으니까.

"근데 재규 씨, 왜 서울인 거예요?"

봄이는 자기도 모르게 다시 찔끔 흐른 눈물을 문질러 닦으며 아까부터 궁금했던 점을 물었다.

—비상사태라 내 새벽 뻥기로 날아왔고 어머님이랑은 방금 접선 완료. 엇, 잠시만요.

그러면서 엄마한테 "딸기 소금 프라페로 하시겠습니까" 하고 묻는 소리도 들렸다. 차분히 통화 중이지만 분주한 분위기에 봄이는 궁금한 것들은 접어두고 본론부터 꺼냈다.

"어디예요, 그래서?"

—······특급 비밀.

"네?"

—여기 얼마 안 걸릴 텐데 집 가서 쉬면 안 되겠습니까. 프라이빗한 일이라 내 정리 다 끝나면 얘기해 줄게요. 어디 보자, 두 시간도 안 걸린다, 얼추 다 정리해 놔서.

"그러니까 어딘데요?"

이번엔 아무리 고집을 부려도 절대 답해 주지 않았다. 봄이는 일단 전화를 끊고 아까 얼핏 들은 메뉴를 휴대폰으로 검색했다.

[서울 딸기 소금 프라페 카페]

천만다행으로 독특한 메뉴 덕에 쉽게 재규가 있는 카페를 찾을 수 있었다. 지도 앱을 열어 카페 위치를 찾아본 봄이는 마른침을 삼켰다.

'이래서 오지 말라고 했구나.'

QBS 방송국 앞에 있는 1층짜리 대형 카페였다. 그때 그 PD나 작가를 만나 상황을 따지려는 거겠지. 피피하우스에서 재규의 기세에 바짝 눌려 있던 그들을 떠올리니 심히 불안해졌다.

화가 난 재규가 주먹이라도 휘두르면 그대로 연행이었다. 설마 그렇게 할까 싶지만, 모르는 일이었다. 지금까지 그가 폭력을 행사하는 걸 두 눈으로 본 적은 없었다. 다만, 워낙에 장신의 거구에다 힘이 남다른 만큼 불안한 상황이 절로 그려졌다. 혹시나 그들이 재규를 먹잇감으로 삼을지도 모른다.

생각이 여기까지 미치자 봄이는 가만히 있을 수 없었다. 재규는 자기를 믿고 집에 가서 가만히 기다려 달라고 했지만, 그러려고 신수고에서 서울까지 달려온 것이 아니었다.

'무슨 일을 하려는지는 모르겠지만 일단 가자. 가서 상황이라도 지켜보자.'

몰려오는 불안함을 애써서 달래며 내비게이션에 QBS 방송국을 찍었다. 평일 낮임에도 서울 시내는 차도 많고, 사람도 많았다. 새삼스럽게 북적이는 도시의 풍경에 고개를 저으며 봄이의 생각이 깊어졌다. 다시 서울살이를 하기에는 자신의 많은 것이 변했다. 한적한 길가가, 지나가다 알은척하며 푸근히 건네는 인사가, 세련된 건물보다 동네 뒷산과 개울가가 이제는 더 마음에 들었다.

'서울은 이렇게 가끔 올라오는 게 좋겠다.'

이번 일만 잘 마무리되면 혼자서 앓지 말고 가족들과 제대로 이야기를 해 봐야지. 이미 거기서 살겠다는 결심은 굳혔으니까 설득만 하면 되었다. 벌써 고래고래 고함을 치는 아버지의 모습과 옆에서 눈치를 보면서도 슬쩍 자기 편을 들어 줄 엄마의 모습이 상상됐다. 오빠는 화난 아버지 옆에서 부채질만 하겠지만.

'저기구나.'

앞일을 생각하는 사이 목적지는 가까워졌다. 그 사이 재규에게 당부의 메시지가 와 있었다.

[봄, 한 시간만 기다리면 끝내주게 맛있는 거 사 드리겠습니다.]

어떻게 가만히 기다려요. 재규 씨가 위험할 수도 있는데.

이왕 일이 터진 거, 자신에게만 화살이 쏟아지는 게 나았다. 엄마의 이미지까지 싸잡아 매도당한 것으로 모자라 재규까지 그렇게 되는 건 절대로 원치 않았다. 만약 그런 일이 터진다면, 그땐 어떻게 해야 할까.

심란한 마음을 안고 QBS 방송국 앞 카페 주차장에 도착한 봄이는 차에서 내리기 전에 글로브 박스를 뒤졌다.

'이 정도면 감쪽같지.'

선글라스를 꺼내 쓰고, 평소에 쓰지 않던 볼캡 모자를 푹 눌러썼다. 검은색 마스크까지 쓰고 백미러를 내려 확인하니 설령 재규나 엄마와 마주쳐도 긴가민가할 정도였다.

그 상태로 봄이는 카페 정문으로 들어섰다. 단층의 커다란 카페는 사방이 통유리창이라 빛을 받은 실내가 무척이나 밝았다. 그곳에서 봄이는 곧, 재규의 뒷모습을 발견했다. 슈트를 갖춰 입고 머리를 다듬은 멀끔한 모습이었다. 엄마와 같이 있을 줄 알았는데, 혼자 앉아 분홍색 음료를 쪽 빨고 있었다.

봄이는 마스크를 좀 더 단단히 위로 올리고 모자챙을 아래로 내렸다. 슬그머니 그쪽으로 다가가 바로 뒤 테이블에 자리를 잡았다.

'너무 가깝나.'

재규와 등을 맞댄 거나 다름없는 상태였고, 고개만 돌리면 바로 그의 뒤통수였다. 하려는 것이 뭔지는 몰라도 자신의 등장이 그에게 방해가 될지도 모른다. 그래서 일부러 이렇게 변장을 한 건데 괜히 나쁜 짓을 하는 듯한 기분도 들었다.

가슴께를 꾹 누르고 있는데 테이블 위에 올려 둔 휴대폰이 붕붕 하고 요란하게 진동했다. 깜짝 놀란 봄이는 휴대폰을 얼른 손에 쥐고 무음으로 돌렸다.

[자기♡ 본가 도착했나요.]

[보고 싶어 죽겠죠. 나둥~]

메시지를 확인한 봄이의 눈이 튀어나올 듯 커졌다. 이런 상황에 웬 장난이지. 어안이 벙벙한 채로 있는데, 재규가 뒤에서 중얼거렸다.

"전화해 볼까."

635

88

안 돼! 봄이의 얼굴이 새하얗게 질렸다. 무음으로 설정해 놓은 걸 재차 확인하고 가슴을 쓸어내리는데, 테이블에 기다란 그림자가 비쳤다. 슬쩍 살펴보니 재규가 팔을 높이 들어 셀카를 찍고 있었다.

찰칵. 사진에 대해 궁금해할 새도 없었다. 그 사진이 곧바로 봄이에게 날아왔기 때문에.

[(사진)]

[뽀미가 좋아하는 깜장 셔츠 입음.]

[어머님이랑 카페ㅋ 오실 때가 됐는데 끝나면 바로 날아갈게요~~~♡]

말투 왜 이러지. 봄이는 재규가 방금 찍어 보낸 사진을 눌러 손가락을 좌우로 벌려 확대해 보고 뜨끔했다. 재규 뒤에 동그란 뒤통수가 함께 찍혔는데 그게 저였다.

"……."

조용히 앉아서 무슨 일인지만 알아보고 가려고 했는데 벌써 머리가 지끈거렸다. 여유롭게 장난을 치는 걸 보니 정말 별일이 아닌가? 이제라도 집에 가 있으라는 말을 듣는 게 나을지도 모른다.

"어유! 여깄다. 이 자리였지, 참."

봄이는 나가려고 엉덩이를 살짝 들었다가 뒤에서 들려오는 목소리에 다시 털썩 주저앉았다. 엄마였다.

"너 잔말 말고 일단 여기 앉아."

"하아……."

신경질적인 한숨 소리만 듣고도 누구를 데려온 건지 바로 알아차릴 수가 있었다.

'오빠잖아.'

하지만 왜? 엄마는 그렇다 쳐도 오빠까지 재규를 만날 일이 있을까. 이 조합은 뜬금이 없었다. 이들이 QBS 방송국 앞 카페에서 평일 대낮에 만나는 이유가 대체 무얼까.

'이상해.'

풀어졌던 긴장감이 다시 바짝 아랫배를 조였다. 봄이는 경직된 채 귀를 기울였다. 막 점심시간의 끝 무렵이라 그런지 끊임없이 사람이 들이닥치고 있었다. 시끌시끌하기에 온 신경을 기울여야 했다.

"여기는 JK파워에너지라고, 에너지 회사의 대표고, 봄이랑 만나는 분이야."

"인사드리겠습니다. 선재규입니다."

슬쩍 훔쳐보니 재규는 품에서 명함을 꺼내 건네고 있었다. 사업과 관련해 만나는 걸까. 여전히 알 수가 없었다.

"그리고 이쪽은 봄이 오빠."

"아……. 윤청입니다. 금융 관련 사업 막 시작 중이고요. 화면이랑은 좀 이미지가 다르시네."

상견례를 하듯이 서로 인사를 나눈 세 사람은 아무 말이 없었다. 서로 탐색이라도 하는 중일까. 그러다가 먼저 입을 연 것은 재규였다.

"오늘 여기 모이게 된 것은 윤봄 씨의 일을 상의하기 위해서입니다."

"참 나, 남편이라도 되시나."

비아냥거리는 오빠에게 엄마가 조용히 하라는 제스처를 보냈다.

"다 알겠지만 정리해서 말씀드리죠. 집중하십셔."

재규는 브리핑을 하듯 어제 있었던 사건을 주르륵 읊었다. 가만히 듣고 있던 봄이의 눈이 커다래졌다. 일목요연하게 핵심을 정리한 것도 놀라웠지만, 자신조차 미처 확인하지 못한 일들까지 재규는 알고 있었다. 언제 이렇게 준비한 걸까.

"이렇게 전 국민 테러를 받았으니 우리가 해결해야죠. 안 그랍니까."

"저기요. 윤봄 걔 만난 지 얼마나 됐어요?"

"79일째."

답을 들은 오빠는 어이가 없다는 듯 피식 웃었다.

"참 오래도 사귀셨다. 인터넷 글 봐서 아시겠지만 윤봄, 이런 일 처음 아닙니다."

"……."

"전에도 이런 일 터져서 시골 내려갔다는 거, 그거 루머 아니고 진짜라고요. 뭘 모르시네."

재미있는 이야기라도 하는 듯 오빠는 테이블 위에 둔 반지갑을 세워 툭툭 경쾌하게 두드렸다.

"그렇습니까."

"네, 이번 일도 자업자득이고, 걔 성인이니까 알아서 할 수 있습니다. 무엇보다 우리 가족 일이니까 참견하지 마세요."

오빠의 말에는 틀린 것이 없었다. 괜히 왔어. 봄이는 피가 나도록 입술을 꾹 깨물었다.

"자업자득인지, 백지애매한 건지는 따져 보면 알 일이고."

"백지…… 뭐요?"

"공부 좀 하십셔."

"……아니, 이봐요!"

시원하게 한 방 먹인 재규는 소파에 팔을 걸치고 목소리를 착 깔았다.

"협조하실 거죠. 혈육이니깐."

"……뭐, 우리끼리 뭘 어쩌자고요."

오빠는 재규의 화법이 익숙하지 않은지 반쯤은 포기한 상태로 장단을 맞추기 시작했다.

"악마의 편집으로 얼굴 노출. 과거 불륜 사진 폭로."

재규가 손가락 두 개를 흔들었다.

"내가 딱 따져 보니까 이 두 가지가 수상하더라고."

재규의 말대로였다. 애초에 악마의 편집으로 사람을 매도하고 모자이크를 허술하게 하여 신상이 밝혀지도록 유도한 것은 본방송이었다. 자정하자는 분위기가 돌 즈음엔 과거 불륜 사진이 폭로되어 완전히 매장되었다.

"이걸 저지른 범인을 색출해 보입시다."

한 시간이면 돌아온다던 재규의 말은 무엇이었을까? 이제 막 논의를 시작하는데 얼핏 생각해도 쉬이 끝날 거 같지는 않았다. 재규는 이제 막 첫 번째 범인부터 찾아보자며 나서고 있었다.

"본방송이 시작이었죠. 악마의 편집에 얼굴 노출. 이거 누가 할 수 있겠습니까."

"그걸 말이라고. 방송국에서 하지, 누가 해요."

"그죠. 근데 방송국에선 왜 봄이 씨를 그래 노출했겠습니까."

자극적이니까? 신파적인 사연으로 시청자들의 감동을 끌어 올리고, 결정적인 순간에 못된 방해꾼을 등장시켜 모두의 적으로 만드는 것은 전형적인 클리셰였다. 게다가 그 방해꾼의 정체가 모두의 도파민을 끌어 올리지 않았던가.

"그 사람들이 알겠지. 우리끼리 얘기해서 뭐 합니까? 씨발, 이거 시간 낭비네."

오빠의 목소리엔 짜증이 가득했지만 재규의 커다란 덩치에 겁을 먹어서인지 작게 욕설만 간신히 내뱉고는 자리에서 일어섰다.

"어머니, 저 먼저 일어나겠습니다."

하지만 오빠는 자리를 떠나지 못했다. 재규가 냉큼 따라 일어나 한 손으로 오빠의 어깨를 잡아 누른 탓이었다.

"윽."

오빠는 형편없이 몸이 무너져 소파에 털썩 앉혀졌다. 재규는 커다란 손을 탁탁 털며 다시 자리에 앉았다.

"에헤이, 내 말 끝날 때까지 일어나면 안 됩니다?"

"조……조폭 맞네. 어머니, 이 남자 뭡니까. 이런 짓 하는 거 왜 보고만 계세요?"

"청아, 가만히 있어."

하, 참, 허. 기가 막히다는 듯 숨을 뱉어 가며 답답해하던 오빠가 얼음처럼 굳어 버린 것은 카페 정문이 열리며 누군가 들어섰을 때였다.

"뭐야. 저 사람 당신이 불렀어……?"

봄이도 그 사람의 정체를 확인하곤 황급히 고개를 숙였다. 물론, 모자에다가 선글라스와 마스크까지 쓰고 있는 자신을 알아볼 리는 없지만. 그래도 이 사람은…….

"우리끼리 얘기해서 뭐 하냐 했죠. 그래서 특별히 데리고 왔습니다."

수척해진 모습으로 등장한 사람은 다름 아닌 나케가의 작가였다. 이미 재규와 이야기를 마친 듯한 작가는 시간에 맞춰 등장하여 고분고분 자리에 앉았다.

"작가 양반 시간 딱 맞춰 오셨네. 자, 이제 이야기하기 좋겠죠, 처남?"

심히 불편한 표정으로 자리에 앉은 작가가 침을 꿀떡 삼키는 소리까지 봄이 귀에 들렸다. 하지만 더 크게 들린 것은 따로 있었다. 옷감이 스치며 나는 쓱싹 소리가 거슬릴 정도로 크게 들렸다. 보지 않아도 무슨 소리인지 알 수가 있었다.

오빠가 다리를 떠는 소리였다. 잘 안 풀리는 일이 생길 때마다 사고 난 쪽의 다리를 심하게 떠는 버릇은 봄이가 예전부터 눈치채 왔다. 오빠는 뭐가 저렇게 불안한 걸까.

"이봐요. 프로그램 대박 났다며. 우리 딸 팔아서."

"……그게, 그러려고 한 건 아니고."

"내가 아무리 몇십 년을 쉬었어도 공채 탤런트 출신이고, 배우 협회 모임은 꼬박꼬박 나가서 인맥은 고대로 살아 있다?"

엄마구나. 이 작가를 찾아 여기로 부른 게. 조금 놀랐다. 개인적으로는 걱정할지언정 대외적으로는 모르는 일이라고 잡아뗄 줄로만 알았다. 그런데 엄마가 직접 수소문해서 작가를 이 자리에 끌고 왔다는 사실에 봄이는 작은 감동을 받았다.

"우리 기획사 통해서 들었지? 스타 검사 출신 변호사도 합류해서 고소하기로 한 거. 뭐, 부장 검사 출신도 있고 우리 쪽은 빵빵해. 작가님네 돈 많아? 난 꽤 많아요. 어디 한번 해 보자고."

고소를 담당하기로 한 변호사라는 건 최이준을 말하는 걸까. 은

사님 격인 부장 검사와 법률사무소를 새로 차렸다고 하더니, 이렇게 연결이 되고 있었다.

"저는, 저는, 하……. 죄송해요, 배우님. 진짜 죄송합니다."

기세에 눌려 울음이 터진 작가의 변명이 시작됐다. 현 PD가 QBS 방송국 개국에 맞춰 큰 몸값을 받고 건너왔을 때 자기를 데리고 왔단다. 세상에 공짜란 없는 법. 받은 만큼 결과가 나와야 하니 프로그램 론칭이 다가올수록 두 사람은 상부의 압박을 받았다고.

"당장에 프로그램을 빵 띄워야 하는데, 막 눈에 들어오는 참가자도 극소수고, 또 기획사 패널분은 한결이 학생 맘에 든다고 계약하고 싶다고 하니까 겸사겸사……."

그렇게 나름 판을 짜 놨는데 다 어그러졌으니 앞이 막막해졌다고 한다. 결국 해선 안 될 방법까지 써서 죄송하다며 작가는 연신 어깨를 들썩였다.

"정난희 선생님 딸이라는 걸로 어그로 끈 점 정말 죄송합니다. 저도 이렇게까지 편집을 세게 할 줄은 몰랐어요. 인터넷 반응도 생각보다 심해서 저도 놀랐고……."

가만히 이야기를 듣던 봄이의 미간이 좁아졌다. 이상하다고 느낌과 동시에, 재규가 입을 열었다.

"그땐 몰랐잖아."

"……네?"

"봄이 씨가 정난희 배우님 딸인 거."

봄이가 이상하게 느낀 것도 바로 그 때문이었다. 머리가 띵했다. 학교에 쳐들어왔을 때도, 피피하우스에서 촬영을 할 때도 아무도 몰랐다. 자기가 누구인지.

"어떻게 알고 누구랑 기획한 겁니까."

적막 속, 오빠의 다리 떠는 소리가 더욱 커졌다. 봄이는 슬슬 불안해졌다. 두려운 가정 하나가 머리를 스쳤다. 혹시 오빠가…….

'오래전부터 날 싫어했으니까.'

그간 오빠가 자신에게 했던 말들이 하나씩 떠올랐다.

〈알지, 윤봄? 너만 아니면 어머니 아버지가 나 미국으로 안 보냈어. 내 인생은 거기에서부터 꼬였는데 넌 참 운도 좋다.〉

혼자만 어릴 때부터 미국으로 건너가 심한 따돌림을 당했으니 트라우마가 있을 법도 했다. 한국에 돌아온 이후에도 적응이 안 된다며 반년 동안 방에만 처박혔을 정도니까. 물론 부모님이 어린 오빠를 미국에 보낸 것이 상처가 될 순 있지만…….

봄이는 묻어 두었던 기억을 끄집어냈다.

〈청이 그놈의 자식이 기숙사에서 동급생 몰카를 찍었다더군. 이것 좀 해결해 줘. 졸업은 시켜서 데려와야 할 거 아냐.〉

언젠가 한밤중에 아버지의 통화 내용을 들은 적이 있었다. 그때 처음 알았다. 오빠의 미국살이가 길어지는 이유를. 비단 저 사건만이 아니었다. 오빠는 주로 음침한 방향으로 사고를 치는 듯했고, 아버지는 매번 누군가에게 수습을 부탁했다. 그놈의 집안 이미지 때문이겠지. 자꾸만 사고를 치는 오빠를 미국에 묶어 두면 여기서는 아무도 모를 테니까.

그러니까, 그런 상황에 처한 것은 오빠 본인 탓이었다. 스스로 알 텐데 왜 자꾸 그 탓을 자신에게 돌리는 걸까. 이런 패턴은 오빠가 한국에 적응을 마친 후에도 이어졌다.

〈내가 서성대 가려고 개지랄 떤 거 알면서 굳이 거기를 넣어야 했냐? 어차피 서화여대 갈 거면서? 누구 보라고?〉

오빠는 잊은 걸까. 왜 서성대에 원서를 넣었는지. 그건 분명 오빠가 자신의 점수를 얕잡아보고 서성대는 떨어질 거라 비아냥거려 보란 듯이 집어넣었던 원서였다. 그래 놓고 막상 서성대에 합격하자 오빠는 자신을 사이코패스 취급하기 시작했다.

그것도 다 참을 수 있었다. 해가 흐르면 오빠도 변할 거란 엄마의 말을 믿었다. 하지만 오빠가 자신을 태우고 가다 사고가 났고, 이 사실은 변하지 않는 것이었다.

〈너 일부러 나 보라고 뛰어온 거지? 나는 다리병신이니까. 보란 듯이. 맞아, 틀려? 내가 누구 때문에 이렇게 됐는데!〉

이건 정말 자신의 탓이 맞으니까. 하늘이 무너진 듯 절망하는 엄마에게도 너무나 미안했다. 그래서 더욱 순응하며 살아왔다. 아버지의 억압도, 엄마의 유난도, 오빠의 억지도 모두 받아들이면서. 그렇게 착하고 얌전한 가족의 구성원으로 살았는데, 오빠는 아직도 성에 차지 않는 걸까?

"그 여선생님이 배우님 딸이라는 걸 알려 준 사람은……."

89

 우물쭈물 망설이던 작가는 끙 앓는 소리를 내더니 손가락을 들어 자기 앞을 콕 가리켰다.
 "이분이요."
 말이 끝나기가 무섭게 윤청이 테이블을 주먹으로 강하게 내리쳤다. 그 소리에 놀란 주변 사람들이 이쪽을 흘끔거리기 시작했다.
 "어머니, 이 사람 말 믿어요? 와, 나 황당하다."
 흥분한 윤청이 핏대를 세우고 작가를 향해 눈을 부라렸다.
 "난 진짜 다 걸고 오늘 이 사람 처음 만났는데? 내 말 틀려요? 말해 보라니깐?"
 상체를 거의 반대편까지 들이민 윤청이 으르렁거렸다. 작가는 깜짝 놀라 움찔거리며 몸을 재규 쪽으로 바짝 붙여 가며 웅얼거렸다.
 "저, 저기…… 맞습니다. 오늘 처음 만난 거 맞습니다."
 "거보라고!"

속이 다 시원하다는 듯 윤청은 콧김을 크게 내뿜고 겨우 제자리에 똑바로 앉았다. 잔뜩 겁먹은 작가는 덜덜 떨며 재규가 건네준 물컵을 받아 마시고 숨을 돌렸다. 그러더니 다시 목소리를 분명히 했다.

"하지만 통화는 여러 차례 했잖아요."

"뭐……?"

"그쪽이 먼저 이런 식으로 편집하면 좋겠다고 아이디어를 줬잖아요. 모자이크를 다 하지 말라는 것도 그쪽이 제안했고. 다 책임진다면서요!"

작가가 쥐어짜는 목소리로 억울한 듯이 따져 댔다.

'진짜 다 오빠가 벌인 거라고?'

봄이는 구역질이 몰려와 참을 수가 없었다. 미워도 피를 나눈 형제였다. 그런데 어째서 이렇게까지 괴물이 된 걸까. 다리에 박힌 철심 때문에?

"뭔 개소리야? 증거 있어?"

"이러려고 음성 변조 쓰고 우회 번호로 걸었어요?"

"어머니, 이 사람 말 믿는 거 아니죠. 상식적으로 생각해 보세요."

차분해진 윤청은 자신감을 되찾은 모습이었다.

"이 프로그램에서 봄이를 찍어 간 걸 제가 어떻게 알아요. 또, 제가 직원도 아닌데 방송국 촬영본을 어떻게 입수해서 편집을 이렇게 하라, 저렇게 하라 했겠어요?"

여유를 부리던 오빠의 모습은 금세 무너졌다. 봄이는 테이블 쪽으로 다가오는 인물을 확인하곤 급히 고개를 숙였다.

"청아. 내가 보여 줬잖아, 촬영 원본."

그때, 뒤에서 나타난 건 승원이었다. 승원이 개입되었을 거라는 생각은 봄이도 했다. 하지만 증거도 없고 본인이 잡아떼면 그만이라 생각하고 있었다. 그런 승원이 자기 발로 나타나 사실을 폭로하고 있었다.

"뭐야, 씨발. 김승원 너 이 개새끼야. 지금 뭐 하냐?"

거칠게 내뱉는 욕설이지만 목소리는 티가 나게 떨렸다. 승원은 주위를 둘러보다 갑자기 봄이의 앞으로 불쑥 다가왔다.

"의자 안 쓰시면 잠깐 좀……."

갑작스럽게 얼굴을 마주한 봄이는 당황해서 눈만 깜박거렸다. 승원은 잠시 놀란 듯하더니 말없이 의자를 끌어갔다.

'못 알아본 거겠지?'

자리를 잡은 승원은 분노로 숨소리가 커진 윤청과 정면으로 대치하고 이야기를 시작했다.

처음은 다 아는 이야기였다. 신수읍 피피하우스에서 한결이의 영상 편지를 찍다가 재규가 나타난 일 말이다. 하지만 뒤에 이어진 이야기는 재규와 봄이가 퇴장한 이후의 일이었다.

"청이한테 전화하는 걸 여기 작가님이 딱 들으신 거죠."

왜 이렇게 술술 부는 걸까. 이유는 모르겠지만 분위기상, 이건 모두 사전에 협의된 일이었다. 그렇지 않다면 이렇게 딱딱 시간에 맞춰 하나둘 등장할 수가 없으니까.

"그리고 여쭤보셨죠. 아까 그 여선생이 탤런트 정난희 딸 맞냐."

승원의 말에 작가가 고개를 끄덕거렸다.

"전 잘못 들으신 거라고, 아니라고 했습니다. 당시엔 작가님도 믿으셨고요."

그럼 어떻게 알았다는 걸까? 가슴을 졸이며 귀를 쫑긋하던 봄이는 문득 지금 자기 외에도 카페의 모든 사람이 이 대화에 주목하고 있다는 걸 깨달았다.

어느 순간부터였을까. 다들 삼삼오오 모여 있지만 아무도 자기들끼리 대화하지 않고 있었다. 카페 안엔 고상한 클래식 음악이 흘러나왔고, 지금 이 테이블의 목소리만 울려 퍼졌다. 이곳은 방송국 앞 카페라, 당연하게도 방송국 관계자가 많을 것이다. 게다가 점심시간과 맞물려 좌석도 가득 차 있고.

재규는 왜 하필 이곳으로 장소를 선택한 걸까. 설마, 일부러?

"그럼 어떻게 알게 된 겁니까."

재규가 물었다.

"철수하고 서울에 올라가자마자 청이가 연락을 했죠. 자기 사무실에서 술 조금만 먹자고. 가서 저 얘기를 하니까 촬영본 좀 보여 달라 하데요? 뭐, 보여줬죠. 동생이 조폭 같은…… 죄송합니다. 암튼 수상한 남자를 만난다는데 당연히 궁금하겠다 싶어서."

촬영본을 입수한 윤청은 당연히 모든 것을 보았다. PD와 작가의 얼굴은 물론이고 이들의 촬영분을 뽑으려고 안달하는 분위기까지.

"작가 번호를 달라더니 저렇게 뒤에서 따로 연락했을 줄은 저도 몰랐죠."

"승원아, 이거 다 증거 있어?"

"그건……."

"내가 너한테 저 작가 번호를 딴 거, 내가 촬영 원본을 본 거, 저 작가랑 통화한 게 나라는 거. 증거 있냐고. 지금 뱉은 말에 책임질 수 있겠냐?"

"……"

없긴 왜 없어. 봄이는 모자를 벗고 헝클어진 채 쏟아지는 머리카락을 손으로 쓸어 올렸다. 밤색의 긴 머리는 귀에 꽂아 정리하고 선글라스를 벗었다. 이어서 마스크를 턱 아래로 내린 봄이는 후우 하고 긴

숨을 내뱉었다. 분통 터지는 이야기를 듣고만 있느라 꽉 막힌 듯 답답했던 속이 조금은 풀렸다. 그렇지만, 여전히 뒤에선 오빠가 큰소리를 쳐 대고 있었다.

"시발, 급도 안 맞는 거 놀아 줬더니 이런 식으로 사람을 물 먹이네."
그러더니 갑자기 "아, 알겠다" 하며 비아냥거리기 시작했다.
"솔직히 말해 봐. 이 조폭 새끼한테 뭐 받았는지. 여기서 암만 정의로운 척해 봐야 나는 네 실체를 알아."
"아함."
멈추지 않을 듯 몰아붙이던 윤청의 입을 다물게 한 것은 재규의 커다란 기지개 동작이었다. 몸을 둥글게 말고 테이블 앞에 과묵하게 앉아 있던 그가 별안간 큰 몸을 쫙 펴며 입을 벌리자 오빠는 몸을 움찔했다.
"윤충 씨."
"……제 이름은 윤청입니다만. 푸를 청이요."
"아, 미안합니다. 우리 처남 말씀 다 들어주고 싶은데 짐 기다리는 사람이 있어서 안 되겠네."
"뭐가 안 돼요?"
"본론 들어간다고."
재규는 커다란 상체를 앞으로 당겨 딸기 소금 프라페 위의 웨하스를 뽑아 와그작 씹어 먹었다.
"힘 빼지 말고 곱게 이실직고하십시오."
"뭐?"
"아까 증거 대보라 했죠."
"당연히 증거가 있어야……."
"그거 지금까지 본인이 본인 입으로 술술 불지 않았나."

오빠는 어안이 벙벙한 듯 잠시 말이 없었다. 안심했다. 재규 씨도 눈치채고 있었구나.

"아까 작가 선생 들어올 때 뭐라 했습니까."

"내가? 뭘?"

오빠는 생각보다 멍청했다. 아직도 눈치채지 못하고 있었다.

"작가 선생이 카페 들어오자마자 눈이 소 눈깔만치 커지면서 저 사람 당신이 불렀냐고 방방 뛰었죠."

"……."

"작가 양반 얼굴은 우째 알고 먼저 호들갑을 떨어 쌉니까."

"……!"

곧바로 재규는 옆의 작가를 슥 쳐다보며 물었다.

"작가님. 유명합니까."

"아, 아뇨. 전혀……."

"TV 나온 적 있습니까."

"없어요."

뒤늦게 자신의 실수를 알아챈 윤청의 얼굴이 낭패감에 휩싸였다.

"봐라. 본인 입으로 술술 불었지. 이게 촬영본 봤다는 증겁니다. 됐나요."

"작가 얼굴은, 그러니까, 승원이 새끼가 얼핏 설명했던 것도 같아서."

"청아, 난 그런 적 없다. 작가 얼굴을 내가 왜 묘사하냐?"

승원이 한심하다는 듯 고개를 젓자 윤청의 얼굴은 수치심으로 검붉어졌다.

"그거 하나로 지금, 나를 범인으로 몬다고? 이게 증거라고?"

"그거 하나만은 아니고."

그렇지. 또 있었다. 봄이는 아까 두 사람의 첫 만남을 기억해 냈다.

"아까 내랑 인사할 때 뭐라 했습니까."
"인사가 인사지, 무슨······."
〈화면이랑은 좀 이미지가 다르시네.〉
"내가 화면이랑 이미지가 다르댔죠. 무슨 화면을 봤습니까. 내 공중파에 아직 안 떴는데."
촬영 당시엔 한결이의 얼굴과 함께 재규도 떡하니 몇 분이나 비쳤지만 본방송에는 모자이크가 덜 된 봄이의 얼굴만 방송되었다.
"표정이 겁나 투명하네요. 내 준비한 거 꺼내 놓을 필요도 없겠다."
"아니, 진짜, 하······."
버벅거리면서 당황한 빛이 역력한 윤청을 보며 혀를 차던 재규는 난희에게 눈짓했다.
"지금입니다, 어머님."
자기가 나서야 할 타이밍임을 깨달은 엄마는 조심스럽게 입을 열었다.
"청아, 엄마 말에 솔직하게 대답해."
"어머니까지 뭡니까."
"청이 너 봄이 사진은 왜 인터넷에 유포한 거야? 그, 불륜 사진 있잖아."
사진 이야기가 나오자 봄이의 표정이 굳어졌다. 오빠는 자신의 사진을 어디서 입수한 걸까. 그리고 그걸 유포했다고? 왜?
"어머니, 윤 봄 사진 올린 적 없습니다. 제가 그 사진이 어디에서 나서 올려요."
억울한 사람처럼 오빠는 신경질적으로 답했다. 평소라면 엄마는 오빠의 심기를 긁지 않으려 입을 다물었을 것이다. 하지만 오늘은 달랐다. 엄마는 휘둘리지 않고 차분히 할 말을 계속했다.

"청아. 네 컴퓨터에서 봤어."

"뭘요……?"

"봄이 사진 원본이랑 합성용 유부남 사진 원본. 그리고 합성한 최종본. 합성하다 망한 다른 사진까지 전부……. 네가 했잖아, 청아."

지금 뭘 들은 거지?

봄이는 멍해졌다. 그 사진이, 자신을 병들게 만든 그 사진이 다름 아닌 자신의 혈육의 짓이라니, 믿을 수가 없었다. 하지만 이는 다름 아닌 엄마의 입에서 나온 말이었다.

"잘못…… 보셨겠죠, 어머니."

윤청이 억지로 여유를 가장했다. 하지만 그는 언뜻 보기에도 초조해 보였다. 파리해진 얼굴 위로 식은땀이 송골송골 맺혔다.

"어머니, 컴퓨터도 잘 못 다루시잖아요."

"그치. 내가 컴맹이라……."

"뭘 잘못 누르셨나 보다. 이따 집에 가면 컴퓨터 보여 드릴게요. 폴더 다 뒤져 보세요."

파일째 숨기기라도 한 건지, 시간을 벌려는 건지 오빠는 엄마를 달랬다. 윤청은 애써 입꼬리를 올리고 여유로운 척을 했다.

"그래. 내가 컴맹이라 잘 몰라서 그냥 매니저한테 본체 그대로 차에 실으라고 했어. 일단 변호사 사무실에다 뒀다."

"네?"

"규 서방이 그러는 게 확실하다고 해서."

"아니, 남의 컴퓨터를 왜! 아, 씨발!"

악을 쓰고 펄쩍 뛰던 윤청은 재규가 쏩 소리를 내며 눈을 부라리자 끙끙 앓는 소리를 내며 화를 삭였다.

"처남에 대한 최종 처분은 피해자인 봄이 씨가 하는 거고, 내는 조언만 좀 해 보겠습니다."

재규는 상체를 바짝 수그려 윤청을 똑바로 바라보며 말했다.

"정확히 무슨 짓을 저질렀고, 어떤 억하심정 때문에 그런 짓을 했는지 불고, 용서를 비는 게 나을 겁니다."

"……."

"용서해 줄 거라는 기대 접고 순수하게 미안한 마음으로 사과하라는 말입니다."

이 모든 일을 오빠가 저질렀다는 사실은 분명 충격적이었다. 하지만 하늘이 무너지고 땅이 꺼질 만큼 엄청난 충격은 아니었다. 애초에 기대한 게 없어서 그런지도 모른다. 또는 자기도 모르게 생각했는지도. 오빠라면 그럴 만도 하다고…….

씁쓸함. 이 감정이 충격보다는 지금 심정에 더 정확한 표현인 것 같다. 용서할 수 있을까, 오빠를.

"내가 왜 그래야 하는데요."

잠시 고민하는 듯 고개를 푹 숙이고 있던 오빠는 서늘하게 대꾸했다.

"생각해 보니 억울하네. 그래, 이거 다 내가 했다고 칩시다."

"말은 똑바로 해야지. 다시."

재규는 느릿하지만 단호하게 말했고 오빠는 다시 기세에 눌려 웅얼댔다.

"뭐……. 그래요, 그래."

입술 여린 살을 송곳니로 질경 씹으며 오빠가 깊은 한숨을 뱉었다. 이윽고 그의 입에서 나오길 바랐지만 한편으론 바라지 않았던 고백이 흘렀다.

"다 내가 했습니다."

그 말을 뱉은 오빠는 이제는 숫제 차라리 걸려서 잘됐다는 듯 코로 흥 웃기까지 했다.

"그래서 씨발, 어쩌라고?"

"청아, 이 썩을 놈의 새끼야. 너 왜 그랬어, 네 동생한테!"

흥분한 엄마가 고음으로 소리를 지르며 오빠의 등을 찰싹찰싹 쳐 댔다. 하지만 그 소리는 곧 멈췄다.

"다리 때문에."

"……"

프라페를 뒤적이던 재규의 딸그락 소리도 덩달아 멈췄다.

"내 다리 이렇게 병신처럼 된 게 누구 탓인데."

90

"청아."
"그날 어머니가 봄이 데리러 가라고 하지만 않았어도 저 이렇게 비뚤어지지 않았어요."
봄이의 가족에겐 아픈 멍울이 된, 장남의 다리에 박힌 철심. 컨디션이 안 좋을 땐 남들이 눈치챌 정도로 다리를 절기도 하고, 날씨가 궂을 때엔 진통제를 찾으며 울부짖는 오빠를 보며 항상 죄책감에 시달렸다.
역시 그거 때문이었구나. 또다시 자신의 탓을 할 수밖에 없었다. 범인은 잡았지만 원점이었다.
"큭."
그때였다. 승원이 입을 가린 채 고개를 숙이고 어깨를 들썩이며 웃었다.
"청아, 너 지금까지 가족들한테 이런 식으로 말한 거야? 이 거짓말쟁이야."

 승원의 말에 봄이의 몸이 굳었다. 이상한 일이었다. 시야가 캄캄해지고 머릿속이 암전되는 기분. 실제로는 훤한 대낮의 카페 안이지만, 봄이는 지금 오빠의 차에 탄 그날의 기억으로 돌아가고 있었다.
 그날 무슨 일이 있었더라.
 ―봄아, 도서관에서 기다려. 엄마가 오빠한테 너 태우고 오라고 했어.
 〈나 버스 타도 되는데. 오빠랑 불편하단 말이야.〉
 엄마의 부탁으로 자신을 데리러 온 오빠는 처음부터 잔뜩 짜증이 난 듯 보였고, 그런 오빠에게 이런저런 말을 걸었다. 그러다 어떤 말에 심기가 상했는지 흥분한 오빠가 거칠게 차를 몰았고, 어디론가 떨어져 한참이나 의식을 잃었다. 선명히 기억에 남은 것은 오빠의 차에서 나던 독한 향수 냄새.
 "야, 윤청."
 무언가 자꾸만 생각나려 할 때, 심장이 떨어져 나갈 만큼 무섭고 놀라운 말이 귓가에 화살처럼 박혔다.
 "너 그날 음주 운전했잖아."
 온몸에 전율이 일어나듯 솜털이 바짝 솟았다. 봄이는 그제야 흐린 기억 속 선명했던 냄새의 정체를 깨달았다.
 '술 때문에⋯⋯.'
 코를 찌르는 독한 향수 냄새는 풍기는 술 냄새를 가리기 위해서, 그래서 그랬구나. 퍼즐 조각처럼 떠오르는 기억에 눈앞이 빙글빙글 돌았다.
 서서히 하나둘 기억이 맞춰졌다. 그날따라 혀가 꼬부라졌던 오빠의 불명확한 발음, 평소보다 난폭한 말투 그리고 컵 홀더에 있던 숙취 해소 음료⋯⋯.

"무슨! 개좆같은 소리를 해. 김승원 너 어디서 대가리 다쳤냐?"
목청을 높이면서도 덜덜덜, 오빠는 다리를 떨고 있었다. 봄이는 한참이나 품고 살았던 죄책감의 무게를 내려놓기 시작했다.
'오빠는 다 거짓말이었구나.'
참고 살았는데, 바보 같이 참고 살았는데. 한없이 허무하면서도 한편으로는 왠지 속이 시원하기도 했다. 이젠 마음의 빚이 없으니까.
"자, 이제 두 분은 볼일 보러 나가셔도 됩니다. 따로 연락드리죠. 전화 꼭 받으십셔."
재규는 제 역할을 착실히 해낸 작가와 승원을 일단 밖으로 내보냈다.
"방금 저 새끼 말, 증거 없는 거 아시죠. 어머니, 저 진짜 아니에요. 아닙니다."
아까까지만 해도 흥분하던 엄마는 할 말을 잃은 듯 조용했다.
"지금 이 판 윤봄이 짰죠? 걔 불러 봐요. 시발, 난 떳떳하니까."
엄마의 침묵이 두려운 듯 오빠는 더욱 악을 써 댔다. 뭘 잘했다고.
"이거 팔뚝 보이죠."
탁. 재규가 프라페 스푼을 기다란 유리컵 안에 내려놓았다. 창가에 비친 재규는 셔츠 소매를 걷었다. 불룩 튀어나온 팔꿈치근과 이두박근은 윤청의 다리통보다 굵다랬다. 재규는 그 두툼한 팔뚝을 두어 번 흔들어 보였다.
"내 몸뚱이가 이래 무식하게 커서 사람 치면 큰일이라 건드리지도 못합니다. 폭력은 질색이기도 하고. 그래서 정중히 말로 부탁드립니다. 봄이 씨에게 사과 부탁드립니다."
"……."
"하아, 나 사과 안 해."

그 말을 뱉고 윤청은 천천히 일어서서 재킷 단추를 채웠다.

"잘못한 게 있어야 사과를 하지. 난 잘못한 게 없거든."

뻔뻔한 태도에 성난 재규가 콧김을 내뿜으며 벌떡 일어섰다.

"어이, 잘못한 게 없다고!"

"작당해서 이렇게 몰아붙여도 난 잘못한 짓 없어요. 꼬우면 고소하라 해. 근데 갠 못 할걸?"

윤청은 앞머리를 손으로 매만지며 테이블을 벗어났다. 성난 기색의 재규는 성큼 다가가 윤청의 지척에 섰다.

"……."

두 사람의 키 차이가 무려 30cm 가까이 났고, 몸마저도 현저히 차이가 나기에 실로 위협을 느낄 만한 모습이었다.

"왜, 왜요. 때리시게?"

"내 이래 봬도 개미 새끼 하나 못 죽입니다."

"하, 근데 왜 그렇게 몸으로 밀어붙이는데요. 좀 비켜!"

사태가 여기에 이르자, 조용히 모르는 척 귀만 열어 두고 입을 다물고 있던 사람들이 점차 웅성거리기 시작했다.

"시발, 다들 구경났나."

윤청은 그제야 주위를 의식하며 후회의 빛을 띠었다.

"비키세요. 나 나갈 테니까."

"못 비킵니다."

덩치를 피해 옆으로 돌파하려는 윤청의 앞을 자꾸만 재규가 몸으로 막아섰다. 이게 몇 번이나 반복되자 윤청은 얼굴이 새빨개진 채 고함을 쳤다.

"아, 진짜! 비키라고! 좀 꺼져!"

"못 간다고."

"씨바알, 진짜!"

성질이 난 윤청은 또다시 앞을 가로막은 재규의 가슴팍을 힘껏 밀쳤다. 봄이의 눈이 동그랗게 커졌다. 꿈쩍도 하지 않을 것만 같은 재규의 몸이 힘없이 떠밀려 나가떨어졌기 때문이었다. 쿵. 둔중한 소리가 울렸다. 사람들의 이목이 집중된 그때였다.

"저, 아까부터 지켜본 보도국 기자입니다."

소란해진 사람들 틈을 헤치고 누군가 다가왔다. 재규를 부축해 일으켜 세운 그는 봄이에게 명함을 건넸다.

"어제 나케가 방송으로 피해 입으신 선생님 맞으시죠? 방송 윤리에 어긋난다고 생각해 분노하고 있었습니다. 오늘 우연히 전말을 다 지켜봤는데, 괜찮으시면 도와드리겠습니다."

윤청의 거짓말과 횡포에 관한 여러 사람의 목격담과 함께 기자가 기록한 사건 정황 그리고 카페 CCTV까지 모든 게 확보된 상황이었다. 봄이는 명함을 챙기며 추후 기자의 도움을 받기로 약속했다.

"팀워크 짱이네."

재규는 한숨을 돌리며 봄이를 챙겼다. 그렇게 카페 안에서의 상황은 마무리가 됐다. 이제 지극히 사적인 이야기들이 남아 있었다.

카페를 박차고 나온 오빠를 붙잡은 엄마가 밴 안에 자리를 마련했다. 봄이도 따라 들어가 이야기를 들어 보고 싶었지만 재규가 고개를 가로저었다.

"조금만 시간을 주죠. 어머님도 충격 많이 받으셨을 테니까."

다른 모든 사실은 재규가 중국에서 오는 내내 알아봐 정보를 공유했지만, 음주 운전으로 인한 사고 이야기는 아무도 몰랐다고.

"……그 얘기 알고 팍 무너지시네. 내도 놀랐는데, 오죽하겠습니까. 그래도 내내 씩씩하게 적극 도와주셨습니다."

그랬구나. 둘이 자기 하나를 위해 이렇게까지 애썼다는 것에 마음이 벅차올랐다. 오빠 때문에 모든 걸 잃을 뻔했지만, 귀한 것들을 얻었다. 오히려 오빠에게 고맙다고 해야 할까.

"저기 나오네."

재규와 밴 앞에서 이야기를 나눈 지 얼마 되지도 않은 때였다. 윤청이 차에서 나와 그대로 그들을 스치고 지났다.

"오빠."

먼저 그를 불러 세운 건 봄이었다. 무시하고 갈 길을 가던 윤청이 갑자기 유턴하여 봄이 앞에 섰다.

"내가 다 잘한 건 아니지만 이번 일을 자초한 건 너야."

"……."

"그리고, 일을 크게 만든 것도 너고."

"지금 그걸 말이라고 해?"

흘려들으려던 봄이는 이어진 윤청의 말에 화들짝 놀랐다.

"너 때문에 부모님 싸우시고, 어머니 입장이 곤란해졌어. 그건 알아?"

"그게 무슨 소리야?"

"엄마 이혼당할지도 모른다고."

오빠의 웃음소리가 짧게 들렸다.

"아버지께서 화가 많이 나셨거든."

윤청은 아침에 아버지인 윤정기가 밤새 일어난 불명예스러운 뉴스를 확인한 뒤 도자기 몇 개를 깨부수며 촬영 때문에 집에 돌아오지 않은 어머니를 찾은 이야기를 덧붙였다.

"절연 이야기를 하시더라. 부녀지간을 끊으시겠다나. 말리긴 했는데 아버지가 워낙 완고하신 분이라."

밴 문이 다시 열렸다. 눈물을 많이 흘렸는지 눈 주위의 화장이 다 지워진 엄마가 눈을 천천히 깜박이며 다가왔다.
"그 인간이 정말 그러디? 봄이랑 절연을 한다고?"
"네. 그리고 어머니, 아버지 전화는 왜 안 받으셨어요. 화가 많이 나셨던데 오늘은 무조건 자세 낮추시는 게 좋을 겁니다."
엄마가 땅이 꺼질 듯 긴 한숨을 흘렸다. 그 소리에 괜히 심장이 두근거렸다.
긴 한숨을 모두 뱉어낸 엄마는 번진 눈가를 손등으로 슥슥 닦아냈다. 그러고는 어깨를 슬쩍 으쓱 올렸다.
"그럼 이혼하지, 뭐."
"······네?"

91

놀란 봄이는 벌어진 입을 두 손으로 가렸다.
"안 그래도 나 그거 느끼고 있었거든. 그거 뭐지, 그거. 규 서방, 전에 말한 거."
"현타 말씀이시죠."
"그래, 현타 오는데 그냥 이혼해 버릴까? 확."
어디에서 들은 건지 신조어를 끌어온 엄마는 아무렇지도 않게 이혼을 입에 담았다. 엄마의 밴이 주차된 이곳이 아무리 프라이빗 공간이라고는 하지만 연예인이 하기엔 너무나 거침없는 발언이었다.
"내가 뭐가 부족해서 그 썩은 인간 비위를 맞춰야 하는데? 아직 나 좋다는 사람 쌔고 쌨어, 이거 왜 이래."
말로는 나와 보니 너무나 잘난 재혼처가 많아서 굳이 아버지가 아니어도 된다고 했지만, 사실은 일방적인 노력에 지친 것은 아닐까.
"우리 어머님이야 인기 짱이죠."

"그렇지? 뭐, 당장 한다는 건 아니야. 그냥 그 인간한테 이제 겁 안 먹으려고. 이혼하면 지 손해지."

시원하게 내지른 엄마를 달가워하지 않는 것은 윤청 혼자였다.

"어머니까지 왜 그러세요. 그냥 굽히시면 될 일을 진짜……!"

"청아. 엄마 일은 엄마가 알아서 할 거야. 넌 지금 내 걱정할 때니? 너 당장 기사 떠도 엄마는 이제 안 막아 줘."

엄마가 단호하게 선을 긋자 오빠도 더는 입을 열지 못했다. 붉어진 얼굴로 씩씩거리다 자리를 박차고 사라져 버렸다.

"봄, 괜찮습니까."

"오빠랑 완전히 끝난 기분이에요."

멍하게 오빠가 사라진 방향을 보고 있자니 뒤에서 엄마가 나지막한 한숨을 흘렸다.

"저놈 자식 시간이 흐르면 정신 좀 차리겠거니 했는데……."

엄마는 자기 아들이 한 짓은 괘씸하지만, 그런 괴물을 만든 것 또한 자신이라며 자책했다.

"봄아, 네 오빠가 그 사진 합성한 거 그거, 엄마는 사실 알고 있었어."

"뭐라고요?"

"몇 달 전에 청이 컴퓨터 쓰다가 우연히 봐서, 근데 지난 일이라 꺼내기는 뭣하고 앞으론 안 그러겠지 싶어서 모르는 척했거든. 미안해, 봄아."

잠깐 놀라긴 했으나 봄이는 곧 엄마를 이해했다. 가만히 엄마의 손을 잡아 주는 것으로 대답을 대신했다. 고개를 든 엄마는 자신을 마주 보고서 눈시울을 붉혔다.

"형제끼리 법정 다툼하고 그러는 거 생각보다 흔하다더라. 엄마가

다 도와줄게. 필요한 거 있으면 재깍재깍 말하고."

언제 상상이나 했을까. 엄마가 이런 말을 할 줄.

"그리고 엄마가 그 PD랑 관련자들 묶어서 고소 진행할 거니까 너도 같이하고. 내가 싸가지 없는 것들 합의해 주나 봐라."

생각할수록 열이 오른다며 젖은 눈가에 손부채질을 하던 엄마는 뒤의 스케줄 탓에 하는 수 없이 먼저 자리를 떴다.

"우리 엄마 진짜 많이 변했어요."

"아침에 그러시데요. 나이 오십이 되어서야 철이 드는 거 같다고."

솔직히 엄마에게 받았던 상처가 깊어 기억에서 완전히 사라지진 않을 것이다. 하지만 그 묵은 상흔 위에 연고를 바르는 저 마음을 어떻게 모르는 척할 수 있을까. 이제는 마냥 밉지만은 않은 엄마였다. 힘들 때 칭얼거릴 수 있는 내 편이었다.

신수읍으로 돌아가는 길은 재규가 운전을 맡았다.

"그럼 재규 씨 차는 지금 김해 공항에 주차되어 있어요? 출발은 거기서 했으니까."

"글쎄요. 오늘 아침은 인천으로 왔고."

"번거롭겠다. 미안해요, 괜히 나 때문에."

낮게 흥얼대던 재규의 콧노래가 멈췄다.

"봄, 그런 소리 하면 섭합니다."

"재규 씨……."

"신수읍에서 김해 공항 금방인데 뭐 어렵다고."

"……그래도."

"문제는 그게 아니지. 내 진짜 중국에서 일 터진 거 알았을 때 미치는 줄 알았다."

그때가 생각나는 듯 재규는 미간을 잔뜩 좁혔다. 힘줄이 튀어나올 정도로 핸들을 꽉 쥔 재규의 목소리가 살짝 떨렸다.

"당장에 달려가서 같이 있어 줘야 하는데 몸뚱이는 중국이지. 방송국 새끼들도 즉각 조져야겠고, 인터넷 뜬 것도 수습해야 하니까 아주 돌겠더라. 하……."

아무리 재규가 인맥이 넓고 자산이 많아도 한계란 있는 법, 그것도 하루아침에 그 모든 일을 해결하는 건 불가능했다. 하지만 재규는 결국 다 해냈다. 그렇게 해 주고는 뭔가 부족했던 것인지 다짐하듯 이런 말을 했다.

"……항시 옆에 붙어 있어야 내가 살 거 같다."

이미 매일같이 만나면서. 봄이는 재규가 엉뚱한 말을 한다 생각하며 옅게 웃었다.

"그래요, 우리 매일매일 붙어 있어요."

"봄이 씨도 그게 좋습니까."

당연한 소리를. 봄이는 차창 밖에 둔 시선을 재규에게 옮겨 눈을 맞추고 고개를 끄덕여 보였다.

"그럼…… 내 진짜 세상 다 가진 건데."

모양이 예쁜 그의 입술이 시원하게 휘었고, 봄이는 괜히 얼굴이 화끈 달아올라 얼른 이야기를 돌렸다.

"날씨가 많이 쌀쌀해졌어요."

조수석에 앉아 차창을 연 봄이는 부쩍 차가워진 바람에 시간의 흐름을 느꼈다.

"금방 겨울 오겠다."

"봄이, 눈 좋아하십니까."

"음……."

좋아했던가?

펑펑 내리는 눈을 머릿속에 그려 보니 기능성 티셔츠 한 장만 입은 채 교무실에 쳐들어온 이 남자의 모습이 떠올랐다.

"이젠 좋아해요."

가을은 쉬이 지나가니 곧 겨울이 된다. 재규를 처음 만났던 그 계절이.

"그럼 첫눈 오는 날 기대하세요. 빅 이벤트 있을 예정이니까."

또 무슨 일을 벌이는 걸까. 벌써 재밌었다. 봄이는 작게 웃으며 핸들을 잡고 있지 않은 재규의 손 위에 자신의 손을 겹쳤다.

"첫눈이 기다려져요."

92

딸그락, 딸그락.

'하, 조금만 더……..'

봄이는 까치발을 들고 팔을 더욱 높게 뻗어 찬장의 접시를 더듬거렸다. 과일꼬치를 담을 특대 사이즈의 접시가 닿을락 말락 한 높이에 있었다.

"어!"

커다란 그림자가 드리워지더니 곧 팔 하나가 뒤에서 튀어나와 봄이가 찾던 접시를 꺼냈다.

"이거 맞습니까."

익숙한 목소리에 봄이는 웃으며 뒤를 돌아 보았다.

"이준 씨! 언제 오셨어요? 그 접시 맞아요. 이리 주세요."

"방금 왔는데, 선재규가 안 보여서요."

차콜색의 캐주얼 재킷 안에 검은색 목 폴라를 입은 이준의 모습에 봄이는 속으로 감탄했다. 여전히 깔끔하고 단정한 모습이지만 스타일이 제법 자유로워졌다. 법률사무소 개업 후 딱딱하던 성격도 꽤 부드러워졌다. 사무실이 아닌 곳에서 보니 새삼스럽게 그런 점들이 확 피부로 와닿았다.

"아, 재규 씨 지금 테라스에 바비큐 준비하러 갔어요. 프랜치랙인가? 양갈비 해 준대요."

"잔치도 아니고 뭘 이렇게나."

최이준은 찬장 뒤편의 기다란 식탁을 가득 채운 음식을 보며 헛웃음 쳤다. 봄이는 머쓱해졌다. 자기가 봐도 많긴 했다. 모둠전, 해물탕, 무쌈말이, 더덕무침, 잡채, 과일꼬치…….

이 모든 건 아침 일찍부터 재규와 한결이가 준비해 주었다. 물론 봄이도 와서 주방 보조를 맡았다. 그래 봤자 두 남자가 만든 걸 옆에서 간 보는 정도였지만.

"연령대가 제각각이라 입맛이 다 다를 거라고, 이거저거 해 봤대요. 맛있어 보이죠?"

하나같이 때깔이 좋았다. 봄이는 괜히 어깨에 힘이 들어갔다.

"선생님."

그때, 한결이의 목소리가 들렸다.

"여기 계셨구나. 뭐 하세요?"

"과일꼬치 좀 옮겨 담으려고."

최이준과는 밖에서 이미 한차례 인사를 나눈 듯 가볍게 눈인사만 건넨 한결이는 봄이가 들고 있는 특대 사이즈 접시를 빼앗았다.

"저희 집 식기 무거워서 들고 계시면 손목에 안 좋아요. 삼촌이 절대 식기는 들지 말라 하셨잖아요."

"이것도 옮겨야 하고 해 놓은 거 이제 거실로 내가야 하는데……."

"제가 할 테니까 나가세요, 선생님."

주춤거리며 부엌을 나서는 봄이의 등 뒤로 한결이가 최이준에게 음식 나르는 것을 부탁했다.

'한결이 제법이구나.'

고지식해서 집안일이라곤 까딱하지 않는다고 얼핏 들었는데 한결이가 건네는 앞치마를 순순히 착용하는 최이준이 보였다. 저런 걸 보면, 한결이도 제법 사람을 다룰 줄 알았다.

"저어, 식사 준비 다 됐어요."

오랜만에 북적이는 거실은 시끌시끌했다.

"봄 선생!"

"쌤!"

직사각형의 앉은뱅이 교자상에 둘러앉은 사람들이 봄이를 보고 반가워하며 방석을 끌어와 자리를 만들었다. 이 중 매일같이 얼굴을 보는 사람도 있었지만, 이렇게 주말에 모이니 괜히 더 반가웠다. 그럴 수밖에 없었다. 이 사람들이 누구인가.

"그럼 이제 다 온 건가?"

"그런 거 같아요."

오늘 초대를 받은 사람은 신수고 교감 석관수를 비롯한 몇몇 선생들이었다. 학생으로는 오동표와 최세진이 있었다. 또, 방금 본 최이준을 비롯해 그의 법률사무소 식구들도 자리를 함께했다.

"어, 근데 집주인이 안 보이시네."

"이제 곧 올 거 같아요."

여기에 집주인인 재규와 한결이 마지막으로 오늘의 주인공인 봄이가 있었다. 따라온 봄식이도 석관수 옆에 찰싹 엉덩이를 붙이고 자리를 잡았다. 제법 많은 사람이 재규네 집의 드넓은 거실에 둘러앉아 있는 풍경이 최이준의 말마따나 잔칫집 같아 보이기도 했다.

"엇, 오시네."

현관이 열리고 찬 공기가 들어오기 전에 탁 닫혔다. 슬리퍼를 벗으며 재규가 소리쳤다.

"하, 씨. 뜨뜨뜨뜨뜨! 거 가운데 그릴 놓을 자리 비워 주십셔! 얼른!"

목장갑을 낀 채 뜨거운 김이 올라오는 그릴을 들고 재규가 조심조심 안으로 들어왔다. 굽기가 생명이라고 하더니 육즙이 단단히 스민 노릇노릇한 프랜치랙은 비주얼도 그렇고, 냄새도 그렇고 식욕을 동하게 했다.

"……고생했어요, 얼른 앉아요."

이어서 한결이와 최이준이 부지런히 음식을 날라 교자상을 채웠다. 얼추 음식이 채워지고 준비가 된 것 같아 봄이는 거실 한복판에 일어섰다. 자신이 간단히 무슨 말이라도 해야 사람들이 본격적으로 편히 먹을 거 같아서였다.

"와 주셔서 감사해요. 전부 모이실 줄은 몰랐어요."

혹여 부담이 되진 않을까, 시간이 되는 사람끼리 모여 조촐하게 맛있는 거나 먹자고 했는데 한 사람도 빠짐없이 모인 게 신기하면서 또, 고마웠다.

"일이 터졌을 때 여러분들이 안 계셨더라면 극복하기 어려웠을 거예요."

"에이, 우리가 한 게 뭐 있다고."

봄이 인생의 커다란 시련이었던 그 사건은 여전히 진행 중이었다. QBS 방송국 앞 카페에서 벌였던 한차례 소동은 여기저기 보도가 되었고 모든 게 윤청과 방송국의 조작이었다는 증거가 뿌려졌다. 그러자 나서서 봄이를 욕하던 네티즌들은 자취를 감췄고, 그럴싸하게 가공되어 떠돌던 루머들도 점차 사라졌다.

봄이는 누명을 벗었다고 해서 사건을 덮어 두지 않았다. 윤청이 그 죄에 합당한 벌을 받기를 원했다. 친오빠와 법적 분쟁을 벌이는 건 생각보다 쉽지 않아 최이준의 사무실에 큰 도움을 받고 있다. 더불어 크거나 작게 소송 건으로 도움을 받을 일이 생겼는데, 이때 흔쾌히 발 벗고 나선 사람들을 지금 이 자리에 초대한 것이다.

"음식은 여기 계신 재규 씨와 한결이가 다 했어요. 제가 한 건 아니지만 맛있게 드세요. 정말 감사했습니다."

진심을 가득 담아 허리를 숙여 인사한 봄이는 박수갈채를 받고 재규의 옆에 앉았다.

"세상 맛있다. 파는 거보다 낫네."

"와, 일등 신랑감이시다. 시상에."

"그럼 이걸 다 직접 했다고요?"

식사를 시작한 사람들은 부지런히 젓가락을 움직였다. 맛에 대한 무수한 칭찬이 이어지자 재규는 뿌듯해하며 봄이에게 은근하게 말했다.

"들었나, 내 일등 신랑감이랍니다."

봄이는 조용히 좀 하라는 무언의 사인을 보냈지만 재규는 멈추지 않았다.

"새우 그거 냅둬요, 내 까 줄게."

"됐어요."

"에헤이. 고운 손 물든다."

바로 맞은편에서 최이준이 빤히 쳐다보고 있었다. 봄이는 당황해서 눈동자를 데구루루 굴리다가 동표와 눈이 마주쳤다.

"동표야, 많이 안 먹네. 밥이라도 갖다줄까?"

"아뇨. 음, 곧 국수 먹을 거 같네요."

알 수 없는 말을 중얼거린 동표는 세진이가 건넨 무쌈말이를 씹었다.

병가를 내고 서울에 올라갔던 그 다다음 날 봄이가 신수고에 출근했을 때 동표의 덕을 많이 보았다. 담임인 2반 학생들이야, 봄이의 편이 되어 주겠다고 선언했지만 다른 반 학생들은 그게 아니니 심히 걱정이 될 수밖에 없었다. 하지만 예상외로 전교생은 저를 응원하는 분위기였다. 알고 보니 그날 제 교실을 염탐하고 돌아간 동표가 자신만만하게 말했단다.

〈방금 2학년 2반에 가서 윤봄 선생님이 애들한테 얘기하는 거 보고 왔는데 말이야. 저명한 행동 심리학자인 마이클 보이스가 서술한 대로 누명을 뒤집어쓴 사람의 전형적 패턴을 보이시더라고?〉

〈뭐야, 그럼 진짜 방송국의 농간에 우리 학교 선생님이 당한 거야?〉

〈너네 내가 가짜 눈물 가려낼 줄 아는 거 알지. 쌤은 진짜야. 이번 일은 우리 동아리 쌤이 결백하다에 내 이름 건다.〉

〈오! 그럼 확실하네. 선생님 불쌍해서 어떡하냐.〉

이후, 봄이에 대한 반박 보도와 윤청에 대한 폭로가 이슈가 되자 의혹은 차츰 사그라들었다.

'받기만 한 거 같네.'

모두의 덕에 오늘 이렇게 웃고 있는 자신의 모습이 있었다.

"잘 놀다 갑니다!"

"잘 먹었습니다! 고생했어요!"

후식까지 잘 챙겨 먹은 사람들은 밖이 새카매지기 전에 떠났다.

"재규 씨, 한결이는 어디 갔어요?"

초대를 받은 사람들이 십시일반으로 정리해 준 거실은 한바탕 거하게 놀다간 자리답지 않게 깨끗했다. 주방을 정리하고 온 재규는 거실을 스팀청소기로 밀고 있던 봄이를 소파에 앉히고 자기가 나머지를 밀기 시작했다.

"오늘 친구네 집에서 자고 온답니다. 그 체육대회 때 달리기 같이 뛴 김재현이네서."

"아, 재현이도 여기 근처 살지. 그렇구나. 같이 부를 걸 그랬네."

꽉 찼던 재규네 집은 이제 둘만 남았다. 뜨거운 스팀을 풀풀 풍기며 거실 바닥을 말끔하게 청소한 재규는 소파 앞에 가만히 섰다.

"……왜요?"

"있어 봐라."

그러더니 봄이의 양팔 안쪽에 손을 집어넣고 무를 뽑듯이 쑥 봄이를 일으켜 세웠다.

"읏, 뭐예요!"

그게 조금 웃기고 간지러워 봄이는 주먹으로 재규의 가슴팍을 푹푹 쳤다. 재규는 앓는 소리를 하며 킥킥 웃어 댔다.

"아이고, 아파라. 내 죽는다."

"훗, 간지러워요!"

"동네 사람들! 여기 솜방망이 살인마 떴다. 끄윽!"

"하지 말라고!"

맞으면서도 좋아 죽던 재규는 봄이의 겨드랑이에서 손을 떼어 내고 자신의 품에 넣어 꼭 껴안았다.

"잡았다."

"으응……. 따뜻하다."

"봄이는 몸이 참 말랑말랑해서 신기하다."

"재규 씨, 우리 조금만 이러고 있을까요."

"그래, 그러입시다."

시계침 소리만 희미하게 들리는 적막에 둘만 남겨졌지만 전혀 어색하지 않았다. 거실 한복판에 서서 이렇게 오붓하게 서로의 체온을 나누는 순간이 좋았다.

"……가기 싫다."

괜히 이런 투정도 부려 보았다.

"가지 마라. 진짜 안 가면 안 됩니까."

"그러고는 싶은데 내일 출근이라…….."

재규는 커다란 손으로 봄이의 뒷머리를 쓰다듬으며 속삭였다.

"아침에 내 데려다줄게요. 봄식이도 교감 쌤이 데려갔으니까 아침에 내가 차에 태워서 챙기면 된다."

이렇게까지 말하는데. 마침 상황도 좋았다. 한결이와 봄식이가 없으니 자신만 결정하면 되었다.

"그럴까요, 그럼."

오늘은 건전하게 보드게임이나 하다가 잘까? 루미큐브나 스플렌더 같은…….

"잘됐네. 내 마침 보여줄 게 있었는데."

"뭔데요?"

93

봄이는 경계를 풀고 재규의 옆으로 갔다. 재규는 손가락으로 자신의 방 옆을 가리켰다.

"서재는 갑자기 왜……."

재규가 쓰는 방의 바로 옆방인데 항상 굳게 잠겨 있었다. 재규는 서재 비슷한 건데 막상 책은 별로 없다며 아무렇지도 않게 방문을 열어 보여 줬었다. 넓은 방 안은 썰렁했다. 재규가 말한 대로 서재라고 하기엔 민망할 정도로 책이 몇 권 없었다.

〈책보단 사실 여기 바닥에 누워서 멍때리곤 합니다.〉

쓰임새로 보아선 서재라기보단 명상실에 가까웠다. 갑자기 저 방을 보여 주고 싶다는 이유는 뭘까?

"그간 조금씩 리모델링했는데 얼추 완성됐습니다. 100%가 되면 보여 줄라 했는데 입이 근지러워 못 참겠네. 궁금하죠."

봄이는 대답 대신 방문 앞에 섰다.

"궁금해 죽겠어요. 내가 열어 봐도 돼요?"

"당연하지."

그새 책이라도 잔뜩 모아서 꾸며 놓았나? 재규는 어린아이처럼 눈을 반짝이며 어서 열어 보라 재촉하고 있었다.

"……"

문고리를 비틀어 연 봄이는 당황해서 뭐라 반응을 해야 할지 길을 잃은 채 재규를 올려다봤다.

"어떱니까."

전에 있던 서재는 온데간데없이 사라졌다. 가장 눈에 띈 변화로 창이 커졌다. 지금은 밤이라 캄캄하지만, 낮엔 햇볕이 쏟아져 들어와 실내가 무척이나 밝을 것이다. 창 앞엔 소파와 침대가 있었다. 이 점이 무척이나 당황스러웠다. 사이즈도 컸다. 그 외에도 협탁이며, 서랍장이며 모든 게 고급스러웠다. 주로 남색과 베이지색을 조합해 놓아 세련된 느낌이 물씬 풍겼다. 전문가를 고용한 티가 나는 방이었다.

"……"

머뭇거리는 봄이를 뒤로하고 성큼성큼 방 안으로 들어간 재규는 침대 옆 기다란 스탠드를 툭 건드려 불을 켰다. 조도가 낮은 옅은 황색의 조명이 순식간에 공간을 따뜻하게 밝혔고, 방은 더욱 근사해 보였다.

"예뻐요."

"그죠. 마음에 듭니까."

"……네?"

한 걸음 한 걸음 조심스럽게 들어와 주변을 둘러보는 봄이에게 재규가 뿌듯한 얼굴로 말했다.

"니 겁니다."

무슨 소리지?

"봄이 방이라고, 이 방."

"여기를 저 쓰라고요?"

"예, 내 소개해 줄게요."

재규는 냉큼 봄이의 뒤로 가 백허그한 상태로 방에 대한 설명을 시작했다. 창틀은 보안 등급 최고 단계를 받은 튼튼한 놈이라 했고, 바닥재는 친환경으로, 대리석보다는 이게 나을 거라며 전문적인 설명을 곁들였다.

이어서 가장 오래 고민했다며 일반 킹사이즈보다도 넓은 침대를, 다음은 디자이너의 작품을 경매로 데려왔다며 희한하게 생긴 조명을 소개했다. 듣는 족족 고급이었고, 디자이너 제품이 많았다. 바닥에 깐 러그 하나까지도 직접 공수해 온 거라고 들었을 땐 혀를 내두를 수밖에 없었다.

"이제 하이라이트가 남았다. 기절하지 않게 정신 단단히 붙드세요."

그렇게 말한 재규가 벽면으로 가서 벽 색깔과 같은 색의 슬라이딩 도어를 촤라락 밀었다.

"이거 전부 열어 놓으면 내 방이랑 이래 하나가 된다."

"와, 방끼리 연결되는구나. 언제 이렇게 만든 거예요? 전혀 몰랐어요."

재규는 서프라이즈의 일환이라 눈치채지 않게 공사하느라 죽을 뻔했다며 땀을 훔치는 시늉을 했다.

어떻게 이걸 다 기획하고 준비한 걸까? 봄이는 얼떨떨한 한편, 조금은 부담스러워졌다. 차를 준 것도 얼마 전의 일인데 이제는 집 한구석을 내어 주다니. 그것도 전부 최고급으로 채운 공간을. 애매하게 웃고 있는 봄이의 표정을 살피던 재규는 다시 슬라이딩 도어를 닫았다.

"별롭니까."

"그건 아니고……."

짧게 콧김을 내뱉은 재규는 봄이를 침대에 걸터앉게 하고는 자신도 옆에 앉았다. 그리고 손을 잡았다.

"여기 원래 어땠는지 기억나나요."

"공간은 되게 넓은데 휑했잖아요. 서재라면서 막상 읽는 책은 다 거실 벽장에 넣어 놓고 여기는 텅텅이라 이상했어요."

그랬는데 이렇게 모던한 침실로 변하다니. 새삼 그의 고생이 느껴졌다.

"이 방 들어오면 내 뭐 했는지 아십니까. 책 몇 권 빼서 바닥에 두고 그거 베고 누웠죠."

그래, 여기에 누워서 멍때린다고 했었지. 재규는 가라앉은 목소리로 그땐 하지 않았던 이야기를 들려주었다.

"누워서 생각했습니다. 아부지한테 맞은 거, 울 어머니 아파서 앓던 거, 중국 배에서 죽을 뻔한 거 뭐 이런 어릴 때 일들."

몰랐다. 멍때린다며 픽 웃고 넘어간 말의 뒤에 이런 이야기가 숨겨져 있을 줄은.

"가끔은 어릴 때가 생각나거든요. 그럴 땐 여기 와서 혼자 삭였습니다."

털어놓을 상대도, 의지할 사람도 없던 그의 쓸쓸함이 마음을 아프게 했다.

"근데 내 이제 안 그럴라고. 봄이 씨 만나고 들어온 적도 거의 없고."

"그건 다행이에요."

"이게 전부 봄이 씨 덕입니다. 고마움의 표시라 생각하면 안 되겠습니까. 놀러 올 때마다 여기서 편하게 쉬면 좋겠는데."

해 준 것이 없다고 생각하면서도 자신 때문에 변했다고 하니 기분이 묘해졌다. 재규가 자주 내보이는 뿌듯함의 감정도 이런 결이 아닐까? 내가 좋아하는 사람이 행복해지는 게 나의 기쁨이 되는 순간 말이다.

"부담 가질 정도로 내 무리한 거 없어요. 정말입니다. 되레 여기 꾸미면서 봄이 씨 생각하는 게 낙이었지."

조심스럽게 한마디씩 던지며 자신의 기분을 살피는 재규의 마음을 어떻게 뿌리칠 수가 있을까. 방을 꾸미며 자기를 생각했다고 하니 가슴이 간질거렸다. 무엇보다, 이제는 예전의 불행한 과거에 대해 생각하지 않기로 했다는 게 마음을 울렸다.

"월세는 못 줘요."

"그렇겐 안 되지, 매달 따박따박 뽀뽀해 줘야 합니다?"

이 남자가 너무 좋은데, 어떡하지.

"짐 해 바라, 뽀뽀."

이미 사귀고 있는데, 매일같이 만나고 있는데 그것만으론 충족이 되지 않는 기분이 문득문득 들었다.

"얼른. 쪽 해 주십셔."

이 감정은 대체 뭘까.

"어이, 봄봄이. 왜 대답이 없습니까. 내 선불만 받는—"

봄이는 재규의 어깨에 손을 얹었다. 그의 커다란 근육이 움찔 떨렸다. 봄이는 재규의 입술에 제 입술을 포갰다.

"……하, 입금 완료."

재규는 곧바로 봄이의 허리를 감아 안았다.

94

"쌤."

책장을 넘기던 봄이가 고개를 들었다. 자신을 부른 건 부반장이었다.

"이거 종이 다시 받을 수 있을까요. 눌러 쓰다 종이 찢어졌어요."

부반장이 구멍이 난 종이를 흔들어 대자 주변에서 야유했다.

"미친, 좀 아껴 써라."

며칠 뒤면 겨울 방학. 기말고사는 벌써 끝났고, 신수고의 분위기 역시 느슨해질 대로 느슨해졌다. 대부분의 교사들은 출석만 부른 뒤 영화를 틀어 주고 교무실로 돌아갔다.

하지만 봄이는 이 시간을 흘려보내기가 아까웠다. 이미 다 끝낸 진도를 복습하자니 뭣하고, 그래서 간단한 양식을 만들어 반 아이들에게 나눠줬다.

[내가 고3이라니!]

제목은 이렇게 정하고 아래엔 겨울 방학 동안 고3 대비를 어떻게 할 것인지 계획을 세워 보라고 했다. 사실 시험이 끝나 다들 풀어진 상황이라 그냥 영화나 보자고 할 줄 알았는데 제법 진지한 모습에 흐뭇해졌다.

"자, 여기. 전달 좀 해 줘."

봄이는 마지막 남은 종이를 부반장에게 전달하고 다시 의자에 앉았다. 방금까지 읽던 부분을 더듬더듬 찾던 봄이는 그냥 책장을 탁 닫고 창밖을 내다봤다.

'심상치 않네.'

아침까지만 해도 흐린 정도였는데, 1교시가 끝날 무렵부터 가루눈이 슬슬 날리더니 점심시간 즈음에는 함박눈이 되어 내렸다. 애들은 난리였다. 첫눈이라고 운동장으로 우르르 나가서 눈을 맞고, 던지고, 찍고. 봄이도 한동안 웃으며 창밖을 바라봤다.

하지만 지금은 분위기가 달랐다. 눈발이 보통 거센 것이 아니었다. 이제 창밖은 완전히 새하얬다. 이런 날씨에 운전해서 집에 갈 수 있을까? 아직 눈길 운전은 한 번도 안 해봤는데.

'약속, 취소해야 하나······.'

〈봄이 씨. 내일 첫눈 온답니다. 우리 중요한 데 갈 겁니다. 어딘지는 극비. 끝나면 흰순이 몰고 저희 집으로 오십셔. 여기 두고 내 차로 출발하입시다.〉

어젯밤, 봄이를 집에 데려다주며 그는 사뭇 진지한 모습으로 저렇게 말했다. 자신을 어디로 데려가려는 걸까? 첫눈 오는 날 빅이벤트를 열어 준다고 전에 말한 적이 있긴 하지만 가늠이 되지 않았다.

그래서 오늘은 아침부터 분주했다. 헤어롤을 말고, 아끼던 캐시미어 코트를 꺼내 입고, 화장도 꼼꼼히 했다. 오랜만에 이것저것 손을 대느라 지각 일보 직전이었지만, 거울에 비친 모습은 나름 만족스러웠다. 하지만 눈이 이렇게 많이 내리는 건 예상하지 못한 일이었다. 적당히 내렸더라면 얼마나 좋았을까. 첫눈 오는 날의 데이트니까.

수업이 끝나는 대로 재규에게 전화해 그냥 다음에 보자고 해야지. 아쉽지만 어쩔 수 없었다.

'오늘은 나도 할 말이 있었는데……'

솔직히 말하자면, 재규를 위한 서프라이즈가 하나 있었다. 오늘 데이트하다가 상황을 봐서 놀래 줄 참이었다. 그러나 일이 이렇게 되었으니 다음에 기회 봐서 말해야지.

"어어, 눈 봐라! 미칫다!"

교실 창에 강풍이 부딪쳐 흔들렸다. 갑자기 커진 바람 소리에 아이들은 모두 고개를 바깥으로 돌렸다.

"진심 심각한데?"

"와, 어떡해. 우리 이제 집에 어떻게 가냐?"

"끝나려면 삼십 분도 넘게 남았는데 완전 큰일 났다."

잠시 고3 계획표를 만드느라 바깥 날씨에 신경을 껐던 아이들은 심각해진 상황을 인지하고는 웅성대기 시작했다. 봄이는 창가에 달라붙어 걱정하는 아이들을 안심시키려 했지만, 사실은 자신도 겁이 났다.

'이상 현상인가, 갑자기 왜 이래.'

안전이 최우선이라 생각하기에 마음 같아선 모두 귀가시키고 싶지만, 학교 현장은 관리자의 결정에 따라야 한다. 평정심을 유지하며 기다려야 할 텐데 창밖을 보니 불안함은 커졌다.

"어, 재난 문자 떴어요!"

"헐, 강풍 경보랑 대설 주의보!"

아이들의 핸드폰에서 일제히 울려 퍼진 알림음. 교실이 술렁인 그때였다.

―아, 아! 각 교실에 알립니다. 어, 이거 들리는 거 맞아?

교실 스피커를 통해 전체 방송이 흘러나왔다.

다행이다. 봄이는 재빨리 아이들을 조용히 시키고 방송에 집중하게 만들었다.

"애들아. 조용히 가방 챙기면서 방송 들어."

아마도 단축 수업 방송이겠지. 아니면 아이들을 데리고 교무실로 대피해야 할 수도 있었다. 어느 쪽이든 상황이 상황이니만큼, 판단은 빠르게 내려야 했다.

―교실에 계신 선생님과 학생들에게 알립니다. 지금 눈이 많이 내리고 있습니다. 교장 선생님께서 결단력 있게 단축 수업을 결정하셨습니다. 담임 선생님들께서는 이 방송을 듣는 즉시 학생들을 귀가시켜 주시기 바랍니다. 다시 한번 알립니다…….

봄이는 얼른 창밖으로 다가가 바깥의 상황을 살폈다. 여전히 눈보라는 거셌지만, 아까 창문을 뒤흔들 때보다는 기세가 덜했다.

"마지막 시간이 나라서 다행이다. 가방 미리 다 싸 뒀지?"

교탁 앞에 선 봄이는 가볍게 손뼉을 치며 아이들의 시선을 모았다.

"지금 강풍 불고 있으니까, 날아다니는 물건에 부딪히지 않게 조심하고. 휴대폰 보면서 걷지 말고, 알겠지?"

"옙!"

"전달 사항은 그게 다야. 곧장 집으로 가고, 다른 데 들르지 마. 우리 반 단톡방에 도착했다고 꼭 올리기. 서로서로 확인해 주고."

"네에!"

"자, 그럼 어서 집에들 가."

우르르, 아이들이 썰물처럼 교실을 빠져나갔다. 봄이는 혼자 남아 콘센트 코드를 차례로 뽑고 창문을 모두 잠갔다. 그러다 창틀 하나가 헐거운 듯해, 불안한 마음에 이면지를 접어 끼워 넣으며 보강했다. 여름에 태풍이 왔을 때 재규가 알려 준 방법을 떠올리면서.

95

그러던 봄이는 문득 시간이 꽤 흘렀다는 걸 깨달았다. 시계를 봐도 그랬고, 전교생이 모두 귀가한 건지 아이들의 목소리 하나 들리지 않았다. 이쯤 되면 선생님들도 조퇴를 달고 집에 갔을지도 모른다.

"이만하면 됐겠지. 이제 가자."

중얼거리던 봄이는 눈을 크게 뜨고 숨을 헉 들이쉬었다.

"맞다, 재규 씨!"

재규네 집에서 출발하기로 약속해서 다행이지, 아니었으면 또 그 성격에 바보처럼 눈보라를 맞으며 기다리고 있었을 거다.

'휴대폰 난리 났겠네.'

교실 불을 끄고, 앞뒤 문을 잠근 봄이는 교무실로 내려갔다.

"……."

다들 퇴근했겠거니 짐작은 했지만, 막상 닫힌 문 앞에 서니 당황스러웠다. 봄이는 불 꺼진 교무실 앞에서 문고리를 잡고 조심스레 흔들었다.

텅 빈 교무실은 굳게 잠겨 있었다. 서울에 있던 학교처럼 도어락도 아니고, 이곳은 구식 열쇠 방식이었다. 열쇠는 수위 아저씨가 갖고 있는데, 혹시나 싶어 숙직실로 향했지만 자리는 비어 있었다.

가방은 두고 가도 상관없지만, 교무실 안에 휴대폰이 있다는 게 문제였다. 여기서 기다려봤자 시간만 지체될 것이다. 일단 집에 돌아가서 PC 메신저로 재규에게 연락하는 게 낫겠다는 판단이 섰다.

"그래, 집에 가자."

봄이는 마음을 다잡고 건물 밖으로 나왔다. 살벌한 소리와 함께 칼바람이 뺨을 스쳤다. 커다란 모래알 같은 싸락눈이 바람의 방향을 따라 빠르게 움직였다. 봄이는 목을 움츠리고 빠른 걸음으로 주차장을 향했다. 오늘 내내 많은 양의 눈이 내렸고, 한파로 바닥이 꽁꽁 얼었으니 바로 출발할 수는 없었다.

다행히 대비는 해 둔 터였다. 날이 추워지자마자 재규가 스노 체인을 사서 직접 달아주고, 사용하는 법도 알려줬다. 하지만 오늘은 단거리 운전이니 간편한 스프레이 체인을 쓰기로 했다. 타이어에 스프레이를 꼼꼼하게 분사한 봄이는 양손을 털고 차에 올라탔다.

"좋았어."

단단히 대비해 둔 덕분일까. 봄이는 빙판이 된 주차장을 매끄럽게 빠져나갔다.

***

뭔가 잘못됐다.

재규는 자신의 검은 세단 앞에서 미간을 좁혔다.

"하……. 돌겠네."

어제 잠들기 전까지만 해도 모든 것이 완벽했다. 퇴근한 봄이와 우동을 먹고 근교로 드라이브를 한 뒤, 집에 고이 모셔다 주었다.

〈내 요새 악몽을 좀 꾸네. 봄식이 좀 꿔 주십셔. 안고 잘란다.〉

〈네? 악몽, 뭐 어떤 꿈인데요?〉

봄이한테 선의의 거짓말을 해서 봄식이를 건네받는 데 성공했다.

〈아, 그리고요. 봄이 씨. 내일 우리 중요한 데 갈 겁니다. 어딘지는 극비. 끝나면 흰순이 몰고 저희 집으로 오십셔. 여기 두고 내 차로 출발하입시다.〉

〈알았어요.〉

재규는 뿌듯한 마음으로 집에 돌아와 봄식이를 껴안고 일찍 잠을 청했다. 좋은 꿈까지 꿨다. 봄이가 가방을 놓고 가서 가져다주려고 하는데 갑자기 하늘에서 열대 과일이 우수수 쏟아졌다. 재규는 그중에 모양이 예쁘고 탐스러워 보이는 무지갯빛 망고 한 개를 가방에 잘 담았다.

해몽은 할 줄 모르지만 꿈에서 기분 좋았으니 길몽이 틀림없으리라. 그렇게 생각하면서 눈을 떴건만 어떻게 된 일인지 되는 일이 하나도 없었다. 아침 댓바람부터 그랬다.

"여보십니까."

―안녕하십니까, 더 시그니에르 호텔입니다. 선재규 고객님 맞으십니까?

"그렇습니다."

―오늘 프레지덴셜 스위트, 오션 뷰 1박 예약하셨죠?

"예, 맞습니다만."

예약 확인 전화려니 했는데, 청천벽력 같은 말이 들려왔다. 어떤 미친놈이 호텔에 폭발물을 설치했다며 협박 편지를 보냈단다. 급히 인터넷에 접속해 보니 기사가 줄줄이 떴다.

실제로 폭발물을 설치할 수 있는 허술한 환경도 아니고, 전문가들 역시 사실일 가능성이 떨어진다고 했다. 하지만 호텔 측에선 고객의 안전을 위해 전면 폐쇄 후 감식반을 투입하기로 했단다.

"씨, 완전 비상이다."

재규는 미간을 찌푸리며 침실로 들어갔다. 침대 협탁 위에 놓인 검은 상자를 집어 들었다. 한숨이 절로 흘러나왔다.

"……와, 우짜지."

매끈한 리본을 풀고 두꺼운 상자를 열면 영롱하게 빛나는 예쁜 다이아몬드 반지가 나온다. 사 두긴 진작에 사둔 건데 봄이에게 언제 줘야 할지 몰라 모셔 두기만 한 반지였다. 간신히 연애를 허락한 봄이한테 냅다 말할 수는 없으니까.

막 연애 시작했는데 결혼하자고 하면 도망가겠지, 싶어서. 사실 재규 자신이야말로 살면서 결혼에 대해 생각해 본 일이 없었다. 어린 시절엔 생존이 우선이었고, 그 시절 후엔 한결이와 회사에 신경 쓰느라 바빴다.

그러다 봄이를 만났고, 따라다녔고, 사귀게 되었다. 이제 회사도 잘 돌아가고 한결이도 마음을 잡았으니까, 그러니까 욕심을 더 내도 되지 않을까. 봄이만 좋다면.

내 봄봄이. 안 보이면 궁금하고, 자꾸만 보고 싶다. 하루라도 못 보면 견디기 힘들다. 어느 순간부터 재규는 봄이와의 결혼을 꿈꿨다. 청혼도 오랜 시간을 들여 계획했다.

청혼. 인생을 함께 걸어가자고 부탁하는 일. 가볍게 할 수는 없었다. 평생 그날을 기억할 봄이를 위해 최대한 멋진 순간을 만들고 싶었다. 여러 시나리오를 짰다.

봄이를 홀딱 반하게 만들 만큼 멋지게 차려입고, 근교 도시로 떠난다. 목적지는 부산. 전망 좋은 오션뷰 호텔에 도착하면 먼저 고급스러운 저녁 식사를 한다. 플레이팅이 정갈하고 맛도 검증된 곳이어야 한다.

그다음은? 예약해 둔 객실로 봄이를 모셔야지. 봄이가 좋아하는 꽃을 한가득 집어넣어 예쁘게 꾸미고, 감동한 봄이 앞에 준비한 편지를 읽은 뒤에 반지를 착 열어 보이며 묻는 거다.

결혼해 줄래요? 라고.

계획은 완벽했고, 재규는 부지런히 준비를 마쳐 놨다. 그랬는데…….

"하, 씨! 호텔이 빠그라졌으면……. 그래, 웨스턴도 있고 어낸티도 있고."

재규는 부랴부랴 대안을 찾았다. 하지만 어림도 없었다. 남은 객실은 만실이거나, 작고 평범한 방뿐. 프러포즈 장소로는 뭔가 부족했다.

그럼 부산 말고 서울로 갈까. 마음이 다급해진 그때 전화가 걸려왔다.

"후, 여보십니까."

─안녕하세요, 더바인 플라워인데요. 선재규 고객님이시죠?

"……네."

─일단 정말 죄송합니다. 자주 주문해 주시는 단골이신데, 오늘처럼 급하게 연락드려 죄송하네요.

목소리로 짐작했지만 안 좋은 소식이었다. 새벽에 꽃집 건물에서 화재가 났다고 했다. 큰 피해는 없었지만, 준비된 꽃은 모조리 망가졌단다.

호텔에 이어 꽃까지.

속이 부글부글 끓는 와중, 창밖 풍경이 눈에 들어왔다.

"……."

첫눈인데 폭설이라니 억장이 무너지는데도, 눈은 기가 막히게 예뻤다.

"그래. 이왕 이렇게 된 거면……."

재규는 재빨리 나갈 채비를 시작했다. 눈이 이리 퍼붓는데 봄이더러 오라고 할 순 없었다. 당연히 데리러 간다.

"……꾸미고 가야지."

목욕재계를 마치고, 새로 맞춘 네이비 슈트를 꺼내 입었다. 긴 코트를 걸치고, 거울 앞에서 머리를 매만졌다. 한결이가 선물로 준 향수도 잊지 않고 뿌렸다. 길이 잘 든 양가죽 구두를 신고 나와 차고의 문을 연 재규는 생각 그대로를 입 밖으로 내뱉었다.

"……뭔가, 잘못됐다."

밤에 손 세차까지 해 놓고 차고 안에 고이 넣어둔 차였다.

그런데 웬 새똥이.

전면 차 유리 앞쪽에 말라붙은 새똥을 가까이에서 확인한 재규는 멍해졌다. 아침에 얼핏 한결이가 밤에 새가 들어왔었다고 한 말이 기억났다. 금방 내쫓았다고 했는데 그사이 영역 표시라도 하고 간 건가?

재규는 얼른 집으로 들어가 식초를 찾았다. 새똥은 물티슈로 닦으면 기스가 나서 식초를 뿌린 뒤에 부드러운 극세사 수건으로 훔쳐 내면 된다.

"아, 쫌!"

바닥에 1cm도 남지 않은 식초를 발견한 재규는 절규했다. 오이피클 만들 때 다 썼지, 참!

"눈은 또 왜 이라지."

동화 속의 한 장면처럼 소복소복 내리던 눈이, 지금은 강풍에 실려 이리저리 휘날리고 있었다.

"……."

하필 지프도 필립에게 빌려줬고, 남은 건 한결이 주려고 중고로 사둔 디자인이 못생긴 경차뿐이었다.

〈내년에 타고 안 타고는 실력 보고 결정한다. 니 고등학생이 차 끌면서 겉멋 들까 봐 일부러 이거 사 놨다.〉

괜히 이거 샀다. 재규는 뒷문을 열어 코트와 재킷을 고이 벗어서 좌석 위에 눕혀 놨다. 주름이 가면 안 되니까.

이렇게 가도 되는 건가. 재규는 출발 전 봄이에게 메시지를 보냈다. 아직은 수업 중일 시간이었다. 하지만 곧 끝날 터.

[자기야 그냥 내가 학교로 데리러 갈게 짐 눈이 좀 쎄게 내리네. 이럴 때 운전하면 위험하다.]

됐다. 일단 데리러 가서 눈 좀 멎으면 눈밭 위에서 청혼하면 된다. 처음과는 많이 달라졌지만, 아직까진 나쁜 계획이 아니었다.

동네 길을 빠져나왔을 즈음이었다. 재규는 문득 어깨를 움찔 떨었다. 묘하게 쎄했다. 사실 출발할 때부터 그랬다.

"……."

혼자가 아닌 기분. 뭔가 등골이 오싹해지는 느낌. 재규는 속도를 줄이며 백미러를 흘끔거렸다. 그러다가 나타난 베이지색 털 뭉치를 발견하곤 급히 차를 세웠다.

"씨, 봄식이! 우째 탄 거가?"

미친다, 진짜로. 재규는 펄쩍 뛰며 뒷문을 열었다. 봄식이는 혀를 빼문 채 꼬리를 슬슬 흔들어 댔다.

"돌발 행동 좀 자제해라! 엇쉬, 이건 또 뭐고."

재규의 눈이 튀어나올 듯 커졌다. 코트와 슈트 재킷에 흰 털이 수북했다. 급격한 현기증을 느끼며 재규는 비틀거렸다. 봄식이를 꺼내 조수석에 앉히고 코트와 재킷을 하나씩 툭툭 털었다. 단순히 털이 묻은 게 아니라, 직물에 털이 박혀서 힘을 주고 탁탁 털어 봐도 크게 나아지지 않았다.

"……하, 참."

털을 떼느라 지체한 사이, 날씨는 급변했다. 강풍이 거세지고 있었다. 급강하한 기온 탓에 몸도 오싹해졌다. 결국 재규는 코트와 재킷을 포기하기로 하고 대충 뒷좌석에 던져 놓고 차에 올랐다.

"봄식아. 니 떨고 있다. 죄를 알아서 떠는 거가, 아니면 추워서?"

정답은 후자. 봄식이를 위해 재규가 히터 버튼을 눌렀다. 그런데 히터가 나오지 않았다. 분명 살 때 다 체크한 사항이었다. 이럴 수가 있나…….

둥근 발끝을 움찔움찔 떠는 걸 물끄러미 보던 재규는 팔을 쭉 뻗어 뒷좌석의 코트를 봄식이에게 덮어줬다.

"……잘 어울린다. 니가 입으니까 코트 고급져 보이네."

그래, 언제부터 코트를 챙겨 입었다고. 봄식이에게 양보하리라. 털 묻은 재킷까지는 눈에 가려 티가 안 나겠지.

96

정말 안 날까?

"진정해라, 선재규······."

개털은 이따가 떼어 내면 된다. 죽이 되든 밥이 되든 일단 가 보자.

"후우······."

재규는 백미러를 위아래로 조절하며 자신의 얼굴을 확인했다.

'······미남.'

거울을 확인해 자존감을 채운 재규는 액셀을 꾹 밟아 신수고 방향으로 차를 움직였다.

"이야. 눈 봐라. 살벌하네."

차체에 눈 부딪히는 소리가 야단스러웠다. 와이퍼가 부지런히 움직이고 있지만, 무서운 기세로 내리는 눈을 닦아 내지 못했다. 설상가상 길까지 막히기 시작했다. 한파까지 겹쳐 도로는 빙판처럼 미끄러웠고, 차량은 거북이걸음을 시작했다. 이 동네에선 좀처럼 보기 드문 정체였다.

'아무리 눈이 와도 이 정도는 아니었는데……'

곧 의문은 풀렸다.

몇 미터 앞으로 가자, 도로 한복판에 미끄러져 멈춘 트럭 한 대가 눈에 들어왔다. 그 탓에 차들이 전부 꼬리를 물고 서 있었던 거다.

"흠. 오래 걸리진 않겠네."

트럭 기사가 하차해 점검을 마무리 중이었고, 주변 차량들도 다들 얌전히 대기 중이었다. 이럴 땐 빵빵대지 않는 게 예의다.

멈춰 선 김에, 재규는 휴대폰을 들어 액정을 켜고 통화 버튼을 눌렀다.

뚜우우, 뚜우, 뚜―.

신호는 가는데 받지 않았다. 아직 수업 중인가. 흠, 날씨가 이렇게 심각하면 일찍 집에 보내 주는 게 좋지 않나. 한결이도 오늘은 과외 쉬라고 해야지.

창밖을 내다보니 트럭 기사는 벌써 점검을 마무리하고 있었다. 이제 곧 출발할 수 있을 것이다.

"흠음음음, 흠음음음."

재규는 핸들을 두드리며 콧노래를 불렀다. 선율은 결혼 행진곡.

'신랑 선재규, 신부 윤봄……. 사진도 잔뜩 찍고 동영상도 남겨야겠다.'

행복한 망상에 한껏 부푼 그때, 트럭이 움직였다. 꽉 막혔던 도로가 서서히 뚫렸다.

"봄식아, 가 보자이."

재규는 차를 움직이기 전, 타이를 쭉 빼내고 셔츠 단추를 풀어 완전히 벗어 버렸다. 히터가 고장 난 차 안의 공기는 서늘했지만 봄이에게 가까워지고 있다고 생각하니 몸에서 열이 확 올라왔다.

"봄. 얼른 갈게요."

재규는 바짝 긴장한 채 신수고로 차를 몰았다.

***

"으으, 춥다."

히터 좀 틀까. 주차장을 빠져나와 교문으로 가는 길, 봄이는 전방을 주시한 채로 연신 브레이크 페달을 밟았다. 안 그래도 내리막길인데, 바닥까지 얼었으니 바짝 속도를 줄였다. 저 앞에 교문만 지나면 평지라 운전하기 어렵진 않겠지.

"하, 날씨 진짜 웃긴다."

어둑했던 하늘이 그새 또 개고 있었다. 바람은 여전히 거셌고, 눈발도 그치지 않았다. 하지만 기세를 보아하니 곧 멈출 거 같다는 예감이 들었다.

빨리 맑아져야 할 텐데. 재규 씨가 지금 걱정하고 있을지도 모른다. 자신을 데리고 간다던 중요한 곳은 어디일까? 혹시 예약하기 어려운 곳이라도 뚫었던 건가? 아무튼 이벤트 참 좋아해. 하지만 그 어떤 서프라이즈라도 오늘 자신이 준비한 게 더 강력할 것이다.

―윤봄 선생님, 신수고에 계속 있고 싶어 하신다고 들었어요. 사실 저 서울에서 출산하고 좀 생각이 많아져서…….

봄이와 맞교환을 했던 선생님에게서 뜻밖의 말을 들었다. 그분이 아예 서울에 정착하길 원했다. 기적 같은 일이었다. 혹시 모르니 맞교환한 선생님과 이야기를 나눠보라는 교감 석관수가 너무나 고마웠다. 봄이는 정식으로 타 시·도 전출 신청을 했고, 교감 선생님 말에 따르면 높은 확률로 신수고에 남게 될 거라 했다.

〈됐습니다, 됐어요! 내가 눈물이 다 납니다. 우리 윤봄 선생이 이대로 떠나는가 싶어서 아쉬웠는데 일이 술술 풀렸네요, 크흠!〉

교감 선생님께서도 자기 일처럼 기뻐해 주셨는데 재규 씨는 얼마나 좋아할까?

"깜짝 놀라서 뒤집어지…… 악!"

잠시 상상에 빠졌던 봄이는 급히 차를 멈췄다. 지금 저게 뭐지. 혹시 잘못 본 건가? 꾹 잡은 핸들 쪽으로 상체를 바짝 붙이고 정면을 응시했다.

'말도 안 돼.'

저기 막 교문에 들어서고 있는 사람은 재규가 분명했다. 연락도 못 했는데 어떻게 알고 여기 온 거지? 갑작스러운 재규의 등장에 봄이는 급히 안전벨트를 풀고 나와 차 문을 쾅 닫았다.

"재규 씨?"

"……"

재규가 멀리서 이리로 성큼성큼 걸어오고 있었다. 자신도 달려가야 할 것 같은데 발이 떨어지지 않았다. 그도 그럴 것이, 척 보기에도 뭔가 이상한 모습이었다.

'안 추워……?'

재규는 흰색의 얇은 반소매 기능성 티셔츠 하나만 걸치고 있었다. 꽉 끼는 저 쫄티는 정말 오랜만이었다. 한겨울인 지금 왜 저렇게 입은 걸까? 오늘 중요한 곳에 가자고 해 놓고. 그리고 이 날씨에 왜 봄식이까지?

널따란 가슴에 푹 안겨 있던 봄식이는 봄이를 발견하곤 내려 달라며 버둥거렸다. 재규가 내려 주자마자 귀를 젖히며 빠르게 달려와, 다리 옆에 착 붙었다.

"어떻게 된 거야, 봄식아. 응?"

봄이는 털이 축축하게 젖은 것도 모르고 신난 봄식이의 목덜미를 긁어 줬다.

"아빠랑 여기까지 어떻게 왔어."

그러는 사이, 어느새 커다란 그림자가 봄이와 봄식이를 덮었다.

"······봄."

봄이는 몸을 돌려 그를 마주했다. 멀리서 봤을 때도 짐작했지만, 가까이에서 보니 꼴이 말이 아니었다. 차 없이 맨몸으로 신수읍에서 여기까지 걸어온 사람 같았다. 그러고 보니 재규의 차도 보이지 않았다.

"차는요?"

"······좀 복잡한데 일단은 고장 나서 근처에 대 놨습니다."

그래서 이런 모습이구나. 갑자기 멀쩡하던 차가 퍼졌다는 게 쉽게 이해가 가진 않았지만 지금 중요한 건 그게 아니었다.

"미안해요. 연락 많이 했죠. 나 휴대폰이 교무실에 있는데 문이 잠겨서. 학교에 있는 건 어떻게 알았어요? 한결이는 집 도착했어요? 지금 나 걱정돼서 온 거예요?"

걱정했을 재규에게 사과와 함께 질문을 쏟아 냈다. 재규의 답은 간단했다.

97

"날씨가 궂어서 데리러 왔지."

그 말이 뭐라고. 데리러 왔다는 말이 뭐라고 얼굴에 열이 오르고 가슴이 간지러웠다.

'나에게도 이런 사람이 있구나.'

"우리 사슴이 눈보라에 휙 날아가 버릴까 걱정이 돼서."

자신을 위해 창밖을 살피고 가슴을 졸이며 달려오는 사람이 있다. 새삼스레 벅차오른 마음을 숨기지 못하고 옅게 웃음을 보였다. 그게 그렇게 좋은지 재규는 소년처럼 목덜미를 붉혔다.

"이래 근사하게 하고 웃으니까 정말 요정 같다. 내는 이 꼴로 거지 품바처럼 왔는데."

봄이는 재규를 위아래로 훑었다. 과연 머리는 잔뜩 헝클어졌고, 짝 붙는 기능성 티셔츠는 너무 추워 보였다. 그 차림에 저 고급스러운 양가죽 구두는 어울리지도 않고 겉돌았다. 분명 이상한 차림이긴 했다. 하지만 이 모습이 싫지 않았다.

"기억나요? 전에 재규 씨가 했던 말. 항상 예쁘고 멋진 것만 보여줄 수 없다고."

그 말에 재규의 눈이 반짝 뜨였다. 웃겼다. 자기가 해 줬던 말을 그대로 해 준 것뿐인데 저런 표정을 짓다니.

봄이는 그런 재규와 얼른 집으로 가고 싶었다. 따뜻한 보일러가 돌아가는 집에서, 살짝 데운 우유 한 잔을 나눠 마시며, 요즘 푹 빠진 예능을 함께 보며 웃고 싶었다.

봄이는 커다란 그의 손을 붙잡았다. 평소에는 뜨겁던 손이 얼음장처럼 차가웠다.

"일단 우리 집 갈래요? 타요."

손을 붙잡고 앞장을 서는데 더 이상 걸음이 이어지지 못했다. 고개를 돌리자 자리에서 꿈쩍도 안 하는 재규가 보였다.

"재규 씨?"

그는 일자 눈썹을 바짝 세운 채 긴장한 얼굴로 봄이를 바라보고 있었다. 입술은 지그시 깨문 채였다. 봄이를 잡지 않은 다른 손은 불룩한 주머니를 만지작거렸다. 결심한 듯 숨을 고른 재규가 천천히, 그러나 망설임 없이 한쪽 무릎을 꿇어앉았다.

"봄아."

설마. 그가 떨리는 목소리로 자신을 부른 순간, 가슴이 울렁거렸다.

재규는 팔을 뻗어 봄이의 손을 잡았다. 커다란 손은 부들부들 떨고 있었다. 그 상태로 재규는 턱을 약간 들어 봄이를 지그시 바라보았다. 큰 덩치 덕에 이런 자세에서도 눈을 맞추는 것은 어렵지 않았다. 그 눈을 보니 알 수 있었다. 재규가 얼마나 긴장하고 있는지를.

"내 거의 한 달 가까이 준비한 편지가 있습니다."

재규는 놀던 손 하나로 뒷주머니를 뒤적여 구깃구깃 접힌 종이 하나를 꺼냈다. 그리고 그걸 펼치는 순간 강풍이 불어닥쳤다.
"어떡해요!"
"……."
종이는 파닥거리는 소리와 함께 교문 쪽으로 날아갔다. 깜짝 놀란 봄이는 날아간 편지와 재규를 번갈아 쳐다봤다. 하지만 재규는 놀라지도 않았는지 침착하게 자리를 지키고 있었다.
"방금 날아간 그 편지처럼요."
재규가 천천히 입을 열었다.
"지금 이 자리에 오기까지 준비했던 많은 것들이 거짓말처럼 사라졌습니다."
재규가 젖은 머리를 쓸어 넘기고선 말했다.
진지한 모습에 어수선하던 봄식이마저 봄이 옆에 조용히 자리를 잡았다.
"그런데도 이상하죠. 봄이 씨에게 오늘 하고 싶은 말은 사라지지 않네요. 내 직감은 지금 말하라 합니다. 봄이 씨, 내 얘기 잠깐 들어 줄래요."
무릎을 꿇은 재규를 내려다보며 봄이는 가만히 고개를 끄덕였다.
"성인이 될 때까지 난 제대로 된 가족이 뭔지, 애정이 뭔지도 모르고 그냥 하루하루 간신히 살았습니다."
함께 떠났던 해촌 마을에서, 그 날것 그대로의 고독을 온몸으로 마주했던 기억이 선명했다. 그 시절을 더는 숨기려 하지 않는 재규의 모습이, 새삼 인상적으로 다가왔다.
'나도, 나도 재규 씨를 변하게 했어.'
봄이는 금방이라도 쏟아질 눈물을 꾹 눌러 참으며, 몇 번이고 고개를 끄덕였다. 계속 이야기를 해 달라는 말이었다.

"성인이 되어선 여기 신수읍에서 한결이도 키우고 회사도 운영하고 사람 노릇 좀 했죠."

재규는 그때를 회상하는 듯 숨을 훅 들이쉰 뒤에 봄이를 잡은 손에 힘을 꾹 주었다.

"근데, 그렇게 살면서 나는 조금 외로웠던 거 같습니다."

지금껏 그런 이야기는 한 번도 하지 않았다. 봄이는 재규가 지금 마음속 깊숙이 묻어 놨던 모든 걸 꺼내고 있다는 걸 알 수 있었다.

"남들이 사랑 이야기를 해도 그게 어떤 기분인지 알 수가 없었어요. 내 그런 거 받아 본 적이 없어서."

진솔한 목소리에 심장이 묵직하게 조였다. 서서히 두 눈이 뿌옇게 되어 재규가 잘 보이지 않았다. 울지 않으려 했는데 왜 저절로 눈물이 흐르는 걸까.

"그러다 봄이 씨를 만났죠. 좋은 일이 생기면 제일 먼저 알리고 싶고, 나쁜 일이 생겨도 일러바치고 싶고. 내 모든 걸 말해 주고 싶고, 봄이 씨 모든 걸 알고 싶고……. 이게 사랑이라는 걸 알았어요."

사랑. 직접 사랑한다는 말을 한 적은 없었다. 하지만 봄이는 느끼고 있었다. 자신을 보는 눈이, 목소리가, 행동이 모두 사랑을 말하고 있으니까.

"사랑합니다, 봄이 씨."

하지만 이렇게 말로 표현하니 또 다른 설렘과 감각이 찾아왔다. 떨리는 목소리로 사랑을 속삭인 남자는 초조한 듯이 목울대를 위아래로 꿀렁였다. 그는 손 전체를 떨어 가며 주머니 속을 더듬거렸다. 몇 번이나 미끄러진 손은 드디어 무언가를 온전히 꺼내 쥐었다. 익히 보아 온 검은색의 상자가 그의 손에 있었다. 재규는 그것을 봄이가 볼 수 있도록 속을 열어 보였다.
"재규 씨, 이건……."
너무나도 눈부신, 소름이 돋을 만큼 아름다운 반지였다.
"내 평생 봄이 씨 옆에 있을 수 있도록 허락해 줄래요?"
완벽한 프러포즈 반지보다 눈에 들어오는 게 있었다. 지금 재규의 모습이었다. 이 모습으로, 평생을 함께하게 해 달라는 남자는 스리피스 슈트를 입고 꽃다발을 든 그 누구보다 봄이의 마음을 뒤흔들었다.
언제부터였을까. 이 남자가 자신의 마음을 차지한 것이. 더듬어 과거를 추적해 봐도 확실히 이때다, 싶은 지점은 없었다. 아마도 첫 만남부터 시작된 게 아닐까. 교무실에서 처음 그를 마주했을 때부터 잔잔한 삶에 파동이 일었다. 서서히 봄이의 일상에 파고든 남자가 이젠 자신과 평생을 함께하잔다.
'결혼……'
그 단어는 늘 마음 어딘가에 가시처럼 걸려 있었다. 성인이 되고부터 부모님이 과업처럼 종용했던 그것이 징그러웠다. 그들에게 인정받고, 동시에 탈출할 수 있는 수단에 불과했다. 그러나 지금, 이 남자라면. 이 사람과 함께라면…….
대답이 늦어지자 재규의 입술이 파르르 떨리는 게 고스란히 보였다. 봄이는 목을 가다듬었다.
"선재규 씨."
"……예."
"나는 당신 같은 남자는 처음이에요."
"……."
봄이는 이 기회에 솔직하게 말하기로 했다.
"이상하게 섞어 쓰는 사투리도 그렇고, 그 독특한 옷차림도 그렇고, 툭툭 던지는 아저씨 개그도 그렇고……."

"……."

"하지만 그게 저를 웃게 만들어 줬어요. 날 움직이게 만들었어요. 조금은 이상한 당신을 만나고부터 내 인생이 바뀌었어요."

덤덤히 말하려고 하는데 눈물방울이 더 커지고 가슴은 주체할 수 없이 떨려 왔다. 봄이는 계속 말을 이었다.

"있잖아요, 재규 씨……. 나에게 먼저 다가와 줘서 고마워요."

"그럼……."

받아 준다는 의미가 맞는지 확인하려는 재규의 눈이 분주히 움직였다.

"저기, 그럼 그 얘기는……."

"나도요, 재규 씨와…… 결혼하고 싶어요."

온몸에 전율을 느낀 재규는 잠시 숨을 멈추었다가 겨우 정신을 차렸다.

"봄……, 봄아. 진짭니까. 아니, 반지. 반지부터."

우왕좌왕하던 재규는 상자에서 반지를 꺼낸 후 다시 봄이의 손을 조심스레 잡았다. 가볍게 자신의 손으로 봄이의 손을 받친 재규는 그녀의 가느다란 왼손 약지에 천천히 준비한 반지를 밀어 넣었다. 반지는 손에 딱 맞았고, 봄이의 손 모양에 어울리는 디자인이었다. 직사각형으로 커팅된 다이아몬드 반지는 양옆의 사이드 스톤과 함께 눈이 부시게 빛났다.

재규는 자신이 고른 반지가 봄이의 손에서 빛나는 모습을 눈에 담았다.

"잘 어울린다."

"일어나요, 우리 여기에서 사진 찍어요."

봄이는 손등으로 눈가를 훔치며 재규를 일으켜 세웠다. 운동장 바로 옆, 교문으로 나가는 평범한 찻길이 두 사람에게만은 로맨틱한 장소가 되었다.

"하나, 둘……."

봄이를 품에 안은 재규가 팔을 길게 뻗어 셀카 자세를 취했다. 봄이는 냉큼 손등을 들어 재규가 끼워 준 반지가 보이게끔 했다. 그 모습에 재규는 뿌듯한 웃음을 감추지 못했다.

찰칵.

카메라로 순간을 저장한 두 사람은 서로를 마주 보고 웃었다. 눈이 녹아 사라지듯 지금의 순간 역시 찰나에 불과하겠지만 아무려면 어떨까.

시도 때도 없이 재규가 오늘의 이야기를 꺼낼 것이고, 이따금 사진을 꺼내 고생담을 늘어놓을 것이다. 봄이는 특유의 과장된 몸짓을 보며 속절없이 웃음을 터뜨리겠지. 그건 다른 날도 마찬가지일 테고, 모든 날은 켜켜이 추억으로 남아 두 사람을 든든하게 지탱해 줄 것이다.

재규의 품에 안긴 채로 그새 맑아진 교정을 산책하던 봄이는 문득 걸음을 멈췄다.

"아, 참. 하나 잊은 게 있어요."

"엇, 뭡니까."

봄이는 그의 얼굴을 올려다보며 작게 웃었다.

"나도 사랑해요."

언제부터인지 몰라도 그렇게 되더라고요.

작가의 말

복숭아 철입니다.
저는 지금 노트북 앞에 앉아 '작가의 말'을 쓰며 여름 복숭아를 먹고 있습니다. 이 맛 좋은 백도는, 같은 라인에 사는 할아버지께서 소쿠리 가득 나눠주신 것입니다.
그분은 아파트 안에서 제법 유명한 이웃입니다. 조치원에서 농장을 하는 누이에게서 받아온 것들을 수시로 나눠주시곤 해요. 대파, 깻잎, 때로는 정체 모를 액체가 담긴 페트병까지…….
엘리베이터 앞 1층에 상자를 통째로 내려두고, '가져가세요'라는 메모를 붙여두십니다. 이번 복숭아는 인기가 좋아 금세 동이 났지만, 그렇지 않은 것들 중에는 금방 상해 냄새가 나기도 합니다.
언젠가 엘리베이터에서 앞집 이웃을 만났을 때, 그는 투덜거리듯 말했습니다.
"그러다 누구 하나 탈 나면 어쩌려고. 혼자서 다 먹기 힘드니까 내

놓는 거 아니야."

앞집의 불평에도 일리가 있어, 듣고만 있던 저는 괜히 마음이 무거워졌습니다.

누군가에게 무언가를 나눌 때, 거기에는 단순한 호의 이상의 감정이 담기기 마련입니다. 아마도 할아버지는 이웃들과 조금 더 가까워지고 싶었던 걸지도 모릅니다. 가까워지려는 이와 거리를 두려는 이.

《스프링 피버》역시 마음의 크기가 다른 두 사람의 이야기를 담았습니다. 겉으로는 흠잡을 데 없어 보이지만 가족들에게 번번이 실망하고 상처받는 윤봄, 조카 한결이를 키우며 평생 주는 사랑만을 해온 선재규. 그 두 사람이 만나 서툴고 어설프게 마음의 비대칭을 맞춰가는 여정을 그려 보았습니다.

한여름, 누군가 불쑥 건네는 복숭아처럼 이 이야기가 달콤한 위로로 남기를 바랍니다.

백민아

스프링 피버

초판 1쇄 발행 2025년 09월 10일
초판 2쇄 발행 2026년 01월 05일

지은이 백민아
펴낸이 김상현

콘텐츠사업본부장 유재선
출판팀장 전수현 **책임편집** 주혜란 **편집** 심재헌 윤정기 이경미 **디자인** 권성민 김예리
마케팅팀 이영섭 남소현 최문실 김선영 배성경
미디어팀 김진형 김예은 정선영 정영원 정수아
경영지원 이관행 김준하 안지선 김지우 장사랑

펴낸곳 (주)필름
등록번호 제2019-000002호 **등록일자** 2019년 01월 08일
주소 서울시 영등포구 영등포로 150, 생각공장 당산 A1409
전화 070-4141-8210 **팩스** 070-7614-8226
이메일 book@feelmgroup.com

필름출판사 '우리의 이야기는 영화다'

우리는 작가의 문체와 색을 온전하게 담아낼 수 있는 방법을 고민하며 책을 펴내고 있습니다.
스쳐가는 일상을 기록하는 당신의 시선 그리고 시선 속 삶의 풍경을 책에 상영하고 싶습니다.

홈페이지 feelmgroup.com **인스타그램** instagram.com/feelmbook

ⓒ 백민아, 2025

ISBN 979-11-93262-70-2(03810)

- 이 책 내용의 일부 또는 전부를 재사용하려면 반드시 필름출판사의 동의를 얻어야 합니다.
- 책값은 뒤표지에 있습니다. 잘못 만들어진 책은 구입처에서 교환해 드립니다.